Les Liaisons Dangereuses

M. Crr D.L.C.

危險關係

拉克洛

危險關係
或
出於此社交圈
為可供彼社交圈引以為鑑
而發表的書信集

M. Crr D.L.C.

「我目睹了當代的習俗風尚，發表了這些書信。」
讓・雅克・盧梭

———

《新哀綠綺思》序言

出版者弁言

　　我們認為應當先告知讀者，儘管本書冠有這樣一個書名，儘管編者在序言中做了說明，但我們無法保證這本通信集的真實性，我們甚至完全有理由相信這只是一本小說。

　　我們還覺得，作者雖然一心尋求本書的真實性，但是他手法笨拙，把他所公布的事件放錯了時代，反而自己破壞了真實可信之處。事實上，在他所描寫的人物中，有不少人道德敗壞到了極點，很難想像他們曾生活在我們這個時代。我們所處的時代是哲學的世紀，啟蒙運動的光芒遍布各處，一如眾所周知，所有的男子都如此善良正直，而所有的女子都如此端莊穩重。

　　因此我們的看法是，如果這部作品中敘述的經歷是真實的，那麼這些經歷只可能發生在其他地方，其他時代。作者顯然希望透過貼近自己的時代和背景，引起讀者更大的興趣。他大膽地在我們的服裝和習俗之外，來表現如此荒誕的行為，對於作者的這種做法，我們強烈地表示譴責。

　　在我們能力所及的範圍內，為了使過於輕信的讀者在這方面不受影響，我們信心十足地提出一個論點，來支持我們的看法，我們覺得這是一個無往不勝、不容置辯的論點。那就是同樣的原因固然會產生同樣的結果，然而，時至今日，我們看不到一個擁有六萬法磅[1]年金的小姐會出家去當修女，也看不到一位年輕貌美的院長夫人會因憂傷而死去。

編者序

　　讀者可能會覺得這部作品，或者說得確切一點，這本通信集，仍然過於卷帙浩繁，但其實它只含概全部書信裡所摘選出的數量中、再少不過的一部分。取得這些書信的人委託我進行整理，我知道他們的用意是想將其發表；作為對我費盡心思的代價，我只要求他們同意讓我刪除一切我認為無用的內容。我只保留那些在我看來對故事情節的理解，對人物性格發展不可或缺的書信。除了這些簡單的工作，我還把保留下來的信件按照順序，也就是說，幾乎總是按照信件上的日期先後重新排列[2]。而且，我添加了少量簡短的編注，這些注解大部分只是指出引文的來源，或者說明我冒昧做出刪除的理由。我在這部作品中所做的工作僅限於此。[*]

　　我曾建議做出一些更大的改動，此類改動幾乎都跟措辭或文體的純正有關，因為這些信件在這方面存在許多缺點。我原本還想把幾封篇幅過於冗長的信件加以刪節，其中有幾封前後割裂、而且彼此幾乎不相連貫。他們沒有接受我的建議。這個建議當然不足以提高這部作品的價值，但至少可以除去某些不足之處。

　　有人向我表示反對，因為我們要使人們了解的是信箋原件，而不只是一部依照信件編寫的作品。提筆寫這些信的一共有八到十個人，要求他們的文筆都同樣地正確無誤，那既不可能，也不符合實情。我提醒說情況根

---

[*] 我還應當聲明，凡是書信中提到的人名我都做了刪除或加以改動。如果在我更換的人名中，有一些正好是某人的名字，那只是我的差錯，大家切莫穿鑿附會，挑起事端。

本不是這樣，相反的，寫信的人中沒有一個不犯嚴重的錯誤，這些錯誤必然會引起批評。對此他們回答我說，凡是通情達理的讀者都肯定會料到在一部由幾個普通人寫的書信集中會出現一些錯誤，因為迄今出版的所有書信集，包括重要作家的、甚至法蘭西學院院士的書信集，沒有一本不受到這樣的非難。這些理由並未使我折服。我過去覺得，現在依然這麼覺得，這些理由儘管說起來相當動聽，但並不那麼容易被人接受。然而我畢竟不是主人，只好聽從他們的意思。我只保留了這麼一項權利，即表示異議並聲明這並非我的本意；如今我正在做出這樣的表示。

至於這部作品可能具有的價值，也許不該由我來加以述說，我的意見不應當、也不可能影響任何人的意見。對於那些想要了解本書的讀者，我想，可以在閱讀前，繼續把這篇序言看下去；其他人則最好還是直接閱讀作品本身，他們會有足夠的了解。

首先我要說的是，我承認我是主張發表這些信件的，但我根本不期望這部作品會成功。大家不要把我的這種直率看成作家假裝出來的謙遜，因為我還是一貫坦率地表示，倘若我覺得這本通信集不值得向讀者推薦，那我就不會去整理編輯了。讓我們就這些矛盾之處一起取得共識吧！

一部作品的價值是由它的功用，或者它所帶來的樂趣構成的，也有可能包含兩者。不過一本書的成功並不總能證明它有價值，成功往往在更大程度上取決於主題的選擇，而非寫作技巧；取決於描述的所有對象，而非描述的方式。既然這本通信集正如其名稱所言，包含了一個社交圈的所有往來信件，它必然顯示出該社交圈中各式各樣的趣味，但對讀者來說便不是那麼的有意思。而且，這本通信集中表現出幾乎所有感情都是虛假的，或隱匿的。這些感情只會引起好奇心，永遠無法與人的情感產生共鳴。這種好奇心更不會引發寬容心，只會讓人格外清楚看到存在於細節中的缺點，而這些細節不斷阻礙著我們想得到滿足的欲望。

由於這部作品兼俱與其性質相似的優點，亦即文風的多樣性，從而部分彌補了這些缺失。這是一個作家難以做到的，卻在本書中自然地體現出

來。這至少免得讓人有千篇一律的感覺。不少人還會相當重視散見於這些書信中大量新穎或者依然不太為人知曉的觀點。我覺得即使我們以最寬容的態度來評判這些書信，上述一切也就是我們從中期望得到的所有樂趣。

說到這部作品的功能，這個問題可能會引發更多的爭議，但在我看來，它的功能倒是比較容易確立的。至少我覺得，揭露道德敗壞者為了腐蝕品行端正者所採用的手段，對維護善良道德風俗頗有助益。我認為這些信件能有效達到此目的。我們還在本書中找到證據，以及兩則蘊含重要真理的實例。這兩條真理依然鮮少為人所採用，可以說還未被人充分地了解。一條是任何一個女子如果同意在她的生活圈裡接待一個道德敗壞的男人，那她最終會成為他的受害者；另一條則是，若有任何一個母親聽任另一個人代替她成為她女兒的知己，那她至少是個不夠謹慎的母親。至於年輕人，不論男女，都可以從本書中學到下面這麼一條道理：當品德低劣的人似乎很容易跟自己交好，這種友誼永遠是個危險的陷阱，對他們的幸福和德行會有不堪設想的後果。然而，令我感到十分擔心的是用不正確的態度閱讀本書，這種態度與正確的態度是如此接近。我根本不主張年輕人閱讀本書，而且還覺得絕對不該讓他們接觸所有這類作品。在我看來，一名善良的母親非常明白何時這本書對女性會是有益的，而不再有害。這位母親不僅聰明，而且很有見識。她在看了這本通信集的手稿後對我說：「我覺得在我女兒結婚的那一天送給她這本書，對她會有真正的好處。」要是所有母親都這麼想，那我可要為本書的出版而慶幸不已。

即便從這種有利的設想出發，[3] 我也總覺得本書僅有少數人會喜歡。淫逸放蕩的男男女女，基於自身的利害關係，必定會大肆貶損一部對他們不利的作品。他們詭計多端，也許會巧妙地鼓動古板的道學先生加入他們的行列。這些道學先生將會為書中大膽描繪的傷風敗俗畫面驚慌不安。

那些所謂的自由思想者壓根兒不會對一位虔誠的女子感興趣，而且正因為她虔誠，他們會把她看成一位性格懦弱的女子；至於虔誠的信徒則會因為看到一位有德行的女子失足而感到不快，他們會抱怨說宗教的力量顯

得過於弱小。

　　另一方面，品味高雅的人會因為通信集中有數封信文筆過於簡單，同時充滿錯誤而感到厭惡；而普通讀者總以為所有刊印出來的東西都是創作的成果，因而認為另外幾封信中有雕琢的痕跡，在作家筆下人物的表白之中，顯示出作家本人的意思。

　　最後，人們也許相當普遍地認為，每樣東西只有在它應處的位置上才有價值；通常作家過於精練工整的文筆確實會使社交書信失去風韻，但要把這些書信付印，信中措辭用語方面的粗疏草率便會成為真正的錯誤，使信件不堪卒讀。

　　我真心誠意地承認所有這些非議可能都有充分的理由，我也認為自己可以逐一答覆，甚至不用超過序言的一般篇幅。但是大家想必覺得，要是真的需要在序言裡一一作答，那也就意味著作品本身毫無回答的能力。如果我這麼想的話，我就不會出版本書，也不會撰寫這篇序言了。

人物介紹

人物關係圖

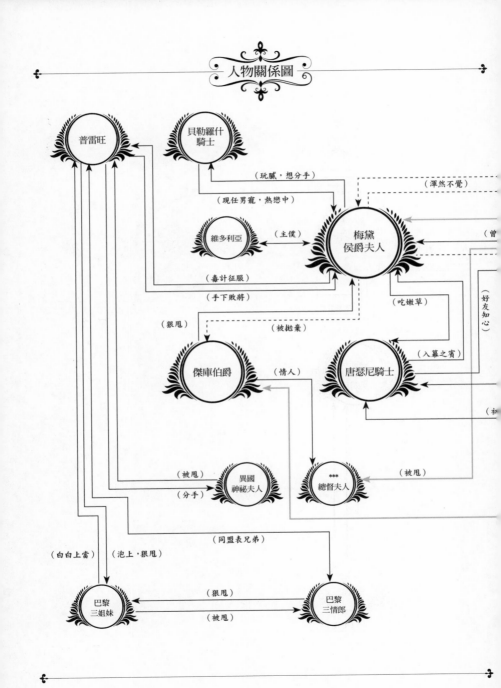

普雷旺

貝勒羅什騎士

維多利亞

梅黛侯爵夫人

傑庫伯爵

唐瑟尼騎士

異國神祕夫人

***總督夫人

巴黎三姐妹

巴黎三情郎

（玩膩，想分手）

（渾然不覺）

（現任男寵，熱戀中）

（曾

（主僕）

（毒計征服）

（手下敗將）

（吃嫩草）

（好友知心）

（狠甩）

（被拋棄）

（入幕之賓）

（情人）

（初

（被甩）

（被甩）

（分手）

（同盟表兄弟）

（白白上當）

（泡上，狠甩）

（狠甩）

（被甩）

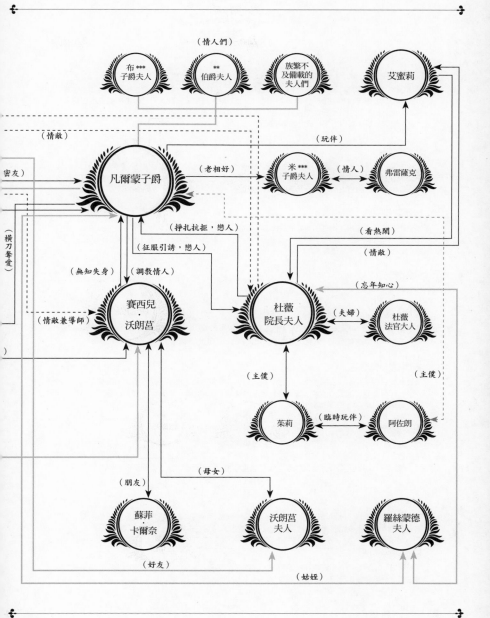

人物介紹

梅黛侯爵夫人

精明冷酷的風流寡婦，看似謹慎尚德、難以征服，私下縱情逸樂，將男人當作玩物。在人生中追求絕對的控制，連對家僕也演戲；在社交中追求絕對的形象，擁有無數面具；在愛情中追求絕對的勝利，只有你死，沒有我亡。近日得知往日負心情人傑庫即將迎娶少女賽西兒，怒不可抑，計畫與分手密友凡爾蒙聯手破壞，讓對方在新婚之夜戴上綠帽。

凡爾蒙子爵

風流倜儻的花花公子，熱愛征服，以敗壞女人名聲為己志。油嘴滑舌、做小伏低、厚顏歪纏、迂迴交心，只要能讓對方手到擒來，沒甚麼招數使不出來。對他來說，戀愛像呼吸一樣容易，偷情是家常便飯，女人是他最便當的消遣。新近看上了貞潔的杜薇院長夫人，想嘗嘗正經女人的滋味。

杜薇院長夫人

虔誠拘謹、純潔善良，德性的天使化身，無暇的慈悲聖母。天真善感，為人寬容富有同情心，不知人間險惡，為凡爾蒙的甜言蜜語所欺；表面上一再拒絕，私底下卻芳心暗許。後凡爾蒙因為虛榮心作祟跟她分手，芳齡二十二便香消玉殞。

杜薇法官大人

杜薇院長夫人的丈夫，遠在第戎，審理案件。

傑庫伯爵

多金瀟灑的少校，梅黛夫人的前情人，曾為了 *** 總督夫人，拋棄了梅黛。偏愛進過修道院的金髮處女。即將迎娶十五歲的賽西兒，梅黛正是為了這個負心漢，寫信給凡爾蒙，要他引誘賽西兒。

賽西兒‧沃朗莒

情竇初開的青春少女，性感地讓人腿軟、無知到令人髮指。年方十五，缺乏個性、沒有主見，一心想著自己花落誰家，卻因婚事捲入梅黛與凡爾蒙的戰爭。唐瑟尼騎士是她的初戀，凡爾蒙是她第一個男人，梅黛夫人是她崇敬的愛情導師。

唐瑟尼騎士

謙遜有禮的青年才俊、盲目熱情的詩人、笨拙駑鈍的愛情白癡。藉由豎琴傳情，與學生賽西兒祕戀。後私情信件被沃朗莒夫人發現，轉為地下情，由好友凡爾蒙居中傳信。期間受不了成熟女人的誘惑，成了梅黛夫人的入幕之賓。之後自梅黛夫人處得知凡爾蒙竟見縫插針，奪去賽西兒的處女之身，憤而與凡爾蒙決鬥。

普雷旺

俊美的巴黎大情聖，連凡爾蒙都敬畏他三分。最佳戰績是同時勾搭上巴黎最時髦的三位美女，又順利讓她們的原配情人棄她們而去，吃乾抹淨，全身而退卻獨獨在梅黛夫人身上吃了痛。

異國神祕夫人

原普雷旺的情人。後普雷旺為了挑戰巴黎三姊妹，拋棄了她。這位夫人曾相當巧妙地拒絕了一位親王的求愛，受到整個宮廷和巴黎矚目。

巴黎三姊妹（又名：形影不離手帕交）

原為巴黎最奇貨可居的三位時髦美女，各有情郎；卻因普雷旺的心機介入，紛紛投入他的懷抱。後知上當，為時已晚，各遭情郎狠甩，無一倖免，下場淒慘。

貝勒羅什騎士

梅黛夫人寵愛的現任男寵，深情固執、癡心傻愛著梅黛。

艾蜜莉

巴黎交際花，凡爾蒙的老相好，曾充當他的床上「書桌」。

米 *** 子爵夫人

凡爾蒙的老相好，擁有梅黛也嫉妒的漂亮容貌，為了與凡爾蒙幽會，還特意排開丈夫與情人，最後凡爾蒙卻讓她名聲掃地。

弗雷薩克

米 *** 子爵夫人的情人。

沃朗莒夫人

年少失足、婚後謹言慎行的良家婦女，不善表達情感的失職母親，因高攀傑庫伯爵暗自心喜，孰料這椿親事毀兒一生。

羅絲蒙德夫人

凡爾蒙子爵的姑母，杜薇院長夫人的忘年知心，溫良寬容、慈悲為懷，看盡人間滄桑，具有老年人清平的智慧與胸襟。

蘇菲·卡爾奈

賽西兒的修道院女友，初戀情事的諮詢顧問。

阿佐朗

凡爾蒙子爵的跟班，愛好華服、花錢如流水，搭上杜薇院長夫人的侍女，專長是幫主人蒐集搞女人的情報。

茱莉

杜薇院長夫人的貼身侍女，阿佐朗是她的臨時情人，凡爾蒙藉此管道取得杜薇夫人的私密信件，掌握美人的底細。

維多利亞

梅黛侯爵夫人的心腹，曾犯下毀節的大錯，由梅黛出手相救，遂受控於梅黛，處處替她遮羞掩醜。

第一部

第一封信

賽西兒·沃朗莒
致
某地吳甦樂會修道院的
蘇菲·卡爾奈

　　你瞧，我的好朋友，我是守信用的，不會讓無邊軟帽和絨球占去我所有的日程，為了你我總會騰出一點時間。不過，單單今日裡看到的華美服飾，就比我們一起度過的那四年還多。以前傲慢的唐薇爾 * 每次來看我們的時候，總是打扮得花枝招展，以為可以氣氣我們；等我第一次回修道院探訪，也準備見上她一面，準會把她給氣死。媽媽每件事都徵求我的意見，不再像過去那樣把我當修道院寄宿生對待。我有專門服侍我的侍女、單獨的臥房和一間能隨意使用的書房。我在一張十分漂亮的寫字臺上給你寫信，還拿到了鑰匙，可以把我想收藏的東西全鎖在裡面。媽媽說她每天早上起床後我都可以去看她，還說只要我梳好頭，就可以下來吃午飯，因為家裡就只有我們倆。吃午飯時，她會告訴我當天下午甚麼時候該去陪她，其餘時間就讓我自己安排，我可以像在修道院裡一樣彈彈豎琴，畫畫圖，看看書；唯一不同的是不會有佩佩蒂修女在旁邊嘮叨，就算我一直無所事事也無所謂。可既然我親愛的蘇菲不能陪著我說說笑笑，我還是寧願忙碌一些。

　　現在還不到五點，我七點才要去見媽媽，如果我還有甚麼想告訴你，那有的是時間，偏偏人家甚麼都還沒跟我提過！要不是我看到這麼多準備工

---

* 唐薇爾是同一家修道院裡寄宿的學生。——編者原注

作，還有專門為我請來的大批女工，我真會以為並沒有人想把我嫁掉，只是好心的約瑟芬 ** 又在瞎說。然而，媽媽經常對我說，未婚小姐應當在修道院待到她出嫁為止；現在媽媽既然把我接了出來，那麼約瑟芬說的話準沒錯。

有輛豪華馬車剛停在門口，媽媽派人來叫我馬上到她那兒去。如果是那位先生來了，那該怎麼辦？我衣服還沒有穿好，手直發抖，心怦怦亂跳。我問侍女她曉不曉得誰在媽媽那兒。「沒錯，」她對我說：「是柯 *** 先生。」說完她笑了。哦！我相信就是他。我回來後一定把經過都告訴你，現在只能告訴你他的姓。我不應該讓人家久等。再見了，我一會兒就回來。

你會怎麼取笑可憐的賽西兒啊！哦，我真羞愧得要命！不過如果你是我，也可能會上當的。走進媽媽房裡時，我看見一位穿著黑衣服的先生站在她旁邊。我盡可能端莊地向他行了個禮，接著就杵在原地，一動也不能動。你可以想像，我會多麼仔細地打量他！「夫人，」他一邊向我行禮，一邊對我母親說：「真是位迷人的小姐，我深切體會到您的仁德所得到的報償。」聽到這一番讚美，我不禁全身直打哆嗦，無法站穩。我找了張扶手椅坐了下來，羞得滿臉通紅，驚慌不已。我剛坐定，那男子就跪在我面前，你可憐的賽西兒這時簡直不知所措；正如媽媽所說的，我完全嚇呆了。我發出一聲尖叫，站了起來，就像那天打雷的時候一樣。媽媽大聲笑了出來，對我說：「你怎麼啦？坐下吧，把腳伸出來給先生。」親愛的朋友，原來這位先生是個鞋匠。我無法向你形容當時我有多麼羞愧，幸好只有媽媽一個人在場。我想等我結婚後，就不會再僱這個鞋匠了。

我們還是挺聰明的吧？快到六點了，侍女說我該準備打扮了。再見，我親愛的蘇菲，我還是像在修道院時一樣愛你。

ps：我不知道該託誰把這封信送出去，只好等著約瑟芬到來。

*17**. 8. 3*

** 她是修道院中負責傳遞遞院外送來物品的修女。——編者原注

第二封信

梅黛侯爵夫人
致
在 XXX 堡作客的凡爾蒙子爵

　　回來吧，我親愛的子爵，您的老姑媽已經讓您繼承她所有的財產，您待在那裡還能做些甚麼呢？馬上動身回來吧，我需要您。我有個好主意，想要交給您去付諸實行。本來只要這幾句話就足夠了：您能夠被我選中應當感到十分榮幸，理應迫不及待地趕來，跪下聽候我的差遣；可是如今您不僅不再接受我的關愛，還肆意糟蹋我的好意。在永久的仇恨和極度的寬容之間掙扎的我，為了您的幸福著想，終究讓仁慈之心占了上風。所以我決定把我的計畫告訴您，不過您得以騎士的忠誠向我發誓，只要您還沒結束這段豔史，就絕不會去追逐別的韻事。這項任務可以讓一個英雄一展所長，因為您既要為愛情效勞，又要為復仇出力；總之，這將又是一椿可以寫進您回憶錄的**風流罪狀** * ──沒錯，就是您的回憶錄，因為我希望有朝一日它終能付梓，而我會負責撰寫。不過這些晚點兒再談，還是回到我關心的事情上吧。

　　沃朗莒夫人要嫁女兒了，目前這還是個祕密，但她昨天告訴我了。您可知道誰是她挑中的女婿？就是傑庫伯爵。誰能料想得到傑庫竟會成為我的

---

* 「放蕩子弟」和「專幹偷香竊玉的風流勾當」這些形容詞，是出身良好、教養得宜的階層所欲盡力擺脫的形象，但在信件編寫的年代仍然十分盛行。──編者原注

表親？這讓我不禁怒火中燒……怎麼，您還沒猜著嗎？噢，腦袋真不靈光！總督夫人那件事，難道您已經原諒他了？至於我，您這個狼心狗肺的人，難道我沒有更多的理由可以埋怨他嗎？[**] 但我還是平靜下來了，復仇的渴望使我的心靈得到安寧。傑庫十分看重他未來的妻子，還愚蠢地自認為他能躲過那難逃的宿命，我們對他這種態度早就感到厭煩了。他無可救藥地推崇修道院的教育，更為可笑的是，他固執地以為金髮女子的行為都很檢點；其實我敢打賭，儘管小沃朗莒有六萬法鎊的年金，要是她生著一頭褐髮或是沒待過修道院，那傑庫也絕不會結這門親事。就讓我們來證明他不過是個傻瓜，他自己大概遲早也會證明這一點，這我倒不擔心；但如果他在婚禮當晚就成了傻瓜，那才真的有趣。隔天聽他向我們吹噓的時候，那會是多麼滑稽啊！因為他肯定會自吹自擂的，而一旦您把這個小姑娘調教好了以後，如果傑庫沒有像其他人那樣成為巴黎的笑柄，那可是天大的不幸。

此外，這部新小說的女主角也值得您小心呵護，因為她長得實在漂亮，芳齡只有十五，有如一朵含苞待放的玫瑰。坦白說是有點笨拙，而且一點兒也不懂得裝模作樣，不過你們這些男人是不在乎這些的；而且，她那種懶洋洋的目光的確也大有可為。我還要補充一句：她是我推薦給您的，您只要表示感謝，並按照我的吩咐去做就行了。

明天早上您就會收到這封信，我要您明天晚上七點鐘到我家來。我在八點之前不見客，包括正得我寵愛的騎士：他腦子不夠聰明，幹不了這種大事。您瞧，我可沒讓愛情沖昏了頭。一到八點，我就恢復您的自由。您可以在十點鐘回來，跟這個美人兒一起用餐，因為她們母女倆要上我家來吃晚飯。再會了，中午已過，我馬上要處理別的事情。

*17**. 8. 4，於巴黎*

[**] 這一段指的是傑庫伯爵曾經為 XXX 總督夫人而離開梅黛侯爵夫人，XXX 總督夫人則為了他犧牲了凡爾蒙子爵，侯爵夫人和子爵就是在那時有了感情。由於這段糾葛發生在很早以前，與本書信集中的一連串事件在時間上相隔許久，因此我們認為應當刪除有關的所有往來信件。——編者原注

第三封信

賽西兒・沃朗莒
致
蘇菲・卡爾奈

　　我還是甚麼都不知道，我的好朋友。媽媽昨天請了很多客人來吃晚飯。雖然我想要仔細觀察來客，特別是男人，但還是感到十分困擾。男男女女，所有的人都不停地盯著我看，接著又交頭接耳。我很清楚他們在談論我，於是我不禁臉紅了。我很希望自己不要這樣，因為我發現人家打量別的女人時，她們一點也不怕羞；或許是她們臉上抹的胭脂，遮掩了因為困窘而泛起的紅暈。因為當一個男人目不轉睛看著你的時候，要不臉紅是很難的。

　　最教我不安的是我不知道別人對我有甚麼看法，不過我好像聽見兩、三次**漂亮**這個辭，但也清楚地聽到了**有點笨拙**這個評語。這話應該說得不假，因為說這句話的女人是我母親的親戚和朋友，而且她似乎馬上就對我十分友善。整個晚宴上只有她跟我聊了幾句。我們明天要去她家吃晚飯。

　　用過晚餐以後，我還聽見有個男人對另一個男人說（**我肯定他講的是我**）：「還是應該讓那再熟一點，我們等到今年冬天再說吧。」說不定他就是要娶我的那個人，但那樣就得再等上四個月！我真想知道究竟是怎麼回事。

　　約瑟芬來了，她跟我說她沒辦法久留，不過我還是想把我發生的一件**糗事**告訴你。噢，我覺得那位夫人說得對極了！

　　晚飯過後，大家開始打牌，我坐在媽媽身邊。不曉得怎麼搞的，我幾

乎立刻就睡著了，直到一陣笑聲把我驚醒。我不確定大家是不是在笑我，但我覺得應該是。媽媽允許我離席，令我十分高興：你想想看，那時候都過十一點了。再見，我親愛的蘇菲，永遠別忘了你愛的賽西兒。我可以肯定地告訴你，社交界並不如我們想像的那樣有趣。

17**. 8. 4，於巴黎

第四封信

凡爾蒙子爵
致
巴黎的梅黛侯爵夫人

　　您的命令很有吸引力，您下達命令的方式更加動人，簡直教人開始喜愛這種專橫的態度了。您知道，我屢次為不再是您的奴隸而感到惋惜；儘管您說我是個狼心狗肺的人，但每當我回想起您用更甜蜜的暱稱呼喚我的那段時光，無不教我心神愉悅，回味再三。我甚至常常希望自己能重新配得上那些稱呼，與您長相廝守，為世間提供一個忠貞不渝的典範。可是更遠大的抱負正在召喚我們，不斷征服是我們的宿命，順從它才是明智之舉。也許在征途盡頭，我們還會相遇，因為——請原諒我這麼說，我美麗的侯爵夫人——您正亦步亦趨追隨著我。自從為了世人的幸福分手以後，我們各自宣揚自己的信仰；在為愛佈道的使命上，您似乎比我培養了更多新的信徒。我了解您的虔誠，與那火一般的熱情。如果這個專司愛情的上帝根據我們的功績加以評判，您總有一天會成為某個大城市的守護女神，而您的朋友最多只能當個小村莊的守護聖人而已。這番言語教您感到驚訝，是嗎？但過去八天以來，我耳裡聽到的、嘴裡說的都是相同的論調；為了使我在這方面不斷有所長進，我不得不違背您的命令。

　　您先別動怒，請聽我說。既然我曾向您傾吐心中的所有祕密，那就不妨將我至今設想出最偉大的計畫也與您分享。您給了我甚麼提議？去勾引一個沒見過世面、懵懂無知的年輕姑娘。她應該會毫不抗拒地委身於我，

只要一句恭維，她就會陶醉不已；比起愛情，也許好奇心更容易左右她的行為，就算是其他男人也一樣能手到擒來。我心中嚮往的計畫可不是這樣，一旦成功，肯定會為我帶來榮耀和快樂。準備為我加冕的愛神將猶豫不決，不知該用香桃木還是月桂來編織冠冕[4]，或者祂會選擇將兩種枝葉結合，好慶祝我的勝利。至於您，我美麗的朋友，您也會對我產生由衷的敬意，欣喜萬分地說：「這才是我心目中的男人。」

您認識杜薇院長夫人，知道她的虔誠、她對丈夫的敬愛和嚴格恪守的道德準則：她才是我要攻占的堡壘，她才是與我相稱的對手，她才是我想擊中的目標。

> 儘管我無法征服她，贏取這份獎賞，
>
> 至少我曾試圖占有她，享有這份榮光。

只要這兩句打油詩是出自大詩人的筆下 *[5]，稍作引用也無傷大雅。

您想必知道，法院院長為了一起重大的訴訟案件目前正待在勃艮第（**我希望讓他在一起更重要的案件中敗訴**），他那得不到撫慰的另一半只好在這兒度過一段飽受煎熬、獨守空閨的日子。每天去望一次彌撒，拜訪附近的窮人，早晚禱告，獨自散散步，跟我年邁的姑媽恭敬地談論信仰，有時打上一局沉悶的惠斯特[6]——這些就是她唯一的消遣。我為她準備了更事半功倍的娛樂。為了她和我的幸福，我的守護天使引導我來到了這裡（**我真是瘋了！真後悔把二十四小時都耗費在交際上！**）。如今要是有人逼迫我返回巴黎，那對我會是多大的懲罰！幸好要湊足四個人才能打惠斯特，而這兒只有當地的一位本堂神父。我那老姑媽竭力勸我為她多留幾天，您一定猜到我同意了。您想像不出，從那之後她對我有多麼疼愛；特別是看到我按時跟她一起祈禱、一起望彌撒的時候，她是多麼感動。她壓根兒不會料到我

---

*　引自拉封丹（Jean de La Fontaine）《寓言詩》。——編者原注

崇拜的是另一個女神。

　　因此，這四天來我完全沉浸在一股濃烈的激情之中。您可以想見我欲火中燒，一心要消除種種障礙。但有一點您並不知道，就是孤獨寂寞助長這把火燒得更加旺盛。現在令我朝思暮想、輾轉反側的只有一個念頭：我非得占有這個女人，好擺脫陷入情網的荒謬糗態；因為人的欲望要是得不到滿足，誰知道會引發甚麼樣的後果？噢，銷魂的快感！為了我的幸福，特別是讓我能得到安寧，我祈求讓我如願以償。女人那麼不善於保護自己，真是我們男子之福！否則在她們身邊我們只能是畏縮膽小的奴隸。這一刻我對那些輕浮的女子特別懷有感激之情，正因這份情感，教我又自然而然拜倒在您的石榴裙下，匍匐在您的跟前，以求得您的寬恕，並就此結束我這封過於冗長的信。再見了，我美麗的朋友：請別恨我。

17**.8.5，於 ** 城堡

第五封信

梅黛侯爵夫人
致
凡爾蒙子爵

　　子爵，您的來信流露出少有的放肆，讓我完全可以對您發一頓脾氣，您明白嗎？但這封信也清楚地說明您已失去了理智，就因為這一點，我才沒有動怒。身為一個寬宏大量、富有同情心的朋友，我忘了自己所受的凌辱，只想著關心您的安危。儘管講理說教令人厭煩，但為了救您於水火，我只好勉為其難了。

　　您打算占有杜薇院長夫人！真是荒唐可笑，異想天開！我從這一點就看出您頭腦不清，只曉得垂涎明知無法得到的東西。這個女人究竟是個甚麼樣的人呢？容貌長得還算端正，但毫無表情；身材還過得去，但缺乏風韻。她的穿著老是令人發笑！胸前堆著圍巾，胸衣直抵到下巴！我以朋友的身分給您一個忠告，不必等第二個像她這樣的女人出現，就足以讓您失去所有人對您的敬意。回想一下她在聖洛克募捐那天的模樣吧。拜我之賜，您有幸能親眼目睹這一幕，還向我一再稱謝呢。直到現在她攬著那個長髮瘦高個的景象還歷歷在目，每走一步都像是要跪倒在地，巨大的裙撐似乎老要罩到人家頭上，每行一個禮就要臉紅一次。那時誰料想得到您竟會對這個女人有興趣？得了吧，子爵，這回該臉紅的是您自己！快醒醒吧，我答應替您保守祕密。

　　再說，好好想想您會遇到甚麼樣的麻煩事吧！您要對付的情敵是何許人也？是她的丈夫！單就這一點，您難道不感到羞愧嗎？如果您失敗了，那

可是奇恥大辱！而成功也不會為您增添甚麼光彩。我還要補充一句，您別指望從她那兒得到一點樂趣。和一本正經的女人一起會有樂趣可言嗎？我指的是真心誠意、中規中矩的女人，她們即便在行樂中也相當矜持，無法讓您享受到完整的快感。那種完全自我解放，那種過度歡愉昇華而成的銷魂蕩魄，還有愛情的種種妙處，她們都一無所知。我敢預言，最樂觀的情況是您的院長夫人把您當作她的丈夫那樣對待，並以為這樣就算為您付出了一切，然而在你們倆情意纏綿地行夫妻之實的當兒，卻也始終難以合為一體。更糟的情況是，您這位一本正經的夫人還是虔誠的信徒，而這種良家婦女的堅定信仰，導致她永遠停留在幼稚不成熟的階段。也許您能克服這個障礙，但您可別以為能就此將其摧毀。您能戰勝她對上帝的愛，卻不能戰勝她對魔鬼的恐懼；當您把她擁入懷中，您會感到她的心怦怦狂跳，但那是出於恐懼，而不是愛情。要是您早一點認識她，也許還能有所作為，可如今她已經二十二歲，結婚已近兩年。相信我，子爵，當一個女人老化到這種程度，就只好任她聽憑命運的擺布，畢竟朽木是永遠無法成材的。

然而您正是為了這個標緻的人兒拒絕聽從我的請求，把自己的大好光陰葬送在死氣沉沉的姑媽家中，還放棄了最美味可口、最能成就您榮耀的風流韻事。您交了甚麼厄運，為甚麼傑庫總比您占了點優勢？欸，我心平氣和地跟您說，現在我倒傾向相信您不過是浪得虛名，更恨不得收回我對您的信任。要我把自己的祕密告訴杜薇夫人的情郎，我永遠都不可能習慣。

不過您該知道小沃朗苣已經讓一個人丟了魂。年輕的唐瑟尼對她著了迷，他跟她一起唱過歌，而小沃朗苣也確實唱得比一般修道院的寄宿生要好。他們一定練過很多首二重唱，我認為她是很樂意跟他合唱的。但唐瑟尼這孩子在談情說愛中只會浪費時間，最終落得一事無成，而那個小姑娘則是太過怕生。不管怎樣，情況絕對遠遠不及換成您親自上場那麼有趣。我為此心緒不佳，等那個騎士來的時候，我一定會和他吵架。我得勸他溫柔一點，因為這會兒跟他決裂對我來說無關痛癢。我確信如果我現在明智地離開他，他一定會感到絕望，而這世上再沒有比陷入愛的絕望更教我覺得有趣的事

了。他會說我薄情寡義,但這個字眼只會教我更開心,對女人來說,除了冷酷無情以外,那是最動聽的形容詞,而且要博得這個稱號也較不費勁。我準備認真地將這一切付諸實行,可這件事的始作俑者卻是您!因此我要您為此負責。再見了。請拜託您的院長夫人,在她祈禱的時候也為我禱告幾句。

17**. 8. 7,於巴黎

第六封信

凡爾蒙子爵
致
梅黛侯爵夫人

　　原來世上沒有一個女人不濫用她取得的權勢！甚至是您這位過去我口中經常稱讚寬宏大量的好朋友，也終於變得不再包容，竟肆無忌憚攻擊起我心愛的人來了！您竟敢用這樣的筆觸來描繪杜薇夫人！有哪個男人不會為這種放肆無理的狂妄行徑而賭上他的性命？除了您之外，又有哪個女人不會為此蒙上言行惡毒的陰影？行行好，別再教我接受這樣嚴峻的考驗了，我無法保證一定承受得了。如果您想要批評她的不是，看在我倆交情的份上，等我把她弄到手之後再說吧。難道您不懂只有肉體得到滿足，被愛神蒙蔽的雙眼才能得到解放？

　　可是我究竟在說些甚麼呀？杜薇夫人的魅力難道還需要憑藉幻想？不，她本身就夠教人傾倒的了。您數落她穿戴得不講究，這點我倒相信，因為所有華服對她而言都是多餘的，所有掩飾外表的打扮都有損她的姿色；她只有在隨興自然、完全未經修飾的時候，才著實令人心醉。多虧近來天氣酷熱，我才得以透過她身上那件輕薄的便服，窺見她渾圓而柔軟的腰身。她的胸前只包覆著一塊平紋細紗，而我鬼祟的銳利目光早已盯住了那迷人的形狀。您說她的臉上毫無表情——當她沒有聽到任何觸動心弦的話語時，臉上能有甚麼表示呢？

　　是的，也許她不似那些賣弄風情的女人擁有一雙善於說謊的眼睛，那

種眼神有時十分誘人，卻總教我們受騙上當。她不會用做作的笑容掩藏話中的空白，儘管她生著一副世上最美的牙齒，但她只在真正被逗樂的時候才發笑。看看在遊玩嬉戲中，她所展現的是多麼純樸、坦率的活潑模樣！而在熱心救助窮苦不幸的人時，她目光中所顯露出的又是多麼純真的喜悅和充滿同情的慈愛！更別提只要一句讚美或奉承，就會令她那天仙般的臉龐浮現動人的窘態，這種謙虛完全不是裝出來的！她是一個正正經經的虔誠女子，您卻因此便認為她冷漠而毫無生氣？我的看法完全不同：她能把自身的情感寄託在丈夫身上，並始終不變地去愛一個總是不在身邊的人，不正說明了她具備非凡的感性嗎？您還想要求甚麼更有力的證明？不過我倒可以再補充一個。

　　散步的時候，我把她領到一道非跳過去不可的溝渠旁。儘管她步伐敏捷，仍然十分膽怯。您很清楚規矩的女人是害怕跨越溝渠的 *7，她只能仰賴我的幫助。我將這個靦腆的女人擁入懷中。我們的預備動作和我年邁的姑媽跨過溝去的樣子，惹得她哈哈大笑。可是，等我利用一個看似笨拙、實則巧妙的動作一把抓住她的時候，竟讓我們緊緊摟在一起。我讓她的胸口貼著我的，在這短短的一瞬間，我感覺到她心跳加速，臉上泛起了可愛的紅暈，嬌羞的窘態明顯告訴我她的心怦怦狂跳並不是出於畏懼，而是愛情。然而我的姑媽也跟您一樣沒弄明白，見狀說道：「這孩子嚇著了。」但是這孩子誠實得太可愛，不會撒謊，她天真地說：「哦，不是的。」她這句話令我茅塞頓開。從那時起，教人煎熬的焦慮化做了甜美的希望。我會得到這個女人，我要把她從那個不懂憐香惜玉的丈夫身邊搶過來，我甚至敢將她從她最崇拜的上帝手中擄走。我一會兒是她悔恨的對象，一會兒又是戰勝這份悔恨的贏家，那該是多麼有趣啊！我根本不想去消除困擾著她的種種成見！那只會增添我的快樂和榮耀。讓她崇尚貞潔吧，但她將為了我而犧牲這個美德。犯下過錯會令她驚恐不安，卻無法使她止步不前；儘管

*　此處語帶雙關，在文章中玩弄雙關語的通俗風格這時剛開始流行，之後大行其道。──編者原注

受盡了恐懼的折磨，但只有在我懷中才能忘卻和克服這一切。到那時，我才允許她對我說：「我愛慕你。」世上所有女子中，唯獨她有資格這麼說。我會真正成為她更偏愛的上帝。

坦白說，我們在冷靜和輕易成功的安排裡獲得的所謂幸福，幾乎說不上有甚麼樂趣。要不要我告訴您一件事？我曾以為我的心已經枯萎，只能尋求感官的樂趣；我曾埋怨自己未老先衰。杜薇夫人使我重新體會到青春時代的美妙幻想。在她身邊，我毋須仰賴肉體的滿足就能感到幸福。唯一教我感到擔心的，是成就這場豔遇所需耗費的時間：因為我一點也不敢貿然行動。我想起不少自己以往莽撞成事的輝煌戰績，卻下不了決心對她如法炮製。要讓我真的感到幸福，得讓她自動委身於我，而這可不是件容易的事。

我相信您會讚賞我的謹慎。我還沒有說出愛這個字，但我們已經談到了信任和關心。為了盡量不欺騙她，特別是為了預防可能傳到她耳中的流言蜚語對她產生的影響，我好像認罪似的，親口向她坦承了我的一些人盡皆知的作為。要是您看見她真心誠意勸導我的樣子，一定會忍不住笑出來的。她說她要讓我改過向善。她還沒有察覺，這樣做她將會付出多大的代價。她根本料不到當她在**為那些因我而萬劫不復的不幸女子辯護（這是她的用辭）**的同時，已是預先為自己辯護。昨天在她的一次講道當中，這個有趣的想法突然在我腦中浮現。我不禁打斷了她，讓她相信她說話的樣子真像一位先知。再見了，我美麗的朋友。您看，我還沒有為情所困到無可救藥的地步。

ps：對了，那位可憐的騎士是不是絕望地自盡身亡了？說真的，您可比我要壞上百倍——若我是個潔身自愛的人，您可會令我羞愧萬分。

17**. 8. 9. 於 ** 城堡

第七封信

賽西兒・沃朗莒
致
蘇菲・卡爾奈 *

　　我還沒跟你討論我的婚事，那是因為我後來沒再聽到甚麼消息。我已經習慣不再去想，並覺得自己目前的生活方式相當不錯。我花了不少時間鑽研聲樂和豎琴。自從沒有老師指導以後，我反倒覺得自己更喜歡練習了，或者說得明白一點，我現在有了更好的老師。我跟你提過的唐瑟尼騎士，就是我曾經在梅黛夫人家裡跟他一起唱歌的那位，他人真的很好，每天都上我家來陪我練唱好幾個小時。他非常討人喜歡，唱起歌來像個天使；他譜了許多優美動聽的曲子，還自己填了詞。真可惜，他竟是馬耳他騎士團[8]的成員！我想如果他結婚的話，他的妻子一定會很幸福的……他溫和的性格十分迷人，說話時從來都不像在恭維人，可是每一句都教人欣喜。他不斷修正我在音樂和其他方面的缺點，但他批評的時候，樣子顯得那麼關心，態度又是那麼愉悅，令人無法不對他表示感謝。就連他望著你的時候，也好像在說甚麼殷勤的話。此外，他還十分善解人意。比如昨天，他本來受邀去參加一場大型音樂會，但他還是寧願在我們家度過整個夜晚。這讓我很高興，因為他不在，便沒有人跟我說話，我就感到無聊；有他在，我們

---

* 為了怕過於吊胃口、讓讀者失去耐性，我們將這些日常通信的內容刪去了一大部分，只保留理解這個社交圈子所發生的事件不可或缺的信件。根據同樣的理由，蘇菲・卡爾奈的所有信札以及故事中其他角色的不少信件，也皆已刪除。──編者原注

就可以一起唱歌、閒聊。他總有話跟我說。他和梅黛夫人是唯一讓我覺得和藹可親的人。再見了，我親愛的朋友，我答應今天要學會一首小詠歎調，這首曲子很難伴奏，但我不想說話不算話。我要開始練習了，一直練習到他來為止。

17**. 8. 7，於 **

第八封信

杜薇院長夫人
致
沃朗莒夫人

　　夫人，您賦予我的信任，任誰也比不上我所受的感動，也不會有人像我對沃朗莒小姐的婚事這麼關心。我真心誠意祝她幸福，且毫不懷疑在您精心的安排下，她應當也終將擁有這份幸福。我並不認識傑庫伯爵，但是他既然有幸獲得您的青睞，便足以讓我對他萌生莫大的好感。夫人，當初我的婚事也是您一手促成，如今還教我感激不已，眼下我只願這樁婚事一樣美滿順利。但願令嬡的幸福是您為我謀得幸福的回報，我最好的朋友也將成為最幸福的母親！

　　我恨不得能親口對您獻上我最真誠的祝福，更等不及想立刻結識沃朗莒小姐。在我感受到您對我如母親般的關懷後，也希望她待我如姊妹般友愛。夫人，請您向她轉達我的請求，同時我也會努力使自己配得上這份情誼。

　　在杜薇先生回來之前，我預計待在鄉間，我會利用這段時間與可敬的羅絲蒙德夫人作伴，從中得到樂趣和啟發。這位夫人總是那麼親切可愛，儘管年事已高，在她身上卻看不見任何影響，不僅記憶力一點都沒有衰退，活潑愉悅的性情也一如既往。她的身體固然已經八十四歲了，精神上卻只有二十歲。

　　她的侄子凡爾蒙子爵為我們的隱居生活增添了歡樂的氣氛，他自願犧

牲幾天時間留下相陪。我並不認識他，只聽過關於他的傳聞，那些流言讓我本來並不太想與他結識，但如今看來，他本人比傳聞中說的要好。在這兒，遠離社交界風風雨雨的侵擾，他講起道理來那麼自然通透，令人印象深刻，並以罕見的坦誠承認自己的過錯。他跟我交談的時候表現出極大的信任；我勸誡他的時候態度十分嚴厲。您認識他，您得承認一旦成功讓他改過向善，可是一樁了不起的美事。不過我毫不懷疑，雖然他滿口應承，但只要在巴黎過上一個星期，他就會把我所有的規勸都忘得一乾二淨。他在這兒逗留的期間，至少可以讓他暫時擺脫往日的素行。從他目前的生活方式看來，我認為他能做的最大努力，就是甚麼事都不做。他知道我在給您寫信，就託我代為向您致意。請您也以我所熟悉的仁慈接受我的敬意，並請永遠不要懷疑我的真摯情感，對此我引以為榮⋯⋯

17**. 8. 9，於 ** 城堡

第九封信

沃朗苣夫人
致
杜薇院長夫人

　　我年輕美麗的朋友，您對我真摯的友誼，以及對一切與我有關的事情都真心感到關切，我從來就不懷疑。我希望我們在這一點上的看法始終一致，因此我答覆您的回信並不是為了加以釐清，而是我覺得必須跟您談談凡爾蒙子爵這個人。

　　我承認，我沒有想到在您的信中會出現這個名字。說實在的，您和他能有甚麼共同之處呢？您並不了解這個人，又從何體會一個浪蕩公子內心的想法呢？您竟向我提到他罕見的坦誠！是啊，凡爾蒙的坦誠確實非常罕見。他外表和藹可親，頗有魅力，因而也就越發虛偽和危險。他從青春正盛的年紀開始，每走一步路，每說一句話，都是出於某種計畫，而且他的計畫沒有一個不是傷風敗俗或充滿罪惡的。我的朋友，您是了解我的，您很清楚我雖然潛心修養品德，寬恕卻不是我最看重的。因此，如果凡爾蒙在狂熱的激情驅使下，或者像其他許多人那樣，因為年少輕狂抵擋不了誘惑而犯了錯，我在指責他行為的同時，也會感到惋惜，並默默期望他能浪子回頭，重新得到正派人士的尊重。然而凡爾蒙並不是這樣的人，他本身的處世原則造就了他的行為。他很會算計，知道一個人可以幹多少可恥的惡行而不影響自己的名譽。為了能做到冷酷惡毒而又沒有危險，他選擇了女人做他的犧牲品。我無心細數他究竟勾引過多少女人，但當中有哪個女人不因他而名譽掃地？

您過著謹言慎行的隱居生活，那些醜聞不會傳到您的耳中。我本來可以為您講述其中幾件，肯定會教您聽了不寒而慄，但您那雙跟心靈一樣純潔的眼神就會被這種不堪入目的場景所玷汙。既然您確信對您而言，凡爾蒙永遠算不上危險，那就不需要這樣的武器來自衛。我只有一件事要告訴您，他向不少女子獻過殷勤，不管成不成功，沒有一個不埋怨他的。唯一例外的是梅黛侯爵夫人，只有她懂得抵擋他的攻勢，壓制住他的邪念。我承認在我眼中，她在為人處事上的這一點長處是最教人尊敬的；不僅如此，這讓她在喪夫初期遭人非難的一切輕率言行，成為強而有力的辯護。*

不管怎樣，我美麗的朋友，不論是出於年齡、經驗，特別是友誼，都使我不得不提醒您，大家已經注意到凡爾蒙沒有在社交界露面；要是有人知道他曾單獨跟您和他的姑媽消磨過一段時光，您的名譽就落到了他的手裡，那是一個女人可能遭遇到的最大不幸。因此我勸您說服他的姑媽別再留他，若是他執意要留下，我想您就該毫不遲疑地將那地方讓給他。但他為甚麼要待在那裡呢？他究竟在鄉間做甚麼？如果您派人監視他的行蹤，我敢肯定您會發現他只是把那兒當作較便利的隱匿場所，以便在附近策畫甚麼邪惡的勾當。

然而，既然我們無法撥亂反正，就只好力求不受其害。

再會了，我美麗的朋友。我女兒的婚事會晚一點才舉行。我們時刻等待著傑庫伯爵的到來，但他來信說他的部隊調到科西嘉去了——由於正值戰事期間，他到冬天前都無法抽身。這消息令我不快，不過也使我懷抱希望，能夠有幸盼到您前來參加婚禮，我本來還因您不能到場而懊惱不已。再見了，我是您真心誠意、毫無保留的摯友。

ps：請代我問候羅絲蒙德夫人，對她說她永遠值得我的關愛。

17**. 8. 11，於 **

---

* 沃朗莒夫人的不察讓我們明白凡爾蒙像其他惡棍一樣，是不暴露他的同黨的。——編者原注

第十封信

梅黛侯爵夫人
致
凡爾蒙子爵

您還在生我的氣嗎，子爵？還是您已經死了——或者跟死了差不多，您只為您的院長夫人而活？這個讓您重拾**青春時代美妙幻想**的女人，不久還會使您萌生荒唐可笑的偏見。

眼下您已經是一個膽怯的俘虜，與陷入情網相去不遠。您將過往**莽撞成事的輝煌戰績**拋在腦後，為人處世變得沒有原則，一切都憑運氣，甚至一時的興致。您難道忘了愛情就跟醫學一樣，只是增強體質的手段嗎？您很清楚我正在用您的武器打擊您，但我並不感到得意，因為我的對手早已倒地不起。您對我說，**得讓她自動委身**，欸！毋庸置疑，理當如此。她可能也會像別的女人一樣自動委身，差別在於她並不甘心情願。然而，為了讓她最終能自動委身，最有效的手段竟是從占有她開始，這種荒謬可笑的論調實在是戀愛中人的胡言亂語！我說戀愛，因為您陷入了情網。要是不跟您直說，就是有負於您，也等於隱瞞您的病症。那麼告訴我，善感的情人，您過去占有的那些女人，難道都是您強行得逞的嗎？不管一個女人多麼想要自動委身，也不管她多麼迫不及待，她總需要一個藉口。對我們來說，還有比看上去像是屈服於暴力更簡單的藉口嗎？在我看來，最合我意的是猛烈而部署完善的進攻，進展飛快，但一步步都顯得很有條理，絕不會使我們陷入進退維谷的窘境，而必須去補救自己的笨拙，反而應當讓我們利

用這份笨拙，從中得益；甚至在我們默許之時還能保有暴力的假象，巧妙地滿足了我們最愛的兩種情感，即抵抗的光榮和失敗的愉悅。世上擁有這種本領的人比我們想像的還要稀少，我承認即便我沒有上鉤，他們也總能取悅我。有幾次我還曾自動委身，只是單純作為獎賞。這就像在古代的競技場上，美女表揚騎士的勇武和身手敏捷一樣。

可是您已經不再是以前的您了，您表現得好像害怕取得成功。欸！從甚麼時候起您專挑彎道曲徑，每天只趕一小段路？朋友，想要到達目的地，就得騎驛馬，走大道！但咱們還是別談這件令我分外惱怒的事吧，因為它剝奪了我與您相見的樂趣。至少您得更頻繁地捎信給我，讓我了解您的進展。您可知道，您沉迷在這樁可笑的豔遇裡已過了兩個多星期，且對大家不聞不問？

說到不聞不問，您就像定期派人探聽生病朋友的消息，但卻從來不想要回音的人。您在上封信的結尾問我騎士是不是死了，我沒有回答，您也就不再關心了。難道您忘了我的情人生來就是您的朋友？但是請您放心，他好得很，或者該說即便他死了，也是過度的歡愉使然。這可憐的騎士，他真是溫柔體貼，天生就是塊談情說愛的料！他對愛情的感知是那麼強烈而靈敏，教我頭都暈了。說實在的，看到他在我的愛情中找到了如此美滿的幸福，教我也不禁真的愛上了他。

就在我寫信告訴您我要設法與他決裂的那一天，我卻帶給他無比的快樂；儘管僕人通報他到來的時候，我還在思考各種令他絕望的方法。不知是出於理智，還是一時心血來潮，當時他看起來比以往任何時候都還要令我滿意。不過我接待他的時候，脾氣可不太好。他希望在我敞開大門迎接所有賓客之前，能單獨跟我消磨兩個小時。我對他說我馬上要出去。他問我要去哪兒，我不肯告訴他。他堅持要我回答，我就帶刺地說，**到沒有您的地方去**。算他運氣好，聽完我的回答，他一下子愣住了；因為當時若是他開口說上一句話，就必然會引起一場爭吵，讓我的決裂計畫成真。他的沉默使我感到詫異，我朝他瞥了一眼，我向您保證，我這麼做心裡並沒有

別的打算，只是想要看看他的表情。我在他那張迷人的臉龐上又看到了那種深刻、充滿柔情的哀傷。這種神色，您過去也承認是很難抗拒的。同樣的原因造成了同樣的結果，我就這樣再度被征服。自那時起，我想盡辦法，不讓他發現我的失誤。我改用比較溫和的態度對他說：「我有事出去一下，這件事與您也有關係，但是您先別細問。我會在家裡吃晚飯，到時候您再過來吧，我會對您說明。」他這才回過神來，但是我不讓他有機會追問。我接著說：「我趕著出門，您走吧，晚上見。」他吻了一下我的手，就離開了。

為了補償他，或許也是為了補償我自己，我馬上決定讓他見識一下我的小公館，他對這個場所一無所知。我把忠心的**維多利亞**叫來。我偏頭痛發作了，讓所有的僕人知道我已上床就寢，最終身邊只剩下我的心腹。她喬裝成男僕，我打扮成侍女。接著她叫來一輛出租馬車，停在我的花園門口，我們就出發了。一到那座愛情的神殿，我就換上一件最嫵媚的便裝。這件精美的衣服是我的傑作，雖不讓人看見身體的任何部位，卻引人遐思。我答應在您把院長夫人調教成配得上這種裝扮的時候，也送給她一件。

做好這些準備以後，維多利亞忙著處理其他瑣事，我就看起書來，讀了一章《索法》[9]、一封《哀綠綺思》[10]的信和拉封丹的兩篇寓言，好溫習一下我要採取的不同語氣和口吻。這時，我的騎士來到我家門前，仍然是往常那種迫不及待的樣子。我的門房不許他進去，告訴他我病了：這是第一個插曲。門房同時交給他一張我的字條——當然以我一貫的謹慎，字條並不是我親手寫的。他打開後看到的是維多利亞的筆跡：「九時正，在林蔭大道的咖啡館前見。」他趕到那兒，有個他不認識，或者說至少他以為不認識的小僕人（**因為仍然是維多利亞假扮的**）要他把馬車打發走，然後跟著他走。所有這些浪漫的安排使他既好奇又興奮，而興奮並無害處。他終於到了我這兒，驚訝和愛情使他喜出望外。為了讓他平靜下來，我跟他在小樹林裡散了一會兒步，才把他帶回屋裡。他首先看到的是兩副擺好的餐具，接著是一張鋪好的床。我們一直走到布置得富麗堂皇的小客廳裡。會選擇在那兒，一半

是出於周密的考量，另一半是出於自身的情感，我摟住他，跪在他的面前對他說道：「噢，我的朋友！為了讓你擁有此刻的驚喜，我假裝生氣，教你受盡折磨，並一時對你隱瞞了我的心跡。請原諒我的過錯，讓我用更多的愛來彌補你。」您可以想見這番多情的話所產生的效果。騎士開心地把我扶了起來，在那張土耳其長沙發上讓我得到了寬恕；記得就在同一張長沙發上，您曾與我以同樣的方式，盡情地實現了我們永久的決裂。

既然我們有六個鐘頭可以一起消磨，且我決心讓他始終愉快地度過這段時光，我於是緩和他的激情，用殷勤獻媚替代撫愛溫存。我覺得自己從未如此費心去博取他人歡心，也從未對自己如此滿意。晚餐後，我時而充滿孩子氣，時而理智；時而十分淘氣，時而又多愁善感，有時甚至風騷放浪。我很享受把他視為來到後宮的蘇丹，讓自己輪流扮演著不同的寵妃。其實，儘管他所致意的一直是同一個女人，但受禮的一方每次都是一個新的情人。

最終，黎明到來，是該道別的時候了。他的言辭和舉止都向我表明了他並不想離開，分離有多迫切，他就有多不情願。我們走出門做最後道別時，我把這個幽會愛巢的鑰匙交到他手中，對他說：「我只為您一個人打了這把鑰匙，應當讓您來當它的主人，神殿總該由祭司來掌管。」擁有一幢小房子總不免令人生疑，所以我用這種伎倆來預防他對此有別的想像。我十分了解他，完全有把握他只會為我使用這幢房子。假如我一時心血來潮，不想找他一起過去，我還有一把備用鑰匙。他千方百計想約好日子再回去那兒，但是我仍然十分愛他，不願這麼快就使他精力不濟。只有跟那些我們不久就要捨棄的人，才可以在一起縱情狂歡。他並不知道這一點，但是算他幸運，兩個人裡只要有我一個明白怎麼做就夠了。

我發覺現在已經是凌晨三點了。我原來只打算寫一封短信，結果卻洋洋灑灑寫了這麼多。這就是值得信賴的友誼的迷人之處，正因如此，您才一直是我最愛的人。不過，說實在的，更討我歡心的人卻是騎士。

17**. 8. 12，於 **

第十一封信

杜薇院長夫人
致
沃朗莒夫人

　　夫人，您在信裡給了我不少應該畏懼的理由，幸運的是，我卻看到了更多教我安心的因素，否則，您口氣嚴厲的信會把我嚇壞的。這位可怕的凡爾蒙先生本該是教所有女子都心驚膽戰的惡魔，但他進入這座城堡前，好像已經放下了他的屠刀。他在這兒非但沒有甚麼計畫，甚至也沒有這樣的意圖。連他的仇敵也承認他擁有的那種風流可愛氣質，在這兒幾乎都不見蹤跡；他只是一個善良老實的人。看來是鄉間的空氣創造了奇蹟。我可以向您保證，儘管他一直跟我在一起，他好像也喜歡這樣，但他從來沒有脫口說出一個與愛情相關的字眼，也沒有說過一句所有男人都會說的話——即使跟他們相比，他更有理由這樣做。如今，凡是自重的女子，為了不讓身邊的男人有逾矩的行為，一舉一動都不得不謹慎矜持。可是，跟他在一起從不需要這樣。他知道不該濫用自己營造的愉快氣氛。也許他有點兒愛恭維人，但是他的話說得那麼巧妙，使得謙虛的人聽到讚揚時也不會感到不自在。總之，如果我有兄弟，我希望他的舉止就像凡爾蒙子爵在這兒所表現出來的樣子。說不定有很多女子會希望他更加殷勤奉承些。我承認自己十分感激他能相當公正地看待我，沒有把我跟她們混為一談。

　　這個形象顯然與您向我描繪的有很大的差別；儘管如此，若去對照先後時期，兩者之間還是有不少共同點。他承認自己犯過很多錯，其中有些

也可能是別人歸咎於他的。可是，我很少見到有男人像他那樣在談到正經女子的時候，語氣那麼尊重，甚至可以說是充滿熱情。根據您所言，至少在這點上他沒有騙人，他對梅黛夫人的態度就是證明。他跟我們說了很多關於她的事，話語中總是充滿讚揚，流露出十分真切的愛慕之情，因此在接到您的信之前，我還以為他所謂兩人之間的友誼實際上就是愛情。我為自己做出這種輕率的判斷感到相當內疚，而他經常花心思為梅黛夫人辯解，又讓我錯得更加離譜。我承認我本來只把他的坦誠看成一種手段。我也不太清楚，但我覺得一個人要是能跟一個如此值得敬重的女子維持這樣長久的友誼，就絕不會是個無可救藥的浪蕩公子。我也不知道他在這兒安分守己的表現，是否如您所猜想，是由於他正在附近進行某種計畫。周圍是有幾個可愛的女子，但是他難得出門，除了早上他說要去打獵。他的確很少帶回甚麼獵物，但他說自己並不善於此道。再說，我並不在意他在外面做些甚麼。如果我想知道，那也只是為了多找一個理由讓自己同意您的看法，或者讓您接受我的觀點。

至於您建議我設法縮短凡爾蒙先生在這兒盤桓的日子，我覺得冒昧要求他的姑媽向自己的侄子下逐客令，是很難辦到的，因為他的姑媽十分喜歡他。我答應您找個機會向他的姑媽或他本人提出這個要求，不過這是出於對您的尊重，而非真有其必要。至於我本人，我已告知杜薇先生打算在這兒一直待到他回來，要是我輕率地改變計畫，他必然會感到驚訝。

夫人，這封澄清信已經寫得很長了，不過，我認為應當按照事實提出對凡爾蒙先生有利的證明，我覺得非常有必要為他向您釐清。您出於友誼給我的忠告，我仍然心懷感激，也是出於這種友誼，您才在談到令嬡婚禮延期時對我說了那麼多客氣話。我由衷地感謝您，可是，不管與您共度這段時光可以得到多大的快樂，我總希望令嬡能早日得到婚姻的幸福，只要她待在丈夫身邊，要比陪在配得上她所有的親情和敬意的母親身邊獲得更大的幸福，我就甘心情願做出犧牲。我跟她懷著同樣的敬愛之情，請您仁慈地接受這份誠意。

我榮幸地是您的……

17**. 8. 13，於 **

第十二封信

賽西兒・沃朗莒
致
梅黛侯爵夫人

　　夫人，媽媽身體有些不舒服，不能出門。我得在家陪著她，因此無此榮幸陪您去歌劇院了。我向您保證，比起錯過那齣戲，不能和您在一起更教我感到惋惜，請您相信，我是多麼的愛您！可否請您轉告唐瑟尼騎士先生，我沒有他向我提起過的那本文集，要是他明天能幫我帶來，我會十分高興的。如果他今天過來的話，僕人會告訴他我們不在家，那是因為媽媽不願意接待任何客人。我希望她明天身體會好一些。

　　我榮幸地是您的……

17**. 8. 13，於 **

第十三封信

梅黛夫人
致
賽西兒‧沃朗莒

　　我可愛的孩子，對於不能見到您以及造成我們無法相見的原因，我感到十分懊惱，希望日後還有機會。我會不負所託，把您的話轉告唐瑟尼騎士。他知道您的媽媽病了，一定會很難受。如果明天您的媽媽願意接待我，我就前來陪她。我們可以和貝勒羅什騎士*打皮克牌，我和她一起對付騎士，贏他的錢；開心之餘，還可以欣賞您跟您可愛的老師一起唱歌，更是盡興。我會向他提議，假如您和您的媽媽同意這樣的安排，我擔保我和我的兩位騎士一定到場。再見了，我可愛的孩子，請代我問候親愛的沃朗莒夫人。我慈愛地親吻您。

17**. 8. 13，於 **

第十四封信

賽西兒・沃朗莒
致
蘇菲・卡爾奈

親愛的蘇菲，昨天我沒有寫信給你，並不是我因為玩樂而無暇顧及，我可以向你保證。媽媽病了，我一整天都守在她身邊。晚上當我回房以後，對任何事都沒有心思；為了向自己證實這一天已經結束，我很快就上床睡了。我從來沒有如此度日如年的感受。我並不是不愛媽媽，但也搞不清是怎麼回事。我本該和梅黛夫人一起去歌劇院的，唐瑟尼騎士也會在那兒。你知道他們是我最喜歡的兩個人。當原本該跟他們一起在歌劇院的時間到來，我內心卻禁不住感到一陣痛楚。我對一切都感到厭煩，我哭啊哭的，無法忍住淚水。幸虧媽媽已經睡了，看不到我的樣子。我相信唐瑟尼騎士一定也感到十分掃興，但是他可以透過觀賞演出，還有與到場的人交際得到排解。這跟我的處境完全不同。

幸運的是，媽媽今天已經覺得好些了。梅黛夫人要和另一位客人以及唐瑟尼騎士一起來。不過，梅黛夫人每次總是姍姍來遲。這麼長的時間裡一個人獨自待著，實在無趣得很。眼下才十一點，但我得練一下豎琴，而梳妝打扮也要花費一點時間，因為我今天要把頭梳得好看一點。我覺得佩佩蒂修女的話沒錯，一個人一進入社交界，就變得愛打扮了，我從來沒有像近幾天這樣那麼想讓自己看起來漂亮一點。我覺得自己並不像我過去以為的那麼漂亮，而且跟那些抹了胭脂的女子比起來，更是大為遜色。比如

我就發現，所有男人都覺得梅黛夫人要比我漂亮。這倒沒讓我感到怎麼不快，因為她很喜歡我，而且她向我保證唐瑟尼騎士認為我比她還漂亮。她能把這種話告訴我，證明她相當坦誠，她看起來好像還很高興。我真不明白怎麼會這樣，一定是因為她實在喜歡我！而他呢？……哦，這教我十分開心！因此，我覺得只要望著他，就會使一個人變得更美。要不是我害怕直視他的雙眼，我也許會一直望著他。因為每次遇到這種情況，總教我手足無措，心裡好像還很難受，但其實這並沒甚麼。

　　再見了，我親愛的朋友，我要開始梳妝打扮了。我會一如既往地永遠愛你。

17**. 8. 14，於巴黎

第十五封信

凡爾蒙子爵
致
梅黛侯爵夫人

　　您為人相當厚道，沒有將我拋棄在悲慘的境遇之中。我在這兒的生活過於寧靜且乏味單調，實在教人厭倦。看了您的信，並讀過了您那迷人的一天所經歷的所有細節之後，我屢次想找藉口飛奔到您的跟前，求您為了我背叛您的騎士，因為他實在不配享有這份幸福。您可知道，您已經使我嫉妒起他來了。為何您要跟我說甚麼永久的決裂呢？我要取消這個在神志混亂時發出的誓言，如果非得遵守，我們便不應當發這種誓。騎士的幸運讓我不由自主萌生怨恨，但願有朝一日我能重回您的懷抱，好向他報復！我承認，每當我想到這個人不花任何心思，也不費一點力氣，只是傻呼呼地聽憑自己內心的本能，就獲得了我無法到手的幸福，我就十分氣憤。哼，我要破壞他的幸福……請您允許我這麼做。您本人難道不感到羞恥嗎？您煞費苦心地欺騙他，他卻反而比您更加快樂；您以為他落入了您的圈套，實際上被他俘虜的反而是您！他安安穩穩睡著，您卻為了滿足他肉體的歡愉而徹夜不眠，就連他的奴隸也不過如此！

　　聽著，我美麗的朋友，在不只一個人得到您垂青的情況下，我一點也不會感到嫉妒。對我來說，您的那些情人只是亞歷山大[11]的繼承者，合他們幾人之力也無法保有這個過去由我獨自掌管的帝國。可是如果您完全委身於其中的某一人，如果有另一個人也像我一樣幸福，那我可受不了，也

別指望我會忍受這一切。您要嘛重新接納我，要嘛至少在他們當中再找一個，不要以這種專一的偏愛背叛我們曾立誓捍衛的神聖友誼。

我在愛情上要訴的苦大概已經夠多了。您瞧，我開始同意您的看法，承認自己的過錯。實際上，如果陷入情網就是為了占有自己想望的人而活下去，為達此目的不惜犧牲自己的時間、享樂和生命，那我的確陷入了情網。我在這方面幾乎沒有甚麼進展，我甚至一點也沒有相關的消息可以奉告。只有件事讓我思考了許久，我不知道應該為這件事感到害怕，還是抱有希望。

您熟知我的跟班，他足智多謀，活脫脫像是個從喜劇裡走出來的家僕。您可以想像得到，我給他的指示是博取侍女的芳心並灌醉那些僕人。這個傢伙比我幸運，他已經得手了。他剛發現杜薇夫人派了一個僕人在打聽我的行動，甚至在我早上出門散步的時候，暗地裡跟蹤我。這個女人究竟想幹甚麼？原來一個無比端莊穩重的女子竟敢冒險去幹我們都幾乎不大敢做的事！真是意想不到。可是，在盤算如何破壞這女子的計謀之前，我們還是先將計就計吧。到目前為止，雖然我外出散步引起她的懷疑，實際上卻沒有其他目的，如今可得想辦法找一個了。這事值得我全心投入，我得與您告別了，要來好仔細思索一番。再見了，我美麗的朋友。

17**. 8. 15，仍於 ** 城堡

第十六封信

賽西兒・沃朗莒
致
蘇菲・卡爾奈

　　噢，我的蘇菲，要報告的消息可真不少！也許我不該告訴你，但我控
制不了，非得講給一個人聽不可。這位唐瑟尼騎士……我心裡亂糟糟的，
簡直寫不下去了。我不知道從哪兒寫起。我向你提過我在媽媽這兒跟他還
有梅黛夫人一起度過的那個美好夜晚 *；自那以後，我就沒有再向你提起過
他。這是因為我不願再對任何人談起他，然而我卻老是想著他。從那時起，
他變得無比憂愁，憂愁到了極點，教我看著心裡難受極了。當我問他怎麼
了，他說他沒事，但我很清楚其實並不然。昨天他比往常顯得更加憂愁，
但他仍然像平常一樣親切地跟我合唱。可是每當他看著我的時候，我心裡
便感到一陣痛楚。我們唱完後，他把我的豎琴放回匣子裡；接著在把鑰匙
交給我時，請我等晚上一個人的時候再練練琴。我一點也沒有起疑，而且
本來還不太願意再去彈奏，但他一再懇求，我只好答應了。他這麼做當然
有他的理由。不錯，我回到房間，等侍女一出去就去拿豎琴。我發現琴弦
上夾著一封沒有封緘的信，是他寫的。噢！要是你知道他在信裡都給我寫
了些甚麼就好了！自從看了他的信以後，我就開心得不得了，無法思考其
他事。我馬上連看了四遍，接著便把那封信鎖在寫字臺裡。我都背得出內

---

* 這封有關那一夜的信已經找不到了。我們認為這就是梅黛夫人在信中提議的那次聚會，在賽西兒・沃朗莒的
　前一封信裡也提到過。——編者原注

容了。上床之後，我在腦海裡反覆背誦了許多遍，弄得都睡不著了。我一閉上眼睛，就看見他在面前，親口對我說著剛剛在信裡讀到的每一個字。我直到很晚才睡著。隔天才剛醒過來（**那時還是大清早**），我就又拿出他的信，從容自在地再讀一遍。我把信帶到床上，吻了一下，彷彿……這樣吻一封信也許不太好，但我忍不住要這樣。

親愛的朋友，現在我很快樂，同時也很為難，因為我絕不該回這封信。我明白不應該這麼做，可是他希望我回信；如果我不回，他肯定又會一直憂愁下去。那樣他實在太可憐了！你能幫我出甚麼主意呢？這方面你懂得並不比我多。我很想把這件事告訴梅黛夫人，她很喜歡我。我很想安慰他，但我不想做任何不妥當的事。人們不斷囑咐我們要心地善良，可是如果對方是個男人，竟又不讓我們按照心裡想的去做！這是不公平的。男人像女人一樣，也是我們周遭的人，而且還有可能更親近，難道不是嗎？畢竟，我們哪個人沒有父母、兄弟和姊妹呢？而且將來還會有丈夫。然而，如果我做出甚麼不恰當的事，說不定唐瑟尼本人也不會再對我有好的觀感！噢，要是這樣，我倒寧願讓他繼續憂愁下去。再說，不管怎樣，我有充裕的時間。他的信是昨天寫的，我並不一定要今天就寫好回信，況且今天晚上我會見到梅黛夫人。如果我有勇氣的話，我會把一切都告訴她。我只要按照她說的話去做，就不會有甚麼好自責的了。說不定她會對我說，我可以稍微回覆他一下，讓他不再那麼憂愁！噢，我真是焦慮不安。

再見了，我的好朋友，記得讓我知道你的想法。

17**. 8. 19，於 **

第十七封信

唐瑟尼騎士
致
賽西兒·沃朗莒

　　小姐，我說不上來寫這封信給您是出於榮幸還是需求，在我沉浸於這樣的情感之前，先請求您聽我傾訴。我覺得為了讓自己能夠勇於向您表達自己的情感，我需要您的寬容。但若我只是想替這份情感提出辯解，那麼您的寬容對我也是無益的。說到底，除了讓您看清如今的我，我還能做甚麼呢？我的目光、我的窘態、我的舉止，甚至我的沉默難道不是已經向您說明了一切？我還有甚麼可對您說的呢？唉，您為何要為您所引起的情感而動氣呢？把這份因您而萌生的感情再奉獻給您，應該再適合不過。若說它像我的心靈一樣熾熱，那也就如同您的心靈那般純潔。我欣賞您可愛的容貌、迷人的才華、動人的優雅儀態，以及使您珍貴的特質更為無價的動人純真，這難道是一種罪過？不，當然不是。可是一個人即使沒有過錯，也可能會相當失意。如果您不肯接受我的敬意，那就是我會落入的處境。這是我初次敞開自己的心扉。若您未曾出現，我雖然稱不上幸福，心裡還能維持平靜。自從見到您，平靜便遠遠離我而去，我的幸福也變得曖昧不明。可是您卻對我的憂愁感到訝異，向我詢問愁眉不展的原因，而曾經有好幾次，我幾乎肯定您也為此而感到苦惱。噢，只要您的一句話，就能造就我的幸福。但是在您開口之前，請先想一想，這句話也可能會讓我被不幸所淹沒。我的命運就由您來主宰吧。我會永遠幸福，或者永遠痛苦，就

操之在您的手中。我還能把如此重大的抉擇託付給哪個更親愛的人呢？

　　正如這封信的開頭一樣，在我結束之前，也懇求您的寬容。我曾要求您傾聽我訴說，現在我更進一步冒昧地請求您回覆。假如您拒絕回信，便是讓我認為您覺得受到了冒犯，但我的心可以保證，我的敬意並不亞於我的愛慕之情。

ps：您可以採用我交給您這封信的方法回信給我，我覺得這樣既安全又便利。

17**. 8. 18，於 **

第十八封信

賽西兒・沃朗苣
致
蘇菲・卡爾奈

怎麼！蘇菲，我還沒有那麼做，你就先責備起我來了！我已經夠心神不寧的了，你卻還要火上加油。你說很明顯，我不應當回信。你說來輕鬆自在，不過，你不知道確切的情況，你並沒有親眼目睹。我確定如果你是我，你也會像我一樣這麼做的。當然，在正常的情況下，是不應當回信的。從我昨天的信裡，你很清楚知道我並不想回信，但我相信沒有人面臨過我目前的這種處境。

而且我還得一個人做出決定！我本來預期在昨天晚上見到梅黛夫人，但是她沒有來。一切都像在跟我過不去。就是因為她，我才認識唐瑟尼的。每次我見到唐瑟尼，跟他說話的時候，她幾乎都在場。我倒不是在埋怨她，但她卻在我陷入困境時把我扔下不管。哦，我真可憐啊！

你知道嗎，昨天他像平時一樣來了。我心裡七上八下的，簡直不敢看他。他無法跟我說話，因為媽媽在場。我猜到一旦他發現我沒有回信給他，肯定會很沮喪。我不知該如何面對他。過了一會兒，他問我要不要讓他去幫我把豎琴拿來。我的心怦怦亂跳，甚麼話都說不出來，只能勉強回答一聲「好的」。他回來的時候，情況變得更糟。我只瞅了他一眼，他並沒有看我，但是他看上去臉色很差，好像生了病一樣。這教我十分痛苦。他開始為豎琴調音，然後把琴交給我，說道：「啊，小姐！」他只說了這幾個

字，但那種聲調卻使我心慌意亂。我試彈了一會兒，實際上卻不清楚自己在做甚麼。媽媽問我們是不是要唱歌。他說身體有點不舒服，推辭掉了；我找不到藉口，只好一個人唱。我真恨不得自己從未生著一副好嗓子。我故意挑了一首自己不會唱的曲子，因為我十分肯定，若我哪一首也唱不了，這樣會讓其他人發現有甚麼不對勁。幸好那時有客人來了。一聽到四輪馬車進門的聲音，我就馬上不唱了，並請他把豎琴放回原處。我真怕他就這樣一去不返，但是他回來了。

當媽媽跟那位來訪的夫人交談的時候，我想再看他一眼，正好與他四目相交，就再也無法把雙眼移開了。過了一會兒，我看見他的淚水淌了下來，為了不讓人看到，他只好把頭轉了過去。這樣一來，我便無法再堅持下去，覺得自己也要哭出來了。我走出去，馬上用鉛筆在一張舊紙片上寫道：「請您不要這麼憂傷，我答應給您回信。」你肯定說不出這樣做有甚麼壞處，而且那時我也實在忍不住了。我把這張紙片放在琴弦裡，就像他的信一樣，接著回到客廳。我感到心裡平靜了一些。我焦急地盼望那位夫人早點離去。幸好她只是拜訪一下，不久就走了。她剛出門，我就對唐瑟尼說我想繼續練琴，請他去把豎琴拿來。從他的神情中，我看得出他甚麼都沒察覺。可是回來的時候，他是多麼高興啊！他把豎琴擺在我面前，自己特意坐到媽媽看不見的地方，抓住我的手，緊緊握住不放！雖然只是短短的一剎那，但我無法向你描述這教我感到多麼開心。不過，我還是把手抽了回來，因此，我沒有甚麼可自責的。

現在，我的好朋友，你很清楚我既然已經答應了他，就不能不給他回信了。再說，我也不想再傷他的心，因為我會比他更加難受。如果是有甚麼不良的目的，我是肯定不會這麼做的。但是寫封信能有甚麼壞處呢？特別是為了解除一個人的痛苦。教我感到為難的，倒是我不知道該怎麼把這封信寫好。不過，他一定會知道這並不是我的過錯。而且，我有把握，只要這封信是我寫的，就足以令他感到開心。

再見了，我親愛的朋友。如果你覺得我錯了，就請告訴我。但我並不

認為如此。隨著寫信給他的時間漸漸逼近，我的心跳快得簡直難以想像。
可是既然我已經答應了他，就非寫不可了。再見了。

17**. 8. 20，於 **

第十九封信

賽西兒・沃朗莒
致
唐瑟尼騎士

　　先生，您昨天的樣子那麼愁悶，教我感到萬分難受，因而，我只好答應給您回信。今天我仍然覺得自己不應當這麼做。然而我答應了，就不想言而無信，這也足以證明我對您的友誼。既然您已經知道了這一點，我希望您不要再要求我寫信給您。我也希望您不要告訴任何人我給您寫過信，因為我肯定會為此而受到責備，而且這也會給我帶來不少痛苦。我特別希望您本人不要因此而對我有不好的觀感，這要比任何事都更教我傷心難受。我可以向您保證，若不是您而是其他人，我絕不會應允這種要求。我十分希望您也能答應我不要再像昨天那麼愁悶，因為那樣，就會把我見到您的愉快心情一掃而光。先生，您從這番話可以看出我是很真誠的。我只希望我們的友誼能一直持續下去，但是，請您不要再寫信給我了。

　　我榮幸地是您的……

賽西兒・沃朗莒
17**. 8. 20，於 **

第二十封信

梅黛侯爵夫人
致
凡爾蒙子爵

　　啊，您這個騙子，為了怕我嘲笑您，竟對我甜言蜜語！好吧，我饒了您。您的院長夫人把您管得這麼服服貼貼，居然讓您在信裡寫了那麼多瘋話，我只好原諒您了。我不相信我的騎士會跟我一樣寬容。他這個人既不會贊成我們續訂盟約，再續前緣，也不會覺得您的瘋狂想法有甚麼有趣的地方。然而，我還是笑了好一陣子，但只能一個人獨自發笑，實在掃興；假如您在這兒，我真不知道這種快樂的情緒會引領我走向何處。可是，我有了充裕的時間加以思考，並決定採取嚴肅的態度。這並不意味著我將永遠拒絕您的提議，只是把時間推延一下，我這麼做是有道理的。也許我在這上頭有些自負，可是一旦認真起來，就不知道何時才會罷手。我會重新俘虜您，讓您忘掉院長夫人。像我這樣一個卑微的女人要使您鄙棄德行，會引起多大的反感啊！為了避免這種危險，我開列下述條件：

　　一旦您占有了您那個美貌的虔誠信徒，並且能向我提供這方面的證明，那您就來吧，我就是您的人了。可是您知道，在重大的事務上，我們只接受書面的證明。藉由這樣的安排，一方面我將成為一項獎賞，而不是一種安慰（想到這，便使我更加開心）；另一方面，您的成功將變得更刺激有趣，因為它本身就是一種達到不忠目的的手段。您就來吧，盡早來吧，帶來您勝利的證明，正如我們勇敢的騎士凱旋歸來，把他們輝煌的戰利品呈現在

貴婦人的跟前一樣。我真的很想知道一個規矩的女人，在歷經那樣的時刻之後，還會寫些甚麼；當她與您坦裎相見以後，還會用甚麼藉口來遮掩自己的言辭。我是否索價過高，這得由您來判斷，但是我得告訴您，您毫無減價的餘地。在那一天到來以前，親愛的子爵，您必須同意我忠於我的騎士，盡興地讓他感到快樂，儘管這會使您略感不快。

然而，如果我再沒道德一點，那麼他在目前就會有一個危險的對手，那就是小沃朗莒。我對這個孩子著了迷，這是真正的愛情。除非我弄錯了，否則她必定會成為一個最時髦的女子。我發現她幼小的心靈正在發展成熟，這真是一副迷人的景象。她已經狂熱地愛上了唐瑟尼，但她對此還一無所知。至於唐瑟尼，雖然也對她十分鍾情，卻由於他這個年紀所擁有的羞怯，還不敢過分向小沃朗莒傾吐衷情。他們倆對我都十分崇敬。那個小姑娘尤其想向我吐露心裡的祕密，特別是最近幾天，我看得出她實在非常壓抑。我只要略微指點她一下，就可以幫她一個大忙，但我並沒有忘記她還是個孩子，我不想拿自己的名譽去冒險。唐瑟尼跟我講得比較明確一點，不過，對他我已打定了主意，我不想理他。至於那個小姑娘，我屢屢嘗試著把她收作我的學生，這是我渴望為傑庫效勞之處。他在科西嘉島要一直待到十月，所以我有充足的時間。我覺得可以好好利用這段時間，讓我們為他提供一個完全成熟的女子，而不是一個天真幼稚的修道院學生。有個女人對這個男人充滿怨氣，還沒有對他進行報復，而他竟敢安然入睡，這種高枕無憂的泰然是多麼狂妄自大啊！如果這個小姑娘眼下在我身邊，我真不知道有甚麼話是我不會對她說的。

再見了，子爵，晚安並祝您成功。不過，看在上帝的份上，加快您前進的步伐吧。想想看，要是您不能占有這個女人，其他女人就會因為曾經擁有過您而感到羞愧。

17**. 8. 20．於 **

第二十一封信

凡爾蒙子爵
致
梅黛侯爵夫人

我美麗的朋友，我終於向前邁出了一步，而且是很大的一步；這一步即便不能引導我走向最終的目的地，至少讓我看清了自己沒有走錯路，用不著再為迷失路途而擔心。我總算表白了我的愛情，儘管對方十分固執地保持沉默，我仍然得到了可能是最不模稜兩可、最令人得意的答覆。不過，先不要急於做出結論，我們還是從頭說起吧。

您想必記得，有人受命監視我的行蹤。好吧，我要把這種令人反感的伎倆化為教化大家的手段，以下便是我所採取的行動。我派我的心腹到附近去幫我找個需要救濟的窮人。這件差事一點也不難辦。昨天下午，他向我報告說有戶人家付不出人頭稅，法院今天上午要來扣押他們的所有動產。我還確認了這家人中並沒有任何年齡或容貌會讓人對我的行為產生懷疑的姑娘或婦女。等我掌握了所有情況以後，我在晚餐時宣布了次日要去打獵的計畫。在這兒，我應當為院長夫人說句公道話：她可能為先前所下的命令感到有些內疚。雖然她無力克制自己的好奇心，但至少還有抵擋我意願的能力。明天的天氣一定相當酷熱，我可能會因此病倒，又或許會毫無斬獲，白費力氣。在跟她的這番對話中，她那雙也許更懂得表達的眼睛，會不由自主地向我洩露她一心希望我接受的那些牽強的理由。正如您所想的那樣，我絕不會聽從她的意見，而大家對於狩獵和獵人的輕微非議，以及

整晚籠罩在她那天仙般臉龐上的一小片愁雲，都無法阻擋我。有一度我擔心她會撤銷命令，她的關懷反而會對我不利。不過我還是不懂得衡量一個女人的好奇心，才會無端瞎操心。我的跟班當晚就消除了我的疑慮，我心滿意足地入睡。

　　天剛破曉，我就起身出發了。走出城堡幾乎還不到五十步，我就發現那位暗探跟在我後面。我開始打獵，穿過田野，朝著目的地村莊走去。一路上沒有別的消遣，我就讓那個跟著我的傢伙跑個不停。他不敢不順著道路前行，多半只好盡力奔跑，因此他的路程是我的三倍。為了考驗他，我自己也熱得不得了，便在一棵樹下坐了下來。那傢伙竟悄悄溜到離我不到二十步的灌木叢後面，坐了下來，真是肆無忌憚！有一剎那，我真想給他一槍，儘管槍裡裝的只是小鉛彈，但仍足以給他一個教訓，讓他了解好奇心的危險。算他運氣好，我想起對我的計畫而言，他不僅有利用價值，而且甚至是不可或缺的；出於這種考量，我才放了他一馬。

　　這時我已經來到了村莊裡，發現那兒人聲嘈雜；我上前去打聽情況，讓人把事情的原委講給我聽。我要人把收稅員叫來，出於深厚的惻隱之心，我豪爽地付了五十六鎊。為了這筆稅款，一家五口幾乎被逼得陷入一貧如洗的絕境。您絕對想像不出這個如此簡單的舉動，讓我周圍的人們異口同聲表達了何等的讚賞與認同！年邁的一家之主淌下了多麼感激的淚水，不久之前，這位老者的臉龐還因為絕望而充滿敵意的表情顯得十分醜陋，如今卻在淚水的洗滌下顯得神采奕奕！正當我仔細觀察眼前景象的同時，另一個比較年輕的農民，手裡牽著一個女人和兩個孩子，快步朝我走來，接著對他們說：「跪下吧，他就是上帝的化身！」霎時間，這一家人全圍繞著我，拜倒在我面前。我承認自己意志不夠堅強，我的雙眼都被淚水浸濕了，心中一股不由自主但十分舒暢的感動油然而生。我為行善所能得到的快樂所震懾，我甚至相信所謂品德高尚的人，並不像人們所津津樂道的那樣值得稱道。不管怎樣，我覺得，為這些可憐人剛才所帶給我的快樂付一點錢，是合乎情理的。我身上還帶著十個金幣，就都給了他們。於是他們

又開始道謝，但這一次不像先前那樣教人感動。救急的周濟會產生巨大、真正的效果，而不必要的饋贈只會帶來單純的感謝和驚喜。

這時，在這家人對我叨絮不斷的感恩和祈福聲中，我倒很像正演到結局那場戲的主角。您一定料到了那個忠誠的暗探也隱身在這群人之中。我的目的已經達到，因此我走出人群，返回城堡。經過反覆思量，我對自己設想出的計謀感到相當滿意。這個女人應該值得我花費這麼多心思，有朝一日，這些付出會成為我擁有她的權利。今天可以說是先預付了訂金，這樣我就有權心安理得、隨心所欲地支配她。

我忘了告訴您，為了不浪費一切可以利用的機會，我請那些善良的人向上帝祈求我的計畫成功。您很快會看到他們的禱告是不是有部分已經奏效了……但是剛有人來通知說晚餐已經準備好了。如果用餐後我才把信寫完封好，這封信就不能及時發送。因此，後事如何，且聽下回分解。我真的非常抱歉，因為剩下的內容是最精采的。再見了，我美麗的朋友，原本可以用來見她的寶貴時間，已讓您占去了一點。

17**. 8. 20，於 **

第二十二封信

杜薇院長夫人
致
沃朗莒夫人

　　夫人，您大概會很高興得知凡爾蒙先生的一項作為。我覺得，這跟人們向您描述關於他的種種行為形成了鮮明的對比。不管對哪個人抱有成見，都令人十分難受！某些人本來具備使大家崇尚的美好品格，我們卻只看到他們身上的惡習，這是何其可悲！總之，您處事一向寬大為懷，我必須提出一些理由，使您改變以前過度嚴苛的看法。依我看，凡爾蒙先生完全有資格從您那兒獲得這樣的眷顧，我甚至想說這是種公平的待遇。以下便是我如此認為的原由。

　　今天早上，他又出門散步，這種習慣可能會使人懷疑他在附近一帶有甚麼計畫。您就有這樣的想法，我承認自己也可能過於輕率地接受了同樣的想法。還好他跟我們都很幸運（尤其是我們，因為這使我們不至於冤枉好人），我的一個僕人正好跟他走的是同一個方向*，才滿足了我那應受責備的好奇心，並意外得到了圓滿的結果。他回來告訴我們說，凡爾蒙先生在 XX 村發現了一戶不幸的人家，由於無力繳納稅款，住處的家具都將遭到變賣。凡爾蒙先生不但馬上清償了這家可憐人的債務，還給了他們一筆為數可觀的錢。我的僕人親眼見到了這項善舉；他還告訴我說，農民在彼此之

---

*　杜薇院長夫人不敢說這是出於她的命令吧？——編者原注。

間以及跟他的交談中，都說起前一天有個僕人到村莊裡了解哪家村民需要救濟。按照他們的描述，我的僕人認為他就是凡爾蒙先生的僕人。若真是這樣，那就不僅僅是一時而產生的同情，而是有計畫的行善，是樂善好施的表現，是出自最美好心靈的最佳德行。不過，不管是偶然還是有計畫的，這總是一樁值得頌揚的善行；光只是敘述這整件事，就教我感動得熱淚盈眶。也是出於公正，我還要補充一點，他對這件事一句話也沒提；當我跟他談起的時候，他先是加以否認，後來儘管承認了，卻好像覺得這根本不足掛齒。他的謙虛使這項義舉更加難能可貴。

　　現在，我尊敬的朋友，請告訴我，凡爾蒙先生是否確實是一個無可救藥的浪子？如果他真是那樣的人，而他的舉止又是如此，那麼善良正直的人還能做些甚麼呢？怎麼！惡人竟能和善人一樣體會行善的神聖樂趣嗎？上帝竟允許一個善良的家庭從惡棍手裡接受救濟，並為此而向他表示感謝嗎？上帝難道樂於聽見純潔的人親口向一個受到自己遺棄的人表示祝福嗎？不，我寧可相信他的錯誤可能為期已久，但並不是永久的。我無法想像行善的人會是道德的仇敵。凡爾蒙先生也許只是又一個交友不慎的例子。目前我就抱持著這種教我感到愉快的想法，一方面它可以洗刷他在您心目中的汙點，另一方面，也使我覺得自己跟您之間所建立永恆且深厚的友情，越來越可貴。

　　我榮幸地是您的……

ps：羅絲蒙德夫人和我等會兒就要前去看望那家善良、不幸的人，在凡爾蒙先生之後，再為他們增添一些遲來的援助。我們會帶他一塊兒前去，至少要讓那些善良的人有幸再次見到他們的恩人。我認為，這就是我們僅能做的。

17**. 8. 20，於 **

第二十三封信

凡爾蒙子爵
致
梅黛侯爵夫人

上封信說到我返回了城堡，現在我接著往下說。

我只簡單梳洗了一下，就到客廳裡去了。當地的本堂神父正在那兒給我年老的姑媽讀報，我的美人兒正做著絨繡。我走過去坐在繡架旁邊。她的目光比往常顯得更為柔和，幾乎露出些許溫存，我馬上猜到那個僕人已經向她稟報了自己的所見所聞。果然，我那可愛又好奇的人兒再也不能把她從我那兒刺探到的祕密保守下去，也不怕打斷可敬的神父好似主日講道般的長篇大論，她說道：「我也有件新聞要說。」接著便立刻把我的那場經歷敘述了一遍；她講得絲毫不差，使人不禁對她那個如史學家般聰明的僕人表示讚賞。您可以想見，當時我充分表現出自己的謙遜，可是當一個女人不自覺地對她心愛的一切表示讚美時，誰又能阻止她呢？於是我決定讓她說下去。她簡直是在頌揚一位聖人。在此同時，我懷著希望，留神察看一切預示愛情的跡象：她充滿活力的眼神，不再拘謹的動作，特別是她明顯不同的聲調，都暴露出內心的激動。她剛說完，羅絲蒙德夫人就對我說：「過來，我的侄兒，讓我擁抱您。」我立刻意識到接下來剛剛那個美麗的佈道者也免不了要接受我的擁抱。她想要逃走，但沒多久還是落入了我的懷抱。她非但沒有力氣抵抗，就連站穩也相當勉強。我越看這個女人，越覺得她風韻迷人。她急忙回到繡架旁，在其他人眼裡，好像又開始做起

絨繡，但是我卻發現她的手不停顫抖，無法繼續做絨繡。

　　午飯後，夫人們要去看望那家受過我慈悲救濟的不幸人們，由我陪同她們前去。我就不向您描述第二次感謝和歌功頌德的過程了，免得教您厭煩。我內心充滿了那些甜蜜的場景，便催促她們早些返回城堡。一路上，我那美貌的院長夫人比平常顯得更加心事重重，一句話也不說。我一心想要找些方法，好充分利用白天那件事所產生的效果，就也保持沉默。如此一來便剩下羅絲蒙德夫人獨自在說話，她只能從我們嘴裡得到一兩句簡短的回答。我們一定令她感到無趣，這正是我的目的，這個策略也順利成功了。因此，一下馬車，我的姑媽就回自己房間去了，剩下我的美人兒和我單獨留在光線微弱的客廳裡。柔和昏暗的燈光為羞怯的愛情壯了膽。

　　我輕而易舉地主導了話題的走向。那位可愛佈道者的熱誠要比我要的手腕對我更為有利。她溫柔地望著我說：「一個如此這般做好事的人，怎麼會胡作非為、荒唐度日呢？」我回答說：「我既配不上這樣的讚揚，也不該遭受這樣的指責。我真不明白像您這樣聰明的人竟然猜不出我的心思。即便向您吐露我的心聲，會使您對我產生不好的觀感，我仍然不能不這麼做，因為您太值得我信任了。性格過於隨和是我的不幸，您可以從中找到我行為的答案。我周圍都是一些品行不端的人，自己就也效法起他們的惡行來了，說不定還想超越他們，以便滿足自尊心。同樣在這兒，我受到美德典範的感召，儘管我並不指望能趕上您，至少也想緊跟在您的身後。唉！我的行為今天受到您的讚揚，但要是您知道了背後的真實動機，也許它在您眼中就會變得毫無價值！」（*您看，我美麗的朋友，我幾乎把實話說出來了！*）我接著又說：「那些不幸的人得到了幫助，該感謝的並不是我。您以為發現了一件值得稱道的善行，實際上卻只是我博得好感的手段。我必須承認，自己只不過是我所崇拜的女神卑微的代理人。」（*說到這兒，她想打斷我的話，但我不給她時間*）。我又補充說：「就連現在，也只是由於我意志薄弱，才泄漏了心裡的祕密。我本來下定決心不告訴您的，我想在您始終一無所知的情況下對您的美德和魅力致上純潔的敬意，這對我而言是一

種幸福。可我是不懂得說謊和欺騙的人,當真誠坦率的典範出現在我眼前時,我希望自己不會因為對您有所隱瞞而懷有罪惡感,並感到自責。請別以為我對您抱有邪惡的欲望而感到受辱。我終將不幸,這我知道,但我把這份痛苦看得十分寶貴,因為它說明了我愛得過深。我會把我的痛苦寄存在您的腳下,安放在您的懷中。我會從中汲取力量來重新忍受煎熬,我會在其中獲得出於同情的善意,並覺得自己得到了安慰,因為您會憐憫我。噢,我愛慕的人哪!請聽我訴說,憐憫我吧,救救我吧!」說著我跪在她面前,緊緊握住她的雙手,但是她突然把手抽了出來,十指交錯地蒙住眼睛,顯出絕望的神情。她大聲說:「啊,我真是太不幸了!」接著便淚如雨下。幸好我的感情也十分投入,就也哭了起來。我重新握住她的雙手,讓它們被我的淚水沾濕。這麼做是絕對必要的,因為她一心想著自己的痛苦,如果我不以這種方法來告訴她,她就不會意識到我的煎熬。而且,我還可以趁此機會盡情端詳她迷人的臉龐,在淚水的襯托下顯得更加楚楚動人。我全身發熱,簡直要把持不住,差點想利用這個機會更進一步。

我們是何等的軟弱!環境的影響是多麼大!幸虧我沒有忘了自己的計畫,才沒有因滿足於來得過早的勝利,而無法領略長期戰鬥的迷人之處,以及對方戰敗痛苦的細節;幸虧我沒有為年輕的欲火所驅使,不讓杜薇夫人的征服者為了享有成功的果實,單純地多占一個女人的便宜。欸,讓她投降好了,但在此之前她得先奮力一搏,儘管無力取勝,卻有力抵抗;讓她慢慢體會自己的軟弱,在迫不得已中承認她的失敗吧。無名的偷獵者才會去伏擊偶然碰到的一頭鹿,真正的獵手應當把獵物逼得無路可走。這個計畫十分高明,對不對?不過,要不是命運在我的計畫中助我一臂之力,也許現在我會因為未能執行這個計畫而感到惋惜。

我們聽到聲音,有人到客廳來了。杜薇夫人嚇了一跳,連忙站起身來,拿起燭臺,走了出去。當時我只能讓她就這樣離開,但來的不過是個僕人。我弄清楚以後,就馬上前去追她。也許她聽出是我,也許是出於一種模糊的恐懼感,我剛走了幾步,就聽見她加快腳步,不是走進而是衝進了她的

房間，立刻把門關上。我走到門口，但鑰匙在門裡面。我特意不去敲門，那會給她一個過於輕易抵抗的機會。我想出一個簡單的好主意，試著從鑰匙孔朝裡張望，果然看到那個可愛的女人淚流滿面，跪在地上虔誠地祈禱。她能祈求哪位神靈來保祐她呢？哪位神靈有足夠的力量來抵抗愛情呢？如今她尋求任何外來的幫助都是徒然，她的命運歸我掌管。

　　我覺得這一天裡做的已經夠多了，就也回到自己的房間，開始給您寫信。我原希望在用晚膳的時候再見到她，但她差人來傳話說她身體有些不適，已經上床睡了。羅絲蒙德夫人想上樓去看她，但這個機伶的病人藉口頭痛，誰都見不了。您可以想像，晚餐後沒待上多久，我的頭也痛了起來。回到房間，我寫了一封長信抱怨她對我這般苛刻，接著我上床就寢，打算今天上午把信交給她。我睡得很不好，您從這封信末所寫的時間可以看得出來。我起床把我的信重新看了一遍，發現自己不夠小心謹慎，信裡表現出來的熱情勝過愛情，氣惱多於憂傷。我必須更冷靜些，把信重新寫過。

　　我看到天色漸漸亮了，希望清晨的涼爽會為我帶來睡意。我要重新上床歇息。不管那個女人有多大的影響力，我答應您，不會老是把她放在心上，弄得剩下來想您的時間總是不夠多。再見了，我美麗的朋友。

17**. 8. 20，清晨四時於 **

第二十四封信

凡爾蒙子爵
致
杜薇院長夫人

　　啊，夫人，請您出於憐憫，撫慰一下我煩亂不安的心靈吧。請告訴我，我應當對甚麼懷有希望，對甚麼感到擔憂。身處極端的幸福和極端的不幸之間，心中的遲疑，真是一種無比痛苦的折磨。為甚麼我要和您說那些話呢？為甚麼我無法抵擋您難以抗拒的魅力，要把內心的想法向您吐露呢？我原來滿足於默默愛慕您，至少可以享受暗戀的快樂；那種未經您痛苦容顏所擾亂的純潔情感，足以教我感到無比幸福。可是，自從我看到您流下了滾滾熱淚，聽到您說出那句殘忍的「啊，**我真是太不幸了**」以後，這種幸福的泉源就成了絕望的深淵。夫人，您這句話將長久地縈繞在我心中。出於何種噩運，最甜蜜的情感竟只喚起了您的恐懼？您究竟害怕甚麼呀？唉，該不是害怕跟我懷抱著同樣的情感吧。您那難以捉摸的心，並不是為愛而生。儘管我的心不斷受到您的詆毀，卻是唯一敏感多情的，而您的卻這般冷酷無情。若非如此，您對那個向您訴說自己痛苦的可憐人，就不會連一句安慰的話都不肯說；您就不會在他只有見到您才感到愉快的時候避而不見；您也不會這麼殘忍地拿他的焦慮當作樂趣，一邊派人通知他您病了，一邊卻又不讓他去探視；您應當能體會，這一晚就您來說只是十二個小時的睡眠，對他卻意味著極為漫長的痛苦。

　　告訴我，憑甚麼我該受到這種令人憂傷的嚴酷對待？我並不害怕由您

來做出評判：我究竟做了甚麼？我只不過沒能壓制住不由自主的感情，這種感情是由您的美貌而萌生，因您的德行而變得無可厚非，始終出於敬意而有所節制，其真誠的告白是出於信任，而不是出於奢望。您本人似乎也允許我這樣信任您，而我就毫無保留地加以回報了，難道您要辜負這份信任嗎？不，我無法相信。那就等於假定您犯了一個過錯，而一想到在您身上發現過錯，我心裡就受不了，就會收回對您的責備：我可以把這些話寫下來，但心裡卻不能這樣想。唉，讓我相信您是完美無瑕的吧，這就是我僅剩的唯一樂趣。請您寬厚地對我表示關心來加以證明吧。哪個受過您救濟的可憐人像我這樣需要您的垂憐呢？您讓我陷入了瘋狂迷亂的境地，不要就這麼拋下我不管。把您的理智借給我吧，因為您已奪去了我的理智；在訓斥我以後，開導我，從而完成您的任務。

　　我不想欺騙您，您是戰勝不了我的愛情的，但您可以教我如何加以控制。您可以指引我的行止，規範我的言辭，這樣，您至少可以使我不致陷入惹您不悅的可怕不幸中。請您先消除這種令人絕望的恐懼。請告訴我，您原諒我，您憐憫我。以您的寬容撫慰我的不安吧，即便您永遠無法如我所希望的那樣完全包容我，但懇請您賜予我所需要的那分寬容。您總不會拒絕吧？

　　再見了，夫人。請您仁慈地允許我以真摯的情意向您致敬，這無損於我對您的尊重。

　　　　　　　　　　　　　　　　　　　　　　　　17**. 8. 20，於 **

第二十五封信

凡爾蒙子爵
致
梅黛侯爵夫人

下面是昨天的簡報。

十一點我走進羅絲蒙德夫人的房間，在她的幫助下，我見到了那位裝病的女士。她仍然躺在床上，兩隻眼都泛著黑眼圈，我希望她跟我一樣沒有睡好。羅絲蒙德夫人離開了一會兒，我抓住這個機會把信交給她。她不肯接信，我就把信放在床上，接著我謙恭有禮地把我老姑媽的座椅挪近一些，因為她很想待在她**親愛的孩子**身邊。這樣一來，床上的女士只好把信收了起來，免得出亂子。女病人一時失算，說她覺得有點發燒。羅絲蒙德夫人就請我為她診脈，同時把我的醫學知識吹噓了一番。於是我的美人兒有了雙重憂慮，一方面只好把她的胳膊交給我，另一方面又得擔心她的小小謊言馬上會給拆穿。我一隻手緊緊握住她伸給我的手，另一隻手則撫摸著她光滑圓潤的胳膊。狡黠的女人甚麼話都不回答，於是我在鬆開手的時候說：「脈搏根本沒有絲毫異常。」我猜到她的目光一定變得很嚴厲；為了處罰她，我不去接觸她的目光。過了一會兒，她說她想起床，我們就離開了。午飯的時候，她露面了；飯桌上氣氛陰沉。她宣布說她飯後不去散步，這等於告訴我，我沒有機會跟她說話。我覺得我應當在這個時候發出一聲嘆息，投射出飽含痛苦的目光。也許這正是她所期望的，因為這一天當中，只有在此刻，我的眼神才能與她的交會。儘管她舉止穩重，但她也像別的

女人那樣，會耍一些小手段。我找到一個機會問她是否願意告知我的命運。
她的回答令我有些訝異：是的，先生，我已經寫了信給您。我迫不及待想拿
到這封信，但不知是出於狡猾、笨拙或羞怯，她一直到晚上要回房間的時
候才把信交給我。我把她的信跟我那封信的草稿一塊寄給您。您讀過後再
做出判斷。您看她是何等的虛偽！竟然斷言她沒有感受到一點愛情，我卻
可以肯定情況正好相反。要是我往後欺騙她，她一定會口出怨言，而她如
今卻毫無顧忌地先騙起我來了！我美麗的朋友，最精明的男子目前依然只
能遷就最誠實女子的立場。因為這位夫人喜歡裝出一本正經的嚴峻模樣，
我就只好假裝相信這些語無倫次的話，假裝由於絕望而疲憊委頓！對於這
種卑劣的伎倆，怎麼能不設法加以報復！啊，等著瞧⋯⋯再見吧，我還有
很多事情要寫。

　　對了，請您把那個無情女子的信寄回給我，說不定往後有一天，她希
望這些廢紙受到珍視，一切都得合乎規矩。

　　我不跟您談小沃朗莒了，下封信再說吧。

17**. 8. 22，於城堡

第二十六封信

杜薇院長夫人
致
凡爾蒙子爵

　　先生，要不是我昨天傍晚的愚蠢行為逼得我今天要向您做出解釋，您肯定不會收到我的信的。沒錯，我哭了，這我承認。您如此細心引用的那句話，可能也是我脫口說出來的。眼淚您看見了，話您也聽到了，因此得向您解釋一下。

　　我素來只會令人產生正當的情感，只會聽到一些不會教我臉紅的話，因而一直以來享有一種可以說是我所應得的安寧，所以我不懂得隱瞞，也不會克制我的感受。您的舉動教我感到局促不安，大為震驚。這種根本不該由我遇上的局面在我心中引起了難以言喻的恐懼，說不定也由於看到您將我與您所鄙視的那些女人混為一談，讓我像她們一樣受到輕浮的對待，從而起了反感；所有這些原因匯集在一起，讓我流下了眼淚，也促使我說出那句自己真是不幸的話，我認為這樣的反應是合情理的。儘管您覺得這種反應十分強烈，但如果我的眼淚和話語是出於別的原因，如果我不是對那些觸犯我尊嚴的感情表示反對，而是擔心這份情感會在我心裡引起共鳴，那麼，它肯定還是過於微弱。

　　不，先生，我沒有這樣的擔心。要是我有，我就會遠遠地避開您，去到一個人跡罕至的地方，為自己不幸認識了您而哀嘆悔恨。不過，儘管我確信目前我並不愛您，往後也不會愛您，也許我當初還是應該聽從朋友們

的勸告，不讓您接近我。

　　我唯一的過錯，便是曾以為您會尊重一個正派的女人，她只希望看到您也是這樣的人，並讓您受到公正的待遇。她已經開始為您辯護了，您卻用邪惡的奢望去侮辱她。您並不了解我，不，先生，您並不了解我，否則，您就不會把您的過錯當作您的權利；否則，您就不會因為對我講了我不該聽的話，還放肆地擅自再寫一封我不該看的信給我。您還要求我指引您的行止，規範您的言辭！唉，先生，保持沉默，忘掉這回事吧，這就是我能夠給您的忠告，也是您應當聽從的意見。事實上只有那樣，您才有權利獲得我的寬恕，甚至得到我的感謝，這都取決於您。但我是不會向不尊重我的人提甚麼要求的，也不會向破壞我安寧的人做出甚麼信任的表示。您逼得我怕您，也許是恨您。以前我可不想這樣，我只想把您看作我最敬重朋友的侄兒；我用友誼的呼聲來對抗譴責您的輿論。您毀掉了這一切，而且，我預料您並不想做出一點兒補救。

　　先生，我只想告訴您，您的感情觸犯了我，您的表白是對我的侮辱。況且，我非但永遠不會跟您懷有相同的情感，如果您不強制自己在這件事上保持沉默，那您就會逼得我永遠不再見您。我覺得我有權利期待，甚至要求您這麼做。隨函附上您寫給我的那封信，我希望您也答應把我這封信還給我。因為要是一件根本不該發生的事留下甚麼痕跡，將會令我萬分痛苦。我榮幸地是您的……

　　　　　　　　　　　　　　　　　　　　　　17**. 8. 21，於 **

第二十七封信

賽西兒・沃朗莒
致
梅黛侯爵夫人

　　天哪，夫人，您真好！您覺得寫在信上要比當面跟您說容易許多，這真是對極了！況且，我要向您吐露的這件事實在很難啟齒。但您是我的朋友，對不對？哦，當然嘍，我很要好的朋友！我會盡力讓自己不害怕；再說，我多麼需要您替我出主意啊！我心裡十分苦惱，覺得好像大家都猜出了我的心思；特別是他在場的時候，人家一看我，我就臉紅。昨天，您看見我哭了，那是因為我想開口和您說話，但不知甚麼阻礙了我；在您問我怎麼回事的時候，我的淚水就不由自主地流了下來。我一句話也說不出口。要是您不在，媽媽就會發覺我不對勁，那可怎麼辦才好？我每天就是這樣忐忑不安地度過的，特別是最近四天！

　　事情要從那一天說起。是的，夫人，我要把一切都告訴您，就是那天，唐瑟尼騎士寫了一封信給我。噢，我向您保證，在發現他的信的時候，我一點也不知道信裡面寫些甚麼。但是，坦白說，我不能否認自己讀那封信的時候，心裡覺得很開心。您知道嗎，我寧願一輩子愁悶苦惱，也不願他不曾寫過這封信給我。可是，我很清楚，我不應該把這種心情告訴他；我可以向您保證，我甚至告訴他那封信教我感到不快，但是他說他實在控制不住自己，我相信他的話。我曾下定決心不回他的信，然而我還是忍不住。噢！我只回過一次信，而且，寫那封信有部分也是為了告訴他別再寫信給

我了。儘管如此，他還是一直寫。由於我不肯回信，他顯得很傷心，這教我更加苦惱。因此我完全不知道該怎麼辦，真是夠可憐的了。

　　夫人，請您告訴我，偶爾回一封信給他，是不是很不妥呢？只持續到他能控制住自己不再寫信給我，並且回復到我們以前的關係為止。因為，對我而言，如果情況繼續下去，我真不知道自己究竟該怎麼做。噢，我在讀他最後那封信的時候，竟然哭得停不下來。我相當肯定，如果我還不回他信，我們都會感到十分痛苦。

　　我會把他的信或者信的抄本寄給您，讓您評斷一下。您會發現他的要求並沒有甚麼過分的地方。不過，如果您覺得不妥當，我答應您不會寫信給他；但我認為，您會和我一樣覺得這並無不妥。

　　夫人，既然談到這件事，請允許我再向您提一個問題：我總是聽說愛上一個人是不好的，這是為甚麼呢？我這麼問的原因，是因為唐瑟尼騎士聲稱這也沒有甚麼不好，他說這幾乎是人之常情；若真是這樣，我不懂為甚麼只有我一個人不能去愛。莫非這只對未出閣的女孩子才是不好的？因為我曾聽見媽媽說德 *** 夫人愛著馬 *** 先生，她當時的語氣並不像把這當作一件多麼不好的事。然而我肯定一旦她察覺我對唐瑟尼先生的友情，就會對我發火。媽媽始終把我當作孩子看待，甚麼都不對我說。我以為她把我接出修道院，是為了替我辦婚事；但目前看來，情況並非如此。我向您保證，我並不怎麼把這件事放在心上。但您是媽媽的好朋友，也許您了解內情；如果您知道的話，希望您告訴我。

　　夫人，這封信寫得有些長，但既然您允許我寫信給您，我便利用這個機會把一切都告訴您，並將希望寄託於您對我的友誼。

　　我榮幸地是您的⋯⋯

*17**. 8. 23，於巴黎*

第二十八封信

唐瑟尼騎士
致
賽西兒‧沃朗莒

　　唉！怎麼，小姐，您始終不肯給我回信！甚麼都不能打動您的心，每個新的一天帶給我的希望，隨著一天的結束又再次被帶走！如果您同意我們之間存在著友誼，卻還不足以使您對我的痛苦表示同情，如果在我承受著無法平息的烈火煎熬時，您卻態度冷漠，無動於衷，如果這種友誼非但不能取得您的信任，甚至還不能教您心生憐憫，這算甚麼友誼？怎麼！您的朋友正在忍受折磨，而您卻坐視不理！他只要求您的隻字片語，而您卻狠心拒絕！您要他僅僅滿足於如此淡薄的情感，卻害怕為此向他重申您的承諾！

　　昨天您說，您不願意做個忘恩負義的人。唉！小姐，請相信我，以友誼來回報愛情，這並不是害怕自己忘恩負義，只是擔心別人有這樣的觀感罷了。不過，我再也不敢跟您談感情了，因為要是您對它不感興趣，那只會成為您的負擔。在我學會加以克制之前，至少應當把它埋藏在心裡。我覺得這將是個無比艱難的課題，我承認自己必須全力以赴，嘗試各種方法；其中最教我痛心的一種，就是不時提醒自己您有一副鐵石心腸。我甚至會試著盡量少跟您見面，為此我已經在尋找一個合理的藉口。

　　怎麼！我不能像往常一樣愜意地與您相會！啊！至少我會永遠為此感到惋惜。最甜蜜愛情的代價將是永恆的不幸。既然這是您所願，那它就是

您一手促成的結果！我覺得自己再也無法尋回今天所失去的幸福。天生令我傾心的只有您一個，要是我可以發誓只為您而活，那我該有多麼快樂啊！可是您不肯接受我的誓言，您的沉默已充分向我表明，您的心絲毫不為我所動。這既是您冷漠無情最確鑿的明證，又是您向我表態的最殘忍方式。再見了，小姐。

　　我再也不敢妄想得到您的回覆。假如您心中有愛，就會急切地回信；有友誼，就會愉快地做出答覆；哪怕只有憐憫，也該給個善意的回音。可是，憐憫、友誼和愛情在您心中卻是同樣的陌生。

17**. 8. 23，於巴黎

第二十九封信

賽西兒・沃朗苣
致
蘇菲・卡爾奈

蘇菲，我早跟你說過，在某些情況下是可以回信的；如今我可以肯定地告訴你，我責怪自己聽了你的話，讓我們，也就是我和唐瑟尼騎士都遭受了莫大的痛苦。說明我有理的證據就是梅黛夫人最終跟我有了同樣的看法，而她肯定很了解該如何應對這種事。我把一切都對她說了。一開始她的說法與你一樣，但是在我把一切都對她解釋清楚以後，她承認情況大不相同了。她只要求我把跟唐瑟尼騎士來往的所有信件都拿給她看，好確定我只說自己應當說的話。因此，現在我心安了。天哪，我多麼喜歡梅黛夫人！她真好！她是一個十分值得敬重的女士。這麼一來，一切就都很順利了。

我要寫信給唐瑟尼先生了，他會多麼開心啊！他還會喜出望外，因為至此之前，我只跟他談友誼，而他卻老是要我承認這是愛情。我覺得兩者實際上指的是同一回事，但我還是不敢說出口，他卻很堅持這一點。我把這件事告訴了梅黛夫人，她說我做得對；一個人只有在身不由己的時候才可以承認墜入了情網。而我相當清楚，我已經不能再繼續壓抑自己的感情了。反正友情或愛情都是同一回事，而他會為此而更加高興。

梅黛夫人還跟我說，她會把有關這一類事的書借給我，好讓我明白應該如何應對，把信寫得更好。你看，她把我的缺點都指出來，這就說明她

有多喜歡我；她只囑咐我別跟媽媽提起這些書，因為那樣會讓媽媽顯得自己對我的教育過於疏忽，而惹得她不快。哦！我甚麼都不會告訴她的。

　　一個幾乎與我沒有親戚關係的人竟比我的母親更加關心我，這真是少見！我能夠結識她真是無比幸運！

　　她還向媽媽提出後天要帶我到歌劇院去，就坐在她的包廂裡。她跟我說包廂裡就只有我們倆，我們可以盡情談天，用不著害怕有人聽見。這一點比去歌劇院看戲更教我期待。我們還可以討論我的婚事，因為她告訴我，我確實就要結婚了，但這件事，我們沒能多說。不過，媽媽到現在仍對我隻字未提，這不是很奇怪嗎？

　　再見了，蘇菲，我要寫信給唐瑟尼騎士了。哦，我真高興。

17**. 8. 24，於 **

第三十封信

賽西兒・沃朗莒
致
唐瑟尼騎士

先生，我同意回信給您，並向您保證我的友誼，我的**愛情**，因為不這樣做，您便會十分難過。您說我沒有一顆善良的心，我可以肯定說您錯了，希望您現在不會再對此有所懷疑。您曾因為我不寫信給您而憂傷，您以為我就不為此感到痛苦嗎？但那是因為我無論如何都不願意做任何不該做的事；假如我能克制住自己，我也肯定不會承認我的愛情。可是，您的愁悶實在教我太難受了。我希望今後您將不再憂傷，我們都會很開心。

我期望今晚能夠見到您，也期望您早些來；您來得總不像我所希望的那樣早。媽媽在家裡吃晚飯，我想她會請您留下來陪她。我希望您不會像前天那樣另有約會。您去吃晚飯的那個地方，是不是很有趣呢？因為您很早就過去了。不過，我們還是別談這件事了。既然現在您知道我愛您了，我就希望您能盡可能跟我待在一塊兒，因為只有跟您在一起的時候，我才感到開心。但願您也和我一樣。

現在您仍然顯得很愁悶，我很難受，但這並不是我的錯。等您一來，我會請您彈一下豎琴，好讓您馬上拿到我的信。我沒有其他更好的方法了。

再見了，先生。我很愛您，全心全意地愛您。我越是對您這麼說，心裡就越開心。我希望您也跟我一樣。

17**. 8. 24，於 **

第三十一封信

唐瑟尼騎士
致
賽西兒・沃朗莒

　　是的，我們應該會很開心。我的幸福無庸置疑，因為我為您所愛；您的幸福也將永無止境，只要它能與您在我心中激起的愛情永垂不朽。怎麼！您愛我，您再也不怕向我保證您的愛情！您越是對我這麼說，心裡就越開心！我看了您親筆寫下這動人的我愛您之後，彷彿聽到您那美麗的小嘴也在重複著同樣的告白。我看見您那雙迷人的眼睛正望著我，脈脈含情，顯得更加嬌媚。您向我許下誓言，要永遠為我而活。噢！請您也接受我的誓言，讓我為您的幸福奉獻出我一生所有。請接受吧，並請相信我絕不會違背誓言。

　　昨天真是快樂的一天！唉！為甚麼梅黛夫人不是每天都有祕密要對您的媽媽說呢？為甚麼我心中洋溢的甜蜜回憶總是受到種種揮之不去的束縛限制所干擾呢？為甚麼我不能一直握著那隻寫下我愛您的美麗小手，好好地親吻，來報復您不肯向我表達更多的愛意呢？

　　請告訴我，我的賽西兒，在您的媽媽回來以後，當我們由於她的在場而只好冷漠地望著對方的時候，當您無法再以愛的誓言來安慰我的時候，您對自己拒絕向我留下愛情的明證，難道不感到遺憾嗎？「只要一個吻就能使他更加快樂，而我卻剝奪了他這種幸福。」您就沒有這樣想過嗎？我可愛的朋友，請答應我下次一有機會，您不會再那麼嚴厲。只要您承諾這

一點，我就有勇氣去承受環境為我們造成的各種阻礙；而確信您同我一樣感到惆悵，也至少可以減輕一些分隔兩地的殘忍煎熬。

　　再見了，我可愛的賽西兒，我該去您家的時候到了。要不是為了前去見您，我根本不可能停下筆來。再見了，我無比心愛的人兒！我永遠會越來越愛您！

17**. 8. 25，於 **

第三十二封信

沃朗莒夫人
致
杜薇院長夫人

　　夫人，您是要我相信凡爾蒙先生的品德嗎？我承認自己無法就這樣下定論。要我只憑您向我敘述的那樁事就斷定他是個好人，正如要我聽說一個大家公認的好人犯了過錯後就認為他是個壞人一樣困難。無論在好人還是壞人身上，人性都不是絕對的。一個無賴有他的長處，就像正人君子也有他的弱點一樣。這在我看來是無庸置疑的真理，正因如此，我們才有必要對壞人和對好人一樣寬容。因為這個真理可以避免好人淪於驕傲自滿，同時又能讓壞人在心灰意冷中得到救贖。您肯定會覺得我倡導寬恕，實際上卻做不到身體力行；不過，要是這種美德導致我們對壞人跟好人都一視同仁，那在我眼中它反而比較像是一種危險的弱點。

　　我不敢冒昧揣測凡爾蒙先生那項行為的動機；我願意相信動機跟行為本身一樣值得稱讚。可是他一生中為許多家庭帶來的紛爭、羞辱和醜聞難道還嫌少嗎？只要您願意，您可以去傾聽受到他幫助的一個可憐人的讚揚，但這並不妨礙您去聆聽上百名遭到他蹂躪的受害者的哭聲。就算如您所說，他只是社交關係中其中一個交友不慎的例子，難道他本人就不算是一個危險人物嗎？您猜想他可能浪子回頭嗎？讓我們想得更長遠一些，假設真的出現這種奇蹟，難道反對他的輿論就不存在了嗎？難道這種輿論還不足以約束您的言行嗎？只有上帝才能在一個人悔過時赦免他的罪過，因為上帝

可以看透人的心靈，而凡人只能根據一個人的行為來判斷他的想法。任何人一旦失去了別人的尊重，就無權抱怨別人對他抱持必然的猜疑，這也使得他很難重新獲得別人的尊重。我年輕的朋友，請您仔細想想，有時候，只要您對別人的尊重表示出不以為意的樣子，您就會失去這份尊重；您可別埋怨這種嚴厲的態度有失公正。因為，我們有充分理由相信，一個人只要有權利得到尊重，就不會放棄這種寶貴的財富；而不受這種強烈道德約束所限制的人，才更容易做壞事。要是您跟凡爾蒙先生關係密切，不管這種關係多麼純潔，就會給人這樣的感覺。

看到您熱情地為他辯護，我感到非常驚恐不安，因此我得搶在前頭預設您可能提出的反對意見。您會以梅黛夫人為例，他們之間的關係就得到大家的諒解；您會問我為甚麼我在家裡接待他；您會告訴我，正派人士非但未將他拒之門外，還讓他進入了所謂上流社會的圈子，甚至還很受歡迎。我相信所有這些問題，我都能做出解答。

首先，梅黛夫人確實很受人敬重，她唯一的缺點也許就是過於相信自己的能力。她是個身手敏捷的馭手，喜愛在懸崖峭壁間駕車疾駛，唯有成功才是她最有力的辯白。稱讚她雖合乎情理，效法她則不免輕率；這一點她本人也承認，並為此而自責。隨著見識的增長，她的道德原則也越加嚴格。我敢向您保證，她和我的想法是一樣的。

至於我個人，我也不會為自己多做辯駁。我確實也接待凡爾蒙先生，他無論到哪都暢行無阻。社交界充滿了無數矛盾牴觸的現象，這只不過是其中的一種罷了。您跟我一樣清楚，我們這一生都在觀察這些矛盾之處，一邊批評埋怨，一邊卻又置身其中、隨波逐流。凡爾蒙先生很早就明白，仗著他顯貴的姓氏、龐大的家產，和眾多討人喜歡的長處，要想在社交界發揮影響力，只消靈活巧妙地運用讚揚和嘲諷就成了。誰也沒有他那種玩弄兩面手法的才華：他用前者讓自己顯得殷勤可愛，用後者教人感到毛骨悚然。人們雖不尊重他，但都奉承他。這就是他之所以能在社交圈中立足的原因，周圍的人全都謹慎有餘，勇氣不足；他們寧願選擇遷就，而不願

與他正面交鋒。

可是不管是梅黛夫人，還是哪個別的女性，大概都不敢隱居到鄉間，幾乎單獨跟這樣一個男人在一起。如今居然讓當中最賢淑、最穩重的女人為這種輕率的行為——請原諒我用了這個辭，我是出於友誼才脫口而出的——樹立了榜樣。我美麗的朋友，您的坦蕩使您心裡安然無憂，這反倒害了您。請您想一想吧，將來評價您的人當中，一邊是些輕狂淺薄的人，他們不相信德行，因為在他們當中找不出這樣的榜樣；另一邊則是些壞人，因為您有德行而想懲罰您，就裝作不相信的樣子。請您考慮一下您現在的行事作為吧，就連有些男人也不敢冒同樣的險。事實上，在年輕人當中（**凡爾蒙先生已完全成為他們的權威人士**），我發現最聰明的人都怕跟他顯得關係過於密切，而您，卻一點也不害怕！唉！回頭吧，回頭吧，我懇求您。如果我的理由還不足以說服您，那就看在友誼的份上吧。是友誼促使我再次提出這樣的懇求，並使我的懇求變得正當且情有可原。您會覺得這樣過於苛刻，我也希望這只是多慮。不過，我寧可您抱怨的是這份友誼對您的關懷，而不是它的淡漠。

17**. 8. 24，於 **

第三十三封信

梅黛侯爵夫人
致
凡爾蒙子爵

親愛的子爵，既然您畏懼成功，既然您的計畫是向敵人提供對抗您的武器，既然您只希望作戰，而不想要獲勝，那我就沒甚麼好說的了。您的行為是謹慎的楷模，反過來看，也是愚蠢的典範。老實對您說，我擔心您產生了錯覺。

我要責怪您的，並不是您沒能好好利用時機。因為一方面，我也不清楚時機是否已經到來；另一方面，我相當明白，無論如何，時機錯過了還可以重新來過，而倉促的舉動則會讓事情無法挽回。

可是，您真正的失策就是放任自己寫起信來了。我猜您目前未必預料到這樣做會帶來甚麼後果。您該不會是想向這個女人證明她應當依順您吧？我覺得這只可能透過動之以情，而不會是論證就能辦到。要教她接受這份情感，就得令她感動，而不是對她說理。不過，您用信去感動她有甚麼用呢？您當時又不在她身邊，無法加以利用。即便您美好動聽的辭句使對方為愛情所癡迷，您以為這種魔力能長時間持續下去，以致她無暇仔細思考就向您承認她的愛情嗎？請想一想寫一封信要花多少時間，把信送到她的手裡又要多少時間；再看看特別是像您那位虔誠女信徒這麼一個如此堅守原則的女人，能否對一件她竭力摒除所有欲望的事如此長久地想望。這種做法對年輕的孩子們可以奏效，因為他們在寫下「我愛您」的時候，並不

知道他們表達的就是「我依順了」。可是我覺得，善於推敲的杜薇夫人完全懂得每句話的含意。因此，儘管您在交談中占了上風，但是她在信中又擊敗了您。您知道接下來會出現甚麼情況嗎？一旦爭論開始，她便不願意服輸，想方設法地找到適當的理由；理由說出口之後，就會堅持下去，倒不是因為那些理由有多合情理，而是因為不想推翻自己說過的話。

而且，我很訝異您竟然沒有注意到在愛情中，最困難的莫過於寫出自己體會不到的情感──我是說要寫得逼真，差別並不在於遣辭用字，而是行文調度的方式有所不同，換句話說，要隨意安排，僅此而已。請再好好檢視一下您的信吧。信裡內容起承轉合的安排，讓每一句話都洩露出您的意圖。我願意相信您的院長夫人並不怎麼老練，因而沒看出來，但是這有甚麼關係呢？一樣不起作用。這就是小說的不足之處：作者盡心竭力營造出熱情，讀者卻始終反應冷漠。《哀綠綺思》[12] 是唯一的例外，不管此書的作者多有才華，這種看法總是教我相信它的內容是真實的。然而若是透過說話的方式，情況就不一樣了。經常運用嗓子可以使聲音富有情感，而淚水更增添了這樣的感動；欲望和溫存的情感透過眼神交融在一起；最後，缺乏條理的話語更容易帶出慌亂不安的神色，這才是愛情真正的動人面貌──特別是所愛的人就在面前，容不得我們仔細思考，只渴望被征服。[13]

聽我的話吧，子爵。既然人家求您不要再寫信了，您就利用這個機會來彌補過失，等待交談的機會吧。您知道嗎？這個女人比我原本想像的更有毅力，她防禦得十分出色。要不是她的信篇幅很長，而她表示謝意的話給了您繼續發展的藉口，她是不會露出一點兒破綻的。

我覺得還有一點可以消除您對成功的疑慮，那就是她一下子耗費了太多的力量。我料定她會竭盡全力為自己說的話辯護，因而就沒有甚麼餘力來保衛自己了。

我把您的兩封信寄還給您，如果您小心行事，這將是幸福時刻來臨前的最後兩封信。時間已經很晚了，不然，我就會跟您談談小沃朗莒。她進步得很快，我對她十分滿意。我相信我會比您先看到結果，您應當為此而

深感羞愧。今天先到此為止，再見了。

17**.8.24，於 **

第三十四封信

凡爾蒙子爵
致
梅黛侯爵夫人

　　您說得真是妙極了，我美麗的朋友，但是為甚麼您要大費周章去證明眾所皆知的事呢？想在愛情上有迅速的進展，用說的要比用寫的有用：這大概就是您這封信的主要內容。哎呀，這只是誘惑異性技巧中最基本的知識。我只想指出您對這項原則只舉出了一個例外，實際上有兩個。孩子們是出於羞怯而選擇以書信往來，出於無知而委身於人；除此之外，還應加上有才學的女子，她們出於自尊而動筆寫信，由於虛榮而落入陷阱。比如，貝 *** 伯爵夫人在接到了我給她的第一封信後，輕易地做了回覆，我相當肯定，若不是當時我對她的愛戀多過於她對我的，不然在她眼中，這只是一個讓她感到很有面子的話題論述的機會。

　　儘管如此，從辯護的立場思考，律師會告訴您這項原則並不適用於目前的案例。您料想我可以在寫信跟交談之間做出選擇，其實情況並不是這樣。自從十九日的事件以後，我那無情的夫人採取守勢，開始避免與我見面，她的這一步棋完全打亂了我的計畫。事情已經到了這種地步，如果情況繼續下去，她就會逼得我認真思考要採取甚麼方式來重新取得優勢，因為我當然無論如何也不願意做她的手下敗將。就連我的信也引起了一場小小的衝突：她並不僅僅滿足於不回信，甚至拒絕把信收下。每一封信都得採用一個新的計謀，而且並不一定成功。

您還記得我把第一封信交給她是採用了多麼簡單的方法，第二封信也沒甚麼困難。她要求我把她的信還給她，我交還的卻是我自己的信，她一點兒也沒有懷疑。可是，也許是由於受到捉弄而生氣，也許是任性，又或者最終是出於道德上的考慮，因為她一定會迫使我這麼想，總之她執意不肯收我的第三封信。不過我希望她往後會改變態度，因為拒絕收信的後果險些使她陷入困境。

我直接了當把這封信交給她，她不肯接受，我並不怎麼吃驚，因為要是她接受了，那就意味著她已經有幾分應允了，而我期待的是更頑強的抵抗。所以這只是順道做個試探，接著，我就把這封信放進信封，趁她正在梳妝打扮、羅絲蒙德夫人和侍女也都在場時，差遣我的跟班去把信交給她，並且吩咐我的跟班對她說，這就是她向我要的文稿。我早就猜到她擔心做出些引人非議的解釋，不得不收下那封信。果然，她收下了。我派去的使者還奉命注意她的神色，他頗善於察言觀色，只見她臉上泛起了微微的紅暈，顯出窘困多於惱怒的樣子。

我當然感到很高興，她不是把信留下來，就是把信還給我，她若是想把信還給我，就得單獨跟我見面，這就給了我跟她交談的機會。約莫一個小時以後，她的僕人來到我的房間，代表他的女主人交給我一個跟我的信封樣式不同的封套，我認出來上面所寫的正是我夢寐以求的筆跡。我連忙拆開，裡面就是我的那封信，原封不動，只是對摺了一下。我猜她對鬧出事來比我有更多的顧忌，才採用了這個惡毒的花招。

您是了解我的，我用不著向您描述我當時的憤怒。然而，必須保持冷靜，尋找新的方法。以下就是我想到的唯一途徑。

這兒每天早上都有人到郵局去取信，郵局離這兒大概有四分之三里[14]路。為了信的收發，我們使用一個類似教堂捐款箱的郵筒，郵局局長和羅絲蒙德夫人各有一把鑰匙。白天，大家可以隨意把信放進箱子，傍晚就把箱內的信件送到郵局，隔天早上再去取寄到的信。所有的僕人，不論是外來的，還是家裡的，都得幹這項差事。那天輪到的並不是我的僕人，但是

他自告奮勇跑這一趟，藉口說他正巧要到那裡去辦事。

　　這時我寫了封信。寫地址的時候，我改變了筆跡，在信封上也同樣成功地偽造了**第戎**的郵戳。我之所以選擇這個城市，是因為我覺得，既然我要求享有跟她丈夫同樣的權利，從同一個地點來信會更加有趣；也因為我的美人兒整天都說希望收到從第戎寄來的信，我覺得應當為她提供這樣的樂趣。

　　採取了這些準備措施之後，把這封信跟別的信混在一起，就變得十分容易了。使用這種方法還有一項好處，就是可以讓我親眼見到收信時的情景。因為按照這兒的習慣，大家會聚在一塊兒吃早飯，等到信來了才各自離開。信終於來了。

　　羅絲蒙德夫人打開了箱子。「第戎來的。」她說道，一邊把信交給杜薇夫人。「這不是我丈夫的筆跡。」杜薇夫人焦急不安地說，一邊趕緊拆開封口。她瞧了一眼後，立刻明白了；她的臉色大變，連羅絲蒙德夫人也察覺了，問她說：「您怎麼了？」我也走過去，說道：「這封信就這麼嚇人嗎？」羞怯的女信徒不敢抬起眼睛，一句話也不說，為了掩飾窘態，她假裝正在讀信，實際上她根本看不下去。看到她心緒不寧的樣子，我暗自高興，想著再進一步試探她也無妨，便又說：「您好像平靜了點，看來這封信只是教您感到驚訝，卻並不怎麼讓您痛苦。」這時她由於受到激怒、一反平時謹慎小心的常態，說道：「信裡寫的全是一些令我反感的話，我很詫異，竟有人敢寫這種信給我。」「是誰啊？」羅絲蒙德夫人插話問道。「信上沒有署名，」怒氣沖沖的美人回答說：「但這封信跟寫信的人都同樣為我所鄙視。大家要是能不再提起這件事，我會很感激。」說著，她撕掉了那封放肆無理的信，把碎紙片放進口袋，站起身來，走了出去。

　　儘管她發了火，仍然把我的信收下了。我把希望寄託在她的好奇心上，但願她會把整封信看完。

　　詳述這一整天的細節會把話扯得太遠。我把兩封信的草稿一併附上，您就會跟我一樣掌握詳情。如果您想了解我的通信內容，您就得習慣辨認

我的底稿。因為我怎麼也不想再抄一遍，那實在太乏味了。再見了，我美
麗的朋友。

17**. 8. 25，於 **

第三十五封信

凡爾蒙子爵
致
杜薇院長夫人

　　夫人，我應當依從您的意思；我必須向您表明，雖然您情願認為我有
不少過錯，但至少我還相當知情識趣，不會讓自己遭受抱怨，我也有足夠
的勇氣，讓自己承受最痛苦的犧牲。您命令我保持沉默，忘掉這回事！好
吧！我會迫使我的愛情保持沉默；如果可能，我也要忘掉您看待這份情感
的嚴酷態度。也許，我想贏得您的歡心並不等於我有權利這麼做；同時我
也承認，我需要您的寬恕也並不意味著我有得到它的資格。可是，您把我
的愛情看作對您的侮辱；您忘了，假如這是個過錯，那您就是那個因，又
是個可以為它申辯的理由。您也忘了，我已經習慣向您敞開胸懷，即使這
份信任會對我不利，我也無法再對您隱瞞我內心滿溢的情感。這是我真心
誠意的結果，您卻把它看作放肆無禮的產物。我對您懷有最深切、最恭順、
最真摯的愛情，而我得到的代價卻是被您拒於千里之外，您甚至還提起了
您對我的憎恨……受到這樣的對待，有哪個人不抱怨呢？只有我完全服從。
我忍受著一切，卻沒有半句怨言；在您的打擊之下，卻仍然對您充滿愛慕
之情。您對我有著不可思議的影響力，教您成了我情感的絕對主宰；我的
愛情之所以仍在負隅頑抗，沒有被您摧毀，那是因為它是您，而非我所一
手促成。

　　我並不要求您改變心意，我根本不抱這樣的奢望。我甚至也不期望得到您的憐憫，儘管您過去偶爾對我表現出的關心，可能給我這樣的希望。但我承認，我覺得可以要求您主持公道。

　　夫人，您告訴我，有人力圖破壞您對我的看法。倘若您當初聽信了您朋友的勸告，您甚至不會讓我接近您，這是您信中的用辭。這些好心的朋友究竟是誰啊？這些道德觀如此僵硬刻板、態度如此嚴厲的人應該會同意透露他們的姓名，他們應該不會願意躲藏在暗處，跟那些惡意中傷的卑劣傢伙混為一談，那麼我也不該對他們的姓名與對我的非難一無所知。請想一想，夫人，我有權知道，因為您是根據他們的觀點來評價我的。要判決一個罪犯，就應當告訴他犯了甚麼罪，以及告發的人是誰。我並不要求別的恩典，只是想提前為自己辯護，並迫使他們收回自己所說的話。

　　也許我過於藐視眾人毫無意義的閒言閒語，甚至根本不把他們放在心上，但您的賞識在我看來卻並非如此。為求配得上您的器重，我付出了生命，因而我是不會讓它白白被人奪走的。您的賞識對我顯得特別寶貴，正是由於它，您才會向我提出如今您還害怕提出的要求，並讓我**有權利得到您的感謝**，您是這麼說的。啊！我根本不要求您表示感謝，如果您能給我一個機會討您歡心，我倒覺得應該反過來感謝您呢。因此請您更公正地對待我吧，不要再把您希望我做的事瞞著我。如果我猜得出來，就不會勞煩您說出口了。讓我既能享有見到您的榮幸，又能在為您效力中感到幸福，這樣我對您的寬容大度一定甚為慶幸。誰能阻攔您這麼做呢？您該不會是擔心遭到我的拒絕吧？我覺得自己無法諒解您會有這樣的擔心。不把您的信還給您，並不意味著拒絕，我比您更希望這封信對我不再有甚麼用處；但是我習慣於相信您有一顆十分溫柔的心，所以只有從這封信裡，我才能看到您想要呈現出來的模樣。當我立誓要讓您動情的時候，我從信裡便看出您不僅不會應允，反而更只會遠遠地避開我；當您的一切加深了我的愛，又說明了它之所以無可厚非的時候，又是這封信提醒了我，它是我對您的褻瀆；當我見到您，覺得這份愛是至高無上的福祉之時，我需要讀一下您

的信，好體會這實在只是一種難以忍受的折磨。您現在可以理解，我最大的幸福就是把這封帶給我不幸的信還給您；再向我索回這封信，就是同意教我不再相信其中的內容。我希望您不會懷疑我急於想把這封信還給您的心情。

17**. 8. 21，於 **

第三十六封信

凡爾蒙子爵
致
杜薇院長夫人
（蓋有第戎郵戳的信）

　　夫人，您一天比一天更為嚴厲，請恕我冒昧說一句，您害怕的似乎是待人寬厚，而不是不夠公正。您不聽我的解釋就將我定罪，您想必覺得，不去讀我信上寫的理由，要比去回答這些理由容易得多。您執意不肯收下我的信，輕蔑地將我的信退還給我。當我唯一的目的只是想讓您相信我誠意的時候，您卻逼得我只好運用計謀。是您教我不得不為自己辯解，這一點應該足以讓您原諒我採用的方法。況且我自認情感真摯，確信只要讓您充分了解，就是最有力的明證，所以我覺得耍一點小小的手段也無妨。我也大膽地相信您是會原諒我的，因為愛情旺盛的生命力更勝於冷漠地逃脫它，這一點是您不至於感到意外的。

　　夫人，請允許我向您完全敞開我的心扉。我的心是屬於您的，因此讓您徹底了解它也是合乎情理的。

　　我來到羅絲蒙德夫人府上的時候，完全沒有預料到等待著我的是甚麼樣的命運。我並不知道您在這兒，而且我要以我個性中特有的真誠再加以補充，就算我知道您在這兒，我安定的心神也不會因而受到攪亂。這倒並不是因為我不願對您的美貌做出誰也無法否認的公正評價，而是因為我向來習慣於只去體會肉體的欲望，沉湎於容易由肉體所獲得令人滿足的快感，還未曾體會到愛情的苦澀。

　　羅絲蒙德夫人一再要求我在這兒盤桓一陣子，這是您親眼所見。那時我已經跟你們一起度過了一整天，然而，我只是為了，或者我認為自己只是為了向一位可敬的親屬自然且合乎情理地表達尊重才應允的。這兒的生活跟我所習慣的也許是有很大的不同，但我不費半點力氣就適應了。我並未試圖深究我身上起了這種變化的原因，只是把它又歸於我隨和的性格，這一點我想早先已經向您談過了。

　　不幸的是（為甚麼這非得成為一樁不幸呢？），進一步了解您以後，我立刻意識到，最初您唯一教我驚豔的迷人容貌，其實只是您眾多優點中最微不足道的；您脫俗出塵的靈魂撼動、也迷惑了我的心靈。我欣賞美貌，但更崇仰德行。我當時並不企求得到您，而只是努力要使自己配得上您。我祈求您寬恕我的過去，同時渴望您在未來對我表示贊同。我在您的言談中尋找這樣的意涵，在您的目光裡窺探這樣的神色；您的目光中散發著一種毒素，因為您的無意與我的毫無戒備而變得更加危險。

　　於是我懂得了愛情，但我沒有半句怨言！我決定把它埋藏在永恆的靜默之中；我無所畏懼、毫無保留地沉浸在這種甜蜜的感情裡。它的影響與日俱增。見到您原來是一種快樂，不久就轉變成一種需求。只要您離開一會兒，我的心就愁悶得糾結不已；聽到您回來的聲音，我的心又歡喜得噗通直跳。我似乎只是由於您、為了您才活在世上。然而，我懇求您回答：在歡快、嬉笑的遊戲中，或者在氣氛嚴肅的談話裡，我可曾脫口說過一句洩露我內心真實想法的話？

　　終於有一天，我的不幸就此降臨；由於不可思議的命運，一件善行竟為它吹響了號角。是的，夫人，就是在我所救濟的那些可憐人中，讓您一顆早已陶醉在愛情裡的心徹底迷失了方向，當時您心中充滿了可貴的同情心，這既使您美得更加清麗脫俗，也為您的德行增添了價值。也許您還記得，當天回來的時候，我是多麼心事重重！唉！我是在竭力克服一種我越來越難以抑制的愛戀。

　　我在這場實力懸殊的爭鬥中耗盡了精力以後，一個出乎我預料的偶然

又使我有了跟您獨處的機會。我承認那時我屈服了，我那顆滿溢的心再也容納不了更多的話語和淚水。但這難道是一種罪嗎？就算是，我已經受到了可怕的煎熬，這樣的懲罰難道還不夠嗎？

我為毫無希望的愛情所折磨，懇求您的憐憫，得到的卻是您的憎恨。見到您成了我唯一的幸福，我的眼睛不由自主地四處尋找您，但我又害怕接觸您的目光。您教我陷入了痛苦難熬的境地，白天我強顏歡笑，夜晚我沉溺其中，無法自拔。而一派平靜安寧的您，了解這種痛苦只是為了雪上加霜，並且暗自得意。然而，抱怨的是您，請求原諒的卻是我。

夫人，這就是您所謂我的過錯的來龍去脈，把它稱作我的不幸，也許更為恰當。純潔真摯的愛情、始終不變的敬意、徹頭徹尾的服從，這就是您使我萌生的感情。我甚至不害怕把這些感情奉獻給上帝。您是上帝最美好的創作，請您也效法祂的寬大為懷吧！請想想我所受的難熬，特別是您已使我處於絕望和無比的幸福之間，您的一句話將永遠決定我的命運。

17**. 8. 23，於 **

第三十七封信

杜薇院長夫人
致
沃朗莒夫人

夫人，我聽從您出於友誼給我的勸告。我習慣在所有事情上都依從您的意見，也相信這些意見都有充足的理由。我甚至願意承認凡爾蒙先生確實是個極其危險的人物——如果他能裝出在這兒表現出來的樣子，而同時又是您所描繪的那種人。無論如何，既然您這麼要求，我便會疏遠他；至少我要盡力這麼做，因為有些事情實際上應當是再簡單不過，但做法卻往往令人為難。

我總覺得向他的姑母提出這個要求是行不通的，這會使他們倆都感到不快。我也無法毫不猶豫就這樣離開，因為除了我向您說過的有關杜薇先生的理由外，如果我的離去惹惱了凡爾蒙先生（**的確有這樣的可能**），他要跟著我去巴黎不是也很容易嗎？如此一來我便成了——至少看上去我成了他返回巴黎的原因，這不是要比我們在鄉間會面更令人感到奇怪嗎？大家都曉得這兒是他的親戚家，也是我的朋友家。

因此，我唯一能採取的辦法就是要他心甘情願地離開。我覺得這很難說得出口；可是，既然他似乎一心要向我證明他確實要比人們所想像的正派，我還是有希望成功的。我甚至樂意嘗試，同時藉機判斷一下，品德著實高尚的女子是不是像他常說的那樣，過去從未抱怨過他的舉動，往後也絕不會如此。若是他如我所願就這樣離開，那肯定是出於對我的尊重，因

為我相信他本來打算在這兒度過大半個秋天；如果他拒絕我的要求，執意要留在這兒，那我向您保證，我一定會及時離開的。

夫人，我相信這就是您出於友誼對我提出的所有要求。我會竭力達成，並向您證明，儘管我曾**熱情地**為凡爾蒙先生辯護，但我仍然隨時打算聆聽並遵循朋友的勸告。

我榮幸地是您的……

17**. 8. 25，於 **

第三十八封信

梅黛侯爵夫人
致
凡爾蒙子爵

親愛的子爵，您的大郵包剛剛寄到。要是郵寄的日期無誤，那我應當在二十四小時前收到才對。無論如何，如果我這會兒看信，那就沒有時間回信給您了。因此，我寧可先告訴您郵包已經收到，好跟您談談別的事兒。這倒不是說關於我自己就沒甚麼好跟您說的。秋天到了，留在巴黎的幾乎沒有甚麼像樣的男子。因此，一個月來，我安分守己得要命；除了我那位騎士，所有人都會對我的忠貞感到厭倦。由於無事可做，我就拿小沃朗莒來消遣。我想跟您談的就是她。

您可知道，您不願負責照看這個孩子所損失的遠比您所以為的要大多了？她真是迷人可愛！她既沒有個性，也沒甚麼原則，您可以想像一下跟她交往該是多麼愉快和自在！我不認為她在感情方面會有甚麼出眾的表現，但她身上的一切都顯露出她的感覺極其敏銳。她既無聰明才智，心思也不細膩，但她有某種與生俱來虛偽造作的本領——如果可以這麼說的話。有時候，這種能耐連我都感到吃驚，再加上她一臉天真、老實的樣子就更是奏效。她生來愛與人親近，有時候，我就拿這一點逗著她玩。她的小腦袋十分容易激動；她對自己渴望了解的事情一無所知，完全一無所知，因而更加惹人憐愛。她心急起來的樣子十分滑稽，時而發笑，時而氣惱，時而哭泣，接著便請求我的開導，那副真心誠意的樣子確實迷人。說實在的，

我幾乎有些嫉妒往後有權享有這份快樂的男子。

我不知道是否已經告訴過您，這四、五天來我已榮幸地成了她的密友。您猜想得到，起初我擺出嚴厲的態度，但是，我一發現她覺得已經用拙劣的理由說服了我的時候，我就裝作認為她的理由都很充足的樣子；而她則打心底相信，能夠做到這一點，全是仗著她的口才。為了免得往後受到牽連，這樣的防範措施是有其必要的。我允許她可以寫也可以說**我愛**這兩個字了；當天，在她沒有覺察的情形下，我還設法安排她跟她的唐瑟尼單獨會面。但是您想想看，他還是那麼傻，竟連一個吻都沒有得到，但這個小夥子所寫的詩句卻是那麼美妙動人！天哪！這些富於才氣的人真是愚蠢！這傢伙已經蠢到了教我為難的地步。因為，說到底，就算是為了幫他，我總不能牽著他走啊！

現在便是您可以派上用場的時候了。您和唐瑟尼算是頗有交情，可以取得他的信賴。一旦他信任了您，我們就可以大步前進了。趕緊了結您的院長夫人吧，因為我怎麼也不想讓傑庫脫身。再說，昨天我還跟小姑娘談起他，我對他做了那麼生動的描繪，就算她嫁了他十年，也不會這麼厭惡他。不過，我也對她講了很多夫妻應當彼此忠貞的道理，在這一點上，誰都不如我嚴格。這樣，一方面我在她面前重新建立了我賢德的名聲，以免讓這種形象由於過分遷就而受到損害；另一方面，我在她心裡加深了我想讓她丈夫嘗到的憎恨。總之，我希望讓她相信，只有在她出嫁前這一段短短的時間裡，她才可以沉浸在愛情之中，這樣她便會盡快下定決心，不耽誤一分一秒。

再見了，子爵，我要去梳妝打扮了，一邊讀您的長信。

17**. 8. 27，於 **

第三十九封信

賽西兒・沃朗莒
致
蘇菲・卡爾奈

親愛的蘇菲，我既愁悶又憂心不已，幾乎哭了一整夜。這倒不是因為我現在不快樂，而是我預見到這種快樂持續不了多久。

昨天，我跟梅黛夫人到歌劇院去了，我們在那兒談了不少有關我的婚事，我沒有聽到任何好消息。我要嫁的是傑庫伯爵，婚禮大概在十月舉行。他相當富有，出身高貴，是ＸＸ團的上校。到這裡為止聽起來都很不錯。但是，首先他年紀很大。你想想看，他至少已經三十六歲了！其次，梅黛夫人說他性情憂鬱，待人嚴屬；她擔心我和他一起生活不會幸福。而且我甚至看得出她對這一點十分肯定，只是她不願對我這麼說，免得讓我感到痛苦。整個晚上，她跟我談的幾乎都是妻子對丈夫應盡的義務。她承認傑庫先生一點也不和藹可親，然而她說我必須愛他。她不是也對我說，一旦我結了婚，就不應當再愛唐瑟尼騎士了？好像這是一件可能做到的事！噢！我可以向你擔保，我會永遠愛他。你知道，我是寧願不結婚的。讓傑庫先生自己去結婚吧，我可沒有找過他。眼下他在科西嘉，離這兒很遠；我希望他在那兒待上十年。要不是我怕自己得重新回到修道院去，就會告訴媽媽我不想要這個丈夫；不過，那樣情況也許會更糟。我現在十分為難。我覺得我從來沒有像現在這樣愛唐瑟尼先生。我一想到自己目前的生活只剩下一個月，眼裡就立刻充滿了淚水。我只能從梅黛夫人的友誼中得到一些

安慰。她心腸真好！她感同身受地分擔了我的一切憂愁，而且她那麼和顏
悅色，跟她在一起，我就幾乎不再去想那些煩心的事。再說，她對我的幫
助很大，因為我知道的點點滴滴，都是她教給我的。她那麼仁慈善良，我
可以把心裡的所有想法都告訴她，一點也用不著感到羞愧。當她覺得有哪
裡不妥當，有時也會責備我，但總是十分溫和，然後我會熱情地擁抱她，
直到她不再生氣為止。至少我可以隨心所欲地去愛她，不會有甚麼不妥當
的地方，而這也教我很是開心。然而，我們約好在大家面前，特別是當著
媽媽的面，我不能露出那麼愛她的樣子，免得媽媽對唐瑟尼騎士產生懷疑。
我向你保證，如果我能夠一直像目前這樣生活，相信便會十分幸福。偏偏
那個討厭的傑庫要來壞事！……但我不想再跟你聊這件事了，那樣我又會
開始愁悶起來。我反倒要寫信給唐瑟尼騎士，只對他談我的愛情，而不提
我的憂愁，因為我不想讓他也感到苦惱。

再見了，我的好朋友。你很清楚你不應該有甚麼怨言，儘管我忙得如
你所說的那樣分身乏術 15，但我仍然抽出時間來表達對你的情誼，和寫信給
你。*

17**. 8. 27 · 於 **

---

*　我們陸續刪除了賽西兒‧沃朗莒和唐瑟尼騎士的不少信件，因為這些信件索然無味，也沒有任何事件發生。
　　——編者原注

第四十封信

凡爾蒙子爵
致
梅黛侯爵夫人

我那無情的女士不肯回覆也不收我的信，她覺得這麼做還不夠，甚至還不想再見到我，要求我離開。您會更加感到意外的是，我竟接受了如此苛刻的要求。您一定會責備我的。然而，我覺得自己不該錯過讓她對我發號施令的機會。因為一方面，我確信發號施令的人也會受到箝制；另一方面，我們表面上讓女人掌握的虛幻權力，其實卻是她們最難避開的陷阱。再說，她刻意避免跟我單獨相見，也使我陷入了險惡的境地；我覺得自己應當不惜任何代價脫離這種處境。因為不斷地跟她在一塊兒，卻又無法讓她的心為我的愛所占據，就怕她最終會習以為常，見到我也不再心神不寧了。您很清楚，這種心理狀態是極難改變的。

再說，您想必猜到，我並不是毫無條件地服從，我甚至有意提出一個不可能接受的條件。這樣一來，不僅遵不遵守諾言都操之在我，同時，在我的美人兒對我比較滿意，或者她需要我對她比較滿意的時候，我還可以跟她在口頭或書面上展開一場爭論。另外，要是我為了她這個要求做出讓步卻又無法取得補償，那我就太愚蠢了，況且她的要求根本站不住腳。

在這段冗長的開場白裡，我向您闡述了我的理由，接著我便要開始敘述過去這兩天的發展。我會把我那美人兒的信跟我的回信一併附上，作為憑證。您一定會同意，就算在歷史學家裡也很少見到像我一樣記錄得如此

精確的。

您想必記得前天早上，我那封來自**第戎**的信所帶來的影響；那天接下來過得很不平靜。一本正經的美人兒到吃午飯的時候才出現，聲稱她頭痛得十分厲害：這是她想要掩飾女人所能醞釀的最猛烈怒火瀕臨發作的藉口。她的臉色大變，將您熟悉的那種溫和的表情換成了一副倔強的神色，為她增添了一種新的風韻。我日後打算善加利用這個發現，偶爾讓情人以倔強來替代一貫的溫柔。

我預料到午後的氣氛一定相當陰鬱，為了逃離這種無趣的狀況，我便藉口有些信要寫，回到了自己的房間。六點鐘時，我重回客廳；羅絲蒙德夫人提議外出散步，大家都同意了。可是正要上馬車的時候，輪到那個假病人狡詐地藉口說她頭痛加劇不去了，也許是為了報復我午後的缺席，無情地留下我一人忍受著跟年邁的姑母單獨相對。我不知道我對這個女魔王的詛咒是否起了作用，我們回來的時候，發現她已經睡了。

第二天吃早飯的時候，她完全變了一個人，臉上又恢復了原來溫和的神色，我認定自己已經得到了寬恕。早飯剛剛吃完，這位溫柔的女士便懶洋洋地站了起來，朝花園走去；正如您所想的那樣，我跟在她後面。我走上前去，對她說：「怎麼會想去散步呢？」她回答說：「今天早上，我寫了很多信，腦子有點累了。」我又說：「我不會那麼幸福，得為這番勞累自責吧？」她又回答說：「我是給您寫了信，但我還在猶豫，要不要把信交給您。信裡有一個要求，而您已經讓我習慣了不去指望您會答應。」「唉！我保證只要我能辦到……」她打斷我的話說：「再容易不過了。儘管您有可能把它當作一個合理的要求去接受，但我仍把獲得的應允視為恩典。」她一邊這麼說一邊把信遞給我。在接信的時候，我也握住了她的手，但她立刻抽了回去，而且沒有動怒，露出氣沖沖的樣子，只是有些困窘。她說：「天氣比我想的還要熱，該回去了。」於是她重新走上了回城堡的道路。我想說服她再散一會兒步，但只是白費力氣。我還得提醒自己，要是一味施展自己的口才勸說，我們就可能被別人撞見。她走回城堡，一語不發。

我很清楚，她這次假裝出外散步，只是為了把信交給我。她回去後就進了
自己的房間，我也回房去讀信。在我繼續寫下去以前，您最好也看看她的
信，並讀一下我的回信。

第四十一封信

杜薇院長夫人
致
凡爾蒙子爵

　　先生，您在我面前所表現出來的舉止似乎說明了，您每天所努力的只是增加我抱怨您的理由。您執意要與我談論一種我既不想聽，也不該去聽的情感，無所顧忌地利用我的真誠或羞怯來把您的信交給我。特別是最近一次，恕我冒昧地說，您採用了一種近乎魯莽的手段，一點也沒有顧慮到我在受驚之下，可能表現出任何有損我名譽的反應。這一切都給了我充分的理由可以正當且嚴厲地指責您的不是。然而，與其再去抱怨這些不愉快的事，我只打算向您提一個簡單而合理的要求。只要得到您的同意，我答應把過去的一切都置之腦後。

　　先生，您本人對我說過，我不應該擔心受到您的拒絕。儘管由於您特有的那種前後不一的處事風格，您說完這句話後就拒絕了我僅有的一個要求 *，但我仍然願意相信今天您還是會信守您在不久前明確許下的諾言。

　　我希望您能行行好疏遠我，離開這座城堡。您繼續在這兒住下去，只會使我遭受更多的議論，尤其公眾總在一眨眼間就對他人抱持不好的想法，而您對於讓您進入她們社交圈的女士周遭的關愛眼神，又總是感到習以為常。

　　長久以來，我的朋友們都在提醒我注意這種風險，但我並不把她們的意見放在心上，甚至反駁這樣的看法；當時您與我的互動曾經使我相信，您並不願把我跟那群對您有怨言的女子混為一談。如今您看待我的方式就和對她們一樣，我再也不能無視於這樣的意見。為了公眾，為了我的朋友，也為了我自己，我應當採取必要的措施。我還要補充一句，您拒絕我的要求不會得到一丁點好處，因為我已打定主意，如果您執意要留下來，我就離開。但您對我的體貼，我會感激不已，同時我也希望您知道，要是您逼得我離開這兒，就打亂了我的安排。先生，您對我說過好多次：正派的女子絕不會對您口出怨言，請您向我證明這句話吧；至少向我證明，一旦您有甚麼對不起她們的地方，您還知道如何補救。

　　如果非得對您說明提出這個要求的理由，我只要告訴您下面這一點就行了，是您過的那種生活使這個要求有其必要，然而，是否提出並不取決於我。不過，既然我現在給您一個值得讓我對您心懷感激的機會，就別再提那些我想忘掉的事了，那只會迫使我對您做出十分嚴屬的評價。再見了，先生，您的決定會告訴我，作為您謙恭的僕人，我這一生應當對您懷有怎樣的情感。

　　　　　　　　　　　　　　　　　　17**. 8. 25，於 **

第四十二封信

凡爾蒙子爵
致
杜薇院長夫人

夫人，不管您強行要我接受的條件多麼苛刻，我仍然願意履行。我覺得我無法違背您的任何意願。一旦同意了這點之後，我冒昧地認為，您也會允許我向您提幾個比您的條件要容易接受得多的要求，而且我只想完全服從您的意願，來換取您的應允。

第一，我希望您出於公正的稟性，能把那些指控我的人的姓名告訴我。我覺得他們對我造成了不少傷害，因此我有權知道他們究竟是甚麼人；第二，我期望您能寬容大度，允許我不時向您表達愛慕之情，這份情感從來沒有這樣值得您的憐憫。

夫人，請想一想，我迫不及待要對您表示服從，縱使這麼做，只會斷送我的幸福。我還要再說一句，儘管我相信，您希望我離開，只是為了免得我這個受到您不公正對待的人老出現在您的眼前，令您難受。

承認吧，夫人，您其實並不怎麼害怕公眾，因為他們太過習慣於尊重您，而不敢貿然對您有所非議。令您感到拘束的是一個男子的存在，而對您而言，懲罰這個男子要比責備他來得容易。您要我離開您，就跟人們把視線從他不願救濟的可憐人身上移開一樣。

可是，在這個離別使我倍感痛苦的時刻，除了您，我還能向誰傾訴我的哀怨？我又能指望從哪個人那兒得到我所需要的安慰呢？造成我如此痛

苦的唯有您一個,難道您竟能忍心拒絕、棄我於不顧嗎?

　　我心裡的感情是因您而生,在我離開以前有心再次向您為其辯護,您大概也不會對此感到詫異;就像我聽不到您親口說出要我離開的命令,就無法鼓起勇氣一樣。

　　由於這雙重的理由,我要求與您談一會兒。以書信往來來代替面對面交談是無益的,洋洋灑灑長篇大論,還不如一刻鐘的交談足以解釋清楚想表達的意思。您很容易就能抽出時間來滿足我的要求,因為儘管我急於服從您的指示,您也明白羅絲蒙德夫人知道我打算在她家度過半個秋天,至少我得等到接到一封信,才能藉口說有事需處理,只好動身離開。

　　再見了,夫人。寫這幾個字從未像現在這樣教我難受,因為這讓我想起即將要與您分離。如果您想像得到離別帶給我多大的痛苦,我冒昧地認為,您就會感謝我這番千依百順的表現了。請您至少用更為寬容的態度,來接受我以最深切的愛情所致上的敬意。

17**. 8. 26,於 **

第四十封信的後續部分

凡爾蒙子爵
致
梅黛侯爵夫人

　　我美麗的朋友，現在讓我們來推想一下。您跟我一樣，會覺得審慎、正派的杜薇院長夫人是不可能答應我的第一個要求的，她不可能辜負朋友對她的信任，向我透露那些指控者的姓名。因而以此為條件我做出甚麼許諾都行，絕不會受制於她。可是您也料想得到，她的拒絕將讓我擁有贏得其餘一切的權利。這樣，我離開的同時，就會在她的認可之下得到與她書信往來的機會。因為我並不把自己提出的會面要求看得有多重要，這麼做的目的只是為了讓她預先習慣，在我往後真的需要與她見面時，不至於加以拒絕。

　　我動身之前唯一要做的事，就是弄清楚究竟是哪些人在她面前說我的壞話。我猜是她的書呆子丈夫，我倒希望是這樣。丈夫的戒心對欲望是一種刺激，而且我相信，只要我的美人兒同意寫信給我，這一點我就完全不用擔心，因為這一來她已經迫不得已得欺瞞她的丈夫了。

　　可是，如果她有一個可以推心置腹的親密女友，而這個閨中密友又跟我作對，我就必須讓她們互生嫌隙，我預計可以成功，但首先得了解情況。

　　我一心以為昨天可以摸清底細，可是，這個女人做甚麼事都和別的女人不同。在僕人前來通知午飯已經準備好的時候，羅絲蒙德夫人和我正在她的房間裡。她剛梳妝打扮完畢，樣子匆匆忙忙，嘴裡連聲道歉。我發現

她把鑰匙留在寫字臺上，而且我知道她習慣不把自己的房門鑰匙帶走。吃午飯的時候，我一直在思索這件事，突然我聽到她的侍女下樓來了，我立刻拿定主意，假裝流鼻血，離開了飯廳。我飛快地跑到她房間裡的寫字臺前，但發現所有的抽屜都可以打開，裡面都是空白信紙。然而在這個時節，是沒有機會燒信的。她究竟怎麼處理那些收到的信件？她可是經常收到信的！我哪兒都沒有放過──抽屜都是開著的，我四處都找遍了，但得到的結果只能相信，她的口袋才是存放貴重物品的地方。

如何才能把信拿出來呢？從昨天起，我就不停地想盡方法，但一無所獲。可是我仍然無法克制這樣的欲望。我懊惱自己沒有扒手的本領。說實在的，一個密謀偷情男子的教育中難道不應當納入這門訓練嗎？竊取情敵的書信或肖像，或者從一個假正經女人的口袋裡掏出可以揭穿她假面具的東西，這不是很好玩嗎？可是，我們的父母壓根兒沒想到這些，就算我設想得再周全也無濟於事。我只發現自己相當笨拙，卻一點也無法補救。

無論如何，我回到了飯桌上，心裡很不高興。我裝出來的身體不適引起了我那美人兒的關心，這倒平息了一點兒我的怨氣。我趁此機會使她相信，近來焦慮不安的心緒影響了我的健康。既然她相信自己是始作俑者，難道她不應當真誠地設法加以撫平嗎？然而，儘管她篤信宗教，可心地卻並不怎麼仁慈；她拒絕一切愛情上的施捨，我覺得這已給了我出手盜取的充足理由。不過，再見吧，因為我一邊和您閒談，一邊直想著那些該死的信。

17**. 8. 27，於 **

第四十三封信

杜薇院長夫人
致
凡爾蒙子爵

　　先生，為甚麼您一直要削減我對您的感激之情呢？為甚麼您不願完完全全聽從我的要求，而試圖用某種方式對一項正直的安排討價還價呢？我已感受到了這個舉動的代價，難道您還不滿足嗎？您不僅提出了很多要求，而且您要求的都是一些不可能做到的事情。就算我的朋友確實對我談起過您，那也只是出於對我的關心；即便他們弄錯了，用意也是好的。而您竟要我向您說出他們的祕密，來報答這份關懷！當初我對您提起他們根本就是個錯誤，現在您更讓我完全感受到這一點。這對其他人只是一種坦誠的表示，對您卻成了冒失的後果；如果我答應您的要求，那我就成了一個卑鄙陰險的人。請您設身處地、坦率地想一想，您認為我會這麼做嗎？您應該向我提出這樣的要求嗎？答案應該是否定的。我確信經過仔細的考慮，您就不會再舊事重提了。

　　您提出和我通信的要求也是不大容易應允的，如果您公平一點的話，就不應當責怪我。我並無意冒犯您，但是以您的名聲（您自己也承認，那至少有部分是您應得的），哪個女子能夠承認跟您有書信往來呢？哪個正派的女子能夠拿定主意，去做一件她覺得自己必須隱瞞的事呢？

　　要是我能肯定您的信裡沒有甚麼我可抱怨的內容，且我心中能始終認為自己收到這些信是無可非議的，那該多好啊！也許到那時，為了向您表

明驅使著我的是理智而不是仇恨，這份渴望會幫我跨越這些無法忽視的考量與顧忌，使我做出超出份內的事，允許您偶爾給我捎一封信。如果您確實像您所說的那樣渴望與我通信，您便會心甘情願接受這唯一可能使我同意的條件；如果您對我目前為您所做的一切懷有幾分感激之情，您就不會推延行期。

關於這件事，請容我提醒您，今天上午您收到一封信，卻並沒有像您答應我的那樣，利用這個機會對羅絲蒙德夫人宣布您要動身離開。我希望現在再也沒有甚麼能妨礙您信守諾言了。我尤其希望您不要期待以您所要求的會面來作為交換，我是絕對不會同意的；也希望與其空等您認為有其必要的指示，您能滿足於我再次向您提出的要求，就這樣離去。再見了，先生。

17**. 8. 27，於 **

第四十四封信

凡爾蒙子爵
致
梅黛侯爵夫人

　　我美麗的朋友，您應當和我一樣高興，人家已經愛上我了。我戰勝了這顆倔強難馴的心！我用巧妙的手法發現了她內心的祕密，她再想掩飾也無濟於事。多虧了積極的努力，我知道了我想知道的一切。從昨天那個幸運的夜晚起，我重新感到如魚得水，宛若重生；我揭開了包藏著愛情與不公不義之惡的雙重祕密，前者我要加以享受，後者我要進行報復。我將盡情翱翔在歡愉之中，一想到這，我就心蕩神馳，幾乎忘了要保持謹慎，連把要講給您聽的事理出個頭緒也幾乎辦不到了。不過，我還是試試看吧。

　　就是昨天，在我寫了信給您以後，我收到那個美若天仙的女信徒的一封信，現在也一併附上給您。您可以從她的信上看出，她盡力顯得不那麼笨拙地允許我寫信給她，但是也催促我馬上離開。我清楚地感到，再將行期推延下去會對我不利。

　　可是，我仍在為究竟是哪個人寫信說我的壞話而苦惱，因此我還拿不定主意。我想收買她的侍女，要她把她女主人口袋裡的東西交給我。她在晚上很容易就能拿到，第二天早上放回去也毫不費事，一點也不會引起懷疑。為了這樁輕而易舉的差事，我答應給她十個金幣；但是我遇到的是個假正經的女人，她不知是有諸多顧慮，還是心虛膽怯，不論我好話說盡還是金錢利誘，都無法說動她。我正想繼續勸說，晚飯鈴聲響了，我只好讓

她走。虧得她答應我不把這件事告訴別人,而對這點,您想像得到,我並不怎麼指望。

我的心情從來沒有這麼糟過。我覺得自己的名聲就這樣毀於一旦了。整個晚上,我都為這個冒失的舉動自責不已。

回到我的房間,和跟班談這件事的時候,我心裡仍然焦慮不安。他既有幸成為那個侍女的情人,應該對她有些影響。我希望他能讓那個姑娘去做我所要求的事,或者至少確保她不把這件事說出去。他這個人平常辦事十拿九穩,這回卻對交涉能否成功表示懷疑;關於這件事,他還向我提出了一個極有深度的見解,教我感到十分驚訝。

「先生肯定比我清楚,」他對我說:「跟一個姑娘睡覺,只不過是讓她去做合她心意的事,這跟讓她去做我們想要她做的事,往往還差得遠呢。」

　　　潑皮無賴的見識有時總會教我震驚。*

他又說:「我對這個姑娘沒有多大把握,因為我有理由相信,她原本是有情人的,我只是她在鄉間閒散無聊時的消遣。況且,要不是我想盡心竭力地為老爺效勞,這種事我只會幹上一次。」(這小子可真討人喜歡!)「至於保密,」他又接著說道:「要她答應有甚麼用呢?因為就算她要欺騙我們,也不會有一點兒風險。再跟她提這件事,只會讓她更加明白它有多重要,更想以此去討好她的女主人。」

他的見解越是正確,就越令我感到困窘。幸好這個傢伙只是一味絮絮叨叨地說個沒完,我需要他,就讓他說下去。他向我敘述了他和那個姑娘來往的經過,並說侍女的房間跟她女主人的只隔著一層牆板,一點可疑的聲音都會被她的女主人聽見,因此每天晚上他們是在他的房間裡幽會。我

---

* 引自皮隆(Piron)的《作詩狂》(*Métromanie*)。——編者原注 [16]

馬上想出一個計畫。我向他說明之後，也順利地將它付諸實行。

　　我等到半夜兩點，然後按照我們約定好的，拿著燈火來到他們幽會的房間。我的藉口是多次拉鈴，都沒有人答應。我那跟班的演技極其出色，當場上演了一齣驚訝、絕望和歉疚的戲碼。我打斷他的表演，假裝說要用水，差遣他去燒。那個顧慮重重的貼身女僕則羞愧難當，特別是那傢伙為了替我的計畫推波助瀾，讓她幾乎光著身子；這樣的打扮在眼下的季節是允許的，卻讓她無法辯駁。

　　我覺得這個姑娘越是自覺丟人現眼，我就越容易支配她，因此我沒有讓她改變姿勢或更換衣衫。我吩咐跟班去我的房間等我，然後我就在凌亂不堪的床上坐下，開始談話。我需要維持當時的形勢賦予我的權威，所以我保持冷靜，簡直可與禁欲的西庇阿 [17] 媲美；我一點也沒有對她放肆胡為。儘管以她紅潤嬌豔的神態，又處於當時那種情況，完全有權盼望我那樣做，但我卻跟她談起交易，語氣平靜得像跟訴訟代理人談話一樣。

　　我的條件是我會替她保守祕密，只要隔天在差不多相同的時間，把她女主人口袋裡的東西交給我。「另外，」我還補充說：「昨天我答應給您十個金幣，今天我仍然答應給您這個數目。我不想利用您目前的處境出爾反爾。」正如您所料想的，一切都談妥了。[18] 於是我離開，讓這對幸福的男女彌補他們失去的時間。

　　我自己則利用這段時間睡覺。我要到次日晚上才能查看我美人兒的信件，在此之前，我要找個不給她回信的藉口。因此我醒來後，決定外出打獵，就這樣幾乎消磨掉一天的時光。

　　我回來的時候，迎接我的是她相當冷淡的態度。我有理由認為，她對我並不急於善用剩餘時間有點兒生氣，特別是在給我寫了一封口氣相當柔和的信以後。我這樣揣測，是因為羅絲蒙德夫人責怪我出去了那麼久，而後我的美人兒有點話中帶刺地說：「欸！凡爾蒙先生不過是在尋求他在這兒所能得到的唯一消遣，我們可別責怪他。」我抱怨這種說法是不公平的，同時趁機安撫她說，正是由於我很喜歡陪伴在座的夫人們，才把我要寫的

一封很有意思的信給耽擱了。我又補充說因為好幾個晚上都無法安睡，我想試試疲倦能否帶來睡意；我的目光清楚說明了信的內容以及我失眠的原因。我整晚都刻意做出一副滿懷憂傷的溫柔模樣，看來我不僅掩飾得很好，更可以掩蓋我焦急的心情。我正不耐煩地等著那一刻到來，讓我可以一窺她執意對我隱瞞的祕密。終於，我們各自告退，過了一陣子，侍女便依約把我保守祕密換得的報酬帶來了。

　　這些寶物一到手，我就用您熟悉的慎重態度加以清點，因為必須把所有的信原封不動地放回原處。我首先看到的是她丈夫的兩封信，裡面都是訴訟的細節和夫妻之愛的長篇大論，雜亂無章，難以卒讀。我耐著性子看完了，並未發現一句與我有關的話。我氣惱地把這兩封信放回去，但接著映入眼簾的竟是經過細心拼復、由我炮製的那封來自第戎的信，我的氣便消了。幸好我心血來潮，又把信看了一遍，才發現我可愛的女信徒在信上留下不少明顯的淚痕，您可以想像，當時我有多麼開心。我承認我內心不禁湧現了一股年輕人的衝動，心裡充滿那種原來以為不會再有的激情，親吻著那封信。我繼續愉快地往下查看，找到了我寫給她的所有信，都是按照日期先後順序擺放的。更令我驚喜的是，就是又找到了我寫給她的第一封信。我原以為這封信她已經無情地退還給我了，沒想到她卻親手把這封信一字不漏地抄了一遍。她的筆跡與平日不同，有些顫抖，這足以證明她抄寫時心裡的激動。

　　至此為止，我還完全沉浸在愛情之中，但很快就被憤怒所占據。您猜是誰想在我愛慕的女人面前毀壞我的名聲？是哪個潑婦惡毒地策畫這樣的陰謀？您認識她，她是您的朋友，您的親戚，她就是沃朗莒夫人。您無法想像這個蛇蠍心腸的母夜叉在談到我的時候，寫了多少駭人聽聞的事！是她，就是她一個人擾亂了這個天使般女子內心的安寧！就是因為她的勸告，和夕毒的主張，我才被迫離開。正是為了她，人家才犧牲了我。欸！當然，我非把她的女兒勾引到手不可。但是這還不夠，一定要教她身敗名裂。既然由於年齡的關係，這該死的女人已經不能成為我打擊的目標，那就應當

報復在她疼愛的人身上。

她要我返回巴黎！她逼得我這麼做！好吧，我這就回去，但她會為我的回歸而叫苦連天。唐瑟尼是這椿風流韻事的主角，我為此感到遺憾；他為人正直，這會妨礙我們行動。不過他陷入了情網，而且我經常見到他，也許我們能設法從中得益。我氣昏了頭，竟忘了還應該把今天發生的事告訴您！現在言歸正傳吧。

今天早上，我又見到了我那敏感多情的正經女子。我從未發現她像現在這麼美。大家老是談論女人甚麼時候最美，當她使人心醉神馳時，卻難有機會親身感受。其實女人最美的時刻，就是我們確信已經為她所愛，卻還未得到她確認之際，而這正是我的處境。或許是因為想到自己即將不能再享有見到她的快樂，她在我眼裡才顯得更美。最後，郵件來了，我收到了您二十七日的信。我看信的時候，還在猶豫要不要信守諾言；但當我與我的美人兒四目相交，就再也無法拒絕她的任何要求了。

於是我宣布說我即將動身離去。過了一會兒，羅絲蒙德夫人走開了，只剩下我們兩個人。當時我距離那個膽小的人兒還有四步之遠，她卻神色驚恐地站起身來，對我說：「別過來，別過來，先生。以上帝的名義，別過來。」這番熱切的懇求不僅顯露出她內心的激動，且只會更加鼓舞我。我已經來到她身邊，握住了她合在一起的雙手，她的神情異常動人。我開始溫柔地傾訴自己的哀怨，可跟我作對的魔鬼又讓羅絲蒙德夫人回來了。羞怯的女信徒便趁機溜走了，她的確也有害怕的理由。

然而，我還是伸出手去攙她，她沒有拒絕。她已經很久都不曾表露出這種溫和的態度，我覺得這是個好兆頭。於是我一邊重起話頭，一邊試著握緊她的手。她起初想把手抽回去，但在我更為強烈的堅持下，她也就心甘情願地接受了。不過，她對我的這個舉動，和我所說的話，都沒有甚麼反應。等到了她的房門口，我想在離去之前吻一下她的手。一開始我遭到了堅決的抵抗，但一句脈脈含情的「請想一想，我就要走了」，便讓她的抗拒顯得笨拙無力。我剛吻了一下，她就用力掙脫了。美人兒進了她的房間，

她的侍女也在裡面，我的故事到此告一段落。

　　我推測明天您會在 XX 元帥夫人的府上，我肯定不會上那兒去找您。我也料到在我們頭一次會晤時有不少事情需要商討，特別是有關小沃朗莒，我可不會忘了這件事。因此，我決定在見面之前，先把這封信寄給您。儘管信已經寫得很長了，但我仍然要等到送到郵局去時才封緘。因為儘管是臨行前，一切也可能因某個契機而有所變化，我要暫時與您告別好伺機而動。

ps：**晚上八點鐘**
　　沒甚麼新進展，連一點自由相處的時間也沒有，甚至還留神避免有這種機會。然而，她至少流露出合乎情理的適度憂傷。另外有件值得一提的事，我受羅絲蒙德夫人所託，去邀請沃朗莒夫人到她鄉間的住所來待上一段時間。
　　再見了，我美麗的朋友。明天，或者最遲後天見。

17**. 8. 28，於 **

第四十五封信

杜薇院長夫人
致
沃朗莒夫人

　　夫人，凡爾蒙先生今天早上走了。我覺得您十分希望他離開，所以我認為應當把這個消息告訴您。羅絲蒙德夫人很捨不得她的侄兒，無法否認有他做伴確實相當愉快。整個上午，羅絲蒙德夫人都在跟我談論他，話裡充滿了您所熟悉的溫情，並對他讚不絕口。我覺得自己應當體貼地傾聽，不要對她的話加以反駁；何況，不可否認地，在許多方面，她說的都很有道理，因此我更為自己一手促成了這次的分離而感到自責。我剝奪了她的樂趣，卻又無力對她做出補償。您知道我天性難得說笑，而這兒的生活方式對改變這種性格也不會有任何幫助。

　　如果這回不是按照您的主張行事，我會擔心自己的作法流於輕率，因為看到我所敬重的朋友如此苦惱，我心裡著實難受；她深深打動了我，讓我真想陪她一起傷心流淚。

　　我們目前就希望您接受凡爾蒙先生代表羅絲蒙德夫人向您提出的邀請，到她府上小住一段時光。能在這兒見到您，我會十分愉快，希望您不要懷疑這一點。您也的確應當給予我們這樣的機會來回報您。我很高興能有機會早點結識沃朗莒小姐，並且能夠使您對我所懷有的敬意越來越深信不疑。

17**. 8. 29・於 **

第四十六封信

唐瑟尼騎士
致
賽西兒·沃朗莒

　　我可愛的賽西兒，您究竟怎麼啦？是甚麼使您產生了如此迅速、如此無情的變化？您的海誓山盟到哪兒去了？昨天您還十分高興地一再發誓，今天是甚麼讓您把這些誓言都忘得一乾二淨？我細細反省，卻徒勞無功，我並沒有在自己身上找到原因，而要往您身上去推敲卻不免教我心寒。啊！也許是因為您不是個舉止輕佻，也不是個會作假欺騙的人；就連在目前這個萬念俱灰的時刻，我的心裡也不會對您產生一點無禮的猜疑。然而，您到底遭逢了甚麼厄運，竟完全變了一個人？不，冷酷無情的人，您再也不是原來的樣子了！溫柔的賽西兒，我所愛慕的賽西兒，對我海誓山盟的賽西兒，她是不會避開我的目光的，她也不會阻礙可以讓我待在她身邊的良機。即便出於甚麼我無法理解的原由，她只好如此嚴厲地對待我，她至少會不吝於知會我一聲吧。

　　唉！我的賽西兒，您不知道，您永遠也不會知道，今天您讓我遭受了怎樣的痛苦，此刻我還在忍受怎樣的痛苦。您以為我失去了您的愛情後還能活下去嗎？可是，當我為了消除憂慮，求您說一句話，就說一句話的時候，您卻不肯回答，裝作害怕被人聽見的樣子。其實當時並沒有這樣的風險，但您卻選擇坐在大夥兒中間，好立刻在我們之間築起一道障礙。當我不得不離您而去之時，我問明天甚麼時候可以再見到您，您卻裝作不知道

的樣子,還得由沃朗莒夫人來告訴我。因此,明天這個能讓我們更親近、始終讓我殷切盼望的時刻,只會教我心生憂慮;至此為止,與您相見的快樂在我心中原是無比珍貴,如今卻被生怕引起您厭煩的畏懼所代替。

我已經感到這種畏懼左右了我的行動,令我不敢再向您傾訴衷情。當您也對我說**我愛您**這句話的時候,我是多麼喜歡跟著重複,這句足以給我帶來幸福的甜蜜話語,一旦您變了心,為我帶來的便只是永恆絕望的痛苦回憶。然而,我不相信這愛情的魔法已經失去了所有威力,我仍想奮力一試。*是的,我的賽西兒,**我愛您**。跟我一起重複這句代表我幸福的話吧。請想想,您已經讓我聽慣了這句話,要是您不再讓我聽到,那就等於迫使我繼續不斷地痛苦下去,跟我至死不渝的愛情一樣,至死方休。

17**. 8. 29,於 **

---

* 凡是沒有機會偶爾體驗過戀愛中的話語和措辭用意的人,一定會覺得這句話毫無意義。──編者原注

第四十七封信

凡爾蒙子爵

致

梅黛侯爵夫人

我美麗的朋友，今天我還不能見您。理由如下，請您大度包涵。

昨天我並沒有直接回家，我在 XX 伯爵夫人處停留了一下。她的城堡幾乎就在我途經的路上，我在她那兒吃了午飯。我將近七點鐘時才到巴黎，在歌劇院下了車，原本指望您會在那兒。

歌劇結束後，我在休息廳裡見到了一些朋友。我看到我的老相識艾蜜莉被一群逢迎奉承的男女簇擁著，當晚她在菲 *** 設宴招待他們。我剛走進他們的圈子，馬上受到熱烈的歡呼，被邀請去參加他們的晚宴。我還受到一個矮胖小個子的邀請，他嘰哩咕嚕操著一口荷蘭腔法語，我看出來他是這場宴會的真正主角。於是我接受了邀請。

在路上，我聽說我們前去的那幢房子就是艾蜜莉委身這個滑稽傢伙的報酬，這頓晚餐實際上是個喜宴。那個矮個子眼看自己馬上就要享盡豔福，簡直欣喜若狂。看到他那副心滿意足的樣子，讓我很想捉弄他一下，而且我也真的這麼幹了。

我唯一的困難是要說服艾蜜莉拿定主意，這個荷蘭市長的財富使她有些顧忌。然而，躊躇了一陣以後，她還是同意了我的計畫，答應把這個小啤酒桶灌滿，讓他整夜都失去戰鬥力。

我們對荷蘭酒鬼的酒量一向不敢小覷，因此採用了我們所知的各種手

段。我們幹得十分成功，到吃甜點的時候，他已經沒有力氣拿酒杯了，但是樂於助人的艾蜜莉和我仍然搶著給他灌酒。最後，他酩酊大醉，倒在桌子底下，至少得過一個星期才會清醒。於是我們決定把他送回巴黎。他沒有把馬車留下，我就叫人把他抬上我的馬車，我則代替他留了下來。接著我接受了所有在座客人的祝賀；過了一會兒，他們也離開了，只剩下我成了戰場的主人。因為這場戲耍，說不定也因為我經歷了一段長時間的隱居生活，讓我覺得艾蜜莉格外妖媚動人，所以我答應留下來陪她，一直待到那個荷蘭人復活為止。

　　我這番善解人意是為了回報艾蜜莉剛才體貼地充當書桌，讓我給那個美麗的女信徒寫信。我覺得從一個姑娘床上，甚至是她的懷抱裡——時而被一個全然不忠的行為打斷——在這種情況下寫這封信真是怪有趣的。在信裡，我如實向她彙報了我的現況和表現。艾蜜莉看了這封信以後，笑得好像瘋了似的。我希望您也會禁不住笑出來。

　　由於這封信需要蓋上巴黎的郵戳，我就把它寄給您。我沒有封上，希望您看過一遍再封上，命人投寄。注意不要蓋上您的封印，也不要使用任何愛情的標記；只用一個頭像就行了。再見了，我美麗的朋友。

ps：我重新打開了這封信；我讓艾蜜莉到義大利劇院去了……我會利用這段時間來看您。我最遲會在六點鐘到您那兒。如果您方便的話，我們七點左右一同去沃朗苣夫人的府上。我想代表羅絲蒙德夫人及時對她提出邀請，這樣才不致失禮。況且，我也很樂意見見小沃朗苣。

　　再見了，美麗非凡的夫人，我真想盡情地擁抱您，享受這無比的歡愉，讓騎士也感到嫉妒。

17**. 8. 30，於菲 ***

第四十八封信

凡爾蒙子爵
致
杜薇院長夫人
（蓋有巴黎郵戳）

　　我度過了一個疾風暴雨似的夜晚，整晚都未曾闔眼。我不是受到激烈的熱情所擾，就是完全喪失了心靈的各種感知能力。如今，夫人，我想從您那兒獲得安寧，獲得我需要、但仍然並不指望可以享有的安寧。的確，此刻我寫信給您時的處境，比以往任何時候都更讓我體會到愛情無法抗拒的力量。我幾乎無法控制自己，使我的思緒有些條理。我已經預料到在把這封信寫完以前，我會不得不中斷下來。怎麼！我就不能希望有朝一日您也感受到我現在這種紛亂的心情嗎？不過，我冒昧地認為，如果您了解這種心情，您就不會完全無動於衷了。請相信我，夫人，冷漠的安寧和沉睡的心靈，都是死亡的形象，根本無法導引人走向幸福，只有活躍的熱情才能辦到。儘管您使我感受到劇烈的痛苦，但我仍覺得可以大膽斷言，眼下這會兒，我要比您幸福。您再以難以忍受的嚴峻態度來折磨我也是枉然，這樣並無法阻止我完全沉浸在愛情之中，並在愛情所產生的狂熱中忘卻您讓我陷入的絕望境地。我就是想這樣來報復您對我的放逐。我從來沒有像現在這麼愉快地寫信給您，我動筆的時候也從來沒有感到如此甜蜜而又如此激動。一切似乎都讓我逐漸亢奮起來：我呼吸的空氣裡洋溢著快感，而我頭一次用來寫信給您的桌子，在我看來，也成了愛情神聖的祭壇，它在我的眼中變得多麼美麗啊！我要在那上面寫下我永遠愛您的誓言！請您原

諒我思緒紊亂。也許我不應該肆意沉浸在您無法與我分享的神魂蕩漾之中。現在我得離開您一會兒，以便冷卻那時刻都在增強、變得教我無法控制的狂熱。

　　我又回來繼續寫這封信了，夫人，也許我始終都會懷抱著同樣急切的心情。然而，幸福的感覺已經消失，隨之而來的是難以忍受的折磨。如果我找不到說服您的方法，對您談論我的感情又有甚麼用呢？經過那麼多次的努力，信心和力量一同離我而去了。我之所以仍在回想愛情的歡樂，那是為了更強烈地感受失去的惆悵。除了您的寬容，我看不出還有甚麼別的方法。眼下我深深感到，為了還能期盼得到您的寬容，我有多麼需要它。然而，我對您的愛情，從來未曾像現在這樣充滿敬意，它冒犯您的可能也從來沒有像現在這麼小。這樣的愛情，我冒昧地說，就連最嚴謹的貞潔女子也不應畏懼。但是，我擔心和您談論我苦痛的時間已經太長了。既然已經肯定它的始作俑者無法與我共同分擔，我至少也不應當濫用她的好意；若是花費更多的時間，來向您描述這種痛苦的情景，就會是辜負您的好意。我只用餘下的時間懇求您給我回信，並且請您永遠不要懷疑我的真摯感情。

17**. 8. 30，寫於菲 ***，寄自巴黎

第四十九封信

賽西兒・沃朗苢
致
唐瑟尼騎士

　　我既不舉止輕佻，也不作假騙人，先生，然而我一旦看清了自己的作為，就感到必須加以改變。我已經答應上帝做出這種犧牲，直到我有一天能把對您的感情也奉獻給祂為止；目前您的神職身分使這種感情顯得更加有罪。我明白這會使我痛苦，我也不對您隱瞞，從前天起，每次我想到您，就禁不住哭泣。但是我希望上帝賜給我恩典，賦予我忘掉您所必需的力量，正如我早晚向祂祈求的那樣。我甚至期待著您出於友誼和正直的品行，不再設法影響我在啟示下所做出的正確決定，我要努力堅持下去。因此，我請求您行行好，別再寫信給我了；就算您繼續寫信給我，我也不會回覆，只會逼得我把經過的一切都告訴媽媽，這樣就會使我完全失去見到您的樂趣。

　　我仍然會對您保有無害的眷戀之情；我真心誠意祝您得到各種福澤。我很清楚您不會再那麼愛我了，說不定不久後，您就會愛上一位比我好的姑娘。對您傾心相愛是我的一個錯誤，這將是對我犯的錯的另一個懲罰。我本來只應該把內心的情感獻給上帝和我未來的丈夫。我希望仁慈的上帝憐憫我的軟弱，只讓我承受自己能夠忍受的處罰。

　　再見了，先生。我可以向您保證，假如我能愛一個人，那我愛的就是您。不過，這就是我所能對您說的一切，而且也許已經超出了我該說的範圍。

17**. 8. 31．於 **

第五十封信

杜薇院長夫人
致
凡爾蒙子爵

先生，我同意在某些條件下可以偶爾接受您的來信，難道這就是您讓自己符合這些條件的方式嗎？有種情感，就算我可以沉浸其中而不違背自己的所有本分，我也害怕這樣；當您只在信中跟我談這種感情的時候，我能不抱怨嗎？

再者，如果我需要新的理由來維持這種有益的畏懼，我覺得可以從您最近給我的那封信裡找到。事實上，就在您自以為在為愛情辯護的當兒，您難道不是恰恰相反地只向我顯示了愛情風暴的可怕嗎？誰會願意付出理智來換取幸福呢？這種短暫的快樂一旦消失，接下來所感到的不是悔恨，也是惆悵。

您對這種危險的狂熱已經習以為常，它在您身上起的作用應該有所削減；但是，您本人不是也必須自我抑制，以防失去控制嗎？您難道不是第一個抱怨它帶給您不能自已的心煩意亂的嗎？對於一顆毫無經驗、易動感情的心，它豈不是會帶來極為可怕的摧殘嗎？而這顆心還會被迫做出各種重大的犧牲，從而越發增強它的影響。

先生，您以為，或者您假裝以為愛情可以引導人走向幸福；而我呢，卻深信愛情會使我遭受不幸，因此，我永遠也不想聽到這個辭彙。我覺得只要提到它，就會破壞內心的安寧。我出於自己的判斷和本分，請您在這

個問題上保持沉默。

　　畢竟，現在讓您答應這個要求應該很容易。回到巴黎，您有足夠的機會來忘掉一種感情；也許它的出現只是源自於您忙於這類情事的習慣，而其強烈的影響力也只是由於閒散的鄉間生活所造成。您不是又回到了最初您見到我時表現出無比冷淡的那個地方嗎？您只要在那兒走上一步，不就會遇到一個輕易就讓您改變心意的對象嗎？您的周圍不都是些個個長得比我可愛、更有資格得到您仰慕的女子嗎？我並沒有那種女性為人所詬病的虛榮心，更不懂得虛假的謙遜，那其實只是一種表現得頗為文雅的驕傲。我十分真誠地對您說，我並沒有甚麼討人喜歡的本領。就算我有千萬種本領，我也不相信它們足以束縛您。我要求您別再對我表示關心，只是請您現在恢復過去您已做過的事；而且不久以後，您肯定會再故態復萌，即便我要求您不要如此。

　　我不會忘記這個事實，光憑這一點，我就有充足的理由來拒絕聆聽您的表白。我還有許多別的理由，但不想繼續再在這上頭多做討論，我只是請求您，正如我已經請求過的那樣，別再跟我談論這種我既不應當傾聽，更不應當做出回應的感情。

　　　　　　　　　　　　　　　　　　　　17**.9.1，於 **

第二部

第五十一封信

梅黛侯爵夫人
致
凡爾蒙子爵

　　子爵，您真是教人難以容忍。您對我這麼輕浮，好像我是您的情婦似的。您知道嗎？我會發火的，現在我的心情糟透了。怎麼！您打算明天早上去見唐瑟尼。您可曉得在你們會面以前，先跟我討論一下有多麼重要？您卻一點也不擔心，讓我白等了一整天，自己不知跑到哪兒去了。因為您，我抵達沃朗莒夫人家的時候晚得非常**失禮**，所有的老太太們都覺得我真是**不可思議**。我只好整個晚上都一味地奉承來安撫她們，因為老太太們可是得罪不起的，她們左右著年輕女子的聲譽。

　　現在已經是午夜一點鐘，我很想上床安歇，但我沒有就寢，我得寫一封長信給您，其內容的煩悶更加重了我的睡意。您真幸運，我沒有功夫對您多加責怪。可別以為我就這樣原諒您了，那只是因為我騰不出時間而已。您且聽著，我得趕緊切入主題。

　　只要您稍微機伶一點，唐瑟尼明天就會把知心話都告訴您。目前是取得信任的大好時機，因為他正陷入不幸。小姑娘曾去教堂懺悔，她像個孩子似的把一切經過全交代了。自那以後，她苦惱不堪，害怕魔鬼纏身到了極點，以至於想跟唐瑟尼徹底斷絕關係。她把內心的所有顧慮一五一十都跟我說了；她那副神色告訴我她內心有多麼激動。她把那封絕交信給我看了，內容盡是枯燥乏味的道德說教。她向我絮叨了一個小時，沒有一句話

是合乎常理的。然而，她仍然教我感到相當為難，因為您可以想見，我是不會貿然對一個這樣頭腦不清的人推心置腹的。

不過在她這番冗長的牢騷中，我看得出她仍然愛她的唐瑟尼。我甚至從中發現了一種在愛情上不可或缺的策略，而小姑娘卻還相當可笑地被蒙在鼓裡。她一方面想關注她的情人，一方面又怕因此而受罰入地獄，在這種矛盾的心理中苦惱不堪的她，打算向上帝祈禱，好讓自己把他忘掉；她卻在時時刻刻一再地禱告當中，找到了不斷思念情人的方法。

要是換了一個比唐瑟尼更**老練**的人，這個小插曲也許還利大於弊，但是這個年輕人太像賽拉東 [19] 了，如果我們不幫他一把，他就得花很長時間才能克服最輕而易舉的障礙，以至於沒有功夫去實行我們的計畫。

您說得很對，可惜唐瑟尼是這個羅曼史的主角，我也跟您一樣為此感到遺憾。但是有甚麼辦法呢？事已至此，就無法挽回了，而這也是您的錯。我要求看他的回信 *，寫得真讓我感到同情。他滔滔不絕地跟她理論，好向她證明不由自主的感情並不是一種罪惡；好像只要我們不再加以抗拒，感情就始終是不由自主的！這種想法實在天真，連那個小姑娘也想到了。他抱怨自己不幸的方式倒相當動人，但是他的痛苦如此惹人憐愛，又表現得如此強烈和真誠，令我覺得當一個女人找到機會能讓一個男人沮喪到這般田地而又不需冒甚麼風險，不可能不想滿足一下自己一時的興致。他最後向她解釋說，他並不是小姑娘所認為的那種修士；毋須多言，他這一點做得最好。因為如果一個人付出所有只為了愛上一個出家人，肯定不會優先挑選馬爾他騎士團的先生。

無論如何，我贊成她的決裂計畫，我不想浪費時間跟她說理，那有可能會危害我的名譽，說不定還無法把她說服。不過我也說了，在這種情況下，口頭告知理由要比書面表達恰當；按照慣例，往來信件和可能收到的其他小玩意兒也要一併退還。這樣，我看上去好像贊成了小姑娘的觀點，

* 　這封信沒有找到。──編者原注

就說動她約唐瑟尼見面。我們馬上商量好了辦法,我已著手說動母親不帶女兒,獨自外出;這個關鍵的時刻就在明天下午。唐瑟尼已經得到了通知,但是,看在上帝的份上,如果您有機會,請勸勸那個俊美的情郎不要過於傷感,而且,既然得把一切都告訴他,就教導他克服顧忌的真正方法,就是讓懷有顧忌的人不再失去任何東西。

　　此外,為了使那種滑稽可笑的場面不再重演,我也沒忘記讓小姑娘對聽告解的神父能否保密心生懷疑。我可以向您斷言,目前她正在為她給我造成的恐慌付出代價,生怕那個神父把一切都告訴她的母親。我希望等我再和她談過一兩次以後,她不會再像這樣把自己幹的傻事告訴一個莫不相干的人*。

　　再見了,子爵。把唐瑟尼抓在手心,引導他的步伐。我們最後要是不能讓這兩個孩子按照我們的意思去做,那可實在丟臉。如果我們發現這樁事要比我們最初以為的困難,那麼,為了提起勁,您就要想想她是沃朗莒夫人的女兒,而我則得提醒自己,她就要成為傑庫的妻子了。再見了。

17**. 9. 2,於 **

---

*　讀者根據梅黛夫人的行事作風,大概早就看出她有多麼不尊重宗教。這一段本來可以完全刪去,但我們認為既然把後果告訴了大家,就也應當讓大家知道它的原因。──編者原注

第五十二封信

凡爾蒙子爵
致
杜薇院長夫人

　　夫人，您不許我對您談論我的愛情，但是服從您所必需的勇氣從何而來呢？我心中念念不忘的本該是一種十分甜蜜的感情，卻因您而變得如此令人痛苦。我受到您的放逐，終日無精打采，只沉浸在失意和惆悵之中；我飽受痛苦的折磨，且由於不斷因想起您的冷漠而更加難熬，難道連這一點僅存的慰藉也要被剝奪嗎？除了偶爾能向您敞開我那顆因您而充滿煩惱和憂傷的心靈，我還能有甚麼別的慰藉呢？您卻想別過頭去，無視於因您而滿是淚痕的臉龐嗎？您甚至不肯對我為因應您的要求而做出的犧牲表達一點敬意嗎？憐憫一個為了您而遭受不幸的人，難道不比您嚴厲又不公正地防備他，並以此來加重他的痛苦，更符合您的為人，更符合您善良溫柔的心嗎？

　　您假裝害怕愛情，卻不願意正視您所指責的種種愛情苦惱都是您一手造成的。唉！激發這種情感的人自身感受不到的時候，它無疑是種煎熬。但是，相愛若不能帶來幸福，那麼又該上哪兒去尋找呢？深厚的友情、世上唯一毫無保留、情意溫存的信賴、獲得舒緩的痛苦、日益增長的歡樂、動人的希望、甜蜜的回憶，所有這些，除了在愛情裡，還能上哪兒去尋找呢？您誹謗愛情，事實上，您只要不再加以拒絕，就能享受到它所能帶給您的一切好處；我則會忘了自己所感到的痛苦，一心捍衛愛情。

　　您也迫使我必須為自己辯護，因為當我窮盡畢生之力愛慕著您的時候，您卻在尋找我的過錯中消磨光陰。您早已認定我舉止輕浮，表裡不一；您恣意利用我向您承認的錯誤來攻擊我，並一廂情願地把過去的我跟現在的我混為一談。您使我與您相隔兩地、飽受煎熬，您不但不滿足，還冷酷地嘲諷要我尋歡作樂，即使您相當清楚，自己已經令我對那些感官之樂失去興趣。您既不相信我的承諾，也不相信我的誓言——好吧，我還可以提供給您一個保證人，至少您不會對她有所懷疑，那就是您自己。我只要求您捫心自問，如果您不相信我的愛情，如果您有一剎那懷疑您不是唯一支配我心靈的人兒，如果您無法肯定您已經使這顆在此之前的確曾經朝三暮四的心安定下來，我同意為犯下這個過錯而接受懲罰。我會長吁短嘆，但不會做任何抗辯。如果不然，就得還我們倆一個公道，您就不得不暗自承認您現在沒有，往後也決不會有任何情敵。我懇求您，不要再強迫我去跟假想敵作戰，請至少讓我能因看見您不再懷疑我的情感而感到安慰；事實上，這種感情只會在、也只能在我生命終止時消逝。夫人，請允許我要求您正面回應這個我信裡所提到的問題。

　　在您看來，我的那一段過去似乎極其嚴重地損害了我的形象，不過我現在捨棄那段歲月，倒不是說在必要的時候，我沒有理由來為它辯護。

　　我究竟做了些甚麼呢？只不過是被推入社會的漩渦而無法抵擋誘惑而已。我踏進社交界的時候，年紀輕輕，缺乏經驗，被一大群女人圍繞，可以說我是不停被一個女人交到了另一個的手裡；她們都急於表現出柔媚多情的樣子，不讓我有時間思考，因為她們覺得那樣對她們沒有好處。難道她們對我無所抗拒，便得輪到我來做榜樣嗎？我一時犯下的過錯往往是由對方引起的，難道我應該用堅貞不屈來懲罰自己這樣的過錯嗎？那樣肯定也是沒有用的，且只會被人看成笑柄。唉！除了迅速斷絕關係外，還有甚麼方法可以使一項丟人的選擇變得無可厚非呢？

　　但是，我可以說，這種感官上的陶醉，甚至也許是種對虛榮的狂熱，並沒有深入我的內心。我的心是為愛而生的，偷情可以使它得到消遣，卻

無法完全將之擄獲。我的周圍盡是些妖媚迷人但令人鄙夷的女子，沒有一個能夠打動我的心。人們為我提供歡愉，而我尋求的卻是德行。因為心思細膩，多愁善感的個性，連我自己後來也認為我是個用情不專的人。

　　直到見到您以後我才明白，並隨即了解到愛情的魅力在於心靈的高尚特質；只有這些特質才能激發熱情，並使這樣的情感成為正當。我終於了解不去愛您，或者愛上您以外的任何一個女子，對我而言都是無法辦到的。

　　夫人，您所害怕接受的便是這樣一顆丹心，它的命運要就操之於您。但是，無論您給它安排了怎樣的境遇，都改變不了一點它對您的眷戀之情；這份感情正如促使其萌生的德行一樣，是始終不變的。

17**. 9. 3 · 於 **

第五十三封信

凡爾蒙子爵
致
梅黛侯爵夫人

我見到了唐瑟尼，但他只把心事向我吐露了一半。他特別堅持不肯說出小沃朗莒的名字，只說那是一個非常規矩、甚至有點虔誠的女子。除此之外，他倒相當忠實地向我敘述了他的浪漫經歷，特別是最近發生的那件事。我竭盡所能慫恿他說出來，並對他的矜持和顧慮狠狠取笑了一番；但看來他相當堅持己見，後果如何我無法替他負責。至於其他，後天我可以多告訴您一些。明天我會帶他去凡爾賽，路上我要好好問個仔細。

今天的會面也給了我一些希望，一切也許都會合乎我們的心意，可能目前我們要做的只是取得供辭和搜集證據。這項工作您做起來要比我容易，因為那個小姑娘要比她那審慎的情郎更容易相信別人，也就是說，話多一些。不過我會盡力而為。

再見了，我美麗的朋友，我的行程十分緊湊，今晚和明天都不去看您了。要是您這邊得知了甚麼消息，寫張字條讓我回來時看吧，我肯定會回到巴黎安歇。

17**.9.3 晚，於 **

第五十四封信

梅黛侯爵夫人
致
凡爾蒙子爵

　　哦！是的，確實該從唐瑟尼那兒了解一些情況！如果他對您說了甚麼，那肯定是吹牛。我從沒見過在愛情上這麼愚蠢的人，我越來越為我們對他的好而責怪自己。您知道嗎？我的名譽險些因他而受到影響！更別提一切苦心安排都是白費心機！噢！我決定了，一定要為此進行報復。

　　昨天我上沃朗莒夫人家去接她的時候，她不想出門，覺得身體有點不舒服。我費盡脣舌才把她說服，那時唐瑟尼有可能在我們動身前就先到了，這可就大大不妙；特別是沃朗莒夫人前一天已經對唐瑟尼說過她這會兒不會在家，我和她的女兒真是如坐針氈。好不容易我們終於出門去了，在跟我道別時，小姑娘十分親熱地緊握著我的手，據我推測，儘管她真誠地以為自己仍在實行那個決裂計畫，但當天晚上仍會有奇蹟出現。

　　我的憂慮並沒有結束。我們在 XXX 夫人家剛剛待了半個小時，沃朗莒夫人確實感到身體不適，而且極為不舒服。她理所當然想要回家，我卻不想讓她回去，特別是因為我擔心我們會撞見那兩個年輕人，十之八九有這樣的可能，那麼我一再勸她出門的意圖就變得可疑了。我決定拿她的健康狀況來嚇唬她，幸好這並不困難。我裝作擔心馬車的顛簸對她有害，不同意送她回去，把她多留了一個半小時。最後我們到了原先預定的時間才回去，抵達的時候，我看到姑娘臉上羞怯的神情，我承認我希望至少我的心

血沒有白費。

　　我想要了解情況，就留在沃朗莒夫人身邊；她一到家就進房躺下了。在她的床邊吃過晚飯後，我和她的女兒就藉口她需要休息，提早告退，回到了她女兒的房間。那姑娘已經如我所料完成了她所該做的一切：顧慮的消除，永遠相愛的新誓言等等，她都十分樂意地做到了，但那個傻瓜唐瑟尼卻仍然在原地踏步，沒有一點進展。噢！這個傢伙，跟他翻臉無所謂，重新和好也無危險。

　　然而小姑娘肯定地說，他想得到更多的甜頭，只是她善於自我防衛，沒讓他得逞。我敢斷定她不是吹牛，就是在為他開脫。對這一點，我甚至可以說是有把握的。事實上，我忽然心血來潮，想要弄清楚她自衛的能耐。我只是一個女人，但我用一個又一個話題，竟使她情緒激動到那種程度……總之，您可以相信我，從來沒有人對感官的撩撥像她那樣敏感。這個小姑娘實在可愛！她應該配上一個更好的情人，至少她會有一個要好的女朋友，因為我打心眼兒裡喜愛她。我答應要栽培她，看來我會信守諾言。我常常發覺自己需要一個推心置腹的閨中密友，我寧願要她而不要別人；但是，只要她還不是她應當成為的那種人，我就甚麼也不能做。這又是得怪唐瑟尼的另一個理由。

　　再見了，子爵，明天請別上我家來，除非是在早上。我經不住騎士的再三懇求，得到小公館去過一晚。

　　　　　　　　　　　　　　　　　　　　　17**. 9. 4，於 **

第五十五封信

賽西兒‧沃朗莒
致
蘇菲‧卡爾奈

　　我親愛的蘇菲，你說對了，你的預言要比你的勸告有效。唐瑟尼本人正如你所預言的那樣，要比聽告解的神父和你、我都更有說服力；我們又完全和好如初了。唉！我不會為此而後悔。你要是責怪我，那是因為你不知道愛上唐瑟尼是多麼快樂。你告訴我應當如何行事，說起來很輕鬆，也沒人不讓你這麼說；但是，假如你能體會自己所愛的人感到憂傷會使我們多麼難受，他的喜悅又會多麼令我們感同身受，當我們其實想回答「好」的時候，脫口說出「不」這個字又是多麼困難，你就一點也不會感到驚訝了。這一點我本人已經感覺到了，相當強烈地感覺到了，但我還是不懂。比如說，你以為我能看著唐瑟尼流淚而不跟著流淚嗎？我可以肯定地告訴你，我做不到；只要他高興，我就也跟他一樣開心。你說甚麼都沒有用，別人的話無法改變實際的情況，我確信事情就是這樣。

　　我倒想看看如果你跟我易地而處，會是甚麼模樣。不，我想說的不是這個意思，因為我當然不願意把我的位置讓給任何人；但我希望你也愛上一個人，這不只是為了讓你更理解我，少責怪我，也是為了讓你更加快樂，或者說得確切一點，那時你也會變成那樣的。

　　你知道嗎？我們的消遣娛樂，嬉戲歡笑，所有這一切，都只是孩子們的遊戲；一旦過去了，就甚麼也不會留下。可是愛情，啊，愛情！一句話，

一個眼神，只要知道他在旁邊，那就是幸福啊！只要我見到了唐瑟尼，我就甚麼也不想要了；要是見不到他，我就滿腦子都想著他。我不知道這是怎麼一回事，但是我所喜愛的一切好像都跟他有關。他不跟我在一起的時候，我想著他；當我可以全心全意地想著他的時候，比如說，只有我一個人的時候，我也很快樂。我一閉上眼睛，馬上就覺得他在我眼前；回想起他的言語，就好像聽到他在說話。這讓我禁不住嘆氣，接著，我感到心中有一團烈火，十分煩躁。我無法安坐，那好像是一種煎熬，但這種煎熬卻帶給我一種難以言喻的快感。

我甚至認為，一個人一旦有了愛情，就會影響到跟他人的友誼。不過我對你的友誼並沒有改變，始終和在修道院的時候一樣。但我跟你說的那種變化，我在梅黛夫人的身上體驗到了。我覺得如今我不像愛你那樣，而是像愛唐瑟尼那樣愛著梅黛夫人；有時候，我真希望她就是他。這可能是因為我和她之間的友誼，並不是我們那種孩子間的友誼，也可能是因為我總看見他們待在一起，所以產生了錯覺。總之，他們倆使我十分快樂，這是千真萬確的。不管怎樣，我並不認為我的所作所為有甚麼不好的地方。因此，我只要求保持現狀；只是一想到我的婚事，我就傷心難受。因為如果傑庫先生真像人家對我說的那樣（我對這一點並不懷疑），我不知道自己該怎麼辦才好。再見了，我的蘇菲，我永遠溫柔地愛你。

17**. 9. 4，於 **

第五十六封信

杜薇院長夫人
致
凡爾蒙子爵

先生，您向我要求的答覆對您有甚麼用呢？相信您的感情，不是為害怕這種感情又增添一個理由嗎？我既不想質疑其真誠，也不想為其辯護。我自己很清楚，而您也知道我不願也不應當對您的感情做出回應，這不就足夠了嗎？

假如您真的愛我（只是為了不再談論這個話題，我才同意這樣的假設），我們之間的障礙就會變得容易踰越一點嗎？除了期盼您能盡快戰勝這份愛情，並且盡力幫助您做到這一點，趕緊打消您的一切希望，我還能做甚麼呢？您自己也承認，**當激發這種情感的人自身感受不到的時候，它無疑是一種煎熬**。不過，您相當清楚，我是不可能分享這種感情的。即便我遭遇到這種不幸，我也只會更加值得他人的同情，而您卻不會因此更加快樂。我希望您對我的尊重，足以讓您對這一點不至於有片刻的懷疑。到此為止吧，我懇求您，不要再繼續攪亂這顆那麼需要安寧的心，不要迫使我為結識您而感到懊悔。

我熱愛、尊敬我的丈夫，也受到他的疼愛和敬重，我的職責和我的快樂就寄託在他一個人身上。我是幸福的，也應該是幸福的。即便世間還有更大的歡樂，我並不奢望，也不願意去體驗。內心平靜，生活在一片祥和之中，每天安然入睡，毫無愧疚地醒來，還有甚麼比這種日子更美好的呢？

您所謂的幸福，無非是感官的喧囂，情欲的爆發，那種景象，就連在岸邊觀看，也是很嚇人的。唉！我該如何面對這種風暴呢？我怎麼敢在這片布滿無數失事船隻殘骸的海面上啟航呢？更不用說是和誰並肩同行了！不，先生，我要留在岸上，我很珍惜把我繫在岸上的纜繩。我可以把它割斷，但我不願意這麼做；如果沒有這條纜繩，我會趕緊找到它。

　　為甚麼您要如影隨形地緊跟著我？為甚麼您要對我窮追不捨？您應當盡量避免寫信給我，如今卻飛快地一封接一封寄來。信的內容本該理智得體，您卻只跟我談您那瘋狂的愛情。您用您的想法把我團團圍住，連您本人在的時候都未曾做到這種地步。您以一種形式離開，卻以另一種形式再次出現。我要求您不要再談的事，您卻換了另一種方式舊事重提。您愛用似是而非的論調來教我為難，卻不聽我說的道理。我不想再回信給您了，我也不會再回信給您了。您是怎樣對待那些被您勾引到手的女人的？談到她們的時候，您用的是多麼輕蔑的口氣！我願意相信其中有幾個罪有應得，但是難道她們全都那麼可鄙嗎？唉！也許這正是因為她們違背了自己的本分，陷入罪惡的愛情之中。從那時起，她們就喪失了一切，她們為了那個人犧牲了所有，最後卻連他的尊重也留不住。這種嚴酷的刑罰是公正的，但只要想到這一點就教人不寒而慄。可是說到底，這跟我有甚麼關係？我為何要去替她們或是您操心費神呢？您有甚麼權利來干擾我的安寧？別再糾纏不休，不要再來看我，也不要再寫信給我，我請求您，一定要照辦。這封信就是我給您的最後一封信。

17＊＊. 9. 5，於 ＊＊

第五十七封信

凡爾蒙子爵
致
梅黛侯爵夫人

　　昨天我回到家的時候看見了您的信。您這麼憤怒教我十分開心，即便唐瑟尼有甚麼對不起您的地方，您也不會對他的過錯有這麼強烈的感受。大概是為了報復，您才要他的情婦養成習慣，對他有一些不忠的小動作。您真是一個邪惡的壞女人！沒錯，您那麼嬌豔動人，我並不訝異她對您不像對唐瑟尼那般抗拒。

　　關於這本小說的英俊主角，我終於有了清楚的了解！他對我再也沒有甚麼祕密了。我一再地告訴他，正當的愛情是至高無上的幸福，一份真實的感情要勝過十次偷香竊玉，而且此刻的我也陷入情網，跟他一樣膽怯畏縮。他終於覺得我的想法與他非常一致，對我的坦誠感到欣喜若狂，把一切都對我說了，還發誓要與我結為至交好友。我們的計畫卻幾乎沒有甚麼進展。

　　首先，我覺得他的那套邏輯在於一個未出閣的小姐所可能失去的要比一個婦人來得多，因此對她就應更為謹慎。他尤其認為，要是一個姑娘比男子富有得多，就像他目前的情況，這個男子卻弄得姑娘不得不嫁給他，或者不得不過著名譽掃地的生活，那麼這個男子的罪孽就怎麼也洗刷不了。母親的安心自若，女兒的天真老實，這一切都使他慌了手腳，不敢有所作為。困難之處並不在於反駁他的論點，無論它們多麼有道理，只要發揮一點機智，再憑藉滿腔熱情，就能馬上加以推翻；況且那些論點的邏輯十分滑稽可笑，我

們又有習俗常規作為準則。然而，我無法影響他的原因是他覺得自己現在很幸福。的確，初戀通常都顯得比較斯文有禮，也像人們所說的那樣，比較純真無瑕。倘若其進展較為緩慢，那並非像人們所想的那樣，是出於謹慎或靦腆，而是那顆心為這種陌生的感情感到詫異；可以說，它每跨一步，都要停頓一下，好去體會它所感受到的魅力。這種魅力對一顆初戀的心來說是如此強烈，因而完全占據了它，使它忘記了所有其他快樂。這個道理千真萬確，就連一個陷入情網的風流浪子（*如果一個風流浪子也可能陷入情網的話*），在此時此刻也變得不那麼急切地想得到滿足。總之，唐瑟尼對小沃朗莒的態度與我對待正經的杜薇夫人的舉動，只不過是程度上的不同。

　　本來為了激勵我們這位年輕的主人翁，就該讓他遇到更多的障礙，特別需要給他更多神祕感，因為這樣才能激發一個人的膽量。我幾乎認為您把他照顧得太好了，反而礙了我們的事。您的方式對一個老手是再好不過了，因為他眼裡只有欲望；但您早該料到，在一個陷入情網的老實年輕人眼中，獲得女性垂青的最高獎賞就是讓他親自見證愛情。因此，他越肯定對方是愛他的，就越沒有衝勁。現在該怎麼辦呢？我不知道，但我認為那小姑娘並不會在婚前就被占有，這樣我們就白費力氣了。我為此十分氣惱，可是我看不出有甚麼補救的辦法。

　　我在這兒長篇大論，您卻在那兒跟您的騎士盡情快活。這使我想起，您曾經答應過為了我，不再對他忠實。我有您的書面承諾，我不想這成為一紙空文[20]，我承認期限還沒有到；不過，如果您慷慨一些，不要等到那時，我也會加倍地感激您的。您覺得怎麼樣，我美麗的朋友？您這樣忠貞不二，難道不覺得厭倦嗎？那個騎士就真的如此出色嗎？噢！還是讓我來吧。我想迫使您承認，您要是在他身上發現甚麼優點，那是因為您把我給忘了。

　　再見了，我美麗的朋友。我渴望擁抱您，正如我渴望得到您一樣。我無法相信騎士所有的親吻都像我的那般熱烈。

17**. 9. 5，於 **

第五十八封信

凡爾蒙子爵
致
杜薇院長夫人

　　夫人，我到底為甚麼應該受到您的責備，聽您對我發怒呢？最強烈而又最恭敬的眷戀，完全臣服在您一絲絲的意願中，用這兩句話就可以說明我的感情和我的舉動。我為不幸的愛情帶來的痛苦所折磨，唯一的慰藉就是能見到您；您卻命令我加以放棄，我毫無怨言地服從了。作為這番犧牲的補償，您允許我寫信給您，如今您又想奪去我這唯一的樂趣。難道我會任其被剝奪，而不設法捍衛嗎？當然不能。唉！我怎能不珍視這種樂趣呢？它是我所僅存的，而且是從您那兒得到的。

　　您竟然說我的信寫得太勤了！請您想想，自從我被迫出走十天以來，我無時無刻不掛念著您，而您才收到我的兩封信。**我在信裡只對您談我的愛情！**唉！除了把我心裡所想的告訴您，我還能說甚麼呢？我能做到的只是減弱這種感情的表達方式。您可以相信我，我讓您看到的只是我實在無法掩飾的部分。您最後威脅說不會再回信給我了。所以，這個愛您勝過一切、對您的尊重更超過對您的愛意的人，您如此嚴厲地對待他仍不滿足，還要對他加以蔑視！這樣的威脅從何而來，怒火又為何而生呢？您這麼做有甚麼用呢？就算您的命令是不公平的，我也都會服從，您對此還沒有把握嗎？我有可能違背您的任何意願嗎？我不是已經證明了這一點嗎？但您是不是還要恣意利用您在我身上的影響力呢？您造成了我的不幸，自己也成了一

個不公正的人，您還能輕易享有您聲稱自己所必需的安寧嗎？「他讓我主宰他的命運，而我卻造成了他的不幸；他懇求我的幫助，而我卻毫無惻隱之心地對他視而不見」，您心裡難道就沒有這樣想過嗎？您知道絕望之下我會怎麼樣嗎？不。

想要衡量我內心的痛苦，必須知道我愛您到了甚麼程度，但您並不了解我的心。

您犧牲我究竟為了甚麼呢？為了一些虛無縹緲的恐懼。誰使您產生這樣的恐懼呢？一個愛慕您的男子，一個始終完全為您所制的男子。您究竟怕甚麼呢？您對這種自己可以永遠隨意支配的感情有甚麼好怕的呢？您幻想出一些妖魔鬼怪，因而產生恐慌，卻歸咎於愛情。只要有一點信心，這些鬼怪就會消失得無影無蹤。

有位哲人說過，只需深入研究原因，幾乎都能消除恐懼*。這個真理特別適用於愛情。愛吧，您的恐懼就會消失。在令您驚恐的事物上頭，您會發現一種甜蜜的感情，一個溫柔體貼、唯命是從的情人；您的每一天都會沉浸在幸福之中，唯一會令您感到懊悔的是您在冷漠之中浪費了部分大好光陰。我本人從認識到自身的錯誤以後，就只為愛情而活，我為過去在自以為的歡樂中所耗費的時光感到惋惜；我覺得只有您才能使我幸福。可是，我懇求您，不要讓生怕惹您生氣的顧慮，破壞了我寫信給您的樂趣。我不想違抗您的意旨，但我跪在您的腳下，祈求保有您留給我而如今又想奪走的唯一幸福。我向您大聲吶喊：請聽聽我的請求，看看我的眼淚。唉！夫人，您還要拒絕我嗎？

17**. 9. 7，於 **

---

* 盧梭在《愛彌兒》（*Emile*）中大概說過這樣的話，但是引用的語句並不準確，而且凡爾蒙的應用也有其謬誤；再說，杜薇夫人看過《愛彌兒》嗎？──編者原注 21

第五十九封信

凡爾蒙子爵
致
梅黛侯爵夫人

　　您要是知道，就請告訴我，唐瑟尼這番顛三倒四的話究竟是甚麼意思？他出了甚麼事？他失去了甚麼？也許他的情人被他那份始終不渝的恭敬惹惱了？說句公道話，即便為了更小的原因，換作別人也會發火的。他要求今晚跟我會面，我好歹答應了他，我該對他說甚麼呢？我當然不想浪費時間去聽他訴苦，如果這對我們毫無幫助的話。愛情的悲歌只有在譜成了不可或缺的宣敘調或大詠歎調以後才值得傾聽。請告訴我情況如何，以及我該做些甚麼，否則我就溜之大吉，免得像我預料到的那樣煩悶無趣。今天上午，我可以和您談一下嗎？如果您分不了身，至少給我寫張條子，把我飾演角色的臺辭末句告訴我。

　　昨天您到哪兒去了？我總無法見到您。說實在的，實在沒有必要在九月裡把我留在巴黎。您還是考慮一下吧，因為我剛接到布 ** 伯爵夫人極為懇切的邀請，要我到鄉間去看她；她還相當風趣地告訴我，「她丈夫有一片世上最美麗的樹林，他細心地照管著，好供他的朋友們遊樂」。您也知道，我對這片樹林是有某些特權的；如果我對您沒有甚麼用處，我就要去重遊那片樹林了。再見了，別忘了唐瑟尼下午四點要到我家。

*17**. 9. 8，於 ***

第六十封信

唐瑟尼騎士
致
凡爾蒙子爵
(附在上封信中)

啊！先生，我絕望了，我失去了一切。我不敢把我痛苦的內情寫在紙上，但我需要向一個忠實可靠的朋友傾訴我的痛苦。我幾點鐘可以見到您，可以到您身邊尋求安慰和忠告？我對您敞開心胸的那一天是多麼快樂啊！而眼下的情景，真是天差地遠！在我眼裡，一切都起了變化。我自己所遭受的只不過是我的痛苦當中最微不足道的部分，替一個更為寶貴的人感到憂慮，那才是我無法忍受的。您比我要幸福，您能見到她。我期望您看在友誼的份上，不會拒絕幫我做這件事。但我得跟您談一下，把情況告訴您。您會同情我，幫助我的，我只把希望寄託在您身上。您富有同情心，懂得愛情，您是我唯一可以信賴的人。請不要拒絕我的求援。

再見了，先生，我在痛苦中感到的唯一慰藉，就是想到我還有一個像您這樣的朋友。請您告訴我甚麼時候可以見到您。如果今天上午不行，我希望能在下午早一些的時候。

17**. 9. 8，於 **

第六十一封信

賽西兒・沃朗莒
致
蘇菲・卡爾奈

　　我親愛的蘇菲，憐憫你的賽西兒，你可憐的賽西兒吧，她真是倒楣！媽媽都知道了。我不明白她是怎麼察覺的，可是她全都發現了。昨天晚上，我覺得媽媽有點不高興，但我並不太在意；就在她的牌局結束前，我還跟梅黛夫人十分愉快地閒談，她正好來我們家吃晚飯。我們談了不少有關唐瑟尼的事，然而我並不認為我們的話有別人聽見。後來她走了，我也回到自己的房間。

　　我正在換衣服的時候媽媽進來了，她叫我的侍女出去，並要我把書桌的鑰匙給她。她提出這個要求時所用的語氣使我渾身發抖，幾乎無法站立。我起初假裝找不到鑰匙，但最後仍然得服從。她打開的第一個抽屜，正好就是擺放唐瑟尼騎士的信的抽屜。我慌張得要命，她問我那是甚麼，我都不曉得怎麼回答，只說沒有甚麼。但是等我看到她開始讀起放在最上面那封信的時候，我剛走近一把扶手椅，就難受得暈了過去。等我甦醒以後，媽媽已經把我的侍女叫來，並吩咐我上床睡覺，說完立刻就離開了。她把唐瑟尼的所有信件都拿走了。每當我想到自己第二天還得見媽媽，我就直打哆嗦。我哭了整整一個晚上。

　　天剛亮我就寫信給你，一心指望約瑟芬會來。如果我能跟她單獨說話，我會請她把我準備寫給梅黛夫人的一封短信送到夫人府上。否則，我就把

這封短信附在給你的信中，請你代我轉寄給她。只有從她那兒，我才能得到幾分安慰。至少，我們可以談談唐瑟尼，因為我不指望再見到他了。我真是倒楣！她也許會願意為我轉一封信給唐瑟尼。這件事我不敢拜託約瑟芬，更不敢託給我的侍女，因為，告訴母親我的書桌裡收藏著書信的人說不定就是她。

我不再多寫了，因為我想留些時間寫信給梅黛夫人還有唐瑟尼。我得把要給他的信準備好，若是她願意幫忙的話便可以轉交。寫完這些信後，我會再躺回床上，好讓人家走進我房間的時候看見我還睡著。我會說我病了，這樣就用不著到媽媽那兒去。這也不算是甚麼謊話，就是發燒，我肯定也沒有這麼難受：眼睛因為哭腫了而感到刺痛；胃裡悶脹不舒服，也讓我呼吸困難。我一想到自己再也見不到唐瑟尼，真恨不得死去。再見了，我親愛的蘇菲。我無法再繼續說下去了，止不住的淚水已經教我透不過氣來。

17**. 9. 7，於 ** *

---

* 我們刪去了賽西兒‧沃朗苦給侯爵夫人的信，因為內容與上面這封信相同，而且還少了一些細節。她給唐瑟尼騎士的信則並未找到，其原因在第六十三封信，也就是梅黛夫人寫給子爵的信中將有所交代。——編者原注

第六十二封信

沃朗苣夫人
致
唐瑟尼騎士

　　先生，您肆意利用了母親的信任和孩子的單純，把端正得體的舉止置諸腦後，以此來回報我們對您最真誠的友誼，因此我們家將再也不歡迎您這位客人，想必您也不會感到驚訝。我請您不要再上我家來了，我認為這樣要比吩咐門房將您拒於門外要好；那樣的話，僕役們必然會議論紛紛，對我們的聲譽都有影響。我有權利希望您不會迫使我採取這種手段。我還要告訴您，如果您往後再嘗試以任何一點小小的舉動，企圖使我的女兒繼續陷入歧途，那她就得過一輩子嚴峻刻苦的隱修生活，來擺脫您的追逐。先生，您不怕有損她的名譽，是不是也不怕給她帶來不幸呢？這得由您來決定。至於我嘛，我已經做好了選擇，而她也已知情。

　　隨信附上您信件的包裹。我請您把我女兒的信件都退還給我來作為交換，而且您會同意不讓這件回想起來令我無法不氣憤、她不得不感到羞愧、您也有所悔恨的事，留下一點痕跡。我榮幸地是您的……

17**.9.7，於**

第六十三封信

梅黛侯爵夫人
致
凡爾蒙子爵

　　一點也沒錯，我來為您解釋一下唐瑟尼那封短信的前因後果。促使他寫那封信的事件是我造成的，而且我認為，我這一手表現得實在出色。自從接到您的上一封信後，我沒有浪費一丁點時間，我像那個雅典建築師那樣說道：「他說甚麼，我就照著做。」[22]

　　因此，得讓這部小說中的英俊主角遇到一些障礙，他真是在幸福的夢鄉之中沉沉睡去而無所作為！哦！讓他來向我求助吧，我會給他任務。要嘛是我估計錯誤，否則，他不會再睡得那麼安穩了。早就該讓他知道時間有多寶貴；我相信他現在正為自己所浪費的大好光陰而後悔莫及。您還說，他應該需要更多的神祕感。那好，他往後不會再有這種必要了。我有一個長處，只要讓我發現了自己的過錯，在不完全加以修正之前，我便一刻也不停歇。告訴您我做了些甚麼吧。

　　前天早上回到家裡時，我讀了您的來信，覺得很有道理。我相信您已十分明白地指出了病因，我只需找到治療的良方就行了。可是我先要睡一會兒，因為那精力旺盛的騎士根本沒有讓我睡上片刻，我以為自己身子睏倦，但我並沒有睡意；我的心思都放在唐瑟尼身上了，時而想要使他擺脫懶散和怠惰，時而又想為此而懲罰他，因而無法闔眼；直到周密地考量好我的計畫之後，我才休息了兩個小時。

　　當天晚上，我上沃朗莒夫人家去；依照計畫，我私下向她透露，我斷定她的女兒跟唐瑟尼之間存在著危險的關係。這個女人對您的看法如此敏銳，在這上頭卻完全被蒙在鼓裡；她起初竟然回答我說我一定弄錯了，她的女兒還是個孩子，等等。我不能把我所知的實情都告訴她，但我列舉了他們所說的話，和他們眉目傳情的樣子；我身為一個崇尚德行的人和她忠誠的朋友，對此頗為不安。總之，我表現得幾乎跟個虔誠的女信徒一樣可圈可點；為了給她決定性的一擊，我甚至說我好像看到他們書信往來。我又補充說，我想起有一天，她的女兒當著我的面打開了她寫字臺的一個抽屜，裡面有很多信，應該是她保存的。您知道她跟誰經常通信嗎？聽到這句話，沃朗莒夫人的臉色一下子變了，我看見幾滴眼淚在她的眼眶裡打轉。她握住我的手，對我說：「謝謝您，可敬的朋友，我會把事情弄清楚的。」

　　結束這番相當簡短、不致令人起疑的談話以後，我朝小姑娘走去；沒過多久，我又離開了她，回去要求她母親不要在女兒的面前提到我。她十分樂意地答應了，因為我提醒她，讓孩子對我充分信任，把心裡話都告訴我，讓我給她一些明智的忠告，這該有多好啊！她會信守承諾的，我對這一點很有把握，因為我相信她想把洞察女兒心事的能力歸功於自己。這樣我就可以跟小姑娘保持友好的關係，而不至於在沃朗莒夫人的眼中顯得虛偽；這是我要避免的。如此一來，我往後還可以跟那個姑娘在一起愛密談多久就多久，一點也不會教做母親的猜疑。

　　當天晚上，我就善加利用了這項特權。牌局結束後，我把小姑娘叫到角落裡，跟她談起唐瑟尼。一聊到這個話題，她便說個沒完。我說她次日就可以享有跟唐瑟尼相見的快樂，讓她興奮不已，好暗自取樂。我引得她把甚麼樣的蠢話都說了出來。我應當把活生生從她那兒奪走的，作為希望還給她，而這一切會更突顯她所遭受的打擊。我相信她痛苦越深，就越急切地想抓住機會得到補償。況且，讓一個注定要在情場上冒險犯難的人習慣面對大風大浪，也未嘗不好。

　　總之，為了享有與她的唐瑟尼在一起的歡樂，難道她就不能掉幾滴眼

淚嗎？她簡直為他著了魔！好吧，我向她保證她會得到他的，而且甚至比
起她沒遇到這場風暴的時機還來得更早。這是一場噩夢，夢醒時分將是苦
盡甘來的甜美。總的說來，我覺得她是應當感激我的。的確，我可能狡猾
地耍了點手段，我們總得消遣一下吧：

　　蠢人活在世上，是專供我們解悶的。*

　　最後我終於打道回府，對自己感到十分滿意。我暗自尋思，要嘛唐瑟
尼會由於遇到阻礙而振作起來，使他的愛情倍加熱烈，那樣我就竭盡全力
幫助他；要嘛他只是一個蠢貨（有時候我忍不住要這樣想），那麼他就會絕望，
就會認輸——要是出現這種情況，至少我在能力所及的範圍內向他報了仇，
還同時增加了母親對我的敬意，女兒對我的友誼，以及母女兩人對我的信
任。至於我關心的首要目標，傑庫，既然眼下他的妻子在思想上已為我所
掌控，而且這份影響力還會與日俱增，要是我找不到千百種方法來按照我
的意思處置他，那我真是太不走運，或者太愚笨了。我就帶著這些美好的
念頭上床安歇，睡得很香，醒來時間已經很晚了。
　　我起床時發現了兩封短信，一封是那位母親寫的，另一封是女兒寄來
的。我只盼望從您那兒得到幾分安慰，我在兩封信裡都看到這一字不差的同
一句話，忍不住笑了出來。一個人得同時安慰立場相反的雙方，並成為兩
種利益完全對立的人的唯一媒介，這不是怪有趣的嗎？我彷彿成了上帝，
聽見了盲目的凡人截然不同的心願，卻一點也不更改我那始終不變的意旨。
然而，我也曾卸下這個令人敬畏的角色去扮演守護天使，遵循訓誨，我去
拜訪了處於憂患之中的朋友[23]。
　　我首先去看了母親，並發現她十分愁悶。她曾透過您那個美貌的正經
女子教您吃了苦頭，這樣也就替您報了一部分的仇。一切都十分順利。我

* 出自格雷塞（Gresset）的喜劇《惡漢》（Le Méchant）──編者原注[24]

唯一擔心的是沃朗莒夫人會利用這個時機來贏得她女兒的信任。這很容易，她只要對女兒採用和氣、友善的措辭，在提出理智的勸告時顯出寬容慈愛的神態和口氣就行了。幸虧她選擇了以嚴厲武裝自己，她終究表現得不高明，我只要表示贊同就行了。她確實險些破壞了我們的全盤計畫，決定要把她的女兒送回修道院去。但這一著棋被我我化解了，我勸她只有在唐瑟尼繼續追求她的女兒時，才提出這樣的威脅。我這樣是為了迫使他們倆以後行事謹慎，我認為這對成功是必不可少的。

隨後我到了女兒的房間。您絕對想像不出痛苦憂傷使她變得有多美！只要她想稍微賣弄點風情，我保證她往後會經常哭泣的。可是這一回，她卻是真心地流淚。我還未曾見過她這種嬌媚可愛的神態，驚喜也不住察看；所以，最初我安慰她的方式相當笨拙，非但沒有減輕，反而增加了她的痛苦，幾乎要使她真的透不過氣來。她無法再哭下去了，我一度擔心她會抽慉。我勸她躺下，她依從了。我充當她的侍女。她還沒有梳洗打扮，散亂的頭髮隨即落到她袒露的肩膀跟胸脯上。我摟住她，她便倒在我懷裡，眼淚又撲簌簌直往下流。天哪！她多美啊！唉！如果抹大拉的馬利亞[25]也是這副模樣，她肯定會更像是個具有危險魅力的悔過者，而不是一個道德上的罪人。

等這個憂愁的美人兒上了床以後，我便開始真心安慰她。我先讓她放心，不要害怕會被送回修道院。我使她萌生了私下見到唐瑟尼的希望。我坐在床邊對她說：「可惜他不在這兒。」接著大肆渲染這個話題，不斷分散她的心思，終於使她完全忘記自己的痛苦。若不是她要我帶封信給唐瑟尼，我們道別時應該都會感到心滿意足，不過我總是加以拒絕。理由闡述如下，您應該也會深表贊同。

首先，那樣會把我牽扯到唐瑟尼的事情裡去。如果這是唯一一個我可以向小姑娘解釋的理由，對您跟我而言卻還存在著許多別的顧忌。要是這麼快就給兩個年輕人可以輕而易舉減輕他們痛苦的方法，那不是拿我苦心安排的成果去冒險嗎？再說，我倒不介意讓他們被迫把幾個僕人牽連到這件私情之中，因為如果這事進展得像我所希望的那樣順利，就應當在婚禮

後立刻讓大家知道，而要把這件私情散布出去，比僕人的嘴巴更可靠的方法少之又少。即便他們奇蹟似地守口如瓶，我們也可以代勞，而把走漏消息的責任推到他們身上，又毫不費吹灰之力。

您今天就應該把這個想法知會唐瑟尼。我不太相信小沃朗苣的侍女，小姑娘本人對她似乎也有疑慮，所以請您把我忠誠的維多利亞推薦給他吧。我會留意使這個計畫成功的，特別是保守祕密對他們無益，只對我們有利，這一點恰合我意。我還沒有把故事講完呢。

我拒絕負責傳遞小沃朗苣的信件時，還時刻擔心她會要我把信郵寄出去，這是我無法拒絕的。幸而她心煩意亂，或者懵然無知，也可能她關心的只是回信，而不是如何寄出她那封信（她是無法從郵局收到回信的），當時她既沒能想到，也沒有向我提出這個要求。但為了避免她產生這種念頭，或者至少防止她有機會利用這種方法，我當下做出決定：回到母親那兒，說動了她，讓她女兒離開一段時間，帶她到鄉間去。去哪兒呢？您的心難道不欣喜得狂跳嗎？是去您的姑母家裡，去造訪年邁的羅絲蒙德夫人。沃朗苣夫人今天就會通知她。這樣，您又可以去見您的女信徒了，她再也不能表示反對，說你們單獨在一起會招人議論了。多虧我費心安排，沃朗苣夫人才會親自來彌補她給您造成的損害。

可是您聽我說，不要一味關心您的事而顧此失彼；別忘了，我感興趣的是眼下這件事。

我希望您成為兩個年輕人的信使和顧問。您把她們這次出遠門的事告訴唐瑟尼吧，並提出您可以助他一臂之力。您所面對的唯一難題是如何將託付給您的書信交到美人兒的手裡；您只消向他指出通過我的侍女轉達這條明路，就可以馬上消弭這個障礙，他肯定會接受的。您辛勞所得的報酬，就是得以一窺一個未經世事姑娘的內心祕密，這類祕密總是怪有趣的。可憐的姑娘！在她把頭一封信交給您的時候，她的臉會羞得通紅不已啊！說實在的，雖然大家對扮演這類心腹角色抱有成見，但我覺得對掛心其他事兒的人來說，這倒是一個很有意思的消遣，而這正是您目前的處境。

　　這齣戲的結局要由您來費神照料了，由您決定甚麼時候該把演員們聚集在一起。在鄉間可以提供千百種方便，唐瑟尼肯定會做好準備，只要您一個信號，就會趕到那兒。管他是不是月黑風高的夜晚，喬裝改扮的情郎攀上香閨的窗戶，我又怎會在乎？但是，如果小姑娘回來的時候依然是完璧，我就要責怪您了。要是您認為她需要我給她一些鼓勵，請告訴我一聲。關於保存信件的危險，我覺得已經給了她一個很好的教訓，所以現在我敢寫信給她了。我始終打算把她培養成我的學生。

　　我可能忘了告訴您，有關她收藏書信的祕密遭洩的事，她最初懷疑她的侍女，我已把她的疑心轉移到接受告解的神父身上，這樣做可說是一石二鳥之舉。

　　再見了，子爵。我這封信已經寫得太久，連午飯都耽誤了。但自尊心和友情驅使我寫這封信，而那兩者都愛叨絮不休。儘管如此，這封信在下午三點鐘還是可以送到您的家中，那麼您便萬事俱備了。

　　現在您儘管埋怨我好了——要是您敢的話。如果您禁不住誘惑，那就去重遊布 ** 伯爵的樹林好了。您說他為了供朋友們遊樂而保留這片樹林！難道這傢伙竟是所有人的朋友？噢，再見了，我餓了。

17**. 9. 9，於 **

第六十四封信

唐瑟尼騎士
致
沃朗莒夫人

<small>（信的原稿附於第六十六封信，即子爵給侯爵夫人的信中）</small>

夫人，我並不想要為我的行為辯解，也無意對您有所埋怨，我只為這椿給三個人帶來不幸的事件感到難受，因為他們原本都該有更美好的境遇。讓我感到特別憂傷的，倒不是我是整件事的受害者，而是它是由我一手造成的。從昨天起，我屢次想要回信給您，但都無法提起勁來。然而，我有許多話要對您說，只好勉為其難。如果這封信缺乏條理，前後不夠連貫，您想必能體會到我現在的處境有多麼痛苦，從而願意對我保有幾分寬容。

首先請允許我對您信中的頭一句話表示異議。我敢說我並沒有肆意利用您的信任跟沃朗莒小姐的單純，我的一舉一動對兩者都很尊重。操之在我的只有我的舉動，因而當您要我為一種不由自主的感情負責，我不怕補充一句，令嬡在我身上所激發的這份情感可能使您覺得不快，但卻並無絲毫冒犯您的地方。這個問題為我帶來的衝擊之大已到了無法向您言喻的地步，我只希望讓您自己來充當法官，教我的信件充當證人。

您禁止我以後到府上拜訪，對於您在這方面做出的任何指示，我自然應當服從；可是我這樣驟然完全失去蹤影，不同樣會引起您想避免的議論嗎？您不正是出於這個原因才不願給您的門房下令嗎？我特別強調這一點，是因為這對沃朗莒小姐比對我更為重要。我懇求您仔細考慮各方面的利弊，不要讓嚴格的措施影響了您審慎的判斷力。我確信只有令嬡的利益才會左

右您的決定,並等待您新的指示。

可是,如果您允許我有時前來向您請安問候,我保證,夫人(**您可以相信我的諾言**),我絕不會利用這種機會設法和沃朗苕小姐單獨交談,或者向她遞交任何信件。我擔心損害她的名譽,才答應做出這樣的犧牲;只要能有幸偶爾見見她,我的犧牲就值得了。

您對我說,您會根據我的行為來決定沃朗苕小姐的命運,上述擔保也就是我能做出的唯一答覆。要是我做出更多的承諾,那會是對您的欺騙。一個卑鄙的登徒浪子會根據形勢的需要調整自己的計畫,按照事態的發展仔細盤算,但是賦予我生命的愛情只容許我有兩種情感:勇敢和忠貞。

甚麼!要我同意讓沃朗苕小姐忘了我,而我也忘了她?不,不,絕不!我要對她保持忠誠,她已接受了我的盟誓,今天讓我再度重申同樣的誓言。對不起,夫人,我把話扯遠了,還是回到本題上來吧。

我還有另一件事要和您商量,就是您向我索回信件的事。除了您已經發現我犯下的不少過錯之外,還要添上一項拒絕,實在教我感到難受;但是,我懇求您,請您聽聽我的理由,在對其加以評判時也請您記住,在我不幸失去您的友誼後,唯一的安慰就是希望保住您對我的尊重。

沃朗苕小姐的書信在我眼中一向是很寶貴的,此時此刻其價值更是有增無減。這些信件是我僅剩的唯一財富,只有它們還能使我重溫這份讓我的人生充滿樂趣的感情。然而,您可以相信,對於為您做出這樣的犧牲,我不會有片刻的猶豫;向您證明我敬重之情的欲望會勝過對失去信件的惋惜。可是,出於一些十分充足的理由,我沒有這麼做,我相信您也無法有所責怪。

的確,您掌握了沃朗苕小姐的祕密;不過,請允許我說一句,我有理由認為,這是您出其不意的收穫,而不是得到女兒信任的結果。我並無意苛責一項也許是出於母愛而有權採取的措施。我尊重您的權利,但您的權利不見得能免除我所肩負的義務。最神聖的義務就是絕不辜負別人對我們的信任。將他人只願向我揭露的內心祕密,暴露在另一個人眼前,那就是

沒有盡到自己的義務。如果令嬡同意向您吐露這些祕密，那麼她大可直接說出來，而她的信件對您而言是沒有價值的。相反的，如果她想把祕密藏在心裡，那您當然也別指望我會告訴您。

說到您希望這樁事始終無人知曉，放心吧，夫人，在一切與沃朗莒小姐有利害關係的問題上，我會考慮得跟一個母親一樣周全。為了徹底消除您的憂慮，我全都預先考慮到了。這包寶貴的信件上在此之前一直寫著**有待焚毀**的字樣，現在則改寫成為**沃朗莒夫人所有**。我這番決定想必也向您說明了我拒絕歸還，並不是因為這些信裡含有甚麼引起您個人不滿的感情，害怕讓您看到。

夫人，這封信寫得已經很長了。但如果看完信後，您若對我那正直的情感、深切的敬意還有絲毫的懷疑，還不相信我因為引起您的不快而真心地悔恨，那這封信就仍嫌不夠長。我榮幸地是您的……

17**. 9. 9，於 **

第六十五封信

唐瑟尼騎士
致
賽西兒・沃朗莒
（未封上，附於第六十六封信，即子爵給梅黛侯爵夫人的信中）

哦，我的賽西兒，我們該怎麼辦呢？哪個上帝能把我們從威脅與災難中解救出來呢？但願愛情至少賜給我們承受一切的勇氣！該如何向您描述當我讀到沃朗莒夫人的短信，並見到我自己的信件時，所感到的震驚和絕望呢？是誰出賣了我們？您懷疑誰呢？您是否有甚麼疏忽大意的地方？您現在在做甚麼？人家對您說了些甚麼？我甚麼都想知道，但卻甚麼都無法得知。也許您所知的也不比我多。

我把您媽媽的短信和我回信的抄件寄給您，希望您同意我對她說的話。我也十分需要您同意在這椿不幸的事發生後我所採取的應變方式，目的都是為了得到您的消息，並把我的消息傳遞給您；還有說不定也是為了再見到您，而且是在比以往更為自由的環境裡。

我的賽西兒，當我們再次重逢，重新立下海誓山盟，並從彼此的雙眼裡看到，也打心底感覺到這個盟誓將不會是自欺欺人的話語，您想像得到那時我們會有多麼快樂嗎？在那樣甜蜜的時刻，有甚麼痛苦不可以忘卻呢？是啊！我對出現那樣的時刻抱有希望，而所仰仗的就是我懇求您同意的應變方式。怎麼說呢？我所仰仗的就是一個最親近的朋友給予我的安慰和關心。我唯一的要求就是您允許讓他也成為您的朋友。

也許我不該未經您的認可，就代您對他人表示信任？但災難當前和形

勢所迫便是我的理由。是愛情驅使我這麼做的，要求您寬容大度的也是愛情，請您原諒我不得不向一位朋友吐露心事，否則，我們也許就會永遠分離*。我說的這位朋友您也認識，他是您最喜愛的女士的朋友，凡爾蒙子爵。

　　我找他幫忙的計畫最初是請他託梅黛夫人帶一封信給您。他覺得這個辦法行不通，但是他擔保說，女主人雖然不行，侍女卻可以做到，因為她受過他的恩惠。這封信將由她轉交給您，您也可以把回信交給她。

　　要是如同凡爾蒙先生所認為的那樣，你們馬上就要動身前往鄉間，這樣的幫助對我們就不大管用。不過那時他本人願意幫我們的忙。你們要去拜訪的那個女人是他的親戚。他會利用這個藉口跟你們同時前去那兒。我們的來往書信就由他來傳遞。他甚至保證，如果您願意聽從他的指引，他會為我們找到在那兒會面的方法，且不會有一點危害您名譽的風險。

　　現在，我的賽西兒，如果您愛我，如果您同情我的不幸，如果您像我希望的那樣，分擔我的哀傷，您會拒絕信任一個要成為我們守護天使的男子嗎？沒有他，我會因為無法減輕我給您造成的憂傷而陷入絕望之中。我希望這份憂傷終將結束。但是我親愛的朋友，答應我不要過於愁苦，不要灰心喪氣。想到您的痛苦，我就五內如焚。為了使您幸福，我願意獻出自己的生命！這一點您很清楚。但願堅信為我所愛慕的信念可以為您的心靈帶來幾分安慰！我的心靈則需要您做出保證，您會原諒愛情，即便它使您受苦。

　　再見了，我的賽西兒，再見了，我親愛的朋友。

17**. 9. 9，於 **

---

* 唐瑟尼所說的話並不是實情。在此之前，他已經向凡爾蒙吐露了自己的心事。參見第五十七封信。——編者原注

第六十六封信

凡爾蒙子爵
致
梅黛侯爵夫人

　　我美麗的朋友，您在閱讀附上的兩封信時，可以看到我是否出色地完成了您的計畫。儘管兩封信上寫的都是今天的日期，但它們其實都是昨天在我家中當著我的面寫好的；給小姑娘的那封信把我們想要表達的意思都說了。如果根據您的計畫所取得的成功加以評判，那麼我只能對您的高瞻遠矚俯首稱臣，自愧弗如。唐瑟尼身上充滿激情，肯定一有機會，便不會再讓您對他有所責怪。如果他那天真純樸的意中人願意順從，那麼等他來到鄉間後不久，一切就可以結束了，我已想好了千百種方法。多虧您操心費神，我顯然已成了唐瑟尼的朋友，他就差是個王子*了。

　　他依然十分年輕，這個唐瑟尼！您相信嗎，我始終無法使他向那個母親承諾會放棄自己的愛情；好像既然決定不信守諾言了，卻還假意允諾，是多麼為難的事！「這是欺騙。」他不斷地對我說。這種顧慮，特別在他想要勾引一個姑娘的時候，不是顯得頗為諷刺嗎？男人就是這樣！他們在制定計畫的時候都一樣的卑鄙齷齪，而執行起來卻又十分軟弱，他們把這稱作正直。

　　我們的年輕人在信裡冒昧地開了一些小小的玩笑，您的任務就是別讓

---

*　這種說法來自於伏爾泰先生的某首詩篇中的一節。——編者原注 ²⁶

沃朗莒夫人為此感到不快；避免再提到修道院，而且努力讓她別再堅持要回小姑娘的信了。首先他不會歸還，也不願意歸還，我也同意他的意見；愛情和理智在這一點上是一致的。這些信我都看過了，讀起來真是無聊乏味透了，但它們有天可能會派上用場，讓我來解釋一下。

　　儘管我們小心謹慎，仍有可能出現甚麼引起眾人譁然的事件。那樣的話，婚約不是就會告吹，而我們為傑庫安排的所有計畫不是也就完全落空了嗎？但是，說到我嘛，由於我也要對母親進行報復，我要等待時機敗壞她女兒的名聲。在這些書信裡仔細挑選，只要出示其中的一部分，大家就會看到都是小沃朗莒先採取主動，完全是她自己送上門的。其中有幾封信甚至可能損害她母親的名譽，至少使她因不可原諒的疏忽而沾上汙點。我料想顧慮重重的唐瑟尼起初一定會反對，但由於他本人也會受到非難，我想我會說服他的。這樣的機會只有千分之一，但一切都應該預想到。

　　再見了，我美麗的朋友。請您明天上 XX 元帥夫人家去吃晚飯，我沒能推卻這個邀約。

　　我想應該不必特意叮囑您，在沃朗莒夫人面前對我要到鄉間去的計畫保密，否則她會馬上決定留在城裡；而她一旦抵達了那兒，就不會第二天又動身離開。只要她給我們一星期的時間，我保證把一切都辦妥。

17**. 9. 9，於 **

第六十七封信

杜薇院長夫人
致
凡爾蒙子爵

先生，我本不想再回信給您的，也許，我現在感到為難的本身就證明我的確不應當回信。然而，我不想給您留下任何可以對我抱怨的口實；我想讓您相信，凡是我能做的，我都已經為您做了。

我允許您寫信給我，您是這麼說的吧？這點我承認。但是，當您提醒我這項許可的時候，您是否以為我忘了當時是在甚麼條件下許可的？如果我信守約定的決心跟您不重然諾的程度相同，您還會收到我的一封回信嗎？但這已經是第三封了。當您盡心竭力迫使我中斷這番書信往來的時候，是我想方設法地繼續維持。有那麼一個方法，但這也是唯一的方法；如果您拒絕加以採用，不管您說甚麼，那就足以向我證明了這對您來說並不怎麼寶貴。

請您別再使用那種我既不能聽，也不想聽的話語；拋開那種既對我產生傷害，又使我感到害怕的感情。只要您想一想它正是導致我們必須分離的障礙，也許您就不會那麼沉迷其中了。這種感情難道就是您能體驗的唯一一種嗎？難道愛情對我而言還有拒絕友誼這個過錯嗎？您會不會也犯了一個過錯，即對自己希望受到她柔情眷顧的女子，便不願把她當作朋友？我不願意相信事實真是如此，這種想法教我感到屈辱，引起我的反感，並會使我永遠和您不相往來。

　　先生，我把我的友情奉獻給您，就是把屬於我的一切，我所擁有的一切都給了您。您還想要甚麼呢？為了沉浸在這種如此美好，如此合乎我心意的感情之中，我只期待您表示同意；我要求您說的就是這份友情就足以為您帶來幸福。我會忘掉別人對我說過的一切；我相信您會小心在意，證明我的選擇是對的。

　　您可以看到我十分坦率，這想必已證明了我對您的信任，這份信任是否還能持續加深，完全取決於您；但是我告訴您，只要再出現愛情這個字眼，就會徹底將其摧毀殆盡，使我又變得惶恐不安。特別在我看來，這會是一個應該永遠對您保持沉默的信號。

　　要是如同您所說的那樣，您已經認識到**自身的錯誤**，難道您就不願意成為一個正派女子的友愛對象，而願意成為一個有罪女子的悔恨原由嗎？再見了，先生，您可以料想到我說了這麼一番話以後，在您回覆我之前，我再也沒有甚麼可說的了。

17**.9.9，於 **

第六十八封信

凡爾蒙子爵
致
杜薇院長夫人

　　夫人，我該如何答覆您的上封信呢？我的直率會導致我在您心目中的毀滅，我怎麼還敢說真心話呢？無論如何，我非得這麼做，我也有勇氣這麼做。我暗自琢磨，反覆思量，重要的是要在品格上配得上您，而不是要得到您。即便您永遠不肯讓我得到我始終渴望的幸福，我至少也應當向您表明我無愧於心。

　　正如您所說的，我已經認識到自身的錯誤，但這有多可惜啊！否則，當我閱讀這封自己今天顫抖著回覆的信，該有多麼欣喜若狂啊！您在信裡對我坦率直言，並對我表示信任，最終還向我表達您的友情，這是多大的恩澤啊！夫人，多麼遺憾，我竟無法享受！為甚麼我不再是原來的樣子呢？

　　如果我確實還是一如既往，如果我對您只有一種平庸的興趣，那種今日我們稱之為愛情，而實際只是誘惑和淫樂產生的膚淺欲望，我就會迫不及待地利用我能獲得的所有好處。只要能帶來成功，我不會太講究用的是甚麼手段。由於需要猜中您的心思，我會鼓勵您繼續坦率下去；我會渴望得到您的信任，以便加以辜負；我會接受您的友情，好將它導入歧途。怎麼！夫人，這番假設使您害怕了嗎？然而，這正是我根據實際情況為您描繪出的景象，如果我告訴您，我同意只做您的朋友的話。

　　甚麼！我竟然會同意跟另一個人分享發自您內心的情感嗎？要是有一

天我對您這麼說，那就請您別再相信我。因為從那時起，我就要設法欺騙您了；我可能還想得到您，但我肯定不再愛您了。

　　這並非代表了可愛的坦率、美好的信任、富於同情心的友誼，在我的心目中都一文不值。可是愛情！被您所激發的真正的愛情，集合了所有這些情感，使它們變得更有力量；它與上述情感不同，不能容忍一顆允許比較、甚至有所偏好的心靈所表示出的平靜和冷漠。不，夫人，我不會成為您的朋友。我會以最溫柔、最熱烈，不過又充滿敬意的心深愛著您。您可以使這種愛情受挫，但是卻不能使它滅絕。

　　您有甚麼權利支配一顆滿懷對您的敬意卻遭到拒絕的心呢？究竟出於何種殘酷的講究心態，教您連僅是享有愛您的幸福也要眼紅嫉妒？這種幸福是屬於我的，它跟您無關，我懂得如何加以捍衛。它既是我痛苦的根源，也是醫治它的良藥。

　　不，我再說一次，不。您可以始終殘忍地拒絕下去，但讓我保留我的愛情。您就愛使我遭受不幸！唉！那好吧，您就設法讓我喪失勇氣吧！至少我可以迫使您來決定我的命運；也許有一天，您會對我更公平一點。這並不是說我希望有一天您會心軟，而是在不能說服您的情況下，您會深信，並暗自說道：我過去對他做了錯誤的評判。

　　說得明白一些，是您把自己看輕了。認識您而不愛您，愛您而又不能持之以恆，這些都是無法做到的事。儘管您俱備謙遜這種美德，但是對於自身所激發的情感，對您而言，抱怨大概比起展現出驚訝和震撼更為容易。至於我，我唯一的優點就是懂得對您做出正確的評價，我不願意失去這項長處。我根本不同意您狡黠的建議，我要跪在您腳下重申我永遠愛您的誓言。

17**. 9. 10，於 **

第六十九封信

賽西兒・沃朗莒
致
唐瑟尼騎士
（用鉛筆所寫、由唐瑟尼重抄的短信）

　　您問我在做甚麼，我在愛您，我在哭泣。我的母親再也不跟我說話了。她把我的信紙、羽毛筆和墨水都拿走了；幸好還剩下一支鉛筆，我就用這支鉛筆在從您信上撕下的一塊紙片上寫信給您。我當然應該同意您所做的一切；我太愛您了，以至於無法不想方設法地得到您的消息，並把我的消息告訴您。以前我不喜歡凡爾蒙先生，也不認為他是您的朋友。我會努力習慣跟他相處，也會因為您而喜歡他的。我不知道究竟是誰出賣了我們，看來不是我的侍女，就是聽我告解的神父。我真不幸，明天我們就要動身前往鄉間，我不知道究竟要去多久。天哪！再也見不到您了！我已經沒有地方可以寫字了，再見了。好好讀一下我的這封信。用鉛筆寫的字句也許會隨時間而變得模糊，但銘刻在我心中的感情卻永遠不會消失。

17**. 9. 10，於 **

第七十封信

凡爾蒙子爵
致
梅黛侯爵夫人

　　我親愛的朋友，我有一個重要的意見要告訴您。正如您所知道的，昨天我在 XXX 元帥夫人家中吃晚飯。大家在席間談到了您，而我所談的內容並非我認為您所擁有的所有長處，而是我相信您完全不具備的。大家似乎都同意我的意見；對話中漸漸失去了熱絡的氣氛，光說別人好話的時候，總會發生這樣的情況。這時出現了一個表示反對意見的人，原來是普雷旺。

　　他站起來說道：「但願梅黛夫人的聰慧確是無庸置疑的！但是我冒昧地認為，她這個優點主要來自於她的輕浮，而不應歸功於她堅守的道德原則。也許追求她不太容易，但博得她的歡心卻也不難。在追求一個女人的時候，途中免不了會遇到別的女人，總的說來，這些女人也許和她一樣好，也許比她還要好；於是有些男人就見異思遷，另一些男人則厭倦得罷手了。她可能是巴黎城裡自衛手段用得最少的女人。至於我嘛，」受到在座的幾個女子的微笑鼓勵，他又補充道：「要我相信梅黛夫人的德行，那得等我累垮了六匹馬向她求愛再說。」

　　就像所有帶有毀謗性質的玩笑一樣，這個惡意的笑話也大獲成功。在它引起的一片笑聲中，普雷旺坐了下來，大家改變了話題。可是，坐在我們這個懷疑論者身邊的兩位佛 *** 家的伯爵夫人又跟他私下談了一陣子，正好我坐的地方很近，可以聽到他們說的話。

　　他接受了要使您動情的挑戰，也許諾要把一切經過都說出來；在所有與這樁冒險相關的諾言中，這肯定是最會被嚴格遵守的一個。好啦，您現在已經都曉得了，而那句諺語您也是知道的。[27]

　　我還要告訴您，這個您並不了解的普雷旺，非常討人喜歡，而且特別機伶。所以您有時聽見我說了些反話，那只是因為我不喜歡他，我愛讓他的成功受到阻擾，我也知道我的話在我們最時髦的三十來個女子中有多大的影響。

　　其實，我用這種方法長期不讓他出現在我們所謂的大舞臺上。他創造了一些奇蹟，但並沒有因此而得到更大的名聲。但是，他的三重豔遇引起了轟動，使大家都非常關注他，給了他至此為止所欠缺的自信心，變得著實令人生畏。總之，他也許是如今我在路上唯一害怕遇上的人。要是能讓他受些奚落，除了對您有利，就也順帶幫了我大忙。我把他交到有本領的人手中，希望在我回來的時候，看到一個陷入絕境的人。

　　為了回報您，我答應為您盡力辦好您所監護的小姑娘的事，我會像關心我那個美麗的正經女子那樣關心她。

　　那個女人剛給我寄來一份投降計畫。她整封信都表明她願意受騙上當。要她提出更簡單、也更老套的手段是不可能的——她要我成為她的朋友。但是我愛用那些新穎困難的方法，我不打算讓她這麼便宜地脫身。如果想用尋常誘惑勾引的方式了結，我就絕不會在她身上花費那麼多心血了。

　　恰恰相反，我的計畫就是要讓她感到，清楚地感到她為我做出的每項犧牲的代價，誘導她的步調不要快得讓她感覺不到良心的責備；我要使她的德行在消逝之前苟延殘喘；我要她始終看著眼前這幅淒慘的景象；我要迫使她不再掩飾自己的欲望，然後才給予她擁抱我的幸福。總之，要是我不值得人家來求我，我也就確實沒有甚麼價值。對於一個心高氣傲、好像承認愛我就要感到愧疚的女人，我能不這樣報復嗎？

　　因此，我沒有接受珍貴的友誼，堅持要求情人的頭銜。我承認開始這個頭銜在我看來只是字眼之爭，但能否取得實際上卻至關重要，所以我花

了不少心思來寫我的那封回信。我設法寫得雜亂無章，只有這樣才能顯現出我的真情流露。我盡可能地胡言亂語，因為不胡言亂語，就無法表達柔情蜜意。我覺得正是由於這個原因，女人在寫情書的時候才比我們高明許多。

　　我用一些甜言蜜語作為信的結尾，這也是我深入觀察的結果。女人的心經過一陣高低起伏的鍛鍊之後需要休息；我注意到對所有的女人來說，甜言蜜語是她們最柔軟的枕頭。

　　再見了，我美麗的朋友，明天我就動身。關於 XXX 伯爵夫人，如果您對我有甚麼吩咐，我可以在她家裡停留一下，至少吃頓午飯。沒能見到您就走，我感到十分惋惜。在這個關鍵時刻，請您向我下達英明的指示，並提出思慮周密的建議。

　　特別重要的是，別讓普雷旺得手。但願有朝一日，我能補償您做出的這場犧牲！再見了。

17**. 9. 11，於 **

第七十一封信

凡爾蒙子爵
致
梅黛侯爵夫人

　　我那個粗心大意的跟班竟把我的公事包忘在巴黎了！我美人兒的信，以及唐瑟尼寫給小沃朗苣的信，都在公事包裡面，而那全都是我需要的。他要動身回去彌補他幹的蠢事；趁他備馬的當兒，我來告訴您我昨晚的經歷。因為我要讓您相信，我並沒有浪費時間。

　　這場豔遇本身並沒有甚麼了不起的地方，只是跟米 *** 子爵夫人敘敘舊情而已，但教我感興趣的卻是細節。另外，我也很高興能讓您看到，我固然有敗壞女子名節的本領，但只要我願意，同樣也有能耐挽救她們。我總是採取最艱難或最有趣的方法；我不會因為做了一件好事而內疚，只要它能讓我藉機鍛鍊自己，或者從中得到樂趣。

　　我在這兒碰到了子爵夫人，人家好說歹說要留我在城堡裡住上一宿，她也一再懇求，我就對她說：「好吧，我同意在這兒留宿，條件是我得跟您共度良宵。」她回答我說：「那我可辦不到，弗雷薩克在這兒。」原本我只想表示一下禮貌而已，但「辦不到」三個字像往常一樣激起了我的怒火。我覺得為了弗雷薩克而要我做出犧牲是對我的侮辱，我打定主意絕不容忍這樣的待遇，因此我堅持自己的要求。

　　當時的情況對我並不利。那個弗雷薩克行事笨拙，引起了子爵的猜疑，弄得子爵夫人再也無法在家裡接待他。於是他們商量好分頭來到善良的伯

爵夫人家,想在這兒幽會幾個晚上。子爵在這兒碰到弗雷薩克,起初顯得
很不高興;可是比起爭風吃醋,他對打獵卻更加熱中,因此仍然住了下來。
說到伯爵夫人,您是熟知她的作風的,她先安排子爵夫人住在大迴廊裡,
再把她的丈夫安排在她的隔壁,她的情人則安排在另一邊,讓他們自己去
解決爭端。算他們兩個人倒楣,我就住在他們對面的房間裡。

　　那一天,也就是昨天,正如您所想的那樣,弗雷薩克想要奉承子爵,
儘管他對打獵沒有多少興趣,仍跟子爵一起前去。他一心指望著晚上能在
子爵夫人的懷抱中尋求慰藉,從而排解白天她丈夫帶給他的厭煩。但是我
認為他需要休息,於是我想方設法勸他的情婦給他留點時間。

　　我成功了,她答應我為了狩獵的事去跟他爭吵一番,儘管他顯然是為
了她才同意前去的。再也找不到比這更勉強的藉口了。每個女人都會用使
性子來代替講理,她們越是理虧,就越難平息心中的怒氣;但沒有一個女
人比子爵夫人更精於此道,況且這種時刻也不方便解釋。因為我只要一個
晚上,便同意讓他們第二天就言歸於好。

　　弗雷薩克回來的時候,受到冷臉相迎。他想問明原因,於是就吵起來
了。他力圖為自己辯解,可是當時做丈夫的正好在場,就被子爵夫人拿來
作為中斷談話的藉口。後來子爵離開了一會兒,他設法利用這個時機要求
子爵夫人晚上聽他解釋。這時候,子爵夫人表現得無比崇高。她對男人們
的放肆無禮感到十分氣憤:他們因為自覺受到一個女人的青睞,便認為可
以對她恣意妄為,甚至也不管她是否對他們有甚麼不滿之處。她這樣機敏
地轉變了話題之後,就大談起體貼和情感來,弄得弗雷薩克無話可說,十
分困窘,連我也幾乎認為她說得有理;因為您知道,我是他們倆的朋友,
在這場談話中,我是個旁觀者。

　　最後,她明確地表示,自己不會讓他因狩獵而辛勞之外,再為愛情神
傷,她會責怪自己攪亂了他甜美的夢鄉。她的丈夫回來了。憂傷的弗雷薩
克不便再答腔,只好轉而對我說起話來。他鉅細靡遺地向我講述了他的理
由,其實這些理由我跟他一樣清楚,接著便請我跟子爵夫人談一下,我答

應了他。我確實跟子爵夫人談了一下，不過只是對她表示感謝，並且和她商量約會的時間和方式。

她對我說，她住在丈夫和情人之間，她覺得由她到弗雷薩克的房間去，比起在她自己的房間裡接待他來得謹慎；既然我就住在她對面，還是她上我的房間來比較妥當。她說等她的侍女一走就立刻前來，我只消半掩著房門等她過來。

一切都按我們商量好的那樣進行；她在凌晨一點前後來到我的房間，

> ……一絲不掛
> 像剛從睡夢當中被喚醒的美女。*

由於我並沒有那樣的虛榮心，夜間的詳情我就不再贅述了。但您是了解我的，我對自己相當滿意。

黎明時分，該是分手的時候了。這時有趣的事發生了。粗心的女人原以為自己的房門是半掩著的，我們卻發現門關上了，鑰匙留在房間裡。子爵夫人馬上對我說：「唉！我完了！」她說這句話時的絕望神情，您真是難以想像。我得承認，讓她落得這番處境，真是怪有趣的。但如果不是我一手促成，我能允許一個女人為了我而身敗名裂嗎？難道我會像許多凡夫俗子那樣，讓自己受制於這種形勢？因此必須找辦法解決。我美麗的朋友，換了是您，您會怎麼做呢？我是這樣處理的，而且也成功了。

我不久便看出來，只要不怕發出巨大的聲響，那扇門是可以撞開的。於是我費了不少勁兒，勸得子爵夫人同意發出驚恐的尖叫聲喊**捉賊啊，抓殺人凶手啊**，等等。我們約定，她一喊叫，我就把門撞開，讓她趕緊跑回床上。您絕對無法相信就連在她同意以後，還花了多長時間才使她下定決心。然而最終仍不得不這樣做。我使勁一踢，門就開了。

---

* 引自拉辛的悲劇《勃里塔尼居斯》。——編者原注 [28]

　　子爵夫人動作很快，沒有耽擱一點時間，因為幾乎就在同時，子爵和弗雷薩克已經出現在走廊上，侍女也朝女主人的房間跑了過來。

　　只有我一個人保持冷靜。我抓住時機把一盞依然亮著的夜燈吹滅，並打翻在地。因為您想想，房間裡亮著燈，卻還裝出這麼驚慌恐懼的樣子，該有多麼荒謬。接著我便責怪子爵和弗雷薩克睡得那麼沉；我肯定地告訴他們說，我一聽見喊叫聲就跑了過來，使勁把門踢開，其間至少花了五分鐘。

　　子爵夫人在床上恢復了勇氣後，大大助了我一臂之力，賭咒發誓地說她的房裡有賊；她相當真誠地宣稱自己生平還從未這樣害怕過。我們四處搜尋，卻一無所獲。這時我叫他們看那盞倒在地上的夜燈，並推斷應該是一隻老鼠造成了這樣的損壞和驚恐。大家異口同聲地同意我的看法，在說完幾個有關老鼠的老掉牙笑話後，子爵第一個回房睡覺去了，走的時候希望他的妻子往後遇到比較安分守己的老鼠。

　　剩下弗雷薩克單獨跟我們在一起，他走到子爵夫人面前，溫柔地對她說這是愛神的一次報復。子爵夫人望著我回答說：「那他真的生氣了，因為他的報復可真夠狠的。但是，」她又補充道：「我可累垮了，我想睡了。」

　　我當時心情正好，因此，在我們分手前，我替弗雷薩克說情，讓他們言歸於好。兩個情人抱在一起，接著又都擁抱了我。我再也不把子爵夫人的吻放在心上，但我承認，弗雷薩克的吻令我很高興。我們一起走了出來；在接受了他一再重申的感謝後，我們又各自回房安歇。

　　如果您覺得這場經歷有趣，我就不要求您保守祕密。既然我已經樂過了，就應該讓其他人也樂一樂。目前我談是只是這場經歷，也許不久後我們也會談到女主角呢。

　　再見吧，我的跟班已經等了一個小時。我只能再用一點時間來親吻您，並特別囑咐您要提防普雷旺。

　　　　　　　　　　　　　　　　　*17**. 9. 13，於 ** 城堡*

第七十二封信

唐瑟尼騎士
致
賽西兒‧沃朗苣
（十四日才送交）

哦，我的賽西兒！我多麼羨慕凡爾蒙啊！他是如此幸運，明天便可以見到您。他會把這封信交給您，而我與您相隔兩地，鬱鬱寡歡，在悔恨和不幸中煎熬，度日如年。我的朋友，我親愛的朋友，我是多麼苦惱，可憐可憐我吧！就算是為了您自己的苦惱，您也要可憐我。因為正是面對它，我才喪失了勇氣。

是我造成了您的不幸，這有多麼可怕！沒有我，您會過著幸福安寧的日子。您能原諒我嗎？說吧！啊！說您會原諒我，也對我說您愛我，永遠愛我。我需要聽見您反覆對我這麼說。倒不是我對此有所懷疑，而是因為我覺得，我對這一點越有把握，這句話聽起來就越是甜蜜。您是愛我的，對吧？沒錯，您全心全意地愛著我。我忘不了這是我聽見您說的最後一句話。我是多麼珍惜地將它收藏，深深地銘刻在我的心中！它在我心中又引起了多麼熱烈的共鳴！

唉！在那個幸福的時刻，我完全沒預料到等待著我們的厄運。我的賽西兒，我們來設法加以化解吧。如果就我所信賴的朋友所言，只要您讓他得到他應得到的信任，就可以達到這個目的。

我承認，您對他抱持不佳的觀感曾令我相當難受。我看得出其中有您母親成見的影響。為了遷就她，最近一段時間以來，我冷落了這個著實親

切可愛的人，如今他卻為我做了一切；您的母親把我們拆散了，是他設法
地要讓我們團聚。我親愛的朋友，我懇求您對他的看法不要那麼苛刻。請
想一想，他是我的朋友，也願意成為您的朋友，並能使我重新享有與您重
聚的幸福。如果這些理由還不能使您改變看法，我的賽西兒，您就是不像
我愛您那樣愛我，就是不再像以往那樣愛我。唉！如果哪一天您對我的愛
減弱了……噢，不會的，我賽西兒的心是屬於我的，一輩子都是屬於我的。
如果我得為了不幸的愛情所帶來的痛苦而擔憂，您的忠貞至少可以使我免
受薄情負心的折磨。

再見了，我可愛的朋友。請別忘了我在受苦，只有您才能使我幸福，
無比的幸福。請聽一下我的心願，並接受這份愛情最溫柔的親吻。

17**. 9. 11，於巴黎

第七十三封信

凡爾蒙子爵
致
賽西兒・沃朗苣
(附於上封信中)

　　為您效力的朋友知道您沒有書寫所需的用具，已經為您準備好了。在您的房間前廳靠左手邊的大壁櫥下面，您可以找到備用的紙張、羽毛筆和墨水，而且可以按您的意思在用完的時候換上新的。在他看來，如果您找不到更安全的地方，就把這些東西留在原處好了。

　　倘若在大家的面前，他對您似乎毫不留意，只把您當作孩子，請您不要見怪。在他看來，為了營造出他所需的安全感，並且更有效地為您和他朋友的幸福而努力，這種態度是必須的。當他有事要告訴您，或者有東西要交給您的時候，他會設法製造與您談話的機會。要是您能熱情協助，他便相信事情能夠順利進行。

　　他還建議您把收到的信陸續退還給他，以減少危害您名譽的風險。

　　最後他要向您保證，如果您願意對他表示信任，他會竭盡全力去減輕一個過於狠心的母親對兩個年輕人造成的痛苦，他們之中一個已經是他最好的朋友，另一個則是他認為值得他深切關懷的人。

17**. 9. 14，於 ** 城堡

第七十四封信

梅黛侯爵夫人
致
凡爾蒙子爵

　　欸！我的朋友，您從甚麼時候起變得這麼容易膽怯了？這個普雷旺就那麼可怕嗎？請看看，我是多麼淳樸又端莊！這個傲慢自大的獵豔高手，我經常碰到他，但我難得瞧他一眼！就是您的信才使我注意到他。昨天，我改正了自己過去對他不公平的看法。在歌劇院裡，他幾乎就坐在我的對面，我仔細端詳他。至少他長得很俊美，十分俊美，眉清目秀，儀表堂堂！近看一定會更加迷人。您說他想把我弄到手！他肯定會給我增添體面，帶來快樂。說真的，我也突然對他動了念，我在此向您透露，我已經跨出了第一步。能否成功我也不清楚。事情是這樣的：

　　散場時在歌劇院門口，他離我只有幾步遠；我大聲地跟 XXX 侯爵夫人相約，星期五去元帥夫人家吃晚飯。我覺得那是我唯一能夠碰到他的地方。我相信他聽見了我說的話。如果這個薄情的漢子不來呢？請告訴我，您以為他會來嗎？您知道，要是他不來，我整晚都會心情不好嗎？您看，他會發現要追求我並沒有多麼困難，而教您更為詫異的是，他想討好我更不用費甚麼力氣。他說他要累垮六匹馬來向我求愛！噢！我會挽救這些馬的性命的。我絕沒有耐心等上那麼長的時間。您知道，一旦我拿定主意，就不會讓對方焦急等待，那不合乎我的行事原則；而我對他，已經拿定了主意。

　　哦！您必須承認，跟我講道理真是件愉快的事！您所提的**重要意見不**

是大獲成功嗎？您要我怎麼辦呢？我已經過了那麼久枯燥乏味的日子！我有一個半月沒有快活一下了，如今行樂的機會出現，我能夠拒絕嗎？這件事難道不值得我花費心思嗎？還有比這更討人歡心的事嗎？「討人歡心」這個辭，您怎麼理解都行。

　　就連您自己也不得不對他做出公正的評價；您不只稱讚他，您還嫉妒他。好吧！我來擔任你們倆的評判，但首先得明查暗訪了解一番，這就是我要做的。我會是個公正廉明的評判，把你們倆放在同一個天平上過秤。您這一部分，訴狀已在我手中，您的案子已經審查完畢。如今我關注一下您的對手，這難道不合理嗎？來吧，請您甘心情願地助我一臂之力吧。首先請告訴我，以他為主角的那場三重豔遇究竟是怎麼一回事。您對我提起這件事的語氣，好像我早已知情似的，其實我一點也不清楚。看來這件事發生在我去日內瓦旅行的時候，而您出於妒忌，不願寫信告訴我。請盡早彌補這個過錯吧。請想想，「凡是涉及他的事無不與我相關」[29]。我回來後好像有人還在談論，只是當時我在張羅別的事，況且這類傳聞如果不是在當天或前一天發生的，我也難得留意傾聽。

　　我要求您做的事也許會教您感到不快，但在我為您費盡了心力以後，難道這不是您應當給予我最起碼的回報嗎？您幹的蠢事逼得您離開了院長夫人，不是我這一番勞心勞力才使你們又得以重聚嗎？沃朗苦夫人多管閒事對您惡意中傷，不也是我把可供報復的把柄交到了您的手裡嗎？您老是抱怨自己為了尋求奇遇而浪費了不少時光，如今這類奇遇就操之在您的手裡。是愛還是恨，您只要做出選擇就行了，兩者都睡在同一個屋簷下；您也可以當起雙面人，一隻手輕輕愛撫，另一隻手重重打擊。

　　您和子爵夫人的豔遇也一樣是拜我所賜。我對這件事相當滿意，但是正如您所說的，應當讓大家加以議論；因為儘管像我理解的那樣，出於時機的考量，您寧願暫時對這件事祕而不宣，不想引起騷動，然而不可諱言的是，這個女人可不配受到如此溫文有禮的對待。

　　再說，我對她也有不滿的地方。貝勒羅什騎士覺得她比我說的還要漂

亮,而且出於多種原因,要是能找個藉口跟她斷絕往來,我會很高興的。
而最方便的藉口就是說上一句:我們再也不想跟這種女人來往。

　　再見了,子爵。請好好思考您目前的處境,時間有多麼寶貴;我也要
利用我的時間來關心普雷旺的幸福。

17**. 9. 15,於巴黎

第七十五封信

賽西兒・沃朗莒
致
蘇菲・卡爾奈

（編者注：在這封信裡，賽西兒・沃朗莒鉅細靡遺地敘述了讀者在第六十一封信及以後幾封信裡讀到的所有與她有關的事。這些重複之處我們認為應當刪除。最後她談到了凡爾蒙子爵，她是這樣寫的：）

我向你保證他是一個與眾不同的人。媽媽說了很多他的壞話，但唐瑟尼又說了不少他的好話。我覺得唐瑟尼是對的，我從來沒有見過這樣精明機智的男人。他把唐瑟尼的信交給我的時候是當著大家的面，但誰也沒有察覺。說真的，當時我很害怕，因為我事先沒有得到任何通知，而如今我已有了準備。我已經完全明白他希望我怎樣把回信交給他。跟他合作是很容易的，因為他的眼神能把他想說的全都表達出來。我不知道他是怎麼做到的。他在我向你提過的那封短信中說，他不會在媽媽面前流露出關心我的神態；的確，他好像從來不在意我，然而，每逢我尋找他的視線時，總能馬上與他四目相接。

媽媽有個好朋友也住在這兒，我以前沒見過她，她看起來也不太喜歡凡爾蒙先生，儘管他對她十分殷勤。我怕他不久就會對這兒的生活感到厭倦，返回巴黎，那樣的話真是令人遺憾。他為了幫助我和他的朋友特意來到這兒，真是個好心腸的人！我很想向他表示謝意，但不知該怎麼開口。就算找到機會，我說不定也會羞澀得不知道對他說甚麼才好。

只有跟梅黛夫人聊起我的愛情的時候，我才能自由自在地暢所欲言。

我對你是甚麼都說的，可如果是面對面地交談，我可能也會覺得難為情。
甚至跟唐瑟尼本人，我也常常不由自主地感到害怕，不能把我心裡想的都
告訴他。如今，我深深責怪自己的怯懦，我要不惜一切代價來找機會對他
說一句，只要能說上一句也好，說我是多麼愛他。凡爾蒙先生答應他只要
我聽從他的指引，他會為我們謀得重聚的機會。我會盡量照他的意思去做，
但是我無法想像會有這樣的可能。

　　再見了，我的好朋友，信紙上已經沒有空白的地方可寫了。*

17**. 9. 14，於 ** 城堡

---

* 從後面的信件中可以看出，沃朗苟小姐的密友不久後就換成了別人。她繼續寫信給她在修道院的朋友，但這
本通信集不再收錄這些信件，因為信中不會帶給讀者任何新的訊息。──編者原注

第七十六封信

凡爾蒙子爵
致
梅黛侯爵夫人

要嘛您的信裡都是我無法理解的揶揄嘲諷，要嘛就是寫信給我的時候，您正處於十分危險的狂熱之中。我美麗的朋友，如果我不是那樣了解您，可真要嚇壞了。往常不管您說些甚麼，我是不會輕易受驚的。

我把您的信反覆看了又看，但無濟於事，仍然沒弄明白；因為，按照您信中的字面意思去理解是根本不可能的。您究竟想說甚麼呢？

您只是想要表明毋須花那麼多心力去對付一個如此無足輕重的敵手嗎？但那樣的話，您可能就錯了。普雷旺確實討人喜歡，而且比您以為的還要過之而無不及。特別是他有一種極其奏效的本領，能引得許多人都關心他的愛情；一出現談話的機會，他就會在眾人之中，當著大家的面，巧妙地導入這個話題。這一來，很少有女人能不因做出回應而中了他的圈套，因為每個女人都自以為心思敏銳，誰也不願失去在這方面表現一下的機會。然而，您相當清楚，女人只要同意談情論愛，不久就會陷入情網，或者至少她的舉動會表現得彷彿自己萌生了愛意。此外，普雷旺的手法顯然進步許多，往往能使在情場戰敗的女人自己現身說法。關於這一點，我可以把自己親眼所見的經歷告訴您。

我原本只是間接地知道一些內情，因為我跟普雷旺一向沒甚麼來往。但終於有天我們聚在了一起，一共是六個人。XXX 伯爵夫人自以為十分精明，

而對所有不知情的人來說，她看上去也確實好像在閒話家常，實際上她卻在鉅細靡遺地向我們描述她委身普雷旺的經過，以及他們之間所發生的一切。她敘述的時候態度十分坦然，聽到我們大家不約而同發出的狂笑聲，也沒有一點慌亂不安的樣子。我永遠忘不了我們當中有一個人，為了表示歉意，裝作不相信她的故事，或者確切地說，不相信她假裝描述的故事，她就神色嚴肅地回答說，我們當中肯定沒有一個人像她這麼了解情況。她甚至泰然自若地問普雷旺，她有沒有說錯一個字。

因此，我認為這個人對所有人都很危險。但在您看來，侯爵夫人，正如您所說的，您不是只要他長得**俊美，十分俊美**，就夠了嗎？或者您只要他毫無原由地對您發動一次攻勢，只因您覺得**十分出色、時而樂意給予獎賞**，這就夠了？又或者您覺得無論出於哪一個理由委身對方，只要您覺得頗為有趣就行了嗎？再不然……我怎麼知道？我能猜得到女人腦袋裡無數個任性嬌嗔的念頭嗎？這正是您之所以為女人的原因。現在您已經得知其危險性，我相信您會輕而易舉地脫身。然而，提醒您注意一下仍是應該的。現在我回到正題上來，您究竟想說甚麼呢？

如果您的信只是對普雷旺的揶揄嘲諷，那麼它不僅寫得太長，對我也沒有甚麼用處。您應當在社交場上讓他成為大家的笑柄，我再一次向您提出這項請求。

啊！我相信猜到謎底了！您的信是一種預言，不是預言您要做的事，而是預告您在準備讓他栽跟斗的時候，他以為您打算做的事。我對這個計畫相當贊成，不過要十分謹慎。您跟我一樣清楚，在公眾眼裡，擁有一個男人，跟只是接受他獻殷勤，完全是一回事兒，除非這個男人是個傻瓜，而普雷旺不僅不是，更遠遠稱不上。只要他贏得一點點表面的勝利，就會大肆吹噓，一切便已成定局。傻瓜就會信以為真，心腸惡毒的人則會裝出信以為真的樣子，那您會怎麼應對呢？欸，我感到害怕，倒不是對您的高超手段有所懷疑，而是溺水身亡的人往往就是游泳好手。

我並不認為自己要比別人愚蠢。要敗壞一個女人的名譽，我可以想出上

百種、甚至上千種方法，但是當我想盡辦法使她們脫身時，卻從來沒有發現這樣的可能。就拿您來說吧，我美麗的朋友，您的所作所為真是無比出色，但好多次我都覺得您能全身而退是運氣使然，而非手段高明。

可是說到底，我也許是在為一個根本沒有理由的問題尋找原因。我很驚訝自己竟然用了一個小時認真地探討對您而言只是一個玩笑的問題。您準會嘲笑我！好吧，那您就笑吧。但是您得把握時間，我們來談點別的事情吧。別的事情？我弄錯了，還不是同一回事：總是如何占有女人，再不然就是如何斷送她們，且往往兩者皆是。

正如您明確指出的那樣，我在這兩方面都能一顯身手，只是難易程度不同。我預計報復要比愛情進展得快。我可以擔保，小沃朗莒已經沒有抵抗的能力了，眼下就等時機出現，而我會負責製造。可是，杜薇夫人的情況就不同了。這個女人真教人懊惱，我不明白她的想法。我掌握了上百個她愛我的證據，但我也有上千個證據說明她仍在抗拒。我真怕她從我的手心裡溜掉。

我這次回來最初產生的效應使我越加懷抱希望。您可以想見我是想親自加以評斷的，為了確保自己能見到最初的反應，我並沒有讓人事先通報，並計算好路程，以便在大家吃飯的時候抵達。我確實是從天而降，好像歌劇裡下凡來化解衝突的神靈。

我進門時發出了很大的聲響，使大家的目光都集中到我身上。我一眼就看到了我老姑母的喜悅、沃朗莒夫人的氣惱，以及她女兒窘迫的欣喜之情。我美人兒坐的位子正好背對著門，那會兒正在切甚麼東西，連頭也沒有回；但是我一開口對羅絲蒙德夫人說起話來時，那個敏感的女信徒就認出了我的聲音，不由得脫口驚呼了一聲。我覺得在這一聲中，愛意多過於驚訝和恐懼的成分。那時我已經走得相當近，可以看到她的臉了。內心的紛亂、想法與感情的衝突，都以各種不同的方式在她臉上顯露出來。我在她旁邊的位置入席就坐；她一點也不清楚自己究竟在做或說些甚麼。她想繼續吃飯，但是無法做到。後來過了不到一刻鐘，她的窘態及內心的喜悅令她實在難以忍受，讓她覺得最好的辦法就是先行告退離席；她便藉口需要透透氣，逃到花園裡

去了。沃朗莒夫人本想要作陪，但這個溫柔的正經女人沒有答應。她找到藉口可以獨自一人，無拘無束地沉浸在內心甜蜜的情感中，該有多高興啊！

　　我盡可能縮短用餐的時間。餐後甜點剛上來，那個惡魔似的沃朗莒夫人顯然急著想要說我的壞話，便從座位上站起身來，打算前去找那個嬌豔可愛的病人。但是我早料到了她的這番計畫，就不讓她得逞。我假意把她個人的退席當成了全體的退席，就也站起身來；連帶著小沃朗莒和當地的本堂神父也跟著我們兩個起身，最後餐桌旁只剩下羅絲蒙德夫人和年邁的塔＊＊＊騎士，他們倆也決定離席。因此大家便一起去跟我的美人兒會合，發現她就在靠近城堡的小樹林裡。她需要的是獨處，而不是散步，所以她寧願跟我們一同回來，而不是讓我們留下來陪她。

　　等我確信沃朗莒夫人沒有機會單獨跟她談話以後，就考慮執行您的命令，並且著手關心您所監護的小姑娘的利益。一喝完咖啡，我就回到樓上我的房間，同時也把其他人的房間巡了一遍，以便探明虛實。為了確保小姑娘通信無礙，我做了一些安排；做完這頭一件好事後，我寫了一封短信，把情況告訴她，並要求她對我表示信任。我把短信附在唐瑟尼的信中。等我回到客廳，發現我的美人兒正十分舒坦地靠在一張躺椅上。

　　這幅景象激起了我的欲望，使我目光灼灼。我感到自己的雙眼中充滿柔情與迫切，便選好坐的位置，以便善加利用。這雙眼首先教那個姿容絕世的正經女子垂下了一雙羞怯的大眼睛。我端詳了她那天使般的臉龐片刻，接著便又打量她整個體態；透過那單薄但依然礙事的衣衫，興致勃勃地勾勒出她的身形輪廓。我從頭看到腳，又從腳看到頭。我美麗的朋友，她本來是溫柔地看著我，才一瞬間，她的目光又立刻垂了下去。為了使她再抬起頭來，我便把目光轉開。於是我們之間建立了默契，這是羞怯的愛情訂立的第一項條約。這樣雙方為了滿足相互注視的需要，就可以使目光由交替漸漸達到最終的融合。

　　我確信我的美人兒已完全沉浸在這種新的樂趣之中，於是就負責留意我倆的安全。但在我確定大家熱烈的交談不會讓我們受到旁人的注意後，便設

法讓她的雙眼坦率地表達出她的心思。為此我先出其不意地瞧了她幾眼，但眼神是那麼矜持，就連最覥腆的人也不會感到驚慌；為了使這個羞怯的女子更加自在一點，我自己也表現得跟她一樣尷尬。漸漸地，我們的目光變得習慣於互相接觸，可以長久地對視，到了最後再也分不開。我從她的目光中看出淡淡的憂鬱，這是愛情和欲望的幸福信號；但這種神情瞬息即逝，她馬上又恢復成原來的樣子，面帶羞澀地改變了她的神態和視線。

我不想讓她疑心我已經注意到她的各種情緒變化，就霍地站起身來，驚恐地問她是不是覺得不舒服。大家立刻過來圍繞著她。我讓他們都從我面前走過；小沃朗莒正在窗邊做絨繡，需要一點時間離開繃架，我就抓住這個時機把唐瑟尼的信交給她。

我跟她的距離稍微遠了一些，便把信丟在她的膝蓋上。她根本不知道該怎麼做是好。看到她那副驚訝窘迫的神情，您一定會哈哈大笑。然而我沒有笑，因為我生怕這許多倉皇失措的舉止，會讓我們露出馬腳。我使了一個含意十分明顯的眼色和手勢，終於使她明白應該把信放進口袋。

那天剩餘的時光再沒甚麼有趣的事。之後發生的一切可能會帶來令您滿意的結果，至少就您所監護的小姑娘來說是這樣；但最好還是把時間用來執行計畫，而不是只說空話。我已經寫到第八張信紙了，我感到相當疲憊，所以，就此道別吧。

用不著我說，您肯定猜到小姑娘已經給唐瑟尼回了信[*]，我也收到了我美人兒的一封回信，我抵達這兒之後的第二天曾寫了一封信給她。我把這兩封信都寄給您，隨您看還是不看，因為這種沒完沒了的老調兒，我已經不覺得怎麼好玩了，凡是與此無關的人肯定也會覺得枯燥乏味。

再道一聲再會，我始終熱烈地愛您。不過我請求您，要是您再對我談到普雷旺，可要讓我聽得明白才好。

17**. 9. 17，於 *** 城堡

[*] 這封信沒有找到。——編者原注

第七十七封信

凡爾蒙子爵
致
杜薇院長夫人

夫人，您怎麼會如此冷酷，費盡心思來逃避我呢？我對您情意綿綿，萬分殷勤，怎麼得到的卻是人們就算是對最怨恨的人，也幾乎不會採取的態度呢？怎麼！愛情把我重新帶到您的跟前，幸運的巧合又使我坐在您的旁邊，而您卻寧可假裝身子不適，驚動您的朋友，也不肯留在我的身邊！昨天，有多少次您避開我的目光，不讓我得到您的垂顧？即便有一剎那，我發現您的眼神不再是那麼嚴厲，但那也十分短促，讓人覺得您似乎不想讓我享有這份榮幸，而是要使我感受到被剝奪的失落。

恕我冒昧，但這種態度既非愛情所應得，也不是友誼所能容忍；然而，在這兩種感情中，您知道其中一種是我生命的泉源，而另一種，我似乎有理由認為您是不會加以拒絕的。既然您願意對我付出這份珍貴的友誼，應當是認為我受之無愧。那麼我究竟做了甚麼，後來又失去了它呢？是我對您的信任害苦了自己，還是您因為我的坦率而要處罰我呢？您就一點也不怕濫用我的坦率和信任嗎？事實上，我不是向我的朋友傾吐了內心的祕密嗎？我不是在獨自面對她的時候，不得不拒絕她的某些條件嗎？其實我大可加以接受，再輕易地不予遵守，甚至也許還能好好地大肆利用。總之，難道您想藉由不太得當的嚴厲態度來迫使我相信，為了讓您更加寬容大度，只有欺騙您一途嗎？

　　我對自己所表現出對您、對我自己應有的行止一點也不後悔。但是，究竟是交了甚麼厄運，讓我每項值得稱許的表現都成了又一個不幸的信號呢？

　　在蒙您對我的行為做出唯一一次的誇獎以後，我頭一次為不幸得罪了您而悲嘆。我對您表示絕對的服從，放棄見到您的幸福，只為了消除您內心的顧慮；在此之後，您卻想斷絕跟我的一切書信往來，奪去我照您的要求做出犧牲所換取的小小補償，甚至想從我身上剝奪賦予您予取予求權利的愛情。最終，在我以任何愛情上的算計都無法削減的真誠、向您表明心跡之後，如今您卻竭力躲避我，彷彿我是個被您識破陰謀的危險風月老手。

　　您如此不公正，就從不感到厭倦嗎？至少請告訴我，我究竟又犯下甚麼新的過錯，使您變得如此嚴厲。請您對我下達我要遵從的指令。在我答應執行命令的時候，請求您加以告知，這難道過分了嗎？

　　　　　　　　　　　　　　　　　　　　　　17**. 9. 15，於 **

第七十八封信

杜薇院長夫人

致

凡爾蒙子爵

　　先生，您似乎對我的行為感到驚訝，甚至幾乎要求我加以解釋，好像您有權利責怪我似的。我承認我以為自己比您更有權利感到吃驚和不滿，可是自從您在上封回信中表示拒絕後，我就打定主意要漠然置之，這樣便不再給他人留有議論或非難的餘地。然而，既然您要求我加以釐清，感謝上天，我覺得自己這麼做也問心無愧，因此很願意再次向您說明原委。

　　凡是看了您的信的人都會覺得我有不公正或反常之處，我自認誰也不該對我抱有這樣的看法。特別在我看來，您較之其他人更不該如此。您可能覺得一旦逼得我做出辯解，就會迫使我回想起我們之間所發生的一切。您大概以為自己只會在這番琢磨中獲得好處，而我也一樣，並不認為自己會在這番琢磨中失去甚麼，至少在您的眼中，我並不害怕這麼做。而實際上，也許這便是辨別我們兩人誰有權利抱怨對方的唯一方法。

　　先生，您應該也會承認，從您來到城堡的那天起，無論如何，您的名聲使我只得對您態度謹慎。我完全僅能以最冷淡的禮數相待，而不必擔心會被認為過於一本正經。您本人也會寬容地對待我，您會覺得一個不諳世故的女子不具備欣賞您長處所需的見識，是很容易理解的。這肯定是個謹慎的方法，我遵循起來也不費甚麼力氣，因為不瞞您說，當羅絲蒙德夫人把您到訪的消息告訴我的時候，我必須念及我對她以及她對您的情誼，才

沒有讓她看出這個消息教我感到多麼不快。

　　我很樂意承認，您最初表現出的態度比我原來想像的要好，但您自己也會承認這只持續了很短一段時間，很快您就厭倦了這種處處受制的情況。看來您認為儘管這樣使我對您抱持良好的觀感，但自己並沒得到足夠的補償。

　　於是您就肆意利用我的真誠和坦然，毫無顧忌地跟我談甚麼感情，明知這在我看來是一種冒犯。當您一犯再犯、不斷加重錯誤的時候，我卻尋找理由來忘掉您的過錯，同時給您至少能夠部分地彌補這些過錯的機會。我的要求正當得連您自己也認為不該拒絕，可是您把我的寬容當作一項權利，趁此對我提出也許我本不該答應的要求，但您還是得到了許可；當中所規定的各項條件，您卻一條也不遵守。您的信寫得真是荒唐，每一封都教我不該再回信給您。您執迷不悟，逼得我必須疏遠您，但就連在這種時刻，我仍嘗試採用唯一可以使您跟我拉近距離的方法，這份遷就也許應該受到責備。可是在您眼中，正當的情感又有多少價值？您輕視友情，陶醉在狂熱中，根本不把苦難和恥辱當作一回事，一味追歡逐樂，尋求供您玩弄的女性。

　　您的行動輕率，而您的非難又前後矛盾，您忘了自己的諾言，或者確切地說，您把它當作兒戲。在答應離開之後，您又不請自來，一點也不把我的請求、我的理由放在心上，甚至也沒想到通知我一聲。您肆無忌憚地使我暴露在詫異的情境中，它所引起的反應即便相當尋常，卻可能會被我們周圍的人做出對我不利的解釋。您一手製造了這種困窘的時刻，非但不設法分散大家的注意力，或者加以化解，卻反而刻意讓它變本加厲。入席的時候，您偏偏就選擇坐在我的旁邊。我略感不適，只得比其他人提早離席；您卻不讓我清靜，反而領著大家前來打擾。回到客廳以後，我每走一步，總發現您在我身邊；我每說一句話，開口回答的也總是您。最無關緊要的一句話也會成為您的藉口，引出一段我不想聽、而且可能危害我名譽的對話。因為說到底，先生，不管您的談吐有多麼機智，我聽得懂的話，大概

別人也能聽懂。

　　我被您逼得無法動彈，默不作聲，您仍然對我緊追不放。我只要一抬起眼睛，就會遇到您的目光。我只好不斷避開視線，您卻用一種相當無法理解的輕率，在我連自己的視線都想躲開的時刻，把眾人的目光都集中到我的身上。

　　可您還埋怨我的舉動！對我的避之唯恐不及感到訝異！唉！您倒應當責怪我的寬容大度，訝異我在您到來的時候沒有轉身離開。也許我應該這麼做的。如果您繼續不知進退地糾纏下去，就會迫使我採取這個粗暴但必要的措施。不，我沒有忘記，我尊重和珍視我的婚姻，永遠不會忘記對自己締結的姻緣所應盡的本分和責任。請您相信，萬一哪天我不幸被迫要在犧牲我的婚姻和我自己之中做出選擇，我絕不會有片刻的猶豫。再見了，先生。

17**. 9. 16，於 **

第七十九封信

凡爾蒙子爵
致
梅黛侯爵夫人

今天早上，我本來打算出去打獵，但天氣糟透了。我手邊只有一本連女寄宿生也會感到乏味的新小說。至少還有兩個小時才吃早飯，因此，儘管昨天我給您寫了一封長信，但我仍然想和您談談。我肯定不會令您厭煩，因為我要跟您談的是那個十分俊美的普雷旺。您怎麼不曉得他那場拆散了形影不離手帕交的著名豔遇呢？我相信一提到這事，您就會想起來的。不過既然您想知道，我就告訴您。

您想必記得，整個巴黎曾對三個女子的出現大為驚奇，三個都相貌姣好，同樣才華洋溢，也有相同的抱負；自從踏入社交界起，她們的關係就十分親密。開始大家以為這是因為她們過於羞怯，但不久後，她們就被眾多的求愛者包圍，受到這些男子的讚譽，並從人家對她們的殷勤眷顧中看出了自己的身價，但她們團結的情誼卻變得更加牢固。我們簡直可以說，她們當中一個人的勝利，也一如其他兩個人的勝利。大家希望至少愛情會使她們開始互相競爭。我們這些善於博得女子歡心的人都爭相成為不和的禍端。但當時 XXX 伯爵夫人正對我表示出深厚的情意，不允許我在得到自己所尋求的樂趣前對她不忠，否則，我原本也會加入競爭的行列。

然而，就在同一個狂歡節，我們的三個美女好像步調一致地做出了各自的選擇。大家預期的風暴根本沒有發生，由於她們的友誼能讓彼此吐露

知心話，反而更惹人注目。

於是失意的求愛者跟妒忌的女人們就聚集在一起，三個美女的忠貞引起了議論，遭到公開的批評。有些人聲稱在這夥形影不離手帕交（**當時人家就是這樣稱呼她們的**）之中，基本的法則是建立在利益共同體上，連愛情也是。另一些人則斷言，那三個情郎就算沒有男的情敵，但免不了會有女的情敵。不少人甚至說三個情郎的中選只是面子問題而已，實際上他們有名無實。

這些傳言不論真偽與否，並沒有產生人們預期的結果。恰恰相反，這三對愛侶覺得，如果他們在這個時候分手，那他們就完了；於是他們決定臨危不懼，情誼更加牢固。對所有事物最終都會厭倦的大眾，不久便厭倦了這種毫無成果的嘲諷。他們受自己輕率浮躁的天性所制，轉而關心別的事情；接著，出於慣常性的前後矛盾，又把注意力轉了回來，只是把非難換成了讚美。在這裡一切都講求時髦，追求風潮，因此這一番頌揚，簡直達到了狂熱的程度。這時候，普雷旺打算對這些奇事加以驗證，使大眾跟他自己對此有個定論。

於是他爭取與這些完美的典範結交。他輕而易舉就進入了他們的圈子，覺得這是一個好兆頭。他相當清楚，幸運的人可不是那麼容易接近的。不久他果然發現，他們那種被大肆讚揚的幸福，實際就跟國王的幸福一樣，為大家所豔羨，卻並不值得擁有。他注意到在這夥所謂形影不離的手帕交當中，有人已經開始尋求外界的樂趣，甚至著手消遣娛樂。他由此得出結論，愛情或友誼的關係已經鬆動或破裂，只剩下自尊心和習慣仍保持著些許維繫的力量。

然而，這幾個出於需要聚在一起的女子彼此間仍然維持著表面上的親密，但男方的行動則比較自由，他們又看到了自己要盡的義務，或得去照料的事務；儘管他們仍舊會抱怨，但是不再逃避了，因而晚上大家難得全員到齊。

他們的這種表現對一直在場的普雷旺十分有利，他自然而然坐到當天

孤獨無伴的女子身旁，而且總能根據情況，找到機會輪流向那三個姊妹獻殷勤。他很快就意識到，要在她們當中做出選擇，那就會教自己完蛋：受到偏愛的女子會覺得自己成了頭一個背叛者，在莫名的羞愧中擔驚受怕；另外兩個女子由於虛榮心受挫，就會成為新情郎的仇敵，而且她們必然會用嚴厲的道德準則來對他加以批判；她們的嫉妒肯定會讓情敵加倍地獻殷勤，這個情敵也可能依然是個威脅。一切都可能成為障礙，然而在他的三重計畫裡，一切都迎刃而解了：女子個個寬容大度，因為自己受到了關懷；男方這邊也一樣，因為都覺得跟自己無關。

　　普雷旺當時只要犧牲一個女人，他很幸運，那個女人名氣很響。她不僅來自異國，且曾相當巧妙地拒絕了一位很有名望親王的求愛，引起了整個宮廷和巴黎對她的矚目；普雷旺身為她的情人，自然也分享了這樣的榮耀，於是便利用這一點來提高自己在那幾個新歡面前的身價。他面對的唯一困難就是怎樣使這三段私情齊頭並進，它們的進展勢必要以進度最緩慢的一段為準。事實上，我從他的一個心腹知交處得知，他感到最傷腦筋的就是如何抑制發展過快的那一段，因為它比另外兩段早了將近半個月光景，已經到了快要破繭而出的程度。

　　那個重大的日子終於來到了。普雷旺得到了三姊妹對他的表白，已經將大局完全一手掌握，您馬上就會看到他怎麼安排部署。三個丈夫當中，一個不在家，另一個次日黎明就要出門，第三個則在城裡。那形影不離的三位密友要上未來的寡婦家吃晚飯，但是新主人並沒有邀請女士們的舊情人一同出席。那天早上，普雷旺把他情婦給他的書信分成三份；在第一份中他附上了情婦寄給他的肖像，第二份附上了她親手所畫、以姓名起首字母組成的愛情圖，第三份則附上了她的一束鬢髮。三個好友都各以為自己收到了完整的犧牲品，事實上那只是三份裡的其中之一。她們答應對失寵的情人各發一封意思明確的絕交信來作為交換。

　　這樣的安排已經很不錯了，但還不夠。丈夫在城裡的那個女子只能支配白天的時間；於是普雷旺和她商定，讓她假裝身體不適，不到她的女友

家去吃晚飯，整個晚上就都是屬於普雷旺的了；那個丈夫出門的女子把夜裡的時間給了普雷旺；破曉時分，也是第三個女子的丈夫動身的時刻，就被那個女子指定為幽會的良辰。

　　普雷旺一點也沒耽擱，接著便趕到他的異國美人家裡，對她使性子鬧脾氣，這正是他所需要的，雙方發生了爭吵，使他有了二十四小時的自由時間，然後才離開。在做好了這些安排後，他就回家去了，打算休息一下，但又有新的事件正等著他。

　　絕交信使那三個失寵的情人完全醒悟過來，他們每個人都相信自己成了普雷旺的犧牲品。他們三個人由於受到愚弄而感到怨恨，再加上遭到拋棄的恥辱幾乎必然衍生的氣惱，就不約而同地決定找這個幸運的情敵討回公道。

　　因此普雷旺一到家就看到三封要求決鬥的戰帖；他光明正大接受了挑戰。但是他既不想失去這番冒險的樂趣，也不想就此無聲無息，於是就把決鬥訂在第二天上午，三場都安排在同一個時間和地點，也就是在布洛涅森林的某個入口處。

　　夜晚降臨了，他的三場豔遇都同樣成功了，至少事後他是這樣誇耀的：每一位新情婦都接受了他三次愛的盟誓和保證。您很清楚，這方面並沒有任何證據；一個公正的歷史學家所能做的，就是要向並不輕信人言的讀者指出，強烈的虛榮心和想像力是會產生奇蹟的。再說，緊接著如此戰績輝煌的一夜而來的早晨，後續就毋須再贅述了。不管如何，以下的事蹟是比較確切可靠的。

　　普雷旺準時抵達了他指定的地點，三位情敵已經到了，並各自對在此相遇感到有些意外，而每個人看到不幸的同伴，也許已感到幾分安慰。他和顏悅色、從容不迫地上前與他們寒暄，對他們說了以下這番話，後來人家如實地對我轉述了。

　　「先生們，」他對他們說：「你們聚集在這兒，想必已經猜到，你們三人都有對我懷有同樣的仇怨。我已準備跟你們決一雌雄，你們報仇雪恥

的權利是平等的,讓命運來決定你們三人當中要由誰先打頭陣。我沒有帶副手,也沒有帶證人。我冒犯你們的時候沒有用上他們,如今前來賠禮謝罪,也就不需要。」接著,他不禁露出了賭徒的本色,又補充道:「我知道打牌時贏得賭注七倍的獎金是很罕見的,但是無論等待著我的是甚麼樣的命運,既然我已得到了女人的愛情和男人的敬重,也算不虛此生。」

他的對手們頗為驚訝,個個面面相覷,默然無語;也許他們正在權衡這場三對一的決鬥中,雙方的力量並不對等。這時候,普雷旺又開口了。「不瞞你們說,」他接著說道:「剛度過的這一夜著實令我疲憊不堪,假如能允許我恢復體力,我會感謝各位的寬厚大量。我已經吩咐在這兒準備了早餐。請你們賞臉接受我的邀請,大家一塊兒吃頓早餐,而且要心情愉悅地用餐。我們可以為這種微不足道的小事決鬥,但是,我覺得,我們的情緒可不應為此而受到影響。」

他們接受了共進早餐的邀請。據說,普雷旺從來沒有這樣和藹可親過。他機智靈敏地不使任何一個情敵感到羞辱,並使他們相信,他們也都能輕易獲得同樣的勝利;特別是讓他們承認,如果是他們也不會錯過這樣的機會。這些事實一旦得到認同,一切便自行解決了。因此,早餐還沒有用完,大家就已經把下面的話反覆說了十次:這樣的女人不值得正直的男士為她們進行決鬥。這種看法醞釀出友好的氣氛,美酒則使其變得更為濃烈。所以,沒過多久,他們非但化解了彼此的仇怨,還相互結為推心置腹的好友。

這種結局大概要比另一種更合乎普雷旺的心意,但是他絕不想使自己的名聲受到甚麼影響。於是,他巧妙地根據情況調整了自己的計畫,對他得罪的那三位情郎說:「其實,你們應當報復的不該是我,而是你們不忠貞的情婦。讓我來為你們提供這樣的機會。我跟你們一樣,已經感到了不久自己也會蒙受的羞辱,因為如果你們每個人連一個情婦都無法保住,我能指望保住她們三個嗎?我跟她們也會像你們跟她們一樣以爭吵收場。今晚請你們到舍下來吃晚飯,我希望你們的報復別再延宕下去。」他們想請他略做解釋,但當時的情況允許他用傲慢的語氣說道:「先生們,我覺得

已經向你們證明自己有些指揮的才能，你們就相信我吧。」大家都同意了。
他們跟新交的知己擁抱後，就分手了，打算晚上再見，看看他的承諾如何
兌現。

　　普雷旺沒有浪費時間，馬上趕回巴黎，依照慣例，去拜訪他新征服的
獵物。他讓三個女人同意當晚到他的住處去和他**單獨**用餐。其中兩個一開
始不太願意，但是經過了前一晚的幽會，她們還有甚麼可以拒絕的呢？他
安排每場約會間隔一個小時，這是實行他的計畫所需要的時間。做好了這
些準備之後，他離開了，派人通知另外三個同謀者，於是四個人興高采烈
地前去等候他們的犧牲品。

　　聽見第一個女子抵達時，普雷旺獨自出來，對她殷勤接待，把她領到
誤以為自己是女神的聖殿。接著，他隨便找了個藉口開溜，那個蒙羞的情
郎馬上就出來代替他。

　　您可以想像一個在情場上閱歷不深的女子當時所感到的羞愧，使得勝
利變得輕而易舉。凡是沒有說出口的責備話語都被視為一項恩典；逃跑的
女奴重新落到了舊主人手裡，她再次套上先前的鎖鏈，希望得到舊主人的
寬恕，就極其高興了。重歸於好的盟約移到了更加僻靜的場所締結；空出
來的舞臺由其他演員輪流上場，劇情幾乎沒甚麼差異，結局也完全相同。

　　三個女子還都以為事情只涉及到自己一個人。吃晚飯的時候，三對情
侶聚在一起，她們才感到萬分震驚，狼狽不堪。可是普雷旺重又出現在他
們當中，殘忍地向三個不忠貞的女子賠禮道歉，把她們的祕密和盤托出，
讓她們完全了解自己受到了多大的愚弄，那時她們才羞愧到了極點。

　　然而，大家仍然入席用餐；漸漸地，一切又都恢復了常態。男人們恣
意放縱，女人們馴服順從。每個人心裡都懷著仇恨，但言辭卻仍然情意溫
存。歡樂挑起了欲望，欲望反過來又給歡樂添加了新的魅力。驚世駭俗的
狂歡一直持續到早上。道別的時候，女人想必以為自己得到了寬恕；但是
心懷怨恨的男人第二天就無可挽回地跟她們斷絕了關係，而且他們不滿足
於僅是拋棄那幾個水性楊花的情婦，還把她們的風流韻事公諸於世，徹底

為自己報了仇。自那以後，三個女子其中一個進了修道院，另外兩個則被放逐到自己的領地，在悔恨中煎熬。

這就是普雷旺的故事，是否要增添他的榮耀，讓自己成為他勝利戰車的俘虜取決於您。您的信著實教我感到不安，我焦急地等著您對我的上封信做出更理性、更為明確的答覆。

再見了，我美麗的朋友。您要提防那些任性或古怪的念頭，您總是輕易受到它們的吸引。請想想看在您從事的活動中，光憑聰明才智是不夠的，一不小心就會釀成無法挽救的災禍。最後，請允許讓謹慎的友誼偶爾成為您逸樂的嚮導。

再見了，我心中所愛的您本應是個聰慧理智的女子才對。

17**. 9. 18，於 **

第八十封信

唐瑟尼騎士
致
賽西兒·沃朗莒

　　賽西兒，我親愛的賽西兒，我們究竟甚麼時候才能再見？誰能告訴我，與您相隔兩地該如何活下去？誰能給我這樣的力量和勇氣？不，不，我絕對不能忍受這種不幸的分離。每過一天，我的痛苦就增加一分，而且根本看不到盡頭！凡爾蒙曾答應幫助我，給我一些安慰，但他現在不關心我了，也許把我忘了。他待在自己心愛的人身邊，就不再了解別人遠離所愛的痛苦。他把您的上封信轉給我的時候，並沒有另外寫信給我。而他是應當告訴我究竟在甚麼時候，用甚麼方法才能見到您的。難道他沒有話要對我說嗎？至於您，您也沒有跟我談到這方面的事。莫非您也不再有這樣的想望？唉！賽西兒，賽西兒，我真是不幸。我從來沒有像現在這樣愛您；但是這種愛情，本來是我生活中的樂趣，如今卻成了一種折磨。

　　不成，我不能再這樣生活下去。我一定要見到您，非見到您不可，哪怕就一會兒。每天起床的時候，我暗自說道：「我見不到她的。」我上床歇息的時候，心裡說道：「我並沒有見到她。」白天無比漫長，卻沒有片刻歡欣，只有失落，只有悔恨，只有絕望。我期待的是歡樂，而從中得到的卻是所有這些痛苦！我既遭受著這種椎心的煎熬，同時還要憂慮您也為此受折磨，您可以想像得出我的處境。我時刻不停地想著您，同時又總感到心緒不寧。如果我看見您悲傷受苦，我會因您所有的哀愁而難過；如果

我看到您心神安寧，得到了慰藉，自己又會倍感哀愁。無論往何處，我所碰到的都是不幸。

　　唉！當您跟我住在同一個地方的時候，情況可不是這樣的啊！那時一切都是歡樂。我確信自己能見到您，因此就連您不在的時間也顯得十分美好。隨著我無法跟您一起消磨的時光漸漸流逝，我也越來越接近您了。我對時間的安排總是跟您有關。當我履行應盡的義務，那是為了使我更能與您班配；如果我培養某種才能，那是希望更能博得您的歡心。即便我為社交界的娛樂活動所限而無法守在您的身邊，實際上我也沒有和您分離。看戲的時候，我總盡力猜想哪一齣會討你歡心；聽音樂會的時候，總令我想起您的才華以及我們如此美好的消遣活動；在聚會和散步的時候，我總是不放過任何細微的相似之處，把您與每個人加以比較，而占優勢的總是您。白天的每時每刻，都因為對您有了新的敬意而更有意義，每天晚上，我就把所有的仰慕之情奉獻在您的跟前。

　　現在，我還剩下甚麼呢？只有痛苦的悔恨、永久的失落和一個微小的希望，而這個希望由於凡爾蒙的音訊全無而變得渺茫，又因您的沉默而轉變為憂慮。我們相隔不過十里路，這麼容易跨越的距離，對我竟成了難以逾越的障礙！由於需要人幫助我加以克服，我對我的朋友、情人苦苦懇求，而你們倆卻能保持冷靜，無動於衷！你們非但不出手相助，連信也不回。

　　凡爾蒙的熱情和友誼到哪兒去了？特別是令您那麼機敏、想出了讓我們每天相見方法的繾綣柔情，又到哪兒去了？我還記得，儘管我無時不想見到您，但有時出於某些原因，為了某些責任，我只好加以犧牲。那時候，您有甚麼話沒對我說？您不是找了無數個藉口來反對我的理由嗎？您想必記得，我的賽西兒，我的理由最後總是無法抗拒您的意願。我並不是以此邀功，甚至都談不上犧牲。您想要得到甚麼，我巴不得馬上讓您得到滿足。可是如今得由我來提出要求了，我有甚麼要求呢？就和您見上一面，重申和交換我倆永不變心的盟誓。難道您不再像我一樣，認為這是您幸福的泉源了？我不願有這種令人沮喪的念頭，它會使我痛苦得無以復加。您愛我，

您會永遠愛我；我相信這一點，我對這一點是有把握的，且永遠不願加以
懷疑。但當下我的處境真是難熬，我一刻也無法忍受了。再見，賽西兒。

17**. 9. 18，於巴黎

第八十一封信

梅黛侯爵夫人
致
凡爾蒙子爵

　　您的擔憂教我感到可悲！這種憂慮充分說明我比您高明得多！而您卻想對我加以指點、引導？唉！我可憐的凡爾蒙，您跟我比起來還差得遠呢！不，您所有男性的自豪也不足以填補我們之間的差距。因為您無法實行我的計畫，您就認為那是不可行的嗎？您這個傲慢又懦弱的人，倒是很有資格來衡量我的方法、評量我的本事！真的，子爵，我無法對您隱瞞，您的勸告使我感到不快。

　　為了掩飾您在院長夫人身邊所表現出令人難以置信的笨拙，您便將自己如何使那個愛慕您的羞怯女人那片刻的倉皇失措看作您的一場勝利，並加以大肆誇耀，我對此沒有異議；您使她瞅了您一眼，就只那麼一眼，也看作您的戰績，我暗自發笑，也就默許了。儘管您感到自己的作為成效不彰，卻不願承認，就想以為了讓那兩個孩子重聚所付出的非凡努力來取悅我，好不讓我注意到您在另一方面的無能。但那兩個孩子本來就渴望見面，順帶說一句，他們會產生如此強烈的欲望，也完全要歸功於我；對此我也不想計較了。最後，您仗著這些輝煌的事蹟，用教訓的口氣對我說：**最好還是把時間用來執行計畫，而不是只說空話**。您的自負對我並沒有甚麼害處，我可以原諒，但是您竟然以為我需要您審慎的忠告，不聽從您的意見，我就會誤入歧途，我應當為此而放棄尋歡作樂，犧牲自己一時的興致。說真

的，子爵，我對您的信任教您太得意忘形了！

　　說到您的所作所為，究竟在哪方面我不勝過您千百倍呢？您勾引過不少女子，甚至使她們身敗名裂。但是您究竟有過甚麼需要戰勝的困難？有過甚麼需要克服的障礙？您真正的長處在哪兒？您生著一張俊俏的臉蛋，那純粹是出於偶然；您風度翩翩，那是累積社交閱歷後，幾乎總會耳濡目染的結果；您的確富有才智，但必要時可賣弄些術語來替代；您厚顏無恥，這一點相當值得稱道，但那也許只是由於您最初的豔福得來十分容易。如果我沒有弄錯的話，這就是您所有的能耐。因為，就您所得到的名聲而言，您大概不會要求我把那種創造或抓住時機炮製醜聞的本領看得有多了不起。

　　至於行事謹慎，心思敏銳，我不說自己，有哪個女子不比您強呢？唉！您的院長夫人不就把您像孩子似地牽著鼻子走。

　　說真的，子爵，人們很少去掌握不是他們所必需的才能。要打一場沒風險的戰，就要採取大膽的行動。對你們這些男人來說，失敗只是少成功一次罷了。在這場雙方實力懸殊的競賽中，不輸是我們的運氣好，而不贏則是你們的不幸。即便讓你們擁有跟我們一樣的才能，由於我們必須不斷地加以運用，我們的成就也必定會大大地勝過你們！

　　假設我同意你們征服我們的手腕，跟我們抵抗或依順你們所採用的手腕同樣巧妙，你們至少也不會否認，一旦成功以後，這種技巧對你們就沒甚麼用處了。你們把自己的全副心神都投注於新的獵物，毫無顧忌、完完全全沉浸在這份愛戀之中。至於能持續多久，對你們並不重要。

　　其實，以談論愛情的術語來說，這種雙方相互施受、彼此羈絆的「枷鎖」，只有你們才能隨心所欲地勒緊或切斷。如果你們在輕浮之外又寧願祕而不宣，只滿足於以拋棄來羞辱我們，而不是把昨天崇拜的偶像當作明天的犧牲品，那我們就太幸運了！

　　可是如果不幸的女人首先感到鎖鏈的沉重，企圖從中掙脫，或者只是大膽地把枷鎖略微托起一點，她要冒甚麼樣的風險呢？儘管她心中極力想拒絕一個男人，但是在她試著把他從自己身邊打發走的時候，總是瑟縮發

抖。如果那個男人執意要留下來，她心中為愛情保留的位置便只好為懼怕
所占據：

> 心扉已經緊閉，雙臂依然敞開。

　　她必須小心謹慎，巧妙地解開這些能任您們毀棄的枷鎖。如果她的冤
家不是個心胸寬廣的人，她就會束手無策，聽憑他的擺布。而當他只因有
時表現得寬宏大度便受到人家的讚美，卻從未因不夠寬容大度而遭到他人
的責備，又怎麼能指望這樣的男人心胸寬廣呢？

　　您應該不會否認這種明顯得不足為奇的真理。然而，如果您看到我控
制事件和輿論，把那些十分厲害的男人變成我心血來潮或異想天開的玩物，
使人消除了害我的意願或喪失了這樣的能力；如果我能隨著變幻不定的喜
好，時而把

> 那些遭到廢黜、成為我奴隸的暴君 *

　　當作我的隨從，時而又把他們遠遠拋在身後；如果在這些頻繁的交替
變換中，我仍然能保持自己清白的名聲，難道您不該推斷出生來就為了制
服你們男性、好替女性報仇的我，已經自創了一套不為人知的方法嗎？

　　欸！把您的勸告和憂慮留給那些狂熱著魔、自命多情的女人吧。她們
活躍的想像力讓人以為大自然把她們的感官放進腦袋裡了，她們從來不用
心思考，不斷地把愛情和情人混為一談。由於荒唐的錯覺，還以為只有跟
自己一起尋歡作樂的男人才是她們愛情唯一的寄託；而且又著實迷信，竟
然對神父表現出只應對上帝懷有的崇敬和信仰。

＊　我們不知道這句詩以及上面「心扉已經緊閉，雙臂依然敞開」是引自不大出名的作品，還是出自梅黛夫人的
　　手筆。我們做出這樣的推測，是因為在這本通信集中有許多這樣的錯誤，只有唐瑟尼騎士的信例外。也許由
　　於他偶有鑽研詩辭，對音韻較為訓練有素，才更易於避免這類缺點。——編者原注 [30]

　　您還得為那些愛慕虛榮、不夠謹慎的女人擔憂，她們不懂得在必要的時候同意讓對方跟她們分手。

　　您要特別小心那些無所事事又特別活躍的女人，也就是你們所謂容易動情的女子；愛情強大的魔力很容易令她們魂不守舍。她們就算在享受不到其中樂趣的時候，也仍然感到需要抓住愛情；她們完全沉浸在自己的思緒中，聽憑各種念頭在腦海中翻騰，從而寫下滿懷柔情、但十分危險的書信；她們會毫無顧忌地把暴露自己弱點的明證交到始作俑者手中。她們真是輕率冒失，竟不明白眼前的情人，便是未來的仇敵。

　　可是，我和這些思慮不周的女人有甚麼共同之處呢？您甚麼時候看到我背離自己的規定，違反自己的原則？我提到自己的原則，我是有意這麼說的。因為它們跟其他女人隨意提出、未經審視便加以接受、又出於習慣而遵守的原則截然不同，我的原則是深思熟慮的結果，是我一手創造，可以說我個人就是我自己的精心傑作。

　　我踏入社交界的時候還是個小姑娘，由於自己的身分，我只好沉默不語，無法採取任何行動，但我懂得利用這種處境來觀察和思考。人家以為我愣頭愣腦，或者心不在焉；人家執意要對我說的話，我聽進去的確實不多，但我卻留神去聽他們不願讓我聽到的話。

　　這種有益的好奇心不但讓我增長了不少見聞，也教會了我怎麼掩飾。我經常被迫向周圍的人掩飾我所注意的對象，便嘗試讓自己的目光隨意地四處掃射。從那時起，我就可以隨心所欲地流露出這種漫不經心的眼神，您對此也常常大加讚賞。我受到初次成功的鼓舞，便力圖以同樣的方式控制臉上的各種表情。在我感到憂傷的時候，就盡力裝出安詳、甚至歡樂的樣子。我練習技巧的熱情甚至發展到刻意為自己製造痛苦的地步，以便能在此時摸索快樂的神情。我還付出同樣的心神，花更大的功夫來抑制由於意外喜悅所流露的情緒，令其不著痕跡。這樣一來，我就掌握了對自己面部表情的控制力，有幾次我發現您對此也萬分驚訝。

　　當時我還相當年輕，幾乎不受人注意，但我所擁有的只是自己的思想，

因此當有人加以剝奪，或者在違背我意願的情況下被人察覺，都令我感到十分氣憤。既然我掌握了初步的武器，就著手試用。我並不滿足對人遮掩我的心思，還喜歡讓自己以各種不同的面貌出現；我不只對自己的舉止十拿九穩，也注意自己的言談；我還根據情況，或者只是根據一時的興致來權衡該如何應用。從那時起，我的思想方式就是我一個人所獨有，我只露出讓人看見對我有利的那一部分。

　　經由對自己下的這番功夫，我也開始注意別人的面部表情和相貌特徵，並養成了銳利的眼光，雖然經驗告訴我不可過於信賴此種技巧，然而總的來說，它很少讓我判斷錯誤。

　　我還不到十五歲，就已經具備了絕大部分政治家賴以出名的才幹，但單就我想獲取的知識才能而言，我只是剛剛入門。

　　您想像得到，跟所有的年輕姑娘一樣，我也努力地猜想甚麼是愛情，從中能得到甚麼樣的樂趣。可是我從來沒有在修道院裡待過，也沒有親近的女友，加上又在充滿警覺性的母親監視下，我只有一些模糊不清、無法確定的概念。就連身體自然的變化，當然我自那時起只對它感到滿意，但也沒有給我一點跡象。它好像默默地努力使自己的作品臻於完善。只有我的頭腦躍躍欲試；我並不想享受歡愉，只想有所了解；求知的欲望使我想出了達到目的的方法。

　　我覺得唯一可以跟我談論這個問題、又不致令我受到牽累的人就是聽我告解的神父。於是我立刻做出決定，克服了自己小小的羞恥心，瞎吹自己犯了一個其實並沒有犯下的錯誤，我招認自己幹了**女人們都幹的事**。這是我當時所用的辭彙。但我這麼說的時候，實際上並不知道自己想表達甚麼。我的希望既沒有完全落空，也沒有全部得到滿足。我生怕露出馬腳，無法再說得清楚一些。可是善良的神父把那項罪惡說得十分嚴重，因此我從中得出結論，它的樂趣一定非比尋常。於是想要一探究竟的渴望取代了體會的想望。

　　我不知道這種渴望究竟會引領我走向何處；那時我還缺乏經驗，也許

只要一個機會出現就會把我毀了。幸好沒過多久，母親就宣布我要結婚了。這一來，如願以償的心理頓時消弭了我的好奇心。我以處女之身投入了梅黛先生的懷抱。

我安心地等待著能讓我增長見識的時刻到來。為了表現出嬌羞和害怕的神氣，我需要思考一番，做足準備。通常被人形容為十分殘酷無情或十分甜蜜的新婚之夜，對我只是取得經驗的機會。不管是疼痛還是歡愉，我都仔細地留神注意，並把這些不同的感覺只看成值得收集和思考的現象。

這種心得很快就令我滿意，但我信守自己的原則，說不定也出於本能，覺得沒有一個人比我丈夫更能為我所信任；正因為我在這方面十分敏感，便決定在他的眼中顯得冷若冰霜。這種表面上的冷漠後來就成了他對我盲目信任的不可動搖的基礎。經過再次考慮，我又添加了自己的年齡所允許的嬌憨和冒失。於是在我十分大膽地愚弄他的時候，他從來只看作是我孩子氣的表現。

然而，我承認，我最初也被捲入社交界的旋渦，完全沉溺在虛無的尋歡作樂之中。可是幾個月以後，梅黛先生把我帶到了淒涼的鄉間；我害怕煩悶無聊，便重拾了研究的興趣。在那兒，我的周圍只有一些僕役，他們與我的近距離使我免受任何猜疑，我就利用這一點來擴大我的試驗範圍。這個我堅信不移的道理，主要就是在那時確立的：人們對我們吹噓說愛情是我們快樂的泉源，其實它至多只是追求快樂的藉口而已。

梅黛先生的病中斷了這種無比美妙的消遣。他回城裡求醫，我只好跟著他一起回來。正如您所知道的，他不久就去世了。儘管總的說來，我對他並沒有甚麼不滿的地方，但我仍然深深感覺到寡居將為我帶來自由的珍貴，我打算充分加以利用。

我的母親想要把我送到修道院去，或者回去和她住在一起。但這兩個主意都被我拒絕了。為了合乎禮儀，我只答應回到鄉間，在那兒我還有幾項觀察研究要做。

我藉由閱讀來印證我的心得，但是您可別以為我讀的都是您想像的那

種書籍。我在小說裡研究我們的風俗習慣，在哲學家的著作中研究我們的思想觀點，我甚至從最嚴肅的倫理學家作品中探尋他們對我們的要求。我就此確定了甚麼是可以做的，心裡該怎麼想，表面上又該展現出甚麼樣子。一旦對這三方面有了明確的想法，我只覺得最後一點執行起來有些困難。我希望加以克服，並開始思考方法。

　　我開始厭倦自己在鄉間的樂趣，那對我活躍的腦袋顯得太單調乏味。我感到自己需要賣弄風情，這使我不再排斥愛情，但並不是為了真正去體驗這種情感，而是加以激發，設法假裝戀愛的樣子。儘管我曾聽說和在書裡讀到過，這種感情是無法偽裝的，我卻發現想做到這一點，只需結合作家的才智和演員的本領就行了。我在這兩方面都下了功夫練習，可能還小有成就。可是與其努力去博得劇場裡虛無的掌聲，我決定把許多其他女人為了虛榮所做出的犧牲，用在為自己謀幸福上頭。

　　一年的時光就在種種不同的消遣活動中度過。我服喪期滿，可以重新露面了。我懷著宏偉的計畫回到巴黎，在那兒遇到的頭一個障礙卻是我預先沒有料到的。

　　長期離群索居，清苦的退隱生活，使我蒙上了一本正經的外表，把最懂得討人歡心的男子嚇跑了。他們全與我保持距離，留下我跟一大群只想向我求婚的討厭傢伙。要拒絕他們倒並不教我為難，只是好幾次拒絕下來令我的家族十分不快。我原來打算善加利用的大好時光就在這些家庭內部的紛擾中浪費掉了。因此，為了召回躲遠的那一批、同時打發掉另一批人，我只好表現出幾分輕率，把原來打算維護我名聲的心思，用在危害它上頭。您不難想像，我輕而易舉地辦到了。可是我從來沒為熱情沖昏了頭，只是做了自己認為有必要的事，小心謹慎地衡量著我可以輕率到甚麼地步。

　　等我一達到了自己想要的目的，我就幡然回頭，把我的改過自新歸功於某些女子，她們無法自命姿容秀美，就只好標榜自己的美德和正直的品性。我這一步險棋為我帶來的利益大大超出了我的期望，那些心懷感激的老婦人紛紛充當我的辯護人。她們對自己視為以身作則的成果滿腔熱忱，

失去了理智，以至於一有人對我說長道短，這幫正經的婦人就大聲表示不滿，為我憤憤不平。同樣的方法也使我得到了那些自命不凡的女子的擁護，她們確信我已放棄她們所投身的那種生涯，因此，每逢她們想要證明自己不是老講人家壞話的時候，總把我作為頌揚的對象。

然而我先前的行為已經把情人召回我的身邊；為了不得罪他們和我那些不怎麼可靠的支持者，我表現得像個容易動情而又相當苛刻的女子，過分的挑剔成為我抗拒愛情的武器。

於是我開始在這個寬廣的舞臺上施展我所練就的本領。我的首要任務就是獲得難以征服的名聲。為了達到這個目的，表面上我肯接受他們獻殷勤的男人，永遠只有那些一點也不合我心意的。我有效地利用他們來為自己謀取不受引誘的名聲，同時毫無顧忌地委身於我最心愛的情人。可是，我假裝害羞，從不讓他跟著我出入社交界；因而，大家的目光始終只盯著那個可憐的情人。

您清楚我行事有多麼果斷，因為根據我的觀察，洩露一個女子的祕密的，幾乎總是事前表現出的關心。無論怎麼做，在成功前或成功後，語氣總是不一樣的。這種差異逃不過一個敏銳旁觀者的目光，所以我覺得挑錯對象要比讓人看出我挑了誰來得風險小一些。我這麼做還有另一個好處，就是抹滅了看起來相當逼真的表象，人們原本只能藉此來評斷我們，如此一來便讓人無所依據。

這些防範措施，以及我絕不寫信、絕不交出任何戰敗證據的謹慎做法也許顯得有點過分，但我總嫌不夠。通過剖析自己的內心，我研究別人的心思。我發現沒有一個人的心裡不保存著一樁不可洩露的重大祕密。這個真理，古人似乎比我們理解得更加透徹，參孫[31]的故事可能只是闡明其中道理的巧妙寓言。我是另一個大利拉，跟她一樣，我總竭力去騙取那個重要的祕密。嘿！有多少個現代參孫，不是被我抓住了頭髮，準備一刀剪下啊！對這些傢伙，我不再有所畏懼了。只有他們，我偶爾可以加以羞辱；對別的人，我比較溫順。我用計使他們對我不忠，免得讓我在他們眼裡顯

得水性楊花;我表示出虛假的友誼、表面上的信任,再多少加上寬厚的態度,使他們每個人都得意地以為自己是我唯一的情人;憑藉上述手段,我使他們個個守口如瓶。最後,等到這些方法都不管用,我預見決裂的時刻到了,就會搶先一步用嘲笑或誹謗來扼殺那些危險男子所可能贏得的公信力。

我對您說的這一切,您看到我始終在身體力行,而您竟懷疑我的謹慎!好吧!回想一下您頭一次向我獻殷勤的情景,我從來沒有感到過如此得意。我在見到您之前就想要得到您。我為您的名聲所吸引,覺得我的榮光中就缺少您一個;我渴望與您展開一場肉搏。這種一度為眷戀之情所支配的情況,還是我生平頭一次。然而,如果您想毀掉我,您會找到甚麼辦法呢?不過是說上一些不著痕跡的空話,而您的名聲只會使這些說法難以取信於人;您還可以說出一系列缺乏真實性的事件,但就算描述得再誠懇,聽起來仍像是一本編得漏洞百出的小說。說實在的,我後來便把我的祕密都告訴了您。但您也清楚,究竟是甚麼樣的利益使我們聯合在一起,我們兩個人當中,該被說成輕率冒失的是不是我。*

既然我已對您全盤說明,就想說得更徹底一些。您想必會對我說,至少我的侍女抓著我的小辮子。確實,即便她並不握有我感情上的祕密,但對我的所作所為,她卻一清二楚。以往您跟我談起這一點的時候,我只是回答說我對她有把握。當時這個答覆就已足夠教您安心,最好的證明便是從那以後,您為了自身的利益,對她吐露了一些相當危險的祕密。可是,目前普雷旺引起您的不安,使您暈頭轉向;我感到您不再相信我的話了,因此必須向您解釋清楚。

首先,那個姑娘是我奶媽的女兒,這層關係在我們看來不算甚麼,但對於她那種社會地位的人來說,卻是很有影響力的。而且,更有利的是,我還掌握著她的祕密。她曾是一場狂熱愛情的受害者,要是我不出手救她,

---

*　我們在後面的第一百五十二封信中雖不完全知情,但會大致明白凡爾蒙先生的祕密究竟是哪一類的。讀者會
　覺得在這個話題上已不可能弄得更清楚了。——編者原注

她早完了。她的父母十分重視名譽，一心只想把她關起來。他們前來找我幫忙。我一眼就看出來他們的怒火可以為我所用。我協助了他們，我申請的逮捕令也下來了。接著，我突然轉而主張從輕發落，並使她的父母也同意了。我又利用自己對那位年老大臣的影響力，教大家同意讓我保管這張逮捕令，並由我根據那姑娘日後行為舉止的功過來判定執行與否。因此她知道自己的命運掌握在我的手中；要是萬一這些厲害的手段都攔不住她，只要揭露她的行徑，讓她受到實實在在的處罰，馬上就會使她說的話無人相信，這再明顯不過了吧？

除了這些我稱之為基本的防範措施之外，還有無數的應變方法，有些是因地制宜的，有些是視場合和時機所做的變通；必要的時候，根據經驗加以思考，就會想出解決之道。其中細節相當繁瑣，但加以奉行卻實在重要。如果您想徹底了解，就得費神在我的一舉一動中尋求。

可是，您竟認為我花費那麼多心血不是為了獲得應得的成果？您以為我在經過千辛萬苦，高高凌駕於其他女人之上以後，還會像她們一樣，同意在輕率冒失和畏縮膽怯之間匍匐前進？特別是，您竟以為我會對一個男人怕到只有逃跑才能得救的地步？不，子爵，絕不會有這樣的一天。不勝利，毋寧死。至於普雷旺，我想得到他，我也會得到他的。如今他想著四處宣揚，往後他就會三緘其口了。這兩句話就是我們故事最好的注解。再見了。

17**. 9. 20，於**

第八十二封信

賽西兒・沃朗苣
致
唐瑟尼騎士

天哪，您的信真教我傷心！我心急如焚等著這封信的到來，本來希望從中得到些許安慰，現在卻比收到之前更加痛苦！讀信的時候，我直掉眼淚。我並不是為此責怪您；我已經為您哭過好多次，卻並不感到難受。但是這一次，情況卻完全不同。

您說愛情成了您的一種苦惱，您不能再這樣生活下去，也無法再繼續忍受這種處境，這究竟是甚麼意思？因為愛情不再像以前那樣教人愉悅，您便要停止愛我了嗎？我覺得正好相反，我並不比您幸福，然而我卻更愛您了。凡爾蒙先生沒有寫信給您，那可不是我的過錯。我無法請求他這麼做，因為我並沒有和他單獨在一起，而且我們商量好了絕不當著眾人的面說話，這也正是為了您，以便讓他盡早完成您所期盼的事。這並不代表我就不這麼盼望，這點您應該深信不疑。但是您要我怎麼辦呢？如果您以為那十分容易，您就想個辦法吧，我真求之不得。

您以為每天挨媽媽的訓斥是好受的嗎？過去她從不批評我甚麼，如今情況完全不同了，比我在修道院時還糟。可是一想到是為了您，我心中便能感到安慰。甚至有的時候，我還為此而感到喜悅；但是當我發現您也在發脾氣，而這又完全不是我的過錯所造成，我至此為止所遭受的一切都未曾讓我這樣憂傷。

　　僅僅為了要收到您的信，就夠棘手的了，要不是凡爾蒙先生那麼樂於助人，精明機智，我真不知道該怎麼辦才好；寫信給您卻又更難做到。整個上午，我都不敢動筆，因為媽媽就在我的隔壁，隨時會到我的房間裡來。有時下午藉口要練習唱歌或彈奏豎琴，我才有這個機會；但還必須每寫一行就停下來，好讓人家聽見我在練習。幸好我的侍女有時晚上會打瞌睡，我對她說我可以獨自就寢，好讓她離開，把燈留下。接著，我得躲在床幔後面，好讓人看不到燈光；還得留神傾聽最細微的聲響，一旦有人過來，就能把所有東西都藏進被子裡。我真希望您能在這兒親眼看看！您就會明白，只有愛得很深才願意這麼做。總之，我確實做了我所能做的一切，而且還希望能做得更多一些。

　　當然，我不會拒絕對您說我愛您，而且永遠愛您。我從來沒有說得這麼真心誠意，而您竟還在發脾氣！在我對您這麼說以前，您可是明確地告訴我，光憑這句話就能使您幸福。您的信裡是這麼寫著的，您無法抵賴。儘管我手裡已經沒有這些信了，但我仍然記得清清楚楚，就像我還每天讀著它們的時候一樣。難道因為我們相隔兩地，您就不再那樣想了！可是，這場分離也許不會一直持續下去？天哪！我多麼不幸啊！而這都是您所造成的！

　　說到您的信，我希望您仍然保存著媽媽從我這兒拿去並退回給您的信。總有一天，我不會像現在這樣受人拘束，那時您便可把信全部還給我。等我可以永遠加以收藏，再沒有人會加以干涉的時候，那會是多麼幸福啊！現在，我把您的信都交給凡爾蒙先生，因為放在我這裡太冒險了。儘管如此，每次我把信交還給他的時候，心裡總感到十分難受。

　　再見了，親愛的朋友。我全心全意地愛您，我一生都愛您。希望您此刻不會再發脾氣了。如果我能確信這一點，我也會開心的。盡快回信給我吧，因為在那之前我會一直悶悶不樂的。

17**.9.21，於** 城堡

第八十三封信

凡爾蒙子爵
致
杜薇院長夫人

夫人，請您行行好，讓我們重拾那段不幸中斷的談話吧！讓我徹底向您證明自己跟別人對您描繪的那個醜惡形象有多大的不同！尤其重要的是，讓我繼續享有您起初對我表現的那份溫柔可親的信任吧！您為德行賦予了多大的魔力啊！您是多麼善於美化、並使人珍視所有正當的情感啊！唉！這就是您的魅力所在；這是最強而有力的誘惑，是唯一既難以抵擋、又令人充滿敬意的誘惑。

大概無論是誰，只要看見您，就會想博得您的歡心；只要聽到您在眾人當中的談吐，這種願望便會有增無減。然而凡是有幸深入了解您，且時而能夠讀懂您心靈的人，不久就會轉而產生一種更加高尚的熱情，對您充滿敬仰和愛慕，把您當作一切美德的化身來崇拜。也許我生來就比旁人更熱愛和樂於遵從道德的典範，我曾犯下一些錯誤而誤入了歧途，是您讓我迷途知返，重新感受到美德散發的所有魅力。難道您要把我這份新生的愛情當作一種罪惡嗎？難道您要責怪自己一手造成的結果嗎？難道您還要為了可能對此表示出的關懷而自責嗎？這樣純潔的感情有甚麼好令人害怕的呢？能夠親身體會不是無比甜蜜的事嗎？

我的愛情把您嚇壞了，您覺得它狂放不羈、勢不可擋！那您就用比較溫和的愛情來加以緩解吧。請不要拒絕對我發揮您的影響力，我發誓絕不

試圖擺脫,而且我冒昧地認為,這並不完全是德行上的損失。只要我確信您的心會記得我所付出的代價,還有甚麼犧牲對我來說是痛苦的呢?哪個男人會可憐到竟不曉得從強加在自己身上的困厄中獲得樂趣呢?或是寧可捨對方的一句話、一個眼神,轉向自己強奪或騙取的各種歡愉?而您竟認為我就是這樣的人!對我十分害怕!唉!為甚麼您的幸福不取決於我呢?我多麼想藉由讓您無比幸福的方式,來為自己討回公道!可是貧乏的友誼無法產生這種甜美的影響力,它只能出自於愛情。

愛情這個辭使您驚慌失措!這是為甚麼呢?更為溫存的眷戀,更加牢固的結合,心意相通,同甘共苦,這對您的心靈有何陌生之處?而這就是愛情啊!至少這就是您所激發和我所感受到的!愛情更是不計較自身的利益,懂得衡量行為本身的功過,而不就其表面價值來做出評價;它是敏感多情的人取之不竭的寶藏,凡是愛所促成或為愛所做的一切,都十分可貴。

這些真理既容易理解,實踐起來也十分美妙愜意,有甚麼可怕的呢?一個沉醉在愛河、只把您的幸福看作自己幸福的多情男子,能帶給您甚麼樣的恐懼呢?讓您幸福是我現在唯一的心願。除了激發我許下心願的情感,我願意犧牲一切來加以實現。說到這種情感,請您答應與我一同分享,再依您的喜好隨意支配。可是它應當使我們彼此和解,而不是再使我們分歧。如果您為我付出的友誼不是一句空話,如果像您昨天所說的,那是您的心靈所體會過最甜蜜的情感,那就讓友誼來制約我們,我不會不接受的。但是友誼既然已同意聆聽愛情的仲裁,拒絕聽取便是不公正的,而友誼並不應是如此。

第二次交談不會比第一次更為不便,機緣巧合也可為此製造機會,您也可以指定一個時間。我願意相信我錯了。您不是寧願把我重新引入正道,而不想與我交鋒嗎?您懷疑我不會服從嗎?如果那個討厭的局外人不來打斷我們的話,說不定我已完全聽從您的意見了。誰知道您的影響力能達到甚麼樣的境界?

要我告訴您嗎?您有一種無法抵擋的威力,我不敢加以衡量,只有低

頭屈服；您還有一種難以抗拒的魅力，使您成了我的思想和行動的主宰，令我有時感到害怕。唉！我要求跟您交談，也許害怕的應該是我！也許之後，在承諾的束縛之下，我儘管內心燃燒著明知無法澆熄的愛火，也不敢向您求援！啊！夫人，請您行行好，不要濫用您的影響吧？怎麼！如果您覺得這樣更加幸福，如果在您看來，這樣我才顯得更加配得上您，那麼，有甚麼痛苦不會因為這種令人寬慰的想法而減輕呢？是的，我有預感，再跟您談話，就是給您更厲害的武器來對付我，就是讓我更加徹底地服從您的意志。針對您的來信來自衛還比較容易；信裡固然說的是同樣的話語，但並不像由您親口說出那樣有力。然而，為了享有親耳聆聽您訴說的樂趣，我甘冒這種危險。至少我有幸為您付出一切，即使是對自己倒戈相向。我的犧牲會成為對您的奉獻。能以無數種方法向您證明，正如我以千萬種方式體會到，包括我自己在內的所有人中，您已是、並將永遠都會是我最心愛的人，那是多麼的幸福。

17**.9.23，於 ** 城堡

第八十四封信

凡爾蒙子爵
致
賽西兒・沃朗苣

您看到了昨天我們受到多大的阻礙。整整一天，我都無法把要給您的信交給您。我不知道今天是不是會方便一點。我生怕過於熱心而不夠機敏，會影響您的名聲。如果我稍有不慎，便會帶給您無可挽回的不幸，使您終生痛苦，引得我的朋友充滿絕望，那我永遠也不會原諒自己。然而，我了解戀愛中人的焦急與迫切；我明白在您的處境中，眼下唯一能夠聊表安慰的信被耽擱，對您會是多大的痛苦。我不斷尋求排除困境的方法，總算想出了一個法子；只要您留神配合，做起來並不難。

我注意到您的房門，就是朝著走廊那扇門的鑰匙，一直放在您母親的壁爐架上。有了這把鑰匙，一切就都好辦了。您應當能了解，我會給您一把相似的鑰匙來代替它。我只需使用那把真鑰匙一、兩個小時，就足以達到目的了。您想必不難找到機會將它取走，而為了不讓別人發現它不見了，我在信裡附上一把我自己的鑰匙，樣子跟那把很像，別人看不出有甚麼區別，除非拿去試試，而別人是不會這麼做的。只是您得費心在上頭繫一條褪色的藍色緞帶，就像您那把上的一樣。

您得設法在明天或後天吃早飯的時候拿到那把鑰匙，因為那時候把它交給我對您比較容易。鑰匙可以在晚上的時候放回原處，那時您媽媽可能會對它比較留意。如果我們配合順利的話，我可以在午飯的時候就把鑰匙

還給您。

　　您知道大家從客廳走到飯廳去的時候，走在最後頭的總是羅絲蒙德夫人。我攙扶著她。您只消慢點兒從絨繡繃架後站起來，或者掉下甚麼東西，以便落在後面，這樣您就可以拿到我特地握在身後的那把鑰匙。您一拿到，必須立刻趕上我年邁的姑母，向她撒撒嬌。萬一您讓鑰匙掉到了地上，也不要張惶失措，我會裝作是我自己掉的，包管一切不會有甚麼問題。

　　您的媽媽對您不夠信任，又用那麼嚴厲的態度對待您，您大可以小小欺騙她一下，而且這是讓您繼續跟唐瑟尼書信往還的唯一方法。別的方法都實在太危險了，可能會讓你們兩個人都陷入萬劫不復之地。同時，要是再採用那些方法，我這個謹慎的好友也會感到自責的。

　　拿到鑰匙以後，我們還得採取一些措施來預防房門和鎖發出聲響，但是那很容易。在我為您放紙張的衣櫥下面有油跟羽毛筆。您偶爾有機會獨自一人到房裡去，應當趁機替門鎖和門鉸鏈上些油。唯一要注意的就是不要留下油漬，那有可能會是不利於您的證據。您還得等到夜晚來臨才進行，因為只要動作靈巧（**這點您是完全做得到的**），第二天上午就一點也看不出來了。

　　萬一被人發現了，您就一口咬定是城堡裡擦地板的人幹的。在這種情況下，應當說清楚事發的時間，甚至他對您說的話。比如他這樣做是為了防止生鏽，所有不用的鎖都得上油。因為您明白，您看到他這樣忙而不問原因是不合情理的。枝微末節讓事情產生了真實性；有了真實性，撒謊便毋須擔心後果，因為誰也不會想去加以驗證。

　　看完這封信後，請您再讀一遍，並且仔細思量。首先得好好記住我們該做的事；其次，您要肯定我沒有甚麼遺漏之處。我不大習慣為了個人利益使計謀、耍手腕，那對我並沒有多大用處。如果不是我對唐瑟尼懷有深厚的友情，如果不是您引起了我的關心，我是不會決定採用這些手段的，無論其立意多麼良善。我厭惡一切看似欺騙的行徑，這就是我的性格。可是你們的不幸使我深受感動，使得我願意盡可能設法來減輕這份痛苦。

　　您可以想見，一旦我們之間建立了這樣的聯繫管道，為您和唐瑟尼安排他所希望的會面對我而言就會容易許多。不過請您暫時還不要把這些進展告訴他；能讓他如願以償的時刻還沒有完全到來，那只會使他更加心急如焚。我覺得您應當安撫他焦急難耐的情緒，而不是火上加油。這方面就有賴您的細心對待了。再見了，受我監護的美麗小姑娘，因為我就是您的監護人。對您的保護人有一點好感，特別是要聽從他的吩咐，您會發現這樣做對自己的好處。我關心您的幸福，請您相信，我也會從中獲得自己的幸福。

17**. 9. 24，於 **

第八十五封信

梅黛侯爵夫人
致
凡爾蒙子爵

　　您終於可以安心了，特別是您可以對我做出公正的評價。聽著，往後別再把我跟別的女人混為一談。我已經了結了我跟普雷旺的風流韻事——了結了！您明白這是甚麼意思嗎？如今就請您來評判，可以開口誇耀的究竟是他還是我。敘述故事比不上行動本身那樣有趣。不過您只是議論這件事的好壞，而我卻為這件事耗費了時間和心血，因此，若您獲得跟我一樣的樂趣，那才是不公平的。

　　可是，如果您有意創下甚麼壯舉，或有甚麼計畫要進行，但又對那個危險的對手有所顧忌，那您就上這兒來吧。他已不會再為您造成任何阻礙，至少在一段時間裡是這樣。而且說不定在受到我的打擊以後，他就再也無法重新振作起來了。

　　您有我這麼個朋友，真是幸運！對您來說，我就是一個樂於行善的仙女。您因為與自己迷戀的美人兒相隔兩地而牽腸掛肚，我說了一句話，就讓您又回到了她身邊。您想對一個毀謗自己的女人進行報復，我便指出她的弱點，並讓她聽憑您的擺布。最後，為了擺脫情場上的勁敵，您又來向我求援，我也令您如願以償。說實在的，如果您不一輩子都感謝我的話，您就是個忘恩負義的人。現在我要回過來從頭說說我的風流韻事。

　　那天在歌劇院門口*，我大聲跟人家許下的約會，正如我希望的那樣，

讓普雷旺聽到了。他如期前往；元帥夫人客氣地表示，她為自己能在接待
客人的日子裡一連兩次見到他而感到高興。他特意回答說，為了參加今晚
的聚會，他已經取消了星期二晚上以後無數的應酬安排。**耳朵伸得夠長便
不會吃虧！** [32] 不過，為了更加確定我究竟是不是他熱情奉承的對象，我就
想迫使這個新的求愛者在我和他的主要愛好之間做出抉擇。我表示我不打
牌；果然，他也找了無數的藉口不去打牌。我在蘭斯克內特牌局 [33] 上取得
了第一場勝利。

　　我選擇了 XXX 主教當作交談的對象，因為他跟我們的主角有來往，而
我又想為後者提供便於與我交談的各種機會。而且有一位可敬的見證人，
我也十分高興；在必要的時候，他可以為我的言談舉止做證。這種安排順
利成功了。

　　經過一番空泛的寒暄以後，普雷旺馬上在談話中占據了主導的地位。
他變換著不同的語氣，想試出哪一種合乎我的心意。我不願意聽帶有情感
的語氣，因為我不相信他有甚麼感情。我用嚴肅的神情打斷了他的嬉皮笑
臉，覺得那樣開頭太輕浮了，於是他只好以朋友之情審慎以對。我們就打
著這面平凡無奇的旗幟，對彼此展開進攻。

　　到了吃晚飯的時候，主教不去樓下的飯廳；普雷旺就伸出手來挽著我，
入席時他自然就坐在我身旁。我必須公正地說，他十分巧妙地不使我們私
下的談話中斷，表面上卻顯得只關心席上的對談，看起來就像是宴席的中
心人物。在用飯後甜點的時候，大家談到隔週一法蘭西劇院有上演一齣新
戲。我對自己在那兒沒有包廂表示了幾分惋惜。他提出要把自己的包廂讓
給我。我按照慣例，一開始沒有答應。他卻用開玩笑的口吻回答說，我沒
弄明白他的意思；他肯定不會為不認識的人犧牲自己的包廂，他只是告訴
我，他的包廂會交由元帥夫人來安排。元帥夫人贊同了他開的這個玩笑，
於是我也就接受了。

---

* 　參見第七十四封信。——編者原注

回到客廳後，您可以想見，他要求在包廂裡為自己留一個座位。元帥夫人對他十分親切，答應**如果他規規矩矩**便同意。他馬上抓住機會，做了一番語帶雙關的表白。您已經向我稱讚過他在這方面的本領。事實上，他像個聽話的孩子一樣跪倒在地，藉口說要徵求元帥夫人的意見，並懇求她加以指點，說了許多動人的奉承話。這些招數很容易就可以用在我的身上。晚飯後，好些人都不再打牌了，談話變得更加空泛，也就不太有趣了。但是我們的眼睛卻表達了不少想法。我說我們的眼睛，其實我應該說是他的眼睛，因為我自己的只有一種語言，就是驚訝。他一定認為，他在我身上發揮了奇妙的影響力，深深吸引了我的心神，教我詫異不已。我相信自己讓他感到非常滿意，我自己也頗為滿足。

隔週一，正如我們約好的，我到法蘭西劇院去了。儘管您對文學很有興趣，但是對於演出，我對您實在說不出甚麼；我只能告訴您，普雷旺說甜言蜜語的本領真了不起，還有那齣戲是失敗的。這就是我所有的心得。這一晚我真的過得十分愉快，眼看歡樂的時刻就要結束，心裡不免難受。為了設法加以延續，我就請元帥夫人上我家吃宵夜，這也給了我同時邀請那個可愛諂媚能手的藉口。他只要求我給他時間，好趕到佛 *** 伯爵夫人家*去推辭原來的約會。一聽到這個名字，燃起我的怒火；我一眼就看穿他準備開始向別人吐露與我來往的內情了。我回想您明智的忠告，打定主意要把這場風流豔遇延續下去，並肯定自己可以治好他那嘴巴不牢靠的壞毛病。

那天晚上，我家裡作客的人不多；他是個新訪客，必須對我表現出應有的社交禮節。因此，在去吃宵夜的時候，他伸出手來攙我。我使了個詭計，在表示接受的時候讓我的手微微顫動了一下；走路的時候，則垂下雙眼，大聲地呼吸。我看起來就像預見了自己的失敗，對自己的征服者十分害怕。他清楚地看出了這一點，因此，這個狡詐的傢伙馬上改變了語氣和態度。他原本還顯得殷勤有禮，這會兒卻變得溫柔可親。談話的內容倒幾乎沒有

---

* 參見第七十封信。——編者原注

甚麼變化；當時的環境使他沒有選擇。但他的目光不再那麼灼灼逼人，而是脈脈含情；他說話的音調變得更加柔和；他的笑容不再顯得圓滑算計，而是心滿意足。最後，他言談中的機智火花逐漸消失，風趣詼諧變成了溫存體貼。如果是您，您能比他做得更好嗎？

至於我嘛，我變得心神恍惚，明顯到周圍的人不可能不注意到的地步。他們責怪起我來，我相當機伶，故意笨拙地替自己辯解，同時迅速朝普雷旺瞅了一眼，目光中露出羞怯和困惑的神情。這足以教他相信，我就是怕他猜出我心煩意亂的原因。

吃完宵夜以後，好心的元帥夫人講起一個她一講再講的故事，我就利用這段時間，躺在我的土耳其長沙發上，擺出沉浸在甜蜜幻想中的樣子。我並不在意讓普雷旺看到自己這幅模樣；果然，我很榮幸地受到他特別的關注。您可以想像，我羞怯的目光是不敢去尋找勝利者的雙眼的，我只相當謙恭地偷覷著他，也讓我不久就明白自己已經得到了想要製造的效果。但還要使他相信，我跟他有一樣的感覺。於是，當元帥夫人宣布她要離開的時候，我用軟綿綿、柔和的聲音喊道：「啊，天哪！我在這兒多麼舒服啊！」不過我還是站起身來，但在和她道別前，我問她接下去有甚麼安排，好藉口說出我自己的計畫，也讓別人知道我後天會留在家裡。接著，大家就離席了。

於是我開始尋思。我相信普雷旺會利用我剛才跟他訂下的所謂約會，並且會來得很早，好和我單獨相見，而他的攻勢會很猛烈。但我也有把握，憑我的名聲，他不會輕薄我；略有社會閱歷的人都知道，那只適合對付蕩婦或毫無經驗的女子。我明白只要他說出愛情這個字眼，特別是只要他想從我嘴裡聽到這個辭，我便已成功在望了。

跟你們這些有操守的人打交道真是太容易了！有時候，糊塗情人的羞怯會使您倉惶失措，或者其狂熱的激情會教您尷尬為難；就好像生病發燒一樣，會打寒顫也會渾身發熱，時而出現不同的症狀。可是你們的步調是有規律的，不費吹灰之力就能猜到！從一開始的接觸、神態、語調到言談

舉止，我早在前一天心裡就一清二楚。由於您很容易就能猜到我們談話的內容，我便不再向您轉述。我只想請您注意，我假裝防禦，同時卻竭盡全力地幫助他；我露出局促不安的樣子，好給他時間說話；我提出牽強拙劣的理由，好被他駁倒；我顯得害怕和猜疑，好讓他重申誓盟。他不斷地重複著**我只要求您說出一句話**。我默不作聲，讓他等待似乎只是為了激起他更強烈的欲望。在整個過程中，小手被他握住了不知多少次，儘管每一次都抽了回來，但從來沒有拒絕。別人可以這樣度過一整天，我們就這樣度過了要命的一個小時。要不是聽到有輛四輪馬車駛進了我的院子，也許我們還會繼續廝混呢。這樁掃興的事來得正巧，理所當然使他的要求更為迫切。我見時機成熟，不必再擔心受到任何意外的襲擊，便長長嘆了口氣，說出了那個珍貴的字眼。有人通報說客人來了，不久，家裡就聚集了很多朋友。

普雷旺要求第二天上午來看我，我雖然答應，但安排了周密的自衛措施。我吩咐侍女在他前來拜訪的時候一直待在我的臥房裡，您知道從那兒可以把我梳妝室的情形看得一清二楚，而我就是在那兒接待他。我們無所不談，兩個人都有同樣的欲望，所以不久便達成了共識：應當擺脫討厭第三者的在場。我等的就是他這一句話。

於是，我隨意向他描繪了我的日常生活，輕而易舉地使他相信，我們根本無法找到半點自由的時間，昨天我們所享有的那點光陰應該視為一種奇蹟，而那樣仍教我冒了太大的風險，因為隨時都可能有人闖進客廳。我還補充道，我已習慣了這樣的生活，因為到目前為止，我從來沒有為此感到彆扭。同時我還強調說，只要改變這些習慣，就必然會有損我在僕從心目中的聲譽。他試著露出傷心難受的樣子，又發起脾氣，說我愛得不夠深。您可以猜到這一切令我多麼感動！可是我想做出決定性的一擊，便求助於我的眼淚。這完全就是**薩伊，您哭了** [34]，只不過他沒有奧羅斯馬內的愛情，有的只是他自以為對我的掌控，以及從而隨心所欲使我名譽掃地的打算。

經過這戲劇性的一幕後，我們又回頭商量怎樣安排。白天沒有機會，

我們就考慮利用晚上，但我的看門人成了難以克服的障礙；我不允許人家
設法去收買他。他提出走我花園的小門，但我早就料到了，就胡亂編造說
那兒有條狗，白天安安靜靜，沒甚麼聲音，晚上卻是真正的惡魔。我談論
這些細節時那種自在的樣子當然給他壯了膽，因此他提出一個最可笑的辦
法，我接受的就是這個辦法。

　　首先，他的僕人跟他本人一樣可靠，這點他倒幾乎沒有騙人，他們倆
簡直不相上下。我會在家裡舉行一場盛大的晚宴，他來出席，然後抽個時
間獨自溜出去。他那位機伶的心腹會把馬車叫來，打開車門；但是普雷旺
本人卻不上車，巧妙地溜到一旁。他的車夫根本不可能發覺，這樣大家便
都以為他走了，而實際上他仍留在我家裡，問題在於怎樣才能到達我的房
間。我承認開始教我感到為難的地方，就是找出許多拙劣的理由來反對這
個計畫，好讓他可以逐一駁倒。他舉出不少實例來回答。照他的說法，這
個辦法再平常不過了，他本人就嘗試過許多遍，而且這是他最常採用的辦
法，因為風險最小。

　　為這些無可辯駁的權威性論據所說服，我才坦承有道暗梯通往我的小
客廳附近，我可以把鑰匙留在那兒，他便能把自己關在小客廳裡，直到我
的侍女離開，這不會有很大的風險。隨後，為了使我的允諾更真切，緊接
著我又馬上反悔了，直到他同意會百依百順、老老實實以後，我才回心轉
意。欸！真是老實的要命啊！總之，我只願意向他表明我的愛情，而非滿
足他的愛情。

　　我忘了告訴您，他出去得走花園的小門，只是得等到天亮，那條凶惡
的看門狗就不會再出聲了。誰也不會在那個時候經過，僕人們正在酣睡。
如果您對這一大堆牽強的理論感到驚訝，那是因為您忘了我們彼此的處境。
我們有何必要在這上頭下功夫呢？他只巴不得這樁事弄得家喻戶曉，而我
卻肯定誰也不會知道。日子就訂在後天。

　　請注意，這樁事就這樣安排好了，而在我的社交圈中，誰都還沒有見
過普雷旺。我在一個女性友人家的晚宴上遇到他，為了觀賞一齣新戲碼，

他向她提議使用自己的包廂，我則接受了包廂裡的一個位子。看戲的時候，我當著普雷旺的面，請這位女友上我家去吃宵夜，這麼一來便幾乎不得不一併邀請他。他接受了那次邀宴後的隔兩天，他還應禮數要求再次來訪。說實在的，次日一早他就又來見我了；但是上午的拜訪已是無足輕重，而且這樣是不是有失體統，也得看我的意思。實際上，我為一場盛大的晚宴向他發出了書面邀請，也等於把他歸入了與我關係疏遠的那群人之中。我大可像安妮特那樣說：一切也不過如此！ [35]

決定命運的日子到了，這一天，我會失去貞節的聲譽和美名。我對忠誠的維多利亞做出指示，您不久就會看到她如何執行。

夜晚降臨了。當僕人通報普雷旺到來的時候，我家裡已經有了許多客人。我做足了禮數接待他，這說明我幾乎不太跟他來往；我安排他加入元帥夫人的牌局，因為我是透過元帥夫人才認識他的。晚宴上沒有發生甚麼特別的事，只有一張謹慎的情郎設法遞給我的小字條；我按照習慣，把這字條燒了。他在上頭對我說，我可以信任他；而這句話旁邊，還寫了各種多餘的字眼，甚麼愛情、幸福等等，這些話在這種歡快的宴會上總是免不了的。

午夜時分，原本的牌局都結束了，我便提議再打一局短短的馬其頓*。我這個提議有雙重目的：這樣既有利於普雷旺溜走，同時也可以讓大家都注意到這一點；以他向來好賭的名聲，這應只是遲早的事。而我心裡更是自在，因為在必要的時候，大家都會記得當時我並沒有急著要把客人打發走。

那場牌局持續的時間超出了我的預料。我的心思為魔鬼所占據，情不自禁想去安慰那個不耐煩的囚犯。正當我逐步走向自己的絕境時，猛然想到一旦自己徹底向他屈服，就再也不能左右他，讓他保持必要的穩重得體，

---

* 也許有些人不知道甚麼是馬其頓，那是混合了好幾種牌戲的玩法，凡是輪到切牌的人便有權任選一種。這是本世紀的一種發明。──編者原注

好完成我的計畫。於是我找到了抵擋誘惑的力量，儘管有些不高興，還是回過頭來重新加入了那場沒完沒了的牌局。最後總算結束了，大家都走了。於是，我拉鈴叫來幾個侍女，迅速脫去衣服，又馬上把她們打發走。

子爵，您能想像這個畫面嗎？我穿著單薄的衣衫，邁著羞怯而謹慎的步子，用一隻顫抖的手為我的勝利者開門。他一看見我，動作就比閃電還要迅速。我該怎麼對您說呢？我還沒有來得及說句話加以阻攔或做出抵抗，就被他制服了，完全制服了。隨後，他想採取一種更舒服、更適合當時情況的姿勢。他詛咒身上的服飾，說那使他無法靠近我；他想旗鼓相當地跟我較量。可是我十分羞澀，反對他這麼做，而我溫柔的愛撫也不讓他有時間那麼做。他只得把注意力轉移到別的地方。

當他的權利倍增後，就又提出了原來的要求。於是我對他說：「聽著，截至目前為止，您已經有一個相當動人的故事，好去講給兩位佛 *** 伯爵夫人和無數其他女人聽了。可是我很想知道您會怎麼敘述這椿風流豔遇的結局。」我一邊這麼說，一邊就拚命地拉鈴。這一次輪到我下手了，我的動作要比他的嘴來得更快。他仍在結結巴巴地想說甚麼，我就聽見維多利亞跑來了，一邊叫來照我的吩咐留在她房裡的**那些僕人**。此一同時我便用女王的威嚴口氣高聲說：「出去，先生，」我繼續道：「永遠不要再出現在我的面前。」話一說完，僕人們便都進來了。

可憐的普雷旺一下子六神無主，以為中了埋伏，猛地拔出寶劍，但其實那不過是個玩笑。結果他倒了楣，因為我的貼身男僕是個勇敢、身強力壯的漢子，他一把抱住普雷旺的身子，將他摔倒在地。我承認，那時我嚇得要命。我叫僕人們住手，吩咐他們讓他自由地出去，只是得確保他走出我的家門。僕人們照我的話做了，但他們七嘴八舌、議論紛紛，為有人膽敢冒犯他們**貞潔的**女主人而義憤填膺。所有的僕人都來押送這位倒楣的騎士，正如我所期望的，他們又是氣憤，又是大聲喧嘩。只有維多利亞留了下來，與我一起整理那亂糟糟的床舖。

僕人們回來時仍舊是鬧哄哄的，而**依然十分激動**的我想起問他們怎麼

碰巧都還未入睡。維多利亞告訴我,她請兩個女友吃宵夜,大家都在她的房裡聊天,總之這都是我們事先商量好的說辭。我對大家表示感謝,叫他們退下,但吩咐其中一人馬上去請我的醫生。我覺得我有理由擔心自己承受了極度的驚嚇之後會對身體造成的影響,而這也是讓這個消息四處傳播、廣為人知的可靠方法。

醫生來了,他對我十分同情,只囑咐我好好休息。我則吩咐維多利亞次日一大早就到街坊去串門閒聊。

一切進行地極其順利,中午不到,家裡的窗簾剛剛拉開,我虔誠的女鄰居已經坐在我的床邊,想要知道這樁可怕事件的真相和細節。我只好花了一個小時跟她一起悲嘆時代風氣的敗壞。過了一會兒,我收到一封元帥夫人的短信(**我將它一併附上**)。最後,將近五點時,XX 先生 * 來了,這完全出乎我的意料。他向我說自己是來對我表示達歉意的,因為他兵團裡的軍官竟然對我無禮到這種地步。他是在元帥夫人府上吃午飯的時候才聽說的,並馬上傳令給普雷旺,要將他監禁。我替普雷旺求情,但遭到了拒絕。於是我想,身為同謀,我這方面也應當處罰自己,至少該維持嚴格的禁閉。我就吩咐僕人說我身體不適,關上我的家門。

如今我十分清靜,才能為您寫這封長信。我還會另寫一封給沃朗苣夫人,她肯定會當眾宣讀,您就知道應當怎麼講述這番經歷。

我忘了告訴您,貝勒羅什氣極敗壞,說甚麼都要跟普雷旺決鬥。可憐的孩子!幸好我有時間讓他的頭腦冷靜下來。這會兒,該輪到我讓自己的腦子好好休息,寫這封信可教我累壞了。再見了,子爵。

17**. 9. 25 晚,於巴黎

---

*　他是普雷旺先生所屬兵團的指揮官。──編者原注

第八十六封信

XXX 元帥夫人
致
梅黛侯爵夫人
（附在上封信中）

天哪！我親愛的夫人，我聽到了甚麼可怕的消息啊！小普雷旺竟幹出這樣可惡的行為，這是可能的嗎？而且竟然是對您這樣的人！我們都暴露在多大的危險之下啊！難道在家裡也不能平平安安的嗎？說真的，這麼一來倒教人覺得年老是件值得寬慰的事了。可是我心裡會永遠感到歉疚，因為您會在家中接待這樣一個惡魔，部分也是由於我的緣故。我向您保證，要是我所聽說的都是真實的，就再也不能讓他踏進我的家門了。這是所有正派人士都應對他採取的立場，如果他們善盡本分的話。

我聽說您覺得身體很不舒服，我很擔心您的健康。我請求您，為我捎來您寶貴的消息吧；或者如果您無法親自這麼做，請吩咐您的侍女轉達。我只要求您的一句話，好讓我安心。要不是我的醫生不允許我中斷沐浴療法，今天早上我就趕去看您了。下午我得去凡爾賽，仍是為了我侄子的事。

再見了，我親愛的夫人，請永遠相信我對您真誠的友誼。

17**.9.25，於巴黎

第八十七封信

梅黛侯爵夫人
致
沃朗莒夫人

親愛的好朋友，我在床上寫信給您。因為出了一樁極為令人厭惡、令人意想不到的事，我驚嚇、憂鬱得病倒了。這不是說我有甚麼該責怪自己的地方，但是對一個持有女性該有的端莊舉止的正派女子，看到自己成了公眾關注的對象，總感到十分痛苦。我寧願犧牲一切來避免這場不幸的遭遇。我還不知道自己是否會拿定主意，到鄉間去待一陣子，直到大家忘掉這件事。事情的經過是這樣的：

我在 XX 元帥夫人的府上遇到了一個名叫普雷旺的先生，您肯定聽說過他的名字，我以前也不認識他本人。但既然是在元帥夫人的府上遇到他的，我覺得自己應該完全可以相信他是個有教養的人。他生得相當俊秀，而且好像也很有頭腦。當時大家都在打蘭斯克內特，我對打牌不感興趣；出於偶然，便成了陪在 XX 主教和他之間的唯一女子。我們三個人一直閒談到吃晚飯的時候。席上，大家談到有齣新戲上演，他就趁機提出讓元帥夫人使用他的包廂；元帥夫人接受了，並說好給我留一個座位。於是上星期一，我們便去了法蘭西劇院。看完戲後，元帥夫人上我家來吃宵夜，我就請這位先生陪她前來，所以他也來了。兩天以後，他再度來拜訪過我一次，只說了一些客套話，並沒有甚麼特殊的地方。接著隔天早上，他又來見我，這在我看來有一點放肆；但是我覺得與其用接待的方式讓他自討沒趣，還

不如禮數周全地提醒他，我們之間的關係還沒有像他看似以為的那麼親密。因此，當天我向他發出一份冷冰冰的正式請柬，請他參加我前天舉行的晚宴。整個晚上，我沒有跟他說上四次話，而等到牌局一結束，他就離開了。您得承認，至此為止，一點也不像會發生甚麼意外的樣子。所有的牌局結束後，我們又打了一局馬其頓，一直打到差不多半夜兩點，之後我才終於上床安歇。

侍女們退出去後至少過了整整半個小時，忽然我聽到房間裡有聲音。我戰戰兢兢地拉開床帷，看見有個男人從通往小客廳的那扇門走了進來。我發出一聲尖叫；憑著夜燈的光，我認出了那位普雷旺先生。他以不可思議的無恥口吻叫我不必驚慌，他會讓我明白他這麼做的謎底，並懇求我不要發出任何一點聲音。他一邊這麼說，一邊點亮了一支蠟燭。我嚇得說不出話來。他泰然自在的樣子使我呆若木雞。但他還沒有說上兩句話，我就曉得了甚麼是他所謂的謎底；而我唯一的回答，正如您所想的，就是拚命地拉鈴。

真是萬分幸運，配膳室裡的所有僕役都還沒有睡，他們正在其中一個侍女的房裡聊天。我的貼身侍女到我房間來的時候，聽見我說話的語氣十分激動，她嚇壞了，就把所有僕人都叫來了。請您設想一下當時難堪的場面！僕人們一個個怒氣沖沖，我親眼看著自己的貼身男僕差點就把普雷旺殺死了。我承認當時見到自己占了上風我感到十分高興，如今細想起來，我倒寧願只有我的貼身侍女前來；有她一個人就夠了，而我或許也可以避免這場使我苦惱的喧鬧。

事情卻不是這樣，嘈雜聲吵醒了周圍的鄰居，僕人們又四處議論；從昨天起，這樁事就成了整個巴黎的新聞。普雷旺先生所屬兵團的指揮官下令將他送進監獄，並且特地上門拜訪，說是要向我致上由衷的歉意。普雷旺先生的入獄會使這樁事更加轟動，但我根本無法說服指揮官改變他的決定。城裡和宮中的人都登門求見，但我閉門謝客。少數幾個見到我的人都告訴我，輿論已經還了我公道，大家對普雷旺先生都憤怒之極。當然，他

是咎由自取，但這並不能消除這件事帶來的不快。

　　再說，這個人肯定有幾個臭味相投的朋友，他們想必也陰險歹毒。誰曉得，誰又會知道他們會捏造出些甚麼來陷害我？天哪，身為一個年輕女子是多麼苦命啊！如果她只是躲避了惡意誣蔑，仍舊無濟於事，她還得抵制各種誹謗中傷。

　　請告訴我，如果您是我，當時您會怎麼做？現在您又會怎麼辦？總之，請告訴我您所有的想法。我總是從您那兒獲得最甜美的安慰和最有見識的勸告，我也最樂於從您那兒得到這些關懷和意見。

　　再見了，我親愛的好朋友，您深知我對您懷有始終如一的情感。我親吻您可愛的女兒。

17**. 9. 26，於巴黎

第三部

第八十八封信

賽西兒·沃朗茁
致
凡爾蒙子爵

先生，儘管我很樂意收到唐瑟尼騎士的信，儘管我也和他一樣，希望我們能不受阻礙地再次相見，但是我仍然不敢按您提議的去做。首先，這太危險了；您要我拿去替換的那把鑰匙確實跟原來的很像，不過總還是有些差別。媽媽甚麼都會留意，甚麼也都能看出來。其次，儘管我們來這兒以後還未曾用過這把鑰匙，但萬一不幸被人發現，我就徹底完了。況且，我也覺得這很不好；私下再配一把鑰匙，真是太過分了！您確實是好意幫忙，但儘管如此，要是被人知道了，我仍然會遭受責備，也必須承擔過錯，因為您畢竟是為了我才這麼做的。總之，有兩次我想伸手去拿那把鑰匙，如果是別的事，肯定不費甚麼功夫；但我不知道為甚麼總是直打哆嗦，始終無法鼓起勇氣。因此，我覺得還是按照原來的做法為好。

如果您能一直像目前為止這般好心地樂於助人，總有法子把信交給我的。即便上一封信，要不是您一時不巧馬上又轉過頭去，我們就會輕而易舉地辦妥。我很清楚您不可能像我那樣只琢磨著這件事，但我寧願更有耐心一點，不去冒那麼大的風險。我肯定唐瑟尼先生也會同意我的話，因為每逢他想做某件教我過於苦惱的事，最後總會答應放棄。

先生，將這封信交給您的同時，我附上了您的信、唐瑟尼先生的信和您的鑰匙。我對您的好意仍然甚為感激，並請求您繼續幫助我。我已經相

當不幸，如果沒有您，我還會更加悲慘，這是無庸置疑的；但無論如何，這畢竟關乎我的母親，我還是應當耐住性子。只要唐瑟尼先生始終愛我，而您也不丟下我不管，更幸福的一天或許終會到來。

　　先生，我心中充滿了對您的感激之情，榮幸地是您極為謙恭和順從的僕人。

17**. 9. 26，於 **

第八十九封信

凡爾蒙子爵
致
唐瑟尼騎士

　　我的朋友，如果您的事情並不總像您希望的那樣進展神速，那可完全不能怪我。我在這裡要克服的不只一個障礙。沃朗莒夫人的警覺和嚴厲只是其一，另有一些是來自於您的年輕女友。也許是由於冷漠，又或許是膽怯，她並不總是按照我的建議去做；然而我覺得，我比她更清楚該做甚麼。

　　我想出一個既簡便又可靠的轉交您信件的方法，而且對日後安排您所希望的會面也有其方便之處，但我沒能說動她加以採用。我感到十分苦惱，因為我看不出有甚麼別的方法能使您接近她，傳遞您的書信也是一樣；我老是提心吊膽，生怕損害我們三個人的名譽。不過，您可以想見，我既不願意讓自己冒這樣的危險，也不願意你們之中任一個有所閃失。

　　然而如果因為您的意中人對我不夠信任，使得我無法為您效勞，我會十分痛心的；也許您該寫封信給她。請考慮一下您想要怎麼做，只有您能做出決定；因為光是幫助朋友是不夠的，還得按照他們需要的方式。這也可以是確定她對您情感的另一種方法，因為只顧自己個人意願的女子是不會愛得像她嘴上說的那樣深的。

　　我並不是懷疑您的意中人用情不專，但是她還很年輕，十分害怕她的媽媽，而您知道，她的媽媽一心只想阻礙您，也或許她無法長時間關注您而使情況生變。不過您也用不著對我說的這些話過分擔心。事實上我並沒

有任何猜疑的理由，這只是出於友誼的關心而已。

我不再多寫了，因為我也有一些個人事務要處理。我這邊的進展沒有跟您的一樣順利，但我的愛意依舊，這使我感到安慰；且即便我自己無法成功，要是能為您出力，就已覺得自己沒有浪費光陰。再見了，我的朋友。

17**. 9. 26，於 ** 城堡

第九十封信

杜薇院長夫人
致
凡爾蒙子爵

　　先生，我很希望這封信不會為您帶來任何痛苦；如若不然，我希望它至少會因為我寫信給您時所感受到的痛苦而有所減輕。如今您對我應該相當了解，可以相信折磨您並非我所願，而您應該也不想使我陷入永恆的絕望之中。因此我懇求您，請您看在我承諾為您付出溫柔的友情份上，甚至請您看在您對我所懷有也許更為強烈、但肯定不會更為真誠的感情份上，我們不要再見面了。您走吧。在您走前，尤其要避免與我單獨進行那種過於危險的交談，因為在那樣的情況下，由於一種難以理解的力量，我始終不能向您說出我想說的話，而老是傾聽我不該聽的。

　　就連昨天，您到花園裡來找我的時候，我原來的目的只想對您說出我今天這封信裡的內容。但我做了甚麼呢？只是關注您的愛情……您的愛情，而這卻是我絕不該做出反應的情感！啊！您行行好，離開我吧。

　　不要擔心分離會改變我對您的感情。既然我已沒有勇氣與之搏鬥，又怎可能加以戰勝呢？您看，我把一切都向您坦白了，我擔心自己向弱點屈服，卻並不害怕承認。在感情上失去的控制力，我會以對行動的自持來彌補；不錯，我要保持對這方面的掌控，我已下定決心，就算為此付出生命也在所不惜。

　　唉！不久以前，我還很有把握地以為自己再也不用忍受這樣的掙扎了。

我為此而得意，也許太自負了。上天已經狠很地懲罰了我這種自命不凡的態度；可是就算在祂做出處罰的時候，也慈悲為懷，提醒我不要一失足成千古恨。我已自知無能為力，要是我仍不小心謹慎，那就是錯上加錯了。

您已經對我說過上百次，您不要用我的眼淚換取幸福。啊！不要再談甚麼幸福了，還是讓我重拾幾分安寧吧。

只要您答應我的要求，那麼在我的心裡，您還有甚麼無法享有的新權利呢？它們既是建立在德行上，我便用不著加以抵制。我會多麼開心地表示感激！多虧了您，我才能毫無愧疚地體會一種美好的情感。現在的情形正好相反，我的感情和思想都教我驚恐不安，我既不敢關心您，也不敢注意我自己；甚至一想到您，我就心驚膽戰。在我無法躲避這種念頭的時候，我就與它搏鬥；我不能使它遠離，但可以暫時把它趕走。

終止這種心煩意亂、焦慮不安的狀態，對我們倆不都更好嗎？您擁有一顆始終富於同情的心靈，即便在犯錯的時候，其愛好德行的初衷是不會變的。您一定會顧及我的痛苦處境，不會拒絕我的請求！這樣，隨之而來的會是一種更加柔和、但不亞於那種劇烈內心騷動的關切；那時，我的每個氣息都充滿了您的善行，就會珍視我的生命，我會發自內心喜悅地說：「我感受到的這種寧靜，都應歸功於我的朋友。」

我只要求您接受一些輕微的損失，並沒有強迫要您答應的意思，難道您覺得這樣結束我的痛苦，付出的代價太昂貴了嗎？啊！如果我只需答應忍受不幸，就能使您幸福，那您可以相信，我不會有片刻的猶豫……可是要我成為一個有罪的人！……那可不成，我的朋友，不成；我寧可死上一千次。

我已經羞愧難當，幾乎到了悔恨的地步。我既害怕別人，也害怕我自己。我在大家的面前羞得臉紅，獨處的時候又直打寒噤。我的生活裡只有痛苦；唯有得到您的應允，我才能得到安寧。我所做過最值得稱道的決定仍不足以使我安心；我這個決定是昨天做出的，但我仍在淚水中度過了一整夜。

請看看您的朋友，您所愛的朋友，不安地向您哀求，請您讓她得到安寧和清白。天哪！要不是您，她會落到屈辱地向您哀求的地步嗎？我一點也不怪您。我自己也深有體會，要抵禦一種難以抗拒的感情有多困難。訴苦並不是抱怨。請您以寬容的胸懷實踐我出於本分必須奉行的義務吧，那麼我心中除了您所激發的各種感情之外，還會添上永久的感激之情。再見了，先生，再見了。

17**. 9. 27，於 **

第九十一封信

凡爾蒙子爵
致
杜薇院長夫人

夫人，您的信教我瞠目結舌，如今我還不知道該怎麼回信。如果要在您和我的不幸之間做出選擇，那應當由我來做出犧牲，我不會有半點猶豫。但如此關係重大的事，我覺得必須先商討一下，把情況釐清。如果我們不能再見面和交談，這又怎麼可能辦到呢？

怎麼！當最甜蜜的感情把我們聯繫在一起的時候，只要一種虛無縹緲的恐懼就足以使我們分離，而且也許永遠沒有轉圜的餘地！深厚的友誼，熱烈的愛情要求它們應得的權利，但無濟於事；它們的呼聲無人傾聽。這是為甚麼呢？到底有甚麼迫在眉睫的危險教您如此害怕？啊！請相信我，這種恐懼來得如此輕易，在我看來就已經是一個足以教人毋須顧忌的有力理由。

請恕我直言，我從這件事又看到了那些別人強加給您的對我不利看法的影子。人在自己敬重的人身邊是不會驚慌害怕的，更不會疏遠他認為值得付出友誼的人。只有危險的人物才會引起別人的畏懼和躲避。

可是，有哪個人比我更恭順、更聽話呢？您看，我已經在措辭上十分注意，再也不冒昧地使用那些我心愛的甜蜜稱謂，只是暗自在心裡不斷地那樣呼喚您。我再也不是一個忠實而不幸的情人，在接受一個溫柔的、富於同情心朋友的勸告和安慰，而是成了法官面前的被告，主人跟前的奴隸。

這些新身分應當意味著新的職責，我保證全都會加以履行。請聽我說，如果您給我定罪，我會認罪，我會立刻就走，我還可以做出更多的承諾。您是否寧願這樣專制，不經審訊便做出判決呢？您覺得自己有枉法不公的勇氣嗎？請下令吧，我會服從的。

可是這項判決，或者說這道命令，我得聽到您親口對我說。為甚麼呢？也許您會這麼問我。啊！要是您果真提出這個問題，那您真是太不了解愛情和我的一片丹心了！難道這全是只為了再跟您見一次面嗎？唉！當您為我的心帶來絕望的時候，也許一個安慰的眼神就能使其不再陷入絕境。總之，如果我非得放棄愛情和友誼（*而這正是我生存的理由*），至少您會看到自己一手造成的結果，而我還能保有您對我的憐憫。即便我不配享有這小小的恩惠，我覺得自己仍會樂意付出相當昂貴的代價，希望能加以爭取。

怎麼！您要把我從您身邊趕走！您同意我們彼此成為陌生人！我竟得親口承認，這是您所願。您向我保證，我的離去不會改變您對我的感情。而實際上，您催我動身只是為了更容易設法將其消弭殆盡。

您已經對我說到要用感激來加以替代。所以，任何一個陌生人只要給了您最微不足道的幫助，甚至是您的仇敵只要不再對您造成危害，便能從您那兒感受到的情感，就是您打算賜給我的！您還希望我對此心滿意足！請您捫心自問，假如您的情人，您的摯友哪天來向您表示感激，難道您不會惱怒地對他們說：「給我走開，你們這些忘恩負義的傢伙？」

我言盡於此，只要求您寬容大度。請原諒我字裡行間透露出因您而起的痛苦。不過，這並不會影響我對您徹底的服從。可是我也請求您看在這種無比甜蜜、連您自己也渴望得到的情感份上，不要拒絕聽我的解釋。是您讓我變得心煩意亂，神魂不定，您至少要發發慈悲，別再推延我向您傾訴的時刻了。再見了，夫人。

17**. 9. 27 晚，於 **

第九十二封信

唐瑟尼騎士
致
凡爾蒙子爵

哦，我的朋友！您的信把我嚇得傻了眼。賽西兒……天哪！這可能嗎？賽西兒不愛我了。不錯，我看到了這可怕的實情，儘管您出於友誼想要加以掩飾。您想讓我做好心理準備，來接受這個致命的打擊。我感謝您體貼的用意，但愛情能忍受蒙蔽嗎？愛情對感興趣的一切事物都會衝上前去迎接，它不會從旁人得知自己的命運，而是早能猜到。我對自己的命運不再有所懷疑，直截了當地對我說吧，您是做得到的，我請求您，把一切都告訴我。是甚麼引起了您的猜疑，又是甚麼讓您得以證實這份推論。任何最微小的細節都極為寶貴，特別請您盡力回憶她所說的話。一個字眼的更動就能令整句話改變；有時候，同一個字眼會有兩種含意……您可能弄錯了。唉，我仍然抱有幻想。她對您說了些甚麼？她責備我了嗎？至少她沒有否認自己的過錯吧？近來她對所有事都覺得困難重重，我早該從這一點預料到這番變化。愛情是不懂得顧忌這許多障礙的。

我應當採取甚麼樣的立場呢？您有甚麼建議嗎？我設法見她一次如何？難道這不可能嗎？分離是那樣令人痛苦和沮喪……而她卻拒絕了一個可以見到我的方法！您沒有告訴我詳情，如果確實太危險，那她明白我是不願讓她冒太大風險的；但我也了解您素來謹慎，而不幸我也不能對這一點有所懷疑。

　　眼下我該做甚麼？怎麼寫信給她呢？如果我讓她看出我的猜疑，說不定會使她傷心；如果這份疑心是不公正的，我能夠原諒自己給她造成的痛苦嗎？但如果我對她有所隱瞞，那就是在欺騙她，而我卻不會對她裝假。

　　哦！如果她曉得我有多麼難受，我的痛苦便能感動她。我知道她是個容易動情的人，心地十分善良，而且我還擁有無數她愛我的證據。她太膽怯，偶爾會感到困惑和為難，她還那麼年輕！她的母親又待她那麼嚴屬！我要寫封信給她，我會控制住自己的感情，只要求她完全信賴您。就算她仍然加以拒絕，至少不會對我提的要求發脾氣，說不定她還會同意呢。

　　我的朋友，我替她和我自己向您致上萬分歉意。我向您保證，她知道您對她的關懷是無價的，並對您心存感激。她並不是信不過您，只是膽怯而已。請您大度包涵，這是友誼最美好的特質。您的友誼對我十分寶貴，我真不知如何感謝您為我做的一切。再見了，我馬上就動筆寫信。

　　我覺得心裡又開始忐忑不安了，誰能料到有一天我想寫信給她，竟感到難以下筆！唉！就在昨天，這還是最讓我心頭甜絲絲的樂事。

　　再見了，我的朋友。請您繼續費心照料，對我多加憐憫。

17**.9.27，於巴黎

第九十三封信

唐瑟尼騎士
致
賽西兒・沃朗茝
(附在上封信中)

　　我從凡爾蒙那兒得知，您仍舊對他不大信任。我無法對您隱瞞，為此我感到多麼難受。您不是不知道他是我的朋友，又是唯一能拉近我們彼此距離的人。我本來以為這些條件對您就足夠了，我傷心地發現我錯了。我能不能希望您至少把理由告訴我？難道您又發現了甚麼教您裹足不前的困難？可是沒有您的幫助，我實在猜不出您這麼做的原委。我不敢懷疑您的愛情，您應該也不敢辜負我的感情。啊！賽西兒！……

　　那麼您真的拒絕採納一種跟我相見的方法，那種**既簡便又可靠**的方法？*您就是這樣愛我的嗎？如此短暫的分離就使您的感情起了莫大的變化，那您為甚麼要騙我呢？為甚麼要對我說您永遠愛我，如今更愛我了？您的母親在推毀您愛情的同時，也摧毀了您的坦誠了嗎？如果她至少還讓您保有幾分憐憫之心，您在聽說自己為我造成了難以忍受的煎熬時，就不會無動於衷。啊！我就算死也沒有這麼痛苦。

　　請告訴我，您的心扉是否已永遠對我封閉了？您已經完全把我忘了嗎？由於您的拒絕，我不知道何時您才能聽到我的哀訴，也不知道何時您才會做出答覆。凡爾蒙的友誼曾確保了我們的書信往來，但是您對此並不

---

*　唐瑟尼不知道這種方法的具體內容，只能把凡爾蒙說的話重複一遍。——編者原注

情願，您覺得這番魚雁往返十分不便，而寧願我們少些聯繫。不，我再也不相信愛情，再也不相信誠意了。唉！如果連賽西兒也欺騙我，那我還能相信誰呢？

　　請您回答我吧，您是不是真的不再愛我了？不，這不可能，那是您的錯覺，您曲解了自己的心意。那只是短暫的恐懼，一時的氣餒，愛情不久就會使它們渺無影蹤。難道不是這樣嗎，我的賽西兒？啊！我責怪您應該是種錯誤。如果我真的錯怪了您，我會有多麼高興啊！我多麼想含情脈脈地向您賠禮道歉，多麼想用永恆的愛情來彌補此刻的不公啊？

　　賽西兒，賽西兒，可憐可憐我吧！請答應會採取一切手段和我重聚！您看看分離所造成的後果！恐懼、猜疑，也許還包括冷漠！但只要看上一眼，說一句話，我們就會無比幸福。怎麼！我們還有甚麼幸福可言？也許我已經失去幸福了，再也找不回來了。我在惶恐不安中煎熬，在對您不公的猜疑和更加嚴酷的事實中受折磨，我簡直無法凝神思索；我繼續存在只是為了受苦和愛您。啊，賽西兒！只有您才能使我感到生命的可貴。我期待著您說的第一句話，來決定我會重新獲得失去的幸福，或是確信自此永遠墮入絕望的深淵。

17**.9.27，於巴黎

第九十四封信

賽西兒・沃朗苦
致
唐瑟尼騎士

　　您的信除了教我感到痛苦之外，我一點也沒看明白。凡爾蒙先生到底告訴了您甚麼？究竟是甚麼使您認為我不再愛您了？這也許對我倒是一種幸運，因為我肯定會少受些折磨。在我如此愛您的時候，看到您總以為我錯了，看到您非但不安慰我，反而總是給我帶來最教人傷心的痛苦，我確實相當難受。您以為我在騙您，我在對您說謊！您對我的看法真有意思！即便我像您所指責的那樣在說謊，我又有甚麼好處呢？當然，如果我不再愛您了，只要說出來就行了，大家都會為此而稱讚我；但不幸的是，我已愛到難以自制，而且愛上的還是個一點也不知感懷這份恩德的人！

　　我究竟做了甚麼，使得您發那麼大的脾氣？我只是不敢去拿一把鑰匙，因為我生怕媽媽發現，生怕那會再次帶給我憂傷，而因為我又導致您的抑鬱；況且，我也覺得這樣做不好。可是這件事只有凡爾蒙先生跟我提起過，您對此毫不知情，我無法得知您是不是願意我這麼做。如今既然我知道這也是您所願，難道我還會拒絕去拿那把鑰匙嗎？明天我就去拿，到那時倒要看看您還有甚麼好說的。

　　雖然凡爾蒙先生是您的朋友，我覺得我愛您的程度至少和他一樣；可是有理的總是他，而理虧的總是我。我肯定地告訴您，我也很不高興。但您對此一點也不在乎，因為您知道我很快就會消氣。可如今等我有了鑰匙，

便能在我想要的時候見到您；但我肯定地告訴您，我可不希望那是在您現在這副樣子的時候。我寧願因為自己而感到苦惱，也不願因為您而感到憂傷。現在就看您想怎麼做了。

　　只要您願意，我們就可以熱烈地相愛！至少我們只會有別人帶給我們的痛苦！我肯定地告訴您，要是我能自己做主，您絕不會有任何可以抱怨我的地方。但是如果您不相信我，我們就會永遠不幸，而這可不是我的過錯。我希望我們很快就能相見，到時我們就不會再有甚麼理由像現在這樣憂傷了。

　　如果早料到是這樣，我當初就會馬上去拿那把鑰匙。不過實際上，那時我確實認為自己做的是對的。因此請您不要再責怪我了。別再那麼愁悶，始終像我愛您一樣愛我，我就十分滿足了。再見，我親愛的朋友。

17**. 9. 28，於 ** 城堡

第九十五封信

賽西兒・沃朗莒
致
凡爾蒙子爵

　　先生，您曾給過我一把鑰匙，用來替代原來的那一把，勞煩您再將那把鑰匙交給我。既然大家都希望這樣，那我也就只好同意。

　　我不知道您為甚麼告訴唐瑟尼先生說我不再愛他了，我覺得自己並沒有使您產生這樣的想法；這使他十分傷心，也教我十分難過。我很清楚您是他的朋友，但這並不能成為令他或令我憂傷的理由。下一次您寫信給他時，若您能告訴他情況不是這樣，而且您對此有充分的把握，那就最好了，因為他最信任的是您。至於我嘛，如果我說了一件事，而人家不相信，那我就不知如何是好了。

　　關於那把鑰匙，您可以放心，我已經把您在信裡叮囑我的每句話都記住了。然而，如果那封信還在您的手裡，您也願意把它和鑰匙一起交給我，我答應您會用心閱讀。如果能在明天吃午飯的時候行動，我就在後天吃早飯的時候把另一把鑰匙給您，之後您再用第一次給我鑰匙的方式把它還給我。我希望時間不會拖得太長，因為這樣媽媽覺察的可能性就會越小。

　　而一旦您拿到了那把鑰匙，就請您費神常來取我的信。這樣，唐瑟尼先生就可以更頻繁地收到我的消息了。這確實比目前要便利得多，但起初卻令我提心吊膽，請您原諒。我希望您仍然像以往那樣樂於助人，我也會始終對您不勝感激。

先生，我榮幸地是您極為謙恭溫順的僕人。

17**. 9. 28，於 **

第九十六封信

凡爾蒙子爵
致
梅黛侯爵夫人

　　我敢打賭，自從您那樁風流豔遇發生以後，您每天都在等待我的恭維和讚揚；我甚至毫不懷疑，您對我長時間的沉默有點兒生氣。但您要我怎麼辦呢？我始終認為我們對一個女子除了稱頌和讚揚便無話可說的時候，就可以信賴她的能力，而去忙著張羅別的事。然而，我仍舊要為我的事情向您致謝，也為您的成功表達祝賀之意。為了使您打心底感到開心，我甚至願意承認，這一次您的表現超出了我的期望。接下來就讓我們看看我這方面是否也至少達成了您部分的期待。

　　我想對您說的並不是杜薇夫人的事，那方面的進展太慢，會教您感到不快。您只愛聽已成定局的事。逐步發展的劇情使您感到厭倦，而我卻從這所謂漫長的歷程中領略到了從未體會過的樂趣。

　　不錯，我愛觀察、注視著這個謹慎的女子不自覺地走上一條無法回頭的小路。小路危險的陡坡讓她不由自主地往下滑，不得不跟在我身後。那時，她看到自己所冒的危險而心驚膽戰，想要站住腳，卻無法停下來。她心思細密，機敏乖覺；這可以使她的步子跨得小一點，但是她仍得一步步往前走。有時候，她不敢正視危險，就閉上眼睛，聽憑擺布，完全由我照看。更為常見的是，一種新的恐懼又使她恢復了力量，讓她儘管失魂落魄，仍想設法往回走。她竭盡全力，艱難地攀登了一小段距離；不久，一種神

奇的魔力卻使她又往自己曾想逃避、卻徒勞無功的危險靠近。由於她的嚮
導和支柱只有我一個，她也就無意再為這場無法避免的墮落而責備我，只
是懇求我能盡量拖延時間。虔誠的祈禱，低聲下氣的哀求，總之，所有世
人在恐懼時對上帝表達的虔誠與卑微，我都從她那兒聽到了。她祈求我賜
予她力量，讓她站穩腳步；您卻要我對她的心願充耳不聞，親自摧毀她對
我的崇拜，用這股力量把她推下懸崖！啊！至少給我足夠的時間來觀察愛
情和德行之間這番動人心弦的對抗吧。

　　怎麼！您認為教您迫不及待地趕到劇院，並熱烈鼓掌喝彩的戲碼，在
現實中上演的時候，就不那麼引人入勝了嗎？有個心地純潔溫柔的人，對
幸福又嚮往又害怕，就連到了不再抗拒的時候，還無法放棄自我防衛。這
樣的情感，教您聽得興奮不已；那麼在誘發它的人看來，不更是無價之寶
嗎？然而這就是那個姿容絕世的女子每天為我呈獻的美妙享受。我品味著
這種甜美的樂趣，而您卻為此而責怪我！唉！用不了多久，她就會因為墮
落而失去尊嚴，在我眼裡就只成為一個平凡的女子。

　　可是在跟您談到她的時候，我忘了我本來並不想跟您談她的。我不知
道是甚麼力量把我跟她繫在一起，不斷將我帶回她身邊，甚至在我詆毀她
的時候也是如此。我們還是撇開與她有關的危險念頭吧。讓我恢復本色來
談論一個比較愉快的話題。事情與原來由您照看、如今受我監護的小姑娘
有關，而我希望您從這裡可以認出我原來的面目。

　　最近幾天，我那溫柔的女信徒待我比較好，因此我沒有把全部心思都
放在她身上。我發現小沃朗苔確實相當漂亮。如果像唐瑟尼那樣鍾情於她，
有些傻氣，那麼我不在她身上尋找一些消遣，說不定也相去不遠，況且這
對我目前孤單寂寞的生活也確有其必要。此外，我覺得自己為她耗費心神，
她這樣報答我，也算得上公平合理。我還回想起，在唐瑟尼對她還沒有任
何意圖的時候，您就已提出把她供我受用。我覺得自己對於這份唐瑟尼在
我拒絕及放棄後才享有的福利，完全可以要求若干權利。這個小妮子漂亮
的臉蛋，鮮豔欲滴的櫻桃小嘴，充滿稚氣的神情甚至笨拙的動作都加深了

我這種明智的想法。於是我決定開始行動，並取得了圓滿的成功。

您肯定在琢磨，我究竟用了甚麼方法這麼快就取代了她心愛的情人；對於這種年紀的少女，這樣缺乏經驗的姑娘，用哪種方式誘惑比較適合。您不用再費甚麼心神了，我甚麼方法都沒有用。您巧妙地利用女性的武器，憑藉手腕來取得勝利；我則重拾男子永遠奏效的權利，倚仗權威來進行征服。只要能靠近獵物，我就肯定能手到擒來。因此，我只是為了接近她才需要用些計謀，實際上我這次所用的也幾乎稱不上計謀。

我利用了唐瑟尼託我轉交給他意中人的頭一封信，在用我們約好的暗號通知她以後，並沒有將我的聰明機智用在把信交給她上頭，而是想方設法表現出找不到這麼做的方法。我使她焦躁不安，同時裝出跟她一樣著急的樣子；在製造了病痛之後，我指出了治療的方法。

小姑娘的臥房有一扇門朝著走廊開啟，房門的鑰匙理所當然在她母親手裡。關鍵就在於拿到這把鑰匙。實行起來再容易也不過了，我只要求把它交給我兩個小時，我肯定就可以有一把相同的鑰匙。這樣一來，書信往返、私下見面、夜間的幽會，一切都變得既方便又穩妥。然而，您相信不相信？那個羞怯的孩子竟然害怕了，不肯這麼做。換了別人，就會垂頭喪氣；我卻把這看成尋求更刺激、有趣消遣的良機。我寫信給唐瑟尼，抱怨遭到了拒絕。我做得十分巧妙，因此我們那粗心大意的情郎不停勸說、甚至要求他那膽怯的情人答應我的要求，並完全聽憑我的支配，否則他不會甘休。

我承認，我就這樣變換了角色，並讓那個年輕人為我做了他指望我為他做的事，心裡十分高興。這個想法使這場風流豔遇在我的心目中顯得倍具價值。所以我一拿到那把寶貴的鑰匙，就迫不及待地加以利用，而事情就發生在昨天晚上。

等我確信整個城堡都安靜下來以後，我就拿著一盞啞燈，穿著這種時刻和環境所允許和要求的服裝，去對您所監護的孩子做初次的拜訪。我使一切都安排就緒（**且是由她本人做的**），好悄無聲息地走進她的房間。她剛入睡不久，正沉浸在她那種年齡的酣夢之中，因此我一直走到床邊，她仍

然沒有醒過來。我原先想要更進一步，試著被當成一場夢境，但我生怕她會在詫異中大聲驚呼，因而寧可小心地把睡著了的美人兒叫醒，果然沒有讓她發出我所害怕的喊叫。

平息了她最初的恐懼後，我就大膽地對她放肆起來，因為我並不是來閒聊的。大概她在修道院裡並未清楚學到一個羞怯天真的姑娘要面臨多少不同的危險，以及為了不遭突襲所應採取的防衛措施。因為，她凝神專注、竭盡全力不讓自己受到親吻（**那只是虛晃一招**），卻讓身體其他部位毫無防備地露出，我怎能不善加利用？於是我改變步調，馬上占據了崗位。這時我們兩個人都差點兒完蛋；小姑娘驚恐萬分，認真地想發出尖叫，幸而她的聲音被哭泣掩蓋了。她還想拉鈴求救，但我動作敏捷，及時抓住了她。

「您想幹甚麼？」我對她說：「想要永遠毀了您自己嗎？讓人家來好了，我才不在乎呢！您能教誰相信我在這兒不是經過您同意的呢？除了您，還有誰會把進入您臥房的方法提供給我呢？而這把我從您那兒拿到、也只能從您手裡得到的鑰匙，您能說明它的用途嗎？」這番簡短的訓示既沒有減輕她的痛苦，也沒有平息她的怒氣，但卻帶來了順從的結果。我不知道自己的語調是否具有說服力，至少我的動作實在並不感人肺腑。我用一隻手按住她，用另一隻手撫愛她，哪個演說家在相同的情況下還能自稱為姿勢優雅？如果您能清楚描摹出當時的情景，您就會同意至少那對於攻擊十分有利。然而，我一點也不明白，正如您所說的，這個最天真無知的女子，一個修道院的女寄宿生，竟把我像孩子般牽著鼻子走。

這姑娘心裡懊惱，但自覺必須拿定主意，取得妥協。哀求既然無法打動我，就不得不做出別的提議。您一定以為我會提出極高的代價來交換，可是沒有，只要她給我一個吻，我就甚麼都答應。的確，我得到了那個吻，但並沒有遵守諾言，不過我這麼做有充分的理由。我們原先約定好的究竟是主動的還是被動的一吻？經過一番討價還價，我們終於同意要再吻一次，這次說好必須是主動的。於是我讓她那兩隻怯生生的胳膊摟住我的身子，並用我的一隻胳膊更情意綿綿地緊抱住她，她確實主動地給了我那個甜蜜

的吻，做得那麼好，那麼完美，甚至就連愛神也不能做得更好。

　　這樣的誠意應當受到獎賞，因此我馬上答應了她的要求。我把手抽了回來，卻不知出於甚麼機緣，竟使我以身子代替了這隻手。您一定以為我會相當急切，十分積極，對不對？根本不是這樣。我告訴您，我已經開始喜愛慢悠悠地行事。一旦肯定可以到達終點，何必那麼快馬加鞭地趕路呢？

　　說真的，我對能夠觀察一次機遇所具有的威力，感到相當高興；我發現它毫無任何外來的幫助，可是仍舊得和愛情對抗。愛情在羞恥或愧怍的支持下，又因我挑起了令她十分煩躁的心緒更增強了力量。機遇形單影隻，但它就在眼前，隨時可以利用，始終不缺席，而愛情卻並不在場。

　　為了證實我的觀察，我狡點地只用對方可以抵擋得住的力氣。只在我那可愛的冤家利用我隨和的態度，預備溜走的時候，我才攔住她，用的就是先前已經見識過成效的恐懼心理。怎麼！用不著多花心思，這個溫柔的情人就忘了她的盟誓，起初做出讓步，最後表示同意；當然那是經過最初同時交雜著的責怪和淚水以後的事。我不曉得這些情緒究竟是真的還是裝出來的，但是，正如事情一貫進展的那樣，等我一心想要再次誘發她的責怪和淚水，它們卻停止了。最後，從屈從到責怪，又從責怪到屈從，我們直到彼此得到滿足後才分開，而且同意今晚再次幽會。

　　破曉時分，我才回到自己的房間，我疲憊不堪，睡眼朦朧。然而，為了今兒早上去吃早飯，我就顧不得自己的疲勞和睡意了。我非常愛看她第二天的樣子。您絕對無法想像。舉止那麼局促不安！步履那麼艱難！兩隻眼睛始終低垂著，顯得那麼大，周圍還有那麼深的一圈黑暈！本來圓圓的臉龐變得那麼長！這真是再有趣不過了。她母親看到她身上出現了如此劇烈的變化，十分驚慌，頭一次對她表示出那麼親切的關懷！院長夫人也在她身邊熱心照料！哦！說到這份關心，她只是出借而已；總有一天，人家會還給她的，而且這一天也不會太遠了。再見了，我美麗的朋友。

17**.10.1，於**城堡

第九十七封信

賽西兒・沃朗莒
致
梅黛侯爵夫人

啊！天哪，夫人，我多麼苦惱！多麼不幸！誰能在痛苦中給我安慰呢？誰能在我所處的困境中給我出主意呢？那個凡爾蒙先生……還有唐瑟尼！不，想到唐瑟尼，我就陷入了絕望之中……怎麼對您從頭說起？怎麼告訴您呢？……我不知道該如何是好，然而我有一肚子的話要說……我得找人傾訴，而我能夠也敢於吐露實情的只有您一個。您對我那麼和藹！但眼下您不要那樣對我了，我根本不配。我該對您說甚麼呢？我真說不出口。今天，這兒所有人都對我表示關心……他們這樣倒增添了我的痛苦。我深切地感到自己根本不值得人家關心！還是請責罵我吧，狠狠地責罵我吧！因為我犯了嚴重的過錯。但是責罵過後，請您拯救我。要是您不願意給我出主意，我會憂傷地死去。

情況是這樣的……我的手直發抖，正如您所看到的，我簡直寫不成字，覺得整張臉像被火燒一樣……啊！這樣滿臉通紅都是羞愧所造成的。唉！我罪有應得，這是我做錯事的第一個懲罰。好，我全都告訴您吧。

您知道到目前為止，唐瑟尼先生的信都是由凡爾蒙先生交給我的；但他突然覺得這麼做太困難了，希望有把我房間的鑰匙。我可以向您保證，我本來不想的；但他寫信告訴了唐瑟尼這件事，唐瑟尼也要我這麼做。每逢我拒絕唐瑟尼的要求時，心裡總感到很難受，特別在我離開了他、教他

萬分痛苦的時候，更是如此。所以我最後還是答應了。我根本沒有預料到災禍會由此而起。

昨天，凡爾蒙先生用這把鑰匙來到我的房間，當時我睡著了。我根本沒有想到會出現這種情況，因此他把我叫醒的時候，我十分害怕。但他馬上跟我說起話來，我認出是他，就沒有叫喊。我最初以為他也許是來送唐瑟尼的信給我的。實際上完全不是那麼一回事。過了一會兒，他想要擁抱我；我理所當然地進行抵抗，但是他手腳那麼俐落，我無論如何也不願意讓他繼續那樣……他想要先接一個吻，我只好答應他，不然怎麼辦呢？況且我也試過叫人。但一方面我無法這麼做，另一方面他很高明地對我說，要是有人前來，他就會把所有過錯都推到我身上。這確實很容易，因為我提供了那把鑰匙。後來，他並沒有離開。他要再吻一次。這個吻，不知怎麼回事，把我的心緒完全攪亂了。接下去，比先前的情況更糟。哦！那真是太邪惡了。最後……您應該不會讓我繼續往下說完吧。我真是要多不幸有多不幸。

可是我應當告訴您，我最責怪自己的一點，就是害怕自己沒有竭盡全力地抵抗。我不知道怎麼會這樣。我當然不愛凡爾蒙先生，而且情況正好相反；但有些時候，我又好像愛上了他……您可以想像，這並不妨礙我始終對他說我不愛他，可是我清楚覺得自己所說的跟所做的並不一致；這似乎是我無法控制的，而且我心裡也亂糟糟的！如果抵抗總是這樣困難，那就應當養成習慣！凡爾蒙先生說話確實很有技巧，教人不知該怎麼回答。總之，您相信嗎？他離開的時候，我彷彿還感到有點不高興，竟然軟弱地答應他今晚再來。這比其他所有事都還要令我懊惱。

哦！儘管如此，我向您保證，我不會讓他前來。他還沒有走出房門，我就覺得答應他是不對的，因此我一直哭到天亮。最教我痛苦的是唐瑟尼！每當我想到他，就淚如雨下，哭得透不過氣來，而我又總想著他……就連現在，您仍看得到這樣的結果。我的信紙都濕透了。不，僅僅就為了他的緣故，我便永遠也得不到安慰……總之，我身心俱疲，然而我一分鐘也不能安睡。今天早上起來一照鏡子，看到自己完全變了一個樣子，真是嚇人。

　　媽媽一看到我就發覺了，問我哪裡不舒服。我馬上哭了起來。我以為她會責罵我，說不定這倒可以減輕我的痛苦，但情況正好相反。她竟然溫和慈祥地對我說話！我可不配受到這樣的待遇。她叫我不要這麼苦惱。她不知道我苦惱的原因。她說我這樣會病倒的！有時我真想死了算了。我再也忍不住了，就撲倒在她懷裡嗚咽起來，對她說：「啊！媽媽，您的女兒多可憐啊！」媽媽忍不住也流下幾滴眼淚。這一切只增添了我的憂傷。幸好她沒有問我為甚麼這樣難受，因為我會不知道怎麼回答她。

　　夫人，我懇求您，請您盡早回信給我，告訴我應當怎麼辦。因為我甚麼都不敢想了，只是傷心難受。請把您的來信由凡爾蒙先生轉交給我，可我請求您，如果您同時也要寫信給他，請別告訴他我對您說了些甚麼。

　　夫人，我始終對您充滿友誼之情，榮幸地是您極為謙恭和順從的僕人……

　　我不敢在這封信上署名。

17**.10.1，於**城堡

第九十八封信

沃朗莒夫人
致
梅黛侯爵夫人

　　我可愛的朋友，不久以前，您曾向我尋求安慰，徵求意見；今天輪到我了。您曾向我提出的要求如今我也向您提出。我實在憂愁苦惱，生怕沒有採取最有效的方法來避免使自己遭受這樣的痛苦。

　　使我憂心忡忡的是我的女兒。自從我離家來到這兒之後，我發現她始終愁眉不展，神情憂傷。這是我預料中事，於是就硬起心腸，採取了我認為必要的嚴厲態度。我希望分隔兩地、注意力的轉移，不久就會消弭這份在我眼中比起真正的熱情更像是種兒戲的愛情。然而，自從我來到這兒，情況非但一點也沒有改善，我還發現這個孩子越來越陷入一種危險的憂鬱情緒之中。我真擔心她的健康會因此而受影響。特別是近幾天來，她的變化相當明顯。尤其是昨天，她的模樣教我大吃一驚，這兒的每個人都為她深感不安。

　　還有一點能證明她有多麼傷感，就是我看到她準備克服自己一直以來對我懷有的那種膽怯和畏縮的態度。昨天上午，我只問了她一句是不是病了，她就撲到我懷裡，嗚嗚咽咽地哭起來，對我說她是多麼可憐。我無法向您表達她讓我感到的痛苦；我的眼淚馬上湧了出來，連忙轉過頭去，好不讓她看見。虧得我行事慎重，沒有再對她提出任何問題，她也不敢再對我多說甚麼。可是折磨著她的是這份不幸愛情的事實，依舊顯而易見。

　　要是情況一直延續下去，我該怎麼辦呢？我要親手造成女兒的不幸嗎？我能用心靈最可貴的同情和堅貞兩種品格來反對她嗎？我當她的母親難道就為了能這麼做嗎？當我遏制了父母希望兒女幸福這種如此自然的情感，當我把自己其實相信是我們最重要、最神聖的義務視為意志薄弱的表現，假如我逼迫她做出選擇，難道我毋須對可能產生的不幸後果負責嗎？如果母親的權利就是把女兒置於罪惡和苦難之間，那又有何用？

　　我的朋友，我不會效法自己一貫指責的做法。也許，我曾試圖為女兒做出選擇，我只是想憑我的經驗去幫助她。這並不是行使甚麼權利，只是履行職責而已。相反的，如果我無視於這份事先沒能阻止其萌生，而我跟她又都不清楚其輕重程度，和究竟能持續多久的愛情，就安排她的終生大事，那才是違背我的職責。不，我不能容忍她嫁的是一個，而愛的卻是另一個人；我寧願我的權威受損，也不願她的德行遭受玷汙。

　　因此，我想我會做出最明智的決定，收回我答應傑庫先生的婚約。理由您剛剛在前面已經讀到了。我覺得這些理由應當勝過我的承諾，甚至可以說，在目前的情況下，履行我的諾言實際上就是加以違背。因為說到底，就算不把女兒的祕密告訴傑庫先生是我對她應盡的義務，至少我也有義務不聽任他懵然不知，而為他去做若他知情大概也會去做的一切。他信賴我的誠意，我能反過來卑鄙地加以背叛嗎？他選擇我做他的岳母，為我帶來榮耀，我能在他為未來子女決定母親的人選上欺騙他嗎？這些確確實實、無法迴避的想法使我深為不安，此種心情已難向您言喻。

　　我比較了兩種情況：一種是上述的想法使我擔心的種種不幸，另一種則是我的女兒和她真心選擇的丈夫生活得很幸福。在她看來，履行妻子的義務只是充滿柔情蜜意的事；我的女婿同樣心滿意足，每天都為自己選擇的對象而慶幸。他們分別都只在對方的幸福中找到自己的美滿，他們倆的幸福結合在一起又增添了我的幸福。難道為了某些空虛無意義的考量，就要犧牲享有如此美好前景的希望嗎？究竟是甚麼令我裹足不前呢？僅僅是物質利益方面的打算。如果我的女兒仍然是財富的奴隸，那麼出生在富貴

人家對她又有甚麼好處呢？

　　我承認傑庫先生可能比我原來指望為女兒物色的對象更為出色，我也承認，在他選中我女兒的時候，我真是得意非凡。但是說到底，唐瑟尼跟他一樣出身名門，品行方面也一點都不比他差。跟傑庫先生相比，他多了有利的一點，那就是他愛我的女兒，我的女兒也愛他。他確實並不富有，但我女兒的財富對他們倆不就已經綽綽有餘了嗎？欸！為甚麼要剝奪使她心愛的人富有的那種甜蜜和滿足呢？

　　那些不管男女雙方是否匹配，而只盤算利害得失的婚姻，那些除了愛好和性格，一切都很合宜的所謂門當戶對的婚姻，不正是釀成那些日益常見的轟動醜聞最肥沃的溫床嗎？我寧可把事情暫緩，這樣至少可以有時間來觀察一下自己所不理解的女兒。如果給她帶來短暫的痛苦，就能獲得比較穩固的幸福，我覺得自己有勇氣這麼做；但讓她甘冒陷入永遠絕望的風險，我可不忍心這樣。

　　我親愛的朋友，這就是始終縈繞在我心頭的想法，請您給我出出主意。這些嚴肅的話題與您親和歡快的性格相左，和您的年齡也不相稱，但您的理智遠遠超出了您的歲數！況且您對我的友誼也有助於您做出慎重的判斷；我絲毫不擔心您的理智或友誼會無視一個母親的請求。

　　再見了，我可愛的朋友，請永遠不要懷疑我對您的真摯情意。

17**. 10. 2，於 ** 城堡

第九十九封信

凡爾蒙子爵
致
梅黛侯爵夫人

　　我美麗的朋友，仍是一些小事件，只有場景，沒有情節。因此，請您耐住性子，甚至要十分有耐心。因為我的院長夫人步子邁得極小，更加糟糕的是，您監護的小姑娘又往後退縮了。好吧！多虧我生性樂觀，還能拿這些不順心的事消遣解悶。的確，我已經非常習慣這裡的生活了，可以說在我年邁姑媽這座淒涼的城堡中，我沒有感到過片刻的厭倦。事實上，快樂、空虛、希望、遲疑，我在這兒哪樣沒有體會過啊？在一個更大的舞臺上，又能多得到些甚麼呢？觀眾？嘿！放心吧，他們是不會缺席的。即便他們看不到我怎麼耕耘，我卻會讓他們看到我的成果；他們只消讚賞、鼓掌就行了。不錯，他們會鼓掌的，因為我終於可以很有把握地預言我那個嚴肅的女信徒失足墮落的時刻。今天晚上，我見證了德行的奄奄一息；溫柔的軟弱會取而代之。我確定的得手時間不會晚於我們的下一次相會；這會兒我已經聽見您在嚷著說我驕傲自大，預告勝利，事先自吹自擂！欸，好啦，好啦，請您冷靜一點！為了向您表示我的謙虛，我要從我失敗的經歷說起。

　　您的被監護人真是個相當可笑的小姑娘！她完全還是個孩子，不該把她當成年人那樣對待，只處罰她一下，還是手下留情呢！您能想得到嗎，前天她跟我發生了那檔子事，昨天早上我們又那麼友好地分手，但昨晚按照跟她約好的，我想再上她那兒去的時候，我發現她的房門從裡面鎖上了。

您能說甚麼呢？有時候在事情發生的前夕會碰上這種孩子氣的舉動，但在隔天，那不是怪好笑的嗎？

可是我最初並沒有笑；我從來沒有像當時那樣意識到自己性格的影響力。我去赴這個約會當然沒甚麼樂趣，只不過例行公事而已。當下我極其需要我的床舖，在我看來，自己的床頓時要比其他人的都更舒適，離開它我心裡真不甘願。然而我一遇到阻礙，就恨不得馬上加以克服；而受到一個孩子的愚弄，又特別令我感到丟臉。我十分惱火地離開了，打算再也不理睬這個愚蠢的孩子，再也不過問她的事。我馬上寫了一封短信，打算今天交給她，在信裡我對她做了確切的評價。不過，正如俗話所說，夜闌人靜好思量。今天早上，我覺得這兒並沒有多少可供選擇的樂趣，應當保留這一項消遣，就把這封措辭嚴厲的短信扔掉了。自從我仔細回想這一點以後，我對自己竟然在沒有拿到足以使女主人公聲敗名裂的憑據之前，就打算結束這場艷遇，感到十分驚訝。本能的反應就是會這麼容易把我們引入歧途！我美麗的朋友，像您那樣能夠習以為常地壓制住本能反應的人，真是幸運！總之我延遲了報復。我是看在您對傑庫懷有的意圖份上，做出了這樣的犧牲。

如今我的氣已經消了，只覺得您的被監護人的行為十分可笑。說實在的，我倒很想知道她這樣究竟希望得到甚麼！我完全被弄糊塗了。如果只是為了抵抗，應該說她採取行動的時機有點太晚了。有朝一日，她總得把這個謎底告訴我！我真的很好奇。說不定她只是覺得累了？坦白說，的確有這種可能，因為她也許還不知道，愛神的箭跟阿奇里斯[36]的長矛一樣，本身就帶有能夠醫治它所造成創傷的良藥。不，從她整天愁眉苦臉的樣子看來，我肯定她心裡有點兒後悔……其中包含……涉及德行之類的東西……是呀，德行！她真配有德行！啊！還是讓她把德行留給真正為它而生的女子，留給唯一能夠加以美化、使人愛好德行的女子吧！……對不起，我美麗的朋友，我要向您敘述的我與杜薇夫人之間的事就發生在今晚，我內心還有幾分激動。我得強迫自己擺脫她在我心中留下的印象；就連我決定寫

信給您，也是為了幫我達到這個目的。請您原諒這最初一瞬間的反應。

幾天來，杜薇夫人和我在感情上已經意見一致，只是在字眼上還有爭執。說實在的，她總是用她的友誼來回應我的愛情。不過這種已成慣例的語言並不影響事情的本質。即便我們仍然處於這種狀況，我也可能只是步調放慢了些，但還是一樣十拿九穩。如今她已經不可能像最初希望的那樣要我離開了。至於我們日常的交談，如果我特意為她製造機會，她便會用心把握。

我們平常是在散步的時候才做短暫的會面，因此今天惡劣的天氣使我不抱任何希望。我甚至真的感到十分氣惱，但我沒有料到這令人掃興的小插曲會為我帶來多大的收穫。

既然不能出外散步，大家餐後就開始打牌。因為我很少打牌，便成了多餘的人，就上樓回自己的房間，只打算在那兒等到牌局幾乎結束的時候。

我重新前去跟大家會合的時候，發現我那個嬌媚的女子正要走進她的房間；要嘛是一時輕率，要嘛是意志薄弱，她用溫柔的聲音對我說：「您要到哪兒去？客廳裡已經沒有人了。」正如您所設想的那樣，這時要走進她的房間真用不著再費甚麼勁，我所遇到的阻力比我料想的要來得小。的確，我先是小心翼翼地在門口和她交談，而且說的都是一些無關緊要的話；可是等我們一坐定，我就轉入了真正的話題，談起我對我朋友的愛情。她回答的頭一句話儘管簡單，我卻覺得意味頗為深長。「哦！聽著，」她對我說：「我們別在這裡談論這個。」說完她渾身發抖。可憐的女人！她覺得自己快要死了。

不過她害怕得毫無道理。因為近來我確信總有一天會取得成功，又看到她在一些無用的抗爭中耗費了大量的精力，我就決定以逸待勞，毫不費勁地等著她筋疲力竭而屈服。您很清楚在這方面，我要的是圓滿的勝利，一點也不想憑藉機遇。就是依據這個設想好的計畫，同時也為了在不過分投入的情況下還能表達出迫切性，我又重提了愛情這個被她如此固執地拒絕的字眼；由於我確信她認定我懷有充足的熱情，就嘗試採用比較溫柔的語調。這次拒絕不再教我感到氣惱，只是有些傷感。我這位軟心腸的朋友難道不該給我一些安慰嗎？

　　她一邊安慰我，一邊始終讓我握著她的一隻手；她那嬝娜的身軀靠著我的胳膊，我們靠得非常近。您肯定留意到，在這樣的處境中，隨著防禦逐漸減弱，請求和回絕是如何在咫尺中反覆上演。她會如何撇過頭去，目光低垂，而總是低聲呢喃的話語，也變得越來越少、斷斷續續的了。這些寶貴的徵兆毫無曖昧地說明了心靈的默許，但這份默許幾乎還沒有延伸到感官。我還覺得，在這種時候試圖採取某種過於明顯的舉動總是危險的；因為這種忘情的狀態總帶有十分甜蜜的樂趣，要是強迫對方脫離這種狀態，難免會招致她的不快，而這又必然會對她的防禦有利。

　　在目前的情況下，我得特別謹慎，因為我最擔心這種忘我的狀態必然會使我那沉浸在溫柔幻想中的人兒產生恐懼。因此我想得到的告白並不是要求她說出口來，只要一個眼神就夠了，只要那麼看我一眼，我就很幸福了。

　　我美麗的朋友，她確實抬起那雙美麗的眼睛望著我，她那十分好看的小嘴甚至說道：「唉！好吧，我……」但是突然，她的眼神變得黯然無光，聲音也聽不見了，這個可愛的女子就這樣倒在我懷裡。我剛抱住她，她就渾身抽搐，盡力掙脫，目光顯得十分迷茫，雙手向空中舉起……「上帝啊……我的上帝，救救我吧！」她嚷道。頃刻之間，比閃電還要迅速，她在離我十步開外的地方跪了下來。我聽見她呼吸急促，快要透不過氣來了，就走上前去攙扶她。但是她抓住我的雙手，在上面灑滿了淚水，有幾次甚至還摟住我的膝蓋說：「是的，只有您，只有您能救我！您不想要我死，就離開我吧！救救我吧！離開我吧！看在上帝的份上，離開我吧！」她抽抽噎噎地越哭越厲害，這些斷斷續續的話語好不容易才說出口來。可是她使勁抓住我，令我無法離開；於是我使出全部力氣，把她抱了起來。她的淚水立刻就止住了，她不再說話了，四肢都僵直了，在感情的爆發後身體不住劇烈地抽搐。

　　我承認，我被深深地感動了。即便當時的情況不逼得我非得那樣做，我大概也會答應她的要求。實際上，我在略微照料和安頓了她以後，就像她所請求的那樣離開了；我還為此感到高興。我幾乎已經得到了報酬。

　　我原本預料她會像我頭一次向她表白那天一樣，整個晚上都不再露面。可是將近八點鐘的時候，她來到了客廳，只對大家說她剛才身體很不舒服。她神色疲憊，聲音微弱，舉止端莊。但是她的目光柔和，而且常常落在我身上。她不肯打牌，我只好坐到她的位子上去，她便坐在我旁邊。吃晚飯的時候，她獨自一人留在客廳裡。當大家回到客廳的時候，我覺得她似乎哭過了。為了弄清楚情況，我對她說我覺得她好像又不舒服了。她客氣地回答說：「這種病痛來得很快，消失得可就沒有這麼迅速！」最後當大家都準備回房的時候，我把手伸給她；走到她房門口的時候，她使勁握了握我的手。我確實覺得她這個舉動有些不由自主，但那更好，又是一個代表我影響力的證據。

　　我敢肯定，現在她對發展到這個程度一定十分高興：所有艱難的道路都已走完，剩下來就只是享受了。也許在我給您寫信的當兒，她已經沉浸在這個甜蜜的念頭中了！就算相反的，她在琢磨甚麼新的防禦計畫，我們不是也很清楚她的所有計畫究竟會有甚麼結果？我要向您請教，這事會比我們下一次見面還晚發生嗎？我已經預想了她可能會有幾種應允的方法，反正這些嚴肅正經的女人一旦跨出了第一步，還能懸崖勒馬嗎？她們的愛情確實具有爆發力；抵抗只會使爆炸的力量越加猛烈。如果我不再追求我那膽小容易受驚的女信徒，她就會來追求我。

　　總之，我美麗的朋友，不久我就會到您那兒，要求您履行諾言。您應該沒有忘記您答應在我成功後要賜給我的獎勵。您準備好對您的騎士不忠了嗎？至於我，我熱切盼望著那一天，就像我們彼此從不相識一樣。再說，了解您也許更加強了我的欲望。

　　　　我是公平合理的，並不好獻殷勤。*

---

*　引自伏爾泰的喜劇《納尼娜》。——編者原注 [37]

　　因此，這也會是我對被我所征服的嚴肅女子的頭一次不忠。我答應您
會利用隨便甚麼藉口離開她二十四小時。這是對她的懲罰，懲罰她讓我跟
您分離了那麼長時間。您知不知道這樁韻事已花費了我兩個多月的時間？
不錯，兩個月零三天。我的確把明天也算了進去，因為這樁事要到那時才
真正地完成。這令我想起普 *** 小姐曾經頑抗了整整三個月。看到一個十足
風騷的女子竟比一個嚴守婦道的賢淑女子更有力量抵禦，我覺得很開心。

　　再見了，我美麗的朋友，我得和您告別，因為時間已經很晚了。這封
信寫得太長，超出我原本的打算。但由於我明天早上要寄些東西去巴黎，
我就想利用這個機會，好讓您早一天分享您朋友的喜悅。

17**. 10. 2 晚，於 ** 城堡

第一百封信

凡爾蒙子爵
致
梅黛侯爵夫人

　　我的朋友，我遭到了愚弄、欺騙，我完了！我萬分沮喪：杜薇夫人走了。她走了，而我竟然不知道！我竟然沒能在場阻止她離開，指責她不守信義的可恥！啊！別以為我會讓她走掉，她會留下來的；是的，她會留下來的，哪怕我得使用暴力。怎麼！我竟輕易地以為萬無一失，在那兒安穩地睡覺；而在我熟睡的時候，晴天霹靂卻擊中了我。不，我一點也不明白她為甚麼要離開；往後別再想去了解女人了。

　　我回想起昨日白天，甚至晚上的情景，真是想不通！那麼溫柔的眼神，那麼親切的聲音！還有握得那麼緊的手！而就是在這時候，她卻在計畫從我身邊逃走！女人啊，女人！即便你們受到欺騙，也得怨你們自己！不錯，人們使用的一切背信棄義的手法都是從你們那兒竊取來的。

　　我往後進行報復時該是何等的快樂啊！這個不講信義的女人，我會找到她的，我會重新讓她受到我的控制。以前光憑愛情，我就找到了控制她的方法，如今又添加了復仇的動力，怎麼會做不到這一點呢？我會再一次看到她跪在我面前，渾身發抖，滿臉淚水，用她那虛情假意的聲音向我求饒，而我會冷酷無情地對待她。

　　她現在在做甚麼？她在想甚麼呢？也許她正為自己騙過了我而得意。這種快樂在她看來無比甜蜜，因為她無法超脫一般女性的愛好。受到人們

大肆讚揚的德行所無法做到的事，她用詭詐的心思卻輕而易舉地做到了。我真是愚蠢！以前我畏懼她的端莊賢淑，而實際上，我該害怕的卻是她的壞心眼。

我不得不把怨恨吞進肚裡！當我想到自己又得再低聲下氣地去求這個擺脫我控制的倔強女人，我心中便充滿怒火，卻只敢表現出溫柔的憂傷！難道我該受辱蒙羞到這種地步？受到誰的羞辱呢？受到一個羞怯的、從來沒有經過鬥爭鍛鍊的女人。如果她今天能安穩地待在她的藏身之處，為自己的全身而退而得意洋洋，完全壓倒了我在自己勝利中的躊躇滿志，那麼，我在她心裡確立我的地位，使她心裡燃起愛情的火焰，弄得她神魂顛倒，癡迷狂亂，對我又有甚麼用處呢？這是我能容忍的嗎？我的朋友，您不會這樣認為的，您不會對我抱持這種令我顏面掃地的看法！

可是究竟是甚麼厄運使我如此迷戀這個女人？無數其他女人不是都希望得到我的關懷嗎？她們不都急著要回應我的殷勤嗎？即便她們當中沒有一個及得上她，但是改變一下口味，征服新的獵物，創下輝煌的數目，不是也很有吸引力，也能為我提供相當甜蜜的樂趣嗎？為甚麼要去追逐難以得手的，而忽略擺在眼前的歡愉呢？唉！為甚麼？……我也不知道，但我深刻地體認到這一點。

只有占有了這個我恨之入骨而又愛得發狂的女人，我才會感到幸福和安寧。只有掌握了她的命運，我才能忍受自己的命運。那時候我會平靜而滿足，看著她陷入此刻我所經受的內心騷動，而且我還要讓她遭受無數別的折磨。希望和恐懼，疑慮和安心，仇恨所引起的種種痛苦，愛情所賜予的種種快樂，我要讓這一切填滿她的心靈，隨我的意思接連不斷地在她的心頭翻騰。這一刻終會到來……可是還得花費多少心血啊！昨天一切已近在眼前，今天卻又多麼遙遠！如何能夠重新接近目標呢？我不敢採取任何步驟。我覺得要做出決定，必須冷靜一點，而我正熱血沸騰。

教我加倍痛苦的是，當我問起這件事的原因和它的種種不尋常，這兒每一個人回答時表現出的那種泰然自若的樣子……誰也不知情，誰也不想

知情。要是我允許他們談論別的事，他們就幾乎不會提起了。今天早上，我一聽說這個消息，就跑到羅絲蒙德夫人的房間裡去問她，她用那個年歲的人特有的冷漠回答說，這是杜薇夫人昨天身體不適的自然結果；她害怕生病，因此情願回家。羅絲蒙德夫人覺得這十分容易理解，還對我說換了她也會這麼做的，好像她們兩個人之間會有甚麼共同點！她已來日無多，而另一個則左右著我生命中的歡樂和痛苦！

開始我懷疑沃朗莒夫人也參與其中，後來發現她只因為這件事沒有徵求她的意見而有些不安。我承認，她這次沒能如其所願地損害我，我很高興。這也說明了她並不像我擔心的那樣受到那個女人的信任。這樣總算少了一個敵人。如果她知道人家是為了逃避我，她會多麼高興！如果這是來自她的主意，她又會多麼得意！那她的地位又會變得多麼重要！天哪！我恨透了她！哦！我要跟她的女兒重歸於好，我要按照我的意思來調教她。因此，我大概會在這兒待一陣子。不管怎樣，經過初步的考慮，我做出了這個決定。

您難道不認為我那無情無意的人兒在採取了這樣明目張膽的措施後，會害怕跟我相見嗎？因此如果她想到我可能會隨她而去，她必然會對我關上大門。我可不想讓她養成這種習慣，也不願忍受被拒於門外的恥辱。相反的，我寧可告訴她我要留在這兒，我甚至還要懇求她回到這兒來。等到她確信我不會去找她時，我再上她家去。到時候看看她怎麼應付這次會面。不過，為了加強效果，必須加以推延，而我還不曉得我是否有這樣的耐心。今天我好幾次開口想要吩咐備馬，但最終都克制住了。我保證會在這兒等候您的回信。我只想請求您，我美麗的朋友，不要讓我等得太久。

最教我感到氣惱的就是我對外面的情況一無所知。但我的跟班正在巴黎，他應當可以見到她的侍女；他可以派上用場。我要給他發出指示，並給他一些錢。我把這兩樣都附在這封信裡，請您不要介意；還要請您費神派個僕人把東西給他送去，而且吩咐要交到他本人手裡。我這樣慎重小心，是因為那個壞傢伙有個習慣，當我在信裡指示他做的事令他感到為難時，他總推託說沒有收到我的信；而且，眼下他對他的相好似乎也不如我希望

的那般迷戀。

　　再見了，我美麗的朋友。如果您有甚麼加快我進程的好主意，好方法，請您告訴我。我不只一次地體會到您的友誼對我多麼有用，現在我又體會到了這一點。從開始寫信給您以後，我就覺得自己已經平靜許多。至少，我是在跟一個理解我的人說話，而不是跟那些我從今天早上就一直陪著、枯燥乏味的木頭人說話。說實在的，我越來越認為在這個世界上有價值的，就只有您和我兩個人。

17**. 10. 3，於 ** 城堡

第一百零一封信

凡爾蒙子爵
致
他的跟班阿佐朗
（附在上封信中）

你真是愚蠢，你今天早上離開這兒，卻不知道杜薇夫人也在今天早上離開這裡；或者你知道，卻沒有來通知我。你花我的錢去跟僕役們喝得醉醺醺，你用本該侍候我的時間去向侍女們獻媚，而我的消息卻並沒有變得更靈通一點，那你有甚麼用處？你竟然這樣疏忽大意！我警告你，如果你在這椿事上再疏忽大意，那就會是你在我手下的最後一次失職了。

你必須把杜薇夫人家裡發生的所有情況都向我報告：她的身體及睡眠如何，心情愉快還是憂鬱；是否經常出門，拜訪了哪些人；是否在家接待客人，來的都是哪些人；她怎樣消磨時間；對侍女，特別是對她從這兒帶去的那一個有沒有發脾氣；她獨自一人時做些甚麼；看書時是連續不斷地往下讀，還是常常停下來沉思；寫信時是不是也跟看書的情況相同。你也要考慮和為她送信到郵局的僕人交上朋友。你可以常常自告奮勇地代他當這個差。要是他答應了，你就只把那些你覺得無關緊要的信發出去，而把其他的信都寄給我，特別是寫給沃朗苢夫人的，如果你發現有的話。

你要設法再繼續當一陣子茱莉幸運的情人。萬一如你所料，她另有相好，那你就要她同意也接納你。你用不著為自己那可笑的自尊心受損而惱火；你會和許多其他人同病相憐，而他們在各方面都比你強。如果你的副手太教人膩煩，比如，你發現他在白天對茱莉過於糾纏不休，弄得她不能

經常待在女主人身邊，那你就設法把他打發走，或者找碴和他吵上一架。不要害怕這麼做的後果，我會支持你的。最重要的就是不要離開那幢房子。只有堅持下去，才能看到一切，也才能看得清楚。要是剛好有一個僕人被辭退了，你就自薦去接替他，彷彿你已不再給我當差。在這種情況下，你可以說為了找一個比較平靜、比較規矩的人家，你已離開了我。總之，要盡力讓人家僱用你。在這段時間裡，我仍然照樣要你幫我辦事，就像你在XXX公爵夫人家那次一樣；事後，杜薇夫人也會為此打賞你的。

只要你夠機伶和勤勉，這番指示對你應當綽綽有餘；但是為了彌補那兩方面的不足，我再給你寄些錢。正如你所看到的，憑著附在信中的這張票據，你可以從我的代理人那兒領取二十五個金幣。因為我相信如今你身上一個子兒也沒有了。在這筆錢中，你要把一部分用在茱莉的身上，足以說動她同意跟我通信聯繫。餘下的錢，你可以用來請僕人們喝酒。注意盡可能在公館的門房家中飲酒，好讓他歡迎你前去。可是別忘了，我花錢並不是讓你尋歡作樂，而是要你出力做事。

讓茱莉養成事事觀察、事事彙報的習慣，就算在她看來只是枝微末節的事情也一樣。她寧可寫上十句廢話，也不要漏掉一句值得關注的。有些事往往看起來似乎無關緊要，實際上卻並不如此。如果發生甚麼你覺得值得注意的情況，應當立刻讓我知道。因此你一收到這封信，就派菲力普騎著跑腿辦事的馬到XX村*落腳，在那兒等候我新的指示。必要時，那兒可以成為一個中繼驛站。至於日常的信件，通過郵局就可以了。

千萬不要弄丟這封信，每天都再讀上一遍，既是為了確保你沒有任何遺漏，也是要看看信還在不在你身上。既然你有幸得到我的信任，就要盡力做好一切事。你知道只要我對你感到滿意，你也會對我感到滿意的。

17**. 10. 3，於 ** 城堡

---

* 這是從巴黎到羅絲蒙德夫人城堡中途的一個村莊。──編者原注

第一百零二封信

杜薇院長夫人
致
羅絲蒙德夫人

　　夫人，當您聽說我如此倉促地離開府上的時候，一定感到相當驚訝。您會覺得我的這個舉動十分不尋常。但是如果您知道其中的原因，還會更加詫異！也許您會覺得我對您吐露實情，不夠尊重像您這種年歲的人所必需的安寧，甚至背離了在許多方面我都應當對您懷有的崇敬之情。啊！夫人，請您原諒，但我內心沉悶抑鬱，需要向一位溫柔而審慎的朋友傾訴它的痛苦；除了您，還能選擇誰呢？請您把我看作您的孩子，像個母親那樣關懷我吧，我懇求您。由於我與您之間的情誼，也許我有這方面的權利。

　　以前我心中充滿了值得稱道的情操，對於那種教我心緒繚亂、坐立不安，剝奪了我的力量卻又使我覺得有義務抵抗的感情，我一無所知。這種時光到哪兒去了？啊！這次注定不幸的旅行把我毀了……

　　我該怎麼對您說呢？我愛上了一個人，沒錯，我愛得發狂。唉！「愛」這個字，我今天還是頭一次寫。喚起我愛戀之情的人多次要求我說出這個字，但都沒有成功；哪怕就讓他聽到一次，我也情願用生命來換取這種甜蜜的樂趣，然而我卻必須不斷地對他表示拒絕！他還會懷疑我的感情，會覺得自己有理由抱怨。我真是不幸！為甚麼他不能像主宰我的心靈一樣輕易看出我的心意呢？是的，只要他知道我承受的一切痛苦，我的痛苦就會減輕一些。但就連您本人，儘管現在我對您說了，您也仍然只有一個模糊

的概念。

再過一會兒，我就要躲開他，並使他感到苦惱。當他以為還在我身邊的時候，我已經離他遠去。當我每天習慣見到他的時刻來臨，我已身在他從來沒有到過、我也不該允許他去的地方。我的行裝都已經整理好了，全擺在我的眼前。我的目光所及之處，全都向我宣告著這次殘酷的離別。一切都已準備妥當，除了我以外！……我的心越是不想走，就越表明我非走不可。

我應該會服從，與其在罪惡中苟活，倒不如一死了之。我已經覺得自己的罪孽太深重，我只保全了我的智慧，德行卻已消失殆盡。應該向您坦承，我身上之所以還保留著那點貞操，都要歸功於他心地寬厚。見到他，聽到他說話，我就覺得快樂；意識到他在我的身邊，我就感到甜蜜；覺得自己可以給他帶來幸福，我就感到更加幸福。我陶醉在這些感情之中，變得軟弱無力；勉強還保有一點自制力，卻已沒有多餘的力氣抵抗了。面對眼前的危險，我不寒而慄，卻無法躲避。唉！他看到了我的痛苦，便對我表示憐憫。我怎麼能不喜愛他呢？我欠他的何只是我的生命。

啊！如果留在他的身邊，我只需為自己的生死擔心受怕，請不要以為我就會答應離開。要是沒有他，生命對我又有甚麼意義呢？失去生命，難道不是一件幸事嗎？我迫不得已，不斷造成他和我的不幸；既不敢訴苦，也不敢安慰他；每天都要防備他，也要防著我自己；當我多想花心思讓他幸福，卻得千方百計為他帶來痛苦。這樣活著，不等於死上千百回嗎？然而這便是我的命運。我仍會忍受下去，我會有這樣的勇氣。哦！我選擇您做我的母親，請接受我的誓言。

也請您接受我不向您隱瞞任何行動的誓言；請接受吧，我懇求您；我求您接受它當作對亟需救助的我伸出援手。既然承諾了把一切都告訴您，我就會養成習慣，認為自己始終在您的面前。您的德行會取代我的德行。當然，我絕不會同意自己在您的注視下感到羞愧；憑藉著這份強勁有力的約束，我會把您看作待人寬厚的朋友、可以吐露弱點的知心來珍愛，同時

也會把您當作拯救我脫離恥辱的守護天使來尊崇。

　　我提出這個要求，說明我確實感到頗為羞恥。這是目空一切的自信所帶來的不幸結果！為甚麼我不早一點對自己感到逐漸萌生的眷戀有所憂慮呢？為甚麼我自以為可以隨心所欲地抑制或克服這種感情呢？我這個愚蠢荒謬的人！我真是太不了解愛情了！啊！如果當初我更加用心地加以頑抗，也許愛情的影響力就不會這麼大！也許那樣我就用不著離開了；或者，在我做出這項痛苦的決定時，我也不必完全斷絕與他的關係，只要往來不那麼密切就行了！但如今我甚麼都失去了，永遠地失去了！哦，我的朋友！……怎麼！就連在寫信給您的時候，我仍然迷失在罪惡的意願中？啊！走吧，走吧。至少可以用我的犧牲來彌補這些無意犯下的過錯。

　　再見了，我敬重的朋友，請把我當作女兒一樣的疼愛吧，請收我做您的女兒吧。請您放心，儘管我有短處，但我寧可死去，也不願辱沒了您的選擇。

17**. 10. 3，凌晨 1 時於 **

第一百零三封信

羅絲蒙德夫人
致
杜薇院長夫人

　　我親愛的人兒，您的離去教我心裡十分難受，而您離去的原因倒不使我感到怎麼詫異。長年的生活歷練以及我對您的關心，已足以使我明白您目前的心情；但是坦白說，您的信並沒有，或者幾乎甚麼也沒有告訴我。如果只是從您的信上讀到，我可能還不清楚您愛的究竟是哪個人，因為您始終只跟我談到他，卻一次也沒有寫出他的名字。我並不需要您這麼做，我很清楚他是誰。我注意到這一點，是因為我想起這素來就是愛情的表現。我發現如今跟以往並沒甚麼不同。

　　我不太相信自己還能回想起那麼久遠、對我的年齡來說又那麼陌生的往事。可是，從昨天起，為了想從中找到一些對您有用的記憶，我倒是認真地回憶許久。然而，除了對您表示欽佩和同情，我還能做甚麼呢？我讚賞您思慮周全的決定，但這樣的決定又使我忐忑不安，因為我斷定您必定是認為非這樣做不可。不過一旦到了這種境地，要始終遠離一個自己內心不斷想要接近的人是相當困難的。

　　然而您也不要沮喪。對於您那高尚的心靈而言，沒有甚麼是不可能的。即便有一天您不幸屈服了（但願不要發生這樣的事！），請您相信，我親愛的人兒，至少您可以保有已經全力以赴抗爭過的安慰。況且，當人的智慧無能為力的時候，只要上帝樂意，他的恩寵就會產生作用。也許您就要得

到祂的援助了。經過如此艱苦的奮戰考驗，您的德行一定會變得更加純淨，更加輝煌。今天您所缺乏的力量，希望明天您就會得到。然而您可不要以為可以仰仗它就感到滿足，而是要用來激勵自己，好發揮出身上的所有力量。

儘管我只能讓上帝來幫助您擺脫我無法阻擋的危險，但我打算在適當的時候盡力給您支持和安慰。我不能減輕您的痛苦，但我可以與您一起分擔。我就是出於這種理由才十分樂意聆聽您心裡的話。我覺得您的心需要傾訴，我就向您敞開心扉。年齡還沒有使我的心冰冷到對友誼無動於衷的程度，您會發現我的心隨時準備迎接您。這也許只能稍稍減輕您的痛苦，但至少您不會一個人哭泣了。當這種不幸的愛情對您的影響太大，使您迫不得已要傾吐出來的時候，您寧可對我也不要去對他訴說。您看我跟您的說法一樣，我相信我們倆都不會說出他的名字，但我們仍能互相理解。

我不知道我是否應當告訴您，我覺得您的離去使他十分難受。也許不告訴您比較明智，但我不喜歡這種會使朋友苦惱的謹慎做法。然而我無法再繼續談下去了。衰弱的視力和顫抖的手都不允許我在需要親筆寫信的時候寫得太長。

再見了，我親愛的人兒；再見了，我可愛的孩子。是的，我很樂意收您做我的女兒，您具備了能使母親感到自豪和快樂的所有特質。

17**. 10. 3，於 ** 城堡

第一百零四封信

梅黛侯爵夫人
致
沃朗莒夫人

　　說實在的，我親愛的好朋友，看了您的來信，我禁不住有種得意的感覺。怎麼！我竟然有幸得到您完全的信任！您甚至還要徵求我的意見！啊！如果我配得上您對我的這種好感，如果我並不能把它僅歸功於出自友誼的偏見，那我真是開心極了。再說，不管是出於甚麼理由，它在我心中總是很寶貴的。在我看來，得到您的賞識只不過是給自己更多理由倍加努力，好不致有所辜負。因此我要直率地（但並不說要給您甚麼意見）談談自己的想法。我對此並無把握，因為那跟您的想法不同；等我向您陳述了理由以後，您可以判斷一下。如果您不贊成，我預先就對您的見解表示同意。我至少還有這樣的自知之明，不會以為自己比您更有見識。

　　然而，如果這一次我的意見似乎更為可取，那就應當從母愛的錯覺中去尋找原因。既然母愛是一種值得稱道的情感，您身上就一定不會缺少。從您想採取的做法上就可以明確地看出母愛的影響！因此，如果您偶爾會行差踏錯，那也只是因為在不同美德的抉擇之中左右為難。

　　我覺得當他人的命運就掌握在自己手中時，謹慎是最可取的美德，特別是通過一種神聖、牢不可破的關係——比如婚姻——來決定一個人的命運時，更是如此。那時一位有見識而慈愛的母親就應當，正如您說得十分透徹的那樣，**憑她的經驗去幫助女兒**。現在我想問您，為了達到這個目的，她究

竟該做些甚麼呢？不就是為她區分出討自己喜歡和合適與否的差別。

　　因此讓身為母親所擁有的權威屈從於一種淺薄無聊的愛戀，那不是貶低這份威望、令其化為烏有嗎？這種愛情虛幻的力量只有對它心懷畏懼的人才感受得到，只要不把它放在眼裡，它也就馬上消逝無蹤了。對我來說，我承認自己從來就不相信那些令人癡迷、無法抗拒的愛情，人們似乎總是把它當作我們行為放蕩的理由。我真不明白這種驀然產生、倏忽消失的愛戀怎麼會比懂得羞恥、謹守貞操、潔身自愛這些永恆不變的道德準則更有力量。我不理解違背了這些準則的女人怎麼能以她所謂的激情來為自己辯白，正如竊賊以對金錢的迷戀、殺人犯以對報復的衝動為理由，一樣令我難以想像。

　　唉！誰能說自己從不會有天人交戰的一刻呢？我就總是盡力說服自己，想要加以抵抗，只要您有意願就行了。到目前為止，我的經驗至少證實了我的看法。德行如果不包含應盡的義務，那又算甚麼德行呢？我們對它的崇奉體現在自我犧牲之中，它給我們的報酬則回饋在我們心裡。這些真理只有不加以接受便對他們有利的人才會否認，他們已經腐化墮落，力圖用拙劣的理由來為自己不道德的行為辯護，希望製造一時的假像。

　　可是我們需要為一個單純、害羞的孩子擔心這一點嗎？她是您的親生女兒，又受到高尚而純正的教育，這只會強化她難能可貴的天性。然而就是出於這種擔心，恕我冒昧地說它是對您女兒的一種羞辱，您竟想放棄自己為她慎重安排的美好姻緣！我十分喜歡唐瑟尼，而已有好長時間，您也知道，我難得見到傑庫先生。但是我對前者的友誼，與後者的疏遠，並無礙我對這兩者之間存在的巨大差別有所體認。

　　他們的出身是平等的，這點我承認；但是一個沒有家產，而另一個就算不是來自名門世家，他的錢財也足以使他達到一切目的。我承認金錢並不能帶來幸福，不過也得承認擁有它幸福得來便容易許多。沃朗菩小姐的財富，正如您所言，對他們倆已經綽綽有餘。然而，要是冠有唐瑟尼的姓氏，必須另立門戶，並維持一個與這個姓氏相稱的家，她所享有的六萬法鎊年

金就顯得不那麼多了。我們已經不是生活在塞維涅[38]的時代。奢華排場耗盡了一切，儘管人們表面上加以撻伐，卻不得不一一效法；浮濫與多餘最終蠶食鯨吞了生活必需品。

說到您有充足的理由特別重視的個人品格，傑庫先生在這方面確實無可非議，而他也證明了這一點。我希望，我也認為唐瑟尼實際上一點都不比他遜色。但我們就那樣有把握嗎？到目前為止，他確實似乎沒有他那個年紀常見的缺點，而且儘管時下的習氣並非如此，他還表現出愛好結交有教養的人，這使人覺得他將來會大有可為。但誰知道這種表面上的穩重是否得歸因於他在財富條件上的平庸？儘管人們害怕成為無賴或酒色之徒，要成為一個賭徒或風流浪子卻得有錢才行；有人可能仍然喜愛這種惡習，只是害怕沉溺其中。總之，他可能只是由於無力更上層樓，才跟有教養的人來往，像他這樣的人也許成千上萬。

我並不是說我相信他就是這樣（**但願不是！**），但這始終是得冒的一種風險。如果這樁婚事的結果不夠美滿，您會怎樣責怪自己啊！在您的女兒責問您的時候，您又該怎麼回答她呢？「媽媽，我當時年輕，沒有經驗；我甚至受了誘惑，犯下了在我當時的年齡情有可原的過錯。但上天預見到我的弱點，為了加以補救，免得我誤入歧途，賜給我一位有見識的母親。但為甚麼您竟忘了要慎重處之，讓我遭受不幸呢？在我對婚姻一無所知的時候，難道該由我來為自己挑選丈夫嗎？就算我想這麼做，難道您不該表示反對嗎？可是我從來沒有這種愚蠢的意願。我打定主意要聽您的話，懷著恭敬順從的心情等著您來決定。我並沒有背離對您應有的依順，然而今天我卻遭受著只有叛逆的孩子才應得的痛苦！啊！您的軟弱把我給毀了……」也許她對您的敬意會抑制她的怨言，但在您的母愛驅使下卻不難猜測出來。您女兒的眼淚儘管可以避開您的目光，卻仍然會在您的心中流淌。那時候您又能上哪兒去尋求安慰呢？到這種瘋狂的愛情裡嗎？您本該讓您的女兒堅強地加以抵禦，但您自己卻反倒也被它迷住了。

我親愛的朋友，我不知道自己是否對這種愛情懷有過深的偏見，但我

覺得它相當可怕，甚至在婚姻中也是如此。我並不是反對用一種正當溫柔的感情來美化夫妻關係，並以某種方式使其中所應盡的義務顯得不那麼繁重，但關係的建立不能憑藉這種情感，安排我們的終生大事也不能靠一時的美好幻覺。確實，為了選擇，必須加以比較。可是在我們的心神只受到一個對象所吸引時，又怎能辦得到呢？況且我們一旦陷入興奮和盲目的地步，就連對這個唯一的對象恐怕也無法了解了。

您不難想像，我曾經遇過不少染上這種危險病症的女子，其中有幾個對我說了心裡話。照她們的說法，她們都有一個完美無缺的情人，但這種虛幻的理想完人只存在於她們的想像之中。她們狂熱的頭腦裡幻想的只是種種可愛之處和美德，並隨意地以此來美化自己的意中人；這明明是神的衣衫，卻往往給套在一個可鄙的模特兒身上。無論是甚麼人，只要一被她們披上了這身服裝，就會讓她們被自己的作品所矇騙，馬上跪倒在地對他頂禮膜拜。

要嘛您的女兒沒有愛上唐瑟尼，要嘛她也體驗到這種幻覺。如果他們彼此相愛，他們就都有這種幻覺。因此您要使他們永遠結合在一起的理由，歸根究柢只是確信他們互不了解，也不可能互相了解。「可是，」您會對我說：「傑庫先生和我的女兒彼此就有更深的了解嗎？」不，答案大概也是否定的。可是至少他們彼此並沒有甚麼誤解，他們只是互不相識而已。在這種情況下，如果假設是有教養的夫妻之間，會發生甚麼事呢？他們會各自研究、觀察對方，不久就會弄清楚為了共同的安寧，他們彼此在興趣和意願方面所應做出的讓步。這些微不足道的犧牲做起來毫不費勁，因為那是禮尚往來的，也是預料得到的；不久犧牲就會使他們相互體貼。任何不被習慣摧毀的好感就會在長期相處之下增強，因而溫柔體貼的友誼、情深意切的信任就這樣漸漸形成了。這兩者再加上相互的尊重，在我看來，就為婚姻建構了真正穩固的幸福。

愛情的幻覺也許相當美好，但是誰不知道它難以持久呢？而且在它破滅時會帶來多大的危險啊！到那時，最小的缺點也會激起對方的反感，使人無法忍受，因為那跟以前吸引我們的完美想像形成了很大的差異。然而

夫妻雙方都覺得只有對方變了，自己仍然具有因對方一時的錯覺所欣賞的長處。他們再也感受不到對方的魅力，又無法使之再次出現，就感到驚訝，覺得相當丟臉，自尊心受了傷害，性格因而變得十分尖刻，過錯變得更加嚴重，情緒變得極其惡劣，產生了怨恨之情。最終為了一些淺薄無聊的快樂，只好付出長期不幸的代價。

　　親愛的朋友，這就是我對我們所關心事情的想法。我並無意加以捍衛，只是把它說出來而已，最後得由您來做出決定。如果您堅持己見，那就請您把勝過我的理由告訴我；從您那兒受到教益，而且也對您那可愛孩子的命運感到放心，我會覺得十分高興。為了我對她和您我之間一生一世的友誼，我熱切地希望她幸福。

17**. 10. 4，於巴黎

第一百零五封信

梅黛侯爵夫人
致
賽西兒・沃朗莒

哎呀！孩子，你十分氣惱，十分羞愧！這個凡爾蒙先生真是個壞人，對不對？怎麼！他竟敢像對自己最愛的女人那樣待你！他把你最渴望知道的事教了你！這種舉動確實是不可原諒的。而你呢，你想把貞操保留給你的情人（**也是不會破壞它的人**），你珍視的只是愛情帶來的痛苦，而不是它所給予的快樂！好極了，你完全像極了小說裡的主人翁。激情、厄運，再加上德行，這一切有多美啊！生活在這一系列精采絕倫的情節裡，有時確實感到厭倦無聊，但總有辦法解悶的。

你看，那可憐的孩子，她多麼值得同情！隔天一早，她的眼圈發黑！如果這雙黑眼圈是你情人造成的，你會怎麼說呢？得了，我美麗的天使，你的眼圈不會一直這樣黑的，並不是所有男人都是凡爾蒙。還有，你不敢再抬起那雙眼睛！哦！你做得真是對極了，大家都會從那裡看出你的私情。然而，請相信我，若真是如此，我們的夫人甚至小姐們的目光就會變得更加羞怯。

正如你所看到的，儘管我不得不誇獎你一番，但是我必須承認你功虧一簣；你該把一切都告訴你的媽媽。你開頭做得那麼好！你已經撲到了她懷裡，抽抽咽咽，她也流下了眼淚。多麼哀怨動人的場面！真是可惜，你竟只差臨門一腳！否則你慈愛的母親，為了幫助你保全德行，會滿心歡喜

地把你送到修道院去終生隱修。在那兒，你可以隨心所欲地去愛唐瑟尼，
既沒有情敵，也不會有罪孽；你可以盡情哀傷，凡爾蒙肯定不會用惱人的
歡樂來攪亂你心裡的痛苦。

　　說真的，一個過了十五歲的姑娘，還像你這麼孩子氣，這可能嗎？你
說得很對，你根本不配得到我的關懷，可是我仍然願意做你的朋友。你有
這樣一個母親，又要被她許配給那樣的丈夫，也許是需要我這樣的朋友！
然而如果你無法有所長進，那對你還有甚麼辦法呢？如果原來能讓姑娘們
變得機敏乖巧的事，卻好像反而使你變得癡呆蠢笨，那還有甚麼可指望的
呢？

　　如果你能自我反省，好好思考一下，不久就會發覺你應當感到慶幸，
而不是抱怨。可是你感到羞愧，因而局促不安。欸！放心吧，愛情所引起
的羞愧，正如它所帶來的痛苦，都只會讓你感受到那麼一次。過後盡可以
裝裝樣子，但不會再有這樣的感覺了。然而快樂卻能保留下來，這已相當
不錯了。我甚至覺得，可以從你對我說的那番話裡看出，你對這種快樂也
十分重視。得了，跟你實說了吧。你說心裡亂糟糟的，讓你說的跟做的並不
一致，覺得抵抗那樣困難，在凡爾蒙離開的時候彷彿還感到有些不高興。這
一切究竟是羞愧造成的，還是快樂引起的呢？還有他教人不知該怎麼回答的
說話技巧，這難道不是他的行事技巧造成的嗎？啊！小姑娘，你在說謊，
你在對你的朋友說謊！這可不好。不過就說到這裡吧。

　　這種對每一個人都是、也只能是愉快的事，在你目前的處境中，就成
了一種真正的幸福。說實在的，你一方面有個必須受她鍾愛的母親，另一
方面又有個希望永遠保有的情人，難道你沒有看出，身處於這兩相對立的
雙方之中想要做到兩全其美，唯一的方法就是尋求第三者的慰藉嗎？有這
樣一樁新的豔遇給你消愁解悶，在母親的面前，你就會顯得對她十分順從，
似乎為此犧牲了使她不快的愛情；在情人的眼裡，你又會獲得守身如玉的
聲譽。你不斷向他保證你的愛情，同時又不對他獻上愛情的最終明證。這
種拒絕，在你身處的境況中，是不會怎麼痛苦的，他卻必然會把將此歸因

於你的德行。他也許會為此而抱怨，但他會更加愛你。在一個人的眼裡，你犧牲了愛情；在另一個人的眼中，你抵禦了愛情。而要想獲得這雙重的美名，你只須品嘗愛情的歡愉就行了。噢！有多少女子落得聲名掃地！如果她們能用同樣的方法來維持聲譽，就可以小心地保住了。

　　我為你提供的這個主意，你不覺得是最稱心，也是最合乎情理的方法嗎？你知不知道你所採用的方法使你得到了甚麼？結果就是你的母親把你加倍的憂傷歸咎於對愛情的癡迷。她被激怒了，只等著有了更確切的把握就對你進行處罰。她剛給我來了信；她會想盡一切辦法來叫你供認自己的愛情。她對我說，也許她會提出把你許配給唐瑟尼，好促使你說出實話。如果你受到這種甜言蜜語的迷惑，按照你心裡所想的做出回答，你馬上就會被長期、也可能是永久地監禁起來，那時你就可以盡情地為你的盲目輕信而痛哭了。

　　她想用這種計謀來對付你，你就應當用另一種計謀來回擊。你起初要裝出一副不太憂傷的樣子，使她以為你不怎麼思念唐瑟尼了。她很容易就會相信這一點，因為這是分離通常會有的結果；她也會對你格外滿意，因為她在其中找到了對自己的謹慎感到得意的機會，就是靠著行事謹慎，她才想出了這個方法。可是如果她仍存有疑慮，執意要對你進行考驗，跟你談起了婚嫁，你要像個出身高貴的姑娘那樣，保持絕對的服從。事實上，你會有甚麼風險呢？說到誰來做丈夫，這個跟那個都差不多，最惹人討厭的也不像一個母親那樣礙手礙腳。

　　一旦你的媽媽對你更加滿意，就會把你嫁出去。那時候，你的行動變得比較自由，就可以按自己的意思加以選擇，你可以離開凡爾蒙，選擇唐瑟尼，或者甚至跟他們兩個都保持關係。但是你得留神注意，因為唐瑟尼性格溫柔，他是那種想要就能到手、在一起要多久有多久的男人，所以跟他交往可以比較隨興。凡爾蒙可就不同了。要留住他既不容易，離開他又很危險。對付他得用許多心計，不然，就只好對他服服貼貼。儘管如此，如果你能把他當作朋友來籠絡住，那就幸運了！他會馬上使你成為首屈一

指的時髦仕女。在社交界，人們就是這樣取得穩定的地位，而不是靠臉紅和流淚，如同當初修女們要你跪著吃午飯時那樣。

　　因此要是你聰明的話，就會盡力與凡爾蒙言歸於好；他一定對你十分生氣。你得彌補自己所做的**蠢事**，不要怕主動對他示好。而且你不久就會知道，如果男人先對我們採取主動，我們幾乎總是不得不做出回應。你這麼做有一個藉口，因為你不能保有這封信。我要求你看過以後，立刻把信交給凡爾蒙。可是別忘了事先把信重新封上。因為首先，你對他做出和好的表示，應當歸功於你自己，而不該顯得好像是旁人給你出的主意；其次，在這個世界上只有你一個人才是我夠親密的朋友，也只有跟你我才會這樣說話。

　　再見了，美麗的天使，照我給你出的主意去做吧，並告訴我這樣做的結果是不是好。

ps：對了，我忘了……還有一句話。你得對自己的文筆多加注意，你寫起信來總像個孩子。我很清楚這樣的原因是甚麼，因為你心裡想甚麼就說甚麼，從來不寫你心裡沒想到的。你和我之間可以這樣，我們彼此不應有任何隱瞞。但是對每一個人，特別是對你的情人這樣，就不行了！你會始終顯得像是個小傻瓜。你要明白，在寫信給一個人時，你是寫給他看，而不是寫給你自己看。你應該設法少說些你心裡想的事情，而多說些使他更開心的事情。

　　再見了，我的心肝。我並不責怪你，而是擁抱你，希望你更加懂事一點。

17**. 10. 4，於巴黎

第一百零六封信

梅黛侯爵夫人
致
凡爾蒙子爵

好極了，子爵，這一次，我真是發瘋似地愛您！另外，在收到您這兩封信中的頭一封後，我就料到會有第二封，因此你的第二封信並沒有令我感到驚訝。當您為即將到來的成功而得意洋洋，興沖沖地向我要求獎賞，問我是否已經準備好的時候，我就清楚地看出，我用不著那麼著急。是的，一點也不錯。看到在您精采的筆觸下顯現、教您那樣深深感動的動人場景，看到您那樣克制，完全合乎我們最美好騎士時代的風度，我就說了無數次：「這件事準成不了！」

這是因為事情不可能有別的結果。一個可憐的女人委身於您，您卻不接受，您要她怎麼辦呢？毫無疑問，在這種情況下，至少應當保全名譽；您的院長夫人就是這麼做的。對我來說，我很清楚地感覺到她所採取的步驟並不是真的一點也不起作用。往後只要情況略微有點嚴重的時候，我也打算將它納為己用。但我可以斷言，如果我主動接近一個男人，他卻不比您更懂得善用機會，那他就可以永遠斷了對我的念頭。

您看您落得一切全都成了泡影，而且還是同時跟兩個女人，一個已經與您歡度了一宿，另一個也巴不得如此，可都落了空！唉！您會認為我在自吹自擂，您會說事後諸葛當然不費吹灰之力；但我可以向您發誓，我確實料到了這種結果。您實在沒有您的身分所應有的天賦。您只知道您學到

的那一套玩意兒，卻不思創造。因此，一旦情況不符合您所習慣的模式，讓您必須脫離常軌的時候，您就像個小學生似的目瞪口呆。總之，您左邊是個孩子氣的小姑娘，右邊是個假正經的女子，這些不是每天都能碰上的事足以使您茫然不知所措。您事先既不曉得加以防範，事後也不懂得加以補救。啊！子爵！子爵！您讓我明白了不能光憑男人的成功來對他做出評斷。不久，就應當這樣來評價您：「曾經有那麼一天他是膽大包天的。」而在您幹了一樁又一樁的蠢事後，就來向我求援了！好像我除了幫忙您加以補救以外，就沒有甚麼別的事好做。這件活兒也確實夠麻煩的。

　　不管怎樣，在這兩樁豔遇中，一樁是違反我的意願幹的，我可不想插手；而另一樁由於多少是為了取悅我而做的，我就來負責處理一下。您可以把我附上的信先看一下，再交給小沃朗苣。這封信肯定已經足夠讓她回到您的身邊，但是我請求您，對這個孩子多加照看，讓我們同心協力，使她變成教她母親和傑庫痛心失望的根源吧。您用不著害怕加重劑量。我很清楚，這個小妮子是不會被嚇到的。我們在她身上的意圖一旦達到，就由著她自己去變成甚麼樣的人吧。

　　我已經對她完全不再感興趣。我曾希望使她至少成為一個懂得玩弄陰謀詭計的助手，將她納入在我手下擔任配角，但我發現她不是這塊料。她有一種愚蠢的天真特質，甚至連您在她身上使用了特效藥也不見消退，而這種特效藥通常是很靈驗的。依我看，這是女人最危險的毛病，顯示出一種性格上幾乎無法醫治的弱點，有了它就甚麼都幹不了。因此，我們一心想把這個小姑娘培養成一個善於耍手段的人，但造就的可能只會是一個水性楊花的女人。然而，我覺得沒有比這種愚蠢的輕浮更平淡乏味的了，既不知如何也不知為何而一味依順，那只是因為不曉得如何抵抗人家的進攻罷了。這種女人簡直就是供人淫樂的工具。

　　您會對我說，那就把她培養成這種人好了，對我們的計畫已經綽綽有餘。說得好！可是別忘了，從這種工具身上，大家很快就能看出策動者和主使人。因此，為了毫無風險地加以利用，就得加快腳步，早些罷手停息，

然後將之摧毀。說實在的，我們有的是擺脫她的方法；而且只要我們願意，傑庫總會將她完全監禁起來。總之，當他對自己的失意深信不疑的時候，當事情已經弄得人盡皆知、臭名遠播的時候，他做出報復跟我們有甚麼相干？只要他無法消除心中的痛苦就行了。我所說的是她丈夫這邊，您想到的應該是她母親那方面，因此這件事值得去做。

這個辦法依我看是上策，我已經決定採用了。這樣一來，我就得略微快些誘導那個小妮子，這一點您從我的信上就可以看到。還有一點也很重要，就是不能讓任何可能連累我們的東西落到她手裡，請您千萬注意。一旦採取了這種防範措施以後，她的精神、情緒由我負責，其餘的便歸您照管。萬一往後發現她的天真爛漫有所改進，我們仍可以及時更改計畫。我們遲早總得為我們所要採取的行動做準備。無論如何，我們的心血不會白費。

您知道嗎？我這邊的努力險些一語成讖，傑庫的運氣幾乎戰勝了我的謹慎。沃朗莒夫人不是一度表現出母親的寬容，想要把女兒許配給唐瑟尼嗎？您在隔天注意到她比平時更為親切的關懷就說明了這一點。而這樁好事的始作俑者又是您！幸好這位慈祥的母親寫信告訴了我，希望我的回信會讓她打消念頭。我在信上大談德行，尤其還對她大加奉承，所以她應該會覺得我的話有道理。

我沒有時間把那封信抄一份給您，好讓您了解我嚴肅的道德觀，實在非常可惜。您會看到，我多麼鄙視那些墮落到投向情夫懷抱的女子！在言辭中表現出一本正經是如此輕易！這只會使他人受到損害，卻一點也不會教我們感到為難……再說，我知道這位善良的夫人年輕時跟別的女人一樣，也犯過一些小小的過失，我很樂意使她至少因良心不安而感到羞愧；這也使我心裡好受一些，因為我不得不有違良心地對她稱頌一番。同樣，在同一封信中，想到可以讓傑庫出醜，我便能狠下心來替他美言幾句。

再見了，子爵，我非常贊成您在姑母家裡再待一段時間的決定。我沒有甚麼辦法可加快您的進展，但我勸您拿我們共同監護的小姑娘解解悶。

至於跟我的事，儘管您引用了一句很有禮貌的詩句，您也很清楚，時候未
到。您應該會承認，這並不是我的過錯。

17**. 10. 4，於巴黎

第一百零七封信

阿佐朗
致
凡爾蒙子爵

老爺：

　　遵照您的吩咐，我接到您的信後就上貝特朗先生的府上去了。他根據您的指示，交給我二十五個金幣。我向他多要兩個金幣給菲力普，因為我照老爺的吩咐，叫菲力普立刻動身，而他身上一個子兒也沒有；但您的代理人不肯，說您的信上沒有這樣的指示，所以我只好自己撥給他。老爺心好，會為我記住這一點的。

　　菲力普昨天晚上就動身了。我一再叮囑他不要離開酒館，好在需要的時候肯定能找到他。

　　接著我馬上前往院長夫人的公館去看茉莉小姐，但是她出去了。我只跟拉弗勒爾談了一陣，從他嘴裡沒有打聽到一點消息，因為打從他到了這兒以後，只有在吃飯的時候才會在公館裡。一切服侍工作都是副手做的；我並不認識那個人，這一點老爺知道得很清楚。不過今天我開始有了進展。

　　今天早上，我又去找茉莉小姐，她見到我似乎很高興。我問她女主人回來的原因，但是她告訴我，她甚麼都不知道。我相信她說的是實話。我責怪她沒有預先把她動身的事告訴我，她向我保證她也只是在當天晚上去服侍夫人安歇時才知道的。她只好連夜整理行裝，可憐的姑娘連兩個鐘頭都睡不

到。她在午夜一點才離開女主人的臥房，留下院長夫人獨自開始動筆寫信。

　　隔天一早，杜薇院長夫人在動身時交給城堡的看門人一封信。茱莉小姐不知道那是寫給哪個人的。她說也許是寫給老爺的，但老爺並沒有對我提過。

　　整個旅途中，夫人都用一頂大風帽遮住臉，不讓人家看到她。不過茱莉小姐相信她哭了很多次。一路上，她沒有說過半句話，也不願意像來的時候那樣，在 XX* 停留；這使茱莉小姐不太高興，因為她沒有吃早飯。但是正如我對她說的，主人總是主人嘛。

　　一到公館，夫人就睡了，但她在床上只躺了兩個小時。起床以後，她就把看門人叫來，吩咐他不要讓任何人進來。她沒有梳妝打扮，就坐下吃起午飯，但只喝了一點湯就馬上離開了飯桌。僕人把咖啡送到她的房間，茱莉小姐也同時一起進去了。她發現女主人正把一些紙頭放到書桌抽屜裡，並看到那是些信件。我打賭那是老爺的信。她當天下午收到的三封信裡，有一封到了晚上還擺在她的面前！我肯定那也是老爺寫的。但為甚麼她要那樣離去呢？這真教我感到驚訝！儘管如此，老爺肯定是曉得原因的，對吧？這不是我該管的事。

　　下午，院長夫人到書房拿了兩本書帶到小客廳去；但茱莉小姐斷定她整天也沒有對書看上一刻鐘，只是一邊讀著那封信，一邊托腮沉思。我猜老爺一定很樂意知道那兩本究竟是甚麼書，而茱莉小姐卻說不上來，因此今天我藉口想看一下書房，叫茱莉小姐領我前去。書架上只有兩本書的位置是空著的，一本是《基督教思想》第二卷，另一本是《克萊麗莎》[39]的第一冊。書名是我照抄得來的，說不定老爺知道那是本甚麼樣的書。

　　昨天晚上，夫人沒有吃晚飯，只喝了點茶。

　　今天上午，她一早就拉鈴叫人，吩咐馬上給她備馬，九點前就趕到斐揚修道院，在那兒望了彌撒。她想要去告解，但她的神父不在，要過八到

---

* 仍指中途的那個村莊。——編者原注

十天才會回來。我覺得我應當把這些情況告訴老爺。

接著她就回家，吃了早飯，隨後開始寫信，一直寫到快一點鐘。我不久就找到機會，去做老爺最希望我做的事，因為是我把信送到郵局去的。沒有給沃朗苴夫人的信，但我把一封原來是要給院長先生的信寄給老爺，我覺得這封信應該最值得注意。還有一封給羅絲蒙德夫人的信，我想老爺只要願意以後總會看到的，我就讓它發出去了。再說，既然院長夫人也給老爺寫了信，老爺不久也會知道一切。以後所有老爺想要的信我都拿得到，因為幾乎總是由茉莉小姐把信交給僕人去寄。她向我保證，出於對我和對老爺的友誼，她很樂意做我想要她做的事。

她甚至不願接受我給她的錢，但我想老爺會想送她一些小禮物。如果老爺有這樣的意思，又願意交給我辦理，我倒很清楚甚麼東西會教她開心。

我希望老爺不會覺得我有甚麼怠忽職守的地方，看到老爺對我的責備，我一定要解釋一下。我不知道院長夫人動身，反而正是我盡心竭力為老爺效勞的結果，因為是老爺要我在清晨三點就啟程出發；為了不吵醒城堡裡的人，我住到了附近的小客棧裡，於是當晚我就沒有像平常一樣見到茉莉小姐。

至於老爺責備我經常身上沒錢，首先是因為我喜歡穿得優雅得體，就像老爺看到的那樣；其次，我想應當好好維持老爺僕從的體面。我明白往後我也許應當節省一點，但我完全相信老爺的慷慨大方，因為老爺是那麼心地善良的主人。

至於我既給杜薇夫人當差，同時又繼續為老爺效勞這一點，我希望老爺不要要求我這麼做。這跟在公爵夫人府上的情況很不一樣，但在我有幸成為老爺的跟班後，我肯定不會再去當僕從，而且是法官的僕從了。除此以外，我完全聽候老爺的吩咐。我懷著對您的無限敬意和愛戴，榮幸地是您極為謙恭的僕人。

　　　　　　　　　　　　　　　　　　　跟班魯‧阿佐朗

　　　　　　　　　　　　　17**. 10. 5‧晚上 11 時於巴黎

第一百零八封信

杜薇院長夫人
致
羅絲蒙德夫人

　　哦，我寬容大度的母親！我該怎樣感謝您啊！我多麼需要您的信啊！我反覆看了一遍又一遍，簡直放不下手。自從我離開以後，全靠了您的信，我才度過了離開後少數僅有不那麼痛苦的時光。您的心地多麼善良！睿智與美德總是懂得同情無助與軟弱！您憐憫我的痛苦！啊！假如您也能了解箇中煎熬……這真是令人難以忍受。我本來以為已經體驗過了愛情的折磨，但有種難以言喻的痛苦，只有親身經歷的人才能了解，那就是與所愛的人分離，永遠不能再見！……是的，今天使我不堪忍受的痛苦，明天、後天，甚至窮盡一生都不會消失！天哪，我還這麼年輕，受苦受難的日子還得有多長啊！

　　自己一手造成了自己的不幸，親手撕裂自己的心；忍受著無以復加痛苦的同時，又時刻清楚意識到，只要一句話就可以加以終結；然而說出這句話卻等於犯下罪孽！啊！我的朋友！……

　　在我做出離開他這個無比艱難的決定時，我希望分離可以增強我的勇氣和力量，但我完完全全地錯了！恰恰相反，分隔兩地好像已徹底將它們摧毀。過去我確實需要面對更多的掙扎和反抗，但即便在抵抗的時候，其他的一切卻沒有被剝奪。至少，我有時候還可以見到他；我不敢注視他，卻往往感覺到他正盯著我。不錯，我的朋友，我的確感覺得到；他的目光似乎溫暖了我的心靈，儘管沒有經過我的雙眼，仍能達到我的內心。眼下，

我痛苦孤獨，與我所珍視的一切事物隔絕，只有不幸陪伴著我；在我憂傷的生活中，無時無刻不淚水盈眶。甚麼也不能減輕我的苦楚，我做出的犧牲並未給我帶來一丁點安慰；到目前為止，我所做的犧牲只讓我體認到自己將繼續奉獻的會有多麼令人難以承受。

就在昨天，我深刻感受到這點。僕人送來的信中，有一封他捎來的。僕人還沒走到我面前，我就從其他的信中認了出來。我情不自禁站了起來，渾身發抖，難以掩飾內心的激動，而這種情緒裡並非沒有一絲愉悅。緊接著僕人離開只剩下我一個人後，這虛假的甜蜜感就馬上消失了，留下的只是我要做出的又一個犧牲。不錯，我是否能拆開這封我急著想看的信呢？厄運真是對我糾纏不休，看似出現在眼前的安慰，反而只帶給我新的失落感；一想到凡爾蒙先生也有同樣的感覺，這份失落感又變得更加劇烈。

您看，這個時刻縈繞在我心頭的名字，我費了好大的勁才終於寫了出來。您對我的責難真教我惶恐不安。我請求您相信，我那種沒有道理的羞愧並沒有損害我對您的信任。為甚麼我不敢說出他的名字呢？啊！我是因為我的感情，而不是為致使它產生的人而臉紅。除了他，還有哪個人更有資格激起這種情感呢？然而，我不知道為甚麼這個名字出現在我的筆下總顯得很不自然。就連這一次，我也是思考了片刻才寫下的。我再回來談談他吧。

您告訴我，您覺得我的離去使他十分難受。他究竟做了甚麼？說了甚麼？他有沒有提起要回巴黎？請您盡量讓他打消這種念頭。如果他夠了解我的話，就不應當怨恨我這個舉措，而應當意識到我所做的這項決定是無法挽回的。我覺得最苦惱的一點就是不知道他是怎麼想的。他的信仍然擺在我面前……但您肯定同意我的看法，我不該把信拆開。

只有透過您，我寬容大度的朋友，我才不至於完全與他分離。我不想濫用您的好意，我完全明白您不能寫長信，但您不會拒絕為您的孩子寫兩句話吧。一句用來支持她的勇氣，另一句給她安慰。再見了，我尊敬的朋友。

17**. 10. 5，於巴黎

第一百零九封信

賽西兒‧沃朗莒
致
梅黛侯爵夫人

　　夫人，我有幸收到您寫給我的信，今天才把它交給凡爾蒙先生。我把信保留了四天，儘管經常害怕被人找到，但我相當小心地把它藏得很好。每逢我又感到憂鬱的時候，就關起門來再看一遍。

　　我明白了以前我覺得是莫大不幸的事，其實幾乎算不上甚麼，而且必須承認其中還相當有樂趣。因此，我幾乎不再感到苦惱了。只是一想到唐瑟尼，我有時總會覺得難受。可是已經有很多時候，我一點也不想他了！這也因為凡爾蒙先生實在討人喜歡！

　　我跟他和好已經有兩天了。這很容易，因為我只對他說了兩句話，他就說如果我有甚麼事要和他說，他晚上會到我的房間裡來。我只回答他說我很樂意，等他過來了以後，並沒有露出生氣的樣子，就像我從來都沒有得罪過他似的。一直到後來他才責備了我幾句，但是相當溫和，又是那樣一種方式……完全和您一樣。這表明他對我也充滿了友好的情誼。

　　我實在無法告訴您他跟我說了多少滑稽好笑的事，都是我原來絕不會相信的，特別是關於媽媽的事。請您告訴我這一切是否都是真的。可以確定的一點是，我無法忍住不發笑。因此有一次我哈哈大笑，弄得我們倆都相當害怕，因為媽媽可能會聽到。如果她過來察看，那我該怎麼辦？她肯定會因此把我送回修道院去！

　　由於必須小心謹慎，而且凡爾蒙先生自己也對我說，他絕不想冒險使我的名譽受到損害，我們便商量好了，往後他只來打開房門，我們一起到他的房間去，這麼一來就甚麼也不用怕了。昨天我已經上那兒去過，現在我一邊寫信給您，一邊在等他前來。夫人，如今我希望您不會再責怪我了。

　　可是，您的信裡有一點教我感到十分詫異，就是有關我結婚後與唐瑟尼和凡爾蒙先生的關係。我記得有一天在歌劇院，您跟我說的話似乎正好相反，您說一旦我結了婚，就只能愛我的丈夫，甚至應當把唐瑟尼忘了。不過，也許當時我聽錯了；我倒寧可您不是這樣說的，因為如今我不再那麼害怕結婚了。我甚至渴望這一天快些到來，因為那樣我會有更多的自由。我希望到那時可以設法使自己只想著唐瑟尼。我清楚意識到只有和他在一起時自己才會真的幸福。因為如今思念他的念頭總煎熬著我，只有在不想他的時候，我才能感到快樂，可這很難做到。我一想到他，就又變得十分憂傷。

　　眼下略微叫我感到安慰的一點，就是您保證說唐瑟尼會更加愛我。可是您真的有把握嗎？……哦！是的，您肯定不想騙我。然而這還是怪有趣的，我愛的是唐瑟尼，而凡爾蒙先生……不過，正如您所說的，這也許是一種幸福！總之，我們等著瞧吧。

　　我不太明白您所說的有關我寫信方式的話，我覺得唐瑟尼似乎認為我這樣寫信很好。然而我很清楚，我不該把我跟凡爾蒙先生之間發生的事告訴他，因此您用不著擔心。

　　媽媽還沒有和我談起我的婚事，就順其自然吧。等她向我提起這件事的時候，既然她想讓我上當，我向您保證我不會對她說實話的。

　　再見了，我的好朋友。我十分感謝您，我保證永遠不會忘了您對我的一片好意。我得擱筆不寫了，因為時間已經接近一點鐘，凡爾蒙先生應該就要過來了。

17**. 10. 10，於 ** 城堡

第一百一十封信

凡爾蒙子爵
致
梅黛侯爵夫人

　　萬能的上帝，我曾擁有一顆忍受著痛苦與煎熬的心，如今請賜給我一顆追求幸福快樂的心吧！*我相信這就是充滿柔情的聖普勒所說的話。[40]我的運氣要比他好，同時過著兩種生活。沒錯，我的朋友，我既極為快樂，又極為痛苦。既然您完全得到我的信任，我就應當把我的苦與樂都講給您聽。

　　您要知道，我那個無情無義的女信徒始終對我十分嚴厲。我已經收到了退回來的第四封信。也許我不應該說是第四封，因為自從第一封信退回來以後，我就猜到以後的許多封也會跟著退回來。我不想這樣浪費時間，便決定用一些陳腔濫調來訴苦，而且不標上日期。從第二封信開始，來來回回的都是同一封信，我只是換個信封。如果我的美人兒最終像所有其他美人兒一樣，哪一天被打動了，至少出於厭煩而把那封信留下，那時我就能重新掌握情況了。但現下您可以看到，憑著這種新的通信方式，我不可能了解所有的進展。

　　然而，我發現這個反覆無常的女人已經更換了知心朋友。至少我可以肯定，自從她離開城堡以後，就沒有給沃朗菖夫人寫過一封信，卻給年邁的羅絲蒙德夫人寫了兩封。由於羅絲蒙德夫人甚麼都沒有對我們說，也不

* 引自《新哀綠綺思》。——編者原注

再開口談起她那親愛的人兒（*以前她總是不停地把這句話掛在嘴上*），我就斷定她已成了她吐露衷情的知心。我猜想情況是這樣的：一方面她需要和人談到我，另一方面，要對沃朗莒夫人重提她長期以來否認的情感，不免有些羞愧，才促成了這樣大的轉變。我擔心會在這個轉折中吃虧，因為女人年紀越大，就變得越加嚴屬和乖僻。前者可能會對她說上不少我的壞話，後者卻會對她說上不少愛情的壞話。而這個容易動情的正經女子對情感的恐懼要比對人更為屬害。

　　了解內情的唯一方法就是攔截她們祕密往來的書信，這一點您是知道的。我已經給跟班下了命令，天天都在等待他行動的結果。在此之前，我只能毫無目的地胡亂試試。因此，一個星期以來，我始終在回想我所知的各種方法，所有小說裡和我祕密回憶錄中的方法，但無濟於事。我找不到一種既符合這件事的情況，又適合女主角性格的方法。困難並不在於進入她的家，即便是晚上，甚至要使她昏睡不醒，成為另一個克萊麗莎，都不是甚麼難事；[41]可是在費了兩個多月的心力之後，還要依賴我不熟悉的方法，卑躬屈膝地追隨別人的足跡，去取得毫無榮耀的勝利！……不行，她不能**既得到罪惡的歡愉，又享有美德的榮譽**。[*42] 占有她是不夠的，而是要她主動委身於我。可是要達到這個目的，就不僅要上她家去，而且要在她允許的情況下前去；要她獨自一人並且有意聽我傾訴。特別要使她看不見危險，因為如果她看得見，就會設法戰勝和克服，否則就犧牲生命。可是我越清楚該怎麼做，就越覺得實行起來很困難。即便又要受到您的嘲笑，我仍然要向您承認，我越想著目前的困境，就越顯得障礙重重。

　　我覺得，要不是我們共同監護的那個小姑娘給我帶來了愉快的消遣，我準會暈頭轉向。多虧了她，如今除了高唱哀歌以外，我還有別的事好做。

　　您相信嗎？這個小姑娘受驚得那麼屬害，過了整整三天，您的信才產生了所有的效果。由此就可看出，一個錯誤的想法，是如何使得最美好的

*　引自《新哀綠綺思》。——編者原注

天性蒙塵！

　　總之，一直到了星期六她才過來，在我的周圍轉了一陣，隨後結結巴巴對我說了幾句話；由於害臊，她把聲音壓得那麼低，說得那麼含糊，根本無法聽清楚說些甚麼。不過她臉上的紅暈使我猜到了她的意思。在此之前，我始終擺出高傲的樣子，但她這樣討人喜歡的悔過打動了我的心，令我很樂意當晚就去找這個漂亮的悔過者。對於我的寬恕，她以對這份無上恩典的由衷感激來加以回報。

　　由於我始終牢記您我的計畫，就決定利用這個機會來確切了解這個孩子的才幹，並加速對她的教育。可是為了更自由地從事這項工作，我需要改變我們的幽會地點。因為在您監護人的房間跟她母親的臥室之間，只隔著一個簡單的盥洗室；這無法提供她足夠的安全感，讓她盡情表現自己。因此我原本打算無意地弄出一些聲響，使她心裡害怕，從而決定以後換一個更加安全的地方，可她卻免去了我的這番心思。

　　這個小姑娘十分愛笑，為了使她開心，我在行樂的空檔毫無顧忌地向她講述了我頭腦中閃過的所有驚世駭俗的風流韻事。為了使這些事更有趣味，更能吸引她的注意力，我把它們都歸到她媽媽的頭上，並很高興能這樣為她的母親點綴上許多罪惡跟荒謬笑料。

　　我這樣做不是沒有理由的，這比任何其他方法都更能激勵我那羞怯的學生，同時我也可以促使她對自己的母親萌生極度的蔑視。我早就注意到，雖說引誘一個年輕女子並不非要採用這個方法，但要使她墮落，這個方法卻是不可或缺的，而且往往也最奏效。因為不尊重母親的姑娘就也不懂得自重。這條道德上的真理我覺得十分有用，我也很高興為證明這句至理名言提供一個實例。

　　可是，您所監護的小姑娘並沒有想到要在道德上做出批判，不時笑得喘不過氣來；最後有一次，她幾乎放聲大笑。我很輕易就使她相信自己發出了**恐怖的聲音**。我裝出十分惶恐的樣子，令她也馬上害怕起來。為了使她牢記不忘，我就不允許再出現甚麼歡快的場面，而且比平時提早三個小

時離開了她 [43]。因此，在分手的時候我們商量好了，從隔天起就在我的房間裡相會。

　　我已經在我的房間接待了她兩次。在這短短的時間裡，學生已經幾乎跟老師一樣在行了。不錯，我確實把一切都教給她了，包括怎樣取悅獻媚！我只是沒有教她怎麼採取預防措施。

　　由於整夜得不到休息，我就把白天大部分的時間用來睡覺。城堡裡目前的社交圈子一點也吸引不了我，所以白天我在客廳裡露面的時間幾乎還不到一個小時。今天，我甚至決定在房裡用餐，只打算在到附近散步時才走出房門。這些古怪的行徑我都歸因於我身體欠安。我聲稱感到頭暈，還說自己有點發燒。我只需說話慢一點，聲音低一點就行了。至於我臉上的變化，您可以信賴您的被監護人。**愛情會做到這一點的。** *

　　在空閒的時間裡，我就設想怎樣重新獲得我在那個薄情的女人身上所失去的有利地位，同時還撰寫一本淫逸放蕩的入門手冊供我的學生使用。我自得其樂地只用專門術語來稱呼每樣東西。一想到這會促成她和傑庫在新婚之夜的有趣對話，我就笑了起來。甚麼都比不上她開始應用自己所知的少數術語時的天真神態那樣好玩！她壓根兒沒想到還有別的說法。這個孩子著實迷人！她的天真幼稚與她口中放肆無禮的語言形成了對比，產生了明顯的效果。不知道為甚麼，如今只有稀奇古怪的事才能使我開心。

　　也許我對她太癡迷了，因為在她身上耗費了我的許多時間和精力。但我希望裝病除了可以使我免去客廳裡的無聊應酬外，還會對那個嚴屬的女信徒起一點作用；因為她的德行儘管令人畏懼，但為人卻溫柔而富於同情心！我相信她對這件大事已經有所耳聞，我很想知道她是怎麼想的；因為我敢打賭，她必然會把這項榮耀歸於自己。我會根據我身子不適對她產生的影響來調整我的健康狀況。

　　我美麗的朋友，如今您對事情的進展跟我一樣清楚了。我希望不久就

＊　引自勒尼亞爾的《狂熱的愛情》。——編者原注 [44]

會有更有趣的消息可以告訴您。請您相信，在我決心得到的快樂中，我十
分看重期望從您那兒得到的獎賞。

17**. 10. 11，於 ** 城堡

第一百一十一封

傑庫伯爵
致
沃朗莒夫人

夫人，這兒的一切看來已經平靜了下來。我們一天又一天地等著獲準回國。我希望您不曾懷疑我始終懷著與期盼歸期一樣急切的心情，盼著跟您結為姻親，跟沃朗莒小姐成為夫婦。然而，我的表兄 XXX 公爵（您知道我受過他許多恩惠）剛剛通知我宮廷要把他從那不勒斯召回國去。他告訴我他想要取道羅馬，好在途中看看他所未知的那部分義大利。他邀我陪他一起旅行，大概需要六個星期或兩個月。不瞞您說，我很想利用這個機會；因為我覺得，一旦結婚以後，除了公務需要，我很難有時間外出。也許婚禮等到冬天舉行也更為適宜；因為只有在那時候，我的所有親屬才會聚集在巴黎，特別是 XXX 侯爵，正是多虧了他，我才有希望高攀府上。儘管有這些考量，但我在這方面仍然絕對服從您的規畫。只要您有一點傾向於最初的安排，我就預備放棄我的打算。我只是請您盡早讓我知道您的意思。我在此恭候您的回音，並只會按照您的回覆行事。

夫人，我心中對您充滿敬意，以及兒子對母親應有的情感，我是您極為謙恭的……

傑庫伯爵
17＊＊. 10. 10，於巴斯蒂亞 [45]

第一百一十二封信

羅絲蒙德夫人
致
杜薇院長夫人
（僅為口述）

我親愛的人兒，我剛收到您十一日的信 *，在信裡讀到了溫和的責備。您得承認，您很想多說我幾句，要不是您想起了您是我的女兒，您便真的會狠狠地責怪我了。然而，這樣您就很不公道了！我很想親自回信給您，也希望能自己動筆，所以就一天天地拖延下來。您看，就連今天，我仍不得不借助我侍女的手。我那討厭的風濕病又犯了；這一次它侵入了我的右臂，讓我完全成了獨臂人。像您這樣精力充沛的年輕姑娘交上一個如此衰老的朋友就是這麼回事！得忍受她身體上的不便。

等我的疼痛略微減輕一點，我一定會跟您長談。目前您只要知道，您的兩封信我都收到了；如果還有這個可能的話，它們就會加深我對您的深厚友誼，而且我會始終積極地參與您所關心的一切。

我的侄子身體也有些不適，但並沒有甚麼大礙，也用不著為他擔心。那只是種輕微的不適，依我看只影響了他的情緒，並無損他的健康。我們幾乎見不到他。

他的隱退和您的離去並沒有使我們的小圈子變得更充滿歡樂。特別是小沃朗莒對您的離去感到萬分遺憾；她整天張大了嘴直打呵欠。尤其是近

---

*　這封信沒有找到。──編者原注

幾天來，她每天下午都讓我們有幸看到她香甜的睡臉。

再見了，我親愛的人兒。我永遠是您最親近的朋友，您的母親，甚至您的姊姊，如果以我這把年紀還當得上您姊姊的話。總之，最親密的感情把您我連結在一起。

羅絲蒙德夫人口述
阿黛拉伊德代筆
17**. 10. 14，於 ** 城堡

第一百一十三封信

梅黛侯爵夫人
致
凡爾蒙子爵

　　子爵，我覺得應當告訴您，巴黎有人開始談論您了；有人注意到您不在巴黎，而且猜到了原因。昨天我參加了一場人數眾多的晚宴，席間，有人肯定地說您被一種浪漫的不幸愛情困在了鄉間。當時，所有嫉妒您成功的男人和所有被您冷落的女人臉上都馬上露出了喜悅的神色。如果您相信我的話，就不會讓這種有害的傳聞變得確鑿無誤，您應當馬上回來，讓您的出現使這種傳聞不攻自破。

　　請想一想，一旦您讓人失去了您是無法抵禦的想法，不久您就會感到人家確實可以更輕易地與您對抗；您的情敵也會失去對您的敬意，而敢於跟您爭鬥了。因為他們當中有哪一個不自認為比賢德的女子更有力量？特別請想一想，在名譽被您公開損害過的眾多女子中，凡是沒有被您占有過的那些都會設法使公眾不要受騙，其餘的則會盡力愚弄大家。總之，您應當預料到您的才幹也許會遭到低估，正如迄今為止，您的才幹始終被高估那樣。

　　回來吧，子爵，不要為了一時孩子氣的任性就犧牲您的聲譽。我們想對小沃朗苣做的事，您全都做到了；至於您的院長夫人，顯然並不是您留在離她十里路的地方，就能滿足您對她的異想天開。您以為她會去找您嗎？說不定她早把您給忘了，或者就算她還會想到您，也只是因為曾經羞辱了

您而感到得意。至少在這兒,您有機會可以重新顯得十分風光,而您也正需要這樣的機會。即便您執意要繼續追逐那可笑的風流韻事,我也看不出您回來會有甚麼害處……我看正好相反。

其實,如果您的院長夫人**愛慕您**,正如您對我說過好多次,卻極少加以證明的那樣,那麼目前她唯一的安慰,僅有的樂趣,就應該是談論您,想要知道您在做甚麼,說甚麼,想甚麼,甚至想要知道跟您有關的任何一點枝微末節。這些瑣事因為人家喪失了接觸的機會而變得富有價值。這是從富人飯桌上掉下來的麵包屑,富人不屑一顧,而窮人卻貪婪地撿起來充飢果腹。目前,可憐的夫人就在撿這些麵包屑;她撿得越多,對餘下的一切就越不急於品味。

再說,既然如今您知道哪個人是她的知心朋友,您可以相信,她捎來的每一封信裡都至少會有一小段訓誡,以及所有可以用來**證實其見識和突顯其德行** *的內容。為甚麼您要讓一個人得到抵抗的手段,而讓另一個人得到危害您的方法呢?

這並不是說我完全同意您認為她更換知心朋友對您不利的意見。首先,沃朗莒夫人恨您,而仇恨總是比友誼更能教人變得敏銳和乖覺。您的姑母年高德劭,不會有片刻想要對她親愛的侄兒加以詆毀,因為德行也有它的弱點。其次,您的擔憂建立在絕對錯誤的觀點上。

女人年紀越大,就變得越加嚴厲和乖僻的看法是不正確的。從四十歲到五十歲,女人看到自己的容顏日漸憔悴而陷於絕望,並為了感到不得不放棄自己仍然懷有的抱負和樂趣而相當氣惱,讓她們幾乎都裝出一本正經的模樣,性情也變得乖戾暴躁。她們需要一段漫長的時間來徹底完成這項重大的犧牲;但等這段時間一結束,她們就分為兩類。

絕大多數只擁有過年輕和美貌的女人,都變得癡癡呆呆,麻木不仁,她們只有在打牌和參加宗教活動時才脫離這種狀態。這種女人總令人生厭,

---

* 引自喜劇《人不能甚麼都考慮到》。──編者原注 [46]

往往喜歡抱怨，有時還愛找麻煩，但難得心思歹毒。我們也說不上來這種
女人究竟嚴厲與否。她們沒有思想，沒有自己的生活方式，老是人云亦云，
對別人說的話既不理解，也無區分優劣的能力，她們實際上完全一無所長。

另一類女人則少得多，但著實可貴。她們具有個性，從不忽略培養自
己的理性；在她們失去了大自然所賦予的優勢以後，懂得為自己建立另一
種生活；她們決定拿以前用來妝點容顏的飾物來美化心靈。這種女人通常
具有十分健全的判斷力，性格穩重，為人開朗、隨和。她們用給人好感的
善意，以及隨著年齡的增長而更加可愛的風趣來替代迷人的魅力。她們就
是這樣得以在某種程度上跟年輕人親近，並受到喜愛。那時候，她們根本
不像您所說的那樣嚴厲和乖僻。寬容大度的習慣，長期對人類弱點的思考和
反省，特別是她們對自己青春年華的回憶（**這是使她們仍然對人生有所眷戀的
唯一慰藉**），也許使她們有些太近乎隨和了。

最後我能對您說的就是，我始終爭取跟年邁的婦女結交，因為我早就
認識到她們的贊許對我很有用處。當中我所遇過的不少人之所以吸引我，
不僅是因為我可以得益，也是我對她們懷有好感。我就說到這裡吧，因為
如今您那麼容易激動，那麼充滿高尚的情操，我真擔心您會突然愛上您年
邁的姑母，把自己跟她一起埋在您已待了那麼久的墳墓裡。我還是回到正
題上來吧。

儘管您看上去似乎對您的小學生著了迷，但我卻不相信她在您的計畫
中會有多少作用。您近水樓臺，占有了她，確實做得好極了！但這算不上
是一種愛戀。說實在的，甚至也不是十足的享受。因為您只是完全占有了
她的肉體而已！我不去談論她的內心，我猜想您對此並不在意。不過就連
她的腦袋，您也沒有占據。我不知道您是不是意識到這一點，我可在她最
近給我的那封信 * 裡找到了這方面的證據。我把那封信附上，讓您自己判
斷。您看，在她談到您的時候，總是稱作**凡爾蒙先生**。她所有的想法，就連

---

* 見第一百零九封信。——編者原注

受到您的啟發所產生的想法，總是歸結到唐瑟尼身上；她並不稱他作先生，始終就只稱作唐瑟尼。從這一點上，她就把唐瑟尼跟所有其他男人區分了開來；即便在她委身於您的時候，她也只是在跟他親昵。如果您覺得這樣一個被您征服的女子是迷人的，如果她給予您的快樂竟然使您**難以割捨**，那您倒真是個要求不高、容易對付的人了！您留著她，我並不反對，這甚至也在我的計畫之內。可是我覺得這並不值得費上一刻鐘的時間，而且也應當對她有些約束，比如說，在使她進一步忘掉唐瑟尼之前，就不允許她與他接近。

在停止談論您的事，回頭來談我自己以前，我還想對您說，您告訴我打算採用的那種裝病的方法是眾所周知的，並沒甚麼新意。說實在的，子爵，您真沒有創造力！至於我，有時候我也會故技重施，正如您會看到的那樣；但我總盡力依靠細節來加以補救，特別是事情的成功證明我做得對。我還想再嘗試一次，藉此謀求一樁新的風流豔遇。我承認，這件事並沒有甚麼難度，但至少可以讓我得到消遣，眼下我無聊得要命。

自從普雷旺那件事以後，我不知道為甚麼貝勒羅什變得教我難以忍受。他那樣加倍對我殷勤，表示親熱和崇拜，我實在受不了。他偶爾也對我發怒，最初只教我覺得好玩，然而總得想法平息他的怒氣，因為讓他這樣下去會影響我的名譽；可是根本沒有辦法讓他明白事理。為了能不費甚麼力氣便將事情解決，我只得對他表示現出更多的熱情，而他卻當真起來。從那以後，他就欣喜若狂，無休無止，令我十分厭煩。我特別注意到他對待我的那種帶有侮辱意味的自信模樣，毫無顧忌地以為我是永遠屬於他的，令我確實感到受了侮辱。如果他以為自己那麼了不起，可以讓我始終依順他，那他真是太小看我了！不久前他不是還對我說，除了他大概我再也不會愛上另一個男人嗎？噢！那時候我得盡力小心克制，才沒有馬上對他說出實情好教他醒悟。的確，這真是一個想要享有特權的可笑大爺！我承認他體格勻稱，相貌俊美，但是總的說來，也不過只是個愛情的工具而已。總之，時候已經到了，我們該分手了。

　　半個月來，我已經做了不少嘗試，我輪番採用冷淡、任性、發火、爭吵等方法，但那個死心眼的人不肯輕易放手，於是只好採取更加劇烈的手段。因此，我要把他帶到鄉間去。我們後天動身，只有幾個沒甚麼洞察力又不相干的人一起前去，我們就像單獨在一起似的，幾乎享有完全的自由。在那兒，我會對他表示無限的恩愛和百般的親熱，直到他難以招架的地步。我們會整天膩在一起綢繆繾綣，難分難捨。這樣一來，我打賭他會比我更希望早點結束這趟被他當成莫大幸福的旅行。當他回來的時候，如果他厭煩我的程度沒有超過我對他的厭倦，那我就承認自己在這方面所知的不及於您。

　　我這樣隱居鄉間，藉口是要認真處理我那關係重大的訴訟案。這場官司終於要在入冬時進行審理了。我很高興，因為一個人的所有財產始終這樣懸而不決，真教人感到不舒服。我倒並不擔心案件審理的結果；首先是我有理，我所有的律師都向我保證這一點。就算我沒有理，要是我不能勝訴，那我也太蠢笨了。我的對手只是幾個年幼的未成年人跟他們老邁的監護人！然而如此重大的案子，甚麼都不應忽略，因此我帶了兩個律師一同前去。您不覺得這次旅行會很開心嗎？可是如果我能因此而勝訴，同時又甩掉貝勒羅什，那我就不會為了耗費的時間而惋惜。

　　現在，子爵，請猜猜看誰是我的下一個情人。我不相信您猜得出來。算了吧！我知道您怎麼樣也猜不到的。告訴您，是唐瑟尼。您吃驚了，對吧？因為我總還不至於淪落到教育孩子的地步！可是他確實值得另眼相看。他身上只具有青年人的軒昂氣度，卻沒有他們的淺薄。他在社交圈子裡十分矜持慎重，這就可以消除人家對他的所有猜疑；而在他私下跟你親昵的時候，你就只會覺得他越發可愛。這並不是說我已經和他有過甚麼關係，我依然只是他的知心朋友。不過在友誼的薄紗下，我好像看出他對我懷有十分熱烈的愛慕之心，我覺得我也很喜愛他。他富有才氣，又體貼入微，這樣一個人竟然為了沃朗苢那個愚蠢的小妮子而犧牲、糟蹋了才智和敏銳的心思，真是太可惜了！他以為愛上了她，我希望他弄錯了。她根本配不

上他！我倒不是嫉妒她，他和她的愛情簡直就像一場謀殺，我要把唐瑟尼從中拯救出來。因此我請求您，子爵，注意不要讓他再接近他的**賽西兒**（**他仍然有這樣稱呼她的壞習慣**）。初戀的影響力總比我們料想的來得大；如果她現在再見到他，特別是在我離開的時候，我就對甚麼都沒把握了。等我回來以後，一切歸我負責，包管不出差錯。

　　我本來很想帶著年輕人一起去，但我一向行事謹慎，就放棄了這個想法。再說，我也怕他發覺貝勒羅什跟我之間的關係；如果他看出了一點兒蛛絲馬跡，我會大失所望。至少我想在他的心目中顯得純潔無瑕，只有這樣，我才能夠真正配得上他。

17**. 10. 15，於巴黎

第一百一十四封信

杜薇院長夫人
致
羅絲蒙德夫人

我親愛的朋友，我無法抗拒內心的強烈不安，也不清楚您能不能回信給我，還是忍不住要向您打聽。您說凡爾蒙先生的身體狀況**沒有危險**，卻並不能使我像您所表現出的那樣安心。憂鬱和厭惡社交往往是某種嚴重疾病的前兆，身體和精神上的痛苦一樣會使人渴望獨處；而通常人們對應該僅對其病痛給予同情的人，卻只是責怪他的脾氣不好。

我覺得他至少應當找人問個診。您自己也有病，怎麼身邊就沒有一個醫生？今天上午我去看過我的醫生，不瞞您說，我委婉地問過他了。他的意見是生來就很活躍的人，突然變得對事漠不關心，這種情況絕不可以忽視。他還對我說，如果不對疾病及時治療，就再也治不好了。為甚麼要讓您如此心愛的人去冒這種危險呢？

更教我心裡不安的是，我已經四天沒有收到他的消息了。天哪！您沒有對我隱瞞他的身體狀況吧？為甚麼他突然不捎信給我了？如果只是因為我每次都執意把信退回去，也許他早該做出這樣的決定。總之，我是不相信預感的，但是這幾天來，我愁悶到了心裡害怕的地步。啊！也許一場最大的災禍就要降臨在我身上了！

說出來我真感到羞愧，您也不會相信，不再收到那些信我心裡有多難受！可是收到了，我仍然不會拆開來看的。但至少可以肯定他還惦念著我！

而且還能看到來自於他的東西。我並不把信拆開,只是一邊看著一邊掉淚。我雖然流著淚但心裡感到甜蜜和舒暢,只有淚水才能緩解部分我回來之後常有的沉重心情。我懇求您,我寬容大度的朋友,盡可能盡早親自寫信給我吧。在此之前,請您派人每天把您和他的消息告訴我。

　　我發覺自己幾乎還沒有說上一句有關您的話,但您了解我的感受,知道我對您充滿依戀,深切地對您富於同情心的友誼心存感激。您會諒解我的心煩意亂,痛苦不堪,飽受煎熬地擔心他生病,因為我也許就是他的病因。天哪!我老是受到這個令人絕望的念頭困擾,心也被撕裂了。我以前沒有經歷過這樣的不幸,如今我竟覺得自己是為了全部——體驗而生。

　　再見了,我親愛的朋友。愛我吧,憐憫我吧!今天我會收到您的信嗎?

17**. 10. 16,於巴黎

第一百一十五封信

凡爾蒙子爵
致
梅黛侯爵夫人

　　這真是件難以理解的事，我美麗的朋友，我們一分開，就那麼容易出現分歧。我在您身邊的時候，我們總是只有一種意見，一個看法；因為近三個月來，我見不到您，我們在任何事情上就都不能達成共識了。我們倆究竟誰錯了呢？您對這個問題的回答肯定不會有一點兒猶豫。但我比較慎重，或者比較謙恭有禮，我可無法確定。我只準備給您回信，繼續向您敘述我的作為。

　　首先，謝謝您把有關我的傳聞告訴我，但如今我還不為此擔憂。我肯定不久就有法子加以平息。請您放心，我在社交界重新露面的時候，只會比以往任何時候都更加出名，更加配得上您。

　　我希望人們會把小沃朗莒的事件當作一件頗有分量的事，您似乎覺得它無足輕重，好像一夜之間，把一個年輕姑娘從她愛戀的情人手裡奪過來，接著完全把她當作自己所獨有，肆無忌憚地對她為所欲為，就連對煙花女子都不敢要求的，也能從她身上得到，而且一點也不影響她溫柔稚嫩的愛情，並沒有使她變得用情不專，甚至不忠[47]，這一切都根本不值一提，因為我確實並沒有占據她的腦袋！這樣，等我一時的興致過去後，我把她送回情人的懷抱時，簡直可以說她甚麼也沒有意識到。難道這一切沒有任何可取之處嗎？而且，請相信我，一旦她脫離了我的掌握，我教給她的處世原

則仍然會有所發揮；我可以預言，我那膽怯的學生不久就會突飛猛進，為她的老師帶來榮耀。

如果在這方面，人們更喜愛傳奇性的英雄類型，我就可以舉出院長夫人，她是一切美德的典範，甚至最放蕩不羈的風流浪子也尊敬她！最後人們就連攻擊她的念頭也沒有了！我告訴您，我會這樣來描繪她，為了追求和陶醉在取悅我和愛我的幸福之中，她把自己的本分和德行置諸腦後，犧牲了自己的名聲和兩年來的節操。只要我對她說一句話，看她一眼（**但她並不總能如願以償**），她就覺得她所做的眾多犧牲得到了充分的補償。我還要更進一步，將她拋棄。不會有人來接替我的位置，否則就是我不夠了解這個女人了。她會抗拒安慰的需求，戒掉行樂的習慣，甚至壓抑報復的欲望。總之，她會只為我而活；她的人生或短或長，我都是唯一能決定最終那道柵欄是開是關的人。一旦取得了這場勝利，我會對我的對手們說：「請看看我的成果吧！在本世紀中，給我再找出一個例子來！」

您會問我今天怎麼會如此信心滿滿？因為一星期來，我已經了解了我心上人的心事。她並沒有對我吐露她的祕密，是我自己發現的。她給羅絲蒙德夫人的兩封信就足以讓我弄清底細了。除非好奇，我用不著再看別的信了。想要成功，我一定得接近她；辦法已經找到了。我要馬上付諸實行。

您很想知道，對吧？……不行，您不相信我的創造力，為了處罰您，我便不把方法告訴您。說實在的，我真該收回對您的信任，至少在這件事上。事實上，要不是您為這場勝利提出了一項美妙的獎賞，我就再也不會跟您談起這件事。您看，我生氣了。然而，我仍然希望您能改正，只想給您這種小小的處罰。眼下我還是寬容大度，暫且不把我那宏偉的計畫放在心上，跟您談談您的打算吧。

如今您到了鄉間，像多愁善感的人一樣令人生厭，又像忠貞不二的人一樣可悲！那個可憐的貝勒羅什！您讓他喝了教人失憶的藥水還不滿足，還要對他用刑！現在他覺得怎麼樣？他受得了愛情引起的噁心嗎？我十分希望他只會為此對您更加眷戀。我很想知道到那時候，您還能採用甚麼更

有效的藥方。您不得不出此下策，教我實在對您感到憐憫。在我的一生中，只有一次，我把求愛作為一種手段。那時我當然有相當重大的理由，因為對方是 XXX 伯爵夫人。在她的懷抱裡，我屢次想對她說：「夫人，我願意放棄我所請求的位置，請允許我離開現在所占據的這個位置吧！」因此，在我占有過的女子中，她是我唯一確實樂意說上幾句壞話的人。

至於您的理由，老實說，我覺得極為可笑。您認為我猜不出接下去的那個情人是誰，這倒沒有說錯。怎麼！對唐瑟尼您還要費這麼大的勁兒！唉！我親愛的朋友，讓他去愛他賢淑貞潔的賽西兒吧！您可不要捲入這場兒戲裡去。讓小學生們在保母的身旁成長，或者讓他們跟修道院的寄宿女生們一起玩些無傷大雅的遊戲吧！您要怎麼去照料一個新手呢？他既不知道該怎樣占有您，又不知道要如何甩掉您，一切都得由您代勞。我對您說這番話是認真的，我不贊成您這次挑選的對象；無論整件事多麼保密，您這麼做，至少在我的心目中，在您的良心上，都辱沒了自己的形象。

您說您很喜愛他，算了吧，您肯定是弄錯了，我甚至覺得已經找到了您犯錯的原因。您對貝勒羅什的強烈厭惡是在巴黎社交淡季產生的，由於沒有可供選擇的餘地，您那始終過於活躍的想像力，就落到了您遇到的頭一個對象身上。但是請想一想，您一回來就有千百個男人供您挑選；而且，假如您害怕一味延宕下去會變得無所事事，那我自告奮勇來給您消磨閒暇。

從現在到您回來之前，我的幾件大事好歹都會有個了結。到那時，無論是小沃朗莒，還是院長夫人，肯定都不會使我忙得抽不開身，無法按照您的意思為您效勞。說不定到那時候，我已經把小姑娘送回到她那謹慎的情人手裡。不管您怎麼說，我不同意這不是一項令人難以割捨的樂趣。我的計畫是讓她終生保有我比所有其他男人都更優越的想法，所以我跟她在一起的時候總是全力以赴，我不可能長期如此，否則就會損害我的健康。從現在起，我會那麼看重她純粹只是出於對家務事的關心……

您不明白我的意思嗎？我在等待她的下一個經期來證實我的希望，確定我的計畫已經完全成功。不錯，我美麗的朋友，我已經看到了最初的徵

兆，我學生的丈夫不會有乏嗣無後的危險，傑庫家族的族長將來只會是凡爾蒙家族最年幼的子孫而已。我是在您的請求下才開始這場豔遇的，請您讓我按我的意思來把它結束吧！請想一想，如果您使唐瑟尼變得用情不專，就奪走了這個故事所有的樂趣了。最後，請您考慮一下，我自告奮勇來代替他在您身邊的位置，我覺得自己有權得到您的優先照料。

　　我滿心指望著這一點，因此我不怕違背您的意見，著手幫助那個戰戰兢兢的情人，讓他增加了對他那高尚的初戀對象的深切情意。昨天，我發現您所監護的小姑娘在給他寫信，她這項甜蜜的活兒被我用另一項更加甜蜜的活兒打亂了。事後，我要求看看她的信；我覺得她的信寫得冷冰冰的，不夠自然。我使她明白，她不能這樣安慰她的情人。我說服她根據我的口授重寫一封。我在信裡盡力模仿她的叨絮口氣，設法用比較可靠的希望來助長年輕人的愛情。那個小姑娘對我說，看到自己署名的信寫得那麼好，她開心極了；今後我就負責幫她寫信。為了這個唐瑟尼，我還有甚麼不會去做的？我既是他的朋友，他的知己，又是他的情敵，他的情婦！而且，現在我仍在幫他擺脫您危險的束縛。不錯，那應該是危險的；因為擁有您，隨後又失去您，那是以永久的悔恨來換取一時的幸福。

　　再見了，我美麗的朋友。鼓起勇氣，盡快把貝勒羅什打發掉。拋開唐瑟尼，準備好重溫、也讓我重新體會我們初次交往時的甜蜜快樂。

ps：祝賀您那場關係重大的訴訟很快就要審判了。要是這件令人高興的事在我的任內來臨，我會感到萬分愉悅。

17**. 10. 19，於 ** 城堡

第一百一十六封信

唐瑟尼騎士
致
賽西兒・沃朗莒

　　梅黛夫人今天早上動身到鄉間去了。這樣，我嬌豔可愛的賽西兒，我就失去了您離開後我所剩的唯一樂趣，也就是跟您的朋友，也是我的朋友在一起談論您。近來她允許我稱她作朋友，我便迫不及待這樣稱呼她，因為我覺得如此可以和您更加接近。天哪！這個女人真是和藹可親！她賦予了友誼多麼動人的魅力啊！她身上一切排斥愛情的特質似乎都用來美化和加強這種柔和的情感了。您簡直不知道她是多麼愛您，多麼喜歡聽我跟她談到您！……這應該便是我那麼喜愛她的原因。我能夠只為你們倆而活，不斷地在愛情的歡樂和友誼的甜美之間往返，能夠為此窮盡一生，幾乎成了維繫你們相互依戀情感的匯合點，而且在關注其中一個人的幸福時，始終感到自己也在為另一個人的幸福努力，這是何等的幸福快樂啊！去愛吧，我可愛的朋友，好好地愛這個值得愛慕的女人吧！要是您跟我一樣喜愛她，這種情感就更加可貴了。自從我領略到友誼的樂趣以後，我就希望讓您也體驗一下。快樂若不能與您一起分享，就好像只享受了一半。不錯，我的賽西兒，我想用所有最美好的情感來包裹住您的心，我希望它的每一次跳動都使您感到幸福。就算如此，我仍然覺得我永遠也無法全部償還從您那兒得到的快樂。

　　為甚麼這些迷人的計畫只是我的幻想呢？為甚麼現實相反只給予我痛

苦的、難以名狀的失落呢？您曾給予了我能到鄉間去見您的希望，我清楚
意識到只能放棄了。我能得到的安慰，只是說服自己相信您的確無從著手。
可您忘了告訴我這一點，也沒有跟我一起分擔痛苦！已經有兩次了，我對
這件事表示的不滿仍未得到回音。賽西兒啊，賽西兒！我相信您全心全意
地愛我，但您的心不像我的心那樣灼熱！為甚麼不是由我來排除障礙呢？
為甚麼我得謹慎對待的不是我的利益，而是您的利益呢？不久我會向您證
明，在愛情上沒有甚麼是不可能的。

　　您也沒有告訴我這場慘痛的分離究竟甚麼時候可以結束。您在這兒，
至少我也許還能見到您。您那迷人的目光會使我沮喪的心靈重新振作起來，
您脈脈含情的樣子會使我這顆需要慰藉的心得到安寧。對不起，我的賽西
兒，這種害怕並不是猜疑。我相信您的愛情，相信您的忠貞。啊！如果我
有所懷疑，那就太卑劣了。但事情真是障礙重重，而且始終有所變化！我
的朋友，我很傷心，傷心極了。梅黛夫人的離去好像又使我感到了各種不
幸。

　　再見了，我的賽西兒，再見了，我心愛的人兒。請想一想您的情人正
苦惱不堪，只有您才能使他幸福。

17**. 10. 17，於巴黎

第一百一十七封信

賽西兒・沃朗苢
致
唐瑟尼騎士
（由凡爾蒙口授）

　　我的好朋友，您以為當我知道您苦惱的時候，還需要您的責備而感到難受嗎？您不相信我正和您一樣遭受著您所有的痛苦嗎？我甚至願意分擔我為您造成的痛苦；而看到您不能公正地對待我，我比您又多了一份傷心難過。噢！這樣不好。我很清楚是甚麼使您感到不快，原因就是最近兩次，您要求到這兒來，我沒有對您做出答覆。但這個回答是如此輕易便能做出的嗎？您以為我不曉得您所要求的事是很不正當的嗎？不過，在您遠離我的時候我都很難拒絕，如果您在這兒，那會怎麼樣呢？何況，為了給您一時的安慰，可能會讓我終生痛苦。

　　噢，我可沒有甚麼可對您隱瞞的，以下就是我的理由，請您自己去判斷吧！如果沒有我告訴您的那件事，也就是如果害得我們如此愁苦的那個傑庫先生不這麼快出現，說不定我就會答應您的要求了。近來媽媽對我顯得極為友好，我也盡可能對她表示親近，誰知道我能從她那兒得到甚麼呢？如果我們能夠幸福，而我又沒有一點可自責的地方，那不是更好嗎？如果按照人家經常對我說的，女人在婚前太愛她們未來的丈夫，那麼丈夫在婚後就不會那麼愛她們了。這種擔心比所有其他事更使我必須克制自己。我的朋友，難道您信不過我的心嗎？往後不有的是時間嗎？

　　聽著，我答應您，如果我避免不了嫁給傑庫先生的厄運（我在認識他之

前，就十分痛恨他），那就甚麼也無法阻止我盡己所能地投入您的懷抱，甚至首先歸屬於您的意願。由於我一心只想為您所愛，由於您明白，就算我做壞事，那也不是我的錯，別的我就根本不在乎了，只要您答應始終像現在這樣愛我。可是，我的朋友，在那個時刻到來之前，請讓我繼續像現在這樣。別再向我提出我有充分理由推辭、然而不答應您，我心裡也感到難受的事。

　　我也希望凡爾蒙先生不要為了您而催逼得太緊，那只會使我更加憂傷。噢！我向您保證，您確實有個很好的朋友！凡是您會去做的事，他都替您做了。不過再見吧，我親愛的朋友。我很晚才提筆給您寫信，已經用掉了夜晚的一部分時光。我要上床睡覺了，好彌補失去的時間。我擁抱您，但是別再責備我了。

17**. 10. 18，於 ** 城堡

第一百一十八封信

唐瑟尼騎士
致
梅黛侯爵夫人

  我可愛的朋友，從日曆上看，您只離開了兩天，但要是從我心裡的感覺來看，您已經離開了兩個世紀。既然您告訴我，應當始終相信自己的心之所向，現在就是您回來的時候了，您的一切事務應該早就結束了。您怎麼能希望我對您的訴訟表示關心呢？因為無論勝訴還是敗訴，我都得為您的離去而感到百般聊賴，煩惱非常。哦！我真想跟人大吵一架！我有充分的理由發脾氣，卻無權表現出來，真是可悲！

  讓您的朋友養成了少不了您的習慣後，又留下他一個人獨自遠去，這難道不是一種真正的不忠、卑劣的背叛嗎？就算去請教您的律師，也是白費力氣，他們找不到可為您這種不道德行為辯護的理由；況且，這些人只會據理力爭，而道理是不足以對情感做出回應的。

  您對我說過好多次，您這次出門旅行是出於理智，說得我對這個字眼充滿了反感。我再也不想聽從理智了，就算是它叫我把您忘掉也一樣。不過，這種理智倒是十分合情理的，而且說到底，這也並不像您所能想像的那樣困難。我只要改掉老是想您的習慣就行了。我向您保證，這兒沒有任何事物會使我想到您。

  這兒最俊俏好看的，也就是人們認為最討人喜歡的女子跟您比起來還差得遠呢！她們只能為您的形象提供一個相當模糊的概念。我甚至認為，

目光銳利的人開頭越是覺得她們跟您相像，後來便越會發現您和她們之間的差異。不管她們怎樣努力，怎樣顯示出自己的見聞學識，都是白費心神，徒勞無功；她們總缺少您身上的一點甚麼東西，而那才確實是魅力所在的地方。不幸的是，白天如此漫長，我又空閒無事，於是便胡思亂想，建造空中樓閣，為自己塑造出不切實際的幻想；想像力漸漸地活躍起來；我想美化自己的作品，就把所有惹人喜愛的特點都彙集在一起，最終達到了完美無缺的境地。到了那一步，畫像使我想到了模特兒，這才十分驚訝地發現，原來我心裡想的就是您。

　　就連現在，我仍為幾乎類似的錯誤所愚弄。也許您以為我寫信給您是因為掛念您？壓根兒不是這樣，我是為了排解心裡對您的掛念。我曾有上百件事要對您說，這些事與您雖然無關，但正如您所知，它們引起了我莫大的興趣，然而如今我卻正是從中分了神。從甚麼時候起，友誼的魅力竟排解了愛情的魔力？啊！如果我仔細思量，也許我會有點該自責的地方！噓！別作聲！還是忘了這個輕微的過錯，免得重蹈覆轍。但願我的朋友永不知情！

　　因此，為甚麼您不在這兒回答我的問題，在我誤入歧途時把我領回正道呢？為甚麼不在這兒跟我談談我的賽西兒，好讓我無比甜蜜地想起我愛的是您的朋友，從而增添（*如果可能的話*）我在愛她時所感受到的幸福呢？是的，我承認，自從您願意聆聽我傾訴相思衷情以後，在我心頭因她而萌生的愛情就變得更加寶貴了。我多麼想對您敞開心扉，讓我的感情來占據您的心，毫無保留地安放在您的心中！在您俯允予以收容的同時，我好像也為之更加珍視了；隨後，我看著您，暗自思量：我所有的幸福都藏在她的身上。

　　關於我的現況，我沒有甚麼新的消息可以告訴您。我從她那兒收到的最近那封信增強並堅定了我的希望，但卻把希望實現的時間推延了。不過，她的理由說得那麼娓娓動聽，那麼合乎情理，我既不能責怪她，也不能有所抱怨。也許您不大明白我說的這些話；但您為甚麼不在這兒呢？儘管我

甚麼都可以對朋友說，但不是甚麼都敢寫出來的啊！特別是愛情的祕密那麼微妙，可不能輕言信賴而任意洩露。即便有時允許加以吐露，至少不能失去它們的行蹤；好歹應當看到它們進入新的安身之所才能放心。啊！回來吧，我可愛的朋友。您很清楚，您非回來不可。把使得您留在原處的那千百條理由都丟在腦後吧，否則，就教會我怎樣在沒有您的地方生活。

　　我榮幸地是您的……

17**. 10. 19，於巴黎

第一百一十九封信

羅絲蒙德夫人
致
杜薇院長夫人

　　我親愛的人兒，儘管我仍為病痛所苦，還是試著親自寫信給您，好跟您談談您所關心的事。我的侄子仍然陰鬱孤僻。每天他都按時派人來了解我的起居狀況，但他本人一次也沒有來過，儘管我派人去請過他；因此我總見不到他，好像他人在巴黎似的。今天早上，我卻在意想不到的地方遇見他了。那是在我的小教堂裡，自從我的病痛發作以來，我還是頭一次去那兒。今天我聽說，四天來，他每天都按時去望彌撒。但願他能堅持下去！

　　我進去後，他就來到我的身邊，十分親熱地祝賀我的健康好轉。彌撒開始了，我只稍微跟他談了幾句，打算等彌撒結束後再接著談；但後來等我四處找他的時候，他已經不見了。不瞞您說，我覺得他有點兒變了。可是，我親愛的人兒，不要過於焦慮不安，從而讓我因為信賴您的理智而後悔。尤其請您相信，我寧願讓您痛苦，也不願欺騙您。

　　如果我的侄子繼續對我保持這種嚴謹而疏遠的態度，我決定只要身體一好，就到他的房間去見他。我要設法深入了解他這種特殊嗜好的原因，我確定您在其中起了一些作用。我會把結果告訴您的。我的手指已經動不了了，只得就此停筆；再說，如果阿黛拉伊德知道我寫信給您，一定會整個晚上叨念個沒完。再見了，我親愛的人兒。

　　　　　　　　　　　　　　　　　17**.10.20，於**城堡

第一百二十封信

凡爾蒙子爵
致
昂塞爾姆神父
（聖奧諾雷街斐揚修道院修士）

先生，我沒有榮幸認識您，但我知道杜薇院長夫人對您完全信任；我也知道這份信任交到了多麼理所應當的人手中。因此我相信自己可以不揣冒昧向您求教，希望得到與您的聖職十分相稱的、至關重要的幫助，這既關係到杜薇院長夫人的利益，與我的利益息息相關。

我手裡有一些與她有關的重要文件，不能交給任何人，而且我只應當、也只願意交給她本人。可我沒有辦法告訴她。出於某些原因，她已決定跟我斷絕一切書信往來。其中原委也許您可以從她那兒得知，但我不認為自己可以向您透露。現在我願意承認，她這項決定是無可厚非的，因為有些事情她不可能預見，就連我也根本沒有料到；只有憑藉教人無法否認、超越常人的力量，才有可能會發生。

因此我請求您，先生，把我新立定的決心告訴她，並為我向她要求一次單獨的會面，讓我至少可以用賠禮道歉的方式來部分地彌補我的過錯，並且作為最後的犧牲，當著她的面銷毀那些代表著我犯下有愧於她的過失或錯誤的僅存痕跡。

只有經由這樣初步的贖罪，我才敢在您的面前不光彩地招認自己長期的荒唐行為，並且懇求您為我們的和解進行調停。這份工作重要得多，很不幸的也艱難得多。您不會拒絕給予我極為需要且極其寶貴的關懷吧？您

會在我軟弱時支持我，引導我走上一條新的道路吧？我十分熱切地希望能步入嶄新的路途，但又羞愧地承認自己還不知道這條路在哪兒。先生，我能對您抱有這樣的希望嗎？

我懷著悔恨的、希望改過自新的迫切心情等待您的回信。請您相信我對您充滿了感激和崇敬之情。

您極為謙恭的……

ps：先生，假如您認為情況適宜，我同意您把整封信都轉給杜薇夫人。她是我終生都應當尊敬的人，上天就是透過向我展示了她動人靈魂的方式，使我的靈魂重新回歸德行，我絕不會停止榮耀這份恩典。

17**. 10. 22，於 ** 城堡

第一百二十一封信

梅黛侯爵夫人
致
唐瑟尼騎士

　　我過於年少的朋友，您的信我收到了。但是在感謝您之前，我必須責怪您；而且我要告訴您，如果您不改正錯誤，就再也不會得到我的回信了。如果您真相信我，就不要再用這種甜言蜜語的語氣；它表達的如果不是愛情，就只能是晦澀難懂的話了。難道這是友誼的筆調嗎？不是，我的朋友。每種情感都有與其相應的行文措辭的方式，使用了與其不相應的方式，就是在掩飾自己欲表達的思想。我很清楚，如果人家說話時某種程度上不將之轉化為這種流行的表達方式，那些尋常的婦女們就根本無法理解了。可是我承認，我以為您應當把我跟她們區分開來。您這麼小看我，我所感到的氣惱，也許還超出了我應有的不滿。

　　您在我的信裡找到的只會是您的信裡所欠缺的東西，也就是坦率和純真。比如，我會對您說，我很想見到您；如今我很不愉快，因為身邊只有一些討厭的人，而沒有甚麼叫我喜歡的人。同樣一句話，您卻這樣表達：**教會我怎樣在沒有您的地方生活。**

　　這樣一來，我看等您往後跟您的情人在一起的時候，要是我不以第三者的身分待在一旁，您就不知道怎樣過日子了。多麼可憐！您還覺得那些女子總缺少我身上的一點甚麼東西，說不定您覺得您的賽西兒也缺少這種東西吧！您看，這種行文措辭的方式，如今在人們的濫用之下，變得還不如

那些客套式的恭維，純粹成了一種繁文縟節，就像極為謙恭的僕人之類的話一樣無法令人相信！

　　我的朋友，您給我寫信，就該跟我談談您的想法和感受，而不要寫一些沒有您，我也能在當代任何一本小說裡找到的說得大致動聽的句子。希望您不要為了我的這番話而生氣，即便您看出我也有點兒不高興；我並不否認心裡感到不快，但為了避免讓自己顯露出我責備您的那種缺點，我不會對您說我的情緒不佳多少也許是因為與您分隔兩地而變本加厲。我覺得總的說來，一場訴訟和兩個律師都不如您那麼有意思，也許就連那個殷勤的貝勒羅什也及不上您。

　　您看，您非但不應當為我的離開感到懊喪，反而應當感到慶幸，因為我從來沒有如此稱讚過您。大概我受了您的影響，也想對您說些奉承的話兒。不過，我寧願堅持我的坦率，正因如此我才得以向您保證我對您的深厚友誼以及其中所衍生的關心。結交一個心已別有所屬的年輕朋友是件十分愉快的事。這並不是所有女人的作風，而是我自己的做法。我覺得沉浸在一種不用害怕後果的感情之中會有更大的樂趣。因此，我也許很早就已經成為您的密友了。可是，您挑選的情人都那麼年輕，使我頭一次發現我已經開始變老了！您為自己選定了一條漫長忠貞不渝的人生道路是正確的抉擇，我由衷地希望你們能夠長相廝守。

　　您聽從了那些娓娓動聽、合乎情理的理由，照您所說，這些理由卻把**希望實現的時間推延了**。您這麼做是對的。對於那些不能抗拒到底的女子來說，長時間的抵禦就是她們身上唯一的可取之處。撇開像小沃朗苣那樣的孩子不談，我覺得別的女人之所以不可原諒，就是因為她們不懂得避開她們在承認自己愛情的時候，便已經充分覺察到了的危險。你們這些男人不懂得貞操為何物，也不了解犧牲它得付出多少代價！可是一個女子只要略微思考一下，就應當清楚，除了她所犯的錯誤之外，失身對她來說是最大的不幸。我無法理解任何一個有片刻時間加以思考的女人竟會受騙上當。

　　請您不要反對這種想法，因為主要就是因為它，我才喜歡您。您會使

我脫離愛情的危險；儘管到目前為止，沒有您，我也能抵禦愛情的襲擊，但我仍然樂意對您表示感激之情，而且我會更深地、更進一步地喜愛您。

在此，我親愛的騎士，我祈求上帝以祂神聖而崇高的力量保祐您。

17**. 10. 22，於 ** 城堡

第一百二十二封信

羅絲蒙德夫人
致
杜薇院長夫人

　　我可愛的女兒，我原本希望最終能消除您的不安，但如今反而苦惱地發現自己仍然增添了您的憂慮。不過放心吧，我的侄子並沒有甚麼危險，甚至不能說他真的病了。可是他肯定出了甚麼不尋常的事。我一點也不明白。我從他房裡出來的時候，心裡十分愁悶，也許甚至還有一點恐懼。我責怪自己不該把這種感覺告訴您，卻又忍不住要和您談到這一點。您可以相信我的敘述是忠於事實的，因為就算我再活上八十年，也忘不了那淒慘的一幕給我留下的印象。事情的經過是這樣的：

　　今天早上，我到我侄子的房間去，發現他正在寫東西，四周放著好幾疊紙張，那似乎就是他正在進行的工作。他的全副心神都投入在其中，連我已經進到了房間中央，他也沒有回過頭來看看究竟是誰來了。等他一看到我，我立刻清楚地覺察到他站起來的同時，力圖做出鎮靜的表情；也許就是這一點才更引起了我的注意。事實上他既沒有梳洗，也沒有撲粉；我發現他臉色蒼白，神情委頓，整個面容都變了。他的目光以前是那麼富有神采，那樣充滿歡樂，如今卻顯得憂傷而消沉。總之，這話我們只在私底下說，我真不希望您看到他這副樣子，因為他的樣子十分動人，依我看來，完全足以激起深切的憐憫，而這正是愛情最危險的陷阱之一。

　　儘管我對所看到的一切感到震驚，但我仍然開始跟他交談，好像甚麼

也沒有覺察到似的。我先是談起他的健康狀況；他雖沒有說自己身體安好，也沒有確切地表示自己健康欠佳。於是我埋怨他深居簡出，不與大家來往，說那簡直像是一種怪癖。我設法在這輕微的責備中融入一點戲謔，但他只用深信不疑的口氣回答說：「這是我犯下的又一個過錯，我承認；但我會將它跟別的過錯一起糾正。」他的話再加上他的神情有點破壞了我的風趣。我便趕緊對他說，他把一句單純出於友誼的責備看得過重了。

　　於是我們又開始平靜地交談起來。過了一會兒，他對我說，由於一樁他一生中最重大的事，也許不久他就得返回巴黎。我親愛的人兒，我不敢去猜那是甚麼事，擔心這樣開頭會引導他對我吐露我不想聽到的心裡話，就甚麼也沒有問；我只對他說，希望多散散心會對他的健康有益。我又說這一次，我不會對他提出任何要求，因為我愛朋友們的方式是為了他們好。聽了這句如此簡單明瞭的話，他就緊緊握住我的雙手，用一種我無法向您描繪的樣子激動地對我說：「是的，我的姑媽，您要疼愛，好好地疼愛既敬重您，又熱愛您的侄子。正如您所說的，為了他好而愛他。請不要為他的幸福而苦惱，也不要以任何悔恨來擾亂他希望不久就能享有的永久的寧靜。請再對我說一遍，您愛我，您原諒我。不錯，您會原諒我的，我知道您心地善良。可是怎麼能指望多次為我所冒犯的人也抱持著同樣的寬恕呢？」說罷他在我面前彎下了身子，大概是為了掩蓋他的痛苦神色；然而他的聲音還是不由自主地顯露出他的痛苦。

　　我感動得難以言傳，急忙站起身來。他大概是看出了我的驚恐不安，立刻極力強做鎮定接著說道：「請原諒，夫人，請原諒。我知道自己無意中把話扯遠了。請您忘了我的話吧，只記住我對您的深切敬意。」他又補充道：「在我動身以前，我一定會再次前去向您致意。」我覺得他最後這句話好像是敦促我結束這次拜訪，我也就離開了。

　　可是我越是琢磨，越猜不出他想說的是甚麼。那樁他一生中最重大的事究竟是甚麼？他要求我原諒他甚麼呢？他跟我說話的時候為甚麼不禁動了感情？這些問題，我已經問了自己無數次，但都回答不了。我也看不

出其中任何與您有關的地方。然而,愛情的眼睛要比友誼的眼睛更具有洞察力,因此我不願意您對我和我侄子之間所發生的事一無所知。

　　我斷斷續續地寫了四次,才把這封長信寫好;要不是感到累了,我還會寫得更長一些。再見了,我親愛的人兒。

17**. 10. 25,於 ** 城堡

第一百二十三封信

昂塞爾姆神父
致
凡爾蒙子爵

　　子爵先生，收到您的來信，不勝榮幸。昨天，我便按照您的意願前往夫人府上。我對夫人說明您這次對其所提出要求的目的和動機。儘管我發現她最初不願放棄先前做出的明智決定，但我向她指出，如果她表示拒絕，說不定就會阻礙您可喜的轉變，從而在某種程度上違抗了上帝慈悲的意旨，她才同意接受您的拜訪，不過必須以這是最後一次為條件。她委託我通知您她下星期四，也就是二十八日將在家恭候。如果這個日期對您不合適，請您告訴她並指定另一個日期。您的信不會再被退回。

　　可是，子爵先生，請允許我奉勸您，如果沒有充足的理由，就不要延遲日期，以便早日完全實現您向我說明的那種值得稱道的安排。請想一想，一個人要是不及時抓住上帝所賜的恩惠，它就有可能被上帝收回；上帝的慈愛固然是無限的，但如何加以應用卻是根據正義來確定；有時候，仁慈的上帝也可能轉變成復仇之神。

　　如果我有幸繼續得到您的信任，請您相信，只要您有此要求，就會得到我的所有關照。無論我的工作多麼繁重，我最重要的職務始終是履行聖職所規定的義務，為此我也特別盡心竭力；而我一生中最美好的時刻，將是當我看到在上帝的降福之下，我的努力取得豐碩成果的一刻。我們都是意志薄弱的罪人，光靠我們自己，甚麼也做不成！然而正在召喚您的上帝

卻無所不能。您對於回到他身邊的不變的渴望，我所擁有的為您指引一條明路的良方，這一切都得歸功於上帝的慈愛。在上帝的保佑下，我希望不久就能使您確信，即便在塵世間，也只有神聖的宗教才能賦予我們在盲目的激情中徒勞地追尋卻求之而不得的踏實可靠、持久的幸福。

　　謹致敬意，我榮幸地是您的……

17**. 10. 25，於巴黎

第一百二十四封信

杜薇院長夫人
致
羅絲蒙德夫人

　　夫人，昨日得知的消息使我相當震驚，難以平復，但我知道它一定也會使您感到高興，因此急於想與您分享。凡爾蒙先生不再把心思放在他的愛情和我身上了，而只想投入一種堪為典範的生活，來彌補他年少輕狂的錯誤或者說是過失。我是從昂塞爾姆神父那兒知道這件大事的。凡爾蒙先生請求神父往後給他指導，並為他安排一次與我的會見，我認為其主要目的就是要把我寫給他的信還給我；以前我曾多次要求他加以歸還，但他一直保存到現在。

　　對於這種可喜的轉變，我應該只能表示熱烈贊成；而且，要是如同他所說的，這部分得歸功於我，我心裡也感到相當欣慰。可是為甚麼非得要透過我才能完成，因而毀掉我平靜的生活呢？難道凡爾蒙先生就只有通過我的不幸才能得到幸福嗎？噢！我寬容大度的朋友，請原諒我的牢騷。我知道上帝的意旨不該由我來試探，然而就在我不斷地向祂請求賜給我戰勝那不幸愛情的力量，卻總是徒勞無功的時候，祂卻對沒有向祂提出這種要求的人慷慨施與，反而聽任我孤立無援，完全陷入軟弱無助之中。

　　還是壓抑這種該受譴責的怨言吧！難道我不知道浪子回頭，會比從來沒有離家出走的兒子得到父親更多的寵愛嗎？對於甚麼都不欠我們的人，我們又能向他索求甚麼交代呢？就算我們可能對他保有某些權利，我擁有

的又會是哪些呢？我能誇耀自己全靠凡爾蒙才保全的貞潔嗎？他救了我，如今我竟敢抱怨自己為他所遭受的痛苦！不，如果能換取他的幸福作為回報，那我的痛苦在我看來就是相當寶貴的了。或許他也必然會回到我們共同的父親身邊。上帝既然造就了他，就應該會珍愛祂的作品。上帝絕不會創造出這樣一個可愛的人而只是為了將他棄絕。我魯莽冒失的後果應當由我來承擔。既然我不可以愛他，我怎麼會沒有意識到我是不該和他見面的呢？

我的過錯，或者說我的不幸就是長期以來始終不接受這個事實。您可以為我做證，我最親愛可敬的朋友，我一意識到其必要性以後，就馬上同意做出這樣的犧牲；但要使其成為完整的犧牲，所欠缺的就是凡爾蒙先生不跟我一起承擔。我是否該向您坦承，目前最使我焦慮不安的就是這個念頭呢？是令人憎惡的得意與自豪，教我們通過別人為我們受的苦，來減輕自身感到的傷痛。啊！我要戰勝這顆頑固的心，我要使它養成忍受羞辱的習慣。

就是為了達到這個目的，我最終才勉為其難地同意在下星期四接受凡爾蒙先生的拜訪。到那時，我會聽到他親口對我說，我在他心目中已經無足輕重，我給他留下的短暫而淡薄的印象已經毫無影蹤！我會看到他的目光無動於衷地落到我的身上，而我因為生怕暴露內心的感情，只好垂首低眉。那些長時間以來我反覆要求他歸還卻一再遭到拒絕的信件，我會從他漠不關心的手裡接過；那些信再也引不起他的興趣，他會把它們像廢物一般交還給我；而在收下那批存放在他那兒的可恥明證時，我的雙手不住顫抖，同時感到對方的那隻手是如此穩健平靜！最後，我還會看著他離開⋯⋯永遠地離開。我的目光會一直追隨著他，而他始終不會回過頭來看我一眼！

我竟注定要受這麼大的羞辱！啊！至少我應當用它來換取教訓，通過它來深入了解我的軟弱乏力。是的，那些書信如今他已不願保存，我卻要把它們珍藏起來。我要強忍著恥辱每天都重新看上一遍，直到我的淚水洗去信上所有的筆跡為止。至於他的信，我要把它們全部燒毀，因為它們染

上了腐蝕過我心靈的危險毒藥。噢！愛情究竟為何物，竟然能使我們留戀它使自己面臨的危險，特別是當自己已經再也激不起對方的情感，卻害怕自己仍感受得到這份愛！避開這種不祥的激情吧！它只為人留下恥辱和不幸兩種選擇，而且往往還把兩者合而為一；至少讓謹慎來替代德行吧！

這個星期四還那麼遙遠！為甚麼我不能一下子就完成這種痛苦的犧牲，把原因和目的同時拋諸腦後呢？這次拜訪使我心煩意亂，我後悔答應了他。唉！他有甚麼必要再見我一次呢？目前我們彼此在對方的眼裡又算甚麼呢？如果說他曾冒犯了我，我已原諒他了。我甚至還為他願意改正自己的過錯而喝彩，稱讚他的所作所為。不僅如此，我還要加以仿效。我也犯了同樣的錯誤，他的榜樣會引導我走回正道。可是既然他的計畫是要避開我，為甚麼又要來找我呢？我們彼此的當務之急不就是把對方忘掉嗎？啊！這應該就是我往後唯一得操心的事。

如果您允許，我可愛的朋友，我就會到您的身邊來進行這項艱難的工作。如果我需要幫助，或甚至需要安慰，我也只想從您那兒得到。只有您能理解我，與我心意相通。您可貴的友誼會填滿我的生命。只要您願意表示關懷，在它的支持下，一切對我而言都不再有困難。我安寧的心境，我的幸福和德行，都應當歸功於您。您對我關心愛護的結果最終一定會使我不辜負您的這番心意。

我覺得在這封信裡說了很多離題的話，我認為至少是因為在寫信給您的同時，我不停地感到心神不安。如果信裡流露出一些會教我感到羞愧的感情，請您以寬大為懷的友誼多多包涵，我對其完全信賴，並不願對您隱瞞內心的任何意念。

再見了，可敬的朋友。我希望幾天之內就能把我來訪的日期告訴您。

17**. 10. 25，於 ** 巴黎

第四部

第一百二十五封信

凡爾蒙子爵
致
梅黛侯爵夫人

　　她終於被我征服了，這個傲慢自負的女人。她以前竟敢認為可以抵抗得了我！是的，我的朋友，她屬於我了，完完全全屬於我了。從昨天起，她就再也沒有甚麼好給我的了。

　　如今我心中還充滿了幸福，無法對它加以估量，但我卻因對感受到一種前所未知的魅力所震懾。難道就連在一個女人失身的時候，德行也真的能增添她的價值？還是把這種幼稚的想法和虛幻不實的故事丟開吧。我們在第一次得勝前，不是幾乎無論如何都要遇到同樣經過偽裝，只是技巧高低不同的抵抗嗎？我不是到哪兒都找不到我所說的那種魅力嗎？然而，這也不是愛情的魅力，因為儘管跟這個非凡的女人在一起，偶爾我也有意志薄弱的時刻，好像沉浸在那種懦弱的愛情之中，但我總能加以克服，並回到我的原則上來。即便昨天的場面，正如我想像的那樣，發展到有些超過我原先預想的地步，即便我一時也分享了自己一手促成的興奮和陶醉之中，這種短暫的幻覺如今也應該消失了，然而其魅力卻依然存在。我承認，要不是它為我帶來了些許不安，我也會相當樂意地沉浸其中。難道到了這種年紀，我還會像個小學生似的，為一種不由自主的陌生感情所左右嗎？不會的。首先應當與之抗衡，並對它深入研究。

　　不過，也許我已經瞥見了原因！至少我喜歡有這樣的想法，我希望它是

真實的。

到今天為止，我已在許多女人身邊扮演情人的角色，履行情人的職責，我還沒有遇到過任何一個女人屈服的意願不是至少跟我想要使她們下定決心的願望同樣強烈的。我甚至已習慣於把那些半推半就的女人稱作正經女子，以與許多其他女人區別開來；後者的抵抗實際包含著挑逗的意味，始終無法完全掩蓋她們首先採取主動的態勢。

在她身上卻正好相反，我先是發現了一種對我不利的成見，它是建立在一個充滿敵意而又目光敏銳女人的勸告和觀察所得之上；接著是一種天生的極度膽怯，並因為明確的廉恥之心而變得更為強烈；還發現了一種在宗教的指引下，已經占了兩年上風的對德行的依戀；最後我還發現因為上述各種原因而產生的種種不尋常的舉動，其目的只有一個，就是逃避我的追求。

因此，這一次並不像我其他的風流豔遇那樣，只是接受一次簡單的、多少對我有利、輕易就能得手卻不能引以為豪的投降，而是經過艱苦的戰鬥，經過巧妙的運籌帷幄而取得的徹底勝利。所以，這場完全靠我自己取得的成功對我更為可貴，這是不難理解的。我在勝利中體驗的，且如今依然感受得到的額外快樂，其實只是光榮所帶來的美妙感覺。我喜歡這種看法，因為它使得我免於蒙受羞辱，不至於覺得我在某種意義上還要從屬於我所征服的奴隸，認為我無法獨自獲得完整的幸福，而以為只有某個特定的女子，而非任何其他女人，才具有使我享有最大幸福的能力。

這些合乎情理的想法會在這個重大的場合指導我的行動；您可以放心，我不會深陷其中，再也不能毫不費力、隨心所欲地斬斷這種新的關係。我已經和您談到跟她的決裂了，您卻還不知道我是怎樣獲得其權利的。請您看信吧！您會看到為了設法拯救一個瘋狂的腦袋，賢德女子究竟要冒甚麼樣的風險。我十分仔細地把我說的話和得到的答覆都記在心裡，希望能讓您滿意的準確性，把這些一一都傳達出來。

---

* 指第一百二十封信和第一百二十三封信。——編者原注

　　您可以從隨信附上的兩封*抄件中看到,我挑選了哪個調停者來接近我的意中人,這個神聖的人物又怎樣熱情地使我們聚到了一起。還有一點要告訴您(那也是我按照慣例從截獲的一封信中得知的),就是這個作風嚴肅的女信徒擔心遭到離棄,蒙受羞辱,因而她的慎重表現受到了一些影響;她的心裡和腦海中充滿了儘管不合常理、卻仍然相當令人玩味的感情。在完成了這些您必須知道的準備工作以後,我就在昨天,二十八日星期四,也就是那個薄情女子預先指定的日期,到她家去了。我進門的時候像個畏畏縮縮、悔過自新的奴隸,出來的時候卻成了一個成功的勝利者。

　　我來到那個隱居的女人家裡,那會兒正好下午六點。自從她回來以後,始終閉門謝客。在僕人通報我到達的時候,她力圖站起身子,但她的雙膝不住哆嗦,無法站直,只好又馬上坐下。領我進去的僕人在房裡還有一些事情要做,她就顯得很不耐煩,我們便以一些客套話來填補這段時間。可是為了不浪費十分寶貴的每分每秒,我仔細觀察了四周環境,並立即一眼認定這就是我勝利的舞臺。我原本可以選擇一個更加合適的地方,因為在同一個房間裡,擺了一張土耳其式長沙發。不過我注意到長沙發的對面有她丈夫的一張畫像,我承認自己那會兒感到很擔心,生怕像她這樣生性獨特的女人,萬一把目光朝著這個方向,就會一下子摧毀我花了許多心血取得的成果。終於只剩下我們倆了,我就切入了主題。

　　我三言兩語地說明昂塞爾姆神父想必已告訴她我來訪的原由,接著便抱怨我遭受的嚴厲待遇,並特別強調了她對我表示的輕蔑。不出我所料,她連忙加以否認;您也一定預料得到,我的證據就是我引起的她的猜疑和恐懼,以及之後令人氣憤的出走,拒絕回我的信,也不肯收我的信等等。由於她輕易便能開始做出辯解,我覺得應當把她的話打斷;而為了使她原諒我這種粗暴的做法,我馬上對她甜言蜜語,大肆奉承。我說:「如果您的花容月貌在我心裡留下了不可磨滅的印象,那麼您無比崇高的美德對我的靈魂也產生了同樣的作用。我也許是被想要接近您的願望所吸引,竟敢認為自己有這樣的資格。我並不責怪您有不同的看法,不過我要為自己所

犯的過錯自我懲罰。」看到她神色困窘地沉默不語，我就繼續說道：「夫人，我希望要嘛在您的面前為自己辯護，要嘛為您以為我犯下的過錯取得您的寬恕。這樣至少我可以比較平靜地了結我的生命，因為自從您拒絕為它增添光彩以來，活著的每一天在我眼裡都變得毫無價值。」

我說到這兒，她想要回答：「我的職責不允許我……」但要說完職責要求她說的謊話是如此困難，讓她無法把話說完。我就用最柔和的語氣接著說：「您要逃避的當真就是我嗎？」「我不得不離開。」「您當真要跟我分離嗎？」「必須這樣。」「永遠分離嗎？」「我應當這樣做。」我用不著告訴您，在這段短短的對話中，這個溫柔的正經女子始終壓抑著嗓音，也不敢抬起頭來看我。

我覺得應當讓這個缺乏生氣的場面變得活躍一點，就擺出一副氣惱的神情，站起來說道：「既然您態度堅決，我也只好下定決心了。唉！好吧！夫人，我們分手吧！比您所想的分手更加徹底。您可以從容不迫地為您的成果感到慶幸。」聽到我責備的語氣，她有一點兒吃驚，想要反駁：「您所做的決定……」我激動地打斷她說：「只不過是我的絕望帶來的結果。您想要我痛苦，我可以向您證明，您成功了，而且甚至超出了您的願望。」她回答說：「我希望您幸福。」她說話的聲音開始顯露出內心強烈的激動。因此我一下子跪倒在她的面前，用您熟悉的那種富於激情的語調大聲說道：「啊！狠心的女人！難道我會有甚麼不與您分享的幸福嗎？離開了您，哪兒還能找到幸福呢？啊！永遠不能！永遠不能！」我承認在我投入到這種程度的時候，原來很想憑藉眼淚來助陣，但要嘛是我沒有這樣的情緒，要嘛也許只是我做任何事都時刻全神貫注的關係，我流不出一滴眼淚。

幸好那時我想起來，想要征服一個女人，甚麼手段都行；只要以一個非比尋常的舉動，使她驚訝，給她留下深刻、良好的印象便已足夠。因此我就借用恐怖的手段來彌補感情的不足。我繼續保持原來的姿勢，只改變了說話的聲調，接著說道：「是的，我跪在您的面前發誓，我要占有您，不然我就死去。」在說最後這幾句話的時候，我們的目光相遇了。我不知

道這個膽怯的女人究竟在我的眼裡看到了甚麼，或者以為看到了甚麼，但是她神色驚恐地站了起來，掙脫了我的懷抱。我確實並沒有去拉住她，因為我曾多次發現，身心絕望的場面表現得過於激烈，時間一長就會變得滑稽可笑，或者只好用真正悲劇性的方法收場，而後者我是壓根兒不想動用的。然而，在她躲避我的時候，我用一種陰森、低微，但可以讓她聽見的聲調補充道：「那好！我就死吧！」

於是我站起身來，沉默了一會兒，彷彿無意地朝她射出凶狠的目光。這種眼神儘管看似已失去理性，但仍然具有敏銳的觀察力。她神態慌亂，呼吸急促，渾身肌肉繃緊，兩隻顫抖的胳膊舉起了一半，這一切都充分向我表明了我想要製造的效果已然達到。可是，愛情中的任何互動只有在雙方十分貼近時才能完成，而我們那時卻隔得很遠，因此首要的一點就是得拉近彼此的距離。為了達到這個目的，我盡快在表面上恢復平靜，這既可以緩和這種激烈的狀況所產生的後果，而又不至於削弱它給人留下的印象。

做為過渡，我說：「我真是不幸。我本來想為您的幸福而活，卻破壞了您的幸福。我盡心竭力想要使您獲得安寧，卻仍然攪亂了您的安寧。」接著我裝出一本正經，又頗不自在的神情說道：「對不起，夫人，我並不怎麼熟悉愛情的風暴，因此不善於克制情緒。如果我放任自己如此衝動是錯誤的，至少請您想一想，這是最後一次了。啊！請您冷靜一點，冷靜一點，我求求您。」在說這一長段話的時候，我緩緩地靠近了她。「如果您希望我冷靜，」受驚的美人兒回答說：「您自己先要平靜下來。」「唉！好吧，我答應您。」我對她說。我又用更加微弱的聲音補充道：「這樣做要付出很大的努力，好在需要支持的時間不會太長。」我馬上又神情迷茫地說道：「可我這次來不是為了把您的書信歸還嗎？求求您了，請把它們拿回去吧。這是我還要做出的痛苦犧牲，請不要在我的手裡留下任何會削弱我勇氣的東西。」我從口袋裡拿出那疊珍貴的信札，說道：「這就是用來保證您友誼的騙人信物！它曾使我眷戀生命，現在拿回去吧。讓您自己來做做出與我永遠分離的表示。」

　　說到這兒，那個驚慌的情人完全為她溫柔不安的心情所左右。「可是，凡爾蒙先生，您怎麼啦？您這是甚麼意思？您今天所採取的行動不是自願的嗎？那不是您仔細思考的結果嗎？您不是因為這樣才對我出於本分不得不遵循的決定表示贊同嗎？」「唉！」我又說道：「這個決定讓我下定了決心。」「您做了甚麼決定？」「就是在我和您分開時，唯一可以讓我終止痛苦的決定。」「請您回答我吧，那到底是甚麼？」這時我把她緊緊摟住，她一點也沒有抵抗。從她把禮儀置諸腦後的樣子，可以看出她的情緒多麼激動和強烈。我鼓起勇氣熱情洋溢地對她說道：「可愛的女人啊！您無法想像您激起了我多麼熱烈的愛情，您永遠不會知道我有多麼愛您，也永遠不會知道在我看來這種感情要比我的生命寶貴多少！但願您一生都過得幸福而安寧，但願您的每一天都因為我被您剝奪的所有幸福而變得更加美好！為了回報我真誠的祝願，至少您該表示惋惜，流下一滴熱淚吧！您可以相信，我最後的犧牲不會是我心頭最痛苦的一次。永別了。」

　　我一邊這樣說著，一邊感到她的心在劇烈地跳動；我注意到她神色的變化；我特別清楚地看到她哽咽地說不出話來，只艱難地流了幾滴眼淚。就在那時我決定假裝離開，於是她使勁拉住我，急忙說道：「不，請聽我說。」「讓我走吧。」我回答說。「您會聽我說的，我要您這樣做。」「我得避開您，非這麼做不可！」「不！」她嘆道。說完最後這個字，她就撲進了我的懷抱，不，確切地說，她暈倒在我的懷裡。對於成功得來如此順利，我還不太相信，因此先是裝出十分驚恐的樣子；然而儘管我心驚膽戰，我仍然領著她，或者說抱著她，走向先前看定的地方，使它成為我光榮的戰場。確實，等她恢復知覺的時候，她已依順，並已委身給了她那幸運的征服者。

　　到此為止，我美麗的朋友，我相信您會覺得我採用了能博得您歡心的純正方法；您會發現，我一點也沒有偏離這種爭戰的真正原則。我們經常注意到它與沙場上的作戰極為相似。因此請您以蒂雷納[48]或腓特烈[49]為標準來評判我吧！我逼迫一味拖延時日的對手起身應戰；運用巧妙的戰術，

為自己選定了戰場，做出了部署；我成功地使對手產生安全的錯覺，好在對手退卻的途中更加容易地趕上她；交戰以前，我又懂得讓恐懼接替了她心中的安全感；我並不把一切都交付命運，只在勝利時考慮爭取莫大的利益，在失敗時確信具有應付的對策。總之，我在確保了自己的退路後才開始作戰，這樣我便能保有先前征服的地盤。我覺得一個人的能力所及，莫過於此；不過，現在我擔心自己會像漢尼拔 [50] 進駐了卡普亞以後那樣，沉浸在逸樂之中。以下就是後來發生的事。

我很清楚地預想到一件如此重大的事，總少不了會出現眼淚汪汪、傷心欲絕的場面。我最初看到的是較多的困窘和沉思，但我把這兩者都歸因於她正經女子的身分。因此，我並不把這些在我看來完全是小部分的細微差別放在心上，只是按照常規去安慰她。我堅信，正如一般所發生的那樣，感覺有助於感情的發展，一個動作勝過千言萬語，雖然我也不忽視言語的力量。可是我所遭遇的抵抗，其驚人之處並不在於它的過度激烈，而在於它的表現形式。

請您想像一下，一個女人呆坐著，身子僵直不動，臉上毫無變化；看上去既不像在思索，也不像在傾聽，又不像聽見了甚麼；從她目光呆滯的眼睛裡不斷湧出淚水，毫不費力地流了下來。在我開口勸慰的時候，杜薇夫人就是這副模樣。可是在我想要輕輕撫摸她，好把她的注意力轉移到我身上的時候，即便這個單純的動作沒有一點其他意圖，這種表面上的麻木狀態立刻就變成了恐懼、窒息、抽搐、嗚咽，以及幾聲穿插在其中的喊叫，但是其中沒有一句是說得完整的話。

這種情況重複出現了好幾次，一次比一次厲害，最後一次猛烈得我都完全氣餒了，甚至一度擔心我贏得的勝利竟毫無用處。於是我只好轉而說些陳腔濫調，其中有這樣一句話：「您是因為成全了我的幸福而悲傷欲絕嗎？」聽到這句話，那個可愛的女人朝我轉過身來，臉上儘管仍有些許迷茫，已恢復了那種天仙似的模樣。「您的幸福！」她對我說。您猜得出來我是怎麼回答的。「所以您很幸福嗎？」我一再加以肯定。「因為我而感

到幸福！」我又說了一些讚美和溫柔體貼的話語。我說話的時候，她變得四肢癱軟，有氣無力地又倒了下去，靠在扶手椅上，聽憑我握著她的一隻手，說道：「我覺得這種想法給了我安慰，使我如釋重負。」

您不難想見，我一旦藉此重新走上了康莊大道，就再也不放手了。這確實是一個絕佳的，並也許是唯一的途徑。因此當我想設法再次進攻的時候，先是遭到了一些抵抗，先前發生的事使我相當謹慎，但求助於這個能教我幸福的想法以後，便能立刻感覺到其良好的效果。「您說得對，」那個溫柔的人對我說：「只有我的存在可以使您變得幸福，我才忍受苟活。我要為您的幸福而徹底獻身。從現在起，我把自己交給您，您不會遭到我的拒絕，也不會聽到我的悔恨。」她就是帶著這種天生或崇高的真誠，讓我占有了她的身子和美色；而且由於她與我一同體會著這份歡愉，更增強了我的快樂。我們彼此都到了如醉如癡的程度；這是我生平頭一次體驗到，在歡樂過去之後，癡迷陶醉的感覺依然存在。我一離開她的懷抱就跪倒在她的跟前，對她立下永不變心的誓言。不瞞您說，當時我是心口如一的。最終，就連在我們分手後，我仍然老想著她；我費了不少勁才得以消除這個念頭。

啊！為甚麼您不在這兒呢？那樣您至少可以用美妙的獎賞來抵銷這種令人著迷的影響。可是我的等待不會是徒勞的，對吧？我希望能把我在上封信中建議的那種美好安排看作我們之間的約定。您看，我已履行了我的計畫，而且，正如我答應您的那樣，我會讓事情進展神速，好把我一部分的時間留給您。因此請您趕快把您那呆頭呆腦的貝勒羅什打發走，且把甜言蜜語的唐瑟尼攔下，好只把心思放在我身上。可是您連我的信也不回，到底在鄉下忙些甚麼呀？您知道我多想責怪您嗎？但是幸福使人變得寬容大度。再說，我也不會忘記，既然我又成了您眾多求愛者中的一員，就不得不重新順從您的奇思異想。然而您得記住，新情人可不想失去他作為朋友原有的權利。

再見吧，就像以往一樣……是的，再見吧，我的天使！我為你寄上所有

充滿愛意的香吻。[51]

ps：您知道嗎？普雷旺在一個月的監禁期滿後，不得不離開了他的部隊。這成
了今天傳遍整個巴黎的新聞。說實在的，他為了一椿沒有犯的過錯而受到
了冷酷無情的懲罰，您的成功真是十分圓滿！

17**. 10. 29，於巴黎

第一百二十六封信

羅絲蒙德夫人
致
杜薇院長夫人

　　我可愛的孩子，我寫上封信給您時引起了疲勞，使我的風濕痛又發作了，以致近來我的胳膊一直不聽使喚。要不是這樣，我早就給您回信了。您捎來了有關我侄子的好消息，我十分急於向您表達感謝，也同樣迫切地想向您表示我衷心的祝賀。我們確實不得不承認這體現了上帝的作為：祂感化了一個人的心，同時也讓另一個人得到了救贖。是的，我親愛的人兒，這只是上帝對您的考驗，等到您筋疲力竭的時候，祂就來援救您。儘管您有些怨言，但我覺得您還是需要感謝上帝的恩典。這並不是代表我不能完全領會您的心意，我明白您寧願由自己先下定決心，而凡爾蒙只是加以追隨。從人性的觀點來說，這樣我們女性的權利似乎可以得到更好的維護，我們可不想喪失任何權利！可是重要的目的既已達成，這些枝微末節的考量又算得了甚麼呢？我們是否見過一個海難的生還者抱怨當時無法選擇脫險的方法呢？

　　我親愛的女兒，您不久就會感到您所畏懼的痛苦將自行減輕；即便這些痛苦依然絲毫不減地存在，您也會覺得它們比對罪惡的悔恨，對自身的輕蔑要更容易忍受。早些時候，我用那種看似嚴厲的口氣對您說教其實是白費心神，因為愛情是一種不受束縛的感情，謹慎行事可以讓人避開它，卻無法戰勝它。愛情一旦產生，就只能自然消亡，或者在徹底絕望中死去。

您的情況是後一種，它給了我勇氣和權利來坦率地向您表達我的看法。嚇唬一個無法治癒的病人是殘忍的，他只經得起安慰和減輕病痛的藥劑。可是對一個正在康復的病人說明他所經歷的風險，使他產生必須的謹慎，讓他聽從可能還需要的勸告，卻是明智的做法。

　　既然您選擇我做您的醫生，我就先以這種身分來和您談談；我告訴您，目前您所感到的輕微不適，也許需要一些藥物，然而與這種可怕的疾病相比，實在算不了甚麼，更何況後者現在肯定可以治癒。接著我作為朋友，以一個通情達理、具有節操的女子朋友的身分，我還想冒昧地說一句，曾經控制住您的這種愛情本身已經夠不幸的了，愛上的對象又是這樣一個人，就更加不幸了。我承認我對自己的侄子也許有些偏愛，他身上也確實有許多值得讚揚的品質和可愛之處；但如果我相信別人告訴我的話，對於女人，他不能說沒有危險；對於她們，也不能說沒有理虧之處。他在勾引和毀掉她們上頭耗費了幾乎同樣的心血。我相信您能使他改邪歸正，應該沒有誰比您更加合適這樁差事。但是許多其他女人也抱有同樣的希望，最後卻落空了，所以我希望您不要落得只能採取這種辦法。

　　如今請想一想，我親愛的人兒，您用不著再冒那麼多風險，相反您問心無愧，心神安寧，而且還因為自己是凡爾蒙浪子回頭的主因而感到高興。至於我，我毫不懷疑這有很大一部分是您勇於抵抗的結果；只要您稍有軟弱的一刻，說不定就會使我的侄子永遠陷入歧途。我喜歡這個想法，希望看到您也這樣想，如此您就會得到初步的安慰。我呢，則可以找到新的理由更加疼愛您。

　　我可愛的女兒，正如您告知我的那樣，我這幾天就在這兒等您。您會在此地找回原先從這裡失去的寧靜和幸福，特別重要的是，來和您慈愛的母親一起為您的表現感到欣喜吧！因為您出色地遵守了您對她許下的諾言，沒有做一點同她和您不相稱的事。

17**. 10. 30，於 ** 城堡

第一百二十七封信

梅黛侯爵夫人
致
凡爾蒙子爵

　　子爵，我沒有回覆您十九日的信，並不是因為我抽不出時間，只是因為那封信教我感到不快，我覺得它不通情理。因此我以為最好的方式便是把它置諸腦後，但是您又提到了那封信，似乎仍然堅持您在信中表達的想法，而且把我的沉默當作了認同，所以我必須清楚地對您說明我的意見。

　　有時我曾有以自己一個人來頂替整個後宮妻妾的抱負，但是我根本不適宜成為其中的一員。我以為您是知道這一點的。至少，如今您再也不會對此一無所知了，您就不難斷定，您的建議在我看來多麼荒謬可笑！您說誰？我嗎？為了把心思都放在您的身上，我竟然要犧牲我的戀情，而且是方興未艾的新戀情？況且我該如何把心思放在您的身上？像卑躬屈膝的奴隸那樣等待，等著輪到我的時候去領受陛下高貴的眷顧。比如說，當您想要暫時擺脫唯有可愛的、天仙似的杜薇夫人能讓您感受到的前所未知的魅力時，或者當您在那難以割捨的賽西兒面前，擔心損害您樂意讓她對您保有的強者形象時，您就紆尊降貴地前來找我，上這兒來尋歡作樂。說實在的，這種快樂並不強烈，但也沒有任何後果。您可貴的眷顧儘管如此難得又罕見，但是對我的幸福卻是綽綽有餘！

　　當然，您是一個自視甚高的人，但是看來我也不是一個十分謙虛的人，因為儘管我對著鏡子端詳再三，也看不見自己已經淪落到這種地步。這也

許是我的過錯；但我告訴您，我還有許多別的過錯呢。

尤其是其中有一個過錯，就是認為**那個小學生**，**甜言蜜語**的唐瑟尼雖然只有二十歲，卻會比您更有能力為我提供幸福和快樂。他會只把心思放在我的身上，為我犧牲還沒有得到滿足的初次愛戀，而且不會以此居功，他會像他那種年齡的人那樣愛我。我還要冒昧地補充一句，萬一我心血來潮，想要給他找個助手，我也不會找您，至少目前如此。

您會問我，這是甚麼緣故呢？首先很可能根本沒有甚麼理由。因為一時的興致會使您比別人更受寵愛，同樣也會使您遭受排斥。可是出於禮貌，我很想對您說明我為甚麼我有這種看法。我覺得那樣您要為我做出太大的犧牲；您必然會期待我表示感激，而我呢，不但不會這樣做，而且還會覺得您倒應當感謝我呢！您可以清楚地看到，我們彼此的想法真是天差地遠，根本沒有達成共識的可能。恐怕在我改變想法之前，還需要很長、很長的時間。如果我的心意有了改變，我答應通知您。在此之前，說真的，還是做些別的安排，好好保住您的香吻吧！您有那麼些地方給它們安排更好的用途！……

再見吧，**就像以往一樣**，您是這樣說的吧？可是以往，我覺得您比較重視我，根本不會把三流角色派給我；更重要的是，您原先總想等我點頭答應以後，才敢肯定我表示同意。因此您應當讓我對您說一聲就像現在這樣再見，而不是說再見吧，就像以往一樣。

子爵先生，我是您的僕人。

17**. 10. 31，於 ** 城堡

第一百二十八封信

杜薇院長夫人
致
羅絲蒙德夫人

　　夫人，昨天我才收到您晚來的回信。這封信本來會馬上奪去我的生命，假如我身上還有氣息的話，但是如今我的生命已為另一個人所占有，這個人就是凡爾蒙先生。您知道我甚麼都不會對您隱瞞。即便您覺得我再也不配得到您的友誼，我擔心的也是有所欺騙，而不是失去這份友誼。我能告訴您的只是凡爾蒙先生要我在他的死亡和幸福之間做出選擇，我選擇了後者。我既不想自我吹噓，也不想為此責怪自己，我只把實際情況說出來而已。

　　根據以上的敘述，您很輕易就能了解，您的信和信裡包含的嚴酷真理給我留下了甚麼樣的印象。然而您不要以為這封信會引起我的悔恨，也不要以為它會使我改變自己的感情或行為。這並不是說我沒有十分痛苦的時候，但是當我心碎腸斷、擔心自己無法忍受煎熬的時候，我就告訴自己：凡爾蒙是幸福的。一切在這種想法面前都變得煙消雲散，或者說得確切一點，這種想法把一切都變成了歡樂。

　　我就這樣為了您的侄子而獻身；為了他，我失身墮落。他成了我的思想、情感和行動的唯一中心。只要我的生命對他的幸福而言是必需的，那麼對我就也是寶貴的，也是幸運的。如果有一天他改變了看法……他不會聽到我的一句怨言或責備。我已經敢於正視這個決定命運的時刻，我已經

拿定主意了。

您似乎擔心有一天凡爾蒙先生會把我毀掉，如今您可以看到這種擔心對我幾乎沒有甚麼影響。因為在他想毀掉我之前，他得先終止對我的愛情。到了那會兒，人家毫無意義的責備我既然無法聽到，對我又有甚麼關係呢？只有他才是我的審判官。由於這一生我將只為他而活，他會保存著對我的記憶。如果他不得不承認我愛過他，那我也就得償所願了。

夫人，您已看到了我內心的想法。我寧願由於坦率而不幸失去您的器重，也不願由於可恥的謊言而使我失去受您器重的資格。我覺得自己應該以完全的信任來回報您先前對我的親切關懷。我要再多說一句話，就會使您懷疑我仍然自負地對您的慈悲懷有奢望；其實正好相反，我已停止對其企盼，來對自己做出公平的制裁。

夫人，謹致敬意，我是您極為謙恭、極為順從的僕人。

17**. 11. 1，於巴黎

第一百二十九封信

凡爾蒙子爵
致
梅黛侯爵夫人

　　我美麗的朋友，請告訴我，究竟是甚麼原因讓您的上封信中充滿了尖刻挖苦的語氣？我到底犯了甚麼罪，惹得您發這麼大的脾氣？我真是茫然不解。您責備我在沒有取得您的同意之前，就似乎一心以為您會首肯。可是我總以為，在大家看來，這可能是傲慢自大的態度，在您和我之間，卻一向只被看作信任的表示。從甚麼時候起，這種感覺變得對友誼或愛情有害了呢？我把希望和欲望結合在一起，只是完全聽憑本能的衝動，它總使我們覺得自己已經盡可能地接近我們所尋求的幸福。您卻把我的急切心情看作傲慢的結果。我很清楚，在這種情況下，人們通常要恭敬地表示出遲疑，但您也知道這只是一種形式，一種單純的禮節；我覺得我有權認為我們之間就不再需要這些謹慎小心的措辭。

　　我甚至覺得，這種坦率的、毫無拘束的作風只要以從前的情分為基礎，就比平淡無奇的甜言蜜語要好得多，後者往往使愛情變得索然寡味。況且，我之所以覺得這種方式可貴，也許只是因為我十分珍視它使我回想起的那種幸福；也正由於這一點，看到您對此竟有不同的看法使我心裡更為難受。

　　這就是我所知道自己犯下的唯一過錯；因為我想不到您會當真以為，世上還有一個女人在我眼裡比您更加可愛；更想不到我對您的評價會像您假裝相信的那樣糟糕。您對我說，您為此仔細端詳了自己的面容，您並不

覺得自己淪落到這種地步。我完全相信這一點，而這只證明了您的鏡子是
忠實可靠的。可是您難道就不能更輕易、更公正地從中得出我肯定沒有那
樣評價過您的結論嗎？

　我尋思這種奇怪想法的原因，但是徒勞無功。然而我覺得它多少與我
對別的女子的讚美之辭有關。我的推論至少有一點根據：您愛抄錄那幾個
我在談到杜薇夫人或小沃朗莒時用過的形容辭：**可愛的、天仙似的、難以割
捨的**。可是，這些辭語多半是信手拈來，而不是經過仔細琢磨而定的，它
們所表達的主要並非我們對某人的看法，而是我們在談到某人時自己的情
況，難道您不知道嗎？況且，在我為她們當中任何一個人如此強烈地影響
著的同時，我仍渴望得到您的愛；在我只有損害她們兩者的利益才能與您
重續舊情的情況下，我對您的喜愛明顯超過其他兩位，我並不認為那有甚
麼可以大肆責備的理由。

　您好像對前所未知的魅力這種說法也有點兒反感。這一點我要為自己
辯解也不怎麼困難。因為首先，前所未知並不意味著更為強烈。唉！有甚
麼能勝過只有您能帶給我的那些始終具有新意、不斷增強的甜美歡愉呢？
所以我想說的只是那種魅力是我以前還不曾體會過的，但並不打算給它確
定級別。當時我還說過，今天我要重複一遍，無論這種魅力多麼強烈，我
都能與之抗爭，並加以戰勝。如果我能把這件輕鬆的差事看作向您表示的
敬意，我會幹得更加帶勁。

　至於小沃朗莒，我覺得根本用不著和您提她。您應該沒有忘記，我正
是在您的要求下才去照料這個孩子的。眼下我就等著您的吩咐好把她甩掉。
她的天真純樸、年輕氣息也許引起了我的注意，甚至有一剎那，也許我覺
得她難以割捨，因為我們多少都會對自己的成果感到有點得意。但是可以
肯定的是，她在任何方面都缺乏穩定性，根本無法吸引男子的注意力。

　現在，我美麗的朋友，我要向您公正的心，向您最初對我表示的關懷，
向您我之間長期深厚的友誼，向始終使我們的關係更為緊密的絕對信任提
出呼籲：難道您對我採用的嚴厲語氣是我應得的嗎？可是，只要您願意，

對我做出補償，又是多麼的容易！您只要說一句話，就會看到所有這些魅力和眷戀是不是還能留得住我，不要說一天，就是一分鐘也不行。我會飛到您的跟前，撲倒在您的懷裡；我會用千百種方式向您千百次地證明，您現在是、也永遠是我心中真正的主宰。

再見了，我美麗的朋友。我十分急切地等著您的回信。

17**. 11. 3，於巴黎

第一百三十封信

羅絲蒙德夫人
致
杜薇院長夫人

我親愛的人兒，為甚麼您不願再做我的女兒了呢？為甚麼看起來您好像在通知我，我們之間的書信聯繫要中斷了？這是不是因為我沒有猜到這種教人完全感到意外的情況而對我所做的懲罰？或者是您疑心我故意使您傷心？不，我對您的心太了解了，不會相信它會對我有這樣的想法。因此，您這封信給我造成的痛苦與其說跟我有關，不如說跟您自己有關！

哦，我年輕的朋友！我對您這麼說心裡實在難過；您太值得他人愛慕了，因而愛情絕不會使您幸福。唉！有哪個心思著實細膩、感情容易衝動的女子，不會在這種向她預示著極大幸福的感情中遭遇不幸呢？男人們是否知道該怎樣賞識他們所擁有的女人呢？

這並不是說許多人舉止不夠正派、用情也不專一，但就算是那種舉止正派、用情專一的男人，能和我們心心相印的真是寥寥無幾！我親愛的孩子，不要以為他們的愛情和我們的是一樣的。他們確實也同樣感到陶醉，往往還更加衝動一些。但他們體驗不到我們女人那種不安的熱情，無微不至的關懷；實際上我們內心持續不斷、情意溫存的眷顧就是由此而生的，而它的唯一目標始終只是我們所愛的對象。男人享受的是他感覺到的幸福，而女人則是她給對方帶來的幸福。這種本質上如此罕為人知的區別相當顯著地影響著男女雙方的一舉一動。一方的快樂在於滿足自己的欲望，另一

方的則主要在於引起對方的欲望。博得歡心在男人看來只是成功的手段，在女人眼裡就是成功本身。女人賣弄風情，往往遭受責備，其實它只是這種感覺方式的過度表現，由此也可以證明其現實。最後，那種特別能體現出愛情特徵的專一與眷戀，在男人身上只是偏愛的表現；它充其量可以用來增添快樂，可能會因另一個對象而削弱，卻不會完全被消除。而在女人身上，專一的眷戀卻是一種深厚的感情，它不僅能消除一切外來的欲望，還能克服本能並擺脫其影響，使她們在似乎應當覺得心神舒泰的時候，只感到厭惡和膩煩。

　　您可不要以為我們可以多少列舉出一些例外，來成功地反對這些普遍的真理！這些真理有公眾輿論作為依據，輿論只把男人劃分成不忠和不專一兩類；他們本該為這種區分感到羞恥，卻以此來炫耀自誇。在我們女性當中，只有那些傷風敗俗的女人才會接受這種區分。她們是女性的恥辱，在她們看來，只要能讓她們不對自己低劣的行為感到痛苦的手段，就是好的手段。

　　我親愛的人兒，我覺得這些想法可能有助於讓您用來跟完美無缺的幸福這種愛情用來愚弄我們想像力的虛幻念頭對抗。這是一種騙人的希望，即便在我們不得不放棄的時候，仍對它戀戀不捨；而強烈的愛情總是與十分真切的憂傷密不可分，它會因為上述希望的破滅而變本加厲！這樣減輕您的痛苦，或者降低您痛苦的份量，就是目前我唯一想做、唯一能做的事。對於這種無可救藥的疾病，只能在飲食起居方面提出建議。我要求您的只是請您記住：同情一個病人，並不意味著責備他。唉！我們何德何能，竟然彼此責備？讓我們把評判的權利留給那個唯一能夠看透我們心思的神吧！我甚至斗膽相信，在神慈父般的眼中，眾多的德行可以彌補一次軟弱的表現。

　　可是，我親愛的朋友，我求您千萬不要做出那些衝動的決定。那並不代表您的力量，而只顯示出您萬念俱灰。別忘了您在讓另一個人占有您生命的同時（**姑且借用您的說法**），並不能剝奪您的朋友們先前在您生命中所

擁有的位置，他們會始終要求加以保留。

　　再見了，我親愛的女兒。請您不時想到您慈愛的母親，並要相信您將永遠是她心目中勝過一切、最思念和珍愛的孩子。

17**. 11. 4，於 ** 城堡

第一百三十一封信

梅黛侯爵夫人
致
凡爾蒙子爵

　　好極了，子爵，這一次我對您比較滿意了。可是眼下，我們還是友好地談談吧！我希望說服您，使您明白您渴望的那種安排，對您和我都實在是一件荒唐的事。

　　難道您還沒有發現，快樂固然是男女兩性結合的唯一動機，但仍不足以在他們之間形成一種相互的關係？要是在此之前，先得產生使雙方接近的欲望，那麼在那之後，就會出現使雙方彼此排斥的厭惡。這一點難道您也沒有注意到嗎？這是一條自然的規律，只有愛情才能改變。說到愛情，難道想要就能擁有了嗎？然而愛情始終是不可或缺的。幸好我們發現，愛情只要其中一方擁有就夠了，否則事情就真的非常棘手。這樣困難就減少了一半，而我們會失去的也不多。實際上，一方享受著愛情的幸福，另一方則享受著取悅對方的幸福；後者確實有些不如前者那樣強烈，但是加上蒙哄欺騙的快樂，也就取得了平衡；於是一切都順利解決了。

　　可是，子爵，請您告訴我，我們兩個人當中究竟由誰來負責欺騙呢？您聽過兩個騙子的故事。他們在賭博時認出了對方，就相互說道：「我們不要對彼此耍甚麼花招，下注的錢各付一半吧。」接著他們就離開了牌桌。說真的，我們就按照這個謹慎的範例去做吧！不要在一起浪費時間了，而是把時間在別的地方善加利用。

　　為了向您證明，我在此做出的決定既考慮到自身的利益，也是為了您的利益；為了向您證明，我做事並不是憑一時高興，也不是心血來潮，我並不拒絕給您我們之間談妥的獎賞。我清楚地意識到，只要我們在一起待一個晚上，彼此就可以得到充分的滿足。我甚至相信，我們會使這個夜晚變得相當美好，到了天明時分，仍然依依不捨。可是我們不要忘了，這種依依不捨的情緒是幸福所必需的；而且不管我們的幻覺有多甜蜜，都不要以為它可以持久。

　　您看，我要履行我的諾言，而您對我做出的承諾卻還沒有兌現。說到底，我本該拿到那個天仙似的正經女子事後寫給您的頭一封信；然而，也許您對那封信愛不釋手，也許您忘了買賣的條件（**您想要我相信這樁買賣引起了您的很大興趣，其實也許並不如此**），如今我甚麼都沒有收到，甚麼也沒有。可是，要嘛我弄錯了，要嘛這個溫柔虔誠的女人大概寫了不少信，因為她獨自一個人的時候，又能做甚麼呢？她肯定不會理智地去消遣散心。因此只要我願意，有些小地方我可以責備您，但我都閉口不談了；我在上封信中也許情緒有點不好，就以此做為補償吧。

　　現在，子爵，我只想對您提一個要求，這一次同樣既是為了我，也是為了您；就是把我也許跟您一樣渴望的那個時刻延後一些，我覺得應當把它推延到我回城以後。一方面，我們在這兒沒有必需的自由；另一方面，對我也會有風險。因為神色陰鬱的貝勒羅什和我的關係已經岌岌可危，但只要惹得他有一點兒嫉妒，他就又會對我緊抓不放了。他愛我已經到了力不從心的地步，因而目前在我和他親近的時候，我既要耍些花樣，又要小心謹慎。可是同時，您也很清楚這可不是為您所做的犧牲！彼此都不忠於對方，只會變得更加富有迷人之處。

　　您可知道，我有時也為我們竟被迫採取這種手段而感到惋惜！以前我們彼此相愛，我覺得那就是真正的愛情，那會兒我是幸福的。但是您呢，子爵？……為甚麼還要留戀那一去不復返的幸福呢？不，無論您怎麼說，重修舊好都是不可能的。首先，我會要求您做出一些您肯定不能或不願做

出的犧牲；興許我也不配讓您為我做出這些犧牲。其次，我又怎樣使您專一不變呢？哦！不，不，我根本不願有這樣的想法。儘管眼下我這封信寫得興味盎然，但我還是寧願跟您驟然分別。

　　再見了，子爵。

　　　　　　　　　　　　　　　　　　17**. 11. 6，於 ** 城堡

第一百三十二封信

杜薇院長夫人
致
羅絲蒙德夫人

夫人，您對我的關懷使我深受感動；要不是生怕接受了就會褻瀆您的好意，因而有些矜持，我本會盡情地全盤接受。為甚麼當我發現您的關懷對我無比寶貴的時候，同時卻又覺得這並非自己所應得的呢？啊！至少我還敢於對您表示我的感激之情。我特別欽佩您了解我們的弱點只是為了表示同情，這種寬容的美德強大的魅力在我們的心頭保有如此愉快而有力的影響，甚至可以和愛情的魅力匹敵。

可是既然友誼已經不足以讓我幸福，我還配得到它嗎？對您的勸告，我也抱著同樣的觀點；我深刻地感覺到其價值，但是無法照著去做。目前我體會到完美的幸福，又怎能不相信它的存在呢？不錯，如果男人都像您說的那樣，那他們是令人憎惡的，我們應當避開他們。但凡爾蒙跟他們有多大的不同啊！他跟他們一樣具有強烈的情欲，就是您所說的衝動，但是在他那種極度的體貼，已經超越了他身上的一切！哦，我的朋友！您說要分擔我的痛苦，可您還是分享一下我的幸福吧！我的幸福來自於愛情，而我愛慕的對象又大大增加了其價值！您說您對您的侄子也許有些偏愛？啊！要是您像我一樣了解他，那有多好！我對他的愛充滿了崇拜，但是與他應得的愛還差得很遠。他也許在他人的引誘下犯了一些過錯，他自己也承認這一點；但有誰像他這樣懂得真正的愛情呢？我還能再對您說甚麼呢？

他感受到的愛情，跟他所激發的一樣強烈。

　　您會認為這是愛情免不了用來愚弄我們想像力的虛幻念頭之一。可是，如果情況這樣，為甚麼他在達到目的之後，會變得更加溫柔、更加熱情呢？我得承認，以前我覺得他老是顯出一副沉思默想、胸有城府的神情，往往令我不由自主回想起人家向我描述，關於他的那種虛情假意、冷酷無情的印象。然而，自從他可以無拘無束、完全按照自己的心意行事以後，他似乎能猜到我內心的所有意願。說不定我們就是天生的一對！說不定我命中注定，有幸成為他的幸福之中不可或缺的人！啊！如果這是一種幻覺，那就讓我在它破滅之前死去吧！不行，我要活下去來疼愛他，崇拜他。為甚麼他會停止對我的愛呢？他還能使哪個女人變得比我更幸福呢？再說，我自己也感覺到，我們所創造的幸福就是最牢固的牽絆，只有它能把我們真正連接在一起。不錯，就是這種甜蜜的感覺使愛情具有崇高的性質，以某種方式淨化了愛情，也使它真正配得上凡爾蒙那樣溫柔高潔的心靈。

　　再見了，我親愛的、可敬的、寬容大度的朋友。我原來想再花一些時間寫信給您，但是他答應前來的時間已經到了，我腦子裡便甚麼別的想法都沒有了。對不起！但您是希望我幸福的，眼下這種幸福已經巨大到我幾乎無法完全承受的地步。

17**. 11. 7，於巴黎

第一百三十三封信

凡爾蒙子爵

致

梅黛侯爵夫人

　　我美麗的朋友，您認為我不會答應、但做了就可以得到您歡心的犧牲究竟是哪些？您就告訴我吧！如果我有所猶豫不決，那我就允許您拒絕接受我的奉獻。唉！如果就以您的寬容大度，仍會懷疑我的感情或精力，那您近來究竟把我看成怎樣一個人了？您竟然說有甚麼我不願或不能做出的犧牲！這麼說，您是認為我陷入了情網，被愛情征服了？我強調成功的價值，您卻疑心我把它和人聯繫在一起？啊！老天保祐，我還沒有淪落到這種地步，我願意向您證明這一點。不錯，我要向您證明這一點，當然這得以杜薇夫人為代價。在此之後，您肯定就不會再有甚麼懷疑了。

　　我覺得我可以在一個女人的身上花費一些時間卻並不敗壞自己的名聲，但至少她得有一點可取之處：她得是那種十分罕見的女人。也可能是因為這場風流豔遇發生在社交界的淡季，所以我沉溺得更深一些。就連現在，社交界的巨大風潮也才剛剛開始啟動，她幾乎吸引了我的全副心神也就不足為奇了。可是請想一想，這花了三個月心血取得的成果，我只享受了一個星期啊！以前那些價值不大、也不曾花費那麼大勁兒得來的成果往往使我留連更長的時間！……而您從來沒有從中得出任何對我不利的結論。

　　另外，您想不想知道我在這方面表現得這麼熱情的真實原因？讓我告訴您吧。這個女人生來膽怯，最初那陣子，她不斷地懷疑自己是否幸福；

這種懷疑就足以使她心神不安。因此，如今我才剛剛得以觀察自己對這類
女人究竟可以施展多大的威力。這可是一件我極想知道的事，這種機會並
不像人們所想的得來那樣容易。

　　首先，在很多女人看來，快樂永遠只是快樂，除此之外絕無其他。在
她們眼中，無論我們獲得甚麼頭銜，我們向來只是經紀人，普通的捐客，
我們的活動就是成績，誰的活動最多，誰的成績就最出色。

　　對另一類女人來說（也許如今這類女人的人數最多），情人的名聲，從
情敵手裡奪得他的快樂，生怕他又被奪走的擔心，這些就是她們幾乎始終
心心念念的事。對於她們所享受到的那種幸福，我們也或多或少地出了一
些力；但是她們的幸福主要在於當時的情況，而不在於人的本身；幸福通
過我們降臨到她們身上，而不是源自於我們。

　　因此，為了加以觀察，我就得尋找一個心思細膩、容易動情的女人，
她把愛情看作自己唯一的心事，就連在相親相愛的時候，她眼裡也只有她
的情人。她激動的情緒並不依照尋常的途徑，而總是發自內心，通向感官。
我終於見到了這樣的女人。在達到快感後，她哭得像個淚人兒似的（我並不
是在說頭一天的事）。過了一會兒，聽到一句說到她心坎上的話，她才重新
找回感官上的快樂。最後，她一定還同時具有一種天生的坦誠，她養成了
這種習慣以後，那就成了難以壓制的本性；她心裡的任何情感都無法加以
掩飾。現在，您總得承認，這樣的女人是十分罕見的。我可以這麼說，如
果沒有她，我也許一輩子都不會遇到。

　　所以，她比別的女人更能長久地吸引我的注意也就不足為奇了。如果
我希望對她展開的研究要求我使她幸福，完完全全的幸福，特別是那非但
不會教我感到不快，反而對我有利，我又為甚麼要拒絕呢？再說一個人的
頭腦給占據了，難道心靈也就會受到奴役嗎？不，當然不會。因此，儘管
我並不否認自己很重視我跟她的這段私情，但那不會阻礙我去尋求別的風
流豔遇，或甚至犧牲它去換取更舒心愜意的韻事。

　　我十分逍遙自在，就連對小沃朗苢也沒有忽略，不過我並不怎麼重視

她。她母親再過三天就要把她帶回城去。我昨天就設法安排好了聯繫方法：給門房一點錢，對她的侍女說些好聽的話，事情就辦妥了。唐瑟尼竟然連如此簡單的方法也沒有想到，這您能理解嗎？，另外，人家還說甚麼愛情使人變得聰敏機智！正好相反，它只會使陷入情網的人變得愚蠢糊塗。我難道不能避免這樣的境遇嗎？啊！放心吧。不出幾天，我就要削弱這份也許過於強烈的感受，把它與他人分享；如果一次不夠，就多多益善。

等到您認為時機適宜，我仍然準備把那個年輕的修道院寄宿生還給她膽小怕事的情人。我覺得您已不再有任何理由加以阻止。我呢，也同意幫可憐唐瑟尼這個大忙。說實在的，他為我出了那麼多力，這只是我起碼該為他付出的一點回報。目前他心裡忐忑不安，不知道沃朗莒夫人肯不肯接待他。我盡力加以安慰，向他保證，不管怎樣，我都要讓他早日得到幸福。在此之前，我繼續負責書信往來；等他的賽西兒抵達之後，他希望恢復通信。我手頭已經有他的六封信了，在那個良辰吉日到來之前，我肯定還會收到一、兩封。這個小夥子真是閒得無聊！

可是，不要再談這對稚氣的情侶了，還是談談我們自己吧！讓我懷抱著您的上封信使我產生的美好希望吧！是的，毫無疑問，您會使我專一不變，而我將不會寬恕您對此有所懷疑。難道我曾經對您用情不專嗎？我們只是疏於聯繫，但是並沒有斷絕往來，我們的所謂決裂只是我們想像中的錯誤。我們的感情，我們的利益仍然是一致的。我就好似一個如夢初醒、返回家鄉的遊子，我也會像他一樣承認，我曾丟下幸福去追逐渺茫的希望；我也會像阿爾古那樣說道：

　　　我見到的異鄉人越多，就越熱愛我的祖國。*

　　因此不要再反對促使您回到我的身邊的那種想法或是情感。在不同的

---

* 　引自杜·貝盧瓦（Du Belloi）的悲劇《加萊之圍》（*Siège de Calais*）。——編者原注 52

道路上品嘗了各種快樂之後，我們會覺得任何歡愉都無法與我們在一起體會過的相比，並讓我們發現它還會變得更加美妙，就讓我們好好領略這種幸福的感覺吧。

　　再見了，我迷人的朋友。我同意等您回來，但是得把握時間，別忘了我多麼渴望您回來。

17**. 11. 8，於巴黎

第一百三十四封信

梅黛侯爵夫人
致
凡爾蒙子爵

　　說實在的，子爵，您真像孩子似的。在孩子的面前，甚麼都不能說，甚麼都不能讓他們看到，否則他們立刻就想搶到手裡！我有了一個簡單的念頭，我也告訴您我並不願意老想著它。我跟您談了這一點，您就加以利用，老是想導引我的注意力；我力圖從中擺脫，而您卻想用它來束縛我，還似乎要我違心地跟您分享您那荒唐的欲望！您讓我獨自承擔小心謹慎的包袱，這算得上行為寬厚嗎？我再對您說一次，我也暗自思量了好多次，您向我提議的安排是根本做不到的。就算您完全顯示出目前您對我表現的寬厚，您以為我就不為他人著想，願意接受會對您的幸福帶來損害的犧牲嗎？

　　不過，子爵，您對杜薇夫人眷戀不已的情感真的是您的錯覺嗎？這種感情就是愛情，否則愛情就根本不存在這世上。您百般地加以否認，卻以成千種方式證實了這一點。比如說，當您面對自己的時候，究竟用的是甚麼藉口呢（因為我相信您對我是說真心話的）？您是如何用它把自己既無法掩飾、也難以克制想要留住那個女人的欲望，說成出於觀察的意願？聽起來好像您從來沒有讓別的女人幸福過，完完全全地幸福過。欸！如果您對這一點表示懷疑，那您的記性實在太差了！不，問題不在這兒。只是您的心欺騙了您的理智，讓它相信如此拙劣的理由。但我是不會這麼容易滿足的，

因為我可不想受騙上當。

　　因此，儘管我注意到您出於禮貌，已經細心地刪掉了所有您覺得會惹得我不快的辭語，但我發現您仍然保留了同樣的意思，或許連您自己也沒有覺察。的確，信上不再提到可愛的、天仙似的杜薇夫人，但是出現了一**個令人驚奇的女人，一個心思細膩、容易動情的女人**，還有這一句：**總之是個罕見的女人，您再也不會遇到另一個**，把所有別的女人都排除在外了。那前所未知的而非最為強烈的魅力也是同樣的情形。欸！也罷，但既然您直到那時為止都從未感受過這種魅力，看來往後您也不會再感受到了，您的損失就也會是無法彌補的。子爵，這些就是愛情明確無誤的徵兆，否則，就得放棄尋找任何徵兆了。

　　請您放心，這一次我和您說話沒有帶甚麼情緒。我打定主意不再這樣做；我十分清楚地意識到那會成為一種危險的陷阱。說真的，我們只做個朋友，我們的關係也以此為限。不過您應當對我的勇氣，是的，對我克制自己的勇氣表示感謝；因為有時候，就連不做出一項自己覺得不好的決定，也得需要勇氣。

　　因此，我並不是只為了說服您接受我的意見，才來回答您究竟哪些是我執意要求而您不肯做出的犧牲的問題。我有心用了**執意要求**這個辭，因為我可以肯定，不一會兒，您就會覺得我實在太苛求了。但這樣更好！我對您的拒絕非但不會生氣，反而會表示感謝。您看，我對您甚麼也不想隱瞞，實際上也許我是需要這樣做的。

　　因此，我執意要求（*請看這是多麼殘忍！*）那個罕見的、令人驚奇的杜薇夫人在您的心目中只是一個平凡女子，恢復她本來的面貌。因為我們不應當自我蒙蔽，我們認為別人身上具有的魅力，其實只存在於我們自己身上；只有愛情才會大肆美化我們所愛的對象。我對您提出的要求，不管多麼難以完成，您說不定也會盡力答應我，甚至發誓做到。可是，坦白說，我是不相信空洞的言辭的。只有您的所有行為才能使我信服。

　　事情到此還未結束，我是很任性的。您欣然向我提出要犧牲小賽西兒，

我對此一點也不在乎。相反的，我要求您繼續把這份苦差事幹下去，直到我有新的指示為止。也許我喜歡如此濫用我的權威，也許我比較寬容或比較公正，只滿足於控制您的感情，卻並不想妨礙您的快樂。不管怎樣，我希望您服從，我的命令是極其嚴格的！

當然，到那時我會覺得非得對您表示感謝，誰知道呢？也許我還得獎賞您呢。比如說，我肯定會縮短這趟變得教我難以忍受的旅程。我最終會和您再次相見，子爵，我又會怎樣……和您再次相見呢？……可是您要記住，這只是一個隨口說說、簡單講述的無法實現的計畫，我不想只有我一個人把它忘掉……

您可知道，我的訴訟案教我感到有點兒不安？我想了解一下自己到底可以採取一些甚麼手段。我的幾個律師為我援引了好幾條法律，還特別引用了許多權威性判例，就像他們所說的那樣。但我看不出其中有多少論據和公平正義。我幾乎後悔當時不肯接受和解。可是一想到我的訴訟代理人精明幹練，律師能言善辯，訴訟人姿色出眾，我就又放心了。如果這三樣法寶都不起作用，就得改變事情的進程，那還談得上尊重舊時的習俗嗎？

這場官司是目前使我留在這兒的唯一一件事。有關貝勒羅什的官司已經了結：不予追究，訴訟費用由雙方各自負擔。他竟惋惜無法參加今晚的舞會，這真是一個閒散的人該惋惜的事！等我回到城裡，就讓他完全恢復自由。我為他做出了這個痛苦的犧牲，如果他從中感受到我的寬宏大量，我也就得到安慰了。

再見了，子爵，常給我來信吧！看到您對自己快樂的詳盡描述，至少可以部分地補償我所感受的煩悶。

17**. 11. 11，於 ** 城堡

第一百三十五封信

杜薇院長夫人
致
羅絲蒙德夫人

　　我設法給您寫信，卻不知道能否寫成。啊！上帝呀！真想不到在寫上
封信的時候，我無比幸福，簡直無法把信寫下去；如今卻是極度的悲傷使
我不堪重負，讓我只保有感受痛苦的那點兒力量，卻失去了表達的力量。

　　凡爾蒙……凡爾蒙不再愛我了，他從來就沒有愛過我。愛情絕不會就
這樣消失的。他在欺騙我，背叛我，侮辱我。世上的所有不幸和屈辱，我
都感受到了，而他就是其根源。

　　您可不要以為這只是單純的猜疑，我根本沒有那樣的機會！我連懷疑
的福氣都沒有。我看到他了。他還能對我說甚麼來為自己辯解呢？……但
他可不在乎！他甚至連做這樣的嘗試都不願意……苦命的人哪！你的責備
和淚水對他又有甚麼用？他的心思根本不在你的身上！……

　　因此他確實把我犧牲了，甚至把我出賣了……出賣給誰呢？……一個
低賤的女人……可是我在說甚麼呀？唉！我連蔑視她的權利都沒有。她背
離的本分沒有我的多，她的罪過也沒有我的大。噢！以悔恨為基礎的痛苦
是多麼難以忍受啊！我覺得我心中的折磨越發厲害了。再見了，我親愛的
朋友；如果您對我遭受的煎熬有所了解，那麼不管我變得多麼不配得到您
的憐憫，您仍然會憐憫我的。

　　我剛把信重讀了一遍，發現信裡甚麼都沒有告訴您；我要盡力鼓起勇

氣來把那樁令人痛苦不堪的事向您敘述一遍。事情發生在昨天，自從我回來後，我頭一次得在外面吃晚飯。凡爾蒙下午五點鐘來看我，他從來沒有顯得這樣溫柔。他讓我明白我的外出計畫令他相當不快，於是我馬上打算留在家裡。然而，過了兩個小時，他的神情和語氣突然產生了明顯的變化。我不知道是不是脫口說了甚麼教他感到不高興的話。無論如何，過了沒有多久，他就聲稱想起了一件事，讓他不得不離開，就這樣告辭了。臨走之前，他倒確實向我表示深切的遺憾，當時我覺得他是真誠的，充滿了溫情。

　　留下我一個人以後，既然我空閒了，就覺得最好還是前去赴約。我梳妝打扮妥當，就上了馬車。不巧我的車夫讓我從歌劇院前面經過，正碰到散場，街上堵得水洩不通；我瞥見凡爾蒙的馬車在我旁邊的那列車隊裡，位於我前面四步遠的地方。我的心馬上怦怦亂跳，但這不是由於害怕；當時我腦子裡唯一的念頭就是希望我的馬車向前移動。但我的馬車沒有往前，他的倒不得不後退了幾步，變得停在我的馬車旁邊。我立刻把身子往前探，不覺大吃一驚，發現他的身旁坐著一位姑娘，就是她那個圈子當中很出名的姑娘！正如您想像的那樣，我把身子收了回去；這已經教我感到相當痛心了，但更令您難以相信的是，顯然有人可惡地把祕密告訴那個姑娘，因為她一直靠在車門上，始終不停地看著我，還發出一陣陣的笑聲，引起周圍的注意。

　　那時我萬念俱灰，但我仍然由著馬車拉我前去那戶人家赴宴，不過我無法待在那兒；我時時刻刻都感到自己就要暈過去了，而淚水更是止不住。

　　回家以後，我提筆給凡爾蒙先生寫信，並馬上把信給他送去。他不在家。我又派僕人前去，吩咐要等他回家；因為我不惜任何代價也想擺脫傷心欲絕的狀態，否則就讓我一勞永逸地死去。可是午夜之前，僕人回來了，告訴我凡爾蒙的車夫回去後對他說主人晚上不回家了。今天早上，我覺得除了向他要回我的信，和請他不要再到家裡來以外，就再也沒有甚麼別的事要做了。我確實做了一些因應的吩咐，但看來並沒甚麼用處。現在已經快中午了，他還沒有來過，我連他的一封短信也沒有收到。

　　我親愛的朋友，目前我再也沒有甚麼別的事要補充了。您知道了事情的經過，也了解我的心情。我唯一的希望就是不要再繼續多為您那富於同情心的友誼帶來傷痛。

17**. 11. 15，於巴黎

第一百三十六封信

杜薇院長夫人
致
凡爾蒙子爵

　　先生，經過昨天發生的事情以後，您不要再指望到我家裡來做客，當然您也不怎麼樂意前來！這封短信的主要目的並不是請您不要再來，而是要求您歸還我的信件。這些信件根本就不應當存在。倘若它們曾一度引起您的興趣，那是因為它們成為您混淆是非的證據，但既然我已頭腦清醒了，信裡所表達的又只是被您摧毀的感情，那麼它們對您而言也就無關緊要了。

　　我承認，也意識到對您的信任鑄成了大錯，那麼多女人在我之前成了這種信任的受害者。在這件事上，我只責怪我自己。但至少我認為自己不應當遭到您的輕蔑和侮辱。我為您犧牲了一切，就為了您，失去了對自己的尊重和受別人尊重的權利，我本來以為可以指望您在評判我的時候不像公眾那麼嚴厲；而且輿論也會把一個意志薄弱的女子跟一個腐化墮落的女子區分開來，兩者之間有著極大的差別。這些過錯是每個人都會有的，我對您說的也只是這種過錯。至於愛情方面的過錯，我就閉口不說了。我們的心靈不可能相互理解。再見了，先生。

17**. 11. 15，於巴黎

第一百三十七封信

凡爾蒙子爵
致
杜薇院長夫人

　　夫人，僕人剛把您的信交給我。我看信的時候直打哆嗦，幾乎沒有力氣回信給您。您竟對我產生了這麼可怕的想法！唉！這必然是我的過錯；即便您寬容大度地不加以計較，而我也一輩子都不會原諒自己。可是您責備我的那些過錯是我根本都沒有想過的！怎麼？我竟然使您蒙羞！讓您遭到蔑視！可我那麼疼愛您，又那麼尊重您；只有在您認為我配得上您的時候，我才感到自豪。您被事情的表面蒙蔽，我承認這些看待可能對我不利，但是難道您的心裡就沒有認真地想過要抑制它們嗎？當您一想到有甚麼要抱怨我的時候，心裡就沒有產生反感嗎？然而您還是相信了！照這麼說，您不僅認為我會做出這種傷天害理的瘋狂舉動，而且您還擔心會因為對我好而受到這樣的連累。唉！如果您覺得自己的愛情使您沉淪到這種地步，那我在您的心目中一定顯得相當卑鄙無恥？

　　這種想法使我痛苦難耐，心情沉重。我應當把耗費在摒棄這個想法的時間用來剷除它。我可以向您坦誠一切，但心裡仍有顧慮。難道我需要重新喚起自己試圖抹滅的事實嗎？難道我需要把您跟我的注意力都集中到那一時的過錯上嗎？而如今我要用餘生來彌補這個過錯。我仍在尋思這個過錯的原因。每逢回想起那件事，就讓我覺得恥辱和絕望。唉！如果我對自己的非難引起了您的怒火，您根本用不著四處謀求報復；您只需讓我陷入

悔恨就行了。

　　然而，有誰會相信這件事的根本原因，就是我在您身邊所感受到的那種令人震懾的魅力。正是這種魅力，讓我把一件不能耽擱的重要事情忘得一乾二淨。當時我離開您的時候已經太晚了，無法找到我想找的人。我希望在歌劇院裡跟他碰頭，但是也沒有見到他，卻遇見了艾蜜莉。我在根本不認識您，根本沒有體驗到愛情的時候就認識她了。她沒有馬車，要求我送她送回家去；她家就在附近。我覺得這不會有甚麼麻煩，便同意了。可是就在那時候我遇見了您。我頓時就感覺到您會就此認為我是個罪人。

　　我那種生怕引起您的不快，使您感到痛苦的強烈心情，理應很快就被發現了；實際上也確實如此。我還承認，這種心情促使我設法勸那個姑娘不要拋頭露面，但這個體貼的安排反而對愛情不利。艾蜜莉和所有跟她身分相同的姑娘一樣，習慣於不斷奪取掌控我們的權利，並肆無忌憚地濫用一下，才覺得放心。她當然會留意不讓這樣一個大好機會溜走。她越是看到我神色困窘，就越是有意招搖過市。她的欣喜若狂是因為看到我飽受痛苦的折磨，而這種痛苦是來自我對您的尊重和我的愛情。您可能一時認為自己成了她取笑的對象，我為此感到萬分愧疚。

　　至此為止，與我的罪過相比，我應當更加不幸。這些過錯，**是每個人都會犯的，您對我說的也只是這種過錯**。這些過錯並不存在，因而也不該對我加以責備。至於愛情方面的過錯，您閉口不說是沒有用的。我不會對這種過錯保持沉默，因為有一種更大的利益迫使我打破沉默。

　　這並不是說，我在為這種難以理解的不端行為感到羞愧不安的同時，還能竭力回想起這件事而不感到極度的痛苦。我對自己的過錯深信不疑，同意接受應有的懲罰，也同意等待下去，讓時間、讓我永遠不變的柔情、讓我的悔恨來使我得到寬恕。可是我緊接著想要對您說的話跟您敏感的心靈至關緊要，我怎麼能保持沉默呢？

　　不要以為我在轉彎抹角地請求寬恕或掩蓋自己的過錯，我承認我有該受責備的地方。可是我不承認，永遠也不承認這個可恥的過錯該被視為愛

情上的過錯。唉！一次感官上的意外刺激，一時的癡迷糊塗，跟純潔的感情會有甚麼共通之處呢？前者伴隨而來的是羞愧和懊悔，而後者只可能在一顆敏感的心靈中誕生，憑藉敬重來維持，最終幸福成為這種感情的果實。啊！請您不要這樣來褻瀆愛情，尤其不要糟蹋您自己，把根本不能混為一談的事物等量齊觀地集中在一起。讓那些下賤墮落的女人為她們莫名感到可能成為的勁敵提心吊膽吧！讓她們去遭受劇烈、可恥的妒火煎熬吧！但是您，請您別過頭，別看那些會玷汙您目光的貨色。您像上帝般冰清玉潔，也跟上帝一樣，當祂在懲罰冒犯祂的人的時候，並不記恨。

　　可是您要對我施加甚麼懲罰呢？有甚麼懲罰會比目前我所感受到的懲罰更為痛苦呢？我因為冒犯了您而感到後悔莫及，惹得您傷心難受而心痛懊悔，想到自己配不上您而意氣消沉，有甚麼懲罰可以和這些感覺相比呢？您就顧著懲罰！而我呢，卻請求得到您的安慰。這並不是說我應當得到您的安慰，而是因為我需要您的安慰，而能給我安慰的也只有您了。

　　倘若您突然忘了我跟您的愛情，不再重視我的幸福，反而想要讓我承受永久的痛苦，那您有權這麼做。您就行動吧。但是如果您寬容一點，或者心軟一點，就能憶起當初使我們心心相印的那種柔情蜜意，那種心靈的滿足一次又一次地出現，感受一次比一次更加強烈，多虧彼此，我們才得以享有那些無比美好、富足如意的日子，只有愛情才能帶來這些財富，那麼，也許您寧願擁有重新創造這些財富的能力，而不想具有將其摧毀的能力。我還能對您說甚麼呢？我失去了一切，由於我的過錯而失去了一切。可是憑藉您的恩惠，我可以重新獲得這一切。現在該由您來做出決定了。我只補充一句話，昨天您還發誓說，只要我的幸福掌握在您手裡，就會十分穩當可靠！唉！夫人，難道今天您要使我陷入永遠的絕望中嗎？

17**. 11. 15，於巴黎

第一百三十八封信

凡爾蒙子爵
致
梅黛侯爵夫人

　　我美麗的朋友，我堅信自己並沒有陷入情網。如果形勢迫使我扮演這樣的角色，那可不是我的錯。您就同意吧，回來吧！不久您就會親眼看到我是多麼真心誠意。昨天我已顯示了自己的身手，今天發生的事也不能否定我之前的表現。

　　昨天我到那個溫柔的正經女人家裡去了，我實在沒別的事好做，因為儘管小沃朗莒身體不適，但她仍然得去維 ** 夫人家今年提前舉行的舞會上度過整個夜晚。我閒散無事，原本就想延長晚上的幽會。為此，我甚至要求對方做了點小小的犧牲。她才剛答應，我所指望得到的喜悅就被您執意教我相信，或者再怎麼樣都要責怪我產生那種愛情的想法給打亂了。因此我也就沒有甚麼別的想望，只想親自證實一下，同時也教您相信，那些想法完全是您對我的誣賴。

　　於是我果斷地做出了決定。我隨意找了個藉口，把我的美人兒拋下。她十分驚訝，當然也更加傷心難受。至於我，則氣定神閒地到歌劇院跟艾蜜莉碰頭。她會告訴您，到今天早上我們分手時為止，我們沉浸在快樂之中，沒有感到一絲後悔。

　　可是出了一樁教我感到十分擔憂的事，幸虧我處之泰然，才得以脫身。您知道在我離開歌劇院的時候，艾蜜莉就坐在我的馬車上，才剛經過歌劇

院旁的四幢房子,那個嚴肅女信徒的馬車就正好來到我的馬車旁邊。突如其來的車輛堵塞,讓我們的車子幾乎有七、八分鐘都並排停在一起。大家就跟在大白天一樣,彼此看得一清二楚,根本沒辦法躲避。

事情不僅如此。我還毫無顧忌地告訴艾蜜莉,這就是那個我寫信給她的女人(**您也許還記得那椿荒唐事,就是那次艾蜜莉充當了我的書桌***)。她並沒有忘記那件事,她又是一個愛開玩笑的人,就盡情端詳著那個她稱作**德行化身**的女人,把她看了個夠,一邊看還一邊哈哈大笑,教人感到氣惱和反感。

一切都還沒結束。那個妒意橫生的女人當晚不就派人到我家去了嗎?不過我不在家。她頑固地又差遣那個僕人前來,吩咐他等我回家。而我,則在艾蜜莉說動我留在她那兒歇宿後,立刻把我的馬車遣回;只吩咐車夫今早來接我。他回到了我家就見到那個愛情使者,覺得告訴那個人我在外面過夜是件再簡單不過的事。您完全可以猜到這個消息會引起的後果。我一回家,就看到了她寫給我的絕交信,信裡表明當時的情況已超過她的尊嚴所能容許!

因此,這場依您看來永無休止的風流豔遇,本來可以如您看到的那樣在今天早上做個了結。假如它沒有了結,您會以為我很珍視這段私情,想讓它繼續下去。事實並非如此。那是因為一方面我覺得被她拋棄有損我的面子;另一方面,我還想把這場犧牲保有的榮譽留給您。

於是我寫了一封情感豐沛的長信來回覆那封措辭嚴厲的短信。我列舉了許多條理由;至於她是否覺得這些理由充足,那就靠愛情來發揮影響力。我成功了。我剛收到她的第二封短信,內容依然十分嚴厲,並如事先料到的那樣,決心與我永遠決裂,但是信上的語氣不再像以前一樣,她特別強調再也不想見到我了。她在信中一連四次用斷然無法挽回的方式加以聲明,並做出這個決定。由此,我得到一個結論,那就是一刻也不能耽擱,馬上

***參見第四十七封信和第四十八封信。——編者原注**

去見她。我已經派我的跟班去買通看門人，過一會兒，我就會親自前去請求她的寬恕。因為對於這種過錯，只有一種方式才能讓她完全赦免我，而這種方式唯有面對面才能解決。

再見了，我迷人的朋友，我要趕去處理這件大事了。

17**. 11. 15，於巴黎

第一百三十九封信

杜薇院長夫人
致
羅絲蒙德夫人

　　我富於同情心的朋友，我深深地責怪自己，太早向您訴說自己一時的痛苦，而且也說得太多了！是我造成了您現在的痛苦，這種由我引起的憂傷仍在漫延著，而我卻沉浸在幸福之中。是的，一切都被遺忘了，寬恕了；說得更加確切一點，一切都得到了補償。在痛苦和焦慮過去以後，緊接而來的是寧靜和快樂。啊！我內心的喜悅，要怎樣才能向您表達呢？凡爾蒙是清白無辜的，有那麼強烈愛情的人是不可能有甚麼罪過的。我曾無比嚴厲地指責他犯下的那些嚴重及令人反感的過錯，但實際上他並沒有犯。如果我需要在某一方面對他表示寬容，難道我就沒有不公正的地方需要彌補嗎？

　　我不想對您詳述能證明他清白的那些事實或理由。也許理智很難對上述事實或理由做出評判，這只有心靈才能有所領會。可是如果您懷疑我性格軟弱，我可以用您的意見來印證我的觀點。您本人也說過，男人的不忠並非就是用情不專。[53]

　　這並不表示我沒有意識到就算是得到輿論的認可，也不能減少我在感情上受的傷害這樣的一個區別。但如果瓦爾蒙在感情上受的痛苦更深，我在這方面又有甚麼好抱怨的呢？雖然我不把那個過錯放在心上，您也別以為他會為此原諒自己，或者安慰自己。由於他那濃烈的愛情讓我無比幸

福，如此也就完全彌補了那個輕微過錯所造成的傷害！

　　或許是我的幸福超過了以往，也或許是在我一度害怕失去幸福以後更能體會幸福的價值，但我可以告訴您的是：只要我發覺自己還有力量去經歷我剛體會的那種痛苦難熬的憂傷，那麼對於在憂傷之後，去品嘗額外的幸福所付出的代價，我是不會覺得太高的。我慈愛的母親啊，責備您這個思慮不周的女兒吧！是她的過於倉促惹得您悲傷難受。責罵她吧！是她對那個她應當始終愛慕的人輕率地做出判斷，誹謗中傷。但在了解到她行事冒失的同時，看著她幸福，以分享她的快樂來增添她的喜悅吧！

17**. 11. 16 晚，於巴黎

第一百四十封信

凡爾蒙子爵
致
梅黛侯爵夫人

我美麗的朋友，我怎麼都沒接到您的回信呢？在我看來，我的上封信還是值得您回覆的吧！我早在三天前就應當收到回信了，但如今我仍在等待！我開始有些氣惱，也完全不想跟您談談我的大事。

我們的和解有了圓滿的結局，沒有責備和懷疑，有的只是新添的纏綿情意，還有因為他人對我的天真老實加以猜疑，而實際上卻是我在接受賠禮道歉，這些我就對您閉口不談了。要不是昨晚發生的那樁意外的事，我根本也不會想寫信給您。可是既然這樁事與您所監護的人有關，而她本人可能至少在一段時間內也無法告訴您，那就由我來負責講給您聽。

出於您猜得出或猜不出的那些原因，杜薇夫人近幾天來不需要我的關心照料，而小沃朗莒則沒有這樣的問題，於是我對她就變得更加殷勤。多虧那個看門人的幫助，我毋須克服任何障礙，順利地和您所監護的人一起過著愜意又規律的生活。但習慣導致了一時的疏忽。一開始的前幾天，我們為了安全起見，採取了前所未有的防範措施，儘管上了門閂，但仍然感到惶恐不安。昨天，我們極度的心不在焉造成了一場意外。現在我就把這件事發生的經過告訴您。我只受到一些驚嚇，但那個小姑娘卻付出了更大的代價。

當時我們並未入睡，因為我們剛歷經一場男歡女愛，正舒適閒散地歇

息，突然間，我們聽到房門一下子打開了。我馬上跳了起來，抓住我的寶劍，在自衛的同時也保衛那個我們共同監護的人。我向前走了幾步，但甚麼人也沒有發現，而房門確實是打開的。那時我們點著燈，我便四下搜尋，但一個人也沒看到。於是我想起來我們忘了採取平時的防範措施，很可能門只是被甚麼推了一下或關得不緊，就自動打開了。

我立刻回到那膽怯女伴的身旁，想要教她放心，卻發現她不在床上。心想她不是從床上跌到靠牆的地面上，就是躲到了那裡。最後，我發現她不醒人事地直躺在那裡，身體劇烈抽搐著。您能想見當時的我是多麼狼狽！然而我還是順利地把她抬回床上，並讓她甦醒過來。不過她在跌倒時受了傷，也很快就嘗到了苦果。

她的腰痛，劇烈的腹痛，還有一些有跡可尋的不明症狀馬上讓我明白她的病情。可是，要讓她明白，就得先告訴她在此之前發生了甚麼事，因為她還被蒙在鼓裡。也許還從來沒有哪個姑娘像她那樣天真無知，卻又徹底做了讓自己身子得到解放所有該做的事！哦！這個小妮子可不浪費時間去加以思索！

不過，她卻浪費了許多時間在那兒懊惱不已。我覺得必須當機立斷，於是就跟她商量，讓我馬上去拜訪她家的內科醫生和外科醫生，並通知他們說有人要來請他們過去，我會把一切都告訴他們，並請他們保守祕密。而她，等我一走就搖鈴召喚她的侍女。至於她是否要把內情告訴侍女，就隨她自己的意思。當她要派人去尋求醫生的幫助時，特別禁止大家吵醒沃朗莒夫人。做女兒的生怕母親擔心，這也是她自然流露的體貼關心。

我以最迅速的方式造訪了這兩位醫生，並分別向他們坦白一切，隨後就回家，沒再出門。而那個我原本就認識的外科醫生，在中午時分來到我家，跟我談了病人的情況，這跟我先前判斷的一樣；但他認為如果不再發生甚麼別的意外，家裡的人根本不會察覺有甚麼異樣。除了知情的侍女和給這個病冠上名稱的內科醫生，這件事會像其他許多事一樣順利解決，除非往後我們覺得談論這件事對我們有利。

　　可是我們之間究竟還有沒有共同的利益呢？您的沉默使我對這點產生
懷疑。要不是我仍想設法懷抱這絲希望，就根本不會相信還有這樣的利益。

　　再見了，我美麗的朋友。我擁抱您，心中卻懷著怨恨。

17**. 11. 21，於巴黎

第一百四十一封信

梅黛侯爵夫人
致
凡爾蒙子爵

天哪，子爵，您這樣死皮賴臉真教我感到厭煩至極！我的沉默跟您有甚麼關係？您以為我保持沉默，就是因為沒有理由為自己辯解了嗎？欸！要是那樣倒好！不，我只是覺得難以向您開口。

請您對我說真話。您這是在欺騙自己，還是在欺騙我呢？您言行不一，弄得我只好在這兩種看法之中做出選擇，哪一種才是真的呢？在我還沒有想定之前，您要我對您怎麼說才好呢？

您似乎把您跟院長夫人最近的那場爭吵看作很大的功勛，但是究竟要怎樣證明您的方式正確，而我的是錯的呢？我肯定從來沒對您說過，您對這個女人的愛到了無法對她不忠實的地步，愛到了可以錯過所有對您而言心情怡悅或垂手得手的機會。我甚至也不懷疑，連那種只有她才能使您萌生的欲望，而另一個女人，一個偶然邂逅的女人也幾乎同樣能使您滿足。對於您出於那種無可爭辯的放蕩不羈性格，這一次您只不過是有計畫地做了以前機緣巧合所做過的無數勾當，我並不感到驚訝。有誰不曉得這只是一股社會風氣，只是你們男人慣於放任自己從無賴惡棍變成卑微渺小的人？如今不這樣做的人會被看成傳奇人物，而這不是我想責備您的缺點。

但如我所言，也如我想，至今我依然這麼認為，您對院長夫人的愛是絲毫未減的。坦白說，那不是純潔無瑕、深厚無比的愛情，而是您能擁有

的愛情。這麼說吧！這種愛情使您發現一個女人具備很多實際上她身上沒有的優點或可愛之處，它使您把這個女人擺在特別的地位，而把所有別的女人都列為次等；就連您在凌辱她的時候，也使您仍然對她戀戀不捨。總之，那就如我想像中的蘇丹王，儘管他對他的寵妃懷有愛情，但他往往更喜愛一個普通的女奴。我覺得我的比喻十分恰當，因為您像他一樣，從來都不是女性的良友或愛侶，而始終是女性的暴君或奴僕。因此，我相信為了重新得到這個美人的恩寵，您一定低聲下氣、卑躬屈膝到了極點！一旦您認為獲得寬恕的時刻已經來臨，就為自以為達到了目的而得意不已，於是就丟下我去張羅那件大事了。

還有，在上封信中，您之所以沒有只對我談論那個女人，那是因為您根本不想跟我談您的大事。您覺得那些事無比重要，所以在您看來在這方面保持緘默就是對我的懲罰。而您在提供了無數的證據，明白地表示您對另一個女人有明顯的偏愛後，竟然還心安理得地問我我們之間究竟還有沒有共同的利益！您得留神了，子爵！一旦我做出答覆，就再也無可挽回了，而且我也害怕在此刻做出答覆，也許我已經說得太明顯了，因此我完全不想再談下去了。

目前我所能做的，就是講一個故事給您聽。可能您沒有時間讀，也或者沒有時間來專心加以理解。那也隨您的便，大不了這個故事算我白講。

我認識一個男人，他像您一樣跟一個女人糾纏不清，但那個女人並不會給他帶來多少光榮。他時不時地意識到這場風流豔遲早會對他不利。可是儘管他心裡感到羞愧，卻沒有一刀兩斷的勇氣。他曾向他的朋友吹噓他沒有一點羈絆，而且他也知道，一個人越想避免成為笑柄，就越顯得可笑，因而他的處境也就更加尷尬。他就這樣打發日子，不斷地幹些蠢事，事後又總說道：這可不是我的錯。這個人有一個女朋友，她一度想把他的這種癡迷陶醉的情況公諸於世，好使他始終成為人們取笑的對象。可她終究是個慈悲為懷，而不是陰險歹毒的女人，也可能出於別的動機，她想採取最後的手段，以便不管發生甚麼情況她都可以像她的朋友那樣宣稱：這可不是

我的錯。於是她給他送去以下這樣的一封信，作為用來醫治他病症的藥方。
信裡並未附上別的說明。

　　「我的天使，我們對一切都會感到厭倦。這是一條自然規律。
這可不是我的錯。

　　「如果今天我對在這漫長的四個月裡完全占據了我心神的風
流豔遇感到厭倦，這可不是我的錯。

　　「如果說，假如以前你的德行有多高，我對你的愛情就有多
深（這樣說當然有些言過其實），那麼現在我的愛情隨著你的德
行的終結而結束，就也不足為奇。這可不是我的錯。

　　「因此，近來我對你並不忠實，你冷酷的柔情也多少逼迫我
這麼做！這可不是我的錯。

　　「今天，一個我愛得發狂的女子要求我把您捨棄。這可不是
我的錯。

　　「我清楚地了解到現在是你斥責我背信棄義的大好時機！可
是如果大自然只賦予男人忠貞的性格，而賦予女人固執的脾氣，
這可不是我的錯。

　　「說真的，你另外挑一個情人吧！就像我另外找個情婦一樣。
這是一個好主意，一個很好的主意。如果你覺得不好，這可不是
我的錯。

　　「再見了，我的天使。我當初得到你心裡很高興，如今離開
你也不覺得惋惜。說不定我還會再回到你身邊。人世間就是這麼
回事。這可不是我的錯。」

　　子爵，至於最後這番嘗試得到的成效，以及隨之而來會發生的事，現在還不是對您說的時候。但我答應在下封信中告訴您。那封信中也包含著您對我提議的關於續約的**最後通牒**。到那時再談吧，現在只簡單地說一聲再見……

　　附帶一句，我感謝您告訴我有關小沃朗莒的詳細情形。這篇文章應當保留到她舉行婚禮的第二天再在《流言報》上發表。此刻，讓我對您夭折的子嗣表示哀悼。晚安，子爵。

17**. 11. 24，於 ** 城堡

第一百四十二封信

凡爾蒙子爵
致
梅黛侯爵夫人

　　說實在的，我美麗的朋友，我不知道自己是否沒有讀懂，或者誤解您的信、信裡說的故事以及其中包含的那封模範書簡。目前我能對您說的，就是我覺得那封書簡頗為別出心栽，可以一舉奏效；於是我就乾脆抄了一遍，就這樣把它寄給了那個天仙似的院長夫人。我沒耽擱一點時間，昨天晚上就把那封充滿溫情的信寄出去。我喜歡這樣做的原因是，首先我曾答應昨天寫信給她，再來是因為我看她就算用整個夜晚來凝神思索**這件大事**（**我可不管您會再次責備我使用這種說法**），時間也不會嫌多。

　　我本來希望今天早上能把我心上人的回信寄給您看，但時間已近正午，我仍未收到隻字片語。我會一直等到五點鐘，要是到時依然沒有任何消息，就親自前去探聽一下，因為在事情的進展上，第一步總是最困難的。

　　此時，如您所料，我迫不急待地想要知道您認識的那個男人的故事結局。他曾受到強烈的猜疑，說他不會在必要時捨棄一個女子。他還沒有改過嗎？他慈悲為懷的女友沒有寬恕他嗎？

　　我仍然渴望收到您的**最後通牒**，您說得多麼有政治意涵！我尤其好奇地想知道，您在我最後採取的這個步驟中，是否仍然發現愛情的成分。唉！當然有，而且還很深！但那是對誰的愛情呢？可是我甚麼也不打算強調，我只把希望寄託在您的好意上。

再見了，我迷人的朋友。我要等到兩點鐘才把這封信封上，也希望能把我等待的回信附上。

（下午兩點）

始終甚麼都沒有收到，時間十分緊迫，我沒有工夫再添加甚麼話語了。但這一次，您仍想拒絕象徵愛情最甜蜜的親吻嗎？

17**. 11. 27，於巴黎

第一百四十三封信

杜薇院長夫人
致
羅絲蒙德夫人

夫人，曾經描繪著我幸福幻想的面紗被撕破了。無比慘痛的事實使我幡然醒悟，擺在眼前的只有逐漸逼近的這條必死無疑的道路；在羞恥和悔恨之間指引我通向這死亡道路，我要順著這條道路前行……只要我的痛苦可以縮短我的生命，這種痛苦就會得到我的珍愛。我把昨天收到的那封信寄給您，而不附加任何想法。您讀了信後，就會清楚我的想法。現在不再是自怨自艾的時候，只有忍受痛苦。我需要的不是憐憫，而是力量。

夫人，請接受我這唯一一次告別，並請答應我最後這項請求，那就是任憑我接受命運的擺布，完全把我忘掉，只當我沒活在世上。人的不幸是有限度的，到了這個程度，就連友誼也只會增加痛苦，而無法解除痛苦。一旦創傷到了致命的地步，一切救助就都變得不人道了。除了絕望，任何感覺對我來說都顯得陌生。我要在漆黑的夜晚掩埋我的恥辱，只有黑夜才是屬於我的。如果我還哭得出來的話，我要在黑夜中為我的過錯痛哭！因為從昨天起，我就再也沒有流過一滴眼淚。我那失意沮喪的心已經枯竭了。

永別了，夫人，不要再給我回信。在收到那封狠毒的信後，我就發誓再也不接任何信件了。

17**. 11. 27，於巴黎

第一百四十四封信

凡爾蒙子爵
致
梅黛侯爵夫人

我美麗的朋友，到了昨天下午三點，對於仍然沒有得到一點消息，令我感到很不耐煩，於是就到那個被拋棄的美人家裡去。她家的僕人告訴我她不在家。我把這句話僅僅看成是拒絕接見的藉口。我既不生氣也不感到驚訝地離開，暗自希望這個行動至少會促使那個十分謙恭有禮的女子給我一個答覆。我渴望得到回信，就在九點前後特意回家看了一下，卻甚麼也沒有收到。這種沉默出乎我的預料，使我感到吃驚，於是我就委派我的跟班去打聽情況。了解那個容易動情的女子究竟是死了，還是生命垂危。終於，我回家的時候，他告訴我，杜薇夫人的確在上午十一點鐘帶著侍女出了門。她坐著馬車到了 XX 修道院，晚上七點鐘的時候，她把馬車和僕人都打發回家，並要他們告訴家裡的人當晚不用等她。當然，她這樣做是為了合乎禮法，修道院是寡婦名副其實的庇護所。她的決心非常值得讚揚，如果她堅持下去，那我欠她的恩情就又多了一份，因為這場風流豔遇會使我聲名卓著。

不久以前，我清楚地對您說過，不管您怎樣憂慮不安，我重新出現在社交舞臺上的時候，一定會閃耀著新的光芒。讓那些嚴厲的批評家出現在我面前吧！他們指責我陷入傳奇故事般不幸的愛情，而他們在跟女人決裂時能如此迅速和出色嗎！當然不，他們應當表現得更加高明才行；他們應

當以慰問者的身分前去拜訪，因為已經幫他們指引好道路了。啊！只要他們勇於嘗試我完整走過的這段路程，如果他們之中有一個人獲得了一點成就，我就把第一名的位置讓給他。可是他們每個人都會這樣想，一旦自己對甚麼事費了心思，給人留下的印象就是難以磨滅的。啊！這一次的印象肯定就是這樣。萬一哪天這個女人身邊有了她所喜愛的情敵，那麼我就會把我所有其他勝利都看得不足掛齒。

我承認她採取的這個行動滿足了我的自尊心，但她竟然還能在自己身上找到足夠的力量來跟我徹底分手，這教我相當不快。再這麼說，在我們倆之間，除了我設下的阻礙之外，還存在著其他阻礙！怎麼！就算我想跟她言歸於好，她也可能不再願意了。我能說些甚麼呢？她竟沒有這樣的渴望了，不再把這看作她至高無上的幸福了！談情說愛就是這樣的嗎？我美麗的朋友，您覺得我忍受得了嗎？這樣說吧！我就不能設法重新使這個女人預見到和解的可能嗎？這樣做不是更好嗎？只要有人希望和解，人總是願意和解的。我不妨試著不把它看得有多重要，這樣也就不會引起您的猜疑。相反的，這是一個我們一起嘗試的簡單試驗。就算我成功了，這也只是又一種可以按照您的意願再次將她犧牲的方法。您似乎很喜歡我這麼做。現在，我美麗的朋友，該是我領取獎賞的時候了，我真心誠意等著您回來。您就快點回來與您的情人重逢，跟您的朋友們重聚，重獲您的快樂，重新了解各種事態的發展。

小沃朗莒的情況大有起色。昨天，我心神不寧，無法待在家裡，便四處走動，甚至也到沃朗莒夫人家裡去了。我發現您所監護的人已經坐在客廳裡，儘管她仍然穿著病人的服裝，但正在完全康復中，而且氣色顯得更加紅潤，引人注目。你們這些女人，遇到了這種情況，就要在躺椅上躺上一個月。說實在的，小姐們可真是了不起！這位小姐確實使我想了解一下她是否徹底痊癒了！

我還要告訴您，小姑娘遇到的那場意外幾乎使您**多情的**唐瑟尼陷入瘋狂。他起初憂心忡忡，今天又歡天喜地。他的**賽西兒**病倒了！您想像得到，

一個人遇到這樣不幸的事是會暈頭轉向的。他一天派人去打聽消息三次，還每天都親自登門拜訪一趟。最後他寫了一封動人的書信給賽西兒的媽媽，要求允許他前去祝賀他心愛的人兒身體康復，沃朗莒夫人同意了。因此我發現這個年輕人又像過去那樣成了這個人家的客人，只是他還不敢像當初那樣冒昧。

　　這些情形都是他親口對我說的，是我跟他一起告辭出來後套出來的話。您無法想像這次拜訪給他帶來了多大的影響。他的那種喜悅、那種欲望、那種激情，真是無法形容。我這個人向來喜愛強烈的情感，於是就向他保證，要不了幾天，我就會使他更接近他的心上人。這樣一來，他就讓我弄得神魂顛倒了。

　　其實，我已經打算在做完我的試驗後，就馬上把賽西兒交還給他，而我則想全心全意地獻身給您。再說，如果您所監護的人打算欺騙的只是她的丈夫，那還值得讓她也成為我的學生嗎？讓她欺騙自己的情人，特別是她的初戀情人，那才是我的看家本領！因為對我來說，我沒有說過愛情這兩個字，也就沒有甚麼好責怪自己的地方了。

　　再見了，我美麗的朋友，請您盡早回來享有您對我的控制，接受我的敬意並報以我應得的報酬吧！

17**. 11. 28，於巴黎

第一百四十五封信

梅黛侯爵夫人
致
凡爾蒙子爵

　　子爵，您當真拋棄了院長夫人？您把我為您寫給她的信也寄給了她？您著實可愛並完全超出了我的期望！我真心承認，這場勝利比起目前為止我獲得的所有其他勝利都更教我感到高興。您也許會覺得，以前我很輕視這女人，如今我對她卻有極高的評價。但情況根本不是如此，那是因為我這次戰勝的並不是她，而是您。有趣的地方就在於此，這真是妙趣無窮！

　　不錯，子爵，您過去很愛杜薇夫人，就連現在也仍然愛著她；您愛她愛得癡狂。由於我過去老是拿這件事來取笑您並取悅自己，您就斷然地把她犧牲了。您寧願犧牲無數個女人，也不肯遭受人家的笑話。虛榮心究竟會把我們引向何處呀！賢哲之士 [54] 認為虛榮心是幸福的仇敵，這話說得很有道理。

　　如果我只想捉弄您一下，您現在會落到甚麼處境呢？但我是不會騙人的，這點您很清楚。即便您使我陷入絕望並進入修道院，我也甘冒這樣的風險，向戰勝我的人屈服。

　　僅管我表示屈服，那其實也只是單純的性格軟弱而已。因為只要我願意，不知道還能挑出您多少的歪理來呢？也許您該好好讓我挑出幾個！比如您在信中平心靜氣地要求我讓您跟院長夫人言歸於好，您用的那種細膩，或者說是拙劣的筆鋒，還真令我佩服。這種把這場決裂歸功於您的同時，又享受到肉體歡愉的方式對您真是再合適不過了，不是嗎？到了那時候，

這種表面的犧牲對您就不再算是犧牲了，於是您就表示願意按照我的意願再一次把她犧牲！經由這樣的安排，那個天仙般的女信徒就會始終以為自己是您心中唯一的人選，而我也會因為自己勝過了情敵而洋洋得意。事實是我們倆都受騙上當，但您卻心滿意足，剩下的事又有甚麼關係呢？

可惜的是，您擬訂計畫的時候那麼有才幹，執行起來卻缺少能耐；但一個思慮不周的步驟，就這一步，您為自己最渴望實現的事設下了一個無法克服的障礙。

怎麼！您有言歸於好的念頭，卻又抄了我的信！您竟然以為我也是個笨手笨腳的人！啊！說真的，子爵，當一個女人要傷另一個女人的心的時候，幾乎總能找到要害之處，而且這種創傷往往是無法醫治的。我在打擊這個女人的時候，或者確切地說，我引導您打擊她的時候，並沒有忘記她是我的情敵。您一度覺得她比我強，總之，您把我的地位看得比她還要低。假如我的報復有失算的地方，我同意承擔錯誤的後果。因此，我不反對您使出渾身解數，甚至還要求您這麼做。而且我向您保證，如果您最終勝利了，我絕不生氣。我在這方面坦然自若，而且再也不想加以過問了。我們還是談點別的事吧！

例如小沃朗莒的健康問題。我一回來，您就會把確切的消息告訴我，對不對？我聽到這些消息會很開心。隨後，就由您自己來決定，究竟是把這個小姑娘交還給她的情人好，還是您設法把她置於傑庫的名下，讓她再次成為凡爾蒙家族一個新的旁枝創始人。我覺得這個想法相當有趣，並讓您自己來做出選擇，只要求您在和我一起商談之前，不要做出最後的決定。這並不是說把您的這件事大大往後推延，而是因為我就快要回巴黎了。我還不能確切地告訴您是哪一天，但您應當相信，我一回來，會頭一個通知您。

再見了，子爵。儘管我和您有過爭吵，捉弄您，責怪您，但我始終非常愛您，我還準備要向您證明這一點。再會，我的朋友。

17**. 11. 29，於 ** 城堡

第一百四十六封信

梅黛侯爵夫人
致
唐瑟尼騎士

　　我年輕的朋友，我終於要動身了。明天晚上我就會回到巴黎。由於剛進家門，家裡總會弄得亂糟糟的，因此我不會接見任何人。然而，如果您有甚麼相當迫切的心裡話要對我說，我很樂意讓您成為那條規定的例外。但我只對您一個人破例，因此請您對我抵達的時間保密，就連凡爾蒙也不要讓他知道。

　　之前要是有人對我說您很快就會得到我唯一的信任，我是不會相信的。可是您對我無比信任，以致我也完全對您表示信任了。我試圖以為您使用了巧妙、甚至是誘惑的手段，至少這樣是很不應該的！儘管如此，我對您的信任目前不會有甚麼危險，因為您確實有別的事情要做！女主角一出場，知心朋友便受到了冷落。

　　因此，您連把剛獲得的勝利告訴我的時間也沒有了。當您的賽西兒不在時，成天聽您充滿柔情的怨言都還不夠。要不是我在那兒聽您嘮叨，您就只好對老天傾訴了。蒙您看得起我，自從她生病以來，一直對我訴說您的憂慮。那時您還需要有個人來聽您說話；如今您的意中人來到巴黎，加上她身體健康，特別是您偶爾能見到她，她就成了一切，而您的朋友們就都變得一文不值了。

　　我並不是想責備您，因為這是你們這些二十來歲青年的通病。從阿爾

西比亞德[55] 到您，大家不都知道，年輕人只有在憂傷時才能體會友誼的可貴嗎？幸福有時會使他們出言不遜，但卻絕不會使他們對您推心置腹。我也完全可以像蘇格拉底那樣說：我很歡迎我的朋友在遇到不幸的時候前來找我 *。不過他身為哲學家，若他的朋友不去找他，他也可以完全不需要他們。在這一點上，我可不像他那樣有灑脫的襟懷。我與生俱來身為一個女人的寬容感覺到您的沉默。

請別以為我對您有甚麼苛求，而我根本就不是個苛刻的人！那個提醒我受到剝奪的情感又讓我勇敢地承受這樣的損失，因為我的損失就是我朋友幸福的明證或原因。因此，由於愛情還留給您充分的自由和閒暇，我才希望您明天晚上前來看我。我不許您為我做出一點犧牲了。

再見了，騎士，我真誠地盼望能再見到您。您會來嗎？

17**.11.29，於 ** 城堡

---

* 引自馬蒙泰爾（Marmontel）的《有關阿爾西比亞德的道德故事》。──編者原注[56]

第一百四十七封信

沃朗莒夫人
致
羅絲蒙德夫人

我可敬的朋友，當您得知杜薇夫人的情況後，一定也會跟我一樣難受。她從昨天起就病了，她的病來勢洶洶，而且症狀很嚴重，真是把我嚇壞了。

我們目前看到的症狀是發高燒，極度的神志不清，不停地胡言亂語，無法緩解的口渴。醫生們說現在還無法做出任何判斷，加上病人固執地甚麼藥都不肯吃，讓治療十分困難。要給她放血，就非得用力按住她才行；後來兩次幫她包紮繃帶，也不得不用同樣的方式。她神志不清的時候老想把繃帶扯掉。

您同我一樣都見過她，她的樣子那麼柔弱，那麼膽怯，那麼溫和，但您能想像得到嗎？就連四個人都幾乎無法把她制服，而且只要有人想要勸告她甚麼，她心中就會發起無名火。在我看來，這恐怕不只是譫妄，而是一種真正的精神錯亂。

前天發生的事又加深了我這方面的憂慮。

那天上午十一點左右，她帶著侍女上 XX 修道院去了。由於她在那兒接受培育，因此仍然保有不時到那兒去的習慣。她像平常一樣受到接待，大家覺得她神態安詳，身體也很健康。大約過了兩個小時後，她問起當年在那兒學習時住過的房間是否空著，人家回答她還空著，她就要求去重新看一下。院長和幾個修女陪著她前去，就在這時候，她宣布說她要回來居住，

說她當初本根本不應當離開這個房間，並且補充至死她都不會再踏出這個房門。她當時就是這麼說的。

　　一開始，大家都不知說甚麼才好，但是等最初那陣驚訝一過去，就對她說，她身為已婚女子，未經特別的許可，不可能受到接納。但這個理由及其他無數的理由都沒有對她發揮一點作用。從那時起，她就死心眼地非但不肯走出修道院，還甚至不肯走出她的房間。最後到了晚上七點，大家無可奈何，只好同意她在那兒過夜。她的馬車和僕人都給打發回去了，大家只好等到第二天再做決定。

　　聽說整個晚上，她的神情舉止都沒有一點失常的地方，始終顯露出得體及思索的樣子。只有四或五次，她深深陷入沉思中，就連跟她說話也無法使她脫離這種狀態。每次在開始清醒前，她總是用兩隻手按住腦門，看起來像要使勁勒住似的。看到她這副模樣，在場的一位修女便問她是不是頭痛，她盯著那位修女好一陣子，才回答說：「痛的不是這兒！」過了一會兒，她要求讓她獨處，並請大家往後不要再問她任何問題。

　　於是除了她的侍女外，大家都走出了房間。她的侍女無處安身，好在可以跟她睡在同一個房間裡。

　　根據這個姑娘的敘述，她的女主人在晚上十一點前一直都十分安靜。到了十一點時，她說想要上床歇息。但在她還沒有完全更衣前，便開始在房間裡踱來踱去，一邊頻繁地做出許多動作和手勢。茉莉親眼目睹了白天所發生的事，因此甚麼也不敢對她的女主人說，只是默默等了將近一個小時。最後，杜薇夫人一連叫了她兩次，她趕緊跑過去，她的女主人一下子撲倒在她懷裡，嘴裡說道：「我再也承受不住了。」茉莉把她扶到床上躺下，她甚麼也不想吃，也不讓人去找醫生。她只要求在床邊擺些水，接著就吩咐茉莉去休息。

　　茉莉肯定地說她一直到半夜兩點都沒有入睡，在那段時間裡，她沒有聽到一點兒呻吟和活動的聲音。可是她說到了五點鐘，她被女主人的說話聲驚醒了，她的女主人正在用又大聲又響亮的聲音說話，於是便問她需要甚麼；

她沒有聽到回答，就掌燈走到她女主人的床邊，但杜薇夫人竟認不出她來了。夫人突然中止了她前後不連貫的話，激動地喊道：「留下我一個人，把我留在黑暗中，只有黑暗才是屬於我的。」昨天，我也發現她經常說這句話。

這句話也算是一種吩咐，於是朱莉就趁機出去找人並請來了醫生。但杜薇夫人一概拒而不見。她大發雷霆，嘴裡胡言亂語，這種情況此後就一再發生。

整個修道院被鬧得無法收拾，因此院長昨天早上七點鐘就派人來找我，天還沒亮，我馬上趕到那裡。當人家向杜薇夫人通報說我來看她，她神志似乎清醒了過來，並回答說：「啊！好，讓她進來吧！」可是等我走到她床邊，她就目不轉睛地看著我，迅速抓住我的手緊緊握著，用響亮又淒切的聲音對我說：「我完了，因為沒有聽信您的話。」緊接著，她摀住眼睛，又說起她一直掛在嘴上的那幾句話：「留下我一個人等。」接著她又完全失去了意識。

她對我說的那些話，還有她在神志恍惚時透露出來的那些話，都使我擔心這場痛苦難熬的疾病其實還有更加殘酷的原因。可是我們還是尊重我們朋友的祕密，只能對她的不幸深表同情吧！

昨天整個白天也過得很不安寧。她時而激動萬分，令人害怕，時而又筋疲力竭，變得昏昏沉沉。這是她唯一讓自己、也是讓別人得到一點休息的時間，我到晚上九點才離開她的床頭。今天早上，我還要回到她那兒去看護她一整天，我當然不會丟下我不幸的朋友不予理會；但令人苦惱的是，她總是固執地不肯接受治療和救護。

我把剛拿到關於她昨夜的病情報告寄給您。正如您所看到的，她的情況一點也不樂觀。我會留意把以後的病情報告都按時給您送去。

再見了，我可敬的朋友，我要回到病人身邊去了。我的女兒要我向您轉達她的敬意。她很幸運，身體幾乎已完全康復了。

17**. 11. 29，於巴黎

第一百四十八封信

唐瑟尼騎士
致
梅黛侯爵夫人

　　哦！我會多麼愛您啊！多麼仰慕您啊！是您開啟了我的幸福！是你使我的幸福如願以償！充滿同情心的朋友，溫柔的情人，為甚麼你痛苦的回憶要來攪亂我體會到的那種魅力呢？啊！夫人，應友誼的請求，請您冷靜一點。哦！我的朋友，應愛情的請求，請您要開開心心的。

　　欸！您有甚麼要責備自己的呢？說真的，您心思細膩反而讓您被蒙蔽。您感到懊悔，責怪我犯了過錯，這些都是錯覺。我打從心底覺得我們倆之間並沒有其他引誘者，有的只是愛情。因此你別再顧慮，沉浸到你所激發的感情中去，讓你全身都充滿你所點燃的欲火。怎麼！難道就因為我們的心沒有擦出火花而變得不夠純嗎？不，當然不會。相反的，一個人要展開誘惑必然是有計畫的，可以把行動和手段結合在一起，並能很早就能預見到事情發展的整個過程。可是真正的愛情是不允許我們這樣思慮的，它讓我們沉浸在海誓山盟之中，無法專心思考。愛情只有在我們沒有意識到的時候，才對我們產生劇烈的影響。它暗自為我們套上我們既看不到、也無法掙脫的枷鎖。

　　就連昨天也是這樣，儘管我一想到您要回來，心中就十分激動，一見到您就感到快樂無比，但我仍以為這只是被一種平靜的友誼所召喚和牽引。或者確切地說，我完全沉浸在內心甜蜜的情感之中，幾乎來不及去明白其

根源或原因。你和我一樣，我充滿柔情的朋友，你也不知不覺地感受到那種無法抗拒的魅力；就是這種魅力使我們倆的心靈都陶醉在柔情蜜意之中。等我們兩個人都清醒過來時，才會意識到原來是愛神使我們陷入了這種如癡如醉的境地。

　　但這並不表示我們錯了，反倒證明了我們的清白。是的，您並沒有背棄友誼，而我也沒有濫用你的信任。我們倆確實原本不了解各自的情感，我們只感受到了這種錯覺，卻沒有企圖造成這種錯覺。啊！我們根本就不該抱怨這種錯覺，而應當想到它帶給我們的幸福。我們不要用不公的非難去干擾這種幸福，而應當專心一意地用美好的信任和愉快安寧的心境來增加我們的幸福。哦！我的朋友！這種希望在我的心中是多麼寶貴啊！是的，從今以後，請您擺脫一切憂慮，完全沉浸在愛情之中，與我一起享有同樣的想望，同樣的衝動，同樣熾熱的欲火，同樣陶醉的心靈。在這些美好的日子裡，我們將讓每一刻都留下一種新的歡愉。

　　再見了，我仰慕的人兒！今晚我就要見到你了，但只有您一個人在家嗎？我不敢懷有這種希望。啊！您對我們相見的渴望會不會像我那麼強烈。

17**. 12. 1，於巴黎

第一百四十九封信

沃朗莒夫人
致
羅絲蒙德夫人

　　我可敬的朋友，昨天幾乎整個白天，我都希望能在今天早上把關於我們親愛的病人身體健康好轉的消息告訴您。但從昨天晚上起，這個希望就破滅了，我只能為這個希望的幻滅感到惋惜。一件表面上看來無關緊要的事卻造成了極其可怕的後果，如此一來，儘管病人的病情沒有變得更糟，但也跟以前一樣令人擔心。

　　要不是昨天我們可憐的朋友把她全部的心事都向我傾吐，我也一定不會明白這種突然的轉變。當時她還告訴我，您也知道她所有不幸的遭遇，因此我可以毫無保留地跟您談談她悲慘的境遇。

　　昨天早上我到修道院的時候，人家告訴我病人已經睡了三個多小時。她睡得那麼沉，那麼安詳，使我一時間擔心她是否得了嗜眠症。過了一會兒，她醒過來了，並自己揭開床帷，同時帶著驚訝的神情望著我們大家。我站起身來朝她走去，她認出我來，叫出我的名字，並要我來到她身邊。我還來不及提出任何問題，她就先問我她在哪裡，我們在做甚麼，她是不是病了，還有她為甚麼不是在家裡。起初，我以為這又是一陣譫妄，只是比以前要平和些，但我發現她完全能聽懂我的回答。看來她的頭腦確實已經清醒，但記憶力卻還沒有恢復。

　　她詳細地向我問起她到修道院以後所發生的一切事情，她記不起來她

來修道院時的情況了。我如實回答了，只是沒有把會使她感到過於害怕的細節告訴她；接著我問起她覺得怎麼樣，她回答說這會兒並不覺得難受，不過在休息的時候，感到痛苦萬分，讓她覺得疲憊不堪。我勸她平靜下來，少說些話。隨後我並沒有把床帷完全闔攏，好讓它微微敞開一點，並在床邊坐了下來。這時候，人家請她喝碗肉湯，她接受了，而且覺得很美味。

　　她就這樣歇息了將近半個小時，這期間除了只說了對我的照顧表示感謝外，其他甚麼也沒有說。她在表示謝意時的神態仍像您所了解的那樣嫻雅可愛，接著她就默不作聲好一陣子。她打破沉默的第一句話就是：「啊！對了，我想起來我來這裡的情況了。」過了一會兒，她痛苦地嘆道：「我的朋友，我的朋友，請您可憐我吧！我又想起了我所有的不幸。」這時我朝她走去，她握住我的手，把頭靠在上面。「上帝啊！」，她接著說道：「我就死不成了嗎？」聽了她說的這些話，再加上她的神情，讓我同情地掉下了眼淚。她從我的聲音裡發覺我的憐憫，就對我說：「您可憐我吧！啊！如果您了解情況就好了！……」隨後她停頓了一會兒，又說道：「讓其他人都出去吧！我要把一切都告訴您。」

　　我想我已經跟您提過，我早就猜測到她要吐露的這樁心事的內情。起初我預料這場談話的時間可能很長，內容也很淒慘，也擔心那也許會對我們可憐朋友的身體有害，因此我藉口她需要休息，表示拒絕。可是她執意要談，我只好依從她的請求。等到房間裡只剩下我們倆的時候，她就馬上把您已經從她那裡得知的所有情況都告訴了我，因此我也就不在這裡對您重複了。

　　最後，在談到她遭受那種狠心的遺棄方式時，她補充道：「我原本相信自己會因此而死去，而且我也有這樣的勇氣。要我在遭受不幸、蒙受羞辱之後活下去，那是不可能的事情。」我試圖用那個一直以來對她極為奏效的宗教力量來戰勝那種消沉，或那種絕望。但我很快就發現自己沒有足夠的力量來完成這個神聖的職責，於是我只好向她提議去把昂塞爾姆神父請來，因為我知道她完全信任這位神父。她同意了，而且看起來十分渴望

他的到來。我就派人前去請他，而他立刻趕過來了。他跟病人一起待了很長時間，出來的時候，他說如果醫生們的看法和他一致，也許他能把聖事儀式延期一下，隔天再過來。

那時大概是下午三點鐘左右，直到五點鐘的時候，我們的朋友顯得相當平靜，於是我們大家又懷抱希望。不巧這時有人給她送來一封信，修女們想把信交給她，她回答說她不想收任何信件，就再也沒有人強求她了。可是從這時起，她就顯得相當煩躁不安。沒過多久，她就問起這封信是從哪裡寄來的。信上沒貼郵票，究竟是誰送來的？大家都不知道。而信是替哪個人送的？負責傳遞信件的修女也不清楚。接著她沉默了一會兒。後來，她又開始說話了，但說得前後不連貫。我們知道她的譫妄又發作了。

不過，就在她終於要求把那封信交給她之前，仍有一小段平靜的時間。她剛朝那封信瞥了一眼，就馬上喊道：「天哪！是他寫來的！」接著就以有力而壓抑的聲音說：「拿走，拿走。」她立刻叫人把床帷拉上，並不準任何人靠近。但幾乎就在同時間，我們不得不又回到她身邊。這次譫妄發作的情況比之前都嚴重，而且還帶著極為異常的抽搐，這種情形到夜晚始終未曾停止。我看了今天上午的病情報告後，才知道她昨天夜裡也過得很不安寧。總之，她的情況十分危急，我很驚訝她竟然還能撐到現在。不瞞您說，我幾乎不抱甚麼希望了。

我猜想這封不祥的信是凡爾蒙先生寫來的，但他還敢對她說些甚麼呢？請原諒，我親愛的朋友，我對此不表示任何看法。但看到一個在此之前始終那麼幸福，也理應那麼幸福的女子如此可悲地死去，實在令人感到極為痛心。

17**. 12. 2，於巴黎

第一百五十封信

唐瑟尼騎士
致
梅黛侯爵夫人

我充滿柔情的朋友，在等待著與你相見的幸福之前，讓我先沉浸在寫信給你的快樂之中。把心思放在你身上可以減輕無法留在你身邊的惆悵。向你描述我對你的感情，回想你對我的情意，這對我的心靈實在是一番享受。這種享受給不能陪在你身旁度過時光的我許多寶貴的愛情樂趣。然而，照你所言，我不會從你那裡收到任何回信，我這封信也將會是最後的一封；我們要放棄這種在你看來既危險且又不是我們所需要的交往方式。當然如果你堅持，我就聽你的，因為你的願望就是我的願望。可是在你完全做出決定之前，你不允許我們在一起談談嗎？

說到危險這個問題，你應當自行判斷，我根本無法衡量。我只想請你注意自己的安全，因為只要你感到憂慮，我也就不能安心。至於這個問題，這不是把我們兩個當成一個人去面對，而是你代表了我們兩個人。

至於**需要**這個問題，情況可不一樣。在這方面我們只能有同樣的想法；如果我們意見分歧，那只有可能是因為我們沒有說清楚各自的看法，或者沒有相互理解。下面就來談談我的看法。

當然，在我們可以自由地往來時，書信似乎並不怎麼需要。一句話，一個眼神，甚至沉默不語，表達力不是要比書信好得多嗎？我覺得這個道理千真萬確，因此當你談到我們不再通信的時候，我的心靈很容易就接受

了這種看法。這個看法也許令我感到有點彆扭，但並不難受。這就像是我想親吻你的胸膛，卻遇上一條緞帶或一層薄紗，我只需把它挪開，卻並不覺得遇到甚麼障礙。

可是後來自從我們分手後，而你又不在我的身邊，我馬上又被你對寫信的那種看法所折磨。於是我暗自思量，為甚麼我還要這樣被剝奪呢？怎麼！我們相隔兩地後就再也沒有甚麼要說了嗎？我想往後只要情況允許，我們可以一起度過整整的一天；難道還要用談話去占用歡娛的時間嗎？不錯，歡娛的時間，我充滿柔情的朋友；由於在你身旁，就連休息，也讓我體會到一種美妙的歡愉。總之，無論相會的時間有多長，最後我們總要分開；分開後，我是感到多麼孤獨啊！那時信就變得無比寶貴！就算不讀信，至少也可以看著它……啊！當然，我們可以看著一封信而不去展讀，就如同我在夜晚撫摸著你的肖像感到幾分快樂一樣……

你的肖像，我是這樣說的吧？但書信是靈魂的肖像。書信不像冷冰冰的畫像，它沒有那種與愛情疏離的呆滯感，它能傳達我們內心的各種情緒：先是興奮，接著達到歡愉的頂點，隨後歸於寧靜……你的每一絲感情對我而言都無比寶貴！難道你要剝奪我獲得你感情的方法嗎？

你能肯定自己心裡絕不會受到需要寫信給我的折磨嗎？如果你在孤身獨處的時候感到心花怒放或愁腸鬱結，如果有種快樂深入到您的內心，如果有種不由自主的憂傷突然侵擾你的內心時，難道你不會把你的幸福或痛苦對你的好友傾訴？難道你會有一種不讓他跟你一起分享的感情嗎？難道你會讓他獨自一人、神色迷惘地在遠處徬徨失措嗎？我的朋友……我充滿柔情的朋友！不過這都得由你來做出決定。我只是想跟你交換一下意見，而不是想引誘你。我只對你說了一些理由，我大膽地認為，如果我提出請求，就會更有說服力。如果你堅持己見，我也盡力不讓自己感到傷心。我會設法對自己說你在信中對我寫的那些話。噢！由你說出口來要比我說的好。若能親耳聽到你說這些話，我會更加高興。

再見了，我迷人的朋友，可以跟你見面的時間終於快到了。我這就擱

筆不寫了，好能早一點見到你。

17**. 12. 3，於巴黎

第一百五十一封信

凡爾蒙子爵
致
梅黛侯爵夫人

　　侯爵夫人，我發現您今晚有約，您說是一個驚人的巧合才讓唐瑟尼來到了您的家中。您大概不會認為我缺乏閱歷到這種地步，竟會在這件事上受騙上當！這並不是說您老練的臉部表情無法出色地表現出沉著鎮靜的樣子，也不是您說了甚麼話露了馬腳，而是一個人在心神不寧或者感到懊悔時往往會脫口說出這樣的話。我甚至還承認您那順從的眼神也幫了您大忙。如果您的眼神既能使我心領神會，又能使我完全信服，那麼我不但不會產生，或者懷有一絲猜疑，而且對那個討厭的第三者給您帶來的莫大苦惱也不會有片刻的懷疑。可是，為了不平白發揮您那過人的才華，還有為了您一直試圖讓我產生那種幻覺的目的順利達成，您應當先費點心思去培養您那個稚嫩的情人。

　　既然您已開始教導弟子，那麼就應當教導他們不要聽了一個小玩笑就面紅耳赤，不知所措；不要在同一件事情上，那麼嚴正地為某一個女人辯護，而對其他女人卻顯得那麼無力抵抗。您還應當讓他們學會在聽到他人讚美他們的情婦時，不要覺得自己也應當獻上這樣的殷勤。另外，如果您允許他們在社交聚會時注視著您，至少他們得先學會掩飾那個輕易就能被人識破的征服者眼神，而且他們還可能愚蠢地把這和愛情的眼神混為一談。等到他們學會後，您就可以讓他們公開練習，而且他們的行為也不至於丟

了您這個聰明導師的臉。而我則十分樂意助您散播您的名聲，答應為您編寫這所新學校的教學大綱，並將其發表。

　　但坦白說，此刻仍教我感到驚訝的是，您仍然試圖把我當作小學生來看待。哦！換成別的女人，我會立即加以報復！並會為此而十分高興！我的這種快樂輕易地就會超過她以為會使我失去的那份快樂！是的，也許只有對您一個人，我才寧可要求補償，而不進行報復。您可不要以為我心裡還有一點懷疑，還有一絲不確定，因為我對所有的情況都一清二楚。

　　您來到巴黎已經有四天了。您每天都和唐瑟尼見面，而且您只見他一個。就連今天，您的大門仍然關著。就因為您的看門人缺少了您表現出的那種自信，才沒能阻止我來到您面前。僅管您告訴我說，您回來後我會是第一個得到通知的，我對這一點也不應當懷疑。儘管您還無法告訴我回來的日期，但您寫信給我的那天，正是您動身的前夕。您究竟是要否認這些事實，還是想要請求原諒？這兩者都是不可能的。不過我倒仍能克制自己！您可以把這看成是您的影響所造成的效果。但是，說真的，您試過幾次就該滿足了，別再長期濫用您的影響。我們倆都清楚對方的底細，侯爵夫人，這句話就足以使您明白了。

　　您不是對我說明天您要出去一整天嗎？假如您真的出去了，那很好。您應當清楚，我是會知道的。再怎麼說，晚上您總是要回來的；在後天之前，我們不會有很多時間來談談我們難以達成的和解。因此請告訴我，究竟是要在您家裡，還是在**那兒**為我倆罄竹難書的罪狀來贖罪呢？最重要的一點就是不要讓唐瑟尼在場。您那不正常的頭腦裡想的都是他，對於您的這種胡思亂想，我可以不嫉妒，但是請從此刻想一想，原來的一時興起變成明顯的愛戀。我覺得自己可不是生來蒙受這種恥辱的人，我也沒料到自己會在您手裡受到這樣的恥辱。

　　我甚至希望在您眼裡，不會把這種犧牲看成是一種犧牲。但就算您感到有些難受，我覺得我也為您做出了一個相當出色的榜樣！一個容易動情的美麗女子如今也許正在為愛情和悔恨而死去，她曾經只為我而活著。這

樣的一個女子完全可以跟一個年輕的學生匹敵。我認同那個學生的相貌俊美，頭腦也聰明，但他畢竟缺乏歷練，意志也薄弱了些。

再見了，侯爵夫人，我根本不想談我對您的感情。此刻我能做的就是不去探索我的內心。我等待著您的答覆。您在答覆時要想到，仔細地想到，您越是想要輕易使我忘掉您對我的冒犯，而拒絕回信或者拖延不回，就越會使這種冒犯不可磨滅地銘刻在我心上。

17**. 12. 3 晚，於巴黎

第一百五十二封信

梅黛侯爵夫人
致
凡爾蒙子爵

　　子爵，請您小心點，千萬別把我嚇壞了！我怎能承受是我引起了您的憤怒這種令人感到沉重的想法呢？特別是您要對我報復，我怎麼能不憂心忡忡呢？正如您所知道，您可以對我惡言中傷，而我是不可能對您這麼做的。我說甚麼也是白費脣舌，您的生活依然引人注目，安安穩穩。總之，您有甚麼好怕的？也許您害怕不得不前往國外，如果您來得及動身的話。可是在國外的生活不就和在這兒一樣嗎？追根究柢，只要法蘭西宮廷讓您在您定居的那個國家安心自在，那麼在您看來，到國外只不過是換個地方去奪取您的勝利而已。我對您說的這些話是發自內心的想法，以便讓您恢復冷靜，現在回過頭來談談我們的事情吧！

　　子爵，您可知道為甚麼我沒有再嫁人嗎？這當然不是因為我沒有多如過江之鯽的適合對象，而是這樣一來，就沒有人有權對我的行為指責挑剔了。這也不是因為我擔心自己不能按照自己的意願行事，因為我最後總能實現自己的意願。但是只要有一個人有權對我抱怨，我就會覺得不舒服。總之，我只想為了快樂而去欺騙，而不想迫不得已地去欺騙。欸！您卻給我寫了一封滿是身為配偶語氣的信！您在信中只談論我的過錯和您的大度包容！但我既沒有對您承擔任何義務，又怎會對您有甚麼失敬之處呢？我實在無法理解！

　　得啦！究竟出了甚麼了不得的事兒？您在我家裡撞見了唐瑟尼，您是不是對此感到不高興？好吧！那您又能從中得出甚麼結論呢？要嘛這正如我對您所說的那樣，是巧合造成的；要嘛這正如我所願，這一點我可不會對您說的。如果是前一種情況，您的信就是不公正的；如果是後一種，您的信則顯得荒謬可笑。這還真值得您費盡心思寫上這麼一封信！您是在嫉妒，而嫉妒的人是無法好好思考問題的。欸！我來幫您推理一下吧。

　　如今有兩種可能：您或許有一個情敵，或者沒有。如果您有一個情敵，就應當博得我的歡心，以便更加得到我的喜愛；如果沒有，您也應當博得我的歡心，從而避免情敵出現。無論哪種情況，您的表現都是一樣的。因此，您為甚麼要感到苦惱呢？尤其是，為甚麼要使我感到苦惱呢？難道您已經忘了如何讓自己成為最可愛的人嗎？還是您已經對成功失去了信心嗎？算了吧！子爵，您在貶損自己。可是，問題並不是出在這，而是在您眼裡，我不值得您花費這麼大的心思。其實您不並怎麼渴望得到我的青睞，而只是想在我身上恣意濫用您的影響。得啦！您是一個忘恩負義的傢伙，這就是我的肺腑之言！只要我這樣繼續寫下去，這封信就會成為十足的情書了，但您不配收到這樣的信。

　　您更不配要我來為自己辯解。為了懲罰您對我的猜疑，就該讓您保留這些猜疑。因此，我回來的時間和唐瑟尼來拜訪我的次數，我都對您絕口不提。您花了很多力氣去打聽，不是嗎？欸！那麼您有掌握到更多的情況嗎？我希望您會從中找到很多樂趣；對我而言，這也無損於我的快樂。

　　對於您的那封語帶威脅的信，我能做出的答覆就是：它既未使我高興，也沒有驚嚇到我，因為此刻我根本不打算答應您的要求。

　　說真的，若是依您今日的表現去接受您，那就是對您真正的不忠。這可不是跟我從前的情人重修舊好，而是跟一個新的情人交往，而這位新情人卻遠遠不及之前的那位。我還沒有徹底忘掉從前的那位，因而不會搞不清楚狀況。我以前所愛的凡爾蒙是很討人喜歡的，我甚至很樂意承認，我從來沒有遇到過像他那樣可愛的男人。啊！子爵，假如您重新找回他，請

您帶他來見我，他會永遠受到我的歡迎。

不過也請您告訴他，無論如何，今明兩天我都不能接待他。他的孿生兄弟已經對他造成了一些不好的影響，而且倉促行事，我也擔心會認錯人。也或許這兩天我已經約了唐瑟尼呢？您的信告訴我，如果我言而無信的話，您是不會把它當玩笑的。不過看來您還是得等待一下。

但這跟您有甚麼關係呢？您總能對您的情敵施加報復。他對待您情婦的方式也不比您對待他的更糟；而且總而言之，這個女人和那個女人不都是一樣的嗎？這便是您的道德原則。您一時心血來潮，生怕受到別人取笑，甚至把那個容易動情的美麗女子，那個只為您而活著、最後為了愛情和悔恨而即將死去的女子也捨棄了。您還想要別人感到不好意思嗎？啊！這可不公平。

再見了，子爵，重新讓自己變得可愛一點吧！欸！我迫不急待能看到您變得討人喜歡。一旦我確實看到了您的轉變，我保證會證明給您看。我實在是個大好人。

17**. 12. 4，於巴黎

第一百五十三封信

凡爾蒙子爵
致
梅黛侯爵夫人

  我在收到您的信之後就立刻回覆，並盡量把話說清楚。但要是您下定決心不想聽的話，就再也不容易跟您說明白了。

  本來不需要長篇大論就可證明我們彼此尊重對雙方都有好處，因為我們都掌握了毀滅對方所需的一切。因此，這一點就不用談了。在我們眼前有兩個辦法：一種比較激烈，就是相互毀滅，而另一種可能會好一些，就是像過去那樣團結起來，重修舊好，變得更加融洽。但我認為在這兩者之間還有許多別的辦法可以採取。所以我對您說，從今天起，我要嘛是您的情人，要嘛就是您的敵人。以前我這麼說，並不可笑，現在我再重複一遍，一點也不可笑。

  我清楚了解到這種選擇教您感到為難，支吾搪塞對您或許更加合適。我知道您一向不喜歡陷入必須表示同意或不同意的境地，但您大概也明白，我不能讓您走出這個窄小的圈子，否則就可能受到您的愚弄。您應當能預料到，這點我是無法忍受的。如今得由您來決定了，我可以讓您來做出選擇，但不能猶豫不決。

  我只想告訴您，不要用您的那套道理來愚弄我，不管那些道理是不是站得住腳，您也不要試圖再以那些為了掩飾您對我的拒絕所說的甜言蜜語來迷惑我了。總之，開誠布公的時刻已經到了。我極其渴望能成為您的榜

樣，並很高興地對您宣布，我是愛好和平與團結的。但如果必須破壞它們，我認為自己也有這樣的權利和手段。

　　我再補充一點，您所設下的一點點障礙都會被我看作真正宣戰的表示。您明白我要求您的答覆並不需要洋洋灑灑、美妙動聽的辭句，兩個字就夠了。

17**. 12. 4，於巴黎

　　（寫在上面這封信的下方的梅黛侯爵夫人的答覆）

————————

行！開戰。

第一百五十四封信

沃朗莒夫人
致
羅絲蒙德夫人

　　我親愛的朋友，病情報告能比我更清楚地讓您了解我們的病人不樂觀的情形。我把精力都放在照料病人上，只在發生與病情無關的其他事情時，才能抽出一點時間來寫信給您。這兒就有一件我實在意想不到的事。我收到凡爾蒙先生的信。他願意把我當作他的知心朋友，甚至要我在杜薇夫人面前幫他說情。他還在給我的信中附了一封給她的信。我回了信給他，並把另一封信退回去。我把他給我的信轉給您看看，我想您的意見會跟我一樣，我既不能夠也不應當對他的要求有一點妥協。即便我願意答應，我們可憐的朋友也無法把我的話聽進去。到目前為止她還是不停地胡言亂語。可是您對凡爾蒙先生這種痛苦絕望的心情有甚麼看法呢？究竟應不應當相信他的話呢，還是他只想把我們都欺騙到底？ *如果這次他是真心的，他應當知道是他為自己造成了不幸。我想他對我的答覆大概不會滿意。但我承認，我對這樁不幸私情的了解，使我越來越厭惡那個負有罪責的人。

　　再見了，我親愛的朋友。我要回去做我那傷心的看護工作了。這種工作真教人格外傷心，因為我並不抱有甚麼成功的希望。您了解我對您的感情。

17**. 12. 5，於巴黎

---

* 由於在以後的通信中，找不到可以解開這個謎底的答案，我們決定把凡爾蒙先生的這封信刪掉。——編者原注

第一百五十五封信

凡爾蒙子爵
致
唐瑟尼騎士

　　我親愛的騎士，我到您家去過兩次，但自從您脫離了情人的角色，扮演一個豔福不淺的風流漢子以後，您就理所當然地不見蹤影了。不過您的貼身男僕向我確定您今晚會回家，而他奉命在家中等您。可是我知道您的計畫，十分清楚您只是回去一會兒，好換上一身合適的服裝，隨後馬上重新踏上您勝利的旅程。好極了，我只能熱烈地表示贊同。不過今天晚上，也許您想改變一下路程。您對自己的事情其實只知道一半，而我應當把事情的另一半也告訴您，隨後由您自己來做出決定。所以請您花點時間來讀我的信。這不會破壞您的快樂，相反的，這封信的目的只是讓您在這些快樂之中做出選擇。

　　如果我完全得到您的信任，如果我早就從您嘴裡知道了那個我毋須去猜測的祕密，那我就可以及時掌握情況，我那份不是那麼合宜的熱情也不會在今天阻礙您的行動了。可是我們還是得從目前的情況出發來思考問題。無論您做出甚麼決定，您的權宜之計總會使另一個人得到幸福。

　　您今晚和一個您所愛慕的迷人女子有一個約會，對不對？因為在您這樣的年紀，無論見到哪個女子都會喜愛的，至少在第一個星期是如此！幽約場所一定還會讓您更加快樂。那裡是一處專門為您安排的舒適安逸小公館，一定會以自由和神祕的魅力來為你們的歡愉增色。一切都已商量好了，

人家正等著您，而您也渴望前去！這就是我們倆都清楚的情況，儘管您對我守口如瓶。現在就讓我來對您說說您所不知道的情況。

自從我回到巴黎以後，我就千方百計想讓您跟沃朗莒小姐接近，因為我答應過要幫您。況且我上次跟您談起這件事的時候，根據您的回答，或者根據您激動的情緒，我也有理由認為我是在為您的幸福效力。要完成這樣一件如此艱難的事，單憑我一個人的力量是不行的。但在我倒想好了辦法後，剩下的就得看您那位年輕情人的熱情了。她在自己的愛情裡找到了一些我沒有使用過的方法。您說走不走運，她竟然成功了。今晚她對我說，這兩天來已經克服所有的障礙了，而您的幸福就看您自己要怎麼做了。

這兩天來，她自以為可以親口告訴您這個消息。儘管她母親不在家，您也會一樣會被接見，但是您卻連面也沒有露過！坦白對您說吧！不管小姑娘是出於任性還是理智，我覺得她對您這種缺乏熱情的表現有點生氣。最後，她也設法把我叫到她的跟前，要我答應把附在本信中的那封信盡早交給您。看到她那付急切的樣子，我敢肯定這是有關今晚約會的事。不管怎樣，我以我的名譽和友誼來擔保，您會在今天白天收到這封情書。我不能，也不願意言而無信。

年輕人，您現在打算採取甚麼行動呢？一邊是妖媚風騷，另一邊是情竇初開，一邊是快樂，另一邊是幸福，您會怎麼選擇呢？如果我說話的對象是三個月前的唐瑟尼，甚至是一個星期前的唐瑟尼，我知道他會怎麼做，因為我了解他的心。但如今的唐瑟尼成了女人爭相奪取的對象，且自己四處尋求豔遇，依據常理，也成了輕薄之人。他會覺得一個只有美貌、淳樸和愛情的羞怯姑娘會比一個**閱歷甚廣**、善於賣弄風情的女子更符合他的心意嗎？

我親愛的朋友，對我來說，我覺得就算依照您那新的處世原則（**我承認這些原則跟我的也有點共通之處**），在這種情況下，我會挑選那個年輕的情人。首先，這又是一種收穫，其次是具有新鮮感，而且要是您不小心翼翼摘取精心栽培的果實，就會擔心失去。總之，這樣看來，就真的是錯失良機，

而且這種時機並不總是會重新出現，特別是在對方初次失身的時候。在這種情況下，往往只要一時動怒，起了一點帶有妒意的猜疑，或者一點點的不快，您就無法獲得最輝煌的勝利。快要被水淹沒的德行有時會抓住樹枝，一旦脫險，它就會保持警惕，不再那麼容易一舉捕獲了。

　　相反的，如果您選擇了另一個，會有甚麼風險呢？連決裂都不會有，最多是發生一場口角，只要獻上一番殷勤，就會得到重修舊好的快樂。一個已經屈服的女人，除了寬容大度，還能有甚麼別的辦法呢？她嚴厲的手段又能得到甚麼好處呢？她只會失去快樂，對她的聲譽也毫無益處。

　　如果您像我所料想的那樣選擇了愛情（*在我看來，也就是選擇了理智*），那麼我覺得出於謹慎，您不要為了不能赴約而先請求對方同意，就讓她等著好了。如果您大膽地給了一個理由，人家也許會設法去加以證實。女人們都很好奇，而且性情固執，一切都會敗露的。如您所知，最近我自己就是個活生生的案例。可是如果您讓人家懷抱希望，那麼這種受到虛榮心支撐的希望就會在了解情況的那一刻過去許久後方才消失。於是到了第二天，您就可以選擇那個使您無法脫身的重重障礙，說您病了、死了，如果非得這樣說的話，或者所有其他使您感到同樣無可奈何的事。於是，一切都又和好如初了。

　　儘管如此，無論您做出甚麼決定，都請您告訴我。我對您的決定沒有甚麼任何利害關係，所以始終會認為您做的決定都是正確的。再見了，我親愛的朋友。

　　我再補充幾句，我深切地懷念杜薇夫人，無法和她在一起令我感到萬分痛心。我願意犧牲自己一半的生命，來換取把自己另一半的生命奉獻給她的幸福。啊！說真的，一個人有了愛情才會感到快樂。

17**. 12. 5，於巴黎

第一百五十六封信

賽西兒‧沃朗苴
致
唐瑟尼騎士
(附於前一封信中)

　　我親愛的朋友，我一直盼望見到您，怎麼卻見不到了呢？您不再有跟我一樣渴望見面嗎？唉！我現在真是感到傷心！甚至比我們完全分離的時候還要傷心。以前我感受到的憂傷是來自別人，如今憂傷的根源就是您，這使我更加痛苦。

　　這幾天來，媽媽都不在家，您很清楚這一點。我本來希望您會設法利用這段自由的時間，但您連想都沒有想到我。我是多麼不幸啊！您以前老說我愛得不夠深！而我知道的情況正好相反，這不就是證明嗎？如果您前來看我，而且您一定會見到我的；我可跟您不一樣，我想的只是怎麼使我們歡聚。您根本不值得我把我為了見到你所做的一切告訴您，還有我為此所花費的心血。但我實在太愛您了，實在渴望見到您，因此還是忍不住想對您說。而且我也可以看看您在知道以後是不是真的愛我！

　　我成功地讓看門人站在我們這邊。他答應我，每次您來，他會裝作沒看見地讓您進來。我們完全可以信任他，因為他是一個相當老實的人。目前的問題就剩下不要讓別人在房子裡看到您。這也十分容易，您只要在晚上的時候來就行了，沒甚麼好擔心的。按情形來看，自從媽媽每天都要外出以後，每晚十一點她便上床安歇了。這樣，我們就會有很多時間。

　　看門人告訴我，如果您想以這種方式前來，不用敲門，您只要在他的

窗戶上敲一下，他就會馬上給您開門。接著，眼前就會出現小樓梯；您手裡不能提燈，所以我就讓我的房門半開著，這樣就能給您留點光線。您要留神，千萬不要發出聲音，特別是經過媽媽房門前的時候。至於我侍女的房門，也一樣不要出聲，但她向我保證說她不會醒的。她也是一個很好的姑娘！您離開的時候，過程也跟來的時候一樣。現在就看您來不來了。

　　天哪！為甚麼在寫信給您的時候，我的心狂跳不已？難道是我要遭遇甚麼禍事，還是快要見到您的那種希望使我這樣心神不寧？我能清楚感覺到的一點，那就是我從來沒有像現在這樣愛您，我也從來沒有像現在這樣渴望把這句話告訴您。來吧，我的朋友，我親愛的朋友，讓我重複對您說上百次的我愛您，我仰慕您，我永遠只愛您一個人。

　　我設法通知凡爾蒙先生說我有些話要對他說。他是一個很好的朋友，明天肯定會來的。我會請他馬上把我的信交給您。這樣，明天晚上我就可以等您前來。您一定會來吧，如果您不想讓您的賽西兒痛苦的話。

　　再見了，我親愛的朋友，我全心全意地擁抱您。

*17**. 12. 4 晚，於巴黎*

第一百五十七封信

唐瑟尼騎士
致
凡爾蒙子爵

　　我親愛的子爵，請您不要懷疑我的心，也不要懷疑我的行動。我怎麼會抗拒我的賽西兒的願望呢？我愛的就是她，只是她，我永遠只愛她一個！她的淳樸和柔情對我有一種魅力。儘管我可能一度意志薄弱，馳心旁騖，但甚麼也無法使這種魅力從我心頭消失。我又陷入了一椿風流豔遇，那可以說是在我不知不覺時發生的，但我還是經常想起賽西兒，甚至在我享受最甜美的快樂時，對她的回憶也總使我心神不安。也許正是在我對她不忠實的時候，心裡才對她表示出一種前所未有的真實敬意。然而，我的朋友，我們應當顧及她柔弱的心靈，不要把我的過錯告訴她。這並不是欺騙她，而是為了不使她傷心難受。賽西兒的幸福就是我最渴望的心願，要是她為我的過錯而流下一滴眼淚，那我絕不會原諒自己。

　　您說我有了您所謂的新的處世原則，我覺得您對我的這種取笑並不過分。不過您可以相信我，我目前的行為並沒有依照這些原則。我決心從明天起就來證明這一點。我要在那個令我和她自己都步入歧途的女人面前表示懺悔，我要對她說：「請您洞察我的心思吧，我心裡對您懷有最深切的友誼。加上欲望的友誼跟愛情是多麼相似啊！……我們兩個人都弄錯了。雖然我可能會犯錯誤，卻不能缺乏誠意。」我了解我的朋友，她既忠厚老實，又寬容大度。她不僅會原諒我，還會贊成我的做法。她本人就常常責備自

己辜負了友誼。由於她心思細膩，因而往往嚇阻了她的愛情。由於她比我更有見識，堅定了我心中這種值得我憂慮的部分，而我卻冒冒失失想力圖壓制她心中的這種憂慮。多虧她，我變好了，正如因為您，使我更加幸福了。哦！我的朋友們！前來分享我對你們的感激之情吧！我的幸福都應歸功於你們，想到這一點，這種幸福也就更有價值了。

再見了，我親愛的子爵。雖然我無比歡樂，但我仍然想到您的痛苦，也想分擔您的痛苦。我要是能幫助您就好了！杜薇夫人仍然如此無動於衷嗎？人家還說她病得很嚴重。天哪！我多麼同情您啊！但願她身體早日康復，心胸也能更寬廣並永遠使您幸福！這是出自友誼的願望，我大膽地希望愛情能實現這一切。

我很想再和您多談一會兒，但時間緊迫，說不定賽西兒已經在等我了。

17**. 12. 5，於巴黎

第一百五十八封信

凡爾蒙子爵
致
梅黛侯爵夫人
(她剛睡醒就收到的信)

欸！侯爵夫人，昨夜的歡愉如何呢？是不是有些疲憊？承認吧！唐瑟尼實在是討人喜歡！這個小野子能創造奇蹟！您沒能預料到他會這樣，對不對？好啦，我可以為自己說句公道話了。有這樣一個情敵，我理應被拋棄。說實在的，他身上滿是優點！特別是那麼一往情深，那麼忠貞不渝，那麼體貼入微！啊！如果往後他能像愛他的賽西兒那樣愛您，您就用不著擔心會有情敵了，而他昨夜已向您證明了這一點。也許另一個女人對他賣弄風情，一時把他從您的身邊奪去，因為一個年輕人是很難抵擋得住人家媚態盡展的；但是正如您所看到的，只要他愛的人寫一封短信給他，就足以消除這種幻覺。因此您所需要的就是成為他愛的人，那樣您就會完完全全地得到幸福。[57]

您在這方面是肯定不會出錯的，因為您對行事的分寸很有把握，不會讓人擔心。然而，正是出於我這種真心誠意，而您也了然於心的友誼把我們相連在一起，才讓我想為您進行昨夜的考驗；那是我熱情的產物，而且也成功了。但您根本不用向我表示謝意，這不值得感謝，因為這是再容易不過的事。

那麼我得付出甚麼代價呢？我只做了一點小小的犧牲，要了一點手段。我同意跟這個年輕人一起分享他情人的愛情。因為畢竟在這方面，他本來

就跟我具有同樣的權利；我也一點也不在乎！那個年輕姑娘給他寫的信，實際上是由我口述的；這只是為了爭取時間，因為我們要好好地利用時間。至於附上的那封信，哦！那不值一提，幾乎不值一提。那只是出於友誼提出的一些看法，以便對新情人的選擇加以指導。但是事實上，這些看法並沒甚麼幫助。我們得說句實話，他沒有片刻的猶豫。

此外，這個天真老實的人今天一定會到您家裡去，把一切都講給您聽；他的敘述肯定會教您感到樂不可支！他會對您說：請您洞察我的心思吧。他已把他的打算告訴了我。您很清楚這樣就能消除所有的隔閡。我希望您順從他的願望，洞察他的心思，說不定您同時也會看出，這樣年輕的情人是有危險性的；而且，把我當作您的朋友總比把我當作您的敵人要好。

再見了，侯爵夫人，下次有機會再談。

17**. 12. 6，於巴黎

第一百五十九封信

梅黛侯爵夫人
致
凡爾蒙子爵
（便函）

　　我不喜歡有人對我採取了惡劣的行徑後，又開惡意的玩笑。這既不是我的作風，也不合乎我的口味。我要埋怨一個人的時候，不會對他嘲諷挖苦；我做得更加出色：我要報復。不管您現在多麼洋洋自得，可別忘了這不是頭一回您提前為自己感到慶幸，而就在您興高采烈的當下，勝利卻從您的身邊溜走了。再見了。

17**. 12. 6，於巴黎

第一百六十封信

沃朗莒夫人
致
羅絲蒙德夫人

　　我在我們不幸的朋友房間裡寫信給您，她的狀況幾乎一直沒有甚麼改變。今天下午有四個醫生要來會診。可惜您也知道，他們多半只是證實病情的危險，而沒有救治的方法。

　　可是，昨天夜裡，她的神智顯得清醒了一點。她的侍女今天早上告訴我，將近午夜時分，女主人把她叫到面前，要她一個人陪著她，而且對她口述了一封相當長的信。茉莉還說，她在準備信封的時候，杜薇夫人的神智又開始迷糊了，弄得她不知道應該在信封上寫上誰的地址。起初我感到很奇怪，難道信的內容還不足以讓她知道是寫給誰的嗎？但她只回答說她怕弄錯，而女主人又囑咐她要立刻把信寄出。於是我就負責打開了信件。

　　我讀的就是給您附上的這封信。這封信確實沒有署名要寄給誰的，因而也就能屬名給所有人。可是我倒覺得我們不幸的朋友一開始是想寫給凡爾蒙先生的，不過後來，她不知不覺地思緒開始紊亂起來了。不管怎樣，我認為不應當把這封信交給任何人。我把它寄給您，是因為說不定您能從信上清楚地看出究竟是甚麼樣的想法占據病人的腦袋。只要她的痛苦還那麼劇烈，我就幾乎不抱甚麼希望。心神如此無法安寧，身體也就難以康復了。

　　再見了，我親愛又可敬的朋友。您遠在外地，無法目睹一直出現在我眼前的這種淒慘景象，我為此向您道賀。

17**.12.6，於巴黎

第一百六十一封信

杜薇院長夫人
致
XXX
（由她口授，侍女筆錄）

你這個凶狠又做惡多端的傢伙，竟然還要不厭其煩地迫害我嗎？你折磨了我，糟蹋了我，玷汙了我，難道這樣還不夠嗎？你連墳墓裡的安寧也不肯給我嗎？怎麼！我蒙受恥辱，只好藏身在這個黑暗的住所，仍要一刻也不停地遭受痛苦，看不到任何希望嗎？我並不祈求我不配得到的恩典。我可以毫無怨言地受苦，只要我的痛苦不超出我的能力所能承受。可是不要使我遭受的折磨變得無法忍受。你在把痛苦留給我的時候，請不要讓我痛心地想起我失去的幸福；你奪去我的幸福後，就不要再在我眼前描述那種令人憂傷的情景。我本來清白無辜，心神安寧，就因為見到你，我才失去了寧靜；聽信了你的話，我才成了一個罪惡的女人。你是我過錯的根源，你有甚麼權利來懲處這種過錯呢？

那些憐愛我的朋友都到哪兒去了？他們在哪兒？我的不幸把他們都嚇跑了，沒有人敢接近我，我心情極為壓抑，而他們卻對我不聞不問！我死了也沒有人為我感到哀傷。我得不到任何的安慰。罪人墜入深淵，而憐憫只停留在深淵的邊緣上。他心裡飽受悔恨的煎熬，而他的呼聲卻沒有人聽到！

而你呢，受了我的凌辱；你對我的敬重倒加深了我的痛苦。只有你才有權利進行報復，而你卻離我很遠，你在做甚麼呢？快來懲罰一個不忠實

的女人，讓我遭受我應當承受的折磨吧！我本來早該聽憑您的報復，只是我沒有勇氣把你遭受的恥辱告訴你。這並不是隱瞞，而是出於尊敬。至少讓這封信告訴你我的悔恨吧！上天站到了你這一邊，祂要為你報仇雪恥，而你對自己遭受的侮辱仍一無所知。是祂封住了我的口，使我不能說話。祂擔心你會饒恕他想要懲罰我的一個過錯。他使我無法得到你的寬容，因為你的寬容會損害他所主持的公道。

　　祂對我施加報復，毫不留情，祂把我交到了那個毀了我的人手中。那個人既是我痛苦的原由，又把痛苦加諸在我身上。我想避開他，但是白費力氣。他跟著我，他就在那兒，老是對我糾纏不休。但他現在的樣子跟原來有多大的不同啊！他的眼睛裡所顯露出的只是仇恨和輕蔑，他嘴裡說出來的只有辱罵和責備，他抱住我只是為了把我撕成碎片。他粗野凶殘，性情狂暴，有誰能把我從他手裡救出來？

　　欸，怎麼！是他……我沒有看錯，我又見到了他。哦！我可愛的朋友！請抱住我，把我藏在你懷裡。不錯，是你，確實是你！究竟是甚麼不祥的幻覺使我竟認不出你了？你不在的時候，我是多麼痛苦啊！我們再也不要分離，永遠也不要分離了。讓我喘口氣。撫摸我的心，你看它跳得有多厲害！啊！這不再是因為恐懼，而是因為愛情那甜蜜的興奮情緒。為甚麼你不接受我溫柔的愛撫呢？把你柔情的目光轉過來對著我吧！你力圖斷絕的究竟是甚麼關係呢？為甚麼你要準備這種死亡的場面呢？是誰把你的容貌變成這副樣子？你做甚麼？別來干擾我，我發抖了！天哪！這個惡魔又出現了！我的朋友們，你們不要丟下我不管。你們曾經勸我避開他，現在請幫助我來跟他進行決鬥吧！而那麼寬容的您呢，曾答應要減輕我的痛苦，請您到我的身邊來吧！你們兩個人都在哪兒？如果我不能再見到你們，至少請你們回覆我這封信，讓我知道你們仍然是愛我的。

　　別來干擾我，你這個凶狠的人！是甚麼新的狂熱的興致讓你衝動了起來？你生怕我的內心深處會充滿溫柔的情感嗎？你加重了對我的折磨，你逼得我恨你。哦！仇恨是多麼令人痛苦啊！仇恨從心中分泌出來時，心靈

會受到多大的侵蝕！為甚麼您要迫害我？您還有甚麼話要對我說呢？您不是把我弄得既無法聽您說話，也無法回答您的話了嗎？不要再對我有任何指望。再見了，先生。

17**. 12. 5，於巴黎

第一百六十二封信

唐瑟尼騎士
致
凡爾蒙子爵

　　先生，我已經知道了您對我的所作所為。我也清楚您並不滿足於卑鄙地玩弄我，而且還厚臉皮地大肆吹噓，洋洋自得。我看到了您親筆書寫的背棄友誼的證據。我承認我十分痛心，也感到幾分羞愧，因為在您可恨地濫用我對您的盲目信任時，我曾竭力幫助。然而我並不羨慕您占到的那點可恥的便宜。我只是很想知道，您是否都能保有那些便宜。假如您像我所希望的那樣，願意在明天上午八點到九點之間來到聖蒙第村旁的文森森林入口，我就會知道答案了。我會在那裡仔細地跟您釐清我們之間所有該知道的一切。

唐瑟尼騎士
17**. 12.6 晚，於巴黎

第一百六十三封信

貝特朗先生
致
羅絲蒙德夫人

夫人：

　　我相當遺憾地來履行這個令人悲傷的職責，把這個會使您感到極為哀傷的消息通知您。請允許我先請求您做好順從天意的心理準備，您的這種態度為大家所稱道，也只有它才能使我們承受遍布在我們不幸一生中的各種苦難。

　　您的侄子……天哪！難道我必須使一位如此可敬的夫人那麼傷心嗎？您的侄子今天早上在與唐瑟尼騎士的決鬥中不幸身亡了。我對爭吵的原因一無所知，但是，從我在子爵先生口袋裡找到的那張便條看來（**我謹將這張便條寄上**），可以說他似乎並不是挑起這場決鬥的人。而撒手塵寰的人卻是他，上天竟允許這樣的事發生！

　　人們把子爵送回住所的時候，我正在那裡等著他。您能想像得到當我看到兩個渾身是血的僕人把您侄子抬進來的情景，內心是多麼驚駭。他身中兩劍，人相當虛弱。唐瑟尼也在場，他甚至流淚了。啊！他理所當然要流淚的。當一個人造成了無法彌補的災禍時，的確應當潸然淚下！

　　儘管我地位卑微，但當時我無法控制自己，直截了當地對他說出了自己的想法。那時，子爵先生才表現出他真正偉大的地方。他命令我住口，

並握住那個要了他性命的人的手，把他稱作朋友，當著我們大家的面擁抱了他，並對我們說：「我命令你們要像尊重一個正直高尚的人那樣尊重他。」他還當著我的面叫人把一大堆紙張給他，我並不知道那是甚麼，但我很清楚地知道他對這些紙張十分重視。接著，他要我們讓他們倆獨處一會兒。這時候，我馬上派人去尋求教會和世俗上的所有協助[58]，但是，唉！傷勢已經到了無法挽救的程度。過了不到半個小時，子爵先生就失去意識了。他只能接受終傅禮[59]了。儀式剛結束，他就斷氣了。

天哪！這個家族顯赫的寶貝支柱一出生，我就把他接過來抱在懷裡，那時我怎能料到他竟會在我的懷裡斷氣，竟會由我來哀悼他的去世？想到他死得那麼早，那麼可憐！我的淚水就不由自主流了下來。請您原諒，夫人，我竟敢這樣把我的悲痛與您的混為一談。可是，每個階層的人都有一顆心，也都是有感情的。老爺待我這麼仁厚，對我這麼信任，要是我不一輩子悼念他，那我就是個忘恩負義的人了。

明天，在遺體運走以後，我會在各處都貼上封條。我會照管好一切，您完全可以放心。夫人，您也知道，這件不幸的事終止了替代繼承，使您可以完全自由地處置財產。如果您有甚麼能讓我效勞的地方，請儘管吩咐我。我會全力以赴、一絲不苟地加以執行。

夫人，我懷著最深切的敬意，是您極為謙恭的……

貝特朗
*17**. 12. 7，於巴黎*

第一百六十四封信

羅絲蒙德夫人
致
貝特朗先生

親愛的貝特朗，我剛接到您的來信，得知了我侄子是這個可怕事件的不幸受害者。是的，我當然有事情要吩咐您去做。我悲痛萬分，要不是必須忙著去吩咐這些事，我根本沒有心思去做別的事。

您寄給我的唐瑟尼先生的短信 * 是一個相當具有說服力的證據，證明了是他挑起了這場決鬥。我的意願是您馬上以我的名義就此事提起訴訟。我的侄子寬恕了他的仇敵，寬恕了害他性命的人，他這樣是出於他寬宏大量的本性。而我，我應當為他的死，為人道和宗教復仇。我們要盡力促使法律嚴厲地處治這種殘存的野蠻行為，因為它仍然為我們的道德風俗帶來不良的影響。我不相信在這個案件中，可能會判定我們對所受到的傷害加以寬恕。因此我期待您全心全意來處理這件事，我知道您可以勝任的，同時也是出於對我侄子的懷念。

首先，別忘了代我去見XX院長，並與他商議。我急於沉浸在哀痛之中，就不另寫信給他了。請您代我向他表示歉意，並把這封信交給他。

再見了，親愛的貝特朗。我讚揚您善良的情感，並為此對您表示感謝。我永遠仰仗您。

17**. 12. 8，於 ** 城堡

---

* 指第一百六十二封信。——編者原注

第一百六十五封信

沃朗苴夫人
致
羅絲蒙德夫人

　　我親愛又可敬的朋友，我知道您已得知您剛遭逢的不幸事件。我了解您對凡爾蒙先生充滿慈愛，並真心誠意分擔您所感到的哀傷。在您遭受這種痛苦後，我還要極度心痛地再告訴您一件遺憾的事。但是，唉！對於我們可憐的朋友，您唯一能做的也就是為她流淚了。昨晚十一點鐘，我們失去了她。一種與她的命運相繫的天意好像在玩弄一切人為的算計。由於這種天意，她只比凡爾蒙先生多活了一會兒，而這短短的片刻就足以使她得知後者的死訊；而且，正如她自己所說的那樣，她只有在等到不幸的重擔達到頂點後才會被壓垮。

　　事實上，您知道她已經有兩天多神志不清了。昨天早上，她的醫生來了，而我們也走到她床邊。我們兩人她一個也認不出來了。我們從她那兒得不到一句話，也得不到任何示意的動作。唉！在我們回到壁爐旁時，醫生就把凡爾蒙先生不幸過世的死訊告訴我，這個不幸女人的頭腦就立刻又清醒了過來。這也許只是自然的力量造成這種轉變，也許是由於我們不斷重複凡爾蒙先生和死這樣的字眼，使得病人想起了長期以來始終縈繞在她頭腦裡的唯一念頭。

　　不管是甚麼理由，她匆匆忙忙拉開了床帷，大聲喊道：「甚麼！你們說甚麼？凡爾蒙先生死了！」我原本來希望讓她以為自己搞錯了，我開始

向她保證說她沒有聽清楚我們的話。但她根本不信，要求醫生把這件慘痛的事從頭敘述一遍。看到我仍想勸她打消這種想法，她把我叫過去，低聲對我說：「您為甚麼要騙我呢？他不是已經為我而死了嗎？」於是我們只好讓步。

我們不幸的朋友起初聽的時候神態相當安詳，但是不一會兒，她就打斷了醫生的敘述，說道：「夠了，我聽夠了。」她立刻要求我們把她的床帷拉上。接著醫生想要為她診治，她根本不肯讓他接近。

等醫生一出去，她就把她的看護和侍女也都打發走了。房間裡只剩下我們兩個人。她請我幫助她在床上跪下，並攙扶她。她就這樣默默在床上跪著，兩行淚水滾滾直往下流；除此之外，臉上沒有任何表情。最後，她把闔攏在一起的雙手舉向天空，用微弱而熱切的聲音說：「全能的上帝，我接受你的審判，但請你寬恕凡爾蒙吧！我承認我自做自受，請不要把我的不幸責怪在他身上。你的大慈大悲，我會感激不盡！」我親愛又可敬的朋友，我清楚自己這樣鉅細靡遺地敘述這件事，可能會重新引起和加深您的痛苦，但我仍冒昧地這麼做，因為我相信杜薇夫人的這番禱告還是能為您的心靈帶來很大的安慰。

我們的朋友在說完這幾句話後，就又倒在我的懷裡。我才剛讓她在床上躺好，她就昏厥過去了。昏厥的時間很長，但是普通的急救處理還是能見效。她一甦醒，就要求我派人去找昂塞爾姆神父，她還補充說：「他是目前我唯一需要的醫生，我覺得我的痛苦馬上就要結束了。」她一直嚷著自己胸口悶得難受，說話時感到很吃力。

沒過多久，她叫侍女把一個小盒子交給我，現在我把它寄給您，她說裡面裝的是她的書信 *，她要我在她過世後馬上把這個小盒子轉交給您。隨後她竭盡全力、十分激動地跟我談到了您，談到了您對她的友情。

昂塞爾姆神父在四點前後來了，與她獨處了近一個小時。等我們回到房

---

*　這個盒子裡裝的是有關她和凡爾蒙先生私情的所有信件。——編者原註

間裡的時候，病人的臉色平靜安詳；但一眼就能看出，昂塞爾姆神父流了許多眼淚。他留下來參加最後的宗教儀式。這種場面總是十分莊嚴、十分令人痛苦的，昨天更是如此。因為病人心神安寧，順應天命，而可敬的聽告解神父卻痛苦萬分，在病人身旁淚如雨下；兩人形成了鮮明的對照。在場的人都深受感動，而讓大家哭泣的人卻是唯一不為自己灑上一滴眼淚的人。

在這一天剩餘的時間裡，大家做了些常規的祈禱，只是被病人經常出現的昏厥所打斷。最後，到了晚上十一點鐘左右，我覺得她的胸口更加悶痛難受，於是我伸手去摸她的胳膊；她仍有力氣握住我的手，並把我的手放在她的胸口上，但我感覺不出她的心跳，就在那一刻，我們不幸的朋友離開了人世。

我親愛的朋友，您還記不記得？不到一年以前，您到巴黎來的時候，我們一起談到幾個人，在我們看來，她們的幸福大致上是得到保障的；當時我們都看好這個女子的境遇，而今天我們卻要為她的不幸和死亡而悲傷落淚！她有那麼美好的德行，那麼多值得頌揚的優點和可愛之處，那麼溫柔隨和的性格；有個她愛的丈夫，生活在一個她感到愉快、同時也為大家帶來歡樂的社交圈子裡，她美貌、年輕、有錢，這麼多有利的條件都集中在她身上，卻因為一次的失足而全毀了！哦，上帝啊！我們當然順從祢的意旨，但它是多麼教人難以理解啊！我不再寫下去了，我生怕這樣盡情抒發自己的悲痛之情會增加你的哀傷。

我就此擱下筆，並前去看望我的女兒了，她身體有點不舒服。今天早上，她從我嘴裡得知她認識的兩個人這麼驟然亡故時暈了過去，我讓她上床歇息。我希望這種輕微的不適不會有甚麼不良後果。像她這種年歲的人還不習慣於憂傷，憂傷給她的感覺也就越加鮮明和強烈。這種如此容易感動的天性的確是一種值得稱道的優點，但我們每天所見到的一切又讓我們明白，這種優點多麼令人擔憂！再見了，我親愛又可敬的朋友。

17**. 12. 9，於巴黎

第一百六十六封

貝特朗先生
致
羅絲蒙德夫人

夫人：

　　我很榮幸地在接到您的吩咐後，去拜見了 XX 院長先生。我把您的書信交給他並告訴他，根據您的意願，我的一切行動都會以他的意見為準。這位可敬的法官要我提醒您注意，如果您打算對唐瑟尼騎士提出指控，這也會損害您侄子死後的名聲；他的名譽必然會被法院的判決玷汙，這肯定會是一種很大的不幸。他的意見是，必須竭力避免採取任何行動；即便需要採取甚麼行動，從另一方面來看，也只是設法防止檢察院獲悉這件已經四處流傳的不幸事件。

　　我覺得這些看法十分有見地，因此我決定等待您新的吩咐。

　　夫人，請允許我懇求您在對我做出吩咐的同時，也提醒您注意一下您的健康狀況，因為我極為擔心這麼多憂傷的事給您的身體帶來的不良影響。我希望您看在我對您的仰慕和我滿腔熱忱的份上，請原諒我這種冒昧的舉動。

　　夫人，我滿懷敬意地是您的⋯⋯

*17**. 12. 10，於巴黎*

第一百六十七封信

匿名者
致
唐瑟尼騎士

先生：

　　我很榮幸地通知您，今天上午，檢察官們在檢察院裡談論了您最近跟凡爾蒙子爵的那場決鬥，恐怕檢察機關會提起公訴。我認為我發出這個警告對您會有幫助，也許您能因此而採取一些保護行動，去阻止一切令人遺憾的結果；或者即使您無法做到這一點，也可以採取一些個人安全措施。

　　如果您允許我向您提出勸告，我覺得您最好在一段時間裡，別像近幾天來那麼經常露面。儘管大家通常對於這類決鬥比較寬容，但我們還是得遵守法律。

　　我聽說有位羅絲蒙德夫人要對您提出起訴，據說她是凡爾蒙先生的姑母，因此您要特別小心提防才是。因為到時候，檢察官就不能拒絕她的審理請求了。找人去向這位夫人說情也許是適當的做法。

　　由於一些特殊的原因，我無法在這封信上署名。可是我希望，即便您不知道這封信出自哪個人的手筆[60]，您仍會相信這封信的口述者立意正當。

　　我榮幸地是⋯⋯

17**. 12. 10，於巴黎

第一百六十八封信

沃朗莒夫人
致
羅絲蒙德夫人

我親愛又可敬的朋友，這兒流傳著一些有關梅黛侯爵夫人十分令人驚訝、憤怒的謠言。當然，我根本不會相信，而且我完全可以肯定這只是可惡的詆毀。但是我很清楚，即便是最荒誕無稽的誹謗，也很容易變得有憑有據，而且它們給人們留下的印象也極難消除。儘管我相信要揭穿這些惡意中傷的話並不費吹灰之力，但這還是令我十分惶恐不安。我特別希望在這些造謠汙蔑的話還沒有進一步散播開之前，就早早把它們都制止住。可是，我直到昨天很晚的時候才知道這些非議四處傳播的可怕。今天早上，我派人到梅黛夫人家去的時候，她剛動身到鄉間，要在那兒住上兩天。沒有人能告訴我她究竟去了誰的府上。我把她的另一個侍女叫來問話，她告訴我她的女主人只吩咐她在下週四那天等她回來。她留在家裡的其他僕人也沒有一個知道更多的情況。我也猜不出她會到哪裡去。我想不起她的熟人裡面還有誰這麼晚了仍然留在鄉間。

不管怎樣，我希望在她回來之前，您仍然可以把一些可能對她有利的情況向我說明，因為這些可惡的傳聞是以凡爾蒙先生之死的前因後果為根據的。如果這些情況是真實的，看來您是知情的；或者，至少您打聽起來比較容易，因此我才懇求您這麼做。以下就是大家四處傳播，或者確切地說，仍在竊竊私語的事兒，但這些事肯定很快就會引起轟動。

　　有人說凡爾蒙和唐瑟尼騎士之間的爭吵是梅黛侯爵夫人一手製造的，她把他們兩個人都騙了。這類事幾乎總是如人所預料的那樣，兩個情敵開始展開決鬥，到頭來才明白真相，最後他們真誠地和解了。人家還說，凡爾蒙先生為了讓唐瑟尼騎士徹底認清梅黛夫人的真面目，同時幫自己辯護，除了口頭表白，還拿出一大疊書信。原來他跟她經常書信往來。梅黛侯爵夫人在信中用最膽大妄為的文筆敘述了自己最駭人聽聞的醜事。

　　人家還說，唐瑟尼一時氣憤，就把這些信交到所有想看的人手裡。目前這些信件正在整個巴黎流傳。人們特別提到其中的兩封信*，其中一封信裡她談了她一生的經歷和她的處世原則，據說醜惡到了極點；另一封信則完全洗刷了普雷旺先生的罪責。您還記得那件事吧！信的內容證明他只不過是沒能抵擋住梅黛夫人最露骨的勾引而已，那次的幽會是兩人約定好的。

　　幸好我有最充分的理由相信這些非難都毫無根據，令人做嘔。首先，我們倆都知道凡爾蒙先生肯定沒有一心想著梅黛侯爵夫人，我也完全有理由相信唐瑟尼也沒有把心思放在她身上。因此，我覺得這便證明她不可能是這場糾紛的主因或始作俑者。我也不明白梅黛夫人（**據傳她跟普雷旺先生事先就有約定**）鬧上這麼一場究竟有甚麼好處。這樣鬧得沸沸揚揚的事總是令人不愉快的，而且對她也十分危險，因為這樣一來，她就跟一個掌握了她部分祕密、當時又有很多支持者的人成了勢不兩立的仇敵。然而，值得注意的是，自從發生了那樁事以後，就再也沒有一個人出頭為普雷旺說話，就連他自己也沒有提出任何申訴。

　　由於這些想法，我自然懷疑他就是當前這些流言的製造者，我把這些惡毒的言辭看作是他發洩仇恨、進行報復的傑作。這個人看到自己身敗名裂，希望用這種手段多少來散布一些疑團，也許還能有效轉移注意力。不過不管這些造謠中傷的話來自何處，當務之急就是要把它們完全粉碎。如果凡爾蒙先生和唐瑟尼騎士在他們不幸的衝突發生後就沒有再交談過，一

---

* 指本通信集中的第八十一封信和第八十五封信。──編者原注

方也沒有把信件交給另一方（情況很可能就是這樣），那麼這些謠傳就會不攻自破。

　　我急於想證實這些事，於是今天早上便派人到唐瑟尼家，但他也不在巴黎。他的僕從告訴我的貼身男僕說，他昨天接到人家的勸告，當晚就動身離開了。他停留的地點仍是一個祕密，看來他害怕決鬥引起的後果。所以，我親愛又可敬的朋友，現在只有從您那裡我才能了解到我所關心的詳細情形，而它們對梅黛侯爵夫人可能也是十分必要的。我再一次請您盡快地把這些情況告訴我。

ps：我女兒的不適沒有導致甚麼不良後果，她向您表達敬意。

17**. 12. 11，於巴黎

第一百六十九封信

唐瑟尼騎士
致
羅絲蒙德夫人

夫人：

　　也許您會對我今天採取的行動覺得相當奇怪，但是，我請求您，先聽我把話說完再行判斷，請不要把我對您表示的尊敬和信任看成狂妄和冒失。我並不否認這自己有對不起您的地方，要是當時我有片刻想到能避免這樣的過錯，那我一輩子也不會原諒自己。請您也要相信，夫人，儘管我覺得自己不會受到責備，但心裡仍然充滿悔恨。我還可以真心誠意地表示，我感受到的悲痛有很大一部分就來自我給您造成的傷痛。只要您想到您應得的正義，只要您明白儘管我沒有榮幸認識您，卻有幸得知您，那您就會相信我冒昧地向您表達的這些想法。

　　正當我哀嘆命運給您帶來的憂傷、為我造成的不幸時，卻有人叫我小心謹慎，說您一心想復仇，甚至想採用嚴厲的法律作為實現復仇的手段。

　　說到這個問題，首先請允許我向您指出，您的悲痛把您蒙蔽了，因為在這一點上，我和凡爾蒙先生的利益基本上是一致的；他在您要求給我定的罪中也無法置身事外。因此我覺得，夫人，在我可能迫不得已地刻意使這樁不幸的事再也不被人提起時，我指望從您那兒得到的不是阻撓，而是幫助。

可是，這種對罪人和無辜者同樣適合的共謀方法，並不能使我的良心得到安寧。我並不希望您成為我的原告，但我要求您當我的審判官。獲得我們所尊敬之人的器重是至為珍貴的，我不會無所作為，聽憑自己失去您的器重。我認為我有辦法贏得您的器重。

實際上，如果您同意，當一個人在愛情上、友誼上，特別是在信任上受到人家的背棄時，復仇是允許的，或者說得確切一點，是理所當然的，只要您對這一點表示同意，那麼我的過錯在您眼中就會化為烏有。您不用相信我說的這些話。但如果您有勇氣，不妨看一看我交給您的這些信件*。這些書信絕大部分都是原件，使得另一些只是謄寫的書信也顯得真實可信了。再者，如今我能榮幸地將這批信件寄給您，都是凡爾蒙先生親手交給我的。我沒有添加任何東西，只抽出了其中兩封信，並冒昧地把這兩封信公開了。

其中一封[61]是凡爾蒙先生和我本人復仇所必需的，我們倆都有這樣做的權利，而且他也特意委託我進行報復。再說，我覺得揭露像梅黛侯爵夫人這樣一個極其危險的女人的真面目，也是對社會的一項貢獻。您會看到，她是凡爾蒙先生和我之間所發生的一切唯一真正的原因。

出於正義感，我也將另一封信[62]公開了。那是為了證明普雷旺先生無罪。我幾乎不認識普雷旺先生，但他根本不應遭到那種嚴厲的處置和公眾苛刻的評論，後者比前者更為可怕。自從那件事發生以後，他一直在眾人的非議下悲嘆，毫無辯解的餘地。

因此您只能看到這兩封信的謄本，我必須把原信留在手裡。至於所有其他書信，我覺得沒有比交給您保存更為妥善的了。就我來說，也許最重要的就是不讓這些書信受到毀損，而且我也覺得肆意利用它們是可恥的。夫人，我覺得把這些信託付給您，就像交給與這些信相關的人手裡一樣周

---

* 本通信集就是用這些信件，以及杜薇夫人臨終時交出來的信件和沃朗芭夫人交付給羅絲蒙德夫人的一些信件編輯而成。這些書信的原件仍保存在羅絲蒙德夫人的繼承人手中。——編者原注

到。因為這樣一來，他們就不會從我手裡收到這些信，也不會知道我了解他們的私情，從而感到困窘不安了。他們無疑不希望任何人知道。

我認為還應當告訴您，附上的這批書信只是凡爾蒙先生在我面前、從數量眾多的一大堆信件中抽出來的一部分。在他的房屋被查封時，您一定會找到那堆信，我看到上面標有**梅黛侯爵夫人和凡爾蒙子爵的往來細目**的字樣。您覺得怎麼妥善就怎麼處理好了。

夫人，我滿懷敬意地是您的……

ps：由於有人對我提出勸告，我的朋友也向我建議，我決定離開巴黎一段時間。我把隱身的場所對所有的人保密，對您卻是例外。如果我能有幸得到您的回信，請您把信寄到：PXX，XX 騎士團封地，收信人為 XX 騎士先生。我很榮幸在他府上寫這封信給您。

17**. 12. 22，於巴黎

第一百七十封信

沃朗苴夫人
致
羅絲蒙德夫人

　　我親愛的朋友，一件又一件意想不到的事，一件又一件令人苦惱的事接連不斷出現在我面前。只有做母親的才能體會昨天上午我遭受了甚麼樣的折磨。後來我極度焦慮的情緒雖然平息下來，但仍然感到十分難受，不知道哪天才會結束。

　　昨天上午十點左右，我還沒有見到女兒，覺得詫異，就派我的侍女前去了解是甚麼事情讓她這麼晚都還沒露面。侍女不久就回來了，神色十分驚恐。她告訴我小姐並不在房裡，從清晨起，她就沒有見過她，這更是教我感到驚恐不安。您想像一下我當時的處境！我把所有的僕從都叫來，特別是看門人。他們都發誓說對此事一無所知，也無法把情況告訴我。於是我立刻到女兒的房間去，房裡亂糟糟的，我一看就曉得她大概是早上才出門的，但我沒有找到任何可以使情況變明朗的東西。我查看了她的衣櫥和書桌，發現一切都沒有動過，衣服也都還在那裡，除了她出門時穿的那件衣衫。她連自己手頭僅有的那麼一點錢也沒有帶走。

　　她昨天才聽說有關梅黛夫人的所有傳聞，由於她對她的感情很深，因而為此哭了甚至整整一個晚上。此時我又想起她還不知道梅黛夫人已經去了鄉間，所以我最初的念頭是她想看望她的朋友，便冒冒失失一個人去了。隨著時間的流逝，她卻沒有回來，讓我擔憂不已。儘管我越來越焦慮，心

急如焚地想弄清楚究竟是怎麼回事，但是不敢去打聽情況，生怕這樣會引起人家的議論，或許是因為事後我希望大家都不知道我女兒的這種舉動。是的，我一生還從來沒有這麼痛苦過！

最後，過了下午兩點鐘，我才同時收到女兒和 XX 修道院院長的信。我女兒的信只說她怕我反對她當修女的志願，因而沒敢對我說；其餘的只是一些表示歉意的話，談到她事先沒有得到我的允許，就做出了這個決定。她還補充說，如果我了解她的動機，就肯定不會反對這個決定，但她請求我不要問她的動機。

修道院院長告訴我，她看到一位年輕姑娘獨自前來，起初不肯接待她；但是經過詢問，知道她是誰以後，她覺得給我女兒提供一個安身之處，對我是一種幫助，免得我女兒再四處奔走，因為她似乎心意已決。院長根據她的情形，勸說我不要反對一項被她稱作如此堅決的志願。不過如果我想要回我女兒，她也理所當然表示願意把她交還給我。她還告訴我，她費了不少力氣說服我女兒寫信給我，所以才沒能早點通知我這件事。我女兒原本打算不讓任何人知道她隱匿的地方。孩子們這樣缺乏理智，真是令人痛苦！

我立刻前往那所修道院。我見到了院長後，就要求見我的女兒。她舉步維艱地出來了，渾身直打哆嗦。我先當著修女們的面和她說話，接著便單獨和她交談。她淚如雨下，我從她嘴裡只得到一句話，就是她只有在修道院才能幸福。我決定允許她留在修道院裡，但不是像她要求的那樣成為一個要求進入修道院的聖職志願者。我擔心杜薇院長夫人和凡爾蒙子爵的死對她年輕的腦袋衝擊太大了。儘管我很尊重出家修道的志願，但是看到我的女兒選定這種職業，心裡仍然感到難受，甚至恐懼。我覺得我們需要履行的職責已經夠多了，用不著再增加新的職責。況且，在她這種年紀，我們也不大清楚究竟甚麼對我們才是合適的。

接著教我感到更加為難的是傑庫先生就快要回來了。難道必須取消這一椿美好的婚事嗎？如果期盼和關懷備至都還不夠的話，我們究竟要怎麼

做才能使兒女們幸福呢？您要是能告訴我您如果是我會怎麼做，我將不勝
感激。現在我甚麼主意也拿不定，因為我覺得沒有比要去決定別人命運更
可怕的事了。我擔心在處理這件事的時候，不是像個法官般嚴厲，就是像
個母親般軟弱。

　　我在對您訴苦的時候，不斷責怪自己為您增添了麻煩。但我了解您的
為人，在您看來，能為別人帶來的安慰就是自己所能得到的最大安慰。

　　再見了，我親愛又可敬的朋友，我迫不及待等著您對這兩個問題的答
覆。

17**. 12. 13，於巴黎

第一百七十一封信

羅絲蒙德夫人
致
唐瑟尼騎士

先生，我了解了您讓我了解的情況後，只能哭泣和沉默。在聽說了種種如此醜惡的行徑後，我覺得仍然活在世上真是一件憾事。看到一個女人竟然做出這樣傷風敗俗的勾當，我身為女人，真是顏面掃地。

先生，就我而言，我心甘情願地同意不再提到與這個悲慘事件有關的一切及其後果，並把它們永遠忘卻。我甚至希望您除了擊敗我侄子的不幸勝利所帶來的痛苦外，不再產生別的痛苦。儘管我不得不承認我的侄子有過錯，但我覺得他的亡故為我帶來的哀傷永遠也不會平息。而我這種永無休止的哀傷就是我允許自己對您做出的唯一報復，因此您內心可以感受一下我哀傷的程度。

假如您允許我這種年歲的人表示一下您這種年歲的人不太會有的感想，那就是如果一個人明白甚麼是他真正的幸福，他就決不會在法律和宗教規定的界線之外去尋求幸福。

我很樂意並忠誠地保管您託付給我的這批書信，您可以對此放心；但是我請求您讓我有權不把這批信件轉交給任何人，甚至交還給您，先生，除非您為了辯解的需要。我冒昧地認為您不會拒絕我的這個請求，同時希望您會不再有這樣的感覺：一個人在進行了最無可非議的復仇後往往會懊悔抱怨。

　　我的要求還不只這點，我相信您心胸寬廣，又能體諒別人，因此把沃朗莒小姐的信件也交給我的這個舉動，與您的為人名實相符。這些信件看來還保存在您手裡，但想必再也不會引起您的興趣了。我知道這個年輕姑娘很對不起您，但我看您並不打算為此而懲罰她，您不會讓您曾經那麼深愛的女子顏面掃地，即便僅僅是出於自尊，您也不會這麼做的。然而就算女兒不配受到尊重，我們至少也應當對她的母親表示尊重，因此這一點我就毋須再向您多說了。她是一位可敬的女子，對於她，您難道沒有許多要賠禮道歉的地方嗎？因為再怎麼樣，不論一位人怎麼設法製造錯覺，並自稱懷有甚麼高尚的感情，只要是他先試圖引誘一個老實單純的姑娘，他便成為了使她沉淪墮落的第一人，並應當永遠對她日後誤入歧途的放蕩行為負責。

　　先生，請您不要對我如此嚴厲的言辭而感到驚訝，這正充分證明了我對您的高度器重。如果您能如我所希望的那樣，答應保守祕密，那麼您就更有權利受到我的器重了。公開那個祕密不僅會對您本人不利，也會為一顆已經受到您傷害的慈母心帶來致命的打擊。總之，先生，我希望您能幫我朋友這個忙。我擔心您可能不會答應，那麼就請您先想一想，這是您能給我的唯一安慰了。

　　我榮幸地是……

17**. 12. 15，於 ** 城堡

第一百七十二封信

羅絲蒙德夫人
致
沃朗莒夫人

　　我親愛的朋友，您要求我向您說明有關梅黛夫人的情況，我不得不叫人在巴黎幫我打聽，等著從那裡來的消息，目前來看，還不可能給您消息。況且就算打聽到了，也肯定只是一些含糊不清、不怎麼可靠的消息。可是我卻得到了一些我並不期待、也沒有理由期待的消息；這些消息十分可信。哦，我的朋友！您完全被那個女人矇騙了！

　　她做了那一大堆卑鄙無恥的勾當，我不想詳細敘述。但您可以確信，無論人家說些甚麼，都還沒有說出所有真實情況。我親愛的朋友，我希望您相信我的話，因為您對我相當了解。我希望您不會要求我拿出甚麼證據了。您只要知道有大量的證據，而且目前就掌握在我手裡，這樣就夠了。

　　至於您徵求的我對沃朗莒小姐前途的意見，我也痛苦萬分地請求您不要逼我說出我的意見所根據的理由。我勸您不要反對她表達的志願。當然，一個人要是沒有受到上帝的召喚，誰也沒有任何理由去迫使他出家修行。但是受到上帝的召喚，有時卻是莫大的幸福。您看，您的女兒也對您說，如果您了解她的動機，就不會反對了。激發我們情感的神明，經常比我們虛幻的智慧更加清楚究竟哪種前途適合我們每個人。神明的行為看起來往往十分嚴厲，其實反而相當寬厚。

　　總之，我的意見是您應當讓沃朗莒小姐留在修道院，因為這是由她做

出的選擇。我明白這個意見會令您傷心難受，但是您也應當相信，我是經過深思熟慮才提出這個意見的。我認為您應當鼓勵她，而不是阻撓她實現她似乎已經考慮好的計畫。我還認為在這個計畫還沒有實施以前，您該毫不猶豫地取消原訂的婚事。

我親愛的朋友，我在難受地盡了出於友誼的職責後，卻無法給您帶來一點安慰，但我還有一件事想請求您的恩准，就是往後別再詢問與這些悲慘事件相關的一切。讓我們把一切應當忘掉的都忘掉吧！別再去探求只會令人痛苦的始末根由，服從上帝的意旨吧！讓我們相信他的觀點是明智的，即便我們一時無法理解。再見，我親愛的朋友。

17**. 12. 15，於 ** 城堡

第一百七十三封信

沃朗苢夫人
致
羅絲蒙德夫人

　　哦！我的朋友！您給我女兒的命運蒙上了一層多麼可怕的面紗啊！您似乎害怕我揭開這層面紗！您使我陷入了可怕的猜疑之中，面紗底下究竟掩蓋著甚麼比那種猜疑更教一個母親傷心的事呢？我越是感受到您的友誼，您的寬容，就越是覺得苦惱。從昨天起，我就多次想要擺脫這種極其痛苦曖昧不明的狀態，請您毫不隱諱、直截了當地把一切都告訴我。每次一想到您對我提出不要發問的請求，我就害怕得直發抖。最後，我想到一個方法，也許還能給我一點希望。我期望您看在友誼的份上，不要拒絕我的這個要求。那就是回答我，我是否大致明白您可能要告訴我的話的含意，無所顧忌地把凡是做母親的可以寬容的、不是無法補救的事告訴我。如果我的不幸超越了這個限度，我就同意讓您只用沉默來做說明。以下就說一下我已經知道的和我擔心可能發生的事。

　　我的女兒曾經對唐瑟尼騎士頗有好感。我還知道她曾收到過唐瑟尼騎士的書信，甚至回信給他。可是我原來以為已經成功阻止這個孩子犯錯，和之後可能產生的危險後果。但今天我害怕一切，我想我的看管可能還是出現了疏漏。我擔心我的女兒受了引誘，而且已經墮落到了無法自拔的地步。

　　我還回想起不少情況，從而更加重了我的恐懼。我曾告訴過您，我女

兒聽到凡爾蒙先生遭受不測的消息時暈了過去；造成她這麼容易激動的原因也許只是由於想起唐瑟尼先生在決鬥中所冒的危險。後來她聽說了有關梅黛夫人的流言蜚語後，便哭得跟個淚人兒似的。我原本以為她是為朋友感到難受，而實際上也許只是在發現情人不忠後感到嫉妒或悔恨的結果。照我看來，她最近的這種舉動也可以用同樣的理由來解釋。往往一個女子認為自己受到上帝的召喚，其實只是對男人感到厭惡。總之，假定這些就是您所了解的真相，那您一定可能覺得，這些情況就足以讓您有理由來對我提出嚴厲的忠告了。

　　然而，如果事情真是這樣，那麼我覺得，在責備我女兒的同時，仍應當設法讓她避免遭受這個暫時又不切實際的志願所可能帶來的苦惱和危險。要是唐瑟尼先生還沒有喪盡天良，他就不會拒絕去彌補他個人所犯下的過錯。我最終還認為，跟我女兒結婚對他是很有利的，他和他的家庭都會感到滿意。

　　我親愛又可敬的朋友，這就是我剩下的唯一希望。如果可能的話，請快點向我證實。您想像得到，我是多麼渴望得到您的答覆，而您的沉默又會帶給我多麼沉重的打擊！ *

　　正當我要封上這封信的時候，有個熟人前來看我，他向我講述了梅黛夫人前天遇到的一個難堪場面。最近幾天，我沒有見過任何人，因此我先前對這件事一無所知。以下就是我從一位目擊者嘴裡聽到的前後經過。

　　前天是星期四，梅黛夫人從鄉間回來，在義大利劇院下了馬車。她在那裡有個包廂。她獨自一人坐在包廂裡，整個演出過程當中，沒有一個男人走進她的包廂，這一定使她感到十分奇怪。散場的時候，她按照習慣，走進已經滿是人潮的小客廳。裡面馬上響起一陣嘰嘰喳喳的聲音，但她看來似乎沒有感覺到自己就是大家議論的對象。她看到一排長椅上有個空位子，就走過去坐了下來。但是所有坐在那排長椅上的女子立刻不約而同站

*　這封信沒有得到答覆。——編者原注

起來離開座位，留她一人孤零零地坐在那兒。這種明顯表示公憤的舉動得到了所有在場男士的喝彩。竊竊議論的聲音變得更大聲了，據說最後形成了一片噓聲。

　　為了使她顏面徹底掃地，而且也該輪到她倒楣了，自從出了那樁事以後始終沒有露面的普雷旺先生正好在這時候走進了小客廳。大家一見到他，所有男男女女就圍上去對他鼓掌。他簡直可以說是被大家架到了梅黛夫人面前；在他們倆周圍，大家圍成一圈。人家言之鑿鑿地對我說，梅黛夫人當時神態自若，假裝甚麼都沒看見，甚麼也沒聽到。她真是面不改色！但我覺得這件事有些誇大其辭。不管怎樣，這種對她說來著實丟臉的局面，一直持續到有人通報她她的馬車到來為止。她走出去的時候，表示反感的噓聲變本加厲。身為這個女人的親戚，真是可怕。當天晚上，普雷旺先生就受到當時在場、他所屬部隊所有軍官的熱烈歡迎。大家相信，不久他的職位和軍銜就會恢復。

　　告訴我這些詳細情況的人還對我說，梅黛夫人次日晚上就發起了高燒，大家開始以為發病的原因就是她曾經歷的那種氣氛激烈的場面。但是昨天晚上，大家才明白她得的是天花，病情十分嚴重。說實在的，我覺得，如果她就此死去，對她倒是福氣。人家還說，這整個事件也許對她的官司會十分不利。那場官司很快就要判決了。人家認為這是一場她需要費盡許多心思才能打贏的官司。

　　再見了，我親愛又可敬的朋友。我清楚地看到，在這些事情上，惡人受到了懲罰，但我仍然無法為他們不幸的受害者找到絲毫的安慰。

17**. 12. 18，於巴黎

第一百七十四封信

唐瑟尼騎士
致
羅絲蒙德夫人

夫人，您說得對，我當然不會對我可以掌握的和您似乎頗為重視的事向您表示拒絕。我很榮幸能把內含沃朗苣小姐所有書信的這個郵包寄給您。如果您把信全部讀上一遍，也許您會驚訝地發現一個如此天真純樸的人，竟同時又是一個背信棄義的人。我剛才把這些信又看了一遍，這至少就是我最強烈的印象。

但是當我想起梅黛夫人如何幸災樂禍，費盡心思地恣意利用我們的單純無知，我怎麼能不感到滿腔憤怒呢？

是的，我再也沒有愛情了，僅存的是一種受到如此卑鄙地背棄而蕩然無存的感情；因此並不是這樣的感情促使我去為沃朗苣小姐辯解。然而，一顆如此淳樸的心，一種如此溫柔隨和的性格，如果朝善的方向發展，不是會比朝惡的方向墮落更容易些嗎？不過，剛從修道院出來的年輕姑娘，既無經驗，又幾乎沒有甚麼見解，在進入社交界的時候，正如大家所料想的那樣，對善與惡都同樣一無所知，又有哪一個能成功抗拒如此罪惡的伎倆呢？啊！有多少由不得我們駕馭的外在情況可怕地控制著我們的抉擇，或是讓我們保持高尚的情操，或是讓我們腐化墮落。只要想到這一點，我們就會變得寬容了。夫人，您認為儘管沃朗苣小姐的過錯給了我深切的感受，但不會使我產生任何報復的念頭，您對我做出這樣的判斷是正確的。

我不得不放棄愛她，這已經夠受的了！要我恨她，我也實在難以做到。

　　我不假思索地希望凡是與她相關、且會危害她聲譽的事永遠不為人所知。如果我在滿足您這方面的要求時似乎有些拖延，也許我可以向您坦白我的動機。我是想先明確地看到我不必為那不幸的決鬥後果擔憂。在我要求得到您寬容的時候，甚至在我冒昧地認為我有幾分權利得到的寬容的時候，我擔心我這樣屈尊答應您的要求，會顯得好像是用這個來換取您的寬容。由於確信我的動機無可非議，我承認，我有些自傲，我的自傲不想讓您對這樣的動機產生任何懷疑。我希望您原諒我的這種顧慮。也許由於我易於感受到您所激發的崇敬，因而顯得過於急切想要博得您的器重。

　　我對您的這種感情使我向您提出最後一個懇求：請您告訴我，您是否認為我在陷入不幸的處境中時，已經盡到了所有理應盡到的全部責任。一旦我在這個問題上心安理得，就打定主意動身前去馬爾他。我會在那裡高興地許下誓願，並且十分嚴格地恪守我的誓願。這種誓願會使我與世隔絕，我還這麼年輕，卻已經對這個世界有那麼多抱怨和不滿。在異國的天空下，我最終會設法忘掉那麼多極端醜惡的事，對於往事的回憶只會使我的心靈感到悲傷和沮喪。

　　夫人，我滿懷敬意地是您極為謙恭的……

17**. 12. 26，於巴黎

第一百七十五封信

沃朗菖夫人
致
羅絲蒙德夫人

我親愛又可敬的朋友，梅黛夫人的命運似乎終於有了結果。出現那樣的結果，她最大的仇敵既對她充滿理應得到的憤怒，又要對她感到憐憫。我沒有說錯，要是她因天花而死去，也許對她倒是福氣。但她確實已經活下來了，只是她的面容已經徹底毀了，尤其是她還瞎了一隻眼睛。您知道我沒有再見過她，但聽說她真的成了醜八怪。

XX侯爵從來不放過說惡毒話的機會。昨天他在談到她的時候說，疾病把她的內在表現在外，如今她的靈魂出現在她的臉上。不幸的是，大家都覺得這種說法十分正確。

另一件事又加深了她的不幸和損失。她的那場官司在前天進行審理，她敗訴了，因為所有的法官都意見一致。他們不僅把損害賠償判給了那幾個未成年人，而且她還得歸還以前的收益，並支付全部的訴訟費。這樣一來，她沒有在這場官司中獲益，所剩下的一點財產也被各種費用耗盡了，而且還不夠。

儘管她還未痊癒，但是在得知這個消息後，仍然馬上做了一些安排，當天夜裡就一個人坐馬車走了。她的僕人們今天說，他們誰也不願意跟她走。大家猜想她是到荷蘭去了。

這番出走比所有其他事更惹人非議，因為她把鑽石都帶走了，這些價

值不斐的鑽石本來應當算在她丈夫的遺產中；她還帶走了銀器和首飾。總之，凡是可以帶走的東西都帶走了，但她卻留下了大約五萬法磅的債務。她確實破產了。

她的親屬明天要聚在一起商討怎樣跟債主們協商。雖然我只是一個遠親，但也表示願意盡力幫助。不過我無法參加那個聚會，因為我要出席一個更加令人傷心的儀式。我的女兒明天就要出家修道了。我希望您還記得，我親愛的朋友，我做出這項重大的犧牲是由於您對我保持沉默，使我覺得非這麼做不可。

差不多兩個星期前，唐瑟尼先生離開了巴黎。聽說他要到馬爾他去，打算在那兒定居。現在把他留住，說不定還來得及？……我的朋友！……我的女兒真的那麼罪孽深重嗎？……一個做母親的實在難以相信真的出現這種可怕的情況，您一定會為此原諒我的。

這一陣子，究竟是甚麼厄運出現在我的周圍，讓我最親愛的人受到打擊！我的女兒和我的朋友都成了被打擊的對象！

僅是一種危險關係就會造成那麼多的不幸，想到這一點，有誰能不顫慄發抖呢？如果我們多思考一下，有甚麼痛苦不能避免呢？有哪個女人聽到好色之徒的頭一句話時而不趕快逃走呢？有哪個母親看到另一個人跟她的女兒談話而不心驚肉跳的呢？可是這些想法為時已晚，總是在事後才出現。在當今輕浮的習俗旋渦中，這樣一條至關重要、或是為絕大多數人所公認的真理受到遏止，棄之不用。

再見了，我親愛又可敬的朋友。此刻我感到我們的理智實在貧乏，既不能為我們防止不幸的遭遇，更無法為我們帶來安慰。

*17**. 1. 14，於巴黎* *

（全文完）

* 由於一些私人的原因和我們始終應當尊重的理由，我們不得不在此結束本書。

目前，我們既不能告訴讀者沃朗苣小姐之後的遭遇，也不能讓讀者知道梅黛夫人後來遇到的那些凶險可怕的事，它們給她帶來莫大的不幸或最終的懲罰。

也許有一天，我們有可能把本書全部完成，但我們無法在這方面做出任何承諾；就算我們有可能這麼做，我們覺得也該事先徵求讀者大眾的意見，因為他們沒有我們那種對於閱讀本書充滿樂趣的理由。——出版者注

附錄

以下這封信件是從拉克洛的手稿中找到的,(手稿可見於 http://gallica.bnf.fr/ark:/12148/btv1b60002397/f1.image),原先並未收錄。而從這封信的編號可推知,作者原本打算把它當作第一百五十五封信發表,最後則由第一百五十四封信中的一個編者原注所取代。

第一百五十五封信

凡爾蒙子爵
致
沃朗莒夫人

　　夫人,我知道您不喜歡我,我也清楚您一直在杜薇夫人的面前跟我作對;我也相信目前您比任何時候都對我更持有反感,我甚至承認您可以把這種反感看作是有充分依據的。然而我找您幫忙,大膽地請您把附在這裡、寫給杜薇夫人的那封信交給她,而且請您勸她讀一讀,讓她相信我的悔恨,我的懊惱,特別是我的愛情,並以此來說服她這麼做。我明白您也許會覺得我的這個舉動相當奇怪。我本人也為此感到詫異,但是一個人一旦陷入絕境就會利用一切手段,而不去盤算究竟是甚麼樣的手段。況且,為了我們共同關心的事,一件如此重大、如此要緊的事,我也就排除了所有其他疑慮。因為杜薇夫人就要死了,她十分不幸,我們應當把她救活,讓她恢復健康,重新得到幸福。這就是我們需要達到的目的。凡是可以保證或促

使這個目的順利實現的手段都是可取的。如果您不接受我提出的請求，您便要為此發生的結果負責：她的死，您的悔恨，我永無止境的哀痛，都是您一手造成的。我知道我卑鄙地侮辱了一個應當受到我仰慕的女子，我知道就是我那些令人髮指的過錯才造成了她那所有的痛苦；我並不打算掩蓋我的錯誤，也不打算為這些錯誤辯解。可是，夫人，如果您不讓我彌補這些過錯，恐怕就會成為幫凶。我在您朋友的心上插了一把匕首，但只有我才能把匕首從她的傷口中拔出，也只有我才懂得醫治傷口的方法。只要我能幫得上忙，就算我有過錯，那又有甚麼關係呢？救救您的朋友，救救她吧！她需要的是您的說明，而不是您的報復。

17**. 12. 4，於巴黎

譯按

以下信件亦出自拉克洛手稿中,直到一九〇三年才被收入書中,內容是杜薇夫人寫給凡爾蒙子爵的一封未寫完的信稿,上面沒有注明日期,也沒有編號。評論家認為該信本來有可能是預備放在第一百二十五封信、第一百二十六封信或第一百二十八封信之後。

第 XXXXX 封信

杜薇院長夫人
致
凡爾蒙子爵

　　哦!我的朋友。自從您離開我的那一刻起,我感受到多麼大的煩惱啊!我多麼需要心神安寧啊!我怎麼會如此焦躁不安,甚至到了痛苦的地步,還給我帶來了真正的恐懼?您相不相信?就連寫信給您,我也覺得需要集中精力,讓自己的頭腦清醒。然而,我暗自想道,並一再複述,您現在幸福了。但是我內心這麼一個被您稱作愛情鎮靜劑的何等珍貴念頭卻成了愛情的原由,使我屈服在一種強烈的幸福之下。同時,如果我設法擺脫這種甜蜜的思考,我就會馬上重新陷入令人痛苦的焦慮中。我曾多次向您保證要避免這種惶惶不安,我也確實應當小心注意不讓自己陷入這種境地,因為您的幸福會受到影響。我的朋友,您沒費甚麼力氣就教會了我只為您而

活著，現在請您教教我怎麼在您不在我身邊時活著。不，我想說的不是這個意思。我想說的是，在您不在我的身邊時，我根本不想活著，或者只想忘掉我還活在世上。您丟下我一個人時，我既不能感受幸福，也無法承擔痛苦。我感到需要休息，卻無法得到任何休息。我努力想睡著，卻怎麼也睡不著。我時而身上像火在燒，飽受折磨，時而又猛打寒顫，弄得精神萎靡，既不能專心去做任何事，也不能閒著甚麼事都不做。所有活動都使我感到乏味，而我又實在不能待在原處不動。總之，我該怎麼對您說呢？我倒並不怎麼為來勢洶洶的高燒所苦。儘管我無法解釋，也不能理解，但我十分清楚地感到，我的這種痛苦的狀況只是因為我沒有能力克制或駕馭自己豐富的情感。不過，要是我能把自己的整個靈魂都投入到這種令人陶醉的情感中，我會十分幸福。

　　就在您離開我的時候，我倒並不感到怎麼痛苦；我有些懊悔，也有幾分煩躁，但是我認為這是因為我看到幾個侍女在場而不耐煩的緣故，她們當時正好走進房間。而她們的服侍在我看來，一向就顯得太過漫長，那段時間就好像比平時還要長上許多倍。我很想要獨處。我相信伴隨著周圍那些如此甜蜜的回憶，我一定會在獨處中獲得與您分離時我能獲得的唯一幸福。我怎麼能預料，在您身邊的時候，我能如此快速地去承受各種不同情感的衝擊，而我獨自一人時卻無法承受這些情感的單純回憶？我不久就會萬分痛苦地醒悟過來。現在，我親切的朋友，我猶豫著是不是該把一切都告訴您……然而，我不是屬於您的，完全屬於您的嗎？難道我應該要對您隱瞞我的一個想法嗎？啊！我是無法做到這一點的。我只要求您對我無意犯下的錯誤表示寬容，我心裡並沒有那樣的意思。我按照習慣，把我的侍女打發走才上床歇息……

本書所有「編者原注」皆出自拉克洛筆下，
「譯注」由譯者與協力編輯合力完成，
「編按」則為編輯所加。

譯注

1 法磅（livre），法國古代的記帳貨幣，相當於一古斤銀的價格。當時二十四個法磅約合一個金路易，因此六萬法磅實為一筆巨額款項。

2 儘管如此，但根據原稿，我們發現編者往往對信件的日期順序做出調整以取得戲劇性或諷刺的效果。

3 根據原稿，此後在下之前作：「我也不認為本書有較大的成功的把握。」

4 香桃木象徵愛情，在古代被視為愛神維納斯的聖物。月桂樹象徵榮耀，古代希臘人和羅馬人常用其枝葉編成冠冕，授予傑出的詩人、英雄或競技優勝者。

5 拉封丹（Jean de La Fontaine, 1621-1695），法國寓言詩人，代表作為《寓言詩》十二卷。內容豐富，諷刺尖銳，對後來的歐洲寓言作家影響很大。文中引用的詩句實出自《寓言詩》第一卷前〈致王太子殿下〉這首題獻詩的末二句，但與原詩略有出入。末二句應為：

> 「如果我無法博取你的歡心，贏得這筆
> 獎賞，至少我曾做這一番嘗試，享有這
> 份榮光。」

6 惠斯特，一種撲克牌遊戲。十七世紀流行於英格蘭民間，十八世紀中葉盛行於英國及歐洲大陸的上流社會，後逐步演變為現代橋牌。打法為由四人組成兩對搭檔，相互對抗。

7 「跳過溝去」有「經過長時間的躊躇之後，孤注一擲、鋌而走險」的含意。

8 馬爾他騎士團是一個修會，旗下修士負責接待那些前赴耶路撒冷朝聖的人，既為修士，當然獨身不娶。不過唐瑟尼當時還未立下擔任修士的最終誓言。

9 《索法》（Sopha），法國作家爾克雷比雍（Crébillon, 1707-1777）在一七四九年出版的一部內容淫穢的色情小說。

10 哀綠綺思（Héloïse, 1101?-1164），中世紀法國的美貌女子，曾與其師、即著名的經院哲學家阿伯拉（Abélard, 1079-1142）相戀，並私自結婚，遭家庭反對；進入隱修院後，仍與阿伯拉互通書信。他們之間的書信纏綿悱惻，是史上最著名、最哀艷、最真摯的情書。

11 指馬其頓國王亞歷山大大帝（西元前356-323），生前四處征伐，開疆闢土，先後征服了希臘、埃及和波斯，並侵入印度。死後麾下諸將逐鹿爭鬥，割據稱雄。他所建立的版圖遼闊的帝國很快就四分五裂、崩潰瓦解了。

12 指盧梭的小說《新哀綠綺思》。

13 根據原稿，此後作：「正是由於這個道理，一齣不忍卒讀、再平庸不過的戲劇，在舞臺上幾乎總能贏得很好的效果。」

14 本書中的里均為古法里，每古法里約合四公里。

15 原文 être occupée，在當時的俚語中，可以解釋為「有個情人」的意思。在修道院裡受教育的賽西兒當然並不知道這一點。

16 《作詩狂》是法國劇作家亞力‧克西皮隆（1689-1773）於一七三八年上演的一齣喜劇，主要諷刺一個老頭兒被作情詩的激情迷住了。所引臺詞是該劇第二幕第八場。

17 西庇阿（Scipion）即（征服非洲的）普布利烏斯‧科爾內利烏斯‧西庇阿（西元前237-前183），古羅馬統帥。根據古希臘歷史學家波利比奧斯（西元前205-前123）所著《通史》（描述西元前264-前146年間的歷史）及古羅馬歷史學家李維（西元前59-17）所著《羅馬史》中的記載，他在西元前209年占領了原來被迦太基人控制的西班牙東南沿海地區。在奪取了迦太基人在當地的一個基地新迦太基（今卡塔赫納）後，他善待俘虜，釋放了被迦太基人囚禁在城內的當地人質，特別是把手下士兵獻上的年輕貌美女子送還給她的未婚夫，沒有破壞她的貞潔。

18 根據原稿，此後至本段末尾作：「我正打算離開，

忽然發現僕人離去時錯拿了我的蠟燭。於是我想
開個玩笑，就請這美麗的侍女為我領路。她想先
略微整裝一下，可是我肯定地告訴她，經過剛才
發生的那一切，就不用再講究甚麼了。於是她只
得勉強接受我的戲弄，就這樣來到我的房間。在
那兒，我把她交還給她溫柔體貼的情人，讓這對
幸福的男女彌補他們失去的時間。」

19　賽拉東，法國作家奧諾雷·杜爾菲（Honore d' Urfe,
　　1567-1625）的田園小說《阿絲特蕾》（L'Astree）
　　的男主角，他是個牧童，與牧羊女阿絲特蕾相
　　愛，行事十分靦腆。

20　一紙空文，原文為 un billet de la Châtre，為法國
　　十八世紀俗諺，出自當時所流傳有關法國名媛妮
　　儂·德·朗克洛（1620-1705）和她的一個情人
　　拉·夏特爾侯爵的一則軼事。據說侯爵在出征
　　前，曾叫妮儂給他寫了一張保證對他忠貞不二的
　　字據。妮儂當然對他並不忠實，每逢她在另一
　　個男子懷抱裡的時候，總要調侃地喊道：「哦！
　　拉·夏特爾得到的是一個多麼信實可靠的承諾
　　啊！」（見法國作家聖西蒙〔1675-1755〕）的
　　《回憶錄》第八卷；另一個法國作家布西－拉布
　　坦（1618-1693）在《對兒女的教誨》（1694）
　　和《回憶錄》（1696）中亦有同樣的記載。

21　儘管編者並不怎麼肯定，但盧梭正是在《愛彌
　　兒》（1762）中為了讓他的學生擺脫對夜晚的恐
　　懼（他承認自己就曾有這種恐懼），表示唯有理
　　性思考才能克服想像力騙人的力量，他說：「找
　　到了病的起因，也就意味著有了治病的藥方。」

22　生於羅馬帝國時期的希臘傳記作家、散文家普盧
　　塔克（Plutarch, 46 ? -120 ？）所寫的〈管理國
　　務人士摘要之四〉一文中，講述了一則故事。雅
　　典民眾為了建造兩座宏偉壯觀的建築，請來了兩
　　名建築師，其中一位把事先準備好的方案計畫
　　洋洋灑灑說了一遍，另一位建築師只簡潔地說：
　　「他說甚麼，我就照樣做。」法國思想家、散文
　　作家蒙田（1533-1592）（見《蒙田隨筆集》第
　　一卷第二十六章《論兒童教育》）和盧梭（見《新
　　哀綠綺思》第四卷第二封信）也都引用過這則故
　　事。

23　此處戲仿《新約·雅各書》第一章第二十七節：
　　「在上帝我們的父面前，那清潔沒有玷汙的虔
　　誠，就是看顧在憂患之中的孤兒寡婦，並且保守
　　自己不沾染世俗。」

24　《惡漢》是法國劇作家格雷塞（1709-1777）在

一七四七年首演的喜劇，劇情描寫一個陰險無恥
的人物企圖破壞朋友的婚事，最終事蹟敗露的故
事，反映了輕薄挑釁的時代風氣。引文見該劇第
二幕第一場。

25　抹大拉的馬利亞，原為妓女，後改過向善，見《新
　　約·路加福音》第七章第三十七至第三十八節。

26　與法國作家伏爾泰（Voltaire, 1694-1778）所寫的
　　長詩〈奧爾良少女〉（La pucelle d'Orléans,, 1755）
　　有關。編者所說的一節指的就是該詩的第一章第
　　五十六至第六十行：

　　　他有一個相當重要的營生，
　　　在一切都美好無比的宮廷，
　　　我們叫他王子的朋友，
　　　而在巴黎京城，特別是在外省，
　　　拉皮條是粗人對他的稱呼。

　　此節詩中王子的朋友指的是後來成為法國國王
　　的查理七世親信博諾（Bonneau）。查理七世曾
　　把他的城堡作為自己與阿涅絲·索雷爾（Agnès
　　Sorel）幽會歡好的場所。

27　此處所說的諺語應是「有防備者以一當二」（Un
　　bon averti en vaut deux），即有備無患之意。

28　《勃里塔尼古斯》（Britannicus）是法國劇作家
　　拉辛（Jean Racine, 1639-1699）於一六六九年公
　　演的一齣悲劇，描寫古羅馬皇帝尼祿和他的母親
　　阿格麗皮娜爭奪權力的鬥爭。引文見該劇第二幕
　　第二場。

29　古羅馬喜劇作家泰倫斯（Terence/ Publius Terentius
　　Afer，西元前 186- 前 159）的喜劇《自責者》
　　（Heauton Timorumenos）第一幕第一場第七十七
　　行：「我是一個人，凡是人間的一切無不與我相
　　關。」

30　當時認為在散文中加入詩歌的韻律節奏會使文體
　　駁雜不純，不是一種良好的表達方式。

31　參659，《聖經》故事中古代猶太人的首領之一，
　　力大無窮，曾徒手撕裂一頭獅子，並用驢腮骨殺
　　傷一千名非利士人；後在與非利士人爭戰時，因
　　受到非利士女子大利拉的誘惑，被她探知他力大
　　的祕密在於鬚髮不剃。大利拉乃趁他酣睡之際將
　　其頭髮剃光，致使他被非利士人擒獲。大利拉是
　　妖媚姦詐女人的象徵。

32　名諺語，亦可延伸為「與智者言，一語已足」、

「聰明人一點就通」的意思。

33 蘭斯克內特牌（lansquenet），十五、十六世紀法國僱傭的德國步兵傳入法國的一種紙牌遊戲。

34 這句臺辭出自伏爾泰（Voltaire）的悲劇《薩伊》（*Zaïre*）第四幕第二場，是劇中男主角蘇丹奧羅斯馬內以為薩伊愛著騎士內雷斯唐（其實他是薩伊的哥哥），打算釋放她的時候說的話。《薩伊》是伏爾泰仿莎士比亞《奧瑟羅》編寫而成、於一七三二年首演的悲劇，故事背景發生在十字軍東征時東方的耶路撒冷。蘇丹奧羅斯馬內和女奴薩伊相愛，但後來薩伊發現自己是個基督教徒。根據教規，她無法嫁給伊斯蘭教的蘇丹，而奧羅斯馬內懷疑她另有所愛，把兄妹相會當作情人約會，出於嫉妒，殺死了薩伊。最後等他知道了真相後，自己也自殺身亡。

35 這句臺辭出自法國劇作家夏爾西蒙·法瓦爾（Charles-Simon Favart, 1710-1792）所寫的獨幕喜歌劇《安妮特和呂班》（*Annette et Lubin*, 1762）中，劇中女主角安妮特認為愛情只是一種無害的樂事，不懂怎麼會有人認為愛情是不正當的。

36 阿奇里斯（Achilles），希臘神話中的英雄。出生後被其母手握腳跟，倒提著在冥河水中浸過，因而除未浸到水的腳跟外，全身刀槍不入。據說在希臘聯軍開赴特洛伊的途中，經過密西亞時，阿奇里斯的長矛曾刺傷了密西亞的國王忒勒福斯。根據神諭，唯有用刺傷他的武器方能治癒。後來奧德修斯用阿奇里斯長矛上的鐵鏽製成的膏藥，才治好了忒勒福斯的傷口。

37 《納尼娜》（1749）是伏爾泰最仿英國小說家李查森（Samuel Richardson, 1689-1761）的書信體長篇小說《帕梅拉》（*Pamela*），所寫的一齣帶有感傷色彩的喜劇。所引臺辭是劇中人物奧爾邦伯爵跟著讚美納尼娜的德行時說的，見該劇第一幕第七場。

38 塞維涅夫人（Madame de Sévigné, 1626-1696），法國女作家，以書信著稱於世，所寫《書信集》（*Lettres de Madame de Sévigné*）收有與女兒等人的通信，反映了法國國王路易十四時的宮廷生活和社會狀況。

39 《克萊麗莎》（*Clarissa*），英國小說家山繆·李察森在一七四一至一七四八年分部出版的書信體長篇小說。小說女主人公克萊麗莎漂亮純潔，聰慧嫻雅，出生良好世家，但是家人由於經濟利益的考量，打算把她許配給一個她所厭惡的富家子

弟。克萊麗莎不從，她被另一位風流倜儻的青年貴族洛夫萊斯（Lovelace）吸引。洛夫萊斯外表瀟灑迷人，內心卻無比醜惡。他以幫助克萊麗莎擺脫門當戶對的婚姻為由，攜她逃出家門，並將其玷污。克萊麗莎因失身而羞愧至死，洛夫萊斯最後也死於和克萊麗莎表兄的決鬥中。由普雷沃教士（Antoine-François Prévost）翻譯的法文譯本於一七五一年在法國出版。

克萊麗莎貿然與風流浪子洛夫萊斯私下通信，後來為了躲避他的追逐，又徒然地想要逃層。克萊麗莎陷入的困境與杜薇院長夫人當時的處境頗有幾分相似之處。

40 見《新哀綠綺思》第一卷第五封信，聖普勒在信中表達了自己知道茱莉對他的愛情後的狂喜之情。

41 在《克萊麗莎》這本小說中，女主角克萊麗莎遭洛夫萊斯用藥迷姦。

42 見《新哀綠綺思》第一卷第九封信，茱莉在信中抱怨聖普勒對她的指責不公，向他解釋她的憂慮和不安，希望他堅持純潔愛情所有的甜蜜的快樂。

43 作者的一個疏忽，盧卡·佩斯盧昂在《賽西兒·沃朗芭的真實回憶錄》（1926）中指出：「這實際上只是他們的第二次幽會。」

44 《狂熱的愛情》（*Folies amoureuses*）是法國劇作家讓-弗朗索瓦·勒尼亞爾（Jean-François Regnard, 1655-1709）於一七〇四年上演的一齣喜劇，該劇描寫的是一個相當陳腐的愛情故事：一位年輕姑娘設法擺脫了年老的追求者，最終嫁給了自己的心上人。所引臺辭見該劇第二幕第十一場。

45 巴斯蒂亞（Bastia），科西嘉島東北部海岸上的一個港口城市。

46 《人不能甚麼都考慮到》（*On ne s'avise jamais de tout !*）實際上是法國劇作家蜜雪兒·讓·塞丹納（1719-1797）於一七六一年所寫的一齣獨幕喜歌劇。該劇像莫里哀的《太太學堂》一樣，抨擊了修道院對年輕女子的教育和夫權思想。在該劇的第五場中，也列出了類似《太太學堂》中的「婚姻格言」的東西。劇中的蒂大夫是《太太學堂》中的阿諾夫和《塞維勒的理髮師》（法國劇作家博馬舍〔1732-1799〕所著劇本）中的霸爾多洛之間，又一個充滿嫉妒監護人的典型。

47 「用情不專」（inconstance）和「不忠」（infidèle）

兩個辭如今似乎已經成了同義辭，但在十八世紀卻有著明顯的區別。「用情不專」是用來形容一個見異思遷、不願固守著自己愛人的風流男（女）子，而「不忠」則指一個男（女）子欺騙他的情婦（夫），勾搭上另一個男（女）子。可是跟外表上所表現出的不同，當時人們一般對「不忠」倒比對「用情不專」來得寬容。如此一來，《新哀綠綺思》中萊莉這句乍看含意不太清楚的話便解釋得通了：「假如你能自認為用情不專，雖然實際並非如此，那麼我更可以錯誤地責備你不忠了。」（《新哀綠綺思》第一卷第三十五封信）事實上，在他看來，「用情不專」與情人的天性有關，是一種無法醫治的缺點，而身體的「不忠」卻並不能阻礙內心的忠實。賽西兒並沒有用情不專，因為她那深厚的愛情絲毫沒有受到影響；她也沒有不忠，因為她並沒有發覺自己欺騙了唐瑟尼。

48 蒂雷納（Turenne, 1611-1675），法國元帥，富有韜略，軍功卓著，被法國國王路易十四封為王國軍隊總元帥。

49 腓特烈指普魯士國王腓特烈二世（Friedrich II, 1712-1786），又稱腓特烈大帝，係歐洲歷史上最偉大的軍事統帥之一，創立了著名的「斜陣式戰術」的理論，還確立了許多著名的作戰原則。

50 漢尼拔（Hannibal，西元前 247- 前 183），迦太基名將，善於用兵，曾率大軍越過阿爾卑斯山進攻羅馬。西元前二一六年八月坎尼戰役獲勝後，更進而占據義大利南部城市卡普亞，作為他的軍隊駐紮的冬季大本營，他的士兵因生活逸樂而減弱了作戰能力。

51 這裡凡爾蒙厚臉皮地引用了他最初和梅黛侯爵夫人相戀時，在情書中寫給侯爵夫人的情話。

52 《加萊之圍》是法國劇作家杜‧貝盧瓦（Du Belloi, 1727 － 1775）於一七六五年首演的一齣悲劇，描寫在英國朝廷裡為官的法國貴族阿爾古伯爵出於愛國之情並為了解救加萊市民，毅然從英國返回法國。所引臺辭是阿爾古伯爵向他的未婚妻阿利埃諾爾解釋他的轉變時說的，見該劇第二幕第三場。

53 參見第一百三十封信及第一百一十五封信的譯注 47。

54 賢哲之士顯然是指盧梭。他在《新哀綠綺思》中談到孩子的時候曾經寫道：「我們要阻止他們的虛榮心產生……這才是真正為他們的幸福所該做

的。因為人的虛榮心是最大苦難的根源，任何健全和幸運的人，虛榮心帶給他的憂愁都比快樂要多。」並在其後的注解中說：「假如虛榮心能給世上的人甚麼幸福，這種幸福的人肯定只是傻瓜。」（見《新哀綠綺思》第五卷第三封信）

55 阿爾西比亞德（Alcibiade，西元前 450- 前 404），古希臘雅典的將軍，也是蘇格拉底（Socrate）的弟子。

56 馬蒙泰爾（1723-1799）是法國作家，受到伏爾泰（Voltaire）和彭芭杜夫人（Madame de Pompadour）的提攜和保護，他的《道德故事集》（1761）曾風行一時。在梅黛侯爵夫人所提到的這篇故事中，阿爾西比亞德失望地發現沒有一個女子為了他自身的緣故而愛他，都是對他別有所圖。他來向他的老師蘇格拉底尋求慰藉時，蘇格拉底對他說：「我很歡迎你在逆境中前來找我。」梅黛侯爵夫人在信中所引用的語句全憑記憶，與該篇故事中原來的句子並不完全相符。

57 這裡是凡爾蒙嘲諷地提醒梅黛侯爵夫人在描述他們以往的關係時所使用的辭語，參見第一百三十四封信。

58 指派人去請神父和醫生。

59 終塗禮，天主教聖事之一，終傅意為終極（指臨終時）敷擦聖油，主要是為病勢垂危的人施行。由神父用由主教已祝聖的橄欖油，敷擦病人的五官和四肢，並誦念祈禱經文，意在使病人得到聖寵，減輕他神形兩方面的痛苦，免除罪過。

60 根據本封信中所提供的情況以及信裡所採用的口氣，可以斷定寫信人就是貝特朗先生。

61 指第八十一封信。

62 指第八十五封信。

本書簡介

《危險關係》
簡介

　　本書由十三位寫信人發出的一百七十五封信所構成，是十八世紀書信體小說集大成之作。內容描寫法國大革命前、上流貴族晦暗的男女關係。一七八二年四月於巴黎出版後，首刷旋即在兩週內售罄，平均每十二天再刷一次，成為當時法國家喻戶曉的暢銷書。

　　然而，它的魅力不僅限於法蘭西，這優雅浪蕩的法式情調，隔年也在倫敦與德國造成轟動，書中綻放的慧黠光芒與創新的敘事學，令各方文壇不得不注意到這顆閃耀的法國新星。但也因為內容敗德不倫，遭輿論猛烈抨擊，據說瑪麗皇后曾命人重新裝訂本書、並用白紙將書封包起，不讓人知道她在讀《危險關係》──此書爭議性之大，由此可見一斑。也因此《危險關係》在一八二四年與一八六五年兩度遭查禁，直到二十世紀中葉前，仍不被文學界所青睞。作者拉克洛亦被人們目為怪物，當時大概只有薩德侯爵堪可匹敵。

　　即便屢遭查禁與詆毀，仍難掩蓋這本經典的耀眼光芒，幾乎每隔五十年便有慧眼獨具的知名作家重新提起《危險關係》，試圖重建它的經典地位。波特萊爾認為拉克洛具有「今日少見的才華，唯司湯達爾、聖伯夫與巴爾札克除外」；紀德曾編輯此書、並將它列為法文十大小說之一，名次僅次於司湯達爾；米蘭·昆德拉認為它是「史上最偉大的小說之一」；司湯達爾因為它才寫出了《論愛情》……

　　在此之前，書信體小說的形式從未與內容如此貼合；在拉克洛手上，書信體跳脫以往平鋪直敘的舊習，引入置換、裁剪、掩藏等戲劇性手法，十八世紀平面而通俗的書信體就此進出幻化，被改造成立體富景深的小說

舞臺，躍升藝術殿堂。《危險關係》更受到後世無數作家與藝術家的推崇，這份名單還在不斷累積中。

　　《刺蝟的優雅》作者妙莉葉・芭貝里便曾說過：「我十四歲時就已讀過（這本書），當時不懂，但是風格非常引人注目。」一語道破這本危險之書的魅力，在於形式縮結內容那種強迫性、全面性而無有漏洞的藝術美──即便對內容不甚了了、亦或不感興趣，呼之欲出的吸引力仍能將讀者吸進虛構的世界，難以自拔。這是每位小說家都想達到的境界，但對於觀點侷限、不利於操作長時間敘事的書信體而言，更是難能達到的顛峰之境。

　　《危險關係》的經典性亦可由後世眾多的改編作品窺知一二。它情節緊湊，深具畫面感與舞臺性格，利於改編成各種藝術形式，於電影、電視、廣播、歌劇及芭蕾舞劇等領域皆有改編作，電影更高達五部之多。最早的電影版本可追溯至一九五九年，由法國名導侯傑・華汀（Roger Vadim）執導、新浪潮女神珍娜・摩侯（Jeanne Moreau）主演；有趣的是，華汀本人在現實生活中也有美女收藏家的封號，儼然是現代版的凡爾蒙，事實上他的前妻之一凱薩琳・丹妮芙（Catherine Deneuve）也在二〇〇三年親身演繹了這個故事。

　　而最經典的電影版本是一九八八年由克里斯多福・韓普頓（Christopher Hampton，知名劇作家，近日的作品有《贖罪》）編劇、史蒂芬・弗萊爾斯（Stephen Frears）導演的同名電影，由約翰・馬可維奇（John Malkovich）、葛倫・克羅斯（Glenn Close）、蜜雪兒・菲佛（Michelle Pfeiffer）主演，精湛的演出令本片成為不朽的傳奇。另還有《最毒婦人心》（1989，柯林・弗斯〔Colin Firth〕、安妮特・貝寧〔Annette Bening〕主演）、《危險性遊戲》（1999，瑞絲・席薇朋〔Reese Witherspoon〕、雷恩・菲利浦〔Ryan Philippe〕主演，青少年校園版）、《危險關係》（2003，凱薩琳・丹妮芙主演，法國迷你影集版，最貼近原著的版本）、《醜聞》（2003，裴勇俊、全度妍主演，東方版）等版本，也相當受觀眾歡迎。二〇一〇年，韓國名導許秦豪與中國編劇嚴歌苓傳出攜手合作，將打造以舊上海為背景的《危險關係》，重現這部法國經典。

　　在舞臺劇方面，一九八〇年，　德國劇作家海納穆勒（Heiner Müller）將本書改編為舞臺劇《危險關係四重奏》（*Quartet*），一度遭禁演，一九九九年，臺灣導演鴻鴻亦曾執導過本劇。一九八五年，韓普頓再度將他的舞臺劇本搬上美國百老匯，搬演七十七場，由蘿拉‧林尼（Laura Linney）主演。十九世紀知名插畫家比爾茲利（Aubrey Beardsley）與時尚插畫家巴比爾（Georges Barbier）亦曾為本書繪製插畫。

野人文化編輯部

作者簡介

拉克洛

（Pierre Ambroise François Choderlos de Laclos , 1741-1803）

1741 年 10 月 18 日誕生於法國亞眠（Amiens），他的父親是一位受過封爵但無實質頭銜的政府官員。拉克洛長大後被父親送去軍校，後來選擇成為皇家砲兵學校的學生，駐守拉侯榭（La Rochelle）要塞。生平酷愛文學，最喜愛「3R」──拉辛（Racine）、盧梭（Jean Jacques Rousseau）與山繆‧李察森（Samuel Richardson）──的作品。後兩位是著名的書信體作家，為拉克洛日後的創作扎下深厚的根基。

1767 年，拉克洛擔任皇家砲兵少尉，發表了首篇詩作。1769-1774 年間，駐守格雷諾堡（Grenoble），陸續發表其他作品。1776 年 12 月，加入共濟會（freemason）。1777 年，他改編家族友人、小說家李柯波尼夫人（Mme Riccoboni）的喜歌劇《Ernestine》在巴黎上演，但並未獲得成功。

1778 年，拉克洛開始創作他最著名的作品《危險關係》；1779 年駐守法國西海岸的艾克斯島（île d' Aix），繼續寫《危險關係》。1780-1781 年，為便於寫作，他請了幾次長假，並前往巴黎洽談出版事宜。而在 1782 年 4 月，終於出版了他唯一的一本小說，並結識未來的妻子杜裴黑（Marie-Soulange Duperré），於 1786 年結婚。1790 年，他參與法國大革命活動，為主張共和的奧爾良公爵（Orléans）效命，因發表對政治及軍事不滿的文章，屢次入獄又遭釋放。1800 年，拉克洛被拿破崙拔擢，任命為砲兵部隊將軍。1803 年 9 月 5 日因瘧疾病逝於義大利南部的塔倫特（Taranto）。1815 年，波旁王朝復辟，拉克洛因係共和黨人，遭到掘墓。

對於寫出這麼一部曠世奇作的作者，我們所知不多。因為這本小說在描繪人性方面實在過於逼真，許多學者都忍不住懷疑拉克洛本人的真實生活是否也與小說同出一轍；但根據少數可靠文獻看來，結論都與此推論背

道而馳，就連波特萊爾也說拉克洛是個「有德行的男人，『好兒子，好父親，好配偶』」。關於小說與作者之間的謎團，恰如小說本身所透露出的歧異性與曖昧性，將永遠令讀者於掩卷之餘反覆思量、再三推敲，而仍不掩作品的光芒。

❧ 年表 ❧

1741 年 10 月 18 日
皮耶・安布華斯・弗杭蘇瓦・修德洛・德・拉克洛於 1741 年生於亞眠，其家族剛被封為貴族，其父為皮卡第（Picardie）及阿鄂圖（Artois）後勤部門祕書。

1760 年
從事軍旅生涯，並進入拉斐爾（La Fere）砲兵學校，即後來的法國綜合理工學院。

1761 年 3 月
獲得少尉資格。

1762 年 1 月
晉升為中尉，並被派至成立於拉侯樹（La Rochelle）的殖民軍團，以便遠征印度及加拿大。

1763 年
巴黎合約終止了七年戰爭，滿懷抱負出征的拉克洛，被安置在圖勒（Toul），迫於無法增加年資，只能在駐防的城市過著乏味的生活。

1766 至 1778 年
他隨著所屬的部隊從圖勒遷至史特拉斯堡（Strasbourg）、格勒諾伯（Grenoble）、貝桑松（Besançon）、法蘭斯（Valence）。1777 年，晉升為上尉。

1779 年
拉克洛在蒙塔倫貝爾侯爵的指示下，負責艾克斯島（ile d'Aix）上抵禦英軍的防禦工程。

1781 年 9 月 4 日
拉克洛請求休六個月的假，並完成了危險關係的編纂；他無疑在 1779 年就開始著手撰寫此書。他對文學的抱負取代了不得志的軍旅生涯，更早之前，他寫了幾首關於共和黨的詩，為木朗小丘（Butte-aux-Moulins）共和黨分部的代表。

1792 年 9 月
拉克洛擔任杭斯（Reims）盧克納將軍的行政委員。同年 10 月，奧爾良公爵取消給他的薪俸，於是他重回軍旅，被任命為庇里牛斯軍隊賽爾凡的參謀長。

1793 年 3 月
在迪木理耶（Dumouriez）的叛變後，拉克洛因為與奧爾良黨份子過從甚密而在拉弗爾斯（La Force）被逮捕，並被監禁在比克布斯（Picpus）。同年八、九及十月，有條件釋放。之後在拉斐爾、拉侯榭及穆東（Meudon）進行彈道試驗。同年 11 月 5 日第二次被捕。

1794 年 12 月 3 日
確定釋放。

1795 年
拉克洛在他文學生命後期留下了《戰爭與和平》這唯一的論文，並被提名為抵押管理部門的祕書長。

1799 年
拉克洛在卡賀諾（Carnot）的協助下重返軍隊，並恢復將軍的官階。

1800 年 1 月
拉克洛受到拿破崙拔擢，被提名為砲兵部隊將軍，並派至萊茵（Rhin）的軍隊。

1803 年 5 月
在義大利的穆拉特（Murat）軍隊服務，並於米蘭與亨利貝拉（Henry Beyle）少尉相遇。同年 10 月 5 日病逝於塔倫特（Tarente）。

1856 年
波特萊爾投入研讀危險關係。

波特萊爾
評
危險關係

編按

　　本文摘自愛德華・尚皮昂（Edouard Champion）在一九〇三年編輯的手稿，而此文稿是在一九八三年根據一九〇三年的抄本錄成。在此之前，波特萊爾就對拉克洛表達過崇敬和重視，特別是在一八五六至一八五七年間，我們得知有些重要的讀書筆記寫在詩集《當代巴納斯》（*Parnasse Contemporain*，一八六六年版）訂閱單的背面。

　　這份訂閱單共有四頁，第一頁是《當代巴納斯》的訂閱須知，第二頁為空白頁，第三頁是退回處，第四頁則是待填收件者處。由於訂閱單有許多空白處，波特萊爾便在上頭寫下了對《危險關係》的讀書筆記。這些隨筆書評不僅是波特萊爾個人風格化的批評，日後也成為《危險關係》最重要的研究文獻。

　　之後，這些筆記出現在普雷・馬拉西斯（Poulet-Malassis）出版的《危險關係》的序言中。普雷・馬拉西斯是十八世紀投身於出版業的出版者，他將《危險關係》歸為淫逸放蕩類別，他認為拉克洛不應視為古典派作者。這本書在一八二三年受到輕罪法庭的審判，一八二四年被查禁，並下令「摧毀這部危險書籍」。而堤利・布丹（Thierry Bodin）讓我們讀到本文中所有的注解，譯注則為協力編輯所加。

　　我們對波特萊爾書評所採用的版本已不可考，但無論哪個版本，版本裡的失誤應是波特萊爾或愛德華・尚皮昂在繕寫時發生的。

危險關係隨筆書評
Notes sur Les Liaisons Dangereuses

波特萊爾

I

生平

✿ 米修傳記 [1] ✿

——皮耶·安布華斯·弗杭蘇瓦·修德洛·德·拉克洛於 **1741** 年生於亞眠。

✿ 19 歲時擔任皇家軍隊砲兵隊少尉。

✿ 1778 年任上尉，並在艾克斯島建造一座堡壘。

✿《危險關係》受到《米修傳記》些許評價，1819 年的版本以「柏里」
（Beaulieu）署名。

✿ 1789 年任奧爾良公爵的祕書，與奧爾良公爵菲利普至英國旅遊。

✿ 1791 年，請願書引起了戰神廣場（Champ de Mars）前的集會。

---

1 譯注：米修傳記（*Biographie Michaud*）這本傳記是法國王朝復辟時期間出版的其中一本傳記，書中評述了《危
險關係》；是一本明顯受到君主主義及天主教影響的傳記。我們可以料想共和黨人奧爾良公爵參事及《危險
關係》作者無法得到相當的寬容。

- 1792 年重回軍隊擔任旅長。
- 被提名為法屬印度總督,但他從未前往。
- 奧爾良公爵菲利普垮臺後,被監禁在比克布斯(Picpus)。
- (退役計畫,炮彈試驗)。
- 再次被捕,在熱月九日被釋放。[2]
- 被提名為抵押管理部門的祕書長。
- 他又回到軍旅生活並擔任砲兵旅旅長。參與萊茵及義大利戰役,1803 年 10 月 5 日逝世於塔倫特。
- 有德行的男人,「好兒子,好父親,好配偶」。
- 稍縱即逝的詩。
- 1786 年致法蘭西學院的信,同時提出表揚沃邦[3]的金額(1,440 百萬[4])。

⬦ 克哈賀法國文學,1828 [5] ⬦

── 《危險關係》的第一個版本是 1782 年。
- 大革命法庭前陪審員維拉特所著的《熱月九至十日大革命的機密原因》。
- 巴黎,1795。
- 持續《機密原因》,1795。

---

2   熱月是法蘭西共和曆的第十一月,相當於國曆七月十九日/二十日,到八月十七日/十八日。

3   譯注:名防禦工程建築師,法國十七世紀著名的元帥。1786 年,法蘭西學院徵文表揚沃邦元帥,拉克洛卻寫信公開反對,並指出元帥在法國東北邊境修築的堡壘並不堅固。此事引起當時陸軍大臣的不快,拉克洛之後便被調到圖勒去。

4   這筆金額是拉克洛評估這位名建築師蓋防禦工程所需的費用。

5   十八世紀的法國文學參考目錄,魯安德及布爾克羅持續編纂至十九世紀中葉。

魯安德及布爾克羅

——他們認為應當把《巴哈加克子爵》放入作品 [6] 中。克哈賀把《巴哈加克子爵》的錯歸咎於路榭侯爵 [7]。

阿丹 [8]

——自由的第二年 [9] 10 月 31 日，拉克洛獲准出版符合雅各賓派 [10] 支持的憲法之友社書信集。

∾ 《憲法之友報》（*Journal des Amis de la Constitution*）。

∾ 1791 年，拉克洛離開這個報社，轉而投向費揚派。

II

書評

∾ 這書若有甚麼激情，也只是冰冷的激情。

∾ 歷史書。

6　譯注：指克哈賀文學參考目錄。

7　路榭侯爵也是個記者、評論家及劇場導演，他著有《巴哈加克子爵》（又名《本世紀傳記回憶錄》）。 這本書於 1784 年出版，內容是講述放蕩浪子的事蹟。

8　全名為尤真·阿丹（Eugene Hatin），他是法國著名歷史學家及記者，自 1859 至 1861 年間，在普雷、馬拉西斯出版社出版了一套八冊的法國出版業的政治及文學史。研究波特萊爾的作家 J. Crepet 相信，波特萊爾在《法國的出版歷史及評論專題期刊》（本書為阿丹所著，但直到 1866 年才出版）中，找到了他要放入本文的資料。

9　指法國革命後的第二年 1790 年。

10　譯注：法國大革命時期的其中一個左派黨。

◎ 出版者弁言及編者序（虛假及虛偽的情感）。

──我父親的信（詼諧話）[11]。

◎ 革命是淫逸放蕩的人造成的。

◎ 諾俠特[12]（他書籍的作用）。

◎ 法國大革命爆發時，法國貴族是放浪形骸的一群（出自馬斯特[13]）。

◎ 放蕩的書為法國大革命下了注解和說明。

──我們不該說；與我們時代迥異的道德觀，而是：道德在今時更顯重要。

◎ 道德真的提升了嗎？沒有，因為邪惡的力量減弱，無知愚蠢取代了思考。

◎ 今時我們推崇並把高尚的操行和傷風敗俗的事混為一談，有比壞勾當本身帶來的罪惡及榮耀更有道德嗎？[14]

◎ 我們曾對我承認的肉慾之愛多以苛責，而今日我們卻不再予以譴責。

◎ 但我們不那麼一味譴責。

◎ 我們不再保持沉默。

◎ 喬治桑。

◎ 廢話及悲嘆。

◎ 事實上，邪惡戰勝了，魔鬼是與生俱來的。熟悉的罪惡變得不那麼醜陋，而是把視而不見的罪惡療癒。喬治桑不及薩德侯爵[15]。

---

11 1863 年 6 月 5 日波特萊爾收到一封父親的信，信中說：「這些舊信紙真令人不可思議，再也沒有其他手法能這麼觸動我。」這些信件都已失失。

12 諾俠特是《弗雷西亞或我的惡作劇》的作者，普雷．馬拉西斯出版社在 1864 年祕密再版《愛神們》及 1865 年的《肉體的惡魔》。他在 1867 年為了《新短篇故事集》的再版以 B.-X 署名寫了簡介。我們認為波特萊爾為諾俠特出版的《布魯塞爾那些年》寫了注釋，這些注釋同樣跟《那些年》一樣可疑；這些仿作也引起普雷．馬拉西斯出版社的效尤。

13 此語出自 1880 由馬斯特所著的《法國研究》（*Considerationssur la France*）一書中。

14 波特萊爾在《戲劇及公義小說》（*Les Drames et les Romans Honnêtes*）中表達了這種輕蔑。

15 《我赤裸的心》（*Mon cœur mis à nu, 1887*），波特萊爾著，XVI 及 IVII（t. I, p. 686-687）。

- 我對此書的同情。
- 我名聲不佳。
- 我拜訪畢由。[16]
- 所有的書籍都是不道德的。[17]
- 道德的書總比我們所要求的要高，比我們想像的影響更深遠。

——凡爾蒙的一句話（待尋找）：

- 拜倫的時代來臨。
- 因為拜倫已經準備好，如米開朗基羅。
- 偉大的人物從來都不是一顆隕石。
- 夏多布里昂應該早一點對無權震驚的社會發出吶喊：
  「我一直無趣地堅守道德；我早該義無反顧地做個罪人。」[18]
- 恐怖邪惡的角色。
- 玩笑的邪惡。
- 我們如何在舊制下做愛。
- 確實更愉悅。
- 這不是**陶醉**，如同今日般，那是**狂熱**。
- 那都是謊言，但我們無法崇敬它的同類。我們曾無法分辨，但我們也較不會受騙。
- 為了讓喜劇成為悲劇，有時需要善用一些謊言。

---

16 畢由是 1857 年的內政部長，當時正對《惡之華》進行訴訟。
17 J. Crepet 自問這是否是畢由帶來的反應。他認為這個句子出自普雷馬拉西斯出版社在 1860 年 8 月底的聲明「所有的文學都出自於罪惡」這個説法，比較合理。
18 這句話出自夏多布里昂所著的《Les Natchez》詩集，在主角荷內寫給賽綠塔的信中。

——此處就如同在生命中，邪惡的勝利由（那個）女人獲得。

- （莎菲亞）在自己小房子裡的單純女子。[19]
- 愛情的計謀。
- 取樂的工具。[20]
- 凡爾蒙是個非常自負的人。他又是個慷慨的人，但每一次都不是出於女人和他的榮耀。

——結局

- 天花（嚴厲的懲罰）。
- 毀滅。
- 邪惡的角色。
- 令人憎恨的人性為地獄探路。

——戰爭的愛情與愛情的戰爭。榮耀。愛情的榮耀，凡爾蒙及梅黛夫人不斷地談論，梅黛夫人談得較少。

- 愛情鬥法。計謀，規則，方法。勝利的榮耀。
- 為了贏得一個毫無價值的獎勵的策略。
- 許多的情欲，鮮少的愛情，唯杜薇夫人例外。

——拉辛分析論

- 進展。

---

19 這裡是影射朱文諾式諷刺詩中對女性描繪最生動的那一段，分別在 327 行詩（單純的女性）及 320 行詩（莎菲亞）。諷刺詩人描繪善良女神祕密狂歡時的場景，我們在其中看到她如實女性的那一面，而某個莎菲亞抗拒（女孩），並把女孩從身上趕走。

20 取自《危險關係》。在第一百一十三封信中，梅黛侯爵夫人稱她的情人貝勒羅什騎士為「愛情的工具」。在第一百零六封信中，她表明了輕佻的女人不過是「供人淫樂的工具」。

∽ 轉變。

∽ 發展。

∽ 今日少見的才華，唯斯湯達，聖伯夫及巴爾札克[21]除外。

∽ 道地的法國小說。

∽ 社交性十足的書，帶著戲謔又不失禮節。

∽ 社交之書。

∽ 危險關係：[22]

　　流亡貴族及他們的事蹟導致的後果，並不會讓那些只想著法國大革命
的人感到驚訝，貴族道德淪喪是造成革命的主因。
　　聖皮爾先生在他對大自然的研究中觀察到，如果我們把法國貴族的形
貌與他們的祖先比較，根據他們在畫作及雕像所呈現的，我們能確信
這些人如何的墮落。

——《法國研究》（1797 年），倫敦出版的版本，第 197 頁

III

情節及角色

21　波特萊爾對司湯達爾的崇敬由來已久：請見《愛的安慰箴言之選》（1846; t. I, p. 550）及《1846 年的沙龍》（P. 419, 420, 457）。對聖伯夫的讚賞，是享樂（見 t. I, p. 207）。我們有些訝異在拉辛分析下巴爾札克被引用其中。

22　書名是波特萊爾寫下的，但引用的內文是出自普雷‧馬拉西斯之筆。

◈ 情節 ◈

- ◈ 凡爾蒙及梅黛夫人如何結怨。
- ◈ 為何她會到來。
- ◈ 梅黛夫人殺了杜薇夫人。
- ◈ 她對凡爾蒙已無所求。
- ◈ 凡爾蒙上當了。他對杜薇夫人的過世表達惋惜，並把她犧牲了。而他只不過讓她為她的上帝、他的自負及他的榮耀而犧牲；梅黛夫人在得知她的犧牲後，也直言不諱地告訴他。
- ◈ 這兩個卑鄙小人的仇恨造就了這個結局。
- ◈ 對梅黛夫人下場的評論。

◈ 角色 ◈

- ◈ 從羅絲蒙德夫人身上找到了舊時代女人的形象，由梅黛夫人[23]敘述的善良溫柔呈現出來。
- ◈ 賽西兒，一個無可救藥的天真女孩，無知又性感。
- ◈ （如果不是出於一個長輩的嫉妒的話，賽西兒也許應如杜薇夫人一樣）第三十八封信。
- ◈ **年輕女子**。無知、愚蠢又性感。幾近於原始的廢物[24]。

---

23 請見《危險關係》第一百一十三封信。
24 《我赤裸的心》。

- **梅黛夫人**。女偽善者，道德的偽善者，十八世紀的偽善者。
- 她永遠比凡爾蒙占上風，而她也證明了這一點。
- 她自己描繪的形象。第八十一封信。她還是通情達理又有頭腦的女人。
- **凡爾蒙**，或是花花公子想尋找的權力及虛假的崇拜，唐璜。
- **院長夫人**（唯一屬於資產階級的角色。重要的觀察）。單純，崇高，令人同情的角色。絕妙的角色。一個自然淳樸的女人 [25]，一個令人感動的女人。梅黛夫人，一個邪惡的女人。
- **唐瑟尼**，一開始對於蠢話感到厭煩，轉而感興趣。他是個重榮譽的人，詩人，同時又是浮誇的人。
- **羅絲蒙德夫人**，溫和可親的老人，戴著垂著花邊飾品 [26] 的帽子及鼻煙盒的迷人形象。這是梅黛夫人對年長婦人的描繪。

VI

角色語錄

您給了我甚麼提議？去勾引一個沒見過世面、懵懂無知的年輕姑娘……就算是其他男人也一樣能手到擒來。我心目中嚮往的計畫可不是這樣，一旦成功，肯定會為我帶來榮耀和快樂。準備為我加冕的愛神將猶豫不決，

25　波特萊爾對自然淳樸的女子深惡痛絕。如果他讚賞院長夫人，「自然淳樸的女子」的「自然淳樸」要用「誠懇」去理解。他以此與梅黛夫人這個「女偽善者」對比，而凡爾蒙，則是用「假正經的女信徒」。波特萊爾其實是個道德標準的典範。

26　婦女裝飾帽子的花邊垂飾。

不知該用香桃木還是月桂來編織冠冕⋯⋯

——第四封信，凡爾蒙子爵致梅黛侯爵夫人

我非得占有這個女人，好擺脫陷入情網的荒謬糗態⋯⋯這一刻我對那些輕浮的女子特別懷有感激之情，正因這份情感，教我又自然而然再度 [27] 拜倒在您的石榴裙下。

——第四封信，凡爾蒙子爵致梅黛侯爵夫人

不斷征服是我們的宿命，順從它才是明智之舉。

——第四封信，凡爾蒙子爵致梅黛侯爵夫人

᠃ 注：因為這也是梅黛夫人的宿命，榮耀的敵人。

這四天來我完全沉浸在一股濃烈的 [28] 激情之中。

——第四封信，凡爾蒙子爵致梅黛侯爵夫人

᠃ 這個段落比照聖伯夫在浪漫主義學派中對熱情的見解所做的注解。[29]

他從青春正盛的年紀開始，每走一步路，每說一句話，都是出自於某種計

---

27 1782 年的版本中，至少阿姆斯特丹 - 巴黎和日內瓦的版本（僅在最下方表示：1782）寫著：「引領」我自然而然地拜倒在您的石榴裙下。

28 波特萊爾特別強調。

29 拉斐爾‧莫羅幫助我們了解這個章節（見其文章〈秋天及春天：聖伯夫評論繆塞〉，1962 年 10 月出版的人文科學雜誌中 pp. 639-640）。在 1857 年 5 月 11 日箴言報中刊登的文章中（這是波特萊爾寫這段書評的日期）以及星期一談文第七卷的選集中（p. 372），聖伯夫寫道：「繆塞不只是個詩人，他渴望感受。他是把祕密的文字及第一個願望刻在心底的世代，他自己本身就是詩，完全是詩。同時期的其中一位詩人說過，『在我美好的年少歲月中，我從未如此渴求並喚起我的決心，一心追求激烈的熱情。』那個熱情，就是寫出熱烈的詩篇。」聖伯夫所引述的詩人其實就是波特萊爾。

畫，而且（他的計畫沒有一個不是傷風敗俗或充滿罪惡的）[30]。因此，如果凡爾蒙在狂熱的激情驅使下，或者像其他許多人那樣，因為年少輕狂抵擋不了誘惑而犯了錯，我在指責他行為的同時，也會感到惋惜，並默默地期望他能浪子回頭，重新得到正派人士的尊重。然而凡爾蒙並不是這樣的人……等等。

　　　　　　　　　　　——第九封信，沃朗苢夫人致杜薇院長夫人

那種完全自我解放，那種過度歡愉昇華而成的銷魂蕩魄，還有愛情的種種妙處，她們都一無所知……您的院長夫人把您當作她的丈夫那樣對待，並以為這樣就算為您付出了一切，然而在你們倆情意纏綿地行夫妻之實的當兒，卻也始終難以合為一體[31]。

　　　　　　　　　　　——第五封信，梅黛侯爵夫人致凡爾蒙子爵

ᴥ 十九世紀神祕的淫欲及愚蠢之愛的根源。

我要把她從那個不懂憐香惜玉[32]的丈夫身邊搶過來[喬治桑[33]]，我甚至敢將她從她最崇拜的上帝[34]手中擄走[邪惡的凡爾蒙，上帝的敵人]。我一會兒是她悔恨的對象，一會兒又是戰勝這份悔恨的贏家，那該是多麼有趣啊！我根本不想去消除困擾著她的種種成見！它們只會增添我的快樂和

---

30 括號是愛德華・尚品昂為了讓引述更清楚明白所添加的文字，這是可行的。波特萊爾會用連續五個或六個點來中斷引述。

31 1782：我們依然難以合為一體，這是波特萊爾要強調的。

32 波特萊爾加以強調，他隨後又加入喬治桑的名字（喬治桑本人有類似的遭遇）。

33 在一個沒有愛情而結合的門當戶對婚姻中，女人被丈夫糟蹋是喬治桑作品一直出現的主題，她談論自身的經驗。

34 波特萊爾用了三次的 D 加以強調。

榮耀。讓她崇尚貞潔吧，但她將為了我而犧牲這個美德……到那時，我才
允許她對我說：「我愛慕你。」

　　　　　　　　　　——第六信，凡爾蒙子爵致梅黛侯爵夫人

做好這些準備以後，維多利亞忙著處理其他瑣事時，我就看起書來，讀了
一章《索法》、一封《哀綠綺思》的信和拉封丹的兩篇寓言，好溫習一下
我要採取的不同語氣和口吻。

　　　　　　　　　　——第十封信，梅黛侯爵夫人致凡爾蒙子爵

我承認，每當我想到這個人（貝勒羅什）[35] 不花任何心思，也不費一點力
氣，只是傻呼呼地聽憑自己心裡的本能，就獲得了我無法到手的幸福，我
就十分氣憤。哼，我要破壞他的幸福！

　　　　　　　　　　——第十五封信，凡爾蒙子爵致梅黛侯爵夫人

我承認自己意志不夠堅強；我的雙眼都被淚水浸濕了……我為行善所能得
到的快樂所震懾……

　　　　　　　　　　——第二十一封信，凡爾蒙子爵致梅黛侯爵夫人

 花花公子成了偽君子，為利益而救濟。

 這段自白也證實了凡爾蒙的偽善，他對道德的仇視，同時，他僅存的側
　隱之心也不及梅黛夫人，他身上所有的人性面 [36] 皆蕩然無存。

我忘了告訴您，為了不浪費一切可以利用的機會，我請那些善良的人向上

35　波特萊爾加以強調。
36　是「好的……刪去」人性的。

帝[37] 祈求我的計畫成功。

　　　　　　　　──第二十一封信，凡爾蒙子爵致梅黛侯爵夫人

❧ 厚顏無恥及極度的蔑視宗教。

她真是迷人可愛……她既沒有個性，也沒有甚麼原則。您可以想像一下跟她交往該是多麼愉快和自在……說實在的，我幾乎有些嫉妒往後有權享有這份快樂的男子。

　　　　　　　　──第三十八封信，梅黛侯爵夫人致凡爾蒙子爵

❧ 賽西兒的最佳寫照。

他還是那麼傻，竟連一個吻都沒有得到。這個小野子所寫的詩句卻是那麼美妙動人！天哪！這些富於才氣的人真是愚蠢！

　　　　　　　　──第三十八封信，梅黛侯爵夫人致凡爾蒙子爵

❧ 開始描繪唐瑟尼，他本身也吸引梅黛夫人。

我懊惱自己沒有扒手的本領……可是，我們的父母壓根兒沒有想到這些。

　　　　　　　　──第四十封信的後續部分，凡爾蒙子爵致梅黛侯爵夫人

❧ 她要我成為她的朋友。（那個可憐的受害者已經出現了）……

37　波特萊爾用了三次的 D 加以強調。

對於一個心高氣傲、好像承認愛我就要感到愧疚的女人，我能不這樣報復嗎？

　　　　　　　　——第七十封信，凡爾蒙子爵致梅黛侯爵夫人

❧ 關於子爵夫人。

我總是採取最艱難或最有趣的方法；我不會因為做了一件好事而內疚，只要它能讓我藉機鍛鍊自己，或者從中得到樂趣。

　　　　　　　　——第七十一封信，凡爾蒙子爵致梅黛侯爵夫人

❧ 梅黛夫人的自我寫照。

您的擔憂教我感到可悲！這種憂慮充分說明我比您高明得多！……您這個傲慢又懦弱的人，倒是很有資格來衡量我的方法，評量我的本事！

❧ 一心自詡為男子的女人，是墮落沉淪的徵兆。

她們真是輕率冒失，竟不明白眼前的情人，便是未來的仇敵……我提到自己的原則……是我一手創造；可以說我個人就是我自己的精心傑作。
在我感到憂傷的時候……我練習技巧的熱情甚至發展到刻意為自己製造痛苦的地步，以便能在此時摸索快樂的神情。我還付出同樣的心神[38]，花更大的功夫來抑制由於意外喜悅所流露的情緒，令其不著痕跡。
我還不到十五歲，就已經具備了絕大部分政治家賴以出名的才幹，但單就我想獲取的知識才能而言，我只是剛剛入門。

---

38 波特萊爾加以強調。

只有我的頭腦躍躍欲試；我並不想享受歡愉，只想有所了解[39]。

　　　　　　　　　　　——第八十一封信，梅黛侯爵夫人致凡爾蒙子爵

∽ 又是另一個梅黛夫人對小沃朗莒的描述：

我們一心想把這個小姑娘培養成一個善於玩弄手腕的人，但造就的也許只
是一個輕浮溫順的女人……這種女人完全只是供人淫樂的工具。

　　　　　　　　　　　——第一百零六封信，梅黛侯爵夫人致凡爾蒙子爵

這個孩子著實迷人！她的天真幼稚與她放肆無禮的語言形成了對比，製造
獨特的效果。不知道為甚麼，如今只有稀奇古怪的事兒才能使我愉快。

　　　　　　　　　　　——第一百一十封信，凡爾蒙子爵致梅黛侯爵夫人

∽ 凡爾蒙開始褒揚歌頌他未來的勝利。

告訴您吧！我會這樣跟她說，把她自己的婦道置之腦後……我還要更進一
步，把她甩掉……請看看我的戰果吧！在本世紀中，再找出一個例子來吧！

　　　　　　　　　　　——第一百一十五封信，凡爾蒙子爵致梅黛侯爵夫人

∽ 重要引言。
∽ 最後一個編者注及說明。
∽ 寫給[40]
　　尚弗勒里。[41]

39　波特萊爾加以強調，用了一次的「我想要」，三次的「了解」。
40　愛德華‧尚昂猜測波特萊爾是要寫給十八世紀的評鑑家尚弗勒里（Champfleury）。
41　愛德華‧尚昂猜測波特萊爾是要寫給十八世紀的評鑑家尚弗勒里，因為波特萊爾想跟他確認《危險關係》
　　最後一個編者注，注中提到書的作者曾透露「在某天」會把書寫完（但始終沒有出現）。再不然，波特萊爾
　　是要寫信向他詢問小說的「解碼關鍵」，因為編注的內容引起他對故事真實性的關注。
　　尚弗勒里為藝術評論家暨小說家，是寫實主義的推動者。

名家推薦

米蘭昆德拉
談
《危險關係》

　　十八世紀的藝術，讓享樂從道德禁忌的迷霧之中走了出來；十八世紀催生了我們稱之為放蕩的態度，這態度來自福拉哥納爾（Fragonard）、華鐸（Watteau）的畫作，來自薩德（Sade）、小克雷畢雍（Crébillon fils）、莒克羅（Duclos）的文字。我的年輕朋友樊生之所以喜愛這個世紀，為的就是這個，如果可能的話，他會把薩德侯爵的側面頭像做成徽章別在衣領。我也和他一樣仰慕這個世紀，但是我要補充一點（儘管沒有人理我），這種藝術的真正偉大之處並不在於它如何宣揚享樂主義，而在於它對享樂主義的分析。這就是為什麼我堅持認為拉克羅（Choderlos de Laclos，編按：本書譯為「拉克洛」）的《危險關係》（*Les Liaisons dangereuses*）是有史以來最偉大的小說之一。

　　他筆下的人物什麼事都不關心，成天只想著如何尋歡作樂。然而，讀者慢慢就會明白，尋歡比起作樂更讓他們動心。引導這整齣戲的，不是享樂的欲望，而是勝利的欲望。故事最初看起來像一場歡樂而淫蕩的遊戲，後來卻無聲無息無可避免地轉化成一場非生即死的鬥爭。可是鬥爭，這檔事跟享樂主義有何共通之處？伊比鳩魯寫道：『智者不涉入任何與鬥爭有關的事。』

　　《危險關係》的書信體不是單純的技術性的手法，我們無法以其他手法取代它。這種形式本身就很有說服力，它告訴我們這些人物所經歷的一

切，這一切都是他們經歷之後才說出來的，他們把故事稍做變化，告訴別人，向人告白，他們把故事寫出來。在一個什麼事都可以告訴人的世界裡，最容易取得、殺傷力又最強的武器就是洩密。小說的主角沃勒孟（Valmont，**編按：本書譯為「凡爾蒙」**）寫了一封絕交信給他勾引過的一個女人，這封信毀了這女人；然而，這信卻是他的女友梅赫特爾侯爵夫人（Marquise de Merteuil，**編按：本書譯為「梅黛侯爵夫人」**）逐字唸給他寫下來的。後來，同樣這位梅赫特爾侯爵夫人為了報復，把沃勒孟的一封私密信函拿給他的情敵看；他的情敵要求和他決鬥，沃勒孟死於決鬥中。死後，他和梅赫特爾侯爵夫人往來的私人書信洩漏了出去，侯爵夫人因此被人圍剿、唾棄，在眾人的輕蔑中結束了她的一生。

　　這部小說裡，沒有只屬於兩個人的祕密；所有人彷彿都在一只音效清晰的大海螺裡，每一句悄悄話都在裡頭迴響，放大，變成永無止境的無數回音。小時候，有人告訴我，只要把一只貝殼放在耳邊，就會聽到大海來自遠古的絲絲細語。在拉克羅的世界裡，每一句說出口的話都永遠清晰可聞，就是這個道理。這就是十八世紀麼？這就是享樂的天堂麼？或者，人類在不知情的狀況下，始終生活在這種共鳴的海螺裡？然而無論如何，共鳴的海螺不會是伊比鳩魯的世界，他給門徒的律令是：『隱蔽度日！』

——摘自米蘭・昆德拉《緩慢》第三章

（本文經米蘭・昆德拉同意授權，皇冠文化集團提供，尉遲秀翻譯）

《危險關係》
當兀鷹遇上狐狸

阮若缺

　　法國十七世紀貴族沙龍文化盛行，是男性交際應酬發表意見的場所，女性則扮演招待、傾聽、附和的配角，但這並不表示女性沒有想法，而書信便成了她們抒發己見的極佳工具，如賽維涅夫人（Madame de Sévigné）便藉由書信教導女兒宮廷中的爾虞我詐及做人處事的道理。浪漫主義者也好書信體，因為它具私密性，僅止於寄件者與收件人之間，可在字裡行間盡情地以第一人稱表達看法，又可以第二人稱向對方示意，且能用第三人稱評判他人的是非，卻只限於你知我知，真符合浪漫主義派重情感輕理性的精神。著名的書信體小說，也包括了吉勒哈格（Guilleragues）的《葡萄牙信簡》（*Lettres portugaises,* 1669）、孟德斯鳩（Montesquieu）的《波斯信簡》（*Lettres persannes,* 1721）、李察森（Richardson）的《克萊麗絲・哈洛維》（*Clarisse Harlowe,* 1748），還有盧梭（Rousseau）的《新哀綠綺思》（*La Nouvelle Héloïse,* 1761）及歌德（Goethe）的《少年維特的煩惱》（*Die Leiden des jungen Werther,* 1774）。

　　十八世紀啟蒙時代（Siècle des Lumières）介於十七世紀的古典主義與十八世紀末的浪漫主義，它的書信體文學，則屬「眾聲喧嘩」（polyphonique）型：其小說架構複雜，人物對話交疊。對頭腦清晰的人而言，是極佳的腦力練習，會覺得興致盎然，又可滿足偷窺的欲望，如同在一旁看好戲的觀眾，時而讚歎作品內人物巧妙的言辭，時而情緒隨著其中

角色起伏，彷彿自身化為信中主人翁。它結合了哲理的闡述與浪漫的想像，充分反映了十八世紀兩股力量的拉扯：理性主義的堅持和放蕩主義的反撲。

　　拉克洛（Choderlos de Laclos）的《危險關係》（*Les Liaisons Dangereuses*）包含道德的勸說，但當中愛情的算計與鬥法才是最精采的部分。此書一問世，警方立刻禁止其陳列販售，認為它淫蕩不倫，警世作用不強。同一時代的薩德（Sade）除了如拉克洛一般，將性與殘酷聯結，他更直指放蕩者如何物化、玩弄或羞辱女性，在他的小說中，有性無愛。然而仰慕拉克洛的司湯達爾（Stendhal）卻認為應分辨熱情（l' amour-passion）與品愛（l' amour-goût），並發展出一套昇華（la cristallisation）理論，寫成《論愛情》（*De l' amour*, 1822）。無論讀者以何種角度閱讀或站在甚麼立場，一部引起討論爭議的作品，必有其引人矚目之處，正因他充滿理性與感性的崢嶸，才更合乎真正的人性。

⸙ 小說人物 ⸙

　　小說內容藉著其中人物的魚雁往返，流露了他們的意圖和祕密，也將他們串在一起，呈現了當代上流社會的恩怨情仇。其實，小說裡的主要人物有五人：凡爾蒙子爵（Vicomte de Valmont）、梅黛侯爵夫人（Marquise de Merteuil）、杜薇院長夫人（Présidente de Tourvel），賽西兒・沃朗苔（Cécile Volanges）以及唐瑟尼騎士（Chevalier Danceny），但真正的主角則是前二者；此外，沃朗苔夫人（Madame de Volanges）與羅絲蒙德夫人（Madame de Rosemonde）只是替作者道德教訓作注腳的配角。

凡爾蒙子爵

　　凡爾蒙子爵周旋在三個女人之間：梅黛侯爵夫人是他的老密友，也是共謀者；他勾引初出修道院的賽西兒，便是經梅黛夫人的慫恿，而杜薇夫人一副「聖女貞德」的樣子，更是凡爾蒙這花花公子喜歡挑戰的對象。這

隻愛情兀鷹，敏銳地掌握每個女人的情緒，而自己的感受卻深藏不露。起初，他和梅黛夫人似乎棋逢敵手，各出奇招，漸漸地，我們發現梅黛夫人薑是老的辣，略勝一籌。至於杜薇夫人，她被情場高手所迷惑，誤以為愛情的力量足以逆轉凡爾蒙桀驁不馴的放蕩形骸，其中小說裡的第四十八封信，在妓女艾蜜莉背上寫信給杜薇夫人的情書最為諷刺：竟有人可以臥倒在一個女人懷裡，仍有辦法文情並茂地寫信給另一位女子！在史蒂芬·弗萊爾斯（Stephen Frears）執導的《危險關係》中，凡爾蒙寫完信時，和艾蜜莉兩人狂笑不止，這不禁令觀眾毛骨悚然，似乎聽到撒旦嘲弄杜薇夫人的癡情錯愛。當梅黛夫人要凡爾蒙寫絕交信給杜薇夫人時，他並未被愛沖昏頭，依然厚顏無恥，故作灑脫放肆，就如馬勒侯（André Malraux）所說：「就是它完成了本書最大的行動——寄給杜薇夫人的羞辱信。」

梅黛夫人

梅黛侯爵夫人為本書的靈魂人物，她操攬全局，將所有人玩弄於股掌之間：梅黛夫人的舊情人傑庫（Gercourt）想迎娶初出修道院的賽西兒為妻；前者報復之心甚強，可不樂見傑庫稱心如意，便唆使老相好凡爾蒙子爵去引誘年少無知的賽西兒，讓傑庫戴綠帽。對情場老手而言，征服一個懵懂的少女勝之不武，但鮮嫩欲滴的美人當前，豈能輕易錯過？因此，凡爾蒙也就順水推舟地入了梅黛夫人設的局。不過，凡爾蒙同時也看上了另一個獵物：杜薇夫人，她容貌出眾且品德高尚，若能一親芳澤，擄獲芳心，才具挑戰性。這一隻腳同時踏多條船的豔遇，倒挺對凡爾蒙的脾胃，而梅黛夫人也樂得一旁看好戲。

然而，當梅黛夫人發現過往情人凡爾蒙子爵違背了彼此遊戲人間的默契，對杜薇夫人動了真情，嫉妒之心油然而起，失望之餘，也心生恨意，於是，擬了一份凡爾蒙致杜薇夫人的絕交信，要凡爾蒙照抄一遍再寄出，藉以「懲罰」他；不服輸的凡爾蒙豈肯示弱，於是照辦，以顯示自己的玩世不恭。但這致命的第一百四十一封信令情勢急轉直下，因而揭開了悲劇

的序幕：杜薇夫人原以為凡爾蒙對她是認真的，本來篤信上帝、視貞潔如命的她，晴天霹靂，因羞憤而發瘋。

梅黛夫人借刀殺人的手段不僅止於此，她除了親自「調教」涉世未深的唐瑟尼以滿足個人淫欲，後來，還把凡爾蒙子爵勾引賽西兒的信拿給唐瑟尼騎士看，血氣方剛的唐瑟尼終於恍然大悟，明白凡爾蒙的卑劣行徑，最後只有決鬥一途……這也造成了子爵斷魂的下場。不過，是否是他故意放輸，則不得而知。

梅黛夫人似乎玩得過火，當初她並無意致瓦爾蒙於死地，也沒料到杜薇夫人會發瘋、賽西兒遁入空門，自己則罹患天花，幾近毀容，落得走避他鄉，孤寂而終。其實離開花花世界與世隔絕，即如同宣判她死刑，對她來說，遊戲結束，比一刀斃命更令她痛苦難耐。這種報應便是拉克洛要給予世人的道德教訓。

再者，梅黛夫人從少女時期就明白，知識即為她唯一獲得自由的妙方：唯獨如此，才能擺脫男人強加給女人的既定想法，動搖他們的掌控地位，而她解放的契機便是寡居：唯有在這種情境下，當代女性才可能不受男性操縱。她把握這自主的機會，無師自通，訓練出狐狸般虛情假意、精明冷酷的個性。在第八十一封信中，梅黛夫人就罕見驕傲地向凡爾蒙透露了她成長的心路歷程，內容既懇切又冷血：

「我在小說裡研究我們的風俗習慣，在哲學家的著作中研究我們的思想觀點；我甚至從最嚴肅的倫理學家作品中探詢他們對我們的要求，我就此明白甚麼是可以做的，心裡該怎麼想，外表上又該顯出怎麼一副樣子。」

其實，整部小說中，真正左右全局的除了上帝，就是梅黛夫人。

讀者在閱讀時確實會被小說主角之間微妙的多角關係所吸引，有如玩魔術方塊般刺激，但那種工於心計、戲弄感情到玩火自焚的地步，造成不

同層次人格上的扭曲，則令人始料未及。本書於一七八二年問世，結果立即引起各方的注意，雖然結局是以道德為訴求，所有主角都「罪有應得」，遭受悲慘的下場，不過當時已有人間接嗅到法國大革命之前社會動盪不安的喧囂氣息，認為貴族階級之間的淫亂關係，也是造成三餐不繼的一般百姓憤恨不平的重大原因之一。若說《危險關係》為導火線，那是言過其實，但如果認為它是革命的風向球，則並不為過。

（本文作者為政大歐文學程教授兼副院長）

戀愛病時代的書信體小說

辜振豐

　　《危險關係》是十八世紀的法國名著，多年來幾度改編成電影。在書中，作者拉克洛敘述法國舊政權崩解前上流社交圈的欲望、權力、報復和性誘惑。例如，浪蕩子和惡女如何透過詭計、地位、美貌操控敵手。這就是在第三十二封信中，沃朗莒夫人道出社交圈的「危險關係」，更指出了凡爾蒙過去豐富的情史。

　　這部書信體小說於一七八二年三月在巴黎出版，首刷兩千本，但幾個禮拜之後，便緊急再刷。當時，文學作品流行以書信體書寫，在歐陸中，除了《危險關係》之外，歌德《少年維特的煩惱》、盧梭《新哀綠綺思》都是大家耳熟能詳的名作。值得一提的是，盧梭這部名作自一七六一年上市以來，到了一八○○年共賣了七十二刷。

　　至於對岸的英國，從一七四一年到一八○○年之間，英國共出版一千九百三十六部小說，其中有三百六十一部是書信體小說。尤其是李察森的《克萊麗莎》、《帕梅拉》都是當時火紅的暢銷書，其背後因素，無非是作者現身談到市民的美德標準和處事技巧，深獲讀者的認同。此外，民眾的識字率上升，郵政馬車日漸發達，「書信」乃成為資訊交流最重要的工具。

　　除了文學作品外，現實生活中，名人書信集也相繼出版，例如莫札特、伏爾泰。以伏爾泰而言，他生前曾經跟腓特烈二世、俄國凱瑟琳女王、百科全書派成員經常通信，死後竟然留下四千五百封信件。至於繪畫作品更具體呈現少女書寫、閱讀信件的場景，例如，近年來馳名國際的荷蘭畫家

維美爾（Vermeer）即是此中高手。

　　一談起法國，則不得不提到流行時尚。此書對於服飾著墨不多，但觀賞電影後，人物的穿著打扮則歷歷在目。在片中可以看到女性角色每每穿起束腹內衣和裙撐，讓女體呈現 S 形的身材。回顧過去，十七世紀中期，路易十四任命柯爾貝擔任財政部長之後，便開始發展時尚產業。柯爾貝指出，要是法國發展時尚，其獲益可以比美西班牙在中南美洲所挖到的金礦銀礦。此後，乃聘請義大利師傅到里昂教導紡織技術。

　　過去，所有裁縫師傅必須加入服飾行會，而且只準男性參加，但到了一七七六年，女性也可以入會。服飾行會旗下的裁縫師，除了接受顧客訂製服飾，也會設計配件。這一群師傅雖然是小商人，但顧客大都是王公貴族，所以本身享有許多特權。例如瑪麗皇后的御用女裁縫師羅絲・伯頓（Rose Bertin）還被稱為宮廷的「時尚部長」。她是位精明的女商人，不但在聖・奧諾赫大街開設服飾店，同時也打出設計師品牌。她為瑪麗皇后設計服飾，遵循鑲褶邊的洛可可傳統，而且引入當時流行的英國時尚。她不受制於過去的設計理念，敢於創新，因此許多巴黎的上流社會的女士紛紛湧向她的店裡，並下起訂單。

　　十八世紀的新古典主義受到希臘羅馬文化的影響，主張回歸大自然，而盧梭也大加附和。當時瑪麗也認同這種思潮，因此在凡爾賽宮的一個角落建立一座鄉間農舍，有時候自己就暫時遠離宮廷的奢華生活，頭頂輕便的女用帽子，穿著棉質的白套裝，扮演牧羊女的角色。諷刺的是，她遭到指控的罪名是浪費公款，但她這種簡樸的服飾在大革命期間還十分流行。

　　從文化史的角度看，彭芭杜夫人、瑪麗皇后、歐仁妮皇后——這三位名女人為巴黎時尚奠定基礎。路易十五的愛人彭芭杜夫人在十八世紀塑造洛可可的華麗時尚，並成立沙龍，贊助文人和藝術家，博得美名。而十九世紀中期的歐仁妮皇后也跟設計師沃斯相配合，主導法蘭西第二帝國的時尚品味，一八七〇年，帝國因普法戰爭而瓦解，她跟拿破崙三世一起流亡英國，全身而退。但瑪麗皇后卻被推上斷頭臺，看來她真是生不逢時！

　　介紹法國時尚之後，則要論述書中內容。首先，梅黛侯爵夫人寫信要凡爾蒙子爵勾引賽西兒，因為她的舊情人傑庫伯爵拋棄她，要迎娶花樣年華的賽西兒；梅黛夫人逮到這個機會，當然要伺機報復一番。但凡爾蒙認為這是小事一樁，不足以有成就感，寧願追求謹守婦道的杜薇夫人，因為高難度的戀情，需要有謀略、密探、情報，並且掌握關鍵時刻，以大獲全勝，同時達到占有對方的目標。顯然，對於凡爾蒙來說，這才足以萌生像征服者到處攻城掠地的偉大成就感。

　　閱讀古代史詩或戰史，往往看到英雄運用戰術、戰略以征服對方，但在《危險關係》中，戰場變成情場。西方人將婚姻視為契約，夫妻之間務必遵守一對一的嚴格關係，但在小說每每呈現主角因欲望、權力的運作而破解契約。這可從凡爾蒙跟杜薇夫人之間的攻防得到明證。

　　一旦凡爾蒙開始吹起征戰的號角，總是渾渾而有機心。他當然了解因自己的情史而惡名遠播，但對於如何擄獲杜薇夫人仍然信心滿滿。當他們倆有機會在姑母的城堡會面，一開始不免跟她禮尚往來，接著偽裝成「善人」，救濟窮人，以博取杜薇夫人的好感。他頗能夠掌握時機，等到對方放鬆防衛心，便一舉跟她展開肉體接觸。在第四十四封信中，凡爾蒙更確定了，他經由密探竊取杜薇夫人的信件，赫然發現她把他的信重抄一遍。

　　杜薇夫人本身嚴守宗教、家庭規範，這一來難免萌生罪惡感。固然每次在接到凡爾蒙的信件之後，乃回信嚴格訓斥他，並強調她的貞潔和家庭。但有趣的是，人往往搞不清楚自己，即使口頭上教訓、譴責對方，但欲望早已潛伏在無意識之中而無法察覺，因此她每次回信，便足以為凡爾蒙製造攻城的機會。

　　凡爾蒙的生命力建立在征服情人，本來對於賽西兒根本沒興趣，但他透過密探的情報發現，原來賽西兒的母親沃朗莒夫人就是不斷寫信暗中揭發他過去的「黑手」，因此決定追求賽西兒，以展開報復。當母親從女兒的信件，發現她跟唐瑟尼騎士的戀情，立刻加以阻止，因為女兒準備跟傑庫伯爵結婚，她還帶著女兒從巴黎來到凡爾蒙姑母羅絲蒙德夫人的城堡，

以避開這位騎士。凡爾蒙利用跟唐瑟尼的友情，藉機親近賽西兒，表面上要幫忙他們，背地裡卻另有陰謀，目的無非就是占有賽西兒。

凡爾蒙占有了賽西兒，同時繼續跟杜薇夫人玩起愛情遊戲，她經不起他軟硬兼施的攻勢，開始萌生愛意，但後來發現他時時追逐新情人，尤其是在劇院門口目擊他跟一位女子約會。這使她痛苦萬分，以致精神錯亂。但最後走向死亡之路，背後關鍵竟然是梅黛侯爵夫人這位可怕的藏鏡人。

在凡爾蒙征服了杜薇夫人之後，向梅黛侯爵夫人宣告捷報，信中愛意綿綿，顯然是戀愛中人的樣態，這讓她十分憤怒，因此向唐瑟尼告知凡爾蒙和賽西兒的祕密情事。如此一來，唐瑟尼認為友情遭到背叛，氣急敗壞，乃邀他舉行決鬥，最後凡爾蒙死於其劍下。當杜薇夫人得知凡爾蒙的死訊，百感交集，也跟著香消玉殞。

梅黛侯爵夫人是愛與權力的體現者，她不但操控唐瑟尼和凡爾蒙，同時讓沃朗苔夫人誤以為是好友。在閱讀過程中，天真、情欲、謀略處處可見，人心的黑暗面更不斷浮現，然而，作者在結尾還是呈現了道德教訓，除了凡爾蒙和杜薇夫人走向死亡之外，梅黛侯爵夫人罹患了天花，並且逃離法國，避居荷蘭。

法國思想家德勒茲在《普魯斯特與記號》中，強調解讀愛情記號，是成長過程中必須面對的。在《危險關係》中，清純的賽西兒跟唐瑟尼騎士面對陌生的情場，本來以為只要以純愛之心，便可有圓滿的結局，殊不知背後卻有凡爾蒙跟梅黛侯爵夫人的操控。要學會解讀這種種複雜的記號，代價不可謂不小。最後賽西兒進入修道院，而唐瑟尼則正式宣誓入馬耳他騎士團，以治療各自的愛情創傷。

顯然，《危險關係》中，拉克洛經由筆下人物之間的糾葛，具體展現愛與死的主題，凡爾蒙子爵和杜薇夫人走向死亡之路，但梅黛侯爵夫人落荒而逃、唐瑟尼落腳於馬耳他、塞西兒當起修女，也都形同「死亡」。

（本文作者為知名作家）

《危險關係》

周星星

　　《危險關係》這標題，在二十世紀末、二十一世紀初，最容易讓台灣讀者想到史蒂芬・弗萊爾斯（Stephen Frears）所執導的電影《危險關係》（*Dangerous Liaisons*, 1988）。透過電影來讓現代觀眾認識古典文學，未嘗不是一個有效、有力、影響深遠的方法。原著小說是十八世紀末、法國大革命前夕的作品，作者竟然還是一位中階軍官，全名為皮耶・安布華斯・弗杭蘇瓦・修德洛・德・拉克洛（Pierre Ambroise François Choderlos de Laclos, 1741-1803）。

　　《危險關係》的故事主軸是凡爾蒙子爵、梅黛侯爵夫人聯合玩弄杜薇夫人的感情世界。玩弄感情，就是一種情感層面的戰爭，有人盡心盡力要求勝，為了求勝又有人要跟其他人合縱或連橫。故事的進展就是一連串的謀略，情境的轉變不乏諸多暴力（實際的暴力或隱喻的暴力）。弗萊爾斯的電影非常忠於原著，還刻意將最驚世駭俗的情節納入劇本，讓這一部僅僅約兩小時的影片既能夠把厚重的原著講得清楚、周全，又保留有節奏明快、戲劇張力不容鬆弛的優點。無庸置疑，是正確的電影卡司讓角色性格鮮豔、鮮明：約翰・馬可維奇飾演凡爾蒙，葛倫・克羅斯飾演梅黛侯爵夫人，蜜雪兒・菲佛飾演杜薇夫人。馬可維奇跟克羅斯互相較勁演技，彼此不斷地用眼神、用嘴唇的動作（用來表示奸笑、輕蔑、孤芳自賞或喪失自信心）增強謀略背後的心機；弗萊爾斯更數度運用長時間鏡頭（一鏡到底不剪接）、特

寫鏡頭讓克羅斯展現好幾種層次的表情變化。如此這般精湛的演出，讓弗萊爾斯的影片成為不朽的傳奇。

跟弗萊爾斯的影片年代相近的還有米洛許·佛曼（Milos Forman）的《最毒婦人心》（*Valmont*, 1989），卡司是柯林·弗斯（**瓦爾蒙**）、安妮特·貝寧（**梅黛侯爵夫人**）、梅格·提利（**杜薇夫人**），顯見當時要改編《危險關係》的拍片計畫鬧雙包；本片編劇乃鼎鼎大名、曾經跟大導演路易斯·布紐爾合作的法國人尚－克勞德·卡黎耶（Jean-Claude Carrière）。甫獲得美國奧斯卡最佳男主角的弗斯，扮演瓦爾蒙顯然十分入戲，因為在拍片現場他就施展心機誘惑具有華人血統的提利，兩人生下一個兒子威廉·弗斯。影評證明弗萊爾斯的版本比較優異。

以上這兩個版本是確確實實的古裝片、原故事改編，但也全都是英語發音電影，不是法國自製影片。其實，早在一九五九年，法國新浪潮先驅侯傑·華汀（Roger Vadim）就已經把《危險關係》改編成現代版的《危險關係一九六〇》（*Les Liaisons dangereuses 1960*, 1959，**法國法院判決一定要將**『**一九六〇**』**字眼放進影片標題**），這部由傑哈·菲利普（**凡爾蒙**）、珍娜·摩侯（**梅黛**）、安妮特·華汀（**杜薇**）主演的影片，當時在法國造成醜聞——或許依舊還是道德觀太過開放的關係。凡爾蒙是外交官，跟妻子梅黛一起住在巴黎西郊的哪伊（Neuilly-sur-Seine，**資產階級聚集的城市**），生活條件相當富裕；但夫妻之間最大的興致就是誘惑其他人上床好摧毀那些人的正常生活（**例如摧毀信任、摧毀愛情**）。小說原著並未將凡爾蒙、梅黛設定成夫妻關係；一旦現代電影把一對現代夫妻描繪成隨便騙情騙色的合作搭檔，著實衝擊當時一九五九年九月的道德觀，外省好些個城市還禁演這部片。

到一九九九年，美國好萊塢把《危險關係》的故事主軸改編成現代青春版的《危險性遊戲》（*Cruel Intentions*, 1999），淪為比較文學、文學改編電影的失敗案例。

簡言之，至今日為止，尚未有法國自己製作且照搬原版故事的《危險

關係》法文發音電影版本。

　　原著小說跟電影之間的比較，論文應已有很多；專著可參考 Brigitte E. Humbert 所寫的《從文學走上銀幕：危險關係》（*De la lettre à l'écran : Les Liaisons dangereuses*, Amsterdam : Éditions Rodopi B.V., 2000），讀者也可輕鬆地在 Google Books 閱讀到關於本書相當大量的內容（**以上提到的影片全都有專章分析**）。

　　在最近的十年內，法國電視第一台（TF1）再把《危險關係》改編成電視影集《危險關係》（*Les Liaisons dangereuses*, téléfilm 2003，**現代故事版，可在 YouTube 觀看 Episode 1 全套**），卡司是電影等級的大咖：卡特琳・丹妮芙（**梅黛**）、魯柏・艾弗瑞特（**凡爾蒙**）、娜塔莎・金斯基（**杜薇**）。二〇〇八年春，克里斯多福・韓普頓（Christopher Hampton）再把他一九八五年的舞臺劇（**先有韓普頓的舞臺劇劇本，然後才再由他自己將之改編成弗萊爾斯的電影劇本**）再在美國百老匯搬演七十七場，電影演員蘿拉・林尼飾演梅黛侯爵夫人。

　　如果電影圈樂此不疲地改編《危險關係》——未來一定還會再出現好幾次——純粹只是因為道德觀「太過開放」的放蕩精神（le libertinage）應該能夠吸引觀眾的話，或許就小看了原著隱含的幾個後現代意識：解構權力關係（**包括女性主義的意識**）、解構清純狀態、解構真實性（la vérité）的絕對性格⋯⋯或全面地再用精神分析全都再詮釋一遍。拉克洛寫完《危險關係》後，把注意力放在女人的教育議題上，例如僅僅一年後他就出版《論女人以及關於女人的教育》（*Des femmes et de leur éducation*, 1783），並非無跡可尋。參考過盧梭的《愛彌兒》（1762），拉克洛才會將梅黛侯爵夫人設計得充滿算計、比男人還更加放蕩。拉克洛運用凡爾蒙極力耍弄「計中計」的謀略，最小的層面例如他向賽西兒・沃朗莒說出連篇的謊言，無非只是要欺負她年輕不懂事，好能夠侵占她的身體；最大的層面例如他向梅黛侯爵夫人交代這個卻隱瞞那個，畢竟只有他自己才知道他自己的心意、動念、謀略為何，才會讓屢次被拉克洛交代出來的真實性、他筆下的角色

（們）所言及的真實性變得搖晃欲墜。換言之，拉克洛完完全全是一位十八世紀末的解構主義者，早已將詮釋視成是連綴不斷的遊戲。

◎ 小說《危險關係》幕後製作花絮（le making-of）◎

　　拉克洛於一七四一年十月十八號生於亞眠（Amiens），其父將他送去軍校，他自己後來再選擇砲兵。一七六一年他任少尉，但顯然毫無任何裙帶關係或戰功，導致他二十年後還只是一個砲兵上尉。《危險關係》初版於一七八二年四月初上市，立即變成暢銷書；但是，不管是當時的人或現代的文史研究者，都對這本小說出版之前的拉克洛所知有限。

　　拉克洛應該是在一七七八年開始動筆寫《危險關係》。一七七九年四月三十號他來到艾克斯島（île d'Aix，靠大西洋）履新，任務是要監督建造防砲堡壘，好抵禦英軍的攻擊。艾克斯島是一座多砂、平坦的島嶼，但幸好他的指揮官留在法國大陸坐鎮，讓拉克洛更能專心構思小說情節。一七七九年他申請長假，一七八〇年一月到六月待在巴黎。一七八一年九月四號，拉克洛再一次申請長假，據信《危險關係》的手稿已於此時完成。拉克洛的長假從十二月十二號開始，期間他又再跑到巴黎，談出版《危險關係》的相關事宜。

　　法國國家圖書館館藏有《危險關係》的手稿，共九十三頁。實在不可置信的是，如此厚的《危險關係》居然只有九十三張手稿！但那些紙張上呈現了非常恐怖的現象：字體渺小，行距是零，頁面沒有留白，正反兩面全都是這樣密密麻麻的字跡……研究者認為拉克洛很缺紙張，不得不如此節省、節約！

　　關於手稿的部分，前七十九封信用的是比較白的紙張，之後用的是有點偏藍的紙張，也比較大張。小說也大致被分成兩大部分，第一部分大約在第七十封信之後停住，然後才開始第二部分。所以，研究者認為拉克洛

應該是在兩個不同的階段寫稿（**大致符合兩種不同的紙張類型**）：第一階段約是在一七七九年，第二階段從一七八〇年六月開始，自巴黎假期結束之後算起。

拉克洛在第二次巴黎假期時，將《危險關係》的手稿交給出版商杜宏（Durand）。一七八二年三月十六號，杜宏和「德拉克洛，砲兵上尉」（Delaclos, capitaine d'artillerie）簽約。當時的約定是（**杜宏顯然對該書信心不足**）：第一版印兩千本，前一千兩百本算出版商的利潤，一千兩百本全賣完之後，後八百本才開始算作者的版稅。小說家李柯波尼夫人（Mme Riccoboni）本來就是拉克洛家族的友人，她在四月十號寫了一封信給拉克洛，用的稱號是「修德洛先生的兒子」（fils de M. Chauderlos，**我們注意到修德洛的拼法「Chauderlos」跟現在通行的「Choderlos」不同**）：「整個巴黎迫不及待地想要閱讀您的大作，整個巴黎都在談論您……」連王室內的瑪麗安東妮皇后都託人買了這一本「醜聞著作」。正忙著改寫《費加洛婚禮》（*Le Mariage de Figaro*, 1778-1784）的波馬歇（Beaumarchais）後來也被人發現在他的藏書中，保存著一本《危險關係》首刷書。事實上，這第一版兩千本在十幾天內就售罄。

杜宏連忙在四月二十一號再與拉克洛簽約，用前一版剩下的紙張趕緊加印《危險關係》。扣除這一次加印，光是一七八二年這一年，杜宏又再加印了《危險關係》九次，但後來的幾次顯然並未告知拉克洛，他並沒有拿到應得的版稅。很快的，同一年內就出現五種《危險關係》的盜版，被其他出版商盜取商機。統計一下，光是在一七八二年的巴黎，《危險關係》的正版加盜版就印了十六刷（**前兩次再加九次再加五種盜版，共十六刷**），這紀錄平了伏爾泰（Voltaire）一七五九年《憨第德》（*Candide*）的印刷紀錄；但《憨第德》是分別在歐洲好幾個城市印刷才累積出同樣的印刷紀錄。簡言之這就是轟動一時的暢銷書，用今天的術語說就是「best seller」。

不過，就是因為太轟動，五月的時候，當權者與警察開始查禁本書，禁止販售、自書店的圖書販售目錄刪除該書標題、命圖書館下架；但下有

對策，民眾改在「大衣底下」交易，阻止不了該書的散播。戰爭部長憂慮地說道，怎麼會有一位正在放假的軍官造成這麼大的風波，五月二十四號便下令，讓拉克洛前往不列塔尼地區的布黑斯特（Brest）海港城市駐守；拉克洛遵命照辦，結束他的巴黎文人歷險。

一七八三年，拉克洛再被調往靠大西洋的拉侯榭（La Rochelle）海港城市，在那兒他追求一位也是出身軍人家庭的少女杜裴黑（Marie-Soulange Duperré），隔年五月一號生下兒子，一七八六年五月三號迎娶杜裴黑，並公開承認他們生下來的兒子。大革命過後，拉克洛一度失勢入獄；但在一八○○年一月十六號，因為他曾經在軍中幫助過拿破崙，竟因此被拿破崙提拔，官階為砲兵將軍。一八○三年九月五號，拉克洛去世，身分依舊還是軍人。

～ 小說《危險關係》結構簡介 ～

眾所周知，《危險關係》採用書信體，共一百七十五封信。孟德斯鳩的《波斯信簡》（*Lettres persannes,* 1721）雖知名，但年代較早；山繆‧李察森（Samuel Richardson）的《克萊麗莎》（*Clarissa, or the History of a Young Lady,* 1748）是極龐大的書信體小說，共有二十六位角色書信往返，被普雷沃教士（Abbé Prévost）翻譯成法文版的《克萊麗絲哈洛小姐的故事》後，應對拉克洛造成影響。但最重要的影響、被直接模仿的對象，絕對是盧梭的《新哀綠綺思》（*Julie ou La Nouvelle Héloïse,* 1761）。《危險關係》的醒世箴言都是模仿《新哀綠綺思》而成。

拉克洛在《危險關係》的編者序中提到，書中一百七十五封信只是在數量更龐大的通信中蒐羅其中一小部分而已，也就是說書中內容皆是真實存在的書信集；但出版商又在拉克洛的序言前再加一篇出版者弁言，說縱使編者在其序言中提到書中內容皆是真實存在的書信集，但他還是要跟大

家說《危險關係》僅只是一部虛構的小說作品。故弄玄虛的遊戲，就像是梅黛侯爵夫人與凡爾蒙子爵之間的愛情遊戲一樣，難道拉克洛也在最高層次把真實性／真相（la vérité）的問題丟給讀者下判斷嗎？（讓讀者依舊無法判斷說書中一百七十五封書信，真相到底是全屬虛構，還是的的確確真實發生過、存在過的通信？）

　　不管怎樣，雖然李察森的《克萊麗莎》多達二十六位角色，讓情節變得複雜、篇幅很長很長，至少拉克洛在設計《危險關係》的情節時，已經把角色減少到只剩下十三位；而且，梅黛侯爵夫人、凡爾蒙子爵、杜薇夫人、賽西兒四個人之間的書信加起來就已達一百二十八封信，顯示小說重心集中在這四位角色上。更精確的數字是：凡爾蒙五十一封，梅黛二十七封，杜薇二十五封，賽西兒二十五封。所以很明顯，在結構上，拉克洛把故事焦點完全放在一男三女的情感思緒跟來來往往的謀略上。唐瑟尼騎士雖然被拉克洛設計成跟賽西兒是天作之合，但他的戲份不多，這位男性角色也實在太平板、太工具性了——總不能教一位女人來跟凡爾蒙決鬥吧？換句話說，唐瑟尼騎士的存在，無非只是拉克洛要利用他來解決凡爾蒙之用。沒有唐瑟尼騎士，凡爾蒙子爵勢必還活得好好的。

　　所以，我們發現到這一百七十五封書信既然都是用第一人稱陳述他們自己的思緒以及諸多已經發生過的事件，我們還是能夠從這幾位被刻意集中的角色、他們的陳述來獲得一個全觀：愛情關係中的信任關係，似已被操弄成一連串的遊戲。

∽ 危險／惡／毒品兼毒藥 ∾

　　危險：在知名的第二十二封信裡面，杜薇夫人寫信給沃朗莒夫人，說凡爾蒙不過就是交友不慎之危（le danger des liaisons）的又一個受害者。「liaison」在當時的語意是指社交關係、沒有真實友誼的點頭之交，但今

日的語意已有戀愛關係或性愛關係之意。「le danger des liaisons」（**交到損友的危險**）是在強調交友不慎的「危險」（le danger），這其實是拉克洛本來要用的書名，曾在手稿上出現、又被刪除，更正為目前的「Les Liaisons dangereuses」。為什麼最後拉克洛改用「Les Liaisons dangereuses」當書名，要用形容辭「dangereuses」（**危險的**）來形容「liaisons」（**損友**）（「liaisons dangereuses」**意即「具有危險性的社交圈人物」**）呢？答案出自也是很知名的第三十二封信，沃朗茑夫人回覆杜薇夫人說，難道凡爾蒙自己不也是一個損友，一個「具有危險性的人物」（une liaison dangereuse）嗎？拉克洛將主辭從「danger」（**危險**）轉換到「liaison」（**損友**），更加強調某些人物（**或許就是指凡爾蒙跟梅黛侯爵夫人**）的為人實為不道德的角色，就像交友不慎一樣，終究會落入不幸福的深淵。

所以，絕對必須再強調一次：現代人看到《危險關係》這書名（**或電影標題**）會把它理解成「危險的性關係」之類的意思；但還原到拉克洛那個年代的語境，以及拉克洛在第二十二封信跟第三十二封信說到的，凡爾蒙既有可能被其他「損友」（liaisons）帶壞，他自己也可能就是一位「損友」（liaison）會去帶壞其他人。如果我們一直拘泥在「liaison」的原意「關係」的話，我們讀者就永遠沒辦法理解到拉克洛在使用「liaisons」這一名詞時實已思及「人」的含意。當拉克洛用複數寫下「les liaisons dangereuses」（**那些危險的損友**）時，拉克洛的主詞就是指「人」——而非「性關係」，我們不得不作出推論說複數的「損友」（liaisons）、會帶壞其他人的「損友」，正是凡爾蒙跟梅黛侯爵夫人！《危險關係》這書名，原意更接近「危險的人物」呀。

惡：波特萊爾用「惡」（le Mal）的觀點來詮釋《危險關係》，把「危險」都用「惡」來詮釋，就像他將自己的詩集命名為《惡之華（**華就是花的意思**）》（*Les Fleurs du mal*, 1861）一樣，他認為是「惡」摧毀了舊秩序，例如推翻舊政權跟推倒舊社會，這已隱含階級鬥爭、打倒保守封建制度的意味。這當然是一個很好的切入點，但有點太廉價、太容易讓一堆讀者參

加作文比賽寫出大同小異的詮釋；例如，若通篇一律寫說凡爾蒙跟梅黛侯爵夫人代表「惡」這一方，「惡」到極致後就會被大革命推翻掉……如此這般預設「善」、「惡」二分法並不是很有創見、很深入的評論。

　　小說中有個設定是跟馬里沃（Marivaux）的舞臺劇《愛情的隨機遊戲》（*Le Jeu de l'amour et du hasard*, 1730）有異曲同工之妙：事實真相往往先丟給讀者知道，讓讀者成為全知的旁觀者，讓劇中角色要嘛被矇騙、要嘛把欺騙這回事當作是一場遊戲。自笛卡兒的十七世紀我思哲學（跟科學精神）成為十八世紀啟蒙年代的主流思潮後，追尋真理／真實／事實或真相變成一發不可收拾的自我提醒。伏爾泰的《憨第德》就是一部哲學小說，他讓一位傻里傻氣、年輕的憨第德遊走各國，最後變成安身立命、通曉哲理的智者兼農夫。更別說拉克洛模仿的典範──盧梭的《新哀綠綺思》──道盡了盧梭本人的哲學沉思，還故意讓某些真相留白，不讓讀者搞清楚各個角色的經歷跟最後的命運。同樣是盧梭的《愛彌兒》，跟伏爾泰一樣再度把愛彌兒設定成年輕小男生，然後盧梭再把他的人類學、哲學思想放進小說裡，全都關乎教育子民的藝術。拉克洛的革命是：把梅黛侯爵夫人這位女性設定得比男人還奸詐，然後再把憨第德、愛彌兒的角色轉換性別成杜薇夫人……從純真狀態轉變成發瘋！

　　毒品兼毒藥：凡爾蒙子爵跟梅黛侯爵夫人聯合操作一連串的真相遊戲，但凡爾蒙還是掌握了更多項的真相。真相並非只是一連串的事件，真相更常常是當事人他們所採取的立場、所做出的決定，就像雙面間諜或單面間諜一樣，恐怕只有他們自己才知道他們是貨真價實的雙面間諜，還是他們的的確確效忠某一國家／單位／個人。說凡爾蒙掌握了更多的真相，無非是說：只有他自己才知道他到底是在玩弄杜薇夫人、賽西兒，還是對杜薇夫人動了真情，這些「真相」是梅黛侯爵夫人無從確實掌握的──她看到的只是一連串的擬像（simulacres）。遊戲為凡爾蒙子爵跟梅黛侯爵夫人他們兩人帶來快感，首先是掌握真相的權力意志足以帶來優越感，其次是誘惑的藝術跟性愛的快感再次帶來優越感亡。誘惑遊戲、性愛遊戲、挑撥信

任的遊戲已經變成會令人上癮的毒品──但真相具備殺傷力，遊戲破局的
結果、最壞的下場必然是一種毒藥……導向死亡。

　　事實上，有某種東西是拉克洛不曾預見的（*或根本不加以反對的*）：「算
了吧！」的求生存法則。愛人還有情人？算了吧！劈腿就該拔腿（*就跑*）？
算了吧！只有這種求生存法則才能夠打破既有的（*或顛撲不破的*）一對一忠
貞關係／秩序，才能夠廢除決鬥制度，跟剔除例如在台灣盛行不衰的「通
姦乃罪」的想法。也就是因為如此，拉克洛的「遊戲乃是毒品／毒藥」的
邏輯才還能夠在小說中發揮作用。

◎ 小說《危險關係》長銷兩世紀 ◎

　　法國中學會考也曾經將《危險關係》列入文學必修課程，因此網路上
其實有非常多分析《危險關係》的文章，例如專門分析某封信的某幾個段
落，因為這些分析是訓練中學生撰寫申論題的基礎訓練。小說《危險關係》
就像是教科書必讀科目一樣，不斷地被好幾個世代的年輕人或再重拾起閱
讀口味的成年人反覆閱讀；這也解釋了為何《危險關係》會不斷地被改編
成影視作品。

　　兩百年又四分之一個世紀過後，《危險關係》中譯版終於面世，應能
滿足讀者在觀影之餘、對原著全本的好奇心。無巧不成書，正值《危險關
係》中譯版將在臺面世之際，法國於二〇一一年三月初特別為《危險關係》
出了一本七星文庫（la Pléiade，聖經紙版本的經典典藏系列）版的新書，全書
九百七十頁裡面竟有四百多頁的評論文獻，例如司湯達爾、波特萊爾、馬
勒侯（Malraux）、索雷斯（Sollers）等人針對《危險關係》的評論，以上
所提到的電影改編版本也都統統都被納入討論（**某一篇刊登在法國《世界報》
的《危險關係》七星文庫版書評，請見在下的部落格文章有完整的中譯介紹跟彩
色圖片**：blog.yam.com/jostar2/article/34444484）。

　　縱使我們不必用各種分析方法為《危險關係》擠出一堆嚴肅又做作的文化作文（畢竟這不是考試科目、不必像法國中學生一樣要搞懂《憨第德》的最後一句話或評論《愛彌兒》的一段摘要），將《危險關係》小說搭配電影一起看，依舊還是一段刺激非凡的「權力遊戲」歷險。而且，筆者敢預言說：自這一本《危險關係》中譯版面世後，我們應可在五十年內輕易地見到現在的（以及未來的）台灣作家為這本小說做出諸多精采萬分的詮釋。若要踏出第一步，就從第一封信開始閱讀起吧。

作者按：以上跟《危險關係》有關的資訊（例如年代、精確的數字如手稿研究、印刷次數）都參考由何內・波摩（René Pomeau）撰寫的導論，見 Paris：GF Flammarion（1996）pp. 9-65.

　　　　　　　　　　　　　　　　　　（本文作者為專業影評人）

Queen 009

危險關係
Les Liaisons Dangereuses

作　　者　拉克洛（Pierre Ambroise François Choderlos de Laclos）
譯　　者　葉尊

總 編 輯　張瑩瑩
主　　編　蔡麗真
協力編輯　張一喬、林鳳蓁
美術設計　霧室。
排　　版　yuying
責任編輯　溫芳蘭
行銷企畫　簡欣彥、黃煜智

社　　長　郭重興
發行人兼
出版總監　曾大福

出　　版　野人文化股份有限公司
　　　　　地址：231新北市新店區中正路506號4樓
　　　　　電子信箱：yeren@sinobooks.com.tw
發　　行　遠足文化事業股份有限公司
　　　　　地址：231新北市新店區中正路506號4樓
　　　　　電話：（02）2218-1417　傳真：（02）2218-1142
　　　　　電子信箱：service@sinobooks.com.tw
　　　　　網址：www.sinobooks.com.tw
　　　　　郵撥帳號：19504465遠足文化事業股份有限公司
　　　　　客服專線：0800-221-029
法律顧問　華洋國際專利商標事務所　蘇文生律師
印　　製　成陽印刷股份有限公司
初版首刷　2011年4月

定　　價　380元
I S B N　978-986-6158-30-8
有著作權侵害必究
歡迎團體訂購，另有優惠，請洽業務部（02）22181417分機120、123

Cover Image: Masque Theatre 2008, photographer Joe Brown, model Tamsyn Payne

本書據以下兩版本譯成：
Edition 'OEUVRE COMPLETE', Bibliothèque de la Pléiade, N.R.F., Gallimard, 1979
Edition 'CLASSIQUES GARNIER', 1961

國家圖書館出版品預行編目資料

危險關係/拉克洛著；葉尊譯——初版．
——台北縣新店市 ： 野人文化出版 ：
遠足文化發行, 2011. 4[民100]
544 面 ； 14×19.5公分 ． —（Queen；009）
譯自：Les Liaisons Dangereuses

ISBN 978-986-6158-30-8（精裝）

876.57   100003576

廣　告　回　函
板橋郵政管理局登記證
板橋廣字第143號
郵資已付　免貼郵票

23141
台北縣新店市中正路506號4樓
野人文化股份有限公司 收

野人

請沿線撕下對折寄回

野人

書名：危險關係　　書號：0NQN0009

姓　名　　　　　　　　　　□女 □男　生日

地　址

電　話 公　　　　　　宅　　　　　　　手機

Email

學　歷 □國中(含以下)□高中職　　□大專　　　　□研究所以上
職　業 □生產/製造　□金融/商業　□傳播/廣告　□軍警/公務員
　　　　□教育/文化　□旅遊/運輸　□醫療/保健　□仲介/服務
　　　　□學生　　　　□自由/家管　□其他

◆你從何處知道此書？
　　□書店　□書訊　□書評　□報紙　□廣播　□電視　□網路
　　□廣告DM　□親友介紹　□其他

◆你通常以何種方式購書？
　　□逛書店　□網路　□郵購　□劃撥　□信用卡傳真　□其他

◆你的閱讀習慣：
　　□百科　□生態　□文學　□藝術　□社會科學　□地理地圖
　　□民俗采風　□休閒生活　□圖鑑　□歷史　□建築　□傳記
　　□自然科學　□戲劇舞蹈　□宗教哲學　□其他

◆你對本書的評價：（請填代號，1.非常滿意　2.滿意　3.尚可　4.待改進）
　　書名＿＿＿封面設計＿＿＿版面編排＿＿＿印刷＿＿＿內容＿＿＿
　　整體評價＿＿＿

◆你對本書的建議：